苍沉月/著

日月双重梦

中国财富出版社

图书在版编目(CIP)数据

日月双重梦 / 苍沉月著. —北京：中国财富出版社，2015.2

ISBN 978-7-5047-5521-6

Ⅰ.①日… Ⅱ.①苍… Ⅲ.①长篇小说—中国—当代 Ⅳ.①I247.5

中国版本图书馆 CIP 数据核字（2014）第 309580 号

策划编辑	张　娟	责任印制	何崇杭
责任编辑	张　娟	责任校对	梁　凡

出版发行	中国财富出版社		
社　　址	北京市丰台区南四环西路 188 号 5 区 20 楼	邮政编码	100070
电　　话	010-52227568（发行部）		010-52227588 转 307（总编室）
	010-68589540（读者服务部）		010-52227588 转 305（质检部）
网　　址	http://www.cfpress.com.cn		
经　　销	新华书店		
印　　刷	北京京都六环印刷厂		
书　　号	ISBN 978-7-5047-5521-6/I·0178		
开　　本	787mm×1092mm　1/16	版　　次	2015 年 2 月第 1 版
印　　张	28	印　　次	2015 年 2 月第 1 次印刷
字　　数	732 千字	定　　价	49.80 元

简　介

背景：架空历史，古代中国（东方若华古国）

风格：情节中贯穿诸多哲理思考、心理学和心灵体验、似真似幻的诗歌，隐含着文化、历史、科学、心理、伦理、哲学、宗教、战争、谋略、情义、武侠、玄幻，纷繁复杂融于一体！

篇幅结构：明线与暗线辉映，伏笔分散于全篇，一些哲理思考与心理现象贯穿其中并附有注释，情节跌宕而复杂，文笔流畅优美，感伤，理性，有对于现实的镜像投射，有讽刺，有深刻的哀叹，意义耐人寻味。

京城的贵族们历来重视子女培养，竞争藏在每一个角落。五大世家之一的商氏家族，夫人多年不能生子，商大人无奈纳妾，却是来历不明，被仇家追杀躲避至此。生下一对俊美双生子之后，仇家“魔教”赶至将这名女子和双胞胎中的一个杀死。商世家族隐瞒了这段惨痛往事，为安抚盼孙心切的老夫人、实则也有夫妇俩望子成龙的心态，将双胞胎中的另一孩子当成两个人抚养，一武一文，扮演府上的两位公子。

多年以来，商凌月小公子生活在丰富优越的外在条件和内心的煎熬中，产生了复杂而分化的性格，并经历了诸多现实和虚幻（灵异）交错的体验。少年时期的他通过激烈考核成为小将军，不由自主地卷入了两位皇族兄弟的权力竞争以及接踵而至的阴谋冲突中。

他出征奔波远方，历经艰难，所完成的是家族的使命、国家民族的使命、自己的使命，还是自己给他人的交代？出征沙场释放青春的热血，他用的不是自己的名字商凌月，而是哥哥的名字商凌日。真正的凌日，却是谁？

当有一天一个与他一模一样的人突然出现，他拱手相让自己多年来打拼的成果，却如何心甘情愿？又一番意外，他从高峰跌入谷底。郡主喜欢他的优秀，王府伸来援助的手，他却因为坚守感情而不肯接收。那援助的手是不是另有图谋？

与备受争议的小皇帝成为知心好友，凌月能否完成那些艰难的使命，为自己、为皇族和天下化解一场“逆反”的阴谋？

比武、出招、明争暗斗，布局、谣言、层出不穷。民间新军突起，魔教卷土重来，会有如何的灾害？

而他们所拥有的若华文明古国的至宝，到底有何秘密，有何意味？

细腻善感而内心坚毅的凌月，英气豪迈而冲动易怒的凌日，活泼天真而孤独脆弱的惘瑛，智慧高傲而叛逆不羁的懿琨小王爷，还有金世家丞相之子金高展，另一位神秘的小将军官奇闯，他、他、他、他们，一直想要得到的是什么？在这包含了谜团的内容里，一个个人物来到了，悲伤中穿插着笑容，开始的悲剧随着一幕幕揭晓会如何展现？

爱，并不只限于爱情。
亲情，并不只限于血脉。
友情，并不只限于友谊。
自己，并不只限于自我。

自序

曾经这个故事灵感流淌不止，创作宛如记录，仅用数月便完成60万字；却在其后用三年多的时光来精改完善，重设一些情节。《日月双重梦》对我来说太重要而特别，是我所写的第一部长篇小说，也是我在完全没有接触现今商业化写作概念之前所作；我在其中运用在北美居住之时习得的西方后现代艺术手法，加入些许剧本及诗歌元素，还解说一些心理学概念，并包含借古喻今的社会隐射，这些都远离当今小说主流，甚至注定其艰难的出版投稿道路，我却对此毫无悔意，怀念那种纯粹为兴趣而写作的状态。

本书的自序除开头都是我在2010年就已经随着灵感一同写下的。如今又几年光阴飞逝，我却没有恍如隔世的感觉，或许是年龄渐长，再不像少时那样三四年就跨越一个时代阶段。曾经的岁月年日，那些深刻而感伤的，封存记忆在我的心底，也有些亦真亦假如真似幻一般，融入这部作品中。

这就是一部借古喻今的小说，架空历史的王朝年代不明，或许就存在于一个平行于现在的世界，未必多么古老而落后。尤其是其中的主角凌月这个人物，他代表的就是现代的我这一辈的年轻朋友，一位80后90前的尚且可称为年轻人的人，因此，商凌月的话语风格在文中，或许会显得更为现代化，整文亦有诸多乍一看不符合“古代”的风俗，实属本人刻意为之，请各位读者莫要介意，更可对此留意。这不是一本传统的古风小说，也非传统的武侠或者玄幻，可算是魔幻现实主义。

文中的五大世家，“金、商、官、秦、夏”，正好代表“今伤共情下”或者“今下共伤情”，类似《红楼梦》的“王史贾薛”四大家族所指“往事假说”。把当今时代80后90后年轻人的烦恼、独生子女的压力和家庭的重任，融合古典构架的一点意思，加之广义的爱和恨的冲突，并且还有那不受时间地域限制的、跨文化古今都有的永恒的大主题(theme)——命运的思考、悲伤的意义、人性的自我超越。

小说中有多个不断重复的小主题元素（motif），包括梦境、日月（时间）、双重压力、二元矛盾对立等。这里就来稍作明晰，以便读者入门，而在本书结尾过后，还将有我的后记回味之笔。

双重梦，一种正常的生理现象；顾名思义，在一个梦境里再进入下一个梦境。只不过这类梦境比较稀少而已，显得有些玄秘，其实是完全自然的。(自然的，也可以是玄秘的，并不冲突，不是么）本人自十六岁约高中时期就开始有这类经历。可想而知，这种双重梦，代表做梦者的状态，是相当疲惫的——即使睡着了，还感到累。

日月，在这部小说里有多种意思，只要扫一眼这部作品，就可以发觉——其中的几层——然而更多的意味，要多想想或者看看作品正文之外的提示。于是在导读部分，就稍微给点提示吧：①天上的星辰，②地上的人，③年日岁月，④梦中日月，⑤光明与黑暗。至于具体的，或者更多的，也留给读者们自己进行有趣的探索了。

双重，显然含有对立、思辨的色彩，是矛盾的，也是和谐的，相辅相成的。例如：真与假，光与影，明与暗，阴与阳，都是本作品中的一双双相对立而同时存在的元素。既然在本小说中出现，必有重要寓意和象征。

很多象征，非常巧妙地，散落在世界上的各地、各人的心灵里，就好似心理学家荣格提出的“集体记忆”那样。月，在东方与西方都代表着同一类特质：阴，柔，内敛，忍耐，隐秘，暗（不为人知），以及孤独。反之，日的象征也是显然的。为什么会有这些共同的衍伸，或者归纳？我个人觉得，有些（事实或者想象的特质倾向），是扎根在人们的内心和那些对象的内在——只待特殊的条件下显现，以及有心人去发觉了。

再说些实际的。个人建议读者在初读《日月双重梦》的时候，不要跳跃读每一卷开头的名字或目录，也不要先看后记——否则作者注入的额外“惊喜”和新鲜感就有损失。按顺序，自然会感受奇妙的心路历程。然后，再读第二遍，如读者愿意读第二遍的话，本人可以保证——作为一个严谨的人在这点上可以确信——读第二遍的感受，绝对与之前第一遍的不同，甚至就像是在阅读两个不同的故事。

这便是本作品的又一奇妙处，也是“双重梦”的又一含义。

前面所写的“简介”，是为吸引读者眼球使之快速进入状态而设的，就好比在进入一个神秘奇妙的花园之前，先展现一幅简略的但有趣的图画，这图画不是按比例的缩略图，（只是把较为浅显的布局挑几点大致呈现）甚至故意隐藏了一些更有趣的悬念，有待正式进入园地的游人们自己发觉，更加切身和惊喜一些。

所以，读者若有兴趣和对这些意象的领悟，可以忽略之前的简介，快速扫阅正文，然后再细读第二遍，而本书末尾正文之后的后记，放在两遍中间。

总之，欢迎大家与我一起开始奇妙的《日月双重梦》之旅，这是一部包含成长的书，一代同龄人从出生到二十五岁以后青年时期，几乎一年一年的变化都散落在点点滴滴的描绘，在这里边，你可以看见你的影子，还可以看见与我们一同成长的同一代朋友们。

作者

2014年12月

CONTENTS **目录**

第五卷 如花岁月

第六卷 风飞沙

第七卷 光影轮转

第八卷 月之隐暗

第九卷 伤之谷

第十卷 节口·变幻

第十一卷 沉·浮·现

第十二卷 波光·升之象

第一卷

前　奏

第一章　梦之前缘

假作真时真亦假，这世界交错复杂，相反却相生相伴的元素或许本非对立，亦可互相转化。就像命运，一方面给予个体近乎无限多的选择，另一方面又局限于狭隘的环境；而在个体的角度，一边是看似被动的接受，另一边又成为从心而发的选择。

主动与被动并无一线之隔。代价，亦是筹码。

至于悲伤与快乐，就更难分辨了。它们能互相抵消吗？或许不能，只是双重的存在，隐没，亦会在某些时刻浮现出来。

若华古国商氏家族的烦愁，就在春风得意之时萌发。照旁人眼光来看，商氏为京城五大世家之一，此代继承人商敬先是朝廷大官，夫人岳雯诗是文雅的才女，老母亲身体健康亦是知书达理，婆媳和睦，夫妻相敬如宾。商府宅邸位于京城兼具繁华与清幽之地，门丁家仆众多，府上事务井然有序，处处体现了世家风范。

然而隐没在风光之下的，却是黯然的忧虑，夹杂在热闹之中的，就是更加突出的冷清了。商府中的欢笑花香鸟语中，仿佛可以看到孩子们欢快雀跃的身影，然而偶尔只是商府家丁的孩童，更多则为商氏夫妇脑中的幻影。商敬先与岳雯诗成家多年，膝下无子。

表面看来，岳夫人仍然年轻美丽，也并不像是不能生育，然而多位名医不谋而合的结论却给了商敬先和商母不能不相信的铁一般的事实。

他们还是坚持着找更多更好的大夫替岳夫人诊治，除了坚强固执的性格，也有他们本身观念的原因。他们推崇着长子要由正妻所出的惯例，其实也为若华国皇城当地固有的一种风俗，或者说是一种理想状态。

多不如精，这道理放在养育上也是一样，养多子平庸不如育一子独秀，这是先皇严帝不知从哪儿得来的观念，早几十年就根深蒂固了。并且成为——或者正好应合了——当地人们普遍的价值观。

而今信帝奉行太上皇教诲，也或者是他自己正好赞同如此，开始树立先锋，除了皇后之外不纳嫔妃。皇上还没有皇子，储君之位空空如也倒是一点不急，此时太上皇严帝已至晚年，或许因他已从次子爱亲王得到一位满意的小皇孙殿下，并不催促长子给他再添孙。

而这边，商敬先作为商世家单传独子，却由于老母亲逐渐按捺不住，和众位名医的一纸文书，不得不开始担忧了。偏偏还有其他的因素得考虑。世事复杂，否则也不会弄得聪明人都头疼。

商母也是聪明人。她不会为了抱孙心切而冲动。能进商府大门的女人就有相当的自身和背景条件，在这个各家族精心培养后代、尽量争取良好条件的环境里，自家若是随意一点，便等于失去了竞争的有利地位。

说直白些，商氏家族嫡系血脉继承者，即使娶一房小妾，也不能随便找一个女子，得需要一定的身份地位才能作为妾室纳入；这不光要看该女子的家世，更要看其本身，才貌品格缺一不可。因此，商母虽然暗暗留意过，却未找到合适者，而商敬先更是不愿随便。确实，他们对岳雯诗还是挺满意的，有了比较，就更难寻找。

更何况这不仅是为商敬先，还是关乎整个商氏家族的血脉，龙生龙凤生凤的道理，他们都懂。如果是为纳妾而纳妾，为生孩子而生孩子，那等于顾了形式，忘了本质，或者忘了根本目的。那么，何苦呢？宁缺毋滥。

现在就连岳雯诗也甘愿放弃商府唯一夫人的地位，主动提出请老爷找二房来延续香火。这在当地尤其这几年更加尊崇嫡子嫡出、一夫一妻的风俗里，并不多见。

何况，孩子从偏房而出，并不归自岳雯诗的名下，甚至还会危及到岳雯诗的主母地位；这些可能性，她都明白。

“老爷，为了香火延续，你还是纳一侧室吧。”

“这……”商敬先心里泛起了一丝疼痛，感应着妻子的痛苦，他握住她的手。

“夫人如此为我着想，我着实感动。实则并非我挑剔，此事母亲已向我提过几次，思索来去，想到我已至中年，虽然家境殷实，但毕竟是身外之物，而仅为传宗接代纳妾，糟蹋了好人家的闺女，于心不忍。”

实际上这只是商敬先想法中的一层。此话虽不假，却是话里有话。说自己配不上别人、不好意思麻烦别人的时候，其实往往潜在的意思就是“那人配不上我”或者“叫那人别来烦我了!”

于心不忍与于心不甘，往往也是一念之差。

抑或确实不能说商敬先挑剔吧，挑剔是要有对象可选，而他却连候选的对象也没有，还没有到挑的时候。这是选择太多，或者没有选择?

总之，商敬先就是没有纳侧室。但是凡事都有例外的时候；凡间总有意外的邂逅。

多年以后，商敬先早已忘了和拂烟邂逅的情景。或许他本来就没有记过。他有目的，在他通往目的的路上，她只是一段过程，即使是美丽的过程，也终究有落幕的时候。更何况那是拂烟，一个并不平凡的女子，一个与商敬先太多不同的人。

只是那一年的事，还是烙印在那些人的脑海。一个特殊的年份，从家至国。恰在皇后难产去世之前，传来储君之争的惨烈预言。民间广泛的说法是自皇孙殿下出生时的那场日食奇景，已预示喜忧参半的未来。

在这充满玄秘氛围的古老文明国度，各类预示性的言词现象总弄得人心惶惶，有些虚假却铺天盖地，有些真实得令人怀疑。总之，商敬先记住那一年了。不管他如何忽略，还是有些时候，得以重新感受。

“我叫拂烟。”

“好名字！你真似不食人间烟火。”商敬先看着眼前淡红衣衫如桃花般的女子说。

只见该女子举手投足之间极其潇洒，丝毫没一般闺阁女子的忸怩与故作矜持，自然大方，看着很是舒服。长相美貌的女子商敬先见得很多，而这样气质的女子他却从未见过，立刻被她的独特吸引。

或许商敬先一开始就是怀着目的而关注的，也确实是人之常情，就好比说有朋友经常在你的耳边说想要瓶酒、这酒怎么好、要怎么挑，走在路上闻到酒香的时候，自然就会多留意一眼——除非你不是够意思的朋友。

而商敬先可是一位孝子，他还想成为慈爱的父亲。这件事他不可能不放在心上。

很快他就对母亲和夫人说，已找到中意的女子。然而这女子却没有背景家世。

“不行，身份来路不明的女子怎可进我商家的门!”不出所料，老夫人当即反对。“若你要求如此之低，何苦当初挑剔耽误了这些时辰?”听上去有些道理。

“娘，若非寻觅就无从知晓世上还有这样的女子，若非比较何以明确我心所喜？这些时间为必须，既已经花去，就更要花得值。拂烟在这个时刻出现，不枉我之前的蹉跎。①”

“老爷，你先说说，这女子有何不同之处？”岳雯诗这时开口问道。若将这句话理解成为她得知夫君心中意别的女子而心怀不满、嫉妒的酸溜溜之语，就太误解这位知书达理的商府夫人了——毕竟是先前说好的，如果岳雯诗极力反对夫君纳妾，她会直说，商家也会考虑她的地位和意见。这时的她除了关心，更多只是好奇。

“不瞒你说，我看中拂烟很重要的一点，便是她并不看重吾等背景地位。”商敬先此言一出，倒是让夫人和老夫人都意外了。

“这些年我见多了庸脂俗粉，一知商某为朝廷高官，立马换一副神态！着实令人生厌。而拂烟，她生活得自由逍遥，一直以来四处游历，见多识广谈吐不凡倒也罢了，特别的是，她对名利地位毫不挂心，甚至不在乎什么名分。”

“哦？”老夫人闻言，微一沉吟立刻有了转变，“既然如此，就让她进来，不过不是纳侧室。”

“不是纳侧室？那么？”

“她既然不在乎名分，我们也不必给她，否则她的家世背景也是过不了关——这是规矩。”老太太说到这里略微停下，神色凝重。她又接着道：“别忘了我们这次找人选的目的是什么。我要的是孙子，而不是多一个媳妇！敬先，对你来说什么是重要的，你也清楚吧？”

“娘说的是。”商敬先也神情严肃，颔首，“那就把拂烟接进来，不用铺张办仪式了。她不在乎那些风俗仪式，我们也有更重要的目的。”

岳雯诗心里有些感动，也有些欢喜，说没有欢喜是不可能的，而这欢喜里夹杂一丝私心也不可否认。虽然婆婆和夫君这么决定并非考虑到她，而这时她的话语也未必能带来什么转机，但是她忽然感到心中有一些声音迫使她说出来：

“不过，这样对那女子不太公平。”

岳雯诗的坚定压过了其他复杂的情绪，继续道：“这好比，只是将她作为生孩子的工具……”她的声音弱了下去，这样的尖锐比喻她也不知道是从哪里得来的。似乎就有一种潜在的意识，从她的脑海中冒出来。②

“雯诗，难得你如此善良，对这个素昧平生的即将成为你丈夫枕边人的女子③，你还为她着想。”老太太握起岳雯诗的手，神色庄严却是慈祥的。“雯诗，此事如此最佳。嫡子由正妻所出本就为理想之态，既然我们在乎、她不在乎④，那么正好就如此而为。”

---

① 这段话很有道理，但是在逻辑上是说不通的，意思是说因为花费了时间等到现在，现在得到的就是通过过去积累的、一定比过去要值得。哪有道理规定既然花了时间就要有所收获，现在的碰到了不抓住就是浪费呢？而抓住了现在的，就一定是弥补了过去失去的么？却也不失为一种自我安慰和自我鼓励的方法——激励自己把握当下，不为过去的损失哀叹。要看怎么看了。

② 暗指“集体潜意识”，作者写到这里忽然想起了名著《A handmaid's Tale》，该篇超现实小说联系的是《圣经·创世纪》中拉结不生育，把使女（女仆）给丈夫雅各为妾、从她那里得到儿子归入自己名下的故事。作者的这个情节设计——大的构想——是早前就想好的，却在写其中细节时岳雯诗的这篇演讲时忽然想到了这句话，是否也算是一种潜意识的突然浮现？而那种将女仆给丈夫从她那里得子的习俗，也似乎有横跨东西方的普遍性。

③ 这句话拗口，但是暗指了另一层意思——即将娶回的女人是为岳雯诗服务的女人，就像《A Handmaid's Tale》里面的时代背景定位，专门有一群从事替人生子工作的使女 Handmaids，属于她们的主母。

④ 有些悲哀，别人不在乎就利用这点，但是反过来看，也是公平的。在哪里用心，才能在哪里有所获。如果本来就不在乎、不上心，怎可强求别人的恩赐呢？

岳雯诗颔首："我会好好待她，不论你们怎么安排，我以姐妹之礼与她相待。"想到这里她的心有了一丝安宁。

商敬先知道他应该怎么做。他是喜欢拂烟的，否则那么多女子，不会只选她。他也相信自己喜欢拂烟，相信到不愿承认他还别有目的。

但是明摆着，谁都心知肚明。

那段时间他总在城内的一个客栈里与拂烟相见，同时是履行任务和抒发情感。当情感和任务结合在一起，自然让人感到充实，何况原本的心事已有解决了呢。所以商敬先在这些天里，原本藏在内心的愁烦，竟然化解了。

他刚一离开，屋里恢复拂烟独自一人。忽然，有一白衣男子站在拂烟面前。

"你怎么来之前也不打声招呼！"拂烟看见他，爽朗地笑起来，有点吃惊地责怪却没有不悦。气氛顿时明快。

"用得着么？"该男子牵牵嘴角，轻轻一笑，熟络地走到拂烟旁边，低头认真地看着她："你真要跟他走？"

"当然是真的，我都已经说过了，不是开玩笑。"

"你这向往自由的人倒甘愿成为笼中鸟！"男子渐渐神色黯淡，低沉地说，"我真没想到你会愿意跟他。告诉我，不要怕，是否由于你的苦衷？"

拂烟神色也凝重起来，微微停顿，道："不完全是。其实，我这段时间忽然有了一种想法，我想有我自己的孩子。"

"你想要孩子？"这位男子的眉毛立刻扬起来，眼睛睁得老大，"你想生孩子！正好商敬先想纳妾生孩子，所以你就甘愿成为商敬先的小妾？"他的笑声十分爽朗，一扫刚才的阴沉。

这年轻男子惊鸿一瞥就觉清俊，但如隔着一层雾气，虽然从言谈举止可见脸上的表情应该很是丰富，眉目神态却始终看不分明。

"你这么突发奇想，就到商府去，不怕后悔？"

"并非突发奇想，毕竟，我是个女人，纵然是个特别的女人，也还是有女性的天性。"拂烟说着，眼神悠远起来，似沉浸在了她的世界中。

"还不忘自恋一番！"男子又嘲她一句，忽然灵光一闪，"那你想要孩子，为什么不找我？"

谁知拂烟顿时大笑了起来："你说这话才是突发奇想到简直忘了你姓什么！堂堂巫医派掌门，漂泊四海逍遥自在的巫仙要跟我生孩子！哈哈！"

年轻男子也笑了，"也是。还真好奇你这样做，生的孩子会怎样？"

两人看来都是豪爽的江湖儿女，相识已久，彼此之间说话没什么顾忌。

玩笑了一会儿，男子神色黯淡下来，沉声道："拂烟，商府虽是绝好的藏身之处，但你也要加倍小心。"

"我知道。此次以小妾身份进入，连偏房的名分和仪式也没有，那些家伙想不到。且是朝廷重臣之宅府，隔绝于闹市，守卫森严，我早就看好了。"

"也罢，我在暗中保护你。你接着打算如何？"年轻男子刚一说完，不等拂烟回答就继续道，"对了我忘了，你从不会有下一步计划。看来你是要生了孩子再看自己心情咯，那我不打扰了。"说罢他一挥衣摆，一道白光之后就消失无踪。

拂烟在原地张张嘴笑了一下，介于"呵"和"哼"之间。

第二章 光影·日月

几日以后，拂烟就被商敬先接入了商府别院。商府层层叠叠错综复杂，一个围墙又隔出了一片天地。

她进府的时候，走的是偏门，没人看见。若是换作其他女子就不高兴这安排了，但是拂烟显然没有。别院已经布置好，老夫人和夫人已在屋内等她。其实，这样的接待方式，是不是比大张旗鼓的仪式更佳？应该是的，因为这些都是对她拂烟自己的，而不是承接风俗和做给外人看的。

“你是拂烟？”老太太的神情庄严，看不出什么表情。也猜不透满意与否。或者她满意不满意根本不重要吧——即使世家老夫人，这也不是由她喜好决定的事。

“是的。”拂烟直视她，神色一贯的不谦恭。

“此处便为你居住之地。这位商夫人岳雯诗，你且来认识。那边是给你的丫鬟名叫贝壳，以后就由她服侍你。你有何需要，便由她转告。”老夫人连贯流利地说，看得出她是一个精明能干的人。

岳雯诗微笑着，亲切向拂烟介绍这里的环境。商敬先享受这看上去和谐美好的场面，就在旁边像品戏般观赏起来。

房间的布置也是精致而考究的，拂烟感到在这里住得果然舒服，又为自己的决定高兴一把。

想要高兴很简单，一种方法是活在当下，不想其他；一种方法是目标长远，撇开眼前困难；还有一种方法，是忘却更多的情感。另外还有两种不同的途径，一是完全不管世俗定律，只有自己，没有其他顾虑牵挂；还有一种是完全融入世俗定律，忘却自己，投身其中，一样都是快快乐乐。

拂烟也没去想她属于哪一种，反正她现在挺舒服的。

一天以后她从丫鬟对待她的方式感受到了更多：原来自己是不被允许在商府随意走动的，这样也挺好，反正本来就没想在这里到处走。

很快拂烟就怀孕了。一切如所有人的意料，很好。

拂烟并不觉得被限制了自由。这本来就是她自己的选择。倒是夫人岳雯诗心中有些歉意，几乎每天都来探望她。

这一日，夫人又来了，商老爷公务结束得早，也一同前来。

“拂烟妹妹今日可好？”岳雯诗坐到她旁边，亲自帮拂烟倒了水喝。

“还好，就是醒来前做了一个奇怪的梦。”

“哦？什么梦，说来听听，是胎梦呢。”岳夫人微笑。

“我梦见太阳和月亮同时升起，都移动了过来！”

“日月同辉，是吉兆啊！”商敬先听着高兴。

“听我说完，梦中日月却突然合到了一起，变成一个快速旋转的球，转动好快好快，令人眼花缭乱……然后……”

“然后怎么了？”商氏夫妇一同问道。

“突然又分开了！分不清哪个是太阳、哪个是月亮，两个大小样子一样，却……”说到这里声音低了下来。

“怎么了？你接着说吧。”岳雯诗见拂烟有些为难的样子，柔声道。

“有一个暗了下来，是暗的！另一个是亮的，有一个却很暗很暗，完全没有光芒了……”

商敬先心上一惊，略有一种不祥感，却说不清是什么，转为沉默。片刻才道：“你是江湖中人，懂武术幻术，游历也广，对于此类梦平时怎么解？”

“我平时是不相信这些的！”拂烟突然道，神色不屑，“我不喜欢那种用来解释梦的东西，尤其日月，离我们那么远，我们只能瞻仰，又怎能企及，让它们预示我们想知道的事？”

“呵呵，既然你不信，那还管那个梦干吗！”商敬先听拂烟这么说，笑道。

在一旁的岳雯诗这时说话了：“拂烟妹妹别多想了，有道是日有所思，夜有所梦。昨天我们还在讲为孩子起名的事，说生儿子起名凌日，生女儿起名凌月，你想着孩子，就梦到日月了！”

他们都笑了起来。拂烟本就十分随性，情绪起落变化快，顿时忘记了梦境带来的不安和不舒适感。

“对，凌日、凌月两名甚好！”商敬先又道，“现在拂烟又梦见日月，可谓得天地之精华！有此寓意足矣！”商老爷沉浸在即将得子的喜悦中，将负面的情绪一下子抛开。“凌日，此名颇为大气，有气势！”

“呵呵，我倒觉得凌月这个名字也挺适合男孩。”岳雯诗抿抿嘴，“月华如水，月下翩翩美少年，浊世佳公子，这个世界需要这样的人。”

“嗯，对，对，如果生下来是两个男孩儿就太好了！双胞胎其实并不少，拂烟做了日月同辉的梦，肚子又这么大，很可能是双胞胎！哥哥凌日就习武，弟弟凌月则学文，这样多完满！”

商敬先满怀憧憬，还接连着道：“我早就想过，商氏家族的希望就寄托在这一代，凌日这名字大气辉煌如同高升之太阳，我会好好培养这孩子，使他以后学武，建功立业！”

“好啊，若真是双生子当然最佳！当然我们没有歧视，何况本地近年来妇女地位逐步提高，若是女孩在我们世家，也可以学文成为才女呀！”岳雯诗笑眯眯的，听着夫君的话，也构想起美妙的图景。

“不管孩子性别如何，他俩一人学文一人习武吧！”商敬先仿佛已经看到了两个孩子在眼前，兴奋地说。

商府沉浸在等待小少爷来临的喜悦中。

很快怀胎时日已满，拂烟肚子里的孩子却似不肯出来，没有动静。又过了几天，拂烟忽然开始疼痛，商敬先忙唤了接生婆。岳雯诗也赶来陪他们，看着拂烟痛苦的样子，她也觉得一定很疼。

“啊！我受不了了！为什么要生孩子，痛死我了！真是找罪受！”拂烟竟然这么叫起来。商敬先眉头一皱，面色有点沉。岳雯诗也目光一闪，这拂烟，哪有这么说话的？

她见丈夫的面色难看，连忙出言化解：“老爷别在意，拂烟随性惯了，性格豪爽，这会儿痛成这样，我看着也心疼。”

商敬先听了，再看到拂烟痛苦的样子，这才脸色好点。

一会儿终于诞生下一名健康的小婴孩，这孩子刚一出来就哇哇大哭，声音嘹亮，顿时充满整个房间。

“恭喜商大人！是个公子！”

“太好了！”商敬先和夫人喜极而泣。

却见接生婆仍在忙着。定睛再一看，又是一个孩子！

“啊，真是双生!!”

这位后出来的小孩子却是一声也不响。又一阵道贺声响起。

“也是一位小公子！两人长相一模一样，都这么漂亮！老身在接生这行这么多年，还从没见过一胎双生的孩子如此美丽健康，都块头很大很重呢！”接生婆看着两个白白胖胖的可爱小孩儿不禁稀奇，“真是恭喜商大人，大喜了！”

商敬先和岳雯诗高兴得张大了嘴。

“来，来让我抱抱！凌日，凌月！”商敬先笨手笨脚地就来抱孩子。接生婆和岳雯诗笑着把孩子轻轻抱过来，教他怎么抱，不要伤着孩子。

而拂烟静静躺在床上，可能是太累，经过艰难的产期，很疲惫的样子，脸上没有什么表情。

岳雯诗吩咐贴身丫鬟好好照顾拂烟。她见商敬先一手一个，抱着两个孩子，爱不释手的样子就笑，“老爷，你这么抱着，怎么分得清楚谁是凌日，谁是凌月？”

“不急！我看好着呢，右手这边是先抱的，是凌日，左手接过来的是凌月。我这就去给母亲看，她等着呢！”

“呵呵，等下母亲她老人家一抱，两位乖孙子可就分不清了！”岳雯诗笑着，随手在左边的小凌月头上点上一点红，似乎是胭脂或朱砂，“这下就不怕搞混了。这孩子真漂亮！”

商敬先都没顾上仔细端详小孩子，就抱着往母亲的屋子快步走去。

老夫人算着孙子的出生日期到了，几天不见孩子出来，格外着急，却又知道急也急不了，就等在自己的屋子里，告诉商敬先孩子一生出来就来叫她。

看到眼前粉雕玉琢的小孙子，她多年以来盼孙的愿望终于实现，而且还一次得了两个，立刻老泪纵横！

“上天眷顾我们商家，赐给我们如此双生佳儿！”老夫人异常激动，“敬先，你前日说男孩叫凌日，女孩叫凌月，现在他俩都是男孩，也还叫这两个名字吧！”

“母亲说得是，我也是这么想的。”

“凌日、凌月，此名妙哉，日月光芒，天地灵气而生。”商老夫人也是大家闺秀出身，有文化底蕴。府上早已准备起了小婴孩需要的一切物品，对产妇拂烟也须照料有加。

谁知拂烟却不肯给孩子喂奶，她一点没有当母亲的高兴样子。岳雯诗也不怪她，毕竟拂烟年纪轻，也没体会过盼子心切的心情，再说她游历江湖自在惯了，自进府后老夫人怕对孙儿不好，对她严加看管，更弄得她更像坐牢一般。也难怪她心情不好。

现在见她不肯喂孩子，岳雯诗连连相劝，拂烟才滴了些奶到杯子里，还是板着脸，岳雯诗连忙接过耐心地喂。

旁边的丫鬟看不过去，“夫人！”岳雯诗忙制止她。“这是我应该做的。”她说这话的时候，目光闪过一丝惆怅。

“来，把另一个孩子也给我。”岳雯诗又对丫鬟说。丫鬟只好把小少爷抱过来，岳雯诗又喂给他喝。谁知这小少爷却紧闭着嘴，就不张开，岳雯诗笑着逗他，他还是抿着小嘴。

“拂烟妹妹你看呀，这小孩子很可爱的！而且特别漂亮呢……”

“那是当然，他们的娘长得好他们当然生得好！”拂烟不屑的样子，岳雯诗脸色微微变了一变，手中还是继续喂孩子。

拂烟接着说：“但是有什么可爱的！话也不会说，一动不动的！尤其这个，对，就你手里抱的！那个还会哭两下，这个哭也不哭，声音也没有！”

岳雯诗摇头，哪有娘亲这么数落自己刚生的小宝宝的？

“我当时是好玩，想生个孩子，而且我这么优秀，不生个优秀的孩子可惜了！恰巧商老爷在找小妾，我就来了。”拂烟十分随意的样子，“我哪想到生孩子那么痛啊，不像在……”

说到这里她忽然停了下，闭了口。然后目光一转又愤愤而道：“没想到那么痛！我为他们受这苦，我值吗?!”

“唉，拂烟妹妹，的确委屈你了。”岳雯诗意味深长地说。她虽不了解，也看出拂烟不是普通的女子。

“没事。”拂烟倒是爽快得很，“姐姐你这么喜欢这两小孩子，他们就归你了！”

“呵呵！”岳雯诗没想到她忽然这么说，一时不知如何接口。

“我说真的。”拂烟的表情忽然凝固了下来，显示出认真与坚决，“其实我心里清楚得很。这商府上下，要的只不过是我生的孩子，对于我，嘿嘿！”

她快速继续道：“别看老爷现在对我热情，也只不过是一时的新鲜罢了，他和你才是有一些长久的感情。很快他就会忘了我，他就想要他的孩子，换作任何一个女人当他的小妾都是这样子，对我只不过稍微有新鲜感，也会很快褪去。倒是你，雯诗姐姐，我看得出，在商府这些人里面，只有你是真心对我好。”

岳雯诗被她这么一说，更是愣住了。她知道拂烟是个聪明女子，只不过大家生活环境和价值观都不同，道德观似乎也不一样，有些格格不入，但没想到她把商府的情况看得这么透彻。

“拂烟妹妹……”岳雯诗一阵心疼，似是同为女子的悲哀。

“姐姐你不用多说了。我明白得很，老夫人也早有意安排这孩子到你的名下，毕竟我来路不正身份不明，你是大家闺秀，又是商府夫人。否则老夫人和老爷也不会只安排这么一个小丫鬟给我，还把我放到这秘密的别院中。”

“这，妹妹多心了，他们是想保护你，也不想让杂人惊扰了胎气。”

“哼，说是保护我，其实就是不想其他人见。”拂烟又冷哼了一声，“真发生什么事，那一个丫鬟保护得了我吗？笑话！”

“怎会出事呢，这别园也还是在商府围墙内的，墙外门外都有人把守，况且我们京城治安也很好。”

拂烟“嗯”了一声，又回过话道：“不管怎样，他们想把孩子放你名下是事实。恰好姐姐你这么喜欢孩子，我看得出来，就算那些人没这意思，我也会这么提议的。你比我要适合当他们的母亲。姐姐你知道我的性格，跟我不用客气。”

岳雯诗也不再推辞，微微一笑含有深意地说：“如此实在谢谢拂烟妹妹了。如果这两位小公子日后不知道你是他们生母，叫我娘亲，你不会介意？”

“不会，有什么好介意！我都说了，就这么办。”

“真要谢谢你，不管他们意思如何，拂烟妹妹这么说来，叫我感动，我会记着的。妹妹你累了，好好休息，安心睡一觉，其他事都不要想了。”岳雯诗把孩子喂完，发现那个安静的孩子始终抿着嘴不肯喝奶，又要去调配专门给他的婴儿食品了，笑着摇摇头，让拂烟好好休息，抱着孩子，告辞走了。

岳雯诗一走，拂烟就两眼望天，自言自语："若不是看京城治安好，商府有这森严的守卫和环境，还有密封围墙和这单独的别院，我才不想住进来。此处看来很安全，他们对我好不好不关我事，我也没想让他们对我好过！他们让我住，我帮他们生了孩子，谁也不欠谁！我把孩子给了岳雯诗，也算还了她照顾我、包容我的人情。"

"这孩子适合跟着她。我再住两个月，等身体完全恢复，就可以出去玩了！他们有了孩子也不会管什么没名分的小妾。反正换个不同的环境尝尝新鲜！"

可是拂烟没料到，变化比她的预想还要快。

第三章　日月·变化

这一天的日落时分，岳雯诗照常来她这儿，把孩子带给她看，顺便带一些奶回去。商府已给两位小公子调配了十分营养的食物，是商敬先从宫廷太医那里得知的配方，据说聪慧俊美的小皇孙殿下就服用此方，深得太上皇所爱，赞其比母乳更营养健康些。

岳雯诗本来也不好说拂烟不肯喂母乳的事，以及一个小孩挑食不喝的事，这下可正好了。

"喏，奶已经挤好了，在那瓶子里。"拂烟瞟一眼怀抱了一个小孩子的岳雯诗，指一指桌上的玉瓶，不冷不热地说。

"怎么回事？奶怎在瓶子里？"商敬先的声音传来，他手里抱着另一个婴儿，一脚踏入屋内，挑起眉毛。

岳雯诗连忙解围："妹妹知道我们这个时候要来，怕饿着孩子，就提早准备好了！"

拂烟噘着嘴一句话不说，也不看他们。

商敬先想着喂孩子，就没注意拂烟，拿起玉瓶就准备来喂小孩。

"呵呵，你不会喂，看我来吧。"岳雯诗微笑着就先帮自己怀里的孩子喂了起来，把玉瓶拿到他的嘴边，小孩非常安静，却并不想吃奶的样子，把头转到一边。

"你看他还不想吃呢！"岳雯诗对商敬先笑道。

"不爱吃别吃！"拂烟愤愤咕哝一句，声音很小商氏夫妇也没管她。

这时商敬先怀里的孩子可能是发觉先把奶瓶给弟弟了，忽然哭了起来。

"吵什么吵，烦死了！"拂烟又小声抱怨，面朝内转。

商敬先看到手里的孩子哭了，一时慌乱不知怎么办。岳雯诗连忙接过来，两人交换了怀中的孩子，岳雯诗拍拍摸摸，孩子就安静了下来。

"呵，这孩子倒和你有缘！你一哄他就不哭了。"商敬先满意地笑了。岳雯诗也高兴。

却见商敬先怀中一直安静的孩子忽然躁动起来，嘴里还发出哼声，对这个安静的小孩很反常。

忽一阵声响，商氏夫妇顿时都被吓了一跳。

刹那之间，两个蒙面人已站在了门口！拂烟手中也多了一把剑，傲然立在前。

商氏夫妇惊呆了，愣愣地看着这突如其来的一切。

“你们要对付的人是我，跟他们无关!”拂烟面朝门前的人，高声说，“先让他们走，我再跟你们好好打一仗!”

“嘿嘿，你以为他们走得了吗？谁不知道，他们抱着的是你的孩子!”

“你们，要干什么?!”拂烟的声音颤抖，一反常态。

“干什么你不是早知道了吗？一命抵一命！这是你自己造下的孽!”

语毕，两道身影快速飞来!

拂烟迎了上去，身形极快，迎战二人。

“快走!”她忙中喊一句提醒夫妇俩。其实商敬先不是不知道要走，只是来人这样在门口打，他们哪走得了？在房间靠内还安全一些，暂时打不过来。

商敬先知道拂烟武功了得，忙叫岳雯诗别害怕，岳夫人也是异常坚定，脸色惨白却一声不响地抱着怀里的孩子。

她抱的孩子又开始哭。倒是商敬先怀抱的小儿子，先前动了一阵，现在又恢复安安静静了。房间里充斥着一个孩子的哭声和利剑金属相交的响音。

来人听到小孩清脆大哭，更往岳雯诗那里逼去。拂烟奋力抵挡。“不要伤他们!”尖声怒吼，她猛力一剑扫去，与两剑相交，两个蒙面人退后了几步，她也被震得身形不稳。

“拂烟，你也有今天！你叫商氏夫妇把孩子交出来，我们杀了你们，保证不伤他们！我教有教规，你杀了本教中人，吾等来找你和你孩子抵命，不想跟商府和朝野有任何瓜葛!”

“住口！我凭什么听你的!”拂烟怒喝。

“由不得你!”蒙面人的声音压过去，“血债血还，你杀我师兄，连有孕在身的师嫂也不放过，必当拿你和你孩子来抵命！用你们的血做祭!”

“休想！我拂烟岂是听你话之人？虽然我对这孩子并无感情，却凭什么给你们!”

“你不乖乖束手就擒，死得更惨!”来人声音极其可怖。“别费力气了，你生子不久，打不过我二人!”

“谁说我打不过!”

他们又进行了一些不客气的对话，手下丝毫不停顿。拂烟火气大，不仅要打，口头上也要占上风。“你们破教两个长老联手起来还打不过我，还有脸在这里，快滚吧，别弄脏了商府的屋子，改天本姑娘再来奉陪!”

两人听到这话发怒了。忽然使起一个怪招，顿时屋内烟雾弥漫，泛出了猩红。

“你们，你们不是说了不伤害商氏夫妇的吗?”拂烟惊叫。

“是你这臭丫头逼我们的！竟敢再次辱骂本教！既然你如此出言不逊，还要吾等遵守给你的承诺吗?”

商敬先和岳雯诗被笼罩在了烟雾里，身体开始不适。迷蒙中有什么一闪，一阵烟飘过，红黑烟雾退了下去。

“嘿，姑奶奶我也并非不会法术！这点雕虫小技!”

“拂烟啊，别强撑了，我们这是没下重招，量你们今日跑不掉，慢慢把你们折磨死，谁叫你对我师兄嫂二位狠下杀手。你还是省点力气吧，行法术比动武功损耗大，死得更快!”

“早晚要被折磨死，还不如死得痛快点！我就跟你们拼了，看你们能怎样!”

顿时双方招数都变凌厉，除了剑更有各色光、烟、风、雾，纠杂缠绕一片混战，看不确切，却显然可见比刚才又惊险了很多。

“平日仗着有巫医教撑腰，胡作非为，今日巫医拜天祭典，你别指望有人会来救你！”

“还是快点吧，晚了万一巫医教那边提早结束就不妙。”另一杀手突然说。

“不怕，我们的教徒也有不少去那边埋伏，如果情况有变可以先跟巫医教打起来，拖延时间。不过这臭女人还是尽早解决得好！”

说罢他们又一提气，招式汹涌压来，拂烟渐渐连招架也难。屋内的血色雾气又开始弥漫，岳雯诗逐渐不支。

“夫人，夫人！”商敬先大声呼唤她。岳雯诗朦朦胧胧的，手里还紧紧抱着孩子，“我没事……”她轻轻模糊地说。

“老天刚刚赐给商家二子，难道今日就要绝于此？”商敬先不禁仰天长叹。

这时商府的侍卫已赶到偏院来，然而魔教长老却不知使了什么法术，侍卫们被禁锢在了门外，动弹不得！

突然，一道血光袭向商敬先，拂烟连忙抽出力量向烟雾挡去，却动作一停滞，中了一剑，吐出一口血来。又一道光趁势袭向岳雯诗，岳雯诗已经基本昏迷，只觉怀里红光一闪，孩子大叫了一声，就不哭了，这一惊却是醒了过来。

“凌日！”她一睁开眼就叫。面前浓雾的缘故看不清孩子，只觉得在手中原本一刻不安宁的小孩这时却是静得出奇，心中立刻不安！

“凌日，凌日！”怀中的孩子还是没动静。

“凌日怎么了？怎么了？”商敬先的声音紧张而颤抖，大叫起来，却看不清楚。

岳雯诗用手指探了探小婴孩的鼻端，呼吸已经没有了。她的手顿时僵硬。

商敬先焦急地摸索起来，碰到了岳雯诗抱着凌日的手，沿着摸过来，也刹那间感到了孩子停止了呼吸！

拂烟已经倒下。

“掌门师兄，这臭女人已经死了！那个孩子也死了。”

“哼，若非她捣乱，大师兄和师嫂定会繁衍子嗣，她的血债并不止两条！”来人眼中凶光更显。阴森的气息中，脚步向商敬先挪了过去。

正在这时忽然一道白光闪过，屋内所有杂乱雾气顿时四散。

“巫医圣者！”两个蒙面人立时震惊，“你不是去祭天仪式了吗？”

只见一个雪白长袍的身影，挺立在那里，划出一片清朗天地，将商氏夫妇与两个蒙面人隔开。“怎么，本座一走你们就胡来？”

魔教杀手定了定神，道：“巫医圣者，我教与你素来各有各道，井水不犯河水，只是拂烟这女子与本教有过节，相信你是明白人，心中有数。我等知她并非贵教中人，今日与她了了恩仇，除此母子，这就罢休，绝不伤及其他！”

“你们连刚出生的孩子都不放过，还有什么良知吗？单是这次，别说拂烟是我朋友，就算路人，也非管不可！”声音不怒而威。

蒙面人似被他的气势所吓，声音放轻：“你圣者仁心，不过这闲事也不能多管。我们都知你巫医教在祭天这日，不可行法，不可动生杀血戒！”

“你们打好了算盘，乘人之危，怎会让你们得逞？”白衣圣者若有若无一个笑容。

“你……”二人刹那间被一道迅速的白光袭中，却没有倒下。

“我留你们性命，你们看着，拂烟和这孩子，我都带走。”

“你带不走！”蒙面人撑着提气说，“今日你不能行法，屋外的那些教徒已被你治住，你已逆天而行！若要强自将这女人和孩子带走，恐怕……”

“我的事还轮不到你来管。”白衣圣者冰冷地说。

商府另一端，越来越大的吵闹声渐渐传去，惊动了住在那的老夫人。闻声，却听不清是什么，老夫人心中不安，硬要丫鬟搀扶着过来。

“不像是街上的声音。我心里不踏实，来，去看看！”丫鬟只得搀扶着她走过来。

还没走到别院，就听到更响亮的兵器相交之声。老夫人加快脚步，心中的焦虑使得她的步伐比平时快了很多。迈入别院一看，商府侍卫竟然如同一个个僵尸一般，立在原地动也不动，无一例外惊恐地睁着眼睛，有的迈开一只脚还悬在空中，有的失去重心已然坠地，却仍是笔直硬邦邦的！

简直一群活死人，睁着眼睛瞳孔放大的活死人，比真的尸体还要恐怖！老夫人这一惊非同小可。

“我的孙子呢？我的孙儿！”老夫人一受惊，颤颤巍巍，大叫起来。

屋内透出的血色烟雾重重飘出，夹杂利器撞击与婴儿的哀哭。丫鬟也被吓傻了。这时她们突然听到拂烟的一声大叫，然后是人倒地的声响，老夫人随即一颤，跌倒在地，不省人事。

须臾以后，别院屋内，一道白光扫荡，淹没整个屋子和别院，商氏夫妇在惊异中，还没来得及看清，就忽然都消失不见了。

岳雯诗忽然发现手中一空，“孩子呢！我的孩子呢！”

只见景象恢复如常，屋内仿佛什么也没发生过一样，打斗的痕迹没了，岳雯诗手里怀抱的孩子已不见！

商敬先也焦急起来，一看自己怀里的孩子，还好好的，仍然安安静静，呼吸均匀。心下顿感已是万幸。

然后他们才发现拂烟也不见了，却残留着地上的血迹，还有岳雯诗手里原本抱着婴孩的地方也留下了血痕。丁点残余的证据，提示曾经的存在。

那两个不速之客，也已没有了，却听到老夫人的贴身丫鬟的叫声。

夫妇俩连忙跑出去，经过这场大难，他们的头皮和脚都发麻了。屋外的侍卫们这时一个个如同行尸般转身走出去，目光仍然呆滞，仿若从未看见任何情景、从未来到这里执行任何任务。而这行尸走肉撤退的场景却显然不如老太太的跌倒让商氏夫妇震撼。他们一到室外迎面就看见倒在地上昏迷的老夫人。商敬先又是大惊。

“快，快扶老夫人回房，找大夫来！”一起赶来的还有商府的总管家老张。丫鬟扶不动倒在地的老太太，商敬先亲自抱着老太太向正院快步走去，张管家跟在后面，急忙去叫大夫。

商府的那些侍卫们过了片刻才回过神来，茫然地问：“老爷，这是怎么了？”商敬先自然不会跟他们解释，一来没心思，二来想着多一事不如少一事。

张管家和老夫人的丫鬟是看到了屋内打斗的最后场面，也听见了拂烟的倒地和婴儿哭声的顿然停止，然后发现什么也没了。

这时小丫鬟的脸色已经吓得惨白了，对于眼前的一切一片茫然，而后赶来的年纪大一些的张管家，则要镇定得多。他们快速将老夫人带回她在商府正院的住处，并为老夫人请来了医者。老夫人无生命危险，也并未受伤，只是沉沉睡着。另一边，岳雯诗把小少爷抱着，隐秘地带到自己的房间照顾了起来。

虽然突遇意外事件，商府尽量做到动静最小化，岳雯诗也不愧大家闺秀出身的商府夫人，即刻恢复平静，与商敬先一同收拾残局。幸好那些亲眼目睹者都已吓得不记事，来到别院的侍卫被魔教法术禁锢住了行动，意识自然不知晓，派给拂烟的丫鬟在事发之前离开别院，被侍卫隔离着不让她靠近，府上其他家丁只是听闻了响声，却因早前老夫人和老爷吩咐不得靠近别院，因此都不敢来看，只有扶着老夫人的贴身丫鬟和张管家目睹了一眼。这两人都是商府下人中最贴心的了，商敬先和岳雯诗嘱咐了他们，他们自然也不多说。且他们也不愿回想那恐怖场景，于是将其排斥在常规记忆之外。

第四章　分化的世界，到来的凌月

再说这位幸存的小婴儿，容貌出色，带有与众不同的灵气，人见人爱。不过商敬先夫妇不能再把他再展现给众人——不久前商大人刚参加完的京城权贵茶馆聚会，欢欢喜喜给众人们看这难得一见的同胎同貌双生子，将自家漂亮孩子展露了一番，没想到时隔数日就跌入如此极端！

这事给他们的刺激太大了，生怕再出点什么意外。

老夫人醒来后，神志不清了。她一醒就叫着孙儿，大喊大嚷。岳雯诗连忙把凌月抱来，与商敬先二人紧张地交换眼色，不知怎么开口好。

谁知老夫人一看见这小婴孩纯洁柔美安静的面容，立刻情绪稳定下来！老太太怜爱地抚摸小凌月的脸，笑容慈祥温柔，与一般的慈爱祖母无异，商氏夫妇甚至以为她受的惊吓症状只是暂时的。只是后来老夫人的表现和大夫的话语才让他们心痛地意识到，老太太真的有不可逆转的精神疾病了。

幸好有这俊美宝宝，缓解了老夫人所受的惊吓和商敬先失去一位爱子的伤痛。襁褓里的小公子一出生就有柔亮的黑发，在婴儿中是不多见的，全身肌肤雪白，一双丹凤眼眼角上翘，最特别的是他安静得出奇，不爱哭，也不怎么发出声音，甚至可称为严肃，虽然只是小小婴儿，竟有一种忧郁。

不过这时的老太太显然想不到这么多，她甚至连另外还应有一位婴儿的事也忘了，就沉浸在怀抱面前这位小孙儿的喜悦中。过了一会儿，待到岳雯诗将小凌月抱走去喂特别调配的食物时，老太太才忽然对留下来陪她的儿子说："敬先，那日诞生了两个孩子，是同胎双生，一个叫凌日一个叫凌月是吧？"

商敬先大大一惊，这老太太怎么突然清醒起来！万一被她知道有一位孙儿已不在人世，如此刺激是她能再受得了的吗？这可怎么办?!

他正在担忧、吃惊、害怕得不知如何是好的时候，老太太的声音又响起："敬先，刚刚那孩子是凌日还是凌月呀？"

"是，是凌月……"商敬先只好这么说，再不知道怎么接着讲了。

"那你快点去把凌日抱来！去呀，快！"果然，老夫人发出号令了。

商敬先头上冒冷汗，也只好硬着头皮答应"是"，然后快步走出去，赶紧和夫人说。

岳雯诗一听也又惊又紧张。"那……现在还好老太太只说要看凌日，没说两个孩子都要来，只有把凌月再抱去一次了。我赶紧把孩子额上的红点擦掉。”

虽然朱红小点是可以擦去，但这小孩子的表情气质显然跟一般的婴孩不同，太突出了，被发现还是同一位怎么办？而且若是老夫人忽然又要召唤“凌月”、要同时见两位孙儿怎么办？思考不出答案了，岳雯诗和商敬先只得带着小凌月先过去再说。

“来，快点给我瞧瞧！”老夫人看见门口的夫妇俩，赶紧招手。

仿佛知道这是自己的奶奶，是一位受到了刺激的可怜老太太似的，这应该还无意识的小婴儿，竟朝老太太绽然一笑，原本安宁平和的脸上顿时显出一个极其灿烂、温暖人心的笑容，使商敬先夫妇大为惊异。

才刚满月的婴孩似有意识的笑，的确罕见。尤其是出生起就安静异常的小婴儿，这时突然这么一笑，立刻换了个人似的。就连商敬先和岳雯诗一刹那也不禁怀疑，这到底是不是凌月？

“孩儿可爱，笑得多开心！”老太太高兴得眯起眼睛，逗着小婴儿，小孩咯咯笑出声来。商敬先和岳雯诗在旁边一愣一惊一乍的，终于老太太再没提带来另一位孙子的事。商氏夫妇意识到这不是一般的孩子，长大后也非凡人。这样的孩子给了他们极大的兴奋和幸福感，只是想到还有一位同样美丽的孩子竟然刚出生就离开人世，不禁悲痛万分。

最重要的是，老夫人的情绪和身体都受了打击。那些动荡使老夫人就受了惊吓，有时却还是清醒的，记得清清楚楚有两位孙儿，是双胞胎，现在如果突然得知只剩一位了，另一孙儿已死，怎么得了！商敬先和妻子都很孝顺，为此愁眉不展。

“夫人，要不只能如此……”于是他艰难地在夫人耳边说了一个决定。岳夫人听闻大吃一惊，随后很快定住了情绪，思忖一番道，“也只能这样了。”

“这孩子非比寻常，他应该能做到。”商敬先郑重地说，“他是双生子中的弟弟，取名商凌月，从此以后，他便也是他的哥哥，商凌日。”

“日月之光华，天界之荣美，这孩子确实承受得起。我们定将加倍精心培养他。”

小凌月仿佛成为了老夫人的安定剂，每当老夫人病发的时候，岳雯诗抱着小孩子过来，老夫人就安静了下来，露出慈祥而满足的笑容。也还好，老夫人也不会提起同时将两位孙儿都带给她看。

“难道是觉得这么聪明可爱、样貌气质超常的孩子，只要一个就够了？”商敬先夫妇心中有疑问，然而这个疑问不只是对老太太，更是对命运给他们的安排。太沉重，太刺痛，他们都不敢说出来。

在这之后，凌月的养母、商敬先正妻岳雯诗，将孩子视如己出，从他一两岁就开始教他琴棋书画。日后作曲成为了凌月抒发内心情感和压力的一种方式。

商府内部知情人士，其实就只有商敬先和夫人了。商敬先为凌月请了武术奇门遁甲高人、至交贺青山先生来做凌月的师父。贺先生是除了商敬先夫妇之外，唯一知道凌月凌日秘密的人。他对凌月很是同情，但不对他说安慰的话，只是告诉他男子汉要坚强，什么都得挺过去。

扮演凌日的时候，凌月立刻换了一副面貌，散发的气质都不一样了。他习武时有一股坚毅，隐藏了平日的柔雅，转为凌厉色彩。出于他的形象气质自然之势，师父教给他的武功套路还是优雅飘逸型的，他舞剑时像个小仙子。有高人精心教导，加上小凌月极其聪明，一学就会，长进迅速，很快就成了武学高手。他白天学文、晚上习武，只在日出和日落前分别睡上两个时辰甚至只一炷香时间。虽然长得秀气文弱，但这小男孩似乎精力特别充沛。加上从幼年最初就如此，习惯了。

既然这孩子在晚上精神好，夜间悄悄出府、天亮前再回来不会惊动众人，于是，自然一半也是凌月自己的偏好选择，就这么定下来了。生活虽然反常，却是极有规律。

不论在哪里，商府的下人们都不太能见到他。岳雯诗隔一阵会带他交替着身份去见老夫人。如此，“两位小公子”轮番出现于其祖母前。虽然外貌一致，但是气质举止相差颇多，而且一文一武各有所好、各有所长，加之老祖母年纪渐长，动荡后也有些头脑不清，益发糊涂，因而真以为有两位孙儿，喜笑颜开。

他的父母从心底里也希望他们的另一个孩子健在，因而也刻意忽略和遗忘他实为一人。凌月聪慧而敏感，清楚知道自己在长辈面前扮演的角色——他们甚至在对外的公开说法都是如此，声称商家有两位公子，商凌日与商凌月，只是大公子凌日长期在外跟随一位师父习武，用功而忙碌，凌月则性格孤僻，喜欢自己一人独处读书弹琴画画，因而外人很难见到，自然也不会怀疑。

商氏夫妇这么对待小凌月也有无奈。那次生了一对健康漂亮的双胞胎，算是个罕见的喜事，所传甚广，京城贵族中都已知道了，还来向商敬先道贺。哪想到，很快遇到突如其来的变故！商氏夫妇尽量大事化小，于是除了为自家母亲考虑之外，还得硬着头皮撑下去。既然安排了小儿子的双重身份，就得让他处处习惯，不能突然露馅了，何况身边就有祖母和商府门丁们看着。随着成长小凌月越来越习惯了自己的双重身份，自然而然就进入了角色。

渐渐地，小凌月形成了复杂而分化的人格。家里教养给他、对待他的身份角色也一直有两个，使得他产生了双重的人格，或者远没这么简单。

凌月也开始内心对话，他可以听见一个自己的声音与另一个自己说话，又似还有其他的身份话语，不止两个人。可除了见家人和师父，凌月几乎总是一人。商府的安排如此，以免被看穿公子的秘密，也促使凌月更加养成孤僻、自己与自己对话的习惯。也由于凌月本质敏感、爱思考和情感内倾不太向外表露，自然而然地就积压在心里、自己同自己说了。他所扮演的双重身份使得这个现象更扩大了，他渐渐不由自主地可以听见心中来自不同身份和立场的声音。

“凌月，你太累了，你需要休息。”

“你不能休息！你还要练武，你是商凌日！”

有时对话内容甚至不局限于凌日和凌月的角度，他的脑海还会产生一些怪异的念头。比如“这一切都是你的父母自己考虑的，他们根本没有顾及到你的感受，对你不公平，你为什么还要听他们的、任由他们安排?”或者，“凌月，你做这一切都是为了什么？你付出多倍的努力，扮演双倍的角色，却还躲在角落里隐藏着秘密自己承受，不能诉说，还见不得人。”

每当这样，小凌月就害怕地抱着头，用力将这样的声音甩去，不去想它也不让自己听见。但是它们有时还是会突然冒出来。

表面上，凌月资质相貌超群，家境也好，长辈对他宠爱有加，但自有记忆起，他就品味着不同的变化着的压力、痛苦、忧愁、苦涩，很少体验快乐，纯粹的快乐似乎从最初起就与他无关。他天生就有一股忧郁的气质，“或许，还是很适合自己所走的道路的吧！”他对自己说。“若我天生不是这样，而是一个简单快乐、不细腻、不敏感、不会体会他人心思也不会扮演他人角色的孩子，那我是否还能被塑造成这样呢？或者，若我那样的话，如此处境也不会落到我身上了吧！”想到这里，他觉得有一种找不到源头的讽刺。

第二卷

双重线·同心圆

第五章　日月之园

那次突发事件后，别院闲置了一年，而后商府翻新重建，算是除一些秽气，预示一个美好新开始。这个举动，也恰好应和举国的一个大事——皇后诞生小皇子，却难产而亡，此朝帝王感念皇后贤德，为她举行追忆仪式，更将原本凑七星之数的嫔妃尽数遣散，而后将不足月生的皇子取名为悯瑛，祈求上天怜悯，赐一世英明国君。

然而尚且健在的太上皇却认为此先天不足的孩子远不如其同辈皇族兄长，也就是早两年由太上皇次子所得的小皇孙，阴懿琨殿下。老人家偏心明显，执意让皇孙殿下继续留在宫内，甚至欲立这位二王爷的儿子为储君。京城各茶馆一时间风言风语，乌烟瘴气，皇族很快禁止百姓再议论此事，然而有些言语还是不胫而走。不过商府内恍如隔开的另一片天地，国事并不那么受重视，家事则放在了前面。

商敬先就庆幸自家府上的怪事无人关注了，暗暗后悔当年喜获双生儿之际对同僚官贵们大肆炫耀，幸得丧子之秘现今对外也无法公布。他雇了建筑队伍将别院与正院间隔挡的围墙拆了，按照小儿子的意思，种植植物并点缀假山，开辟出一条弯曲而幽静的小道，两旁都是翠竹，通往最边上的两座小屋，就是小少爷的住所了。而这块园地，就称为“日月园”。

凌日少爷的小屋门前种植了向日葵，红砖黄瓦，屋虽小，造型线条简洁中透着大气。

凌月少爷的小屋门前种植了月季花，是一座小木屋，深色的紫檀木，蓝绿色的琉璃瓦，还有一排小竹子和再远一点的玉兰和梨花树挡住了光线只让阳光细细碎碎地洒在小木屋上，显得恍如梦幻。

日月园，相当于凌月一个人的空间，不过他和父母都一直保留着属于商氏家族另一位儿子商凌日的位置。别院原就是接待宾客之地，当时拂烟也是住在那里，下人们知道商府的规矩，别院不准随便进入，而改造成两位少爷的住处之后，这个习惯仍然保持。再加商敬先和岳雯诗吩咐，凌月少爷亲口说不喜欢人家随便到他住所，如有要事进门必须敲门——父母也如此——所以其他人知道这位小少爷脾气，更不敢接近了。

凌月的小屋宛若他的庇护所，他真正的领地，只做自己的地方。天生的性格似乎正好应和了后天的环境[①]，凌月就喜欢一个人关在房间里，读书写诗画画弹琴，一个人的安静生活或许其他这么小的孩子会感到寂寞和不喜欢，但是凌月却自得其乐，安然而舒适。他觉得这比见人、跟其他人在一起——不管以凌月还是凌日的身份——都要舒服。

岳雯诗对凌月关怀备至，饮食起居亲自照料，让府内厨房精心制作调配各种营养食品，自己端到凌月的房间，微笑看着他吃，跟他说说话，聊聊诗书。对于这位清秀俊美的孩子，她从心底喜欢，而知道他从小肩负的任务和承受的压力，想到就感十分心痛，却不好当面说、更无法改变和解决，所以只好从生活起居方面加倍照顾。

偶尔进陪凌月读书、帮他送食物的，就是他的小书童了。由于凌月喜欢一个人读书，觉得这样快速而高效得多，且喜一人思考，加之他的特殊睡眠方式，书童也不常来。

---

① 抑或这二者都是先天命运的安排？凌月长大以后有时会这么想。就从这一简单的例子来说，凌月天生喜安静喜独处，出生后就安安静静的是先天性格的表现，后天环境也需要将他定位成学文的一人在房间读书的孤僻不见他人的孩子，这是相互影响感应吗？还有其他很多，有些事情，真是太巧了。

凌月衣食无忧，生活条件优越，却深居简出。商府为他准备的饮食十分营养，无须他操心，也是他能专心学习并且体力充足的一个原因。

此时，商敬先为小儿子请的武师贺青山，已开始传授他奇门遁甲之术了。小凌月十分有兴趣，就跟师父一起把别院的这块地带做了一些布局挪动，开辟了几道新的路径，于是就有了一个隐蔽的、只有知情者才可进出的侧门。

“如此，就方便进出活动了！”

小凌月有的时候光明正大地从自家府邸出入，扮演凌日出去习武及归来，则通过那侧边秘密的门。不知如此的安排，是否突出了他谨慎而独立行走每一步的特性，还是这本就是他天生的习惯。

光影轮转，几年时间在凌月的这样十分规律、却不平常的生活中飞驰而过。只在他七岁的时候，迎来了一次风波。

“老张，你可感觉这府上的少爷有古怪？”说话的是一个有点驼背的中年人，商府的家丁打扮。被称为老张的是商府的老管家，在商府多年，服侍周到，府上内务都由他总管。听闻此言，他的脸色微微一变，略一踌躇道：“阿福，话可不能乱说。”

“怎叫不能乱说！看你们个个都是睁着眼睛说瞎话！”叫阿福的家丁显然很不服气，“张管家，平日里大伙儿都很敬重你，只因你是个耿直厚道的人，对老爷夫人也是有话就说，为我们这些下人也。”说到这儿他平了平气息，在张管家面前躬着背抬头，看着张管家，显出诚敬之态：“其实少爷的事到底怎样，你如此聪明能干的人不会不知。”

这话不仅让张管家表面受用，说到了他心里，他脸色渐渐放松。确实，他在商府这么多年，大小事务管了这么多，跟老爷夫人老夫人都相处多年，很了解他们的心意，因此也得到很高的信任。当年商家发生了动乱他也是亲历者，其后对老爷夫人和少爷的怪异举动，也隐隐有所怀疑。

尤其是最近，老夫人的情绪又开始不稳定，成天嚷嚷着要少爷来陪她，可是每次只有二少爷来，老爷和夫人轮番哄劝她说“凌日跟随师父在练武，师父是世外高人难得请到”、“练武功须闭关”、“为了凌日今后的前途，为了商世家荣耀”、“训练一半不能回来”……老夫人还是吵闹，情绪激动，二少爷在旁连连安慰，商敬先答应把大少爷接来，老夫人才止住。其后不久大少爷就回来了，但是二少爷却不出现了，老夫人是年老糊涂的人，平时天天见二少爷，这时只一心想看看大少爷怎样了，嘘寒问暖捧在手心，见到大孙儿乐开了花，怎想到其他呢。

可是精明的管家与多心的下人不会如此。“其实，我早有怀疑。”只见老张环顾了四周确认没人，压低声音对阿福说道，“但这种事只是猜测，我们又能怎样？”

“又能怎样？老张，现在这样还算猜测，到时候纸包不住火，你我可就惹祸上身了！”阿福的言语又激动起来，“你看这商老爷胆子也忒大了，哄哄老夫人和下人们还不算什么，他好歹是个当官的，跟官府皇家都时有接触，如今达官贵人、甚至皇宫里也都听说商府有两位双胞胎少爷。这哪是开玩笑的！万一哪天被发现，可是满门抄斩的罪！”

张管家听到这里，打了个哆嗦。

停顿了半晌，张管家缓缓道：“阿福说的是，老爷胆子是大了点。前些天几位官员到我们府上来做客，还听到他们提起都说商府得了两位容貌俊美的小公子，商大人真是好福气，我们老爷真得笑得很开心呢，那几位大人还提到了以后大公子学好武功必将成为当今军界栋梁之材，老爷竟然还点头客套一番，语气中好像就是赞同这个意思了！好像摄政王爷也在里边。”

“这是想要如何？说二少爷读书考取功名从文当官也就算了，老夫人说了多次商府历代从文、希望大孙儿习武有出息，老爷哄哄他母亲，到底有没有出门在外习武的大少爷，他心里知道得很，怎么自家吹牛多了到外面竟跟其他官贵及王爷也吹了起来！”

“对了，阿福，这件事情你问过老太太的丫鬟珊瑚没有？”

“当然，大丫鬟珊瑚是当日除了你之外唯一看到那场变故的人，她跟我老婆一直很要好，昨天我老婆就把她带到没人地方问她。那丫头胆小，当天就差点随老夫人吓昏过去，后来老爷夫人一嘱咐她，她就什么也不敢提了。经我和老婆昨天一点拨，她才意识到问题严重，说之前也是暗暗奇怪怎么每次只一位少爷出现，而且少爷们都在自己的别院里不出来，这不像一般小孩子应有的习惯。再说七年前那一场突如其来的灾难是不假的事实。后来老爷他们只是轻描淡写带过，果真没啥大事，老夫人怎会突然患病？”

“珊瑚看到了那天别院屋内发生的事情了吗？她比我到得早一步，我去的时候已经什么都不见了。”张管家一边回忆着一边问。

“她半天终于想起来了，说有一个穿白衣服的人，后来一眨眼不见了，外面的侍卫都僵着不动，屋内的情况却也没看清。听她这么说，这很有些邪门，你想想看，这里是京城，商府在本地多有势力，也没得罪什么仇家，怎突然有人来袭？要打进商府也非易事，侍卫们怎么也是习武之人，并非草包，却有人僵立、有人突然消失，这像是江湖上的巫术的做派啊！近年，老爷陆续换了侍卫，难不成就是想要封口！”

“你……估计是江湖邪教？”张管家惊得吸了口气，再又开口。

“是，我和我老婆当时听见打斗声就感到蹊跷，打听了很久了，当年老爷收的那个偏房，就是住在别院里的那个女子，珊瑚也见过，老夫人不喜欢她来路不明就将她藏在那里，想好将生下的孩子归入夫人名下。那女子身份确实不明，而且藏得也好。张兄你见过吗？”

“我也没见过。珊瑚因为陪着老太太所以见过一面，这件事情他们完全没告诉我，做下人的，主人不说也不好过问。我只知当时别院住进了客人，挺神神秘秘。”

“就是，这里面有见不得人的秘密！张兄你知道夫人多年不生育，突然生了一对双胞胎，商府上下高兴庆贺之后却不让人见少爷们了。这就是要把我们蒙在鼓里，拿我们下人们的命不当命啊！”

“那，我们怎么办？”平日精明能干的张管家倒是不知怎么做了，询问起来。

“咱们直接去向老爷夫人挑明吧，带上几个兄弟，加上我老婆也过来，一起去讨个说法。不能看我们是下人，就把咱们骗着瞒着！”

此事虽是商府的下人们发动的，却也筹备细密，由已观察多年的阿福夫妻和张管家带头，找到了老夫人的贴身大丫鬟珊瑚，带了七个跟他们关系很铁的壮丁，包括几个当年的被禁锢了的小侍卫——虽然侍卫们一点也没看到事情真相，那段记忆也被封禁似的，但此时被这么一提醒，回想起确实感到事有蹊跷。年纪大些的侍卫已被商老爷替换了，却也留了几个年轻力壮的。于是他们作为商府下人们的代表，先不惊动府上其他家丁佣人们，却也足够施加压力了。

这一晚，商敬先忙了一天回府，已累了，岳雯诗端了饭菜给他，在主屋内就餐，气氛融洽，举案齐眉。忽闻一阵急促脚步，商氏夫妇同时转脸向门外。

只见一排黑压压的人影，透过光线打在纸窗上，一股不祥气息。这个时辰，从来不会有人直接来主屋。

商敬先拿着饭碗的手僵了僵。看到黑影在门外停了下来，倒也没闯进人。他提起气问：“门外何人？找商某何事？”

没想到传来了张管家的声音：“老爷，是我，有急事。”

商敬先想不出有什么急事，心中隐隐感到不安，却知道躲不开，只好去开门。门一开就看见好多条大汉加上老夫人的大丫鬟珊瑚和府上总管女眷的阿福嫂都在门口。

“你们?”

“老爷，让我们进去说话。”阿福的话里带了几分命令。商敬先愣了愣，只得开门，头一次让这么多人进了他和夫人的主屋大厅。

商府面积广阔气派，商敬先和夫人的主屋专有大厅可以就餐，还有卧室、侧卧室和书房，以前有段时间岳雯诗就带凌月住在侧卧室里边，岳雯诗体弱，身体不好的时候怕夜里吵着商敬先，就有时一人住在侧卧室里。

主屋厅里头一次这么满满站了一排人，气氛顿显压抑，更别说各人面色沉重了。“你们这是想要如何？都当了这么多年商家门丁的人，怎么突然夜闯主人住处?”商敬先刻意沉稳地说。岳雯诗勇敢地咬着嘴唇，一声不发。

“老爷，我们既然来了就不跟你拐弯抹角，开门见山吧。”阿福神色高傲地说道。在一旁的张管家则年纪大些锐气少些，也顾及着老爷夫人待他不薄，虽然来了却不好开口。

“大少爷是不是早就没了?!”阿福此言一出，众人皆是震惊得吸了口气。虽然早就知道来此行的目的，私下里也议论了，听见这么忽然明着对主人说出来，也还是害怕。

商敬先的脸色“唰”地变了。他首先的情绪竟然是愤怒，在这担心的一幕忽然降临后，出乎自己的意料竟然并不怎么害怕反而是愤怒压过一切，自己苦心经营加倍安抚下人，让儿子也跟着承受了那么多压力、让夫人担惊受怕……好不容易过了那么多年，对这群下人这么好，外面看来商府也都好好的，没想到这群自家下人倒跑来闹事了！

他咬着牙，愤怒地大声吼道：“是谁说的?!”

这股愤怒并不像恼羞成怒，而是很单纯的愤怒，此刻聚精会神盯着主人察言观色的下人们自是能分辨，没想到老爷的反应会是这般，都愣了，难道是消息错了？

“到底怎样，你们清楚！”这些下人们片刻之后开始辩驳过来，坚持顶撞，“否则的话，为什么从不让两位少爷一同露面？待在府里的总是二少爷？大少爷我们都没见过！”

岳雯诗是知书达理处事不惊之人，这时走上前，反问道：“你们没看见就是假的？那这世上你们没见过的多了，都不存在吗？当今圣上你们见过吗?”

此言一出，众人都是张大了嘴。情急之下，岳雯诗表面显得平静，其实也是强自控制的，若是平常时候这种话怎么也说不出。这一出口，自己也是惊了一惊。

时值举国刚有变动，身处壮年的国君信帝忽然驾崩，或许是皇后难产去世后日夜忧闷所致，原本他并未册立太子，曾有传闻称二王爷之子阴懿琨本由其祖父太上皇指定为下一代继承人，却由于太上皇年事已高乘鹤西去而不了了之；信帝掌权几年便英年早逝，举国接连易主，难免动荡，小皇帝被摄政王爷层层加护于宫中，生怕有个闪失，而当年的皇长孙小王爷本有继承权的消息，更令皇室和朝野甚为不安；民间传闻参阳皇族触犯灾星，皇室之话题俨然成为禁忌。

顿时屋内一片安静，原本兴师问罪的下人们发觉本为免去一重麻烦却招惹了另一方禁忌，气焰已消下去。商敬先清了清嗓子开始教训：“张管家阿福拿的月银都不低，平日也该懂规矩和利害关系，竟然挑唆下人，唯恐府上不乱！你们这是反了！”

张管家原本谨慎怕事，这时更是害怕，马上缩了回去，颤声道：“老爷，我只想弄清楚，以免牵连无辜。”

岳雯诗打断他越来越轻的言语：“你这是挑惹事端，无事生非！”

“常言道家贼难防，我今日是见识到了！”商敬先无比愤怒，叫了侍卫，“把这群家贼拖下去！打断他们的腿，再赶出门！”

这些侍卫是一批新人，当年商府那场惨祸后，商敬先暗暗感到安全的隐忧，恰好不久后，皇家就派给商敬先和其他朝廷要员一批新侍卫，在这不算盛世的时代，参阳皇族倒是很考虑大臣们的安危，特地从武学人才库中拨出人手给每位重臣。当年商府发生变故，还是先皇当权，商敬先不敢惊动，将大事化了，就接下了这批新仆役。不久前先皇病逝，年仅六岁的小皇帝登基，商敬先官升太傅，负责教小皇帝历史功课，其实是个闲职，却多了俸禄，便又投资给了小少爷的文武修习之中。

而这小皇帝登基后事务都不管，由先皇之弟辅政。皇权薄弱是几朝的传统了，尤其面临先皇突然驾崩，高官重臣们各自占领了资源，包括侍卫们也是他们争抢的储备。以三公为首，商敬先等官位低一些的官员也紧随在后，随之获利。

小皇帝这么小登基什么也不懂，先皇之弟荣升摄政王爷对他宠爱有加，辅政兢兢业业，这次就把重要的高官府上都安置一些侍卫。这些都是来自京城内从各地招募来的武学人才，有一块武学人才基地，也由三公负责，王爷监督。而商敬先正好不提几年前的事件，随着升官得到侍卫添人手很正常。

当下的这些侍卫中，有一人很是忠心勤快，商敬先当作心腹提升为商府的侍卫统领，在府上有一定地位。这名叫翟放的青年知恩，更对商老爷和商府事务十分尽责，夜晚闻得声响，前来看怎么回事，听到商老爷呼喊，立刻带了一群人手过来，将闹事下人反扣在地。

商老爷发出号令，侍卫们就拿出棍棒开始打起来，为首的张管家和阿福，更是被当成杀鸡儆猴的样子。

岳雯诗在旁有些不忍，上去劝夫君，商敬先摆摆手：“这些下人，养着还不知好歹，给我们添乱添麻烦，惹祸出去怎么办！必须好好惩治！”

正在此时，却有意外的一幕出现。众人的视线立刻都转了过去。

“爹！”“爹！”“不要打张爷爷！”“不要打了！”

忽然只听得一阵清脆悦耳的童音传入耳中，张管家转头看见两个小小的身影，穿着精致的袍子跑过来，可不是府上的小公子？白皙的皮肤配上白色的衣衫，宛如小仙童般。一个站在他旁边，另一个跑上前去抬头看着商敬先。

商敬先见了十分诧异：“怎么把小公子带来了？”只见夫人和在场的人都一脸茫然。

在商敬先面前的小孩子又替张管家等求情，然后忽然又跑到张管家身边，伸手扶起。“爹，不要打张爷爷，不要打福叔，不怪他们，把他们放了吧！”

张管家只感到左右两股力量一起搀扶他，但他还脚步不稳，头昏脑涨。孩子又跑了上去，在房间里如同一阵白色的风，接着另一个身影也跟了上去，一起说：“爹，爹，他们原先不懂，原先不懂，以后不会了，不会了，放过他们吧！”

“好，好，”商敬先在惊讶中只得说，接着一扬声，召唤其他家丁，“快把小少爷带回去！”然而不等佣人过来，一眨眼，两个白色的小身影就朝门口跑去不见了。

“老爷，我知错了！”阿福连声认错，跪在地上磕头。

“这种谣言你也敢造？”商敬先仍在怒火中。

“算了，不知者不罪，两位孩子也过来求情了，老爷就放了他们吧。”夫人开口道。

“今晚的事，过了就算，你们各自应该清楚！”商敬先厉声道，众人唯唯诺诺。

侍卫统领翟放把众家丁一一训诫，他们连声认错，保证不敢再提，然后将他们遣散。

很快这场风波平息了，像是什么也没发生过一样。

世家根基的商府，下人们多为数辈在此，与主人和商氏家族可谓有着相连脉搏，而商敬先和岳雯诗深知道，把麻烦留在身边远比散到四处要好，因而仍然留着这些下人们，只是宽恕之后又严加以待，这些家丁仆人们自然心中有数，不再生事。

“老爷，那天晚上，两个孩子是……”岳雯诗考虑良久，还是开口犹豫地问。

“不要提那晚上的事了。”商敬先一挥手，显示出一种复杂的神情，不愿说下去，“有些事不必弄清楚。是我们想办法也不能知道的。”

多年以后，凌月自己也没有明白，童年的那次是怎么回事。为何会有两位一模一样的小公子同时出现？“难道，一个人真的分裂成两个了么？”

没有回答的疑问。

只是，他发觉，从小就要一个人学两个人的东西，一个头两个痛，倒是真的。

第六章 延续的·崭新的

这事以后，商氏夫妇表面看似平静，心中却多了一层阴影。凌月健康成长，但不像京城里其他的小公子们，平常从不出门，也不认识府外的人。

商敬先在发愁，怎样培养他，才能使他出人头地。“他不单是商府二少爷，更是大少爷，商氏家族这一代的长子，我的独生儿！”

一个机会很快降临。

这天夜里，主屋内商敬先和夫人岳诗雯轻声交谈。“夫人，我想还是把凌月送到私塾读书吧。大少爷在外习武，二少爷正好可以学文。府上家丁下人多，难免嘴杂，万一又出是非如何好。”说到这里商敬先的声音停住，话一转又道，“二来，也是让他有些伙伴，这孩子太孤单了。”

“老爷，这个主意是好，只是这私塾要谨慎选择。我们凌月的才学悟性，不是我夸他，恐怕要超出一般的孩子一截。”说到这儿岳雯诗也顿了顿，“这孩子不喜热闹，也不爱显示，平日旁人只道是我们家的公子漂亮聪慧，却不知到底如何。如此虽摆脱了府内人，却在外头……到了风口浪尖怎么办？”她越说越流露担心。

“这些，我已考虑。最近京城里正好新开了间私塾，是摄政王爷为首，召集金丞相等京城官贵们联合创建，说起来我也有出力。请了本地颇有学问的先生，专为培养各家的公子少爷们，只有本地权贵家的孩子才能进入；都是相熟的人家，孩子人数不多，不像外面一般的私塾。而且这些孩子们，都聪明伶俐，或许能和我们家凌月成为好伙伴！另则那些权贵们知道我们二少爷在学文，主动请我将他也送入，希望各自的公子广交朋友，这在情在理，对我们凌月也不是没有好处。

“况且作为世交，这些孩子们早晚认识，让他们从小相识建立友谊，何乐而不为？”见夫人思忖着，商敬先继续道，“我们孩子整天关在家里怪可怜的。他极其聪明，而且从小习惯了保守家里的秘密，应能应付好。再说，对外易防，对内难防。有道是防人之口甚于防川，应付身边的眼睛和嘴巴才最困难啊……”说到这里，商敬先低声叹了口气。

“既然老爷决定了，那就这么办吧。只是事先一定要跟凌月说好。我也会跟他谈谈。”岳雯诗点头，“对了，摄政王在其中出资，小王爷也在里面读书么？”

“小王爷有皇家祖传典籍修习，不在这私塾读了，这位先生原本也教过他，老王爷极力推荐，应该不错。对了夫人，有关这小王爷的事儿，还是别议论为好。”商敬先忽然想到了什么，赶忙提醒。岳雯诗也赶紧应了下来。

“好，明天我就跟月儿说说，帮他做好准备。”

第二天午后，岳雯诗来到凌月的屋前，轻轻敲了门，小凌月听到声响走来，将母亲迎接入内，随手关上门。

“月儿，你这孩子，总是一人，娘看着心疼。你觉得寂寞孤独么？不要隐瞒，有什么就跟娘说吧。”商夫人岳雯诗柔声问道。她觉得自己很早就应该这么问凌月了，平时却总有意回避些话题，只怕触碰那不可言说的秘密与阴影，只能从其他方面来给予照顾。却又怎能真正弥补凌月所承受的那些压力呢？

今天借着这件事，岳诗雯来问问凌月也顺便给他一些心灵上的关心。岳雯诗想着，心中有了一丝释然，笑容也更自然了。

“不寂寞，一点也不。”怎知凌月却一副淡淡的神色，丝毫也不犹豫，极其平静地立刻回应道。

“哦？月儿，你不用担心娘和爹难过，你可以跟我们说的。”岳雯诗知道凌月一直以来总是默默承受着，顺从着，忍耐着不发怨言，或许习惯了吧。

“娘，我是真的没有。我每天可以学习好多的事情，一个人学习又快又好，我很高兴，很充实，怎么会寂寞孤独呢？”凌月眨巴着眼睛，雪白小脸透露着纯真和坚定，不像刻意隐瞒。

“哦，这就好。”岳雯诗没有料到孩子会这么回答，倒是一时不知说什么了。或许他从一开始就被剥夺了简单的快乐，以至于什么是痛苦寂寞也感受不出了，岳雯诗暗暗感到一抹歉疚感油然而生。

可她只看到一部分，凌月确实从出生起就被父母安排双重角色，没能感受到快乐与简单的生活，但他也确实是酷爱学习和思考，乐意沉浸在一个人的世界里不被打扰。他天生就不是爱热闹的孩子，否则，那种三分钟热度的坐不住的善变的孩子们，要他们扮演两个人，他们有这份心思也不能坚持吧。

不知这是幸运还是不幸呢？直到很多年以后凌月才想到这个问题。当然他的家人更未理解。这时岳雯诗只是想着让他进一所好的私塾，好好读书交友让商氏家族的规划更顺利而已。

“月儿，爹娘为你找到了一家很好的私塾，有很好的教书先生，还有一群伙伴，你可以交到好多朋友，开心么？”

听到这个消息，凌月根本表现不出半点快乐——对于无关他内心世界的外部安排，他的反应总是显得平淡的，再说既然长辈都已做好安排了，那他也只有接受。

这时他最先想到的是，自己原本习惯了的有规律的生活又得重新调整了。

不过他能够安排得好。只要能够连续睡上几觉就行了。于是他点点头，“那么凌月就去做准备。谢谢娘对孩儿的关心。”

第七章　贵族小公子的私塾冲突

只过了一天，私塾生涯就开始。终于让小儿子接触外界，商敬先难免放心不下，若有所思又嘱咐了凌月一句：“在学堂里，要好好学习，不要惹事啊。”

“孩儿知道了,请放心。”即使父亲没有吩咐,凌月也知道走出商府与众人一起,更需谨慎。

第一天上私塾，凌月如往常一样并不感到兴奋，只有对未知的隐隐不安。

私塾建修得很漂亮，尽显江南园林特色。地处长江入海口的若华国京城，典型的江南风光，景色宜人，京城贵族们都喜欢在距离京城中心较偏远的地方修建宅邸，私塾也不例外，而且离众贵族的宅邸不远。

凌月第一次与这么多同龄人一起，轻轻走进去，尽量不引人注意。不过还是引起注意了。他容貌出众，此外还有些特殊之处：当时私塾已开始半个月，商敬先才决定让凌月进去，晚了些许；而他从小扮演凌日的关系，很少与人接触，不像其他达官贵族的孩子们时不时串门往来或由母亲们带领参加贵族太太们的社交场合，因此凌月和这些孩子们就都不认识，他们之间却熟了，看见新来的凌月，都一致打量他。凌月被看得不太舒服，一句话也不讲，更引起他们的好奇。

上课还好，凌月认真听课，一个人坐在第一排，总听见背后叽叽咕咕的孩子讲话声，也不理他们。下课时，一群小孩们就围过来了。凌月看着身边突然围来一帮人，觉得别扭，却又不好脱身。

这时有个看着年长几岁的男孩，竟然伸手搭在凌月身上，啧啧赞道：“好美!”凌月轻巧一侧身，毕竟是练武之人，不露痕迹避开。年长的男孩略微一愣，没看清楚凌月怎么躲开的，当然不知凌月会武功，又跟上来准备伸手，招呼着：“哟，来了个小妹妹!”

凌月立刻察觉这男孩是故意调笑的，很不悦被人家这么叫，不光是他说的话，见这男孩的表情也很恶心，于是厌恶地皱眉，冷冷地瞪着他，却还是斯斯文文讲：“这里哪有小妹妹？这间是只有男生的贵族小公子私塾。”

那个男孩看到凌月不高兴越发来了兴致，继续靠近，脸上的嬉笑更令凌月讨厌。“我当然知道，但我喜欢你，你就做我的小妹妹!”

“你这是何理？兄台请别来烦我。”在他又靠近之前，凌月维持礼貌，又特意提醒他注意自己的举止，他眼光直视，沉着声，颇有小孩子少有的严肃气质。

“咱们以后可要天天见面了啊，让我看看清楚你!”可是那男孩肆无忌惮，在起哄中竟伸手上来抓他。凌月快速跑开，笨重的男生抓了个空。一帮孩子围在旁边看热闹更欢了。

这时忽然一阵声响，众人目光转去，只见竟然又一群人围攻一个孩子，还骂他。

原来这个男孩很被大伙儿瞧不起，他是当地一个暴发户的儿子，叫王小虎。虽然家里财富不少于达官贵族，但是那些贵族子弟们就是瞧不起他。他们说他根本不应该来这所私塾，弄脏了这里，还有很多难听的话让凌月听不下去。

无端被骂，这个男孩很不服气，叫起来：“干吗骂我！你们没教养!”

“你说我们没教养？你这暴发户的儿子，说我们？胆子也太大了!”其他男孩继续嘲笑他。凌月听到这些辱骂嘈杂声，皱了皱眉，眼中现出一丝不快。

被骂的男孩看着凌月，立刻迎上来，仿佛觉得凌月与他们不一样，欲向他求救似的。

“滚一边去!”在凌月边上，就是刚才那猥琐的，看起来大几岁的男孩，他在同伴中似也有些势力的男孩，对王小虎冷哼了一声，指着他的鼻子，“就凭你这小子也敢靠近!”

“偏要过来，你拿老子怎样?”男孩回过神来赶紧还嘴，也出言粗鲁。

“你家那种破暴发户，做生意赚了几个小钱你倒拽起来了！你臭小子也不看看大爷我什么背景！今儿就来教训教训你这不识相的!”说罢就准备上去打。

正在他们快要打起来时，凌月忽然一起身，洁白出尘的身影将他们两个分开。“大家都是在此地学习的同伴，有什么话好好说，毕竟来这里是学习的。”

“来这里是学习的?”旁边又走出一个蓝衣服的小孩，扭着声音讽刺地学着凌月的话语，“贵族的私塾他也配来?你是真不懂还是假不懂!”

“范摹模，理他做什么。他只是个新来的小孩。”一个黄色衣服的小男孩瞥了凌月一眼，对蓝色衣服的小孩说道，声轻而冷淡。

叫范摹模的又瞪了凌月一眼，“哼，你这新来的小孩，什么也不懂！除了看着清爽，一无是处！还想帮别人说话，管好你自己吧!”

众人立刻朝凌月大笑起来，把原先欺负的目标连上凌月一起嘲讽。

“我们这里可不是阿狗阿猫都收容!”

“凭什么莫名其妙多出一个新来的!”

“新来的小孩穿白衣服，就是一小白痴！暴发户的儿子又丑又脏，赶回去赶猪!”

被众人围着骂的王小虎皮肤颜色略深，长得纯朴憨厚，此时已快哭了，凌月却毫无惧怕，抽空拍拍他给他鼓励。

“哈哈哈!”众人又尖声狂笑，你一言我一句。

“不要说了!”凌月忽然喝道，甜美的嗓音带着愤怒，也若有若无一丝淡然。那些小男孩真的停顿了一下。

“你们凭什么骂他?他到这里是来学习的，他的出生也并不低人一等。”凌月开始讲起道理，神色高傲不容侵犯。

“在这还由你来讲道理不成?”旁边一个矮小精瘦看着很机灵的小孩走上来，抬头对凌月出言不逊，神色轻蔑。

旁边的范摹模也立刻跟着吼过来：“就是！金高展还没这样对我们，你算老几?”

“你算老几?”“你算老几!”

“你们滚呀!”立刻一帮小孩气焰高涨，开始气愤地推凌月他们，一只只拳头打向王小虎，凌月一看，赶紧将他往自己身后一拉，避开了几拳，却还是有几拳砰砰打到了身上。

这群小孩兴致愈加高昂，呼喝着挥拳要打他们，凌月来了气，其实早就有气了只不过忍着，这时想凭什么被他们这样欺负?立刻转身瞪着正冲过来的他们，暗暗运功准备与他们正面敌对，看谁怕谁。

好几个小孩也会武功，不过明显没凌月武功好，即刻他们扑了过来，凌月也提气冲上去。

然而正在此时，凌月瞬间想起，自己现在的身份是商凌月，商凌月应该不会武功的，不是商凌日，不能使武功！想到这里，凌月硬生生地收回了功力，“啪”的一声，被他们打个正着，加上没有功力支撑自己，结结实实摔到了地上！

“啊……”他痛得叫了一声，却赶紧咬住嘴唇。

“什么事?”这时一个尖锐的嗓音传来，伴随一阵快速的脚步，一个金色锦衣的小男孩站到凌月面前，冷冷地盯着他。先前猥琐的那个大一点的男孩站在他后面，原来刚才去叫这金色衣服的小孩了。谁都没有伸手来扶凌月。

凌月忍着疼痛，从地上站起来，意识到这个环境对自己不怎么友善，脑海里在思索着怎么办。他的脸上显得冷淡而坚毅，看不出刚才的疼痛，却看得出是不悦的。

这时一群小男生都围在旁边，那个蓝衣服的范摹模对那个金色衣服的小公子神色很是尊敬，“这新来的小孩，没大没小，说话太过分！我教训了他一下。”

金衣小公子和凌月看起来差不多大，栗色的头发在阳光下闪出金边，长得略胖，红润的脸透出一股骄纵神色，朝凌月打量了一遍，冷哼了一声。

“商敬先的儿子，你小心点，此处非你商府，别不知天高地厚!”他一出言就指出了凌月的背景，似乎早有了解，凌月很意外。

“你认识我?”凌月睁大眼睛看着他，思索着。

“你以为谁都像你一样孤陋寡闻?”金衣服的小孩开口又讽刺，“你记住了，我是金高展，得罪了我，有你好过的!”

众小孩都围在了金高展身边，“高展弟弟”“展哥”地叫，又瞥瞥凌月连连说“不要与他一般见识”，金高展在他们跟随中离去。

这时那个被众人骂的王小虎才走过来，有些不好意思地对凌月讲：“唉，因为我，你被他们打了。我怕他们，不敢跟他们动手，你摔倒了我也不敢扶你。我真没用!”

凌月看到他忽然过来这么说，心中有些感动，身上还疼着，混合在心中有点酸酸的，想到这孩子也是受欺负的，赶忙说，“没关系，你不要责怪自己。”

在那以后，班上的同学就故意孤立凌月了。只有那个被他们瞧不起的暴发户的儿子王小虎跟凌月玩。

由于被孤立，凌月没有跟他们熟悉起来，甚至有些人再没说过话。那个猥琐的后来知道叫周立，总是跟在金高展后面，金高展带领的孩子们尽管冷落凌月，却不敢再对凌月动手动脚，凌月乐得清静。那个长得精瘦机灵的小孩，叫孙浩颢，在班上年龄最小，大家称他为小耗子，可他人小鬼大，快言快语还喜讽刺，凌月和他没接触，其他学童却时不时逗逗那个孙浩颢寻开心。那黄衣服的小孩，后来知道叫秦标，是个死读书的，性格懦弱身体也差，埋头读书之外避免纷争，与大家都和睦相处，不得罪任何人，看起来还算老实的。私塾的整体气氛怪怪的，众人对凌月的态度明显不一样。

私塾先生似乎对此等情况不甚关心，只是不冷不热说了句：“大家要和睦相处。”

凌月一句话也没讲，事后便也算了，以为这件事就这么过去。

谁知，不知怎么，连在府上夫人岳雯诗也知道了。

过了两天岳雯诗就来找凌月，跟他提起第一天上私塾发生的事。凌月不问她怎么知道的，也毫不否认发生过的事情。

“月儿，告诉娘，”岳雯诗怜惜地看着小凌月，有点犹豫地说，“你那样做，是不是把自己当成凌日了?”

谁知平日柔顺温雅的凌月，此时却异常坚定，眼神中透着几分锐气，“不，我没有将自己当成凌日，我是凌月。凌月也会那么做。”

岳雯诗愣了一下，原以为凌月仍会像往常那样，点点头乖乖的，柔和地说，好的，知道了。但是他没有。

“娘，对的就是对的，应该做的就是应该做的。看到过分的事情当然应该站出来。不因为凌月是谁就不同了。”没想到小小的凌月讲起话来一套一套，语气成熟，悦耳的童音也带有一分超越其年龄的沉着，一种不容置疑感。以前，凌月从没有将这类的想法、他与自己对话辩驳思考的问题说出来。这给家人带来惊异，是明显无疑的。

岳夫人第一次感到这孩子如此固执。一直以来非常顺从、乖巧的孩子，怎会这么固执呢？她希望这只是孩子的一时怄气，当然不会想到凌月的心里藏着那么多思绪和疑问。

第八章　气息波动，心绪难懂·插曲，或者伏笔

不管还有什么未想通的思绪，也不管白天有多疲惫，夜间，凌月必须拾起另一个身份，扮演那早已离开的双胞胎兄弟学习武艺。悄然隐入院落边角的秘道，他与师父会合。仰脸呼吸一口新鲜空气，小凌月望着满天星海，心中沉闷略微抒泻。

“徒儿，跟为师来。”贺青山师父一板一眼传授凌月武功和玄术基础，每次相聚都隐秘而匆忙，大把学习内容占用时间，反倒对这位弟子的心理状态不管不问。作为唯一知晓凌月凌日双生兄弟秘密的外人，贺青山自是有保守秘密的责任和压力，对当年商府的惨剧，他只感到最好就是不去提。就这样，他让小凌月一再往前看，假装忽略过往的不幸。

可是，可能忽略吗？显然，他现今的状态，就是基于过往的安排。

凌月现在还小，使用的剑却是成年人的标准，乍一眼看去有点突兀，然而细瞧之下，他的武学根底俨然可以驾驭。他自幼习武，走的是严谨扎实的童子功道路，并非速成，根基更稳；而且越到上层，就越能显示童子基础重要性。

“不要用小孩子的标准来衡量我。”凌月心中的声音说，“我更小的时候，就已经一人负担两个人的身份了。我必须有意识地抓紧时间，吸收知识技能，严格待己。”

“其实我也是被逼的。就算我不严格要求自己，别人也会苛刻要求我。还不如我自己主动呢，化被迫的无奈，为心甘情愿的选择。”想到这句他自己感悟的“至理名言”，小凌月甩了甩墨黑的长发，挥舞了一个剑花。

心中起伏的不满思绪突然波动，他的气息一个不稳。举剑提息之时切忌分神，一刹那，险些伤了自己。幸好他反应够快，一点也没擦伤，只是轻微地呼了一声，如同从脑中万千思绪回到了现实。

这一下可让师父不高兴了。凌月从他的脸色就马上预感到，自己可算是“死伤刚免，活罪难逃”。

“商凌日，你习武未心神专注，导致气息打乱，你知道这意味着什么吗？”贺师父皱着眉头，连名带姓地斥责——当然这不是凌月的名字。

“有可能走火入魔。”凌月只好这么回答。他讨厌这种被迫回答的方式。却无可奈何。人生中总有太多是被迫要面对的；他忽然又想到了这个道理。

“徒儿知错。以后不会如此了。我一定专心练习，提升内息，再跟师父进一步学习本门高深内功！”小凌月立刻接连着，字字如玉珠落银盘似地讲着，既然无法选择回避，还不如主动面对；师父不是打定主意是他不好么，那就承认自身错误，做个保证，再顺道让他开心多教自己一点吧。

凌月的聪明伶俐很快打消了贺师父的不悦，这中年人微微笑了。可是事情没有这么简单就完。

“你在想什么？”一声斥责过来，这当然是反问句，而非真的询问。凌月也当然不可能告诉别人自己的思绪。然而让他忽然惊讶抬头的是，这一声怒吼，竟然来自他的父亲！

他怎么来了？凌月的话语没问出口——当然不能这样问——就轻轻喊了一声“爹”。

便听对方依然带着怒气道：“我来看看你练剑怎么样了，就见你出了岔子！若非来一趟，我还没发现，你的功法火候和目标相差甚远！”

凌月不能顶撞，心中却窝着火。“你自己不会武功，且根本没看我到底学得怎样。家长就能这样对孩子斥责?”心中一个更反叛的声音，瞬间爆发，凌月吓得赶紧把它赶出了自己的脑海，紧闭着唇瓣。

这时心中又隐隐哀叹一声，想到家中长辈们多么不容易，为了培养自己，注入了那么多心血，小凌月只好自觉地继续练剑，把那些杂乱的思绪丢弃。

“也是幸好，武学内功心法可以帮我凝神。”凌月用自我安慰让自己微笑，“原本若非他们逼迫，我不会习武，不过学着学着，我就发觉了自身兴趣。并且使用武学中的心法要点，让自己内心平静下来。这真是，化代价，为筹码!”

与此同时，商老爷跟贺青山客套几句，都互相表态说凌月目前的武学修为还差得很远，不是师父和武功内容的错，是他自己的欠缺。

他们谈话中，小凌月一边继续舞剑、做内功练气等，一边竖着耳朵听。终于完成惩罚的加练，凌月获准学习新的剑招。

“前日，为师已教了你一部分，你掌握尚可，还须多练！现在，看这新一招式，结合你前些时日跟我学的五行走势。”贺师父再加一句，凌月赶紧“嗯”地应声。

他望着贺师父一边舞剑，一边踏出融合玄法的步伐，幸好自己早已学会心有数用，才不至于眼花缭乱，边看边思索钻研着这剑法的道理。

“青云剑法，走势如同行云流水，取五行中之水，却不如八卦中‘坎’之气势。细观之下，流畅有余，劲道不足。”小凌月瞬间的灵感，让他自己也吓了一跳！这样“叛逆”的想法，他当然不能当着师父和父亲的面讲出，甚至心中顿然升起了一抹罪恶感——人家辛辛苦苦传授自己技艺，自己怎能这样在背后批评品头论足?

“没什么不对。批判的眼光是有益的，看出不足，能进步。”心中又一个声音，扫荡了他的愧疚。于是，凌月觉得有道理，自己是来学，而非来依样画葫芦。既然是学习，就应有自己的思考，创新也是学以致用的一部分。

“你看好！师父舞剑，你就看他的剑，盯着地面做什么?!”一抹突兀的声响，忽然打断了他心中此刻难能可贵的安然状态。

他的父亲商敬先突然喝了过来，竟然如此当他犯了错误似地斥责他。凌月顿感委屈，无法沟通。

之所以看着地面，凌月是为了研究这剑术根本的步法，根据脚印深浅、摩擦流动印痕、还有剑势波动而推散的灰尘及落叶，来掌握内力收发的要点、方向走势等。完全是外行人的商大人丝毫不懂，却不仅妄加评论，来干涉凌月自己的学习模式，胡乱斥责他不专心。凌月一句话不说，只是继续看着师父舞剑，强压着自己心中的不满，只想把这些技法好好掌握。

接下来贺青山一套剑路舞完，就要凌月跟着演练一遍，商敬先又插话：“这孩子不是太用功，贺先生你多担待。”凌月平白被父亲在师父面前指责贬低。

想想即知，商父一介文官，在朝野如今也就做点小事，对武学剑法玄术更是毫无修为。凌月在练剑时，他在旁边对儿子斥斥咄咄，不外乎催促他更加把劲而已，所谓的望子成龙心态，或许也在宣泄商大人他自身的官场压力。

练剑一夜，凌月耳根都没得清静。幸好并非每次都如此，平常时候他练剑是一个人。随着年龄增长，他的武功渐渐长进，而且自学能力甚高，不用每次都跟着师父了，学了技能要点和套路、心法，就在自己的秘密庭院中练习。

现在他整个白天都要在私塾中，不光学业，跟那些人相处都很磨人——当然不能如以前那样，白日关在小屋内休息了。这无疑是对他的进一步挑战，不论是对于精神状态，还是身体体力。还有对人生百态、办事策略的领会，这是他后来才意识到的。

当晚由于父亲在旁盯着不让他休息，凌月只得一刻不停在这块空地中来回舞剑。青云剑法和贺青山所传的内力心法，都不以力量见长。可这次，贺师父将此看成是给徒弟家长商大人的回馈，希望凌月能好好表现，在一旁格外严厉地对他训导。加之他在私塾和那里的公子少爷们起了冲突，身上摔伤，还带着痛，一阵超乎标准负荷的操练下来，凌月又痛又累，近乎昏厥。

然而他没有昏倒。如果昏掉失去意识倒好了，凌月这么想，现在只能清醒，清清醒醒地面对，包括清清楚楚地听到长辈并不太满意的议论。

“这孩子，才几下就不行了。”站着说话腰不疼的商敬先，脚步都没动一下，就对一直卖力练武的小儿子加以批评。

“凌日的身体条件还是很不错的。虽然力量目前较弱，然而他的耐力还好，悟性不错，学得挺快。贺某定当多加训练。”贺师父总算替凌月说了句话，却仍有所保留，连他理应获得的称赞也没有。

他们所施行的，显然不是正面激励式教育，当然也不是什么“爱的教育”——虽然对于身心负担极重的商小公子，由于生来就被迫肩负起他们那种莫名其妙的安排，他们也做不出“棍棒底下出孝子”的手段。

凌月叹了口气，跟父亲回去。心中还在不免憋屈，却知道毫无意义，又一次，叫自己别再多想了。他默默无声地从秘道回到侧院自己的小屋里。商敬先则住在主院，从主院而入，不必偷偷摸摸。

临别前，商父又嘱咐儿子抓紧时间，不可松懈，等等云云。这时凌月只想抓紧时间多睡一会儿。

“唉，好累!”他呼了一口气，往床上倒去，迷迷糊糊间又有一个意识感叹：“还好是累的，入睡容易。不错!”

而他在私塾里发生的冲突，既然被自己家长知晓，王小虎家人得知也不足为怪。再一天去私塾，就见王小虎面露愁容，变成了闷虎。凌月赶紧问：“你怎么啦？不舒服吗?”

“疼！哎哟……”小虎忽然呻吟了起来。凌月一看，他颈侧竟有一道红印，还看清小虎脸上的红色不是发烧引起的。

“我被爹娘打了，呜呜!”小虎哭了起来，方才憋着，这时有小朋友来关心他，一股脑地流露了出来。

纵然先前隐隐猜到，亲耳听来还是不免吃惊。“为什么?”凌月不禁问，虽然答案也是隐隐知晓的。

小虎被触动了，叽里呱啦说了一大堆。凌月只好连连安慰。对于这些不愉快的事情凌月听着不舒服，可知道他这么讲出、发泄出来，对心情和身体康复都有好处。忽然一丝脱离自身所在的抽离感，心想小虎有自己聆听和安慰，真幸运，自己的伤痛压力又能说给谁听呢？可能连对自己说也不想了；凌月越长大越少说起身份扮演的问题，或许也是因为有越来越多其他的事情，更麻烦的麻烦朝他涌来。

“我爹说养这么大个儿子像养了个草包!”声音还是不自觉地钻入凌月的耳朵和脑海。“我娘说，我们王家辛辛苦苦送这小子去贵族私塾，他却得罪了权贵人士的公子哥儿，好事不会干，就会闯祸!”小虎学着把被骂的话语重新讲出来，模仿中年妇人叫嚷的声音惟妙惟肖。若是平时凌月会被这幽默的小伙伴逗得笑起来，然而这时心里却感觉十分苦涩。

小虎讲了一阵，心情舒畅了，神色平缓下来，凌月却感到格外疲惫，仿佛有双重的折磨压向自己，对面之人的压力和痛苦转嫁到了自己身上[①]，又激发了自己内心的一些苦楚。又或许，成长中的小孩子来自家庭和家长的压力、不理解，所谓的代沟和强加的意愿，从这一层面来看，也是类似的吧。

只是复杂程度和深浅程度不同。而已。王小虎后来在家长施压下对金高展为首的公子们道了歉，事情也就过去了。凌月还觉得不甘，没错的一方得道歉，算什么？金高展表面上说没事，显得像高抬贵手一般，实质上那些小少爷们还对王小虎态度有异，或许迟钝的小虎没有感觉到，凌月也不会把这样的不愉快事实告诉他。

“有时，迟钝点真是福气啊。”小凌月不经意地感叹。

“敏感的人总是更易受到折磨吧。”成年后的凌月沉重的叹息。

“不过，每个人还是有每个人的福气。”凌月心中的又一个声音响起。

每天去私塾的日子过得很快，一群孩子渐渐成长起来。凌月成绩很好，不过只能跟王小虎这样受排挤的差生玩。小虎大大咧咧喜欢玩闹，可又胆小怕得罪那些官贵孩子们，看到他们马上缩着，倒是凌月安静内向却一点也不胆小，完全不管他们。却感到那些人在背后指指点点，凌月隐约听见周立跟他后面跟班的还在说“去惹惹这小凌月美人真好玩”，看到金高展来了立刻噤声。凌月忽然有点感谢金高展的存在抑制了周立。多年后凌月意识到这一点而感无奈，有时候以恶治恶比以正义治恶要来得有效。

这期间孩子们经常会发生些故事，无非一点小事，凌月若非刻意回忆就尘封在记忆的盒子里了。比如选班长和助理，众人上台演讲，凌月就在座位上看着，上台的小孩子们争先恐后：“我要为大家服务！生是我们私塾的人，死是我们私塾的鬼！”小凌月听得哈哈笑了起来，为了当个班长这种话也说得出。

有一天，班上的小朋友们突然无比激动：“小王爷来啦！小王爷来看我们咯！”然后一窝蜂涌上去。众小孩慌忙跑去的途中，还把凌月和小虎往旁边推了几把。小虎嘟着嘴情绪很低落，“他们都不带我们去！”

“不带就不带，我们自己玩。”凌月快速而淡然地说，然后一看，小虎正可怜地仰着头，朝着远处围成一堆的小公子们，正在看被他们围在中央不知何方神圣的小王爷呢。

“别看了，小王爷有什么好看的。你这么跟着多没志气！来，我们到那边逛逛。”凌月拍拍小虎的肩膀，柔声又劝慰了几句，一边皱眉对那群小孩子吵吵嚷嚷表示厌烦，一边头也不回，把伙伴拉着就往清静地方走。

后来那段时间，班上孩子们引以为傲的就是得到了小王爷的什么小礼物。无非是点小拼图、模型、九环锁、小泥人之类的，孩子们却抢得不亦乐乎，除了凌月和小虎，人人都抢到了。凌月看着这帮小伙伴的样子，本来是冷笑的，不自觉地笑得温暖了。

他们玩得兴致高涨了，嚷嚷着“快来看”，把玩具互相交换着大家一同乐，凌月本来不想理睬他们，可是被模型拼图和智力小套锁吸引了，小孩子们有了玩的就不再那么分帮划派，也一起玩了起来。

当凌月渐渐习惯了上私塾的日子，也渐渐与伙伴们熟悉起来，他脑海中又开始思考一件事，他的十岁生日要到了。

京城当地风俗，公子小姐们十岁生日要庆祝一番，邀请同伴们来府上一同欢乐。私塾

---

① 这是心理学上所说的“共情”。

里大部分学童，十岁生日会都不邀请凌月和小虎这两位受排挤的孩子，除了班上埋头学习与谁都想搞好关系的秦标，和身为孩子们的龙头老大、谁都得听他的金高展。在他俩的生日会上，凌月就进了太尉大人的秦府和丞相大人的金府。这两位是当今朝野官位最高权势最大的三公之二。金氏家族和秦氏家族也位列京城五大世家，他们现在的势力比凌月所在的商世家大多了。其他孩子和家长怕得罪三公府上少爷，不敢请不受他们欢迎的凌月玩，反倒是三公的孩子不怕。虽然在宴会上被冷落，凌月毫不在意，自己边吃边想问题，与自己对对话，挺开心。三公中的周大人竟然没帮周立办十岁生日会，或许是考虑他的傻儿子比其他小孩大些，刚上私塾已满十岁了，抑或考虑到周家缺乏文化底蕴，且刻意要低调，不与金丞相秦太尉争锋。

凌月原以为秦标好相处，不过每当周立带着小跟班们来骚扰凌月、金高展孙浩颢出言讥讽时，秦标就在那里一声不响，顶多不冷不热不痛不痒说两句。凌月终于发现："这种跟在人家背后唯唯诺诺只敢跟风、不敢站出来、还假意迎合的人、只想和大家都搞好关系的人，最讨厌了！比直接针对我正面冲突的人要讨厌得多！"

不到十岁的小凌月在这些岁月里一点点保存了些许回忆。他翻找脑海中过往的生日，发觉与往常没什么特别。商府也从来不会为他庆祝生日，因为失去双生子之一的关系。每年生日，凌月也都没怎么高兴。

"过生日就表示我要长大了。长大之后就不能变小了。那么还是慢慢长大好。"他是个早熟的孩子，很小的时候就这么想了，不像一般的孩子那样盼着长大。

可这一次不同，凌月想到要过十岁生日就有一种特别的开心，父亲答应为他在府上办一次特别的生日宴，第一次如此，可以有小伙伴们一起来庆祝。不因凌月喜欢热闹，其实他一直是好静的。"不过这次是一个纪念，标志着我的一个阶段，是很特别的。"凌月想着，竟然第一次开始期待早点过生日了。

随着日期一点点临近，府上还没有动静，凌月也不着急，每天还是忙碌地白天学文夜里习武。"急什么呢？该有的自然会有。准备一个生日宴也并不太麻烦，很快就能准备好。爹娘最近忙碌，我先不打扰他们。"

这段时间商敬先确实格外忙碌，作为朝廷命官太傅之一虽然挂职的成分大于实权，却得给小皇帝上课，还兼管理着参阳皇室和高官专用的文史资料文献库。近日尤其公务缠身，要给文献书库进行一些清理和整顿，不知不觉将答应帮儿子办生日的事抛在脑后。这天晚上，他猛然想起，便匆忙赶回府内，打算与夫人商量准备。

刚走到主屋门口，就听到屋内岳雯诗的呻吟声，商敬先赶忙入内，只见夫人倚扶在墙边，表情因疼痛而扭曲。商敬先大惊！虽然近来岳雯诗气色不佳，也表示过身体不适，但突然如此发作着实叫人心慌。

"快，快叫医师！"

管家立刻请来了当地最好的医者，这位郁姓的医师常给皇亲及世家贵族们看病，前些年看好了王妃的难症而在当地贵族界中广为人知。

只见他和商敬先年纪相仿，穿一袭青衣，很稳重儒雅的样子，听到有人患病，神色凝重，很是用心。"恭喜商老爷，商夫人！夫人已怀孕三个月！"

"啊！"商敬先的脸上浮现出激动的吃惊与喜色，岳雯诗听闻后绽放的喜悦，使得她带有病色而痛苦的表情得以缓解。

"只是夫人体弱，在孕妇中也不年轻了，目前胎气极其不稳，需要采取加倍的措施防护。"

"胎气不稳？什么措施？"

“就是保胎。稍后再向商大人详细讲解。商夫人在接下来的数月中，定当小心，多卧床修养。千万大意不得！”

“好，我们定当谨遵医嘱，有劳郁医师了！”

待岳雯诗躺下休息后，郁医师示意对商敬先有话要说，于是商敬先将郁医师请到府上的待客室，关上门屏蔽府上家丁等，郁医师才开口：“商大人，请恕郁某冒昧，方才替尊夫人诊治，一事不得其解。”

“请说，还有劳郁医师对内人多加照料，但说无妨。”

“郁某虽初次造访，却久闻贵府有一对孪生公子，聪慧俊美，十分难得。然而郁某发现商夫人此次所怀为第一胎，曾经多年不孕。请商大人勿介意，郁某行医多年谨遵医德，决不透露患者隐私，只是此情况与原先所知差别甚大，为谨慎起见并配合夫人接下来的治疗，需多加了解。”

“郁先生所言不错，实不相瞒，本府公子当年乃敬先纳入小妾所生，无奈小妾产下双生公子不久突然离世，夫人因多年不孕不得亲生孩子，归入自己名下，将孩子视如己出。”

“原来如此。生下如此优秀的双生子，该女子定然是不凡之辈，英年早逝实在可惜！”郁医师闻言后不禁感叹。

商敬先忽被触及心事，黯然神伤，长叹了一口气。

郁医师发现赶忙劝慰：“抱歉郁某触及了您的旧事，请勿介意，既然旧事已去，更应珍惜眼前，商夫人如此明理、善良，这次突然怀孕也属老天的恩赐！这段时间商老爷多多照顾夫人，使其安心保胎，为商府再添喜气。”

商敬先重重点了点头。郁医师又说：“以本人多年行医经验，商夫人这次怀孕确属奇迹！只是胎儿先天不足，不仅要加倍小心，恐怕还需提早催产，以免危险。”

“哦？提早催产？在何时？”

“再过五个月，待夫人怀胎八月就可进行。”

“怀胎八月，如此提前？”商敬先露出惊疑。

“请商大人莫奇怪，早产并非罕见现象，而人工催产是保护不稳定之胎和体弱大龄产妇的绝佳方式，否则若继续拖延，极可能对胎儿和母亲都造成生命危险。如今事先已预估到，所以尽早做好准备，不会措手不及。在这五个月中，郁某会调配适合夫人和胎儿的药物补品，尽量弥补胎儿的不足，五个月后催产应该可以稳定，郁某多年来在这方面取得了众多成功经验，有据可查，请您放心。”

“嗯，敬先当然相信郁先生。那么就照您所说进行吧。敬先多谢！”

“商老爷客气了！”

亏得商世家主对于医术方面毫不了解，否则他若知晓这医者所说有多怪异，可就白白多了些干着急。

第九章　奖励·赐子

得知多年不孕突然怀胎，岳雯诗喜极而泣，商敬先见状将她拥在怀。“夫人，别哭了，这段日子要加倍小心啊。”岳雯诗收泪点点头。

接着，商府上下为夫人保胎忙碌起来，岳雯诗对凌月自然照顾不到了。凌月也不在意，继续每天白天读书，晚上练武，闲时一个人翻书思考，弹会儿琴，画会儿画，种种他自己养的几盆花，从某种角度来说倒真是轻松惬意。

他并没有数算日期特别盼望生日的到来。只是随着日期临近，还是不免有些奇怪，怎么商府上下都没有准备此事，父亲也不提了？他并不常见父亲，因为商敬先的忙碌和自己两重身份的学习。

郁医师隔几天来商府一趟。他还没有见过凌日凌月两位难得一见的双胞胎小公子。有一次随意问起，夫人说大少爷常年在外跟随师父习武，小少爷平日除了上私塾就是一个人在房间里，喜欢一个人，性格好静，郁医师点头，记在心中。

这一天郁医师来到商府，恰逢小凌月放学回来。郁医师见走来一位极其清秀灵动的小公子，他游历江湖所见甚广，一眼看出这孩子十分特别。只见他全身透出一股灵气，不是那种浅显的“可爱”，颇为难得，于是立刻走上去几步，亲切地微笑招呼：“你叫什么名字？几岁了？”

小公子一点没有怕生或吃惊，温雅却不腼腆，丝毫不做作：“我叫凌月，九岁半，快要十岁了。”

“凌月，你平时喜欢读书吗？”

“喜欢。”

“这本书，送给你，是郁叔叔给你的礼物。好好收着。”

“谢谢郁叔叔！我一定会好好读的。”凌月接过书本，认真看了看封面，小心地端在手里。郁医师目光一闪，“此乃我的师兄给我之书，其内有难得之道理，师兄嘱咐我只有在遇见特别优秀的孩子才能给。凌月，你要认真研读，切莫给任何人看。”

“好的。谢谢郁叔叔，请放心！”

“莫要客气。”郁医师和颜悦色，和蔼可亲。凌月又怎会去想此书有何异常？

翌日，商敬先看到虚弱的岳雯诗坐在床上，正由丫鬟服侍着吃进补的汤药。他示意丫鬟退下，猛然想起了什么，“对了，雯诗，我想起来，凌月的十周岁生日要到了。我原本准备替他办一次宴会，请来与我们有往来的世交和他们的孩子，就是他在私塾小伙伴，一起替他庆贺开心的。”

“合适么？到时候那些人来了，肯定会问凌日的事……”

“这我也想过。大不了说凌日随师父出游拜访其他武林高人，此次未能赶回。凌月这孩子怪可怜的，从小到现在为凌日的事每天受累，我们还没替他办过一次生日。”

岳雯诗因怀孕的缘故，与商敬先的关系亲密了不少，商敬先开始叫她“雯诗”而不是“夫人”了，这使她更沉浸在喜悦里。这时商敬先忽然提到凌月，岳雯诗不太高兴，也不愿深入想。但夫君提起了，她也只好应对这个话题，“敬先，凌月这孩子的确叫人心疼。我们在别的地方多照顾他一些吧，这次十岁生日真不便替他办。倒不是因为我有孕身子不方便，而是这敏感时刻，关于凌日不得不考虑，多一事不如少一事啊。”

“唉，你确实身子不方便，你要来办我也不会让你操劳这件事。只是凌月那儿我之前答应的，我也在考虑取消，却总觉得对不起那孩子。”

“这样吧，我们在府上替他办一个小型的生日会，不请外人都是自己人，菜肴还是准备得丰盛点。”听到妻子如此说，商敬先感到高兴，“好，那就这样。”

不知怎么又过了一日，商敬先的母亲、府上头脑昏沉的老夫人，突然主动叫商敬先过去，说起两位小孙子要过十岁生日的事。

“母亲，您还惦记着，难得您如此关心两位孩子们。”商敬先微笑着。

“我说敬先啊，你公务忙也不能落了对孩子们的关注，我这两位孙儿多好啊，大孙子被你们送到师父那里去学武了，每次过好久才回来一趟，小孙子现在也被你送到外面私塾了，你忙着不管孩子就把他们都送出去啊！”

“不是，怎会如此？当然是因想两位孩子跟随名师，学业有成，为我们商家争光！现在小，只能多加努力，刻苦学习了。他们的师父都是顶级的，生活条件也很好，母亲您别担心。”

“那这次十岁生日你把凌日接回来！平时不在家也就算了，过大生日怎么还让他一个人在外面！”

“这……母亲，容我跟他的师父贺先生说说。”

“你就去说！这贺先生真是的，收个徒弟就把他关在那里了。”

“哈，贺先生收的本就是关门弟子嘛！”商敬先赔笑道。

“管他什么关门不关门，这次一定得放我们凌日回来！”老夫人发火了。商敬先赶忙安慰劝解，匆忙答应下来，“好，好，一定让凌日回来！”老夫人这才停止。

“就为两位小少爷办个庆生宴会！孩子长这么大，从来没替他们庆过生日，你们两口子也真是的。小生日也就算了，这次是大生日。人家孩子们十岁生日都庆祝呢。而且我们家宝贝这么漂亮，也该让人家夸夸！你把王爷丞相他们都请来！”

“这……原本敬先也是这么想的，不过您知道，雯诗她有孕在身，身子不好。”

“又不用雯诗亲自办！偌大商府，岂是没有下人了！”老夫人又露出不悦，“敬先，不是我说，雯诗虽然怀孕了，但看她那个柔弱的样子，年龄又大了，能不能生出个健康优秀的孩子谁都不能保证。你可不要为了她，忽略了我们现有的两位这么漂亮可爱聪明的商小少爷！”

商敬先听后半晌沉默，不知说什么好。

老夫人接着道：“虽说都是商氏骨肉，但你也要想想。你别看你母亲年纪大了，人们都觉得我老糊涂了，其实我清楚得很！年轻时我也见过世面，像我们家凌日、凌月这样优秀的孩子，真是少有，莫说我见雯诗身体不好，就不看重她怀的孩子，要生像凌日、凌月这样的孩子，怕是不管哪家都可遇不可求的。”

商敬先觉得母亲这话倒说得有道理。只是听上去有些令人震惊。不知是她糊涂了，搞不清楚常理，而从平常人的角度出发，还是怎样。一般老年人哪会不欢喜家中新添孩子、不关心怀孕的媳妇儿，却想着将要生的孩子肯定不如现有的孩子呢？

不过也确实，商母原本就不是一般的女子，在那次惨祸之前年纪虽然大了还是思维清晰、办事明快，从年轻起就为家族倾注了诸多心血，在她当主母时也正是商氏家族最辉煌的时候。这位理性干练的女子，可惜那次受的刺激太重了，而在之后精神异常却时不时恢复清醒之际，也能说出一些颇为精辟的话语。确实如她所说，凌月非常优秀，超过一般的小孩，这次要再添一员，别说同父异母，即使是同父同母，兄弟姐妹之间也会有颇多差异，不能奢求这次的小孩还像凌月这么优秀。只是明明曾经还有一个一样的，凌日……唉……商敬先想到这里又一阵难过，怕被母亲看出了，连忙应付了几句就告辞。

临走前商母又强调一定要把凌日接回来，好好办一场庆生宴，商敬先只好答应着。

当晚，商敬先见到夫人就讲：“今日母亲忽然叫我帮孩子过十岁生日，没想到她倒记着，且一再嘱咐。看来是逃不掉了！”

岳雯诗闻言，微微皱眉。“你有无跟她说准备在府内办一桌好菜，就自家人庆祝下？”

商敬先叹气道，“她点着名要凌日回来，说好久没见他了，还说凌日难得回来一趟，这次又是大生日，一定要大摆宴席。老太太还指名要把王爷丞相三公他们请来。”

“啊？”岳雯诗惊了一下，“那，怎么办？”

“我为这件事一天都心神不稳。你也知道老太太那脾气。再说这次确实是孩子的大生日，于情于理也应该至少回来露个面……”

“那真的要请王爷他们？”

“真的，就王爷、金丞相、秦周大人这三公和两位老将军了，其他官位差不多像我一样没实权的朝野同僚就不请了，如此不会太铺张。只是我们的孩子……”

岳雯诗也愁眉不展，只好暂时安慰：“别着急，再想想办法，实在不行让别人来扮演下行不行？”

“别人来扮演？难不成还有人长得和凌月一样？”说到这里商敬先忽然灵光一闪，顿了一顿，“对了！我去找贺先生问问，他可能有办法！”

岳雯诗虽然不知道贺先生能有什么办法，看到商敬先忽然想到了解决之道似的，也感到一阵轻松。商敬先方才一直在屋内踱步，这才走到岳雯诗旁边，扶她睡下，对她耳语了一个办法。岳雯诗听后表情也豁然开朗起来，缓缓点头。

过了几天，岳雯诗的身体状态突然恶劣起来。这比郁医师为岳雯诗定下的临产期还提早了一个月。夫人疼痛剧烈，她的丫鬟慌忙通报，商敬先赶紧和郁医师一起过来。

看过岳夫人，郁医师神色凝重对商敬先道：“商大人，尊夫人胎气不佳。郁某一直尽力，前些时候倒也不错，如今只七月余，本该还有半月多才到预定之催产期，然这几天情况却是非常不妙。”

“这如何是好？”

“郁某担心胎儿不保，功亏一篑。思考良多，还得更提早催产时间，然吾医术尚欠火候。”

“郁医师，谁人不知这京城你的医术要数第一了！就是前些年王妃的重症，宫廷太医束手无策，也是由您治愈。切勿跟敬先谦虚起来啊！”商敬先立刻本能地反应道，若非为了自家夫人和孩子，他也不会忘了皇族禁忌话题冲口而出——原来现任王妃并非小王爷懿琨之亲母，早年摄政王爷游学在外结识异族女子，给爱亲王生了儿子、且被太上皇认可为皇长孙之后，还是不被赋予名分，异族女子忧愤而终。而爱亲王正式纳娶的王妃，对夫君有来历不明的女人和儿子亦有所不满，变得脾气暴躁，怪病缠身。当时妥善治愈王妃的病情，使得她与王爷重归于好、诞生一位小郡主的医师功臣，就是这名郁医师。

可现在，这位郁医师对于商夫人的状况却说：“并非谦虚，句句实言。唯有家师、也是郁某的兄长，可以医治。”

“哦？郁先生的师父兼兄长？他现在何处？”

“家师生性潇洒，喜游历天下，行踪飘忽不定。不过恰巧这几日回来了，正好郁某将此事对他提起，他答应亲自来替商夫人诊治。”

“妙哉！多谢郁先生和尊师了！”商敬先知道这位郁先生为人清高，在京城很受尊敬，他的师父，听他说逍遥而喜游历天下，看来又是一位高人，能愿意来真是难得。

“莫谢，商大人和夫人今晚好好歇息，明日一早家师与吾就到。”

于是这一晚商敬先暂时放下心来，劝慰妻子，岳雯诗也知道焦急无用，且有高人即将会诊，于是先抛开烦恼睡个好觉。身上的痛楚，随着心灵的释放，似乎缓解了很多。

翌日，郁医师和他介绍来的高人如约到了商府。只见一位身着灰衣年级稍长的医者翩然而至，气宇不凡，商敬先立刻恭敬相迎。

直接进入主屋，岳雯诗虚弱地躺在床上，丫鬟贝壳和福嫂服侍左右。三人疾步走了进去。灰衣医者瞥了一眼，微微凝眉，迅速道："请尔等回避。"

"这……"

"商大人，家师素来有此习惯，治疗疑难杂症时不喜外人在场，就连我也得回避。我等先出去吧。"商敬先很不情愿，听郁医师这么说只得答应。

一会儿屋内便传来一阵婴儿细小啼哭。商敬先赶忙跑进去，灰衣长者抱着一个包好的小婴孩，"是个千金。"

郁医师这时进来："恭喜商大人！母女平安！"

发现岳雯诗还很憔悴，商敬先不免心急。郁先生又说岳夫人无碍，休息和按照开的药方调理就好。

商敬先放心不下，陪夫人在屋内。两位医者就到了屋外，这时远远见到一个白衣的小身影。青衣郁先生旁边的灰衣先生顿时目光一闪。

奇怪的是，这平日不怎么在府上转的小凌月，竟然悠悠地走过来了。

"郁先生你好！"凌月看到郁医师站在那儿，礼貌地打招呼。

"凌月，这位是我兄长，也是我师父，上次给你的那本书就是他送的。"郁医师说。

"谢谢这位，也是郁先生吧！"

旁边那位灰衣郁医师笑了。"叫我郁伯伯。"他摸摸凌月的头，嗓音柔和。

"好的，郁伯伯！"凌月甜甜地说。

年轻些的郁医师笑了，也摸摸凌月的头发。"去吧。"灰衣的郁医师说。凌月就翩然离开，朝幽静小道走去了。

即刻商敬先走出来，向两位医者道谢。经常来商府的那位青衣郁医师与商敬先客套了几句，又开了点药。就带他的兄长兼师父离开了。

此时商世家的任何人当然都不会知道，与这医者有关的谜题，一层尚未解开，又已覆盖了另一层。

第十章 宴席·演戏

凌月小公子十岁生日，原本要专门办一场宴会，由于府上夫人临产过后身体尚未恢复，正逢新生千金小姐满月，顾不上双重设宴，也为了避免小朋友们来惊扰了夫人和新生的小姐，原本的生日宴就取消了。

这新生的小姐，原本其母岳雯诗早就想好名字，不论男女都叫"凌星"，随凌日与凌月，也是取天地之精华意愿。然而诞生了这位不足月的女婴之后，岳雯诗忽然意识到了——原本其实已然了解却不愿去面对的——她所生的孩子并不能与凌日凌月并列。

并不因为这是个女婴，其实生男生女没有关系——若华国数十年来已消退重男轻女之风，尤其在推崇优生优育观念之后。当年凌月出生之前商氏夫妇也说了不论男女都叫这名字。只是岳雯诗所生的这孩子先天不足，与当年的凌日凌月差距太过明显了。即使过了这么多年，岳雯诗还是马上回想起了当年一胎双生的两个可爱小婴孩，与现在这个婴儿实在太过差异……

"与其被众人一次次比较，不如自己避免，不让他们注意吧。"岳雯诗作这个决定是费了心思的，苦思冥想后，决定将女儿定名为"宁馨"，其实与"凌星"的发音还是有些接近，而她更希望这个女孩能够健康安宁地成长、有温馨和睦的生活——因为岳雯诗已然隐隐感到，凌日凌月的天赋异秉似乎附带了额外的负担和波折。

“我的这个孩子平凡，希望能有普通人的快乐吧！焉知非福。”岳雯诗心里想着，就释然了。“宁馨，乖哦！”她微笑地轻轻逗弄着怀中的女婴，有一抹苦尽甘来的感觉。

其实宁馨满月日期比凌月的生日早，于是所谓给少爷生日庆祝被提前。而凌月真正的生日这天，正好是府上添丁后格外繁忙之时，谁也没顾得上他。

纵使习惯了安静与独处，凌月还是由于事先期待和计划突然改变，而迎来一股失望的落差。“有期待才会失望，早知道我应该不期待的。”凌月心中的声音说，他皱紧了眉尖。即便这次生日仍像往年在安静中度过，却由于事先的幻想而不一样了。

“幻想过后，事实变得不像现实了。多么讽刺！多么讽刺！”童年凌月与成年凌月的声音重叠着。

“难道要现实依照你的幻想吗?”

“不，但是他们答应过我!”

“若非事先告诉我，我也根本不会有那些幻想和期待…”

“欲望是罪恶的源泉，谁叫你让欲望引领了你的心，幻想破灭，才会有落差。”一个冷冷的声音属于凌月某一角的内心。

“但是欲望的本意是好的，只想接近真理和真实，倘若没有突变毁坏承诺，幻想可以融于现实。”童年凌月的声音渐转成熟，由高转低。

“欲望和幻想没有错!”由低转高。

“错的是你自己。”冷冷地。

“不，我没有，我没有……”两重声音交叠着，重复着，渐弱。

当天，商府设宴，商敬先隆重邀请了老王爷和金丞相、秦大人、周大人这朝野中的三公。凌月就只能跟祖母、父亲母亲和这几位自己不熟悉的世叔伯聚了聚，原本想请小伙伴没能来，倒是盼来了不速之客。

“周立，你怎么来了?”凌月被商敬先叫来陪陪小客人，一眼看到姿态猥琐的周立，不禁轻叫出来。

周立显然也没想到在这里碰到凌月，顿时兴奋起来，“小美人！我爹说今天有朋友设宴，我一位小朋友生日，带我来。正好来到你家啊！今天你是小寿星，长大一岁更美了!”说着就准备上前来勾肩搭背。凌月碍于他是客人，否则就要翻脸了。厌恶地往后退。同时想到这是在自己府上，还要这么退避这种猥琐的人，顿觉更生气。而且，今天金高展不在，周立没了顾忌，凌月正在想这下可真麻烦了啊!

“你应注意礼貌素养。”一个冷冷的声音传来，周立顿时收了手。凌月一看，是一位陌生的少年。竟然比金高展派头还大，周立见到他立现一股敬畏的神态，凌月没多想他是谁，只觉得不喜欢他冷傲的神情。

“见到客人怎么如此态度？板脸不笑，如何礼数周全。”这位少年似乎不满意凌月未向他的解围道谢，咄咄逼人地斥责。

面对欺压，凌月毫不示弱：“我欢迎作为我客人的人。既然知道是客人，就要有对主人的尊重。那么也才算是称职的客人。”凌月不紧不慢地说。他的这种绕弯子的话自以为没让这位锦衣华服的少年明白，因此也反驳不了，看那趾高气扬的贵公子似一时吃瘪，不禁笑了一下，然后忽然想起刚才这位少年公子说的，又补充一句，“喏，我这不是笑了吗？谢谢你们的到来，让我可以开心地笑出来！”凌月本来就伶牙俐齿，只不过以前压抑太多。

周立看到凌月绽放笑颜，也傻笑起来。比凌月大两岁的美少年就冷着脸，神态高傲。

这时商敬先从远处走过来，没有听见他们刚才的对话，笑眯眯地对凌月说：“孩儿，这一位是你平日的小伙伴——周大人的公子周立，周大人将公子带来陪你，甚好！还有一位你原本还未相见，今天也来认识。”说着引见了旁边的少年。

凌月这才定睛看他，只见这少年比自己略微年长，高挑而气质成熟，十分俊美英气，五官轮廓深邃漂亮不似一般人，肤色也较中原人更白皙，眼睛尤为神秀，最特别的是他的头发深红色，浓密的波浪卷，光亮异常，全身上下透着一股傲气，比平日私塾里最嚣张的金高展还要气焰高涨，却更冷更傲。凌月愈发感到自己不太喜欢他，刚才果然和他互相没说好话。但方才还不算认识也可以无所谓，就没表现出来，既然介绍他们认识就认识吧，何况自己还是主人。“你好！”凌月主动说。

“这位是懿琨小王爷。”商敬先道。原来是小王爷，凌月心想，难怪了。只觉得他给人一股气势和压力，让凌月不太舒服。

那名叫懿琨的小王爷也没怎么回应，出于礼节点了点头，嗯了一声算是表示。凌月发觉就连一旁的周立也对这小王爷一副毕恭毕敬的模样，心中顿时有点气愤：“这周立平时最好色，怎么见这小王爷反倒规规矩矩了？有个身份头衔了不起吗？”心中知道他身为皇族这样的态度正常，不去计较，就也不理睬他，只回答父亲说：“好，我知道了。”

谁知，这时候又一少年突然跑过来，商敬先连忙上前招呼。凌月一看，怎么这么巧，金高展也来了。奇怪，不是说岳夫人刚生完孩子怕吵闹，不叫小辈们来的吗？

“我听说懿琨哥哥到了这儿，就过来的，才不是来看你！”金高展移到凌月跟前，抛下一句话，小声地，没让在场的大人听到。

小小的少年们竟然隐藏了斗争，大人们或许想不到，也注意不到。“你们好好聊聊！小王爷，下官失陪。”商敬先说罢拍拍凌月的肩，向懿琨作揖微笑拜别。这时懿琨小王爷转身去别处，金高展赶紧把周立一拉，跟了上去。眼见周立和金高展乖乖地跟着懿琨，把凌月丢在一边，凌月正好乐得清静。

忽然又心念一闪，连忙走回通往自己小屋子的林荫小道。凌月还有任务需要应付，得再确定一下！

另一边，老夫人和几位客人谈起两位孙儿，笑得合不拢嘴。“世交叔伯”们也想见两位小公子。商敬先对管家吩咐，“请二位小少爷来。”一会儿，只见两位粉雕玉琢的小男孩就出现在众人眼前了。

“真是难得一见的双生小仙童啊！”众人开始啧啧称赞。“已有翩翩美少年之风！”

“简直是只应天上有，在贵府却有两位！”商敬先听得乐呵呵的，老夫人今天气色也好，听闻别人夸奖孙儿，很是开心。

突然一位客人发现一位小公子的表情有些僵硬，“咦”了一声，其他客人也发现了。“怎么，这位小公子显得不太精神？笑得也似不自然。”岳雯诗夫人忙打招呼，“孩子们累了，众位莫见怪。凌日昨天刚从师父那里赶回家，不太舒服，所以刚才就只留了凌月招待了小客人们。我们两位孩子虽然小，却有不少学业负担，尤其凌日平时在外，挺辛苦呢。”

“啧啧，这就是商兄和嫂夫人不对了。如此年幼可爱的孩儿，怎舍得令其操劳？”

“是啊，还把大公子常年放在外！这孩子回来的路上肯定赶累了，脸色不太好，本来还想看他露一手功夫瞧瞧!”

夫人和老爷笑着，岳雯诗亲自拥着两位小公子下去休息了。“改天吧，以后有的是机会!”商敬先对刚才讲话的客人道：“以后小儿还需要秦大人指点啊!”

“呵呵，秦某的荣幸，十分期待!”众人又客套了一番，一边享用美餐一边聊天。

听着众人对商府两位小公子的赞美，在一旁的金高展脸上露出了很不高兴的表情，小声抱怨：“哼，那个商凌日还说生病了呢，弟兄俩连客人也不陪就回去了，架子真大!”懿琨则冷冷皱着眉。周立还在东张西望痴痴傻笑着。其他那些大人们更没有发现小王爷和金高展的神色了。

席毕。是夜。商敬先与夫人在屋内轻声细语。商敬先叹息了一声，“幸好得贺先生相助，赐予江湖绝佳易容丹和人皮面具，暂改小书童面貌。否则难过今日一关啊。”岳雯诗也轻叹附和，“这么多年了，我们都已习惯了两位孩子的生活，他们轮流出现，一文一武，我们渐渐忘却，一晃十年，到孩子的十周岁生辰，母亲与当年听闻我们府上双生公子的世家贵族们自然要见两位孩子同时出现。”

“是，幸好今日的场面应付过去了，母亲和众人都高兴。”

“是啊，大家都很高兴，也辛苦两位孩子了……”岳雯诗声音渐渐低下去，有些断续，似乎不忍再说了。商敬先觉察出夫人的情绪波动，也明白原因，轻道，“有你在我身边，让我可以叹息可以诉苦，真是一种幸福。在这世界上，有太多人的压力无人理解、无法诉说。”“嗯，至少，我们是理解的……”岳夫人的声音更轻了。

商敬先与岳雯诗夫妇，这些年心中一直有一些不可触碰的痛点，他们尽量塑造愉悦优异的环境，对待凌月也是关照备至，却独独刻意忽略了凌月的心境感受。

“这些，想是想不通的，想解也是解不开的，不如，不要想了吧。”

凌月的压力，可以向谁诉说？他的压力，又有谁真正理解？

他们以更丰富的物质关怀与不触碰往事的言语关怀，加倍给了凌月。“小黎，给二少爷把这几样点心送去，他爱吃的。”“是，夫人。先前已经给二少爷送了一碗甜羹，他说很好吃呢。”

屋内，小书童悄悄将小凌月拉到一边，小凌月笑道，“怎么啦，小黎，你怎么鬼鬼祟祟的。”书童小黎左右张望了一圈，见屋外无人，附近只有小少爷和他自己，才放下心来，道：“二少爷，你知道我贴着这脸皮，多难过吗！我说你哥哥也真是的，平时跟师父练武见不着身影就算了，过十岁生日还不回家见见家长，害得我得装成他的模样，应付老夫人和众客！别说脸不舒服了，就这场面，我紧张死了!”

小凌月轻轻一笑，“小黎啊，你不满意装成我哥哥的模样么？我哥哥这张脸多漂亮呀！就当自己过把瘾吧!”

“哈哈，少爷说得在理!”小书童与凌月年岁相仿，已认识多年，小黎的父母都是商府的佣人，商府待佣人们都和善，凌月更是与小黎就像朋友。小黎名义上是书童，其实就偶尔来帮凌月找找文献。凌月性情喜独处，而且说一个人看书学得快，众人知道二公子的脾气，也知道他学业重，小书童平常很少来打扰他，但见面时也像老朋友了，凌月一点也不摆架子。

两个小孩说笑了一会儿，小黎回去帮着干活儿，小黎离开凌月的房间后，小凌月的脸顿时暗沉下。乌黑的瞳孔里透出了一抹忧伤和疲惫，原本不应是这个年龄段的孩子拥有的表情。“唉，”小小的他又叹息了一声。

“和小黎一起玩不快乐吗?”“当然是快乐的！刚才我还很愉快。”他心里的声音自问自答。

“那怎么他一走你就换了表情？刚才他在的时候你是装的?”

"我不是装的。我只是不去想罢了。""就这么跟小伙伴玩，还是可以找到快乐的。"

"但那种快乐是表面的，表面的……"

"呃……"凌月痛苦地抱住头，用力甩了甩，一头倒在床上。

第十一章　过去或者来临·延续或者提示

商府宴席摆得高规格却是小规模，亏得是京城世家——商敬先已过世的父亲曾是朝中显赫高官，才有此面子。商敬先却没邀请同为京城其他官贵、同任太傅闲职教小皇帝其他功课的大臣们。

"兴师动众，不值得。我所请的，都是与凌日将来的发展直接相关的权贵，现在就做些铺垫，让他们对凌日有所印象。"商敬先对夫人说。

岳雯诗点点头，商敬先又话锋一转接着道："可惜那书童毕竟不是少爷，即使相貌一致，气质举止也差很多。早知道就叫凌月扮演凌日，他扮演凌月了。"

"其实也好，可以推说凌日习武颠簸劳累，否则若是凌月来扮演，灵气逼人，恐怕大家就会要求他表演武术，然后又要凌月也表演文采，就不好演下去了。"岳雯诗边思索边安慰。

"有道理！雯诗心思缜密，孩子的培养有赖你多操心了！"商敬先满足地笑。

"呵呵，客气什么呢！这不正是我应该做的吗?"岳雯诗也微笑。

这段时间岳雯诗产后身体尚未恢复，常出没商府帮岳雯诗看病的郁医师却也没被请来参加新生小姐的满月酒宴。过了几天郁医师来了，为夫人产后调理。

"商大人，我前些时候听夫人说起过，昨日是贵府公子的生辰?"郁医师诊疗过后，商敬先因为事先安排好陪岳雯诗看病，就留在府里，没想到郁医师突然这么问。

"是的。承蒙郁先生挂念!"

"呵呵，郁某听夫人说起过，听王爷等也提起商大人的两位公子相当出色，无奈来了贵府这么多次，只见过二少爷一面，果真是令人一见难忘的佳公子!"

"郁先生过奖！吾儿凌日昨夜被师父召回继续练武，凌月去私塾念书了，这孩子读书学文，每日就去王爷等资助办起的那间私塾。"

郁医师既然听商敬先这么说，便不再追究这个话题。

在那以后，随着岳雯诗身体渐渐康复，商敬先虽觉得郁医生为人洒脱，也相信他的医德，但总觉得他知道了商家少爷不是夫人所生的这件事，且对凌月似很关注，怕他进一步看出些什么，就没有与他再接触。

凌月后来也没听父母再提起。他也对那位来过一次的郁伯伯印象深刻，觉得他们二人都很亲切而有学问。那本《心·灵·气》成为了凌月最喜欢的书之一。他琢磨其中晦涩深奥的字句，看得津津有味，渐渐掌握了其中一些内力修行的方法，将其与自己所学的武功结合。

他很感谢他们，将这本书一直好好珍藏着，也没有告诉任何人获得此书的事。

至此，岳雯诗的主要精力用在照顾女儿宁馨。因为担心众人将自己生的孩子与凌月比较，也害怕孩子遭遇什么不测，岳雯诗将宁馨也隔绝开来，亲自和贴身丫鬟奶妈来抚养。商府的家丁们似乎习惯了老爷夫人将孩子弄得神神秘秘，对此倒见怪不怪了。

而凌月仍一如既往地忙碌着，白天上私塾读书，夜里随贺师父练武。除了去私塾和师父的地方，就在自己的小屋，作画弹琴还练练内功心法，将郁医师赠送的书也反复读。宁馨的到来并没给他带来什么影响。他只见过宁馨一次，就在那天，在她满月的时候，很小很小的婴儿眼睛闭着，看不出特别，也没给凌月留下什么印象。

在商府新小姐商宁馨满月的时候办的那场的宴席，老家丁们这才见到夫人生下的女婴。平时除了奶妈和贴身丫环几乎没人见过。

下人们对于新生小姐的关心，却不知从何而来。或许知道夫人身体不好、经过医师治疗就多了一层好奇，再加上府上有俊俏的少爷在先，难免好奇小姐的长相。

“我们打赌怎样？我赌小姐没有少爷小时候好看。”

“嘿，还用赌！你打什么主意？不是废话嘛？”

一群下人闲着无聊的时候，背着老爷太太少爷就开始唧唧喳喳议论了。

当天第一次见到宁馨由岳雯诗抱着出来后，他们又在背后叹气说可惜这小姐长相普通，比少爷差远了。

“我说这新生小姐长那样，没什么指望了，不看也罢！”

“嘘，这话被老爷夫人听到就不好了。你说啊，会不会女大十八变？”

“再怎么也就那样，跟两位少爷差不止一个档次，不是明摆着嘛！”

这样的议论，在商府的下人中愈演愈烈，难免传到平日足不出户的夫人岳雯诗耳中。

在生了孩子之后，岳雯诗变得有些多疑而情绪不稳。她还发现商老爷不像她在怀孕期那样关心她了，虽然商敬先只是正常的反应，重新投入繁忙的工作与其他暂时被忽略一边的事，岳夫人却感到有些不是滋味。

其实，这也并非全是她的敏感与不习惯，商敬先确实有意无意地避免与她和新生婴儿接触，因为新生儿让他想起了十年前的灾祸和失去长子的痛。

岳雯诗意识到——虽然她其实早就知道了，但这一次心中的想法更清晰地浮出脑海——她生的孩子永远也代替不了凌日，或许任何人都代替不了凌日，尤其在商敬先和老夫人的心中。当然，除了凌月。

所以这个时候，岳雯诗忽然觉得有些失落，有些孤立无援，或许突如其来的怀胎喜悦让她有些忘记原先的一切了，而现在又回到现实，并且此时的现实显得更刺痛而清晰。在这样的处境里，岳雯诗忽然想到，她不能失去凌月，既然她的孩子不能取代丈夫和婆婆对养子的爱，那么她就要争取她的养子。

“我得跟凌月谈谈。这孩子心思细，有什么也喜欢闷在心里，这次忽然多了个妹妹，府上也许会有风声，被他察觉出什么就不好了。还是先向他明说吧。”

这夜，岳雯诗难以入眠。第二天一早就起身走到凌月的屋前。只见凌月的房屋窗前隔着一层深紫色的窗帘，这是凌月的习惯，他喜阴不喜阳光，所以提出要一块这样的帘幕遮住阳光。岳雯诗知道凌月很累，而且习惯清晨入眠，不忍这么早去吵醒他，就在院子里转了一会儿，直到天色大亮，太阳高高升起。

凌月屋子的窗帘仍是拉上的，岳雯诗敲了敲门，凌月就来开，他已经起床在读书了。深紫色的帘幕后，还有一层淡绿色的纱，刺目的阳光透过这两层冷色调的窗帘，洒入屋内的就是一些明暗的光影，映射在地面和墙面，很是美丽。

“月儿，娘有段时间没和你聊天了，进来和你聊聊。”

“好的，娘，请进。”

“前段时间娘因为生妹妹，对你照顾少了。你不会不高兴吧？”岳雯诗一边说，一边仔细地看着凌月。

“娘，怎么会呢?”凌月的神色平淡而温和，显示出真诚，并不多语。

岳雯诗在凌月的房间里望了一周，只见还是以前的样子，半年多没来，似乎有些陌生了。她柔和地对凌月说：“月儿，你的房子还是老样子呢，你当时说想要隔挡阳光，娘就和你一起寻觅来深紫色雪缎窗帘。”

“是。”凌月听到岳雯诗这么说，顿时回忆浮现心头。岳雯诗见到他的神色果然放松而眼里透出了迷茫的感伤，知道自己需要的铺垫效果达到了。虽然不是亲生，但是从小照顾着凌月，岳雯诗对他的习性还是很了解的，特别是凌月念旧、重感情、心思细腻的特征这么明显，岳雯诗怎会不知道呢？她这次来，也是考虑良久的。人多嘴杂，加上知道此事又对孙子极其宠爱的老夫人，她都控制不了，在秘密被众人传到凌月耳朵里之前，先由她自己道出来，面对这诚恳而重感情的孩子，很可能反而可获取他的感恩。

“其实有一件事，娘一直没和你说。其实，娘并不是你的亲生母亲。”岳夫人神色凝重而慈爱，慢慢地吐出了这些词字，这些积压已久的话，讲出来很辛苦。

出其意料的是，小凌月脸上一点也没有惊讶的表情，仍然安安静静地站在那里，点点头，看着她。

虽然凌月自小安静内向岳夫人已经习惯，然而毕竟养育了他那么多年，对于这位非亲生的孩子，她也投入了很深的关注，隐隐感到这样的沉默不同往常。

岳雯诗的眼里透出一丝讶异，看着眼前俊美乖巧的小男孩，欲言又止，顿了顿，还是说道：“怎么，孩子，你似乎并不惊奇？难道，你早就知道了?”

凌月并不愿被问起，然而既然被问到，他不愿撒谎。“嗯，也不是完全知道，但是似乎记得我两岁的时候，娘与爹说起过如果自己也能有像我一样的孩子该多好。”

“你这小人精，这么点大的事情，竟然记得!”岳雯诗更加吃惊了，声音中透出了惊喜和慈爱，将凌月搂到了怀里，“你这孩子从小就聪明、懂事。也难得你从不问起，还是这么听娘的话。”

“应该的。娘养育我辛苦，不管我是不是您亲生，您对我就像对亲生孩子，我也会一直当您是我的母亲。”凌月说这一番话的神态认真，语调平静，由轻灵悦耳的童音道出，有一股与其年龄不符的沉稳与平和，却毫无作态虚假之色，更惹人怜爱。他在养母岳夫人的怀里，依偎着她更紧了些。岳夫人抚摸着他光亮柔滑的发丝，心中充满了的感动，五味混杂的情绪渐渐平息。

离开岳夫人回到自己的房间，小凌月强烈压制着自己的思绪，不去多想。

“凌月，其实你早就知道了，岳夫人不是你的亲生母亲。”

“知道了又怎么样？她是将你从小抚养大的亲人，今后也还将是你的母亲。”

“那我的亲生母亲是谁?”

“这是我想知道就能知道的吗？我现在能做什么？既然不能做，那为什么还想呢?”

或许是从出生起就肩负起了扮演双重身份的重任，继承着商氏家族的双重厚望，凌月自小就比一般的孩子要压抑些、沉重些，似在扮演双重身份的同时，就习惯了时常控制自己的情绪，以及思绪。而他的性格似也天生沉静、内向内敛、甚至沉默寡言。只是知道全家给予的厚望和特殊的使命，以及扮演的身份和肩负的重担，加上本身聪明伶俐、头脑活跃，因此和人交谈的时候有必要时也伶牙俐齿、对答如流。

从记事起，他似乎就感到了一种身不由己的感觉。他学会了控制自己不多想，就顺其自然，不管这有多么不自然，也是伴随他的出生就开始了，对他来说无比自然的。然而，他即使能控制自己的情绪，还是不能控制自己的思绪，在小凌月的脑海里，时常响起一些话语，仿佛自己与自己对话的声音。

摇摇头，甩开脑子里古怪的想法，凌月的外表一直都是那么安然平和，如美玉般的脸蛋没有一丝波澜，却感觉到了自己的内心没有平静。

他迷迷糊糊在床上睡着了。梦中仿佛自己又变回了婴孩，见到岳夫人笑眯眯地将他抱入怀里，嘴里念着凌月乖孩子，娘亲喂你吃东西，娘亲带你睡觉。然后梦境忽然断了，好似梦的湖海被激起波澜，一幕幕画面断续而杂乱，他听见兵器碰撞打闹的声音，父亲痛哭的声音，哭喊“我的儿，我的儿，你怎么刚来到这世上就离开?”再跳过一幕，父亲和母亲慈爱地看着他。然后又一幕，是养母的呜咽，将他紧紧抱入怀里。醒来时天还未亮，凌月的枕巾湿了一片。

第二天他便如常读书中。也没再做那样烦躁杂乱变幻的梦。

他暗暗决定了，不再提起此事，就当什么也没发生一般。其实，都已经这么多年了，他不也是这样过来的么？家人们对他的用心，对他的爱意，敏感细腻如凌月，又怎能不知晓不动容呢?

第十二章　承诺的兑现·标志的经历

在那以后，凌月想到岳夫人虽非生母，却对他加倍照顾，更加感动。岳雯诗果然如她想要的，获得了养子更多的感恩。这并不是岳雯诗的心计，她非恶意，这样的结果对凌月和她自己都不仅无害，而且有益，而她对于凌月的关心也是真心的。其后，岳雯诗又开始隔一段时间与凌月一起弹弹琴，交流一下诗画，回到了凌月去私塾之前的状态。有一种安然而美丽的感觉。

学习仍在继续，过不久就迎来了私塾开放日，请家长贵宾们来参观教学。这是一场参观教学的公开课，一是为了汇报私塾教学成果，以表示对各位投资资助官贵们的感谢，二是展示私塾学生的现状，使家长们了解孩子的学习状态。可算是一次有意义的活动。当然得到了官贵们的支持。爱子心切的大前提下，高官们也都百忙中抽闲，一起和私塾协商预定好了这个时间。这一日，官贵们便和孩子们一同来到了私塾。

私塾的院落和房屋都有预先布置，受到众多资助的贵族私塾不缺钱，装扮起来自然也不节约。达官贵人们舒服地坐着品茶同时观看孩子们和教书先生的表现。

“现在，且来看一道以前从未做过的题目。此为一道场景题，由故事中所给条件来计算，先听听。”先生摇头晃脑地念完了题目，说了一串带有很多数字的不短的故事，然后对大家问，“若知答案，请举手解答。”

凌月很快就算了出来，发觉左右同学们都愣愣地思索，就没出声。先生不见有人作答，就点名：“高展，你是班长，平日在班上稳居一二，姑且一答。”

金高展正在发呆，听先生叫起，只得站起来：“呃……这题呢……”拖延着声音，仍不见报出答案。站着的金高展已经有些尴尬焦急状，慌乱地四周环顾着，凌月见他朝自己这边转来，赶紧伸出手做了一个“四”的数字希望他看见好说出答案，可是金高展没注意凌月在给他提示，又看到别的地方去了，凌月只得作罢。

教书先生却笑眯眯地提示金高展：“此乃一道附加题，你不知答案实属正常，只消说说如何推算。”

“我们没学过……”金高展小声嘟囔，接着灵机一动，“不过我猜测这要用到负数，通过负数再来计算。”

此话一出，底下有家长们就开始称赞，说这孩子聪明，气氛顿时又活跃了起来。

这时孙浩颢也说：“这题还要用到分数。”

“对！”先生说，随口问一句，“孩子们都没算出答案吧？”凌月正在想着如何插入不显突兀，刚要举起手来，但教师并未等待，直接继续：“此题既为额外，超过孩子们目前的学习要求，确实要用到负数，另有小数和分数。只为预演接下来的教学进度，及显示学问的乐趣。今年过完后，孩子便可学到此程度了。高展作为班长，现就能知道算法原理，相当不错！”先生说到这儿，给了金高展一个赞许的笑容，这小孩顿时得意起来，底下也传来其他家长对金丞相的夸赞声。

“浩颢是我们这儿最小的孩子，却不甘落后，表现可嘉！”教书先生又称赞。

于是众臣们又开始向孙浩颢的父亲孙大人致敬，相互客套。

“现在来看怎么推出正确答案。”教书先生就又开始讲授了。

这是京城贵族小公子私塾开班以来的第一次公开活动，圆满结束。

当天晚上，商敬先回到府上，立即召唤了凌月过来。这次他的笑容和善，没有提之前的事。“凌月，过来，爹问问你。”他一招手，凌月轻轻走了过去。

“爹问你，今天白天在私塾里，那一道附加的题目你很快做出来了？”

“是的，这一类题凌月早几年就接触过。”

“嗯，我是记得你学过。不过你今天没有报出答案，这很好。”

凌月听到这儿很是吃惊，眼帘挑起，闪过一丝光芒，看了父亲一眼。

见到凌月的反应，商敬先摸摸他的头：“孩子，有些事情不是知道了就得说的。”

“嗯，是。”凌月一听到这就联想到了那些秘密。

那些不可言说、也不能说清的秘密。

商敬先接着道：“就比如今天这次，明明先生还没教过，只为给你们显示今后要学的内容，与一般的提问不同，是要显示他教得好、教学计划做得好……”说到这儿，商敬先停顿了一下，“若这时人家答不出来，你还报出答案，别人会不高兴的，你知道吗？”

“好，凌月知道了。”凌月低着头，商敬先没有看见他的眼神，对凌月的态度还满意。

他一离开，凌月的心里就想：“会让别人难堪吗？如果我没算出来，别的人报出答案了，我会佩服他，为什么要不高兴呢？”

“平时金高展和孙浩颢抢先发言；范模摹总是说错，还继续发言；秦标也做出聪明好学的样子。每次我都知道答案，已经习惯不说了，而这次是先生鼓励大家发言的，为什么如果我说了他们就不高兴？就因为选了金高展当班长吗？不会的。是爹想多了。他为什么要我装？总要我装着不懂？”

“为什么？平时我已经伪装够多了，为什么关于知识，还不能说？知道了答案拿出来探讨、交流，难道不对吗？难道追求知识是错误的、要伪装吗？”

他越想内心越激动，脑海里的声音响起，越来越充斥着他的脑袋。终于，凌月摇摇头，不去想了，但是这次他没有抱头苦恼，只是隐隐皱着眉头，安静地继续去看书。

日复一日。凌月十一岁生日又如往常没有庆祝；倒是宁馨小姐周岁，商府内准备了丰盛菜肴，老夫人和商敬先都笑容满面，尤其夫人岳雯诗喜笑颜开。小宁馨一岁了，还不会发出言语或什么有意识的反应，老爷夫人却没将她与当年一岁时已活灵活现的小凌月作比较。自从决定了她的名字为“宁馨”，岳雯诗就不再想着把这位女儿同早慧的儿子相比。“各人有各人的福气。有些先天获得的祝福多，后天所需经历的坎坷也多；而有些人先天获得祝福少，焉知非福。”岳雯诗在见到凌月凌日这对孪生兄弟小小年纪就经受到坎坷之后，屡屡这么想。

凌月很少见到这小妹妹，这次见也还是印象不深。“虽然同在一个家，也可以同时在两方天地吧。”早熟的小凌月这么想。“就像虽然在世界的两个角落，也可以心灵紧密相连吧?”多年后的凌月接连童年的思绪。

过了不久凌月得到了一个标志性的东西——依当地的传统，受到良好教育的公子小姐们步入少年时期，可获一枚表示身份特质的印章。此年龄不定，根据一定造诣而论，对于学习早而快速的小凌月，不到十二岁已完全胜任一枚小才子印章了。

“凌月，你想要什么材质的印章?”商敬先问儿子，按照习俗，印章的材质要能代表所属主人的家世和个人特质，因而需谨慎选择。

凌月开始思索，他似乎天生喜欢在决定一件事情之前考虑很多因素和可能性。决定后就不轻易改变，并非优柔寡断。

“我在想，要一块翠玉做的，温润的凉凉的翠玉，通透而有灵性。”凌月闭上眼睛一刻，捕捉脑海中漂浮的画面，再睁开眼睛，目光飘离了眼前的景象，仿佛真的看见了这么一块通灵的美玉。

“住口!”商敬先的大叫忽然将他的思绪止住，也将他拉回现实。“你可知你在说什么吗?你明明知道，翠玉是本国参阳皇族的圣物，传国玉玺和皇上新得的御印，都是翠玉所制，旁人不得擅自使用!”

凌月呆住了，真的忘了，其实他想为自己解释，平日里思绪活跃的他，这一时间却恍若被禁锢。

商敬先见孩子不语，便不再斥责，仍然皱着眉道：“为父帮你挑选吧，月光石，怎么样?”“太亮了。”凌月忽然出口，没有如同他父亲预想的那样点头答应。“爹，请就帮我弄块普通的汉白玉吧。谢谢你。凌日的那块印章，用好点的就行。”当下，凌月果断地这么说，其实也是经过诸多考虑和排除的。

“嗯。”商敬先这时面色柔缓下来，“那么，你哥哥也挑一块吧。凌日要什么材质的?”

“鸡血冻石。”凌月不假思索。不知是转换到了凌日的模式，或是并不在意，他为“凌日”所做的决定，总是这么迅速。

“红橙鲜艳的鸡血冻石，好，果然适合凌日!”

很快，凌月就获得了两块印章，分两次，一次在扮演凌日的状态下。于是他更感到自己两重身份分别存在——如同那两块不离身的分开摆放的印——且不会混淆。

有些情景过去了也不一定过去，后续的影响和印象还会存留。过了不久，商敬先就和夫人谈起，面带忧色。

“雯诗，我在想一件事，”商敬先略微皱着眉，一边思索一边道，“把凌月送出去住一段时间。”

“啊?这……”岳雯诗立刻露出讶异。“凌月可是家中的宝啊，而且年纪还这么小。”

“你且听我慢说。首先，凌月这孩子表面顺从，其实有自己的一套想法，很多而且古怪，你也发现了吧。”商敬先说到这里微微顿了顿，看向岳雯诗，岳夫人点头。

“几次接连的表现，着实让人担心。”商敬先又接着说，“头一次去私塾，他就和金丞相的公子起了冲突，还好当时孩子才刚入学，大人们不太在意；不过，他与公子们关系都处不好，却跟那暴发户的儿子走得近，枉费我一番苦心；想让他扩建人脉，现在看来他不把人得罪光就谢天谢地！后来，小王爷来私塾，其他孩子都欢喜跟随，就我们孩子竟然爱理不理的；前不久周大人看到我还似笑非笑地说，你们凌月架子真大，连小王爷的面子也不给！如此下去，他自己得罪人还得给商府揽上麻烦！凌月这孩子说聪明是聪明，说懂事也懂事，可有时就太不通人情。我跟他谈了一次，告诫他要注意，不能让其他人面子上过不去，结果没想到，过没多久，又发生这么个瞎要印章的事情！”

商敬先讲到后面就更气了起来。“还好那天只是关起门在说话！最近朝野开始动荡，懿琨小王爷只不过动了动小皇帝的印章，就被摄政王痛骂了一顿，离开了京城。似乎多年前的谣言流传又开始起来！另一边，三公狠狠盯着那傻小皇帝，他刚一使用自己的御印，就被那几位太傅们轮番批评，没准摄政王爷就把火往小王爷身上出。总之随着小皇帝准备亲政，有个什么风吹草动都加倍人心惶惶，如若被他们得知凌月竟要属于皇族的翠玉印，定会给商府带来什么牵连。”

岳雯诗听着也吃惊，跟着叹了一声。

“不过这次想送他出去，倒也不光因为凌月惹事的缘故。”商敬先话锋一转。“贺青山恰好要去东北方，与那边的高人们交流，研究演练武学和五行八卦奇门之术，带上凌月一起去，可让他学到很多东西。贺先生还提到那里有从事琴艺的专业人士，凌月这些年跟你学了琴，还不错，但从未与别人交流过琴艺，这次去可以经高人指点，还可认识一批伙伴，这孩子需要多与人接触。并且——”

商敬先顿了顿又说：“那里天高地远，不属于我国国土，与此地没有实质性冲突，凌月这孩子在那里闹两下也没关系，哪像在这儿动不动就怕碰到王爷、皇上、金丞相等人的眼线探子。另外，在外学习开眼界，宫大人早些年就把他的公子送到异地去了。我们对外声称凌日随师父在外，凌月这方面确实有待补充，不能落后，看得长远些，于其成长于我商府皆为益。”

岳雯诗意识到那是一个很远的地方，有些舍不得，“那要去多久呢？”

“几年，现在还不知，看到时候的安排。朝野的局势和启用新人的状况我留意着，一有机会我就召唤他回来。我们这边先准备做好，尤其这孩子自己的功夫要更上一层。这次出门在外，也好让他锻炼锻炼。我想让凌月——以商家长子商凌日的身份——走从武为将的道路。”

“从武为将的道路？”

“是。你看我们商家世代习文，像我这样的文官一生官运也就如此了。高层势力被三公他们包了，众人心知肚明。而今时局并不稳定，军事方面需要人才，此为一突破口，且按照这趋势估计过几年后，比文官更能得到权势。凌月这孩子现在武功已不错，几年之后便更可展露。这次正好贺青山先生有这个机会，带他出去走走。”

“母亲那边？”岳雯诗觉得有道理，却不禁想到这一层，露出担忧。

“此事我亦有所考虑。母亲虽时而糊涂，但期待孙儿为商家光宗耀祖的心还是不变的，随着孩子长大，她更关心起他们的成才了，有时候言语很是清醒！最近问我两个孩子文武功课怎样了。我说凌日在外跟高人学武功，老太太竟然主动说那怎么凌月就要么关在家里要么只能跟着其他小孩一起上课，我们家的孩子这么优秀应该找高人单独带他，虽是学文，也该出去见识见识！”

“啊，难得老太太这么挂念着孩子的学习！”岳雯诗心中顿时感动和惊奇交织，自从十多年前那场灾难，老太太受了惊吓和刺激，头脑不清，时常会发病叫起来，叫唤孙儿的名字，这时候就得凌月赶紧过来，有时扮作凌日，来回劝慰。清醒时老太太经常问起孙儿可好，岳雯诗和商敬先就总是说好好，也有些应付她的意思，以为她只是出于对孩子想念，怎知她却是清楚孩子需要学习，真正关心他们成长。

商敬先也动容，“原先我亦是没想到，老太太宁可自己见不到心爱的孙儿，也希望送他们出去学更多东西。这次更突然觉得，是该把凌月再好好培养一下，孩子长大了，老太太年纪也大了，不说为国家就是为自家长辈的这份心，也要尽快学有所成……”

第十三章　孩子，学习·支持无条件，接受无理由

次日，商敬先把凌月叫到身边，亲自谈及此事。直接问道：“凌月，这段时间你是否对上私塾这种生活不满?”

凌月微微愣了一下，但是时间极短，甚至没被自己发觉，几乎未考虑就反应：“没。”

“你不用瞒着爹，爹这些天想了很多，发觉自己太忙没怎么顾上你。前些时候偶尔谈话就闹得不愉快，也因平时和你交流少。”说到这里商敬先略微停了停，看着他。凌月感到父亲的诚恳，心中升起了温感动。

商敬先又接道：“听贺先生说你学武表现非常好，不过在私塾里却不大高兴。可能你不太喜欢那儿吧？其实，爹要你去，不光是学知识，爹知道学知识你自己也能学好。有些时候，是需要多体验一些，获得一份锻炼和经历，及积累人脉，对你以后的道路有帮助。”

凌月安静而认真地听着。商敬先继续说，“你是一个天资非常优异的孩子，我们都很期待你健康成长、成材。你知道，奶奶虽然有时候分不清事情，有时还是清楚得很，这几日问了几次你学习怎样了，还说不能只让凌日跟随高人在外，也要把凌月送出去看看!”

听到这里，凌月眼中的光芒一闪，深黑的双眸含有一丝水润，可是他很快点点头，然后微微低下了头。

商敬先没有发觉凌月的状态，接着道：“正好你师父要去东北方一趟，拜访高人和演练他研究的武学和玄术，另外他还与那边的琴艺社有联系，你可以提高琴技、也多交些朋友。实为一举数得！爹前几天和你贺师父聊起来，就觉特别好。你在那会有很好的长进!”

“嗯。”凌月点点头，心里也觉得能有这么多东西，听上去是挺充实的；就是这么短的时间得知太突然了，而且意味着自己得离开熟悉的环境、接受变化了……

凌月并不期待变化，他喜欢已经习惯了的那些，从小凌月就不是喜欢变化或需要生活中实质的变化来作为调味剂丰富和充实自己的人。

只是环境是否变化，显然不由他。不论出于客观条件还是他人主观的意愿，反正都不由他自己，他却只能接受——那么，还不如当成是自己喜欢的主动的选择吧。

凌月这就回他的小屋子去整理东西了。有不少东西要带，即使是一些显然并不必要的小玩意，也可以让凌月感到熟悉的感觉仍旧陪伴着他。小屋里堆积了很多过往流年的东西，隔一段时间理一次房间，一边也是一次心灵的体验，拿起一件小东西，脑海里就自然浮现起上一次拿起它的时间背景还有当时的一连串情景①。凌月觉得这样是享受，不过当然要达到是需要一定心情的。

那么现在就有这种心情吧，暂时抛开困扰，未来的先不去想了，只在现在，自由地回想过去。

---

① 这有点类似于心理分析学派的“自由联想”，在这种放松且是仅对自己的私密的状态下，的确可以达到。就是让潜意识如同梦境般，一一浮现出来，或许有些跳跃，并不通过日常的逻辑关联。

第三卷

异乡之月

第十四章　戛然而止·缩地术

凌月少爷出门远行，商府特意低调，除了老爷与夫人和个别平日与少爷接触的佣人之外，都不参与也不接近。岳雯诗的女儿宁馨尚幼，也没有被带过来。倒是老夫人，挂念着孙子，由丫鬟扶着过来了。

见到身体不佳的奶奶特意送行，凌月很是感动。单单为长辈的心血，自己这一次出行即使遇到再多困难，也要好好坚持下来。凌月心中这么想着，思绪又脱离了当下。

一番道别。牵挂的话语，嘱咐的话语，表达想念的话语，还有点滴泪水，不用看也想象得出，就略过不提了。反正凌月是没有哭，也没有流泪。他甚至不喜欢这样近乎形式化的送别场面。

凌月把多愁善感留给他自己，或者说他内心构建的那个世界，也是这个世界投射在他心中的镜像。不论怎样，他非常重感情，那表示他会在一个人的时候，即使过了好多年，也暗暗思念、清晰地回忆这些情景，而不会在当时表现得多么动情热烈。

抑或把这些感恩转为了驱使自己的动力、以作为对关爱自己的人们的报答，却讲不出什么动情的话。

所以他收藏在内的情感使得他外在的表现显得甚至有点冷漠。然后他突然意识到这样不对，毕竟大家是关心他才来的，于是有一抹罪恶感，赶紧说几句表示出一些依依不舍的样子，从内心抽出一些情感来。

“其实依依不舍又怎样呢？不是已经定下了要离开的吗？”

凌月心里想着。

又有一个声音说：“而且，不是他们自己定下来要你走的吗？”

凌月连忙把这个声音忽略过去。继续刚才的思绪。

依照他的脾气，这种样子的表现都是多余。只是想把思念留给自己心里。

凌月看了一眼他的小屋，和整个商府的院子——这是真的充满思念的一瞥，只是没有落在他人眼里——这一离家，再回来不知它们还会像现在这样吗？

“徒儿。”有一个声音叫他。

“贺师父！”凌月连忙向师父行礼，以往都是凌月在夜里去师父那边的，而这次是师父过来接他走了。

来不及去想，有时间也想不清楚，凌月快速地踏上行程，随贺师父向东北方而去。

二人一边行走一边聊些要做的事务，赶路速度并不快。凌月却感到费力，先前跟上师父刚踏出行程时就突有一股气流在胃里开始翻腾，没在意以为一会儿就好了，走着走着却逐渐伴随着胸闷越来越严重了。

不过见师父没有停下来的意思，凌月就继续跟着，平常时候有些小病也是这么忍着就算了，想可能是累了吧。

出乎意料地，路上所花的时间和路程比凌月想象要短很多。他听父亲说到那是在很远的地方，猜测要十天半月的吧，而走了只有数个时辰，天还没黑，贺师父就说：“到了，就是此地。”

凌月吃惊地“啊”了出来。不是说是很远的地方么?“怎么这么快到了?”

“这是缩地术。”

先前离开时，凌月脑中只顾思索没有留意周边景象，加上是阴天，灰蒙蒙一片，因此未注意竟有一道异象展开。而后，凌月身体不太舒服，加上贺青山告诉凌月要去的地方的情况，凌月礼貌地看着师父，同时脑中思考着，基本没留意周边风景，这时一看，果然早已不是江南风貌。可见确实走过了好多地带。

他们离开商府的时候，是近中午时分，阴天日光原本比较暗，已转向南，凌月向东北方行也没有注意日落，但至少黑夜的来临应该是明显的——并没感到，而赶到当地的时候，天色是黄昏般的蒙蒙亮，凌月却突然发现东方更亮一些。

“这是清晨。”贺师父说。

“可是，我没有看到日落和天全黑的夜啊?”

“运行缩地术之时，不单是空间扭曲，时间也是一样。所以这是一门很难的玄术，非常耗费功力，且具有其严肃性，不可随意使用。使用之前须有一套专门的准备仪式。为师是想试验使用的效果，且在来之前已有祭天和禁食等，在今后的时间里除了我们回去，都不会再用了。”凌月听着，哦了一声，心里想着，可惜，否则还能穿行回去几次呢。不过是不是由于自己踏入师父运用缩地术的地带，才导致身体不舒服呢?若是这样的话，看来是得谨慎一点。

贺师父又道:“你来此，也是为学习高深玄术，首先要把你之前学的基础加深，以后也会有实地演练。”凌月点点头，很有信心能学好。又问道:“那么这是哪一日的清晨呢?”

“仍是我们出来的那一天。时光暂时退转，多给了你几个时辰，不过这一切都要在你再归家乡之后还回。”

这时凌月又一次看星辰淡淡沉下去，却不想看日出。太累了，感到疲惫的时候更不想被阳光刺眼，他在太阳升起之前匆匆进屋。

“如果一直待在这里，是不是多得到的几个时辰就不用还回去了?”突然有一丝念头冒过凌月的脑海，立刻接连着想，“为了这几个时辰，放弃生活了那么多年的家，哈哈，谁会那么傻?”凌月想到这里笑了一下。

此处是他们在异乡暂时住的地方。一间比自己家里的小屋简陋很多的小房子，隔出两间各自有出入口，贺先生与凌月各住一半。凌月走进房间的第一件事就是拉好窗帘，然后再开始观察起这里的布置。这里虽是简陋，但基本的配备都有，也有窗帘和独立的门，不错。

睡了一觉很沉，似乎过了好长时间，醒来时搞不清时间，瞬间忘了身在哪里。或许刚离开不久的缘故，凌月并没有很想家。也没有期待这里新的生活。只是既来之则安之吧。反正要体验的都会来的，何必心急呢?

第十五章　异乡之音

路上贺先生已介绍了大致情况和凌月接下来的任务。当然是要继续习武，再加上与武学配合的玄术八卦五行奇门遁甲术等。

另外，这里有一个琴艺学社，有琴界高手收了一群从小跟随的入室弟子，贺先生托人动用了交情才收凌月作为编外子弟。这除了让凌月的琴艺有所长进，更重要的是让他感受这里的生活，得到锻炼，特别是感受一个集体。

凌月意识到商敬先不满意他在家乡与同伴们相处的情况。“锻炼”和“体验”是到处可用的理由；不过为什么父亲明明知道自己性格有些孤僻，擅长独立完成事情，却还想让自己处于集体当中、与很多人相处呢？凌月暂时不得其解。

他确实对什么“集体”不感兴趣，不过也不排斥。然而，很快凌月就意识到，在这里要“体验”的，远远不止是一人和多人、自己和集体的问题。

“戴上这张人皮面具，师父特意为你这次出行做的。”贺青山忽然将一副新的人皮面具拿到凌月面前，就在凌月准备去琴艺社报到之前。

“啊？”凌月没有想到。他定睛往那副面具一看，更是吃惊起来！蜡黄肤色，不仅不漂亮且偏丑的五官，这样的面具，要给天生容貌俊雅的凌月？

“这是为你好，第一给你体验和锻炼，第二会让你有一层保护更安全。”贺师父这么说，凌月只好不响了，乖乖戴上，不是他没有疑问，也不是他真的多么顺从，而是他知道谜底很快揭晓。那么就快点去迎接答案——和新一轮挑战吧。

谜底只是新的一轮体验之序幕。

凌月来到琴艺社的一刻，就发现了这里与自己家乡不同的气息。似乎该地文化氛围开放，男女混合一起学习，比私塾那边的孩子们更混乱和吵闹。“那么戴上面具隐藏着确实可以更好地保护自己。”不过显然，远远不止这么点，也不止这么一层。

这里的孩子们也是略有年龄参差不过相差不远，课没开始唧唧喳喳闹成一团。凌月以前没见过这年龄的女孩，认识的女性也就养母、小妹、奶奶，还有商府几个年龄大的丫鬟大妈了，都是不算和自己一个“年龄段”的。倒是听过一些人说自己的气质文静像女孩子，现在一看，顿时想：“我哪像女孩了？而且女孩里不文静的多得是！”

“气质是跟每个人本身有关，与性别没有直接联系。”凌月又开始思考起他感兴趣的问题，根本没有融入这些孩子们中间的意思。

这群孩子们早就相熟了，也不顾新来了小同学。此时一个中年男人迈入室内，咳嗽一声，孩子们顿时吐吐舌头，停止嬉闹，各归各位。凌月还站在门口边，不知往哪儿坐。

“你就是贺先生托人介绍来的小孩？”看到站在那里的凌月，中年人斜扫了一眼。凌月点点头。

“去那边。”中年人冷淡地指了指最后排角落的一个位子。凌月一言不发地快速走过去，感到被室内那么多目光同时盯着很不舒服。

刚坐下，右边的一个女生突然显出一副厌恶的样子：“这么丑，离我远点！”她扭头对凌月恶狠狠地说。

凌月呆了一下，刚才差点忘记了自己现在是以丑陋面貌示人，但也不用被如此对待吧！虽然无所谓，管那个女生是谁呢，与自己无关，但心里还是生气，不为自己，就为“美丑不由自己决定，更不应受到歧视”这普遍的道理。

此时中年人坐到前面正中的席上去。每人面前都摆放着一台琴还有琴谱。“开始合奏上次学的曲子。”“是，徐师父！”孩子们异口同声地应答，看来是这里事先订下的规矩。

孩子们弹得不太熟练，凌月一边听一边看面前的谱子；曲子不难，有重复段落，第一次旋律结束到第二次主题再现，他已能跟上了。

曲毕，徐师父皱着眉：“你们弹得不熟，肯定没好好练！新来的别弹了，你们来！”

凌月顿时想，“又不是因为我才显得不好的，刚才我又没出错，是那些老学员里有人弹错了。”但那师父这么说，自己只好不弹，听他们弹。合奏一遍过后果然还是不顺耳。

徐师父又皱眉：“分段来练。”他们练了多遍过后，总算想起凌月了，“新来的跟着慢慢弹，跟不上就别弹，别影响了大家！”

凌月没有说话的机会，就跟着弹奏，还好总算不用听着难听琴声在这里无所事事了。

教学速度很慢，那些孩子接受能力弱，师父没耐心，不耐烦了，训斥起学生们。凌月感到没劲还得跟着挨骂。不过看在艺术和知识的面子上，凌月不舒服也得忍了。

带好琴谱回去，新屋子已放了一台琴，凌月一看，顿时惊喜，一白天的压抑退去。只见这琴很古老，木头有些磕碰，保养不佳，但是别具一种沧桑的美。凌月拨弄琴弦，音色格外清脆，具有颗粒感的音质，与商府的琴音色不同，另一种美，让此时的他感到一阵振奋。拨弄了几下，赶紧去隔壁向贺先生道谢。

“不必谢，实为你商府银两所购。便在此学琴和奇门遁甲及战略之术，至于武功你已有不错基础，只消继续即可，待到琴艺和战术玄幻之学有所长进，再学更上一层武功。”

“好。”凌月猜想到可能学习琴艺也是接下来“更上一层武功”的必备基础吧。

很快贺先生就讲授那些玄妙的奇术理论了。凌月喜欢这些东西，之前已接触过，学起来很上手。正当凌月想着“这样的理论跑这么远来学一定有特别道理”的时候，贺先生把凌月带到室外，走了几步，来到一片森林。

“这里是实地演练场。”贺先生说。

“木象。”凌月若有所思，轻语一句。

贺先生接着介绍：“此处为木象之势，却为高大繁茂之阳木，以该地充足日照与肥沃土壤而生，你亦可感觉，此地水分并不充足，较为干燥而不滋润。”

凌月颔首，的确这里的气候偏干燥，自己住了一段时间还是不习惯呢。不像家乡那里，空气里总是湿润润的，地上的水域也是明显的。不过他的思绪一贯闪过很快，而且可以同时关注不同点，所以并未开小差，继续听贺先生说。

“而若将阳木隐为阴木，再将似你我故乡之水，加以辅助，却同时是将阴水转为阳水，表面以水之势为攻，实质以木为基。如此虚中有实，实中有虚，相生相化，达到天地相谐，巧妙如天作。然而将阳木逆而隐，并以阳水滋养阴木，有别于常规，需要高深的功力才得以驾驭。需要蓄势到相当程度，一旦驾驭，势将加倍。”

凌月听了一遍就全部理解了：“这么说，也是结合家乡与此地两地之长处，再配合师父与我武学一贯的风格，将天地自然之势化为我用，滋养于我，再由我而发？”

“是！在这块空地，还可进行奇门遁甲之术。”

贺先生说着又开始给凌月传授奇门遁甲的方法在实地的运用技巧，并开始就地练习。只见葱郁参天的一棵棵大树的排列改变，有一股虚拟屏障的气场笼罩，将其中的场景变换。不同的阵形就排列了出来。这样的玄术对于十二岁的小孩来说难度非常，可凌月不是一般的孩子，他不仅悟性极高而且从小受这方面培养，还有对这些玄妙知识的兴趣和求知欲望，加之在两地生活作为基础，再加上每天的刻苦练习，一段时间后就不知不觉对这种高层的玄术武学已能基本操作自如了。

几个月里，凌月感受和投入了这里的生活。学习玄学、剑术、琴艺交替进行，除了见到琴艺社的那些人——还是戴着面具去见，也不怎么说话——以及和自己跟随多年的师父接触之外，就没有见到其他人。原以为来到这儿会有很大的变动、接触很多的人与事、改变整个的生活状态，但是却没有，仍然如在家乡那般深居简出，生活规律。似乎只是挪了个地方，把私塾换成琴艺社、商府换了个小屋之类的那样平行挪移，但是，变化仅仅能由形式和外在来说明吗？

或许什么都不一样了。在这陌生的土地，凌月第一次感到了身在异乡的那种“不在此处”之感——凌月一直不是生活在当下的人，他有他的世界、内心的思维与感受，他习惯一人独处，并不怎么需要和拥有归属感，然而，这一刻凌月忽然感到，或许那是由于他一直是在他所熟悉的环境中间。在那里他自然而然地有了安全感，所以可以飘忽；现在仿佛失去了积淀，就像飘浮飞翔的风筝断了线。

咯吱咯吱作响，不和谐的声音，充斥于周边的空气里。不过凌月很快意识到，不能改变就要接受，或者也可以说是不能接受就要改变，不论怎样，自己适应当地的生活，对自己的处境和更重要的自己的心境都是有益处的，而再在这之上进行改变调整，也才能够顺手，就像他练那套玄术武学的原理，转化与相生，矛盾的和谐，是一样的。

只是还是有些不和谐的音质和色泽遗留在了思绪的角落里，刺痛情绪的缝隙，偶尔使之不得安宁。

从家乡的私塾到异乡的学堂，经历相似却是不一致的压抑，白天总是看琴艺师父的脸色，分组交流成果时，别人三两合奏，而他只能自己一人；回到这边的居所通常贺师父还在外边，凌月即使不是一人住也无处诉说心中郁闷。这一天回到住宿的地方，凌月想抛开不悦，可看到摆在那里的古琴却一时半会儿再没心情去碰了。练功运了一会儿气，平静下来，翻开书本，开始投入玄学的奇妙世界。

贺先生回来时，凌月就问："我一定要到那里学琴吗?"

"当然。已安排好，这期班已经报名付费。而且，学琴本身对你接下来的武学修养也有好处。"

既然如此，凌月只得继续了。不过在那以后他不在琴艺社和单独课程的时候多说一句话，表现更加冷而不关己事，只是做好自己要做的事，学到要学的技能。

"就当是一种体验吧。"凌月对自己说。

"不过，你在那里不讲话也不融入进去，能体验多少呢?"一个声音问他。

"那么就当是一种锻炼吧。锻炼自己在不喜欢的环境中，不能逃避却并不颓废、也并非被动地应付。"

至于这样的锻炼与父亲商敬先事先告知的希望他获得的有多少符合、多少一致、多少算是圆满完成，就不是凌月能够知道的了。

第十六章　自创剑法·月影剑

这段时日，贺师父经常外出，凌月就独自去周边的空地里练习玄术和剑法。

练剑也是一种放松；一个人挥舞着剑，投入进剑法与剑气的世界里，暂时不用管其他的纷繁。不必再戴人皮面具，面对那些并不互相了解和理解的群体，以及那个并不让他拥有归属感的环境。不知是否因为从未得到归属感，凌月没有感到缺失，并不渴求，也不觉得可惜。

上琴艺课成了走过场，凌月隐隐意识到了自己并没有达到父亲和师父期望他融入集体、适应变化、感受异地习俗环境的要求，又或许是多年后的凌月才意识到的，只是在这当下，他把知识技能部分从中抽离并吸取，做得很好，于是觉得这就够了。

"对自己的要求已经较高了，总要有所取舍，不可能样样都做到。更何况，有些事情，从开始就不适合我，即使硬要求自己做到了，也并非自然有益。"这不知是凌月的领悟，抑或借口。也不知是此时的小凌月的言论，还是几年后回想此时的仿若重新年少的、并不苍老却似心已老的凌月所说。

总之，凌月还是喜欢一个人，自己在自己的世界里，在那个很大却并不能找到自己归属的世界，于是自己隔离出一片天地，包裹着自己。

可能是这里气候干燥，天空比故乡的显得高。

这一夜，月光特别好，明亮而平和，湛蓝的夜空只飘浮着几丝半透明的白云，在月光照射下，更显出了飘逸，而令人想起仙界的神话。

凌月仰头，深吸一口气，忽然觉得灵感似灌入心怀，思如泉涌。

站在松柏之间的空地，凌月手持一柄长剑，皎洁的月光照在他的身上，更显得他肌肤似雪，飘然出尘。他闭目思考着，心中默念师父所授的内功心法和剑术诀窍，加上几年前郁大夫所赠的《心・灵・气》之著作中的原理，心有所悟，剑随心动，唰的一下，剑已在手中挥舞了一个整圆。

接连着，他毫不停歇，将手中的剑由内在的气势引动，深沉之中屹立于天地，宛若吸取月光之精髓，又在看似缓慢的节拍间，将剑气以迅捷灵活的路径挥舞出来。

凌月的剑跟随着气，气跟随着心念，一舞之间，将平日所学的不同套路加以串联，并且引申，融入他自身的感悟和突然而来的灵感。

只见月光的影子仿佛被分割如雨丝般倾洒下来，在月下，美少年的身影幻变为无数，虚虚实实令人眼花缭乱，华丽异常。而每一道月光都蕴涵了一份隐藏的力量，在柔美中夺目，随着他的剑尖瞬间划过，周围的松柏叶片顿时落了一地，化为如银针般纤细的碎片。

更巧妙的是，这些痕迹点点隐含又透露着一些符号和规律，来自适才凌月的剑路与足迹。

剑毕，忽闻一声“好!”凌月转身，恬静谦和的神色迎接师父。

“刚才剑招是否为你所创?”贺师父的面容带有惊异，赞许之情流露，“浑然天成!”

“师父过奖!”凌月脸微微一红，刚才突发奇想有了灵感，舞动一番，就被师父瞧见了。本来还想再多完善。

“你适才所练之剑，融汇本派数套剑法所长，在为师传授你的‘青云剑法’基础上有所引申，注重天地精华，通于自身心境，并结合了本门内功和轻功之大成，达到近乎于天人合一的境界，实在精妙!”贺师父对刚才凌月的剑法夸了一遍，忽然面孔一板，话锋一转：“你适才这剑招仅一招式，固然精妙，距离完整剑法还有相当距离；为师须当与你一同将这剑术深入钻研，进一步结合内功心法和八卦五行步法，方可发展成一套独特的剑法武功。”

“多谢师父！小徒定当努力，刻苦钻研！还望师父多指点。”凌月赶忙这么应声，却听贺青山继续道：“若能将此套剑法创建出来，实为本门一大成就，我贺青山或许将重兴青山旧派一门昔日威风!”

凌月愣了一下，幸而平素已习惯伪装，没将自己的诧异表露出来。他只知贺青山曾是江湖中人，已退隐多年，跟父亲商敬先是老友，具体什么情况也没去打听。往年以凌日的名义跟师父学武，由父亲安排说好是完成家族使命，也并没听说什么青山门派的事。或许换作别的年轻人就会感到好奇而兴奋，甚至对闯荡江湖重振一门派感到雀跃，他却只觉得突然，不喜这种不在自己计划之内的安排，而且隐隐感到自创的东西受到了侵犯，就一言不发。心中却想着，“这剑招为我自己创建，与我的气质风格才是相符。若是有朝一日真的练成完整剑法，应取我名中之月，恰好契合今夜之光景，以及我舞剑中时暗时明、暗多于明之气势，将其称为月影剑法，才是妥切。”

不过这想法他自然不好言明，反而随着师父说了几句应付他表面开心的话。贺先生只道这孩子老实，凌月此时自己也这么觉得，后来才慢慢发觉自己其实也有些狡猾。

于是接下来，他深入钻研自己的剑法，趁着贺先生高兴没少请教，对于师父教授的招数却不尽全然吸取，每每自行思考，加以改进；直至数年以后，仍然在一边练习一边完善，终于确定了这套完整剑法的脉络。除了剑术套路，还配合了内功心法气势原理与八卦五行结合的步法，异常精妙。此时凌月想起了郁先生当年送书的情景，心里有些怀念，不知郁伯伯现在怎么样了。在贺师父询问他内功心法有些不是出自本派的时候，他也没说出郁伯伯送书的事，只是讲了看过一些书，贺师父知道他记忆力和悟性都好，就没多问。

真是额外的收获，尤其是在这异乡倍显艰辛之时，凌月感到欣慰。

练习了一段时间月影剑法之后，贺师父忽然讲："为师安排你在此学习琴艺，之前略有提及，琴艺与武学有相辅相成的地方，想必你该知道了。你创建的剑招更多是基于以往剑法，尚未用到多少与琴技相关。那你且说，通过琴技你学到了哪些?"

"有多项。手指练习增加灵巧，手势变得更灵活，这是细的方面；还可以静心，感受到沉浸在韵律中的状态，调整气息，这是整体。其实前不久的新剑法，也略有融入琴弦音乐的流畅气息，虽然只是'虚'的层面，和一点点'气'之态。对了，节奏感和细微波动的听力也有所锻炼。"凌月一口气一边思索一边说，语速不快但很流畅。

贺先生听了满意："很好。你悟性上佳所说皆是，不过并不完全。"说到这里贺先生停顿下来，看凌月的反应，凌月礼貌地说："愿闻师父讲解。"

"你猜猜增加手指灵巧和细微的感觉和听力分辨，是为哪种武功打基础?"

"暗器?"凌月迅速反应，几乎不假思索。

"聪明!"贺先生对爱徒的聪慧有所知晓。

凌月一贯学得很快，而且此时武功已不错，虽是初次接触暗器，但他能与之前的武学融会，还有内功作为基础，于是迅速掌握了要领。大致原理知道之后，就差练习的火候，然后再需更多的要领诀窍来上升一层。这些年贺先生传授凌月武功，就是这么原理与练习相结合交替着的。

练习完毕，凌月又回到了他在这里住宿的房间。关上房门，感受着窗外透过窗帘隐隐的风，思绪浮动。

忽然想到了一个令自己有些激动的问题，由于难解而激动。关乎自己，近在眼前，却又如此看不明白，不由自己的意愿，甚至不能让自己的思绪清楚明白。

"你现在到底是谁?"声音在他心中响起。

"以前你习武的时候是商凌日，学琴的时候是凌月，现在学琴结合习武，你算是谁?!"

如此的念头下，凌月因激动和复杂的感觉，眼睛有些湿润，不同于往常的那种泪水。

这次他没有压下心中的声音，却竟不知如何去对答。就这么空缺在那里，沉默。心中沉默，这对凌月来说是很少的，平时他沉默时内心的思想也在继续，或就是在安然聆听和体验心中的感觉，而现在的感觉是不安、是要回答这个问题却僵在那里不知如何接口。

这抹看不见的空缺如此刺目。

他的脑海一刹那空白了。凝聚思绪，既然想到"累"这个字、这个状态，而又想不出要做什么，那就倒在床上睡吧。

第十七章　安静的思考·创造·梨花雪

新的一天，可以隔开入睡之前的过去，却无法隔开更远的记忆。然后这些记忆早已串联在了一起，似乎是在意识之外的另一层面。既然如此，意识并不是总能意识到。于是并不总是去想那些。还有任务。日子就在光影交替和一件件事务中、学习的长进中、身心的成熟中，一天天过去。

在异乡转眼近四年，对于正在成长中的孩子来说，或许显得包含更多一些。这时凌月已是十五岁的翩翩美少年，个子长高了，皮肤仍然白皙如玉，乌黑的头发更长，凤眼迷蒙，脸上添加了一分少年的沉静，气质越发显得飘然宛若天外之仙。

然而凌月的风貌除了内在先天的气质和长相，还有是外在后天添加的一些东西——与其说沉静，不如说是一份隐遁于天生忧郁气质中的沧桑。在早已懂事却尚未定型、尚显稚嫩的年岁里，从一贯安逸舒适的环境——在那里虽然压力大，却已经习惯了，且天生喜欢安稳不喜欢变化——突然离开，一离开就这么远，到从风俗习惯到气候都异于故乡的异乡，接受新一轮的任务和安排，过往的压力和身份任务还在，却添加的是额外的任务、不适和必须经历的调节，这即使对于早熟而聪慧异常的凌月来说，也是很难承受的。却还是承受了。而且似乎不仅是被动地承接，而是主动融入了。于是自身也就有了更多的忧郁、多愁善感和若隐若现的沧桑了。这些都有异于这个年龄的绝大多数少年。

“或许换别人来的话，早就受不了了呢!”偶尔凌月心中的声音对自己说。

“或许换作别的性格的人经过这样，他们也会变成我这样?!”又一个声音响起。

凌月再一次分不清到底是个人先天的气质决定后天的表现，还是先天环境——不由自己控制的命运——决定个人先天的气质，又或者是后天的环境。就不说是命运吧，就是客观的环境——塑造了后天的性格，同时和先天的气质进行调和又化为一致了。[①] 又或者是这一切都交织在一起，塑造成了一个不由个体决定却也由个体选择而表达出来的整体?

不管怎样，这样的运作是奇妙的。也都不由个人控制。是谁说“性格决定命运”?岂不知性格本身也由命运和环境至少间接影响吗?

凌月还是喜欢与自己对话。他的世界一个人安静而不孤独，充实中混合着已被渐渐遗忘的压力。如果说，在思考自我和命运的时候是一种悲伤却令自己陶醉的喜悦的状态，那么在学习知识和探索神秘学问世界时，就是另一种也是喜悦、却不因悲伤而因振奋的同样陶醉的状态了。

身心成长同时，凌月的任何一门知识技艺，无论是暗器、内功、月影剑法还是玄术阵法、又或琴技和诗书画才能，都有长进。却也不能叫“顺利长进”，虽然这结果是可以预料的，但是过程的艰辛，除了身在其中的体验者，连想象也不易。

外人只道是过程的艰辛换来了加倍的成果，却不想付出与获得并不绝对守恒，甚至并不直接挂钩；如何以过程的艰辛确实换来了实际的结果，这就算是身在其中的凌月，也难以讲明白。反正自己就是掌握了那些知识技能吧。

忽然一丝灵感划过，凌月隔着窗帘，对着窗外微暗光线的侧脸更显得忧郁而认真。他的目光似飘到很远，虽然遮蔽的窗帘隔开了视线。左手手指微微动了动，凌月迅速一转身，似从一个远处的世界突然降临到了现实。

坐到小桌子旁边，工作开始了——一项创意性的工作。凌月觉得很有意思，这样的时候他更显得严肃，并凝聚着一种往常被柔和化解的冷。他双手手指轻巧不停，双眸如星。

---

① 弗洛伊德的“自我本我超我”理论说，自我总是夹杂在本我的本能欲望（先天）和超我的道德约束（后天）中，受着煎熬。写到这里我忽然想起了这个理论。这并不是我开始写这段文字时想到的，甚至不是我以往非常关注的理论之一。不过写完这段忽然感到与此有些呼应。

我的这段文字还是偏重对命运的思考，先天和后天的性格气质的关系，可能本来个人与环境的冲突就是人类生命最显著的冲突之一，成为希腊悲剧的主题，也是心理学和其他社会科学众流派所关注和产生争执的核心问题。20世纪影响甚大的“遗传决定论”和“环境决定论”之争也可看作至少与这一主题同源。

原来，凌月为暗器改造外形，使之更符合自己的风格和习惯，也更加顺手了。“这不是我挑剔外形，外在是内在的表现，就像一种抒发、诠释，外形符合自己的要求和喜好，内在的部分也更容易结合了。”

这么想着，手上就绘画和雕琢起来。只见一片片雪花般的形状一点点浮现。银白色的薄片，六个花瓣，像雪花也像梨花。

“梨花雪。”凌月微笑起来，对自己的作品很是满意。

“为什么不雕月亮呢？”似乎听到一个声音说。

“为什么要雕月亮？”凌月的显意识回答。“我叫凌月就一定得用月亮形状的吗？哈哈，哪有这种规定！”

“这不叫理由，这叫反问，我要听你的解释，梨花瓣形的暗器比弯月形的好在哪？”

“呃，那我来解释了……弯月形有两端尖钩和一个长弯的光滑的面，这样易于旋转，旋转起来也会有个弧度，我却更想要平滑的、多面对称、可以任意一面切割的，对，就是要起到切割和平面划过的作用，而非旋转扭转作用的。因为旋转的效果我可以以别的方式来达到，不用重复了。至于什么方式么，看下去就知道了。”

凌月想到这儿抿嘴笑了：“还有，我要的效果是飘然飘忽的，所以也更适合梨花雪，不用那种光芒突然乍现的，而要轻轻飘过去的，甚至可以随风飘落的效果。”

“分析得有道理，不过月形的也有月形的好处。”心中的声音还在给凌月提意见。

“好吧，也有道理，月亮形的自会用到，不过是在别处啦。作为暗器我还是用梨花雪，月形的特征我刚才分析了，可以放在别的地方。至于哪里么，还是看下去咯！”

他这么对话之后，呵呵笑起来。工作完取得成果的确令人开心，心情也觉得放松。凌月又开始玩刚刚做好的暗器。

越轻越细小的暗器对内力的要求越高，这点很好理解，凌月接触暗器不到一年，已换了数次暗器的形状，一次次变得细薄。而细小暗器打出的距离比起大型暗器要有限，却更精准和出人意料。江湖上的细小暗器经常会被上毒，不过凌月显然不使用毒素。他不喜欢造成大的伤害，尤其是用阴毒的方法。

这种细小的美丽的暗器更像是为了玩以及抒发情感思绪，在凌月看来就像他画画和弹琴一样。就像一种艺术形式与载体。

在那以后凌月半夜里熄灭蜡烛睡觉，就可以用梨花雪飘过去带走烛光了，想想就很好玩是不是？睡觉之前可以美美地微笑了，至少如此。

练习暗器初上手时雪花片上系了很细的丝线，打出去的暗器可收回来，一次次重复练习，掌握手感。也避免了还不熟悉的时候暗器打偏不好控制，同时节约了一次次去捡回的时间。现在凌月已经使用暗器很熟练了，已经不用丝线的辅助，但是他发觉丝线根本不必看作辅助。

不过这样的话，还需要多加研究和练习，或者叫实验。

凌月在进行的是创作，同时，也是一种研究。又是结合他最喜欢的艺术与知识这两个领域。这时候的他，还只是将武学看作一种知识领域的探索，一种艺术与自身情感的结合，从中得到自己定义的玩乐和别人看重的修身养性，或许，一直都是这样的，很多年后当凌月以这样的武术进行那些行动的时候，还是没有忘记最初的这份感念。

现在凌月就是多练习暗器、摸索自己更有趣的设计。凌月答应了他脑海里的那个声音，这次雕刻了月亮的形状，是弯弯如钩的月。“下弦月，夏玄月。隐藏在夏天夜晚的黑色之月……这意境太好了！唉，我想把它真的染成黑色的！不过……”不过在大白天使用漆黑的月亮形的暗器，就不是隐暗而是拉风了。遂放弃。

“那么叫什么呢?”

“既然我想把它隐藏起来，遁形于空气，寄托于无形，就叫空寂月吧。”

“梨花雪，空寂月，嗯，很好。”又满意地笑。

“徒儿，你在干什么?”贺师父的声音传来。凌月自然而然地瞬间收敛了笑容[1]，认真答道：“师父，我在设计暗器的造型呢，已经好了，您来看看?”

贺青山扫了一眼，说：“你进步甚快，已能将如此细小的暗器操纵自如。”原来这几天凌月只是独自练习新设计的暗器，自己摸索和完善。

“多谢师父夸奖!”凌月礼貌地回应，如果再加一句“还不是有赖师父教导”之类的就太假。贺师父显然对凌月的艺术设计不感兴趣，只关注它所代表的功力境界。

“我正想向师父请教。这种六瓣形的我想作为暗器，而这月牙形的，我想把它系在银线上面，就一直这么用，并不作为暗器；前段时间刚开始练习的时候，用线系着暗器来辅助，我发觉线可以不仅仅作为辅助来使用，本身就是很好的一种器具，柔韧而灵活，符合本门武功，且和之前学习的琴技、内功等都相辅相成。”

贺先生听到这儿，眼里透出兴奋的光亮，“对！确实你适合这种柔韧灵活的武器，你之前的基础也能让你很好掌握它！对丝线要求甚高。为师恰知有如此一种物件，乃是很多年前友人赠与，还需再加工，制作亦有困难。”

凌月立刻接道：“不要紧，再难都可以试。”

“嗯，难得你不但善于创新还有毅力，做事也认真扎实，为师相信你。”贺师父点头，他对凌月确实放心，带领这样聪明好学的弟子自己也感到开心。[2]

当下，贺师父就带凌月去到隔壁房间的箱子底层，翻出了一只显出陈旧痕迹的皮囊，凌月接过，听得贺师父说：“这些是用以特制绳线的原材料。”

只见一根根细长的丝，他指尖触摸，触手微凉，质感光滑，就像玉的感觉，却是可弯、有韧性的。可是这种丝线非常细，需要编织在一起才能作为类似软鞭的兵器使用。

凌月觉察这种原材料非同一般，不禁感叹：“这一定极其罕见!”

“当然了，”贺师父继续介绍，“此丝线取材自传说中那罕见之宝树。”

“啊!”凌月不禁惊讶出声，继续抚摸这些丝线，还研究着它们与树有什么联系。

“它们是若华国宝树根茎上生发出的类似藤蔓的枝，这种宝树已是罕见，传说天下间唯有玄火凤凰流连之处得见，经过日月精华风霜雨打，怎么长出这些依附的藤蔓，就更加神奇了！且据说它们出现不久就会消失，若不取下特殊处理，就又归于乌有。总之为师旧友成功提取些许，便成为了这些稀世宝物，现在恰好给你。”

凌月顿时觉得极其宝贵而沉重，连忙深深道谢。贺师父微笑，说反正自己留着没用，摆放着浪费了。

“恰好八卦中的巽卦是你使用的主导卦象，其对应的物象是风和同样柔软有韧性的绳。你又将学到的知识结合你本身的特质加以发挥创造了，不错!”贺师父笑眯眯地表扬起爱徒。然后又说，“这些丝线一共只有这么几根，你要珍惜使用。”

---

① 既然多愁善感的情绪只留给自己，喜悦也是一样。而认真严肃并非伪装，凌月不管高兴还是悲伤或者平静时都是认真的。

② 注意这里就说聪明好学，其他的缺席就自有缺席的道理。贺师父眼里当然也看得出凌月是美丽的，不过美丽与否与他带徒弟无关，善良是基础根本，不是这里的关键，深层的性格特征师父不够了解也不需了解，至于乖巧么，这是不熟悉的人对凌月的一大印象，却可说是假象。显然凌月这样有个性、爱创新、好提问和提出质疑的孩子是不会太乖巧的。

“是!”其实没有贺师父吩咐凌月也会好好珍惜的。他早在贺师父刚说有原材料的时候，就想到了这原材料肯定很难找，制作出来的丝线也肯定要好好保存、妥当使用，[①] 一定不能浪费了——要在使用不当和摆放不使用的两个极端之间。

于是接下来好多天，凌月灵巧地将这些原材料丝线编织在了一起，非常有耐心，小心翼翼地将它们编织好了，形成了粗细不一的五根。贺师父将他们浸泡入药水中，再用火烤，交替反复，终于制成。贺青山问凌月，“为什么编织成粗细不一?”

“前几天我忽然想到，如果粗一点，我还可以做成软鞭使用。”凌月说，“所以这根最粗的就作为软鞭。接下来的两根作为直接使用的银线，比软鞭细致灵活，虽然力量不及，但有其他优势；最细的两根穿上银月使用，作为暗器与丝线的结合。我还在琢磨怎样将它们配合。”

贺师父略微讶异，虽然早知道这位爱徒很有创意、喜欢尝试新奇的有难度的花招，不过这难度颇高。“软鞭使用要学习鞭法，为师就来领你入门；丝线也算一种特殊的细鞭，可融会贯通，暗器你有一定造诣了，掌握好这些指日可待！不过得慢慢来。”

“嗯，我不着急。谢谢师父!”凌月听到能学习新的东西，笑眯眯的，又要开始钻研一种新奇好玩的武器和武功啦。

间隔于习武的期间，仍然去琴艺社集体学琴，凌月开始熟悉也习惯了。渐渐感到，自己无权去评判当地的风俗文化，只是感到或许已经度过了磨合期吧，感到与自己的冲突和带来的不适也没那么强烈了。

在琴艺社里，他还是只专注学习，却不再那么反感其他小孩子唧唧喳喳。这儿环境比较随意，凌月不说话做自己的事也没人管他。

而凌月的不受欢迎当然与他戴的人皮面具有关，确实难看，且长相跟当地人有差别，怪不得人家。他对于针对内在比如性格爱好的排挤，比对于外在的排挤要介意得多。

“前者更不应该，却比后者难分辨、而容易忽略，甚至被看成是理所当然的。导致的结果并不是无谓好坏的人以群分，而是一些人们对另一些比较少的性格类型的人的排挤，而针对他人的聚集在一起自然就更引发了他们的性格中共同的劣根性，变得越来越俗——俗既然成为俗自然比雅的数量要多，再转来更加欺压，这就是一种可悲。”

“倘若突破意味同流合污，那么宁被折磨，也不能改变信念，把自己变得不是自己。”

即使在扮演凌日或者在演别的戏，凌月也没有抛开自己深层的信念和准则。而那种同流合污兴风作浪则完全不同，简直丢弃了那些人可怜的人性。这是凌月在很多年以后经历了更多后，回想起对比起来意识到的。

眼前，他只是在稍稍思考和观察，却不知道，不久就要迎接起一个变化的旅程。

第十八章　归家·变化·凌空而下的体验

“准备一下，要回去了。”

---

① 保护与利用是一对互为矛盾的概念，却是相互补充的，“在保护中利用”是文物学、文化遗产学近年来奉行的概念，和在现实中对于一些文物既要作为展品藏品为现在展示和研究、也要进行保存流传下去的“两难”中取得的平衡操作。这些文物包括了“可移动文物”，也包括了“不可移动文物”就是古建筑。

“啊?”一如他的离开，再次回归的消息亦是这般突然。为什么?

凌月不喜欢这样突然的变化。然而知道，既然出自长辈安排，肯定是有原因的。

果然，贺师父接着说：“为师接到令尊紧急来信，召唤你回去。不是你家里变故，勿担心，乃是接到王爷寿宴邀约，要你去参加。具体事宜回去后你父亲自会介绍。”

“哦，好的。”既然不是家中有变故，凌月不担心了，却不喜欢这样突然的变化，而且自己还得随着这样的突然来调整。贺师父说只有三天就要出发了。这么急!

三天里凌月只好整理在这边数年积累下了一些小物品，有画画的纸和雕刻梨花雪时顺手雕刻的一点小东西，还有他带来的书，又在这边得到的书，以及在琴艺社的路上碰到的一点小工艺品，不知不觉堆满了小屋的房间，现在又要整理都带回去了。

“带不了这么多，得清理。”贺师父突然说，“吾等须行缩地术，并非马车搬运。”

凌月确实差点忘了。然而他不喜欢扔东西，觉得每件物品都带有一段回忆，回忆的气息，和感觉联系在一起。清理了半天尽量压缩进随身包，还有很多放不下，一些画作和工艺品都带不走了。“唉，都是自己惹的。要求越多，越容易失望。我只不过难得提一次要求，没被同意也在意料之内，却还是不免失望，还因此想起的更多不开心。”①

就这样匆忙地走了，来不及好好地道别。虽然这里只不过四年，却是成长中的一段关键。

如果贺师父的吩咐在这里停止，那么凌月的状态只是一点的早已习惯的无奈和为自己的落差感到不悦而已，还未开始内心那种矛盾的对话。但是贺师父接下来的一番话，却带来了更大震撼：“对了，还有非常重要的一点，你这次回去是以商凌日的身份。”

就在凌月三四年来不必扮演他人，逐渐几乎忘却了自己的这一层任务和负担之时，突如其来的又一重命令，将他的现实引向了过去的无奈和未来的怪异。

“为什么?”一般心中虽不满却还是服从的凌月这时不禁开口发问。以往的“为什么”是自己心中的声音问自己，现在真的开口问师父了。

“凌日是长子，此次王爷寿宴，商大人带公子出席，理应是长子；而且，商凌日离家的时间更长，不要忘了，凌月只离开几年，凌日却是自小离家，老太太想凌日了。”

“哦。”这样的理由恰好于情于理都说得通，凌月连反驳的缝隙也没有。

更觉讽刺，以商凌月的身份被突然送出去，现在被突然召回，却又要扮演起商凌日。

虽然是想回去的，但不想以这样突然的毫无准备的临时通知方式回去。

虽然是想回去的，但更不想以被安排强迫又要扮演他人角色的方式回去。

然而即使回去意味着又要开始扮演凌日的日子，凌月还是想回去的，因为那里是他的家，此一条足矣。

人就是这么矛盾的，即使有再多理由不满，还是放不下深层的那一丝情感。

又或者说，即使有再多情感，还是放不下既定的那层理由——那是他的家，他得回去，他得服从。

两者相比较，凌月还是愿意相信和赞同第一条。

确实，对家和故乡有深厚感情。完全不是离乡的四年时间可以淡化，也不是对“刚习惯这里就得回去”这样突然变化的不满可以抵消的。

凌月觉得他的行动顺从了内心的喜好，被迫的接受恰好顺应了内心的选择，于是感到身心调和而舒服了。

当然，要扮演凌日的那层除外。不过那是他从出生起就要背负的任务，更加早已习惯

① 烦恼和罪恶都由欲望而起啊。似乎基督教和佛教的东西方哲学都是这么说的。

了，从某种角度来说也更可以忽略不计了。

背上行李，沉重，却还是没能包含他想带的一切。

贺青山做起法来，召唤凌月一同来："你现在可将此段时间学习之玄术用上。来，与为师一同开始。"凌月就重新打起精神，提了提背上的行李同时下意识地暂时搁下那些思绪，也开始一同进入了那个迷幻的场景。

异象在头顶盘旋。光与雾的交织。

出现了一道气流般的屏障，像是透明的水帘，也像沾染水气的风之帘幕。

凌月和师父踏了进去。

水帘若隐若现，足下似乎泛起了波纹。忽然，凌月的脚步开始不稳。

"孩子，坚持住!"贺师父大声说，"这次比来时要更有难度，但你我二人合力，可以攻克!"

不知是背上的包裹还是什么太过沉重，凌月感觉有一些力量仿佛要将他压垮。

"啊……"

摇摇晃晃，在幻景里更觉头昏脑涨，完全摸不到方向。每迈一步那么困难，仿佛有看不见的重重阻力，就在脚下的前方。

师父极力将凌月拉着，费力地前行。

一瞬间，光与气流般的屏障消失。

凌月的额头上挂着一滴滴汗珠，头顶上已经淡淡冒出了白烟，忽然吐了一口血。

"徒儿!"贺师父叫他，他已经缓缓倒了下去。

意识在消失，逐渐逐渐，凌月忽然觉得就想这么睡下去。

就这么沉沉睡去，太累了，真的好想睡。朦胧间感到好像是自己灵魂什么的正在一点点脱离出去，一阵一阵，仿佛撞击着肉体局限的边缘，即将向外消散，再一阵一阵，终于脱离自己的身体，再不受意识控制，一点点上升。

却被猛然拉了回来。是贺师父点穴唤醒了他。一瞬间，凌月感到有一种灵魂下降落到身体的感觉，与其说是降落不如形容为砸下，似乎还可以听到"砰"的一声，伴随突然跌落的飞速在耳边凛冽的风之呼啸。

难道灵魂也这般沉重?

为何砸落在自己身体的刹那，感到有一丝不真实却真实感到的痛?

凌月猛烈地咳嗽了起来。明显感到自己咚咚的心跳，以及同样在体内紊乱的气息，忽然又吐了一口血。

"好了，吐出来就顺畅多了。"贺师父看到凌月第二次接连吐血，这么说。"你的心脉还有些乱，休息一下，运气调整，回到家就好了。"

"这是什么时间?"凌月沙哑着嗓音格外虚弱，似乎讲话也是困难，提不上气，然而却询问起时间的问题。

"已经隔了一日，离我们出行时已经跳过了一天。你回到了家乡，还回了时间。"

回到了家乡。回来就好，即使路程艰辛，也是值得的。

第四卷

帘幕背后

第十九章　安排·生命与职责

就在凌月离开家乡的时间里，这边的一切也在继续。

当年私塾的那群小伙伴们，也和凌月一样渐渐长大，各家有各家的安排，都是京城里的达官贵族家庭，何况当地长期以来重视子女教育，明里暗里各显神通。

第一期贵族私塾课程成功结业后，大多数孩子们留下来继续上后一期课，商敬先安排凌月不再继续的理由是“小儿子身体不好，需要调养；另外这孩子对音乐更感兴趣，想学琴，看来学文不适合了。”在那些各个家族明里暗里竞争的环境里，有人要放弃这么好的读书条件别人自然不会挽留，而他们看过凌月确实比较文弱孤僻的样子，在私塾中也刻意低调，因商大人这么说便不多问。

既然商敬先分析出孩子走从武之路当将帅在当今世道更有前途，别的官僚中也会有人发现。例如位列三公之首、老谋深算、洞察人间百态的丞相金铭传，培养他的儿子金高展继续上课学文、交友、扩建人脉，同时请来了武学兵法高人为金高展教授武功和谋略。金氏家族的实力自然是当地最雄厚的，甚至超越了皇家，占据了资源优势，且行动起来光明正大的，不用像商氏家族安排凌月扮演凌日那样稀里糊涂偷偷摸摸。

其他的，周立原本也要被他的父亲周大人安排从武道路，周大人总是跟在金丞相后面，认为跟着他总不会错，可是这一步实在模仿不来——金高展学得会武功战略，周立学不会怎么办？尝试换了好多师父之后，终于只得作罢。而周立显然在文方面也学不好，小时候在私塾里笨笨的表现就可看出了，不过这新贵周家确实有一定能耐，转而培养孩子去经商了——商道中人们当然要给高官世家子弟一点面子咯，再加上周大人和负责管理财经的范大人私下交好，都是金丞相这一派系的，范大人就带着自己的儿子范摹模和周立，两个笨小孩反而过得轻松快乐又有钱赚。当然他们的一生也就如此了，被家庭安排成这样不容易，也就到顶了，一眼看到头。若是不幸家族遇到什么变故，则会一朝全部破灭。当然这些简单傻傻的孩子们不会担心这些，也就继续简单快乐享受了。

秦太尉的儿子秦标一心想学文考功名当官，这是传统官僚典型路线，自受到长辈们喜爱。不过武官出身的秦大人未看出这年头这条路已经不吃香了。当然或许他也没其他办法，秦标懦弱的性格根本没法往将帅方面培养。比较起来，凌月文雅但不柔弱体现在气质，秦标则是真正的柔弱，不光性格，个子也矮小，根本学不来武，一心钻到“功名眼”里倒或许能往前挤一点，加上秦世家族的力量，以及若华国并不正规化的如同走过场一般的文官功名考核，将来安排个官职在意料之中。不过这官职就没什么实际作用了。

从远期规划这点来看，金丞相和商敬先确实是这批臣子中最聪明最会打算的。当然家族的打算与世家公子们的成功并不直接挂钩，还要看孩子们个人的表现和机遇。

至于其他较小的官僚家族的孩子们和那老板的孩子王小虎，商敬先自然不会关注和打听。他思量可对自家造成威胁的家族子弟也就以上几个，除了更神秘的另一大世家公子。“不过那孩子多年不曾出现！”商敬先见他这次关键时期也不归来，暗暗得意。

这一天商府接到请帖，退任摄政王爷的爱亲王五十大寿，邀请达官贵人光临王府，世家官僚的商敬先自在邀请之列。王爷对于当年商世家喜获双生子的消息也有印象。他在朝后见到商敬先，特地邀请他儿子也来。

“久闻商大人有二位公子，一式一样的双生，皆聪慧俊秀。数年前于私塾内曾见贵府二公子，颇有文采，不知大公子如何？”

“王爷过奖。商某教子无方，次子凌月进了当年蒙王爷资助筹建的私塾，读了几年书，也就那样，长子凌日则从小习武。”说到这儿商敬先忽然心念一动，接连道，“原本长期跟随师父在外，近日则恰好回来。”

“哦？如此说来贵府大公子对学武投入颇多，常年在外近日恰巧归府？甚妙。记得当年商大人也提到长子习武在外，因而只有次子进入私塾，不知如今造诣如何？小儿懿琨亦是习武多年，比贵公子略为虚长，恰巧也刚从外归来，可否将贵公子带来，两家世交孩子们切磋切磋？”这些年来逐渐已显老态的王爷说着微笑了起来。

适才商敬先听到王爷府设宴的消息，先是略微踌躇，然而等王爷说完他就另有了打算。这时也高兴笑起，立刻应允：“王爷提议甚好，承蒙王爷抬举，特邀小儿入宴，商府真是荣幸备至！”

“敬先不必多礼。我俩多年朋友，实属应该！”难得王爷倒是爽快，没什么架子，“由于朝野内外事务繁忙，你我二人平日多因公事往来，两家公子也各欠缺交流，只在令公子十岁生日匆匆一面。趁此机会，你我二府好好聚聚，让孩子们也相互认识！当年吾儿未与那些孩子们一同进入私塾，还觉可惜。这次，当年一同上私塾的其他孩子们也会来，转眼都长大了啊。”王爷说着眯起眼睛看向远方，发出感叹。

商敬先也随着他的声调思绪飘远，忽然又想到什么，立刻回过神来，然而不便直接询问，只得在脑海中盘旋着。与王爷再寒暄了几句，就告辞回府。

“幸得王爷提早了一月告知，这半月时间正好能让我联络贺先生，召唤孩子回来。而他们回来时，贺先生可以做法，不消半日即可。如此刚好来得及！”

回到府上，商敬先立刻派心腹快马加鞭送上密函直接到贺先生手中。

王爷寿宴前两天，凌月果然如期而至了——当然是以大少爷凌日的身份。

谁都不知道，他在吐血过后接连着就替自己梳头，拿出随身带的小镜子与木梳，以头顶心和太阳穴作为精力的刺激点，强撑起精神，赶往自己家中。

商府给大少爷的欢迎接待一如往常，因为这些年大少爷都是隔几年才回来一次，所以府上众人自然热情。

凌月穿戴整齐而明快，头发梳得光亮，不再如他的习惯那样留着几缕长发絮的发型，少了几分艺术气质，多了英气，笑容灿烂地立到了门前。

其实这时候他已累得快倒下了，还好一是从小扮演凌日习惯了，二是也亏得这头型梳起来确实让自己精神些，三是自己扮演得入戏，忘了凌月的疲惫而“扮演”起了凌日的神采，于是这场“接待仪式”进行得很好。

刚被欢迎好，商敬先就把他叫到内室，单独谈话，告知王爷邀请他一同入王府。先前就知晓而此时听父亲讲解王府的地形和注意事项，在内室不用继续挺着精神装扮了，疲惫后忽然放松使得疲惫更加扩散。眯起凤目，凌月的眼神已有些迷离。

“你这次以凌日的身份受邀出席，亦是代表商家的长子。”商敬先忽然语气凝重地说道，“凌日，你知道从小爹培养你习武，是出于什么考量吗？你是否记得几年前爹对你说的话？”

凌月随着商敬先的语气和称呼转变，突感醍醐灌顶又似被敲了一响钟，柔和的眼神顿时变得凌厉起来，白皙的面孔再次迸发出精神奕奕的神采，与属于他自己的忧郁而飘忽、似不生活在此刻的表情有了很大差异，他快速吸了口气道："记得。当年爹说到培养凌日习武，不仅修身，在动乱时代更可保家卫国。"他的声音透亮而带有锐气，与平时柔沉温婉的嗓音亦有不同。

商敬先满意地点头："没错。爹还没有告诉你，其实除了这些，还有更多机缘巧合。我们商氏家族历代学文，至今还未出过将军，而我从十多年前渐感武学的重要性，不似用笔杆的文人墨客，武者们可投身更实际有效的地方，军事家们在这动乱的年代比文人们更有用武之地。恰巧当年我遇见你生母，我与你母亲还未告诉过，你生母是游走江湖之人。"

说到这里商敬先略微顿了一下，不知是不是勾起了对曾经那个女子的回忆。凌月即使不在凌日的模式里，也已习惯压抑自己的情感，而且从未再花额外的精神在这个话题，因而听闻商敬先提到自己的生母，亦无反应，只是记在心里，静静听着，像对任何普通的客观事实。

商敬先继续："友人贺青山原本不收徒，却在你小时候发现你的身体条件异于常人，不仅容貌俊雅，而且骨骼气质也极其适合他的这派武功，甚至说你天生有大将之风。"

凌月听到这里微微吃惊，自己的骨骼气质也适合练武，是他没想到的。从小到大他思考很多，这时才突然发现自己竟然适合练武，职责就变成了习武，而自己不管作为凌日还是凌月本身，竟都脱不了这样的命运安排！

而表面上，凌月什么也不好表示，轻轻"嗯"了一声继续聆听。

"凌日，此次王爷大寿是一极佳机会。目前朝野正缺武学人才，王爷一向关心后辈，重视下一代培养，此举兴许意在物色年轻一辈的佼佼者。你要好好表现，你今年已十五岁，过往这些年一直刻意低调，如今也该是崭露头角的时候了。"

"好，凌日知晓。"凌月将自己的称呼改了，嗓音和面容表情也变成了"凌日"的，却还是往常惯用的服从式回答方式。

"你去准备。后天带你去王府。"商敬先又如此说。

"好。"凌月点头，潇洒转身大步离去，举止有力而迅捷。其实他只想趁着最后可以提起的一点力气回到小屋，否则真的快散架了。

望着凌月远去的背影，商敬先若有所思，他还没告知这次老王爷很可能会让年轻一辈们当场比武，且关系到之后的机会；不过考虑到不给凌月更大压力，"让他准备一下到时自然表现就好"。总体来说，他对这儿子还是放心的。当然，不能忘了他的身份问题，就是那不可言说的秘密。商敬先隐隐感到一丝紧张，又似乎是等待已久了。

凌月的心中又怎会没有紧张感？然而有更多事务在外等待，还有更多疲惫在体内。恍然连做梦的力气也没有，他一觉睡得很沉。直到醒来时，才忽然迎接到很多很多的感慨，如同洪水冲袭，瞬间将意识全部覆盖，那么多感受和感觉就在那里翻滚着，却无法逐一觉察和品味。

"离开这里，转眼就多年。"似乎这么一句心声，可以听见在心中响起。

睁开眼，明暗度显示天还是黑的，凌月又模糊了时间，却点点滴滴清晰地记得那流过的时光，更觉刺目。躺在床上，面向着天，又一声长叹。

"这不只是父亲的期待，是多年以来的安排，是家族的期望！"凌月下意识地握紧了拳头。睡意已经没有了。站在窗边，目光遥远，却是沉重的。

第二十章 王府之会

来不及调养和休息。凌月随父亲进入王府。

还是疲惫的，再次打起精神，束起头发。这位美少年立刻吸引了众人的目光，引来啧啧称赞。王爷邀请的人物都是有身份有阅历的，看得出这位公子天姿优秀，后天培养也是精心，相貌俊美且气质超凡，看上去才十五六岁，“举止气质却丝毫不显稚嫩，礼貌得体且沉稳，又没有故作老成和阴郁的痕迹，很是难得。”

当然对于商公子的夸奖，也有出于礼节和对商大人的客套恭维。凌月作为商府大公子商凌日，透出爽朗的笑容灵巧地回应着与他说话的长辈们。

“他们夸奖的是我吗?”

“是我装扮的凌日，是他们心中的凌日，还是他们眼中的我?”

“那么此刻他们眼中的我，真正又是谁?”

然后凌月忽然有了一丝抽离感，好似跳出了这个环境从空中观看着他们，更加觉得有虚假感——浮在表面没有意义也不长久的热闹，即使撇开自己要扮演凌日的身份接受着他人的谈话包括赞美，也一样不真实。

仿佛与周边隔离了，看到旁边的官贵们在互相招呼寒暄，自己的脚步移动了起来。向着园内深处的地方走去。王府内奇花异草缭绕，没走几步就宛如另一番天地，更感觉与先前的情景隔开。

这时的凌月，在这有些虚幻的感觉里做回了真实的自己。他不再扮演凌日了，甚至把自己本身的商家公子身份也抛在脑后，忘却了任何身份甚至此次来王府的目的，思绪飘荡在并不具体的另一层面。

他的面容已收住笑容或任何表情，笼罩着一份静谧的神采，双眸露出迷蒙而柔和的光，如同夜间月光淡雅却有另一种光辉。

一位少年向他走来。凌月意识到了对方的存在，却没有侧脸去看，仍然沉浸在自己的世界里一会儿时间，而有意思的是那位少年也没有走开，仿佛与凌月一样安静地享受。

还是凌月先开口，他的脑海中仿若抽离般，只发觉这位少年人与刚才见到的那些官贵公子们不同，应该也是王爷邀请的一位客人吧，却不知怎么也没在前边，就友好地朝他笑了笑，“你也在这里?”

“嗯，是的。”少年听闻凌月的声音，灿烂地笑了。他笑起来格外灿烂而灵动，虽然长得不如凌月和那小王爷那般俊秀，却相当可爱，一深一浅两个小梨窝在脸边，颇有灵气。

只见眼前这位少年穿着一袭锦缎黑衣，显得华贵却很低调，好像和凌月自己差不多年岁。凌月确定这是第一次见到他，先前刚到筵席上的时候并没有看见这位少年。

这时候忽然传来商敬先的声音:“凌日，凌日!”凌月赶紧答应，然后对这位少年打招呼，“哎，我先回去了，可能筵席要开始了，你也来吗?”

“我晚点过来，你先去吧。”少年微笑说，眼睛里也露着笑意。凌月也微笑点点头，然后快步走了。

商敬先看见凌月立刻小声说：“你跑哪里去了，刚来怎么就乱跑，王爷还没进行介绍。”

凌月这时也觉得自己忽然离开有点奇怪，似乎不知不觉有些梦幻般的感觉，赶紧投入到此刻的现实，与父亲一起，投入这场筵席。

这时，一位年长一点的少年走出来，他身着华贵的湖绿色服饰，这种并非正绿的蓝绿之间的浓厚色泽，是极难搭配也极其挑人的，在这高挑英挺、风神如玉、目光中透着锐气和几分冷傲不羁神色的少年身上，却十分服帖，更显出了一种睥睨世间的狂傲。席下众人开始啧啧议论和称赞。王爷见到他，顿时露出一个慈爱的笑容招手，“琨儿，这边来！”叫琨儿的少年气宇轩昂地走到王爷身边，王爷对众人说：“这是吾儿。”又转头对他说，“琨儿，拜见各位叔伯长辈。”

英俊少年微微点了点头，开口招呼众人。就有客人扬声道：“原来是小王爷！真是一表人才！”众人立刻附和，再连声称赞。那叫懿琨的少年抿嘴微微一笑，似欣喜的神色，却隐隐有一股阴冷之气。

凌月想起他就是数年前来参加商府筵席的那个小王爷。其实凌月虽然记性不错，但对人则多忽略，刚才一下子没有认出来，也是因为这几年不见懿琨小王爷成长了，有些许变化，面容更为成熟英俊，个子长高了自然更加英姿俊伟，头型也变了，深红色的长发卷曲地垂下来，没扎起就随意垂下，更显一股狂放之气。他穿着的绿，属于皇族之色，显示其尊贵身份，却与他深红色的长发反差太大，让凌月感到不舒服。“懿琨小王爷确实蛮好看的，不过太凶了。”凌月心想，还记得那次，他对自己凶巴巴的，凌月也不喜欢他。

“此次安排众位友人们携府上公子出席，本王也是为了我们下一代的交流和友谊！”

“难得王爷如此尽心，为小辈们特意创造此条件，实在叫吾等惭愧！”一位朝臣立刻道谢。

“是啊，王爷对孩子们是真正关心哪！前几年还出资建立私塾，好多孩子们都在那里认识，真要感激王爷，您的善心善举定会受到上天庇佑！”

“对，所以王爷如此有福！”客人们又称赞起来。当然他们说的也有现实依据。老王爷听得很是高兴，笑眯眯的。

“吾等共事朝野多年，都是老朋友了。此番正好让孩子们现场交流交流，增进友谊。听说在场众位公子中还有武术高手！”摄政王爷又道，“前几年众位小公子在私塾的表现本王还记忆犹新，转眼都长大了。孩子们挺不容易，尤其那习文又学武的。平时跟随各自的师父，难得今天聚集在这里。就随便过过招，切磋切磋吧！”

话音刚落，众人鼓掌，小王爷懿琨就站出来一步，以少主身份说：“请各位兄弟莫介意，懿琨数年前未与众位一同上学，却早有意结识众位朋友。今日父王寿宴，众人同庆，吾等小辈们就此舞剑，为长辈们助兴。”

“好！小王爷真爽快！”众臣又夸他。

“我先来！”顿时一个声音响起，一道身影窜入场内，却是有些笨拙的，凌月定睛一看，原来是几年不见的周立。顿时皱了皱眉。

这周立明明武功只会皮毛，不知怎么要来凑个热闹！突然另一少年伸手拽了他一把，抢先入场中央去，凌月离他们近正好看到了这一点细节。“懿琨哥，你是主人，先请观看小弟演示吧！”这位紧接着上场的少年笑着说，然后三两下就把周立解决了。众人连声喝彩，周立傻傻地跟着笑，气氛并不显尴尬。懿琨小王爷微微笑着对他们两人都夸奖一番，凌月看出他带有傲然之气，一直在居高临下地看着他们，更觉得他真会假装，太过虚伪。

“懿琨哥哥，小弟有请!”刚才快速打败周立的少年又接话，凌月这才认出，原来这位也穿着锦衣华服的约十六七岁的男孩，就是金高展。几年不见他也长高了，但还有些胖，众人却说他丰润贵气。“只要想夸奖，什么好话都能圆得了。”凌月心中笑了一下。

既然金丞相的儿子出场，又少不了大人们的一番介绍和称赞。两位少年倒是不啰唆，在王府大花园空地中央，已开始交手。众位官贵和孩子们则在旁边空出了地方，时不时说几句。凌月安静听着同时观看场中间两位颇有自信之相的少年。

从聊天中凌月感到金丞相也是对孩子倾注了很大精力，让金高展从小既学文又习武，都是聘请了很好的师父，且不忘尽可能地展露一下。几年前私塾的情景片段又浮现在了脑海，时间冲淡了情绪，却沉积出了一抹怀念，凌月再次感到不论当时是否愉快的情节经时光冲洗，似乎都成为了值得品味的回忆。想着想着，嘴角不禁挂起一抹微笑，思绪和眼神都飘向了很远。

转眼小王爷和金少爷已过了十几招，开始还客客气气的，逐渐气氛和状态变得紧张。或许也是剑逢对手来了劲，只见双方招式都逐渐凌厉和紧凑起来，剑和剑碰出了叮当的响声，底下的观者们不时叫好!

此时另外两少年看得兴奋，也开始到旁边比划起来。场地很大，互不影响，却看得众人目不暇接。凌月没有注意那是哪两位大臣的儿子，他对于这些复杂的人事一贯没兴趣。一会儿，那两位少年就分出胜负，看来实力是有悬殊的，都心服口服。大人们在旁看着也尽兴，又开始评论和夸奖起来。接着小王爷和金少爷那里也分出高下，金高展逐渐落了下风，懿琨攻势步步逼近，眼看就要将金高展打得招架不住，老王爷忽然喊停。两位少年立刻住手，分到两边。

懿琨小王爷却忽然对金高展笑了笑，拍拍他的肩膀，与他一同走来。金丞相立刻笑脸相迎，一边说：“小王爷果然身手不凡！若非王爷体谅吾儿喊停，高展就要被踢到墙外去咯!”在场的达官们听闻，都哈哈笑了起来。

金高展有些不好意思，但也随着父亲的话，赶紧向小王爷和老王爷称赞和道谢。

“哪里哪里！金大人教子有方，在朝野中闻名，是大家的榜样，今日都是老朋友聚会，金大人不必客气！金公子文武双全，当年在私塾中也一直表现优异，是孩子们的领袖呢。”老王爷也夸奖回去。

众人们都大致知道少年人——也就是未来领袖们——现今的势态隐隐显露。懿琨看起来确实很有领袖风姿。这时他的嘴角勾起一丝冷冷的笑意。

凌月看着懿琨小王爷，更加不喜欢他，却没有要上前与他比试的意思。在这段时间里，凌月又乐得成为了局外人。

老王爷忽然道：“久闻商大人府上的长公子很是优秀，常年在外跟随高人习武，今日恰好能来到此地，适才本王见到他更觉容貌气韵非凡，想必武学也是少年中的高手，也请与吾儿切磋交流吧。”

商敬先闻言客套了几句。凌月仍然神色淡然，仿佛事不关己。忽然“唰”地一下，原本注视着刚才比武的少年和发话的老王爷的人们，目光都转到了他身上，凌月感到不舒适，但随即想到了这是父亲早有吩咐的，而且还是以凌日的身份，于是立刻打起精神，面带笑容颔首。

“两位是少年高手，比武难免激烈，千万注意点到即止!”一旁一位官员走出来，为懿琨和凌月的剑上都洒上些粉末，作为点到的凭证。“秦大人果然专业!”老王爷和商敬先都称赞，老臣们笑谈一阵，其乐融融。

同时，凌月走向前方空地。

“唉，刚才回忆起几年前上学的时光，忘了现在呢。这可不行，我要集中精神了。我现在是凌日。”

他对自己在心中说话的声音，也仿佛渐渐凝固而坚定起来，到了最后一句“我现在是凌日”，呈现的完全是“凌日”的声音了。当然这只有他自己听得见。

懿琨面对上场缓缓走来的对手，目光深邃，不动声色，揣摩着这位比自己略年幼的清秀少年虽然显得文静，气势却不弱，也有一股超越年龄的成熟，自不会轻敌。而凌月走向这位深沉神秘的对手，只觉得他有一种深厚的凌厉、仿佛刻意压制的霸气和异于他们这年龄段的沉稳之风、凶狠之气，不禁微微凝眉。

一股隐隐的压迫感蔓延于他们中间。

第二十一章　高手过招

“商公子，请。”懿琨对凌月这么说，尽显东道主的十分大方得体，眼神里却没有一丝暖意。

显而易见地，凌月不喜欢这位小王爷，懿琨对他也无甚好脸色。初次见面的情景，懿琨怎会不记得？清晰地想起当时就觉得商公子很是奇怪，不只是因为外表。当即，懿琨目光扫了凌月一下，废话不多说，快速应战，抬手致礼，就接连展开进攻。凌月迟一步举剑相迎。头三招之内，他们竟然都出的是虚招，双方和内行人都已察觉，这两位少年人都自信满满，且自持武功高强，还喜欢显得自己棋高一筹不予计较般让着别人。

即便没有听闻父王适才的介绍，懿琨也知道面前这位少年非泛泛之辈，只是平日没跟金高展他们混在一块儿；他没有怠慢，虽然是虚招却为之后铺垫，实招一出就非常狠辣，且加快进攻和加大力量。奇怪的是他的攻势到了对面的商公子那儿，都化为乌有了，凌月的身姿略显柔缓，也不见有什么大的攻势和力道。

这是凌月所学的青云剑法行云流水、以柔克刚之势，配合五行八卦的步法，往往可以奇怪地化解。凌月却没有用出“月影剑法”，一来觉得应付懿琨和在场的观众还不必使出自创的绝招；二来怕奇招伤着小王爷，控制好不伤着；三来也怕让他和老王爷面子过不去，还有第四第五则是凌月自己内心下的一些规矩了。反正，现在，只是沿用了过去贺师父教他的“青云剑法”，也是飘逸以柔克刚的风格，类似，只是精妙、奇特和玄秘程度差一些，与内功心法的结合也没那么完美。但在众人眼中，这位灵秀少年的美妙剑法和宛若仙人的舞剑身法已然叹为观止，不过他们却更愿意夸奖那位身份尊贵、相貌英俊、气势狂傲的小王爷。却见得老王爷和几位重臣都面色凝重，于是也不敢妄加议论。

两人在场上打得来劲，不过凌月略显迷茫的神色却让懿琨小王爷意识到他没有尽力，于是剑势又狠了几分。

确实凌月没有完全投入进去，不能怪他态度不诚恳或不专心，确实是因为有太多考虑和顾忌。他忽然意识到再这么纠缠下去，难分难解，小王爷的怒气若逐渐积累，可能会弄得不太好看。就思考怎么卖个破绽结束这场较量算了，但是又想着不能卖破绽太假，容易引起怀疑不说，还可能更让王府面子上过不去，毕竟对手和在场不少人懂武学，会看出来。

于是思考和设计之后，剑路再次改变，化繁为简，实则划出了一块破绽，懿琨却竟然没有往凌月的破绽里去。不知是他看破了凌月的破绽，抑或是他跌入了凌月的另一个圈套——就在月影剑即将与懿琨长剑相撞，他即刻抽剑侧身，退去一旁，湖绿色的华服却已沾染了一点白色。

相隔不远的懿琨手里仍握着剑，剑峰和雕刻般的脸容都仿佛笼罩了一层寒霜，只是隐忍于东道主和贵族的身份。当然这只是落在凌月眼里的画面，也就是他自己的解读。

下一瞬间，众人都赶忙思索是怎么样回事。老王爷了解自己的儿子，心道，“琨儿从小好胜，心高气傲，也很优秀，怕是剑逢对手见久久不下，就着急了，武者忌讳的就是心乱，于是提早输了阵势。”也不便当场批评他；只又称赞和夸奖商敬先和商公子，对自己的儿子懿琨则丝毫不嘉奖。

负责管理朝中治武的秦大人却言：“两位皆是少年英才，今日友谊切磋，都未使出全力；小王爷身份尊贵却如此让着世家后辈，品行实属难得啊！”

众人一听，顿觉有理，都认为是懿琨小王爷有意让着商公子，这叫凌月如何能不生气！可他平素伪装功夫实在上佳，居然一点都没露出不快。旁人们却也没觉得商公子涵养如何，只道他身份地位不如小王爷及秦大人，自然不敢出言反驳。

凌月苦于完全能想到他们的想法，却根本没有辩解的可能。心中的声响在脑海中叫嚷得快要炸了。

“我连月影剑法的一招一式都没使出来呢！”

“明明是小王爷不敌，衣裳被我点到了，是我让着他，怎么成了他让着我？”

“你个秦大人平时管理武学将士，真是用武学眼光来看的吗？难道不是阿谀奉承老王爷，才如此说？”

“我才不畏惧权势呢，我若想跟你们理论必然会出言反驳你们！只不过我不屑于跟你们纠缠罢了！”

想到此，凌月心中冷哼一声，表面上仍旧显得温文尔雅。

商敬先却了解自家孩子多些，知道他虽然不声不响却心高气傲，旁人们这么说他势必不开心了。想到这个儿子平时都很懂事，也一直低调和懂得忍耐，怎么今天这么拎不清了，非要赢这小王爷一点，反而被众人抓住了话柄！于是商大人微有些尴尬，只得连说“承让，承蒙抬举，过奖”。

凌月觉得小王爷“出错”实为在自己意料之外，本来想自己卖个破绽收尾的“完美方案”就这么破碎了，有些懊恼。即刻察觉到了懿琨的不满和自己父亲的不悦。还有现场那些跟着老王爷的官员们的话语，也让凌月敏锐的心思有所反应。他的反应是自然而出的：“小王爷，承让了！”同时转向众人道：“适才小王爷先与金公子过招良久，已损失了不少体力，而我却是在精力充沛的情况下，拖了好久有了意外巧合，所以确实是小王爷让了在下。”

凌月这话说出心中的事实，“若非意外巧合，自己确实卖个破绽就会失掉比赛，而且小王爷连续迎战没有休息，也确实值得敬重”。凌月心想着，所以从心而发这些话语，真诚的态度看在那些久经官场的人们眼里，也觉得受用，气氛和缓了许多。众人们见这商公子不卑不亢，倒是对他印象也不错。

懿琨小王爷在应付场面上的功夫显然比常年孤立的凌月有过之无不及，这时早就换了自然大方的神色态度，走上前来谈笑风生，对着凌月又同时向着在场所有人：“真是自古英雄出少年，商公子虽年少，然而剑法精妙，气定神闲，心态甚佳，在本王之上，本王只能承认学艺不精，只为我城中有此人才感到欣慰。”

这番话说得居高临下，把他自己摆在前辈一般的位置，却真是由于他的亲王身份地位，众人们不会认为他自傲，反而觉得他很谦虚，而且顾全大局！凌月在旁边只好听着，反而显得像是懿琨才是胜利者。心中不悦只能闷着了。

就这样，凌月和懿琨走出中间场归回原位，在场的少年人们即刻都围住了小王爷，讨好的样子，与他说话，反而没有人过来跟着刚才比剑胜出的凌月。凌月自是无所谓，不过还是有点意外，厌恶他们这种讨好之相。

观看少年们舞剑助兴后，开始宴席。众位小辈们在旁边一席，单独有一桌。毕竟是年轻人，很快就嘻嘻笑笑，不和大人们坐在一桌也感到更轻松开心。

凌月与很多人早几年在私塾认识，这次却以凌日的身份不好表现，其实他心里浮现起了昔日上私塾的时光，虽然很多同伴们跟随金高展与自己并不友好，但毕竟同窗数年，又有数年未见，一贯念旧的凌月还是挺想念他们以及那段时光的。这回却得压抑着，装成初次见面的凌日的样子，恰巧“凌日”的性格比凌月要开朗活泼，因而可以有说有笑一些，凌月觉得有一种真作假时假亦真的感觉。

“本来若我以凌月的身份，是想好好与他们叙叙旧的。虽然我一贯不多语，重逢旧日同学们也想破例多聊聊、放松开心开心。但我却是以凌日的身份，要显得是与他们初次见面，不能表现出属于凌月的怀旧和忧郁。如此一来我也正好成为了和他们放松开心、多话健谈地聊天了！转了几个弯，真巧啊。”

“真假，却分不清楚了。”

他又开始思考和与自己对话起来，渐渐地其他少年们聊得欢了，他们互相之间熟悉得多，也没管凌月，他一边思索一边闷头吃饭。大人们还在边聊些国事，正在兴头上，孩子们有的开始坐不住了，小王爷懿琨就尽地主之谊，领他们在府上转转参观。

凌月也不想再继续坐着，正好一起出来走走，却不想跟着他们，脚步放缓，观赏着王府内的花草。一个人很快脱离了队伍，倒是悠然自得。

一座假山旁边，一个身影向他走来，凌月看到正是先前的那位黑衣小少年，刚才在那一群少年中却又没看见他。

只见他面带微笑，如三月春风，这时兴致高昂，快步走到凌月身边，说：“我刚才就在看你了。你的剑术真好。”

凌月觉得他看上去很亲切，虽然才遇到，这会儿第二次见觉得仿佛故人一般。他对这位少年印象不错，听闻他夸奖自己更是高兴，也笑道：“谢谢。我刚才倒是没看到你。”

听到他这么说凌月也笑了，“你在暗处，听起来像是你埋伏在王府似的。”

“有可能是哦！”少年笑得更加灿烂，眼中闪烁出淘气的目光。忽然他顿了顿，面色暗沉下来说，“这么好玩的事情，他们竟然不叫我来！”

“哦，他们没叫你啊？那你不是来了吗？”凌月感到这位少年很好玩，表情戏剧化一般。

“所以我躲在暗处嘛！你看，我还穿了黑衣服！”

“你真有礼貌。”少年夸奖他，“你怎么不问我从哪里来的？”他好奇地问，眨着眼睛。

“你刚才说的好像是溜出来到这里的，需要躲着，刚才也没跟众人一起，那么既然这样，你不说我当然不方便问了。”凌月说得真诚。

少年的眼光里透出一丝感动，“你真好。”他又对凌月说，“你和那些人不一样。”他嘟嘟嘴，指指那些官贵们的方向。

凌月也感到这位少年有些不同。他们又说了一会儿话，彼此都感觉很投机。

这时传来那群公子们的唧唧喳喳声，黑衣少年忽然说："我得走了！"凌月没想到他突然出现又那么快要走，有一丝舍不得。忽然听到有人在喊："商公子！"凌月匆忙答应，原来是王府的家丁来说王爷有请叫他回去。

黑衣少年与凌月道别，说："我叫悯瑛，我们有缘，会很快再见！"说罢就转身离去，朝向树木交错的地带，一下子消失了。

凌月也赶紧回到宴席的地方。"悯瑛。"他一边走一边在心里念着，"真是个好名字。"

一回筵席之处，凌月就发现一群少年人聚集一起非常热闹，围着一个小女孩。原来方才离开时，王爷的小女儿惠珍郡主也由王妃带来了，又一番寒暄。郡主在少年们中间，她看起来就十岁，个子很矮，目光神色和打扮却像个小大人，也像她的哥哥小王爷那样有一股锐利的气势，不过长得没那么好看。

凌月没走到他们中间，也没注意他们在聊什么，宁可跟着父亲和大人们打打招呼。小郡主晃眼见到凌月，忽然眼睛直直地盯着。凌月发现这小女孩在看自己，不喜欢这么被盯着，觉得她没礼貌，就自己转开了眼睛。幸好那小郡主被一群人围着，没法走到凌月这边来，凌月乐得清静，根本不管她。

此时发现小王爷换了一身衣服，再次一尘不染，可能是受不了刚才的一点白色粉屑。这次他的华服换成深红色，配上他同样深红的长发很协调，原本就凌人的神采，让这样火焰般的衬托更显张扬。

不一会儿王妃就带郡主离开了，女眷们没有与男人们一同享宴，贵族的女人们另有活动聚集处。平日里京城内有官贵太太会一起聚集，找机会喝茶聊天，而岳雯诗一来身体不佳，二来不喜与她们攀谈也不喜离开府上，三来放心不下小女儿宁馨，就不出席那样的活动。因此商府与这个圈子显得有些隔阂，或许关于两位少爷的隐情也有很大原因。

其他的官贵少爷们也回位，新的一道道菜上来，又享用了一些点心，整场筵席很是丰盛，气氛也热闹而愉快。

这种简单热闹的气氛就没给凌月留下什么印象了，然后终于圆满结束，随父亲回府。商敬先看来对凌月的表现很满意。凌月也还不知道，这次的聚集与遇见，对他来说意味着什么。

第二十二章　表现，表象·月之隐暗

"孩子，你今天表现不错！"商敬先看着眼前安静站着的儿子说。

"谢谢父亲夸奖。"凌月轻轻的声音。

"你今天比剑虽表面上赢了小王爷半招，但不可自满，你听秦大人所说，小王爷让着你，估计是有意想体现他们皇室风度。秦太尉虽作客王府，却有实权在手，未必需要奉承王府父子。人家说的话你也不可不当真。"

"是。"凌月听父亲这么讲，只好应着，心里还想父亲不通武功，跟他也不好解释。

商敬先又道："不过表面上是你赢了，当时有人不悦，幸而接下来你圆得很好，为父看得出你应对很快，有情绪也在克制，值得表扬。还有个背景原因，你且听着，老王爷不会介意你表现得出色，小王爷不会在朝野任职，所以这无甚要紧，若是对金丞相等高官的公子，则要注意些，不可正面让他们难堪，知道了吗？"

凌月听得似懂非懂，只好点点头，先把这些教诲记下来。

"接下来这半年里，你要继续熟练剑法。听贺师父说你在外时创编了一套剑法，还设计了暗器。你现在独立练武不常去师父那儿，自己要多练习巩固。"

"嗯，好的。"

"另外，既然你要去继续钻研功夫，准备半年后的武试，就去吧，接下来凌月可以回来了。"商敬先淡淡地这么吩咐，仿佛这一切都是理所当然，且易如反掌。

凌月愣了一下，原来方才父亲是对自己"凌日"的身份在谈话！

那身份的问题再次在脑海里盘旋起来。

"以往从来不会出错的，爹娘奶奶希望我以怎样的身份出现我就怎样扮演，这么多年，我早熟悉了不会出错。但这次我却以为我是凌月，而他将我当成凌日！为什么会出错？"

"在我创建剑法和暗器的时候，我是凌月，不是凌日，那是属于我自己的剑法和暗器，融入了我的性格特征，还有我学习的琴艺技法，我怎么会是凌日呢？凌日怎会有月影剑法？怎会有梨花雪？怎会有空寂月？"

"为什么父亲还将我当成凌日？"

没那么多可回答的为什么，凌月的问题本就压抑在了心里，这时却一连串地冒出来了。

"在异乡时就想，结合武学与琴艺还有特质，到底算是凌月还是凌日？"这个问题看来想不清楚了。就在凌月百般思索不得其解的同时，还是应付了父亲的对话，点头应着。

商敬先又把凌月离开这段时间里，其他几位世家子弟的情况告诉了他，让他有所准备，甚至还说，"知己知彼，百战不殆"。凌月顿时心中泛起质疑，"都是小伙伴，为何要像敌人呢？为何要明争暗斗？"

这时的凌月还很天真，即使后来经历了很多事情，他也还是如此想的。理想主义的人会有一份理想情怀不被磨灭，使之对于现实的可悲多了一分哀叹。

接下来几天里，凌月以商家长孙商凌日的身份陪伴在老夫人身边，以慰她多年未见孙子的思念之情。再过几天，商家大少爷又习武离开，二公子凌月回了来。

回来后的当天晚上，天已经暗了，月亮小屋更笼罩在了静谧的夜色中。

开门而入的一瞬间，熟悉的感觉终于从内而外涌现出来，伴随着疲惫似要将自己整个吞灭。然而事实上他却知道，回来之后虽是同一地，却已失去了诸多幼年时的印迹。失去的再难寻回。一句"旧的不去，新的不来"，岂能安慰远离往昔、失去印迹的情怀？

熟悉的地点还是提供了熟悉的气息，铺天盖地。不论怎样，这里还是自己的，全然属于自己的天地。一如既往幽暗的光线下，凌月一头栽倒在了床上。顿时熟睡。

怀旧和感伤都是需要力气的，而且从某种角度来说，格外耗神。

闭上眼睛，却停止不了脑筋的运行。和一些高度用脑者一样，即使入眠了，意识还在活跃着，或许正因如此，梦境常常格外生动，成为了自己的额外体验和经历。不知这，算不算，有失就有得。

这段时间凌月睡得不安稳，可能是"空间穿越"太过劳累了，也或许是潜意识里感到即将有新的挑战到来，更混合了过去长期的压力。一幕一幕，一层一层，一滴一滴，融合，同时，分离。

凌月梦境异常丰富，有情节、有内容、有色彩，不论睡得深还是浅，也不论疲惫抑或兴奋。

只是这一次，这个梦，更显得不同。或许所有的梦都是奇异的，只是有些更加奇异一些。就像所有的人都是特殊的，只是有少数人，更特别一些。

凌月梦见在一片广阔如汪洋的地方，自己在一艘行驶的船上，立在船侧，放眼一望无际的水面与大空，没有标志可以分辨，仍感觉正在移动。却不知在往哪个方向行驶。

正在这时，天空中升起了一轮红月，圆而亮，如火的颜色，却不是太阳，到它升起到天际正中的时候，恢复了月亮原本的颜色，白色的圆月在白天，仍是清晰可见。与此同时，真正的太阳在天空中挂着，离月亮很近。

梦中的凌月正想着原来那不是日出，月亮又如何会变换颜色？只见忽然月亮不见了，却又一次从水面徐徐上升，再次划起一道弧线。凌月被这景象惊异而眼花，没看清月亮升至最高点与太阳的距离，或者是否有重叠，一晃眼就见月亮又以一道弧线落下，沉入水面。

而此时，太阳还是在天空中，原先是接近日落时分的光芒，这时却明亮了，位置也更接近天顶。凌月的心里浮现起四个字：如日中天。

这时梦中的凌月忽然奇怪，正对着的方向，算是哪边？于是他转身入船内，想找寻一枚指南针，来确定方位。发现船内坐着很多的人，是真实世界里不认识的人们，在梦中却似与自己很熟悉，有人给了他一枚指南针。凌月再跑出船舱外，却发现船所在的地方已不再是水天一片，而有很多山脉分布在一边，顿时心中失望，意识到无法再看到月亮从水面上升了。再观手中的指南针，不知为何怎么也操作不好，似乎是指南针的问题，也像是自己的技术问题。凌月只好在船上呆立了一会儿，想等着看船开往哪里，又过了一会儿，就醒了。

醒来之后，梦境的色泽在脑海里仍是异常鲜明，梦境中的感觉也无比清晰，且情绪也深刻得如同真实。凌月马上意识到这不是个一般的梦。不一般在哪里，却讲不出。

又在床上发了一会儿呆，让无法理清的思绪继续沉浸在梦中的情绪里，然后拿起笔蘸墨将梦境记下，又去迎接新一轮的事务。

第二十三章　分裂，或者，不被理解

“二少爷从他乡学成归来了！”消息在府上的下人们中间传开。“二少爷就是古怪，他在府上的时候也像没他这个人一样！”议论开始。

“就是！他孤僻得不得了！连跟他哥哥也合不来，刻意躲着一样！”

“对啊，你看大少爷回来府上都要热闹迎接，他每次却避而不见！”

“说来也可以理解嘛，两个人长得一模一样，他哥哥也比他大不了几个时辰，却占了商家长子的名！这二少爷肯定心里气着了，又不好说！”

“有理，二少爷看着阴沉沉的不知想什么，定有心计，你看原本老爷送大少爷出门学武功，他二少爷一个学文的平日在家里读书也就够了，却也要去异乡，还说是老夫人吩咐的，肯定是他去祖母那儿吵着要求的，老人家就依着他。这又花了老爷不少精神，帮他安排出门在外的行程。”

“你别说，他这次回来，待遇还真比大少爷差了好多，洗尘餐宴就根本不是一个档次的！”

“不过听说这二少爷好像不喜欢热闹，可能是他自己不要的吧！”

“嘿！他能怎么样？不是长子不受重视，只好说自己不要了呗！”

这些小人自己分析加推测自以为有理，比天方夜谭更可笑。一群年轻女仆瞥到二少爷就炸开了锅：“你看到二少爷没有？跟大少爷一样，长得真漂亮！”

“那是当然的啦！他们小时候就很好看了，现在是翩翩美少年啊！”

“不过我看还是大少爷更俊朗些，二少爷虽然眉目俊秀，却怪模怪样。”

“就是怪人一个！我们过几年就找老实本分人嫁了，才不要像二少爷这样的类型呢！长得好看有什么用，性格难相处，打扮阴沉沉的，心地很可能毒着呢！”

“别吃不到葡萄说葡萄酸了！”另一个丫鬟似乎更“现实”地讽刺，“说心里话，还不是因为二少爷不可能看上你们，商府也不会允许少爷找下人，否则，管他什么性格怪异！别说他长相俊美，就是丑八怪凭着商氏家族的家世，咱也都愿意嫁吧！你们说是不？”

众女仆大都附和，还有些声音继续讽刺：“少做梦了！”唧唧喳喳成一团。

林荫小道的转弯处之后，是凌月的空间。

书童小黎奉夫人吩咐帮二少爷带来很多吃的，夫人说二少爷累了，而且一贯不喜欢仪式排场，就不办隆重的餐宴替他接风，还是由夫人自己做一点小食品，由书童替少爷送去吧。岳雯诗其实也是希望书童小黎的到来让凌月开心些，她知道凌月压力太大，却不好跟他直说，就想了些办法拐弯抹角地安慰他。

小黎又来到了凌月的房间，看着这多年不变的布局甚至多年不变的细节，他一瞬间眼前掠过了多年以前的场景，仿佛听见儿时的自己与小凌月的笑声。

“凌月少爷，还记得那次你过十岁生日，凌日少爷不在家，老爷和一位高人命我装扮成凌日少爷的样子吗？”

“怎么不记得呢，当然记得。”凌月也仿佛有一种忽然接近了过去的感觉，在同一个地点，同一个房间，凌月抚摸着老檀木书台的雕花，感觉时间的流逝。

“是啊，少爷你的记性最好了，那次人皮面具贴在我脸上，真觉难过，表情也僵硬了！想笑也笑不出，哭更哭不出！还要应付那么大的场面，扮作少爷的样子，我悄悄直冒冷汗。”小黎讲述生动，仿佛记忆犹新，凌月的脸上微微浮起了混合着忧伤的笑容。

转眼，自己和小黎都已长大了。或许也没有，只不过十五岁而已，却足以说长大了。四年异乡经历太沉重，凌月的童年，已在那次离开时戛然而止。

“那天我来少爷房间诉苦，也就站这里！”小黎指了指脚下道，“真是痛苦经历，当时脸上还热辣辣作痛呢，结果凌月少爷一番话，把我顿时说通了，让我心情马上变好了！”

“哦，哈哈。”凌月的笑容有一点机械化，似乎还没有从思绪中回到与小黎的对话中来，却又在看着眼前的朋友真实热切的表情时，笑得很是真诚，甚至有一抹释放。“小黎你记得我当时说什么吗？”

“凌月少爷您说，扮演凌日哥哥怎么不好，哥哥长得漂亮，装扮他，也算是难得过了一回瘾！”

“呵呵，是。”再次听到这话，凌月被触动了一下，不禁沉思。

小黎没有察觉凌月的反应，打断他：“凌月少爷你真看得开！从那次起我就觉得少爷你真是快乐，不但家庭条件好，人长得好，境遇也是顺顺利利，连碰到偶尔烦心的小事，你也能这么一笑了之!”

“呵呵，你这么觉得啊?”

“是呀！凌月少爷就是这样，虽然平时不太言语，一个人关在房间里读书，但是环境这么优越，你自己又会调解，一定能找到乐趣。与你接触的时候也觉得你虽然平时沉默，可一说起话来就让人觉得开心，一定是个从心底快乐的人！真是幸运!”

“嗯，我确实挺能一个人找乐趣的。”凌月忽然转脸，迈开几步走到书架，顺手快速取了一本书递给小黎，语调透着愉悦说，“你看，这就叫书中自有快乐屋!”

凌月的幽默有点冷。或者正因如此，有一种别样的有趣感。小黎被逗笑了。

“哈哈！凌月少爷，你能读书真好！虽然凌日少爷与你一样优秀，但我觉得还是你更幸运，老爷让凌日少爷习武，多么辛苦啊，你却能轻松读书，还同样可以到外面去看世界！你学文还到外面跟着高人四处游历，真开心啊!”

“读书轻松吗？去外面看世界好吗?”这些是凌月心中的疑问，他当然不能说出来。就笑笑算是回应了。

还好，凌月压制着自己只是发了这么两个问，还没有深入下去问到底是谁在练武谁是凌日的问题。

他与小黎又说笑了一会儿，小黎离去。凌月脸容再一次透出疲惫和忧郁，长叹一口气。

“扮演凌日哥哥怎么不好！怎么不好！我也算是过了瘾！漂亮的，优秀的，难得的！我扮演他！哈哈哈，我过瘾过够了!”凌月闷在被子里，盖着头咬着软软舒适的被褥从喉咙发出话语声，那声音近乎呜咽。

“我快乐吗？我确实是快乐的，而且是幸福的。看书从书中得到智慧与喜乐，练武从人体之动中感悟天地，有爱我的长辈，优越的环境，与爹娘奶奶闲话家常，与小黎等伙伴偶尔聊天玩笑，身边穿梭着欢声笑语，置身其中的一瞬间也可忘却烦恼，撇开烦恼，我当然是快乐的！幸福的!”

“然而小黎说我想得开看得开，他完全错了。我只是就事论事地说，或者我的目的也是安慰他，就说扮演凌日很难得、是好的，而如果掺杂进我的感情，我真实的感情，我怎么可能还这么说呢……巧的是这个场景到了我自己身上，而且我扮演凌日不是一天两天，而是一年又一年，我一直没有想开，只是知道想不开，平时不去想而已。”

“他羡慕我，我不羡慕谁。不是因为自己的条件完美，无须羡慕，只因我知道，那样羡慕下去是无止境的——如果从最初就可让我选择，我宁愿简单平淡，但现在却有了特殊复杂的经历——而那些简单平淡既然不属于我，我为什么要去羡慕它们，又因得不着而叹息呢。”

想着想着，回到床边，渐渐地，凌月睡着了。一阵风吹起窗帘，月光洒在他雪白的脸上，乌黑的眉，乌黑的长发披散在枕头上，他的面容安详却微微皱眉，透出淡淡的忧伤。这是属于他的自然的气质。他却不知道，其实他的脸上透着一股英气，随着成长渐渐明显，扮演“凌日”时的气质和真正的凌月正在日益接近。

或许，原本凌月就并不如他为了区分“凌日”而扮演的“凌月”那么温柔。似乎越长大，他竟然越不能胜任这从小就进行的、一直表现得相当成功的角色。这次回府之后，“他们”的刻意区别，越来越在于衣饰和头型了。至于步伐和声音还有其他什么，凌月自己越来越不善于区分，别人却早已分不清了。凌月顺这条路发展下去，倘若真的可以坚持着没有分裂也没有迷失自己，那就是自己本身的越来越不能被人理解。

第二十四章　武试

依照商敬先的安排，凌月顺利进入少年武学人才储备基地，集中训练并等待考核。那次在王府的表现对凌月接下来的应试显然有帮助，老王爷对商凌日公子有了很深的印象，之后商敬先聊起，很快就帮商公子在基地安排了一个位置。

近年形势，国家需要武学将才，商敬先看出了，当然也有其他人们看到，不过能有家族权势支撑的却少。商敬先为儿子做了打点，但还得走些过场。“少年武学人才储备基地”首先要通过一些考察与审核进入，就是演示自己的武功，骑马射箭之类的，小打小闹小菜一碟，既然是储备，既然有这么多热血少年，既然国家需要人才，那么不嫌多，只刷掉了一些明显实力太差的和站没站相坐没坐相看着不堪当大任的，一大半报名者都通过了。

凌月来到储备基地里，发现人真不少啊！大家都没什么接触，也没互动，就填写了各自的资料，由当差人员整理上去，作为国家少年武学人才储备，统一上交由管辖国家军事的太尉秦大人管理。少年们报道之后，就一律跑跑步蹲蹲马步活动活动筋骨之类的，大都是走过场。每天报道训练几个时辰。

隔几天会有一些测试，平时也有教官、当差们在监督和观察少年们的表现，说是从中筛选少数候选人，入围去参加统一的武学将领考核加殿试。在这过程中没被选上的少年们，就继续留在这个储备基地人才库里，或者就挂个名字，实际上被分配调剂到军队、京城侍卫、普通侍卫队等需要人员的地方。

有志气的少年们都希望能坚持到后面参加考核和殿试，那样或许能成为将军呢！于是众人都争抢着表现的机会，看到有教官来了，就涌上前去讨教。凌月不喜欢这样，看到人多就停在后面了，于是很消极地应付了好几天。想着这是家族的安排，要实现一个使命，有重要的任务在后面，又告诫自己“千里之行始于足下”，一点一滴看着无聊也要认真参与，自己艰难的困难的事情都做好了，小事又怎会应付不了呢？于是就安静而略懒散地在里面。实际上，凌月并不是一个循规蹈矩的人，擅长的也并非细小的方面，更不愿意在大多数人都梦寐以求的道路削尖脑袋挤上去。他感到自己之所以还认真地参与训练，就是因为远期的理想和天生的使命感。既来之则安之，既然做了，就要做好。

人有所专，擅长创新思维的人在传统的规矩的事务方面，或许做得并不好，但是基本的能力和突出的素质还是能显出来。凌月的武功在一群同龄人中间显出水平，尤其到后来有了分小组比划过招。凌月不想显得太突出，被人盯着有压力，但认真地进行着，很快成为了这一批少年候选人的佼佼者。

这时候，他只是认真对待要做的事情，想想哪些是被迫的安排、哪些是自己应积极挑起的使命、以及怎么把被动化为主动让心中舒服些之类的问题，根本没有想过父亲除了安排自己走上这条路之外，还在私下会不会送送礼、托托人什么的。

客观来说，若非商敬先的活动，他不会这么受重视，教官们多次特意点名叫凌月来演示——已有那么多人争先恐后的情况下，凌月不会想上去，也就很易错失机会。若非有世家地位的支持，凌月或许就如一些根本没机会展示自己的少年那样。但不可否认地，商敬先的打点或许也就是给了机会，真正胜任，还是靠凌月自己。凌月的实力是不容置疑的。

获得武学考核殿试的机会，实为情理之中。

“或许，父亲只是想尽他的能力做一些他能做的。”凌月几年后的思绪对他自己说。可以理解，商敬先作为一位文官、并不得志的无实权的世家子弟，多么希望能培养一位有才干的儿子，重振家族雄风。

或许，凌月出生在这样的环境里，即使不遵循也只能任由这环境里的一些潜规则发生，除了商敬先还有多少人通关系打点铺路的做法，就不谈了吧。凌月能做的，广义来说，就是把到了他这里的做好、做得不要对不起他人与自己。

话说回来，若非看到凌月实为可造之材，商敬先也不会额外花工夫抬捧他，那些相关人士也未必会买商敬先的面子，收礼没规定就得办好事。

总之，这些铺垫根本不算什么，还没到最后见分晓的时候。期待已久的考核，可就是真刀真枪、真功夫当场相见了。

考场上，朝气蓬勃站着一排排年轻人。已然是经过筛选，尽管筛选中混杂了别样的因素，却终比没有筛选的大范围参与者的普遍质量有提高。或许与一段时间的训练也有关，尽管这训练也看起来并非绝对有效、对口；又或许，那些通过关系“打点”的家族们原本也早已精心培养了他们的孩子，于是这些孩子们也能胜任那些或许是花了“成本”才得到的位置——有时候，只是能否获得一个机会的问题。没有获得机会，显得碌碌无为，获得了机会，也就攀登上去了——当然，这是对早有准备的人们而言。

老王爷与两位老将军坐在考官席上，讲述了前两关分别为统一测试和分别比试，最后一轮的胜出者再进入宫殿内堂，接受皇上的单独出题。

“皇上陛下正在暗中观测，只有一位胜利者可以接受他的单独测试。”老王爷提到皇上正在暗处时，显出了一丝隐约的笑意和怜惜。

坐在王爷身旁是他的两位子女，小王爷懿琨和小郡主惠珍。郡主好奇而灵活地转动着眼睛观看场内情景，视线落到凌月脸上直愣愣的。凌月敏感地发现，不禁皱眉，心想这郡主不会和那周立一个样子吧？

小王爷懿琨，则显出一副冷而近乎落寞的神色。凌月与他的视线接触的瞬间，懿琨就转目至别处，凌月忽然感到了他的心痛，想起了父亲说过的话，“小王爷是不会担任职务的”，即刻明白了，不禁为他叹息。又想起半年前在王府的切磋剑法，懿琨的武功很高，作为王府的爵位继承人，想必他从小也学很多东西，却只能有贵族的出生、配套的教育，而完全不能有之后实际施展的舞台。

这个念头只是在凌月心中一闪，就得投入到现实的应战了。

统一的测试做题对于凌月肯定没有问题，自由发挥大笔一挥，淋淋洒洒写了好多战略道理，然后演说对答也难不倒伶俐沉着的凌月，虽然他并不喜欢当众说话，不过这不是看他是否喜欢的时候，他心里很明白，首先将自己的位置摆正了。

不论怎样，他是在完成一项任务，以商凌日的名义。这时的凌月甚至不用去想，即使抛开具体是凌日还是凌月的这一层，很多事务仍是不由他本身的爱好来选择。

第一关迅速考核武学少年人才们的战略文思积淀，是最基础的。而这毕竟是武将综合考核，并非只选拔军师，因而还须看他们真刀真枪演练。

到第二关，一个个少年们依次轮流上场，带着各自的兵器，舞刀弄剑，各显神通。使用传统兵器的人们明显多过奇特兵器。使剑者很多，长枪和鞭却不多见，或许由于京城地处江南，小巧精妙的风格更受欢迎的缘故吧。几个使用长枪和鞭的少年人都技术不纯熟，很快显出了破绽，淘汰了下去。

凌月不禁暗暗担忧，战场上长枪长鞭的优势是可想而知的，而近年来若华国边境三番两次被侵略，领土接连遗失，那些邻国地区军士们擅长使用大型兵器长刀阔斧，而江南少年们使起武术来虽然美观，却难免疲软。想到自己，凌月却马上自信地否决了这方面的问题，认为自己的剑法虽然也是阴柔飘逸的，却十分精妙且结合玄理，不是那种硬性的武器可以媲美的，完全不能一概而论。不过此时凌月的软鞭银线技术还未纯熟。

而他的“月影剑”虽为传统兵器中的剑，实则经过调整个性化了，与他从内到外更加契合，气场与力量都融会贯通，得心应手。这柄“月影剑”属长剑，光论外形和质量，在战场上舞动起来就不会势弱。

第三关，剩余的少年们被随机分组两两对决。如此筛选更为迅速明了。凌月遇到的第一个对手不知是太紧张了，才几招就被打败，仓皇而逃。后面的几位少年们倒还稳扎稳打，不过实力高出一筹的凌月还是轻松取胜。

转眼就到了最后一位对手，是凌月以前从没见过的一个差不多年纪的少年，他穿着黑褐衣衫，面孔消瘦，身材高大，细尖眼睛，较黑的皮肤，脑后的辫子扎得很高，显得清爽精神，神色坚毅，五官勉强算得上端正——如果硬要夸奖的话。不光是不比凌月，在这一队气度容貌普遍精致俊朗的少年武学才俊——其实大多是精心培养的贵族弟子们——中间，显得其貌不扬。

他的衣装也简朴，在这气势恢宏的广场上则显得甚至略微寒酸，然而他的神情却有一股暗的气势，不同于凌月的自然的阴沉的忧郁，却有一抹暗沉甚至与其朴实容貌相反的神秘。

不用感觉也能知道，走到这里的最后一轮的，绝非等闲之辈。

“商凌日，宫奇闯，请出列，比武开始。”

一对一，正面对正面，凌月不害怕，也不轻敌。简朴衣着的少年微一皱眉，眼前的对手怎么这么多稀奇古怪的招式！而且凌月的招式都很漂亮，他的人显得更加俊美，这让那其貌不扬的少年有些不自在。他的手略微抖动，一皱眉扭过头去。

这位少年使用的是一柄长刀，比一般的刀还长，却在刀刃上要薄一些，可见是经过量身定做和改造的，被他使用起来，力量猛烈而不失灵巧。更奇特的是，他的步法也沿用某种玄术数理，精妙异常，包括奇门遁甲八卦元素，还有其他却不是凌月熟悉的。凌月感到这真是一位强劲的敌手，然而一点也不慌乱。

“兵来将挡，火来水淹嘛。”凌月心想，仍然信心充沛，气定神闲。“道理是可以举一反三、融会贯通的，虽不了解他所用的方法，自己的方法却可以应对他，甚至想办法找出他的破绽。若是尚未有破绽，那么就等待吧，这也是一种心理战术。”

一刀一剑来回穿梭，两抹身影各踏奇妙步伐，在场者都有大饱眼福之感，虽然这两位比试者年龄还小，却不亚于江湖中的高手对决。老王爷作为皇族的长辈，若华国的核心权力层参与者之一，不禁为小辈们的成绩感到欣喜，感慨近年来若华国的教育更加受到重视、更加精英化，真是人才辈出啊。

与此同时，场上的二位精英少年仍在紧张比试中。从可计算的时间就能分辨，这一场比赛的难解难分，较之前的所有场次都更为显著。

对方的大刀夹杂雄劲的力道阵阵袭来，凌月胸口感到一抹压迫，知道已然受了一点内伤。不过气息却不慌乱。善于忍耐，而且并不心切，他并没有想过一定要取胜，只是自然而然或者被驱赶般，走到了这一步。

他沉着迎敌，时不时出其不意展现一些花招。这时已打斗很久，凌月的耐心耐力都很好，再结合月影剑法中的几招新奇的招数，终于赢得了比赛，他只觉这一切都是自然而然。

第二十五章　谁在帘幕后

“第三名，金高展，第二名，宫奇闯，第一名，商凌日!”

这只是这次考核的一个排名，成绩原本就与实力并不总是直接挂钩，何况首先参与到这次考核中的候选人们，就有一些额外的因素安排。这其中的道理，这时的凌月并没有多想。还好他一直以来不会骄傲自满，更觉得自身的水平和实力，并不需由这些排名来证明，反之，即使有了这类名次，真实水平不够还是空的。

更上一层楼，是更进一步的督促，需要更多的能量来维持。而现在，考核还没有结束。至此为止，凌月获得了第一名，有了进入内殿参加第四关的机会。其他通过者将成为后备的辅助将军、副将、军师等，都是未来军界的领导人物，分派到不同的军营中，还有一位将跟随御史大夫在朝野中进行军务的调派控制，等于是文官的职务，以武学素养者出任能更好地了解技术问题，这一点前代的国君商定得很有道理。

作为第一名的武学将才候选人，凌月一人被引向前走去，接受最后一关考核。

最后一关由当今圣上亲自出题。所有人都不知道题目的内容。其他人都不能跟随入内。

凌月一步步踏入宫殿里端。殿内乍一看，空无一人，除了幕后，那唯一的出题者。这是一次秘密的测试。

他觉得有些好玩，从紧张的考核中忽然笑了，心想着这皇上真有意思，最后一关考试由他亲自来出题、主导，且不让外人观看，还在宫内设置了这么个神秘的地方。

大殿的后堂垂下一幕帘，想起自己房间的那帘深紫，皇宫内殿的幕帘配合着这里的色调，却是暗沉的祖母绿，同样深沉的色调，幽幽的光亮透过，凌月看见幕后有一个人影，一瞬间一种孤独的感觉，隐在帘后，孤独者，这就是一国之君么?

他的声音激荡在深而厚的帘幕中，同时因殿内的宽敞空洞而伴随着回声，更显得十分神秘，捉摸不透。这些所带给凌月的震撼，还远不如他的一席出题的话语。

“走到了这里，就要接受。通过与否，是你的表现，还是命运的定理。这对你来说，是来自自我成功的高兴，还是来自命运眷顾的庆幸? 第一题，请你说说对此的看法。”

凌月在这里心间升起一股奇妙的感觉，仿佛隔离而超脱了世间，之前的考核和长期被家人安排的道路都在刹那间被忘却了。帘幕后的话语一滴一滴点在凌月的心里，忽然听闻这就是第一题的试题，凌月微微惊奇，却顿然有感而发，道出了他原本就有所思考的问题。

“我出生就迎来了家庭的安排和使命，很多都不由我选择，或许可说是命运将我带来了这里，然而脚下的路却是我自己在走，眼前的事物也是我用自己的心在对待。若我不能胜任，命运也不会将我带到这，倘若说生命是一出戏，命运就给每个人都安排了剧本。不论内容，你所扮演的角色由你演绎、是适合你的，那么就无须悲哀了。”说着说着凌月越来越有感觉，淡而坚定的声音继续着：

“是否有命运之手，推着我向前，还是有我自己的脚步，坚持不要退后，这再看看，不是一样么？我所做的，只是坚持不要向后，却是迎向了前方的阻力，而命运，也并不只有一只手。”

帘幕后片刻沉默，似在沉凝，凌月不着急也不紧张，静静地等待着。

“你说得好！第二题，倘若失败，你将如何看待？你站在这里，仅距离一步之遥，倘若就此止步，你会怎样想？没有获得的礼物，算是失去吗？”

“在我看来，没有获得就不算失去。而且，礼物亦是负担，接收了恩赐也就要背负起责任，若少了一层，也是一种轻松。然而既然知晓很多都不由我控制，我就不必多计较得失，却更要将我手中的、能做的做好。成功与失败也并非表面所定。如果结果遗憾，仍有值得的过程，而若结果美满，仍难掩过程的艰辛。却终是一种混合着悲伤的美。”

“你回答得太好了！太好了！第三题不问也罢，就这样吧！”幕后的主试者的声音忽然轻快了起来，使得平日对待人事物大都波澜不惊的凌月，又一次意外。

然而这时候还是凌月心中的理性占据了主导，他没有再继续奇怪主试者——应该是皇上——的反映，只是将他当作一位主试者而自己是在受验，测验还没完，那么就不能提早结束。

“测验还没完，不能提早结束。请继续吧，如同先前已定的安排！我愿继续受试。”

幕后的身影沉默了片刻，“只是这第三题太过沉重，或许有意思，但并不好玩。”

“既然已经想到了题目，那就说出来吧，就像已经在眼前的道路，就要面对继续走下去一样。”

“好吧。”幕后若隐若现一声叹息，声音又低沉下去，在空旷的大殿里再次响起回声：“若有一天，对你非常重要的两方起了生死冲突，就假设说，你的家人，还有你效忠的君王。这时你会怎么办？”

凌月顿时没有声音了。这个问题确实沉重，而且，伴随一股隐隐的压迫感，仿若混合那真实的未来。为什么会有这样的感觉？凌月不敢想下去。这一段的思绪，就此打住。

与此同时，另一端的思绪也在展开，无须任何提醒他已想到，此时若表忠心说誓死效忠国家效忠君主是绝好机会，但他却于情于理都不会这么做。不能违背自己对家人的感情，更不能违背真理说出不负责任的谎言。

于是多重思绪运作着的凌月，反应迅速灵活的凌月，却好似毫无反应一般，待在原地。整个宫殿内顿时笼罩着一层沉寂。

帘后的主人却并不催促。似乎在默默地注视着他，凌月却看不见他的面容。他是以怎样的神色和心态在观察着自己？心中一个抽离自身的声音询问道，却只是站在了自己的旁边，仍然看不透那一重深深的幕。

凌月不知是着急自己该怎么回答这个问题，还是在好奇这连幕后的主人与命运的问题，这一刻的沉默，似在安然中延续。良久，他抖动的唇终于开启，“我会以我的生命来化解，他们的恩怨既然关乎生死，我愿自己是牺牲的那一个。虽然我不愿死，但是他们两方都是我在意的，我不愿看他们死，那我的死也就是唯一的不看的方式。不过我在死前会劝解到最后，并让他们都知道我死去的目的，这样对他们，我的死亡也多了一层意义。”

这是不是像做戏？凌月忽然听见心中的声音告诉自己，一些人听到凌月这话肯定会骂他了，“死就死还那么做作！”“你当你是谁还让人家为你死感到有意义！”“真是把自己看成了救世主！”

“呵呵，管他们怎么说，这是我自己的方式，又不是做给他们看，而且有我在乎的人我可以成就，还有理解我的人能够怀念我。”凌月回答了他心中的声音。

这时，忽然帘幕扬起，一瞬间，凌月就知道那是理解他的人。仿佛这密室之外整座皇宫和整个天下都与他无关，他就是一位孤独者，高处的孤独者，只不过恰好置身于权势和人群的瞩目中。

而这一刻，这一切都不重要了。“悯瑛。”凌月柔缓地念出声来。并不是他因为吃惊而脱口而出，这点控制能力他还是有的，出于惊奇想要不出声也还是可以，不过他仍然轻轻念出他的名字，因为觉得那是一个适合他的名字，而且，这名字属于这么一位难得的朋友。

“是我。”悯瑛的笑容温暖灿烂，从帘幕后走出的他承接了窗外透进来的淡淡阳光，恍若完全不是刚才在帘后忧郁落寞的身影，也不再有那种空旷哀沉的声音，却不知为何仍是那么一致，仿佛他的内在一直就包含着这两种绝然的不同。而都是在凌月看来的似曾相识。

虽然悯瑛已经看着凌月好久了，神情还是那么惊喜。“我喜欢你这样叫我。以后没别人的时候我们还是这样!”他是那么真诚而自然，还透着一抹期待与恳切，凌月心含温暖答应。

他本就不喜欢形式的繁文缛节，况且为了友谊，又怎不能抛开那些。

“我说过我们有缘，会很快再见的!”悯瑛见到凌月答应，又笑了起来，露出两个梨窝，凌月也笑了。当即觉得，这小皇帝很是聪明，而且有灵气，绝不是外界传的那样。

当然凌月不管外面怎么传怎么说，他只认这是他的那位见过一面就印象深刻的朋友。

“这间殿堂真有气氛。”凌月忍不住感叹。“作为这种考核的场所，真是有一种神秘非常的感觉。”

“这内殿，我平日一个人的时候，喜欢到这里来思考。”悯瑛微笑，“确实正好派上这次的用场。”

凌月适才从那里就能感受到，这间内室的主人不是一般的人。

“你回答我的问题实在太好，第三题我却不忍心对你讲。”悯瑛微一停顿，接着道，“你的剑术也甚妙，回答战术也出色，先前的闯关真是精彩!”他连番夸奖凌月。

“谢谢!”对于真诚的夸奖，凌月真诚感谢，不必虚假客气。不过他还是自然流露出一点不好意思，悯瑛看着凌月浮现出微笑，很是欣赏，又说：“不用客气，夸你是应该的。你以后就是商凌日将军了。”

凌月望着他，一时不知说什么好，而此时也无须他说什么话。他看见悯瑛眼中的喜悦，自己眼中却是五味混杂。他又低下头，怕流露出那些深层的苦涩来。这一刻他是隐隐预料到的，有所准备的，然而亲耳听皇上——他的好友悯瑛说来，却一瞬间有了更多一层的道不明的感慨。

混杂着的感觉品味到，顺了父亲的意，完成了商家长辈们给他的期待，这么多年来，他的一项任务终于完成了，虽然他一直完成得很好，却终于有了这份标识，划上一个美丽的符号。这样的时刻这么久又这么快到来，他还是不免惊异与感慨复杂。

这一阶段，终于完成了，没有感叹号，一个阶段的完成若说有也只是无奈、不舍和感伤。在他又登上一个台阶的时候，未来的未知就更凌厉地扑面而袭。

另一角度，他不在乎这头衔名利，但却是一个重要的符号，给家人的交代，本不需要给自己的证明——确实不是给自己，却仍在扮演着凌日，由那一重身份给了他。

此时悯瑛带凌月一同走出，凌月一边思索着一边跟着悯瑛的步伐，由内殿向外，光线逐渐亮起来。众臣已在殿外等候，排成数排。凌月随悯瑛站在高处，清风扑面，那些繁杂的思绪竟一瞬间去远，凌月突然体验了一种心上顿然的空灵——很难描述，仿佛解脱，又如升华。[①]

悯瑛高声宣布："商凌日通过所有应试，朕将封其为将军。即刻举行将军受封仪式!"顿时响起称颂皇上和恭贺将军之声。

这是凌月值得纪念的一天。在外人看来是他的风光时刻，但是对他来说的意义，却超过表面这种所谓的风光。仅仅这一点感觉就够了，有一个亮点，就会让一天，在一生难忘。

凌月完成了多年来家庭的期望，就在这一天，好比一个节点，他登上了另一层台阶，开启了又一片世界。

多年以后凌月还会回忆，这一天的一幕幕，一点一滴。若时光能停留在这一天，自己会选择它定格于哪一刻？是站在众人之上与悯瑛一同沐浴春风恍如在巅峰的时刻，还是在幽暗的光线下望着帘后的他出现在自己眼前的缓慢瞬间？或者，是那相隔于帘幕两端的不知是轻松地谈论沉重的生死？在那幽暗的空灵的内室，凌月希望那场不见面只见身影的对话，延绵如灵感和思绪继续。

那不是过程，那是目的，却不是结果。并非最初的目的，却已是额外的收获。既然如此，为何还要哀伤呢?

人生若只如初见。是不可能的，而且，若是可能，才真叫可惜。第一见，只是冰山一角，还有那么多深层的值得挖掘，即使伴随着悲伤与痛楚，却对于深刻的人来说，比表面的快乐要值得太多。

这一天凌月登上高处，也如同高峰的人间的山，那下面有一排人海，是权力的阶层，那种如沐春风的体验，却并非建立于权力之上。只是一瞬间的感觉，却也是积累已久。

一切的一切，都太过复杂了。不能也不可能停留在一个点，停留在尚未展现真正美丽的最初。即便接下来的一切都是空，也要走完这一段旅程，划一道圆，做一场梦。

划一道即便不是圆的易逝的弧线，也算完成那原本不由自己选择的路程，完整了那纠织的残缺的双重的梦。

---

① 这就是"巅峰体验"。人本主义心理学著名的马斯洛 pyramid 里面最高的一层，self - actualization 自我实现，就伴随着这种巅峰体验，是达到最高层的人一生中也少有的，而有些人根本没有走到自我实现这一层次，就是在底下追求物质享受、身份认同等。

"巅峰体验"可说是可遇不可求的。也并不意味着达到的人们都没有烦恼，完全超脱并持续着了，显然凌月还是有很多的忧虑压力等，却在这一刻突然放开或者忘却，感受那种在那一点上、却升华了当下那一点的状态。

第五卷

如花岁月

第二十六章 新的节口·职责与疑问

转眼如梦，凌月终于通过了这一阶段，仿佛多年都是为此铺垫，表现在具体的这一节点，就是经过了考核的层层关口，并且完成了之后的仪式①。或许前者劳体，后者劳心，抑或前者是以充实的内容引向形式，后者以充实的形式引向内容，不管是通过考核到达他的这个阶段，还是通过仪式获得给家人的交代，精疲力竭的凌月都在体力透支后不再压制心中的不满。

这一日经历太多太累了。即使回到府内，凌月也还是要保持一段时间的凌日身份，快速地走进林荫小道，弯弯绕绕，两座小屋前，顿然一转身，遁入自己的那座小木屋。

回到了自己的庇护所，仍未松懈，还有一步要做，否则对身体的伤害不堪设想。

他一鼓作气坐到床上就开始运气，依照心法中的指示让气在体内运行。闭上眼睛，在心中仿若还有剑在游走的影像，凌月在意念里将它继续舞动，似清除着体内的郁气以及打通那些对气血的阻碍，缓缓终于收势，让剑影消失。

练心法时，凌月的脸上逐渐布满了汗珠，更衬出肤色晶莹，同时头上升起淡淡的白气，他的眉间却是隐隐皱着的。一轮已毕，他睁开眼睛，露出柔和中透着疲惫和忧郁的神色。他已恢复了凌月自己的身份。

方才考核赛时的轻微内伤化解了，而那些任务的负担要抛开，却难得多。

叹了一口气，似在呼出胸中的郁闷与疲劳，更像是这样的叹气已成为他的习惯。凌月是经常不自觉地叹气的，这点无法骗人，他的疲惫和压力就在这样自然而发的叹息中暴露无遗。只有在用意志顶上、作为凌日刻意兴奋和提起精神的时候，才得以压制和掩盖，但是却又在那之后，让疲劳和叹息加倍袭来。

“从今天开始你有了职务，是一种新身份，你不能辜负那么多人对你的期望。”商敬先把凌月叫到他的内室，室内只有他们二人，连岳夫人也带宁馨出去了，可见这场谈话的重要和严肃。

凌月点点头，思索着，父亲提到的“那么多人”，包括了长期以来关心和栽培自己的家人，还有没能看到自己却在生前同样期待看到自己成才的爷爷，和信任自己授予封号的皇上——已成为好友的悯瑛，以及还有很多。

任重而道远，且这一切原本就来之不易。虽然压力更大，但是好歹算是有了一定阶段性的成果，对自己过去付出的一定认可，那么光是为了过去，也不能对不起将来。凌月一定会认真对待，且不会为了未来的未知和艰巨而害怕。

凌月已自发地学会了将挥之不去的疲惫，与积极精神的干劲，在自己体内隔离。积极做事是体会不到疲惫，疲惫时感受到加倍席卷的伤悲，却又将那终极的悲伤转化成为了这路途上前进而寻找意义和梦想的动力。于是就这么悲伤而积极地，承载了更多，也获得了更多，相伴而来的两面性。

---

① 暗示人类学中关于人生成长节口的“通过仪式”。

商敬先的话语继续响起："我现在觉得，当年安排你以凌日凌月的双重身份，还有一个好处，你能获得的资源更多，既能够上私塾，培养人文素养，且从小就有交际圈，也能够走习武之路，成为将帅。况且不仅两边都能抓住，还能让其他人不知我们商家的底细，更加神秘，出奇制胜！"

凌月听闻极不是滋味。怎么能这样，只想到获取得多，却不想他的代价和牺牲！虽说自己可以积极对待，可以将无奈的压力化为心甘情愿的动力，他人这么讲，却显得太过残忍了。个人的追求，以凌月的理想化特质，是向着意义的，因此在实务的争取中也不显得功利，但是突然听商敬先这么说出来，凌月突然觉得那么功利、势力而世俗。"更何况，怎么能对我的压力和无奈不顾，只想着他的目标呢！"

此时，不满和失望，而凌月的心痛压过了其他。但却闷在了心里，没有发泄出来，理由很简单，凌月一刹那地抽离，仿佛脱离自己之外看待这一幕，简直认为面前这人不可理喻，多说全无意义。

抽离自我了，也就不感到煎熬了。凌月继续面无表情似乎温和而波澜不惊地聆听着。

商敬先又嘱咐了一些话，凌月点头，然后默默地回小屋。短暂的休息，很快就要正式投入下一阶段的生活。

第二十七章　弦外之事，无从得知

接下来的日子里，凌月与悯瑛仍然像初次见面那样，并不以君臣身份，悯瑛总以"我"来自称，凌月更不觉得商将军是属于自己的。他没想到悯瑛竟是皇上，而自己成为了将军。世事总是这么出乎意料。悯瑛要跟凌月朋友相称，凌月也乐得轻松。

两人年龄相仿，性格也合得来。凌月在过往的年份里朋友很少，想法也和大多数人有所区别，此次能有一位信任自己的同龄友人，自是极为高兴。他知道这少年国君缺乏支持者，需要自己的帮助，愿意听自己的见解，因而很感谢这个机会。

隔几天凌月就去皇宫内殿议事，他思维活跃灵感丰富，给小皇帝开了不少见识。作为军事新秀的凌月与一国之君的悯瑛谈起国务局势规划，疆土的扩张与管理的宏图，两位少年人心中热血在理想的激发下更加沸腾。

如今太尉助理已确定为金高展，大概也是在众人意料之内的，比战场上拼搏的将军要来得轻松多了，位列三公之一的太尉具有军事战略的定夺权、兵马调度权。没有太尉的赞同和首肯，皇上无法进行军事战略的派遣，无法调动将军和军队。此朝皇权很大程度被三公权势压制。

不论是朝野还是民间，都对这位少年皇帝十分不看好。六岁登基以来悯瑛由皇叔进行摄政，直到王爷五十岁寿诞前才亲手接管。当年悯瑛的父皇突然去世，留下众多问题和隐患，在这些年，经济与国防等方面不断有问题。而现在还未成熟的悯瑛亲自执政，年少的样子看来也难以让那些老臣们信服。幸好朝野内并无大的动荡，不过这只是表象。

小皇帝与老臣们交流起来也有客观上的代沟，结合了他们主观上对少年君主的不认可、不服，就更难操作了。凌月来了以后，悯瑛就对他时不时说起自己的艰难处境，凌月对这位小君主越发同情。只觉得他和自己一样，都有那种被命运安置到那个位置、于是就有责任须做好的感觉。

小将们训练的地点就在皇宫旁不远，周围被开辟了一块地方，就给这些未来军事小将们临时聚集和住宿。皇宫原本不在京城中央，这里的贵族人士不喜欢在商业街周边出没，因而这块接近于郊外自然风光却又是精致布置的场地。

凌月白日里进行训练，与共同通过考核的其他年轻将军、副将，以及武学人才储备中的一批优秀小军士们一起，黄昏和晚上时不时与悯瑛一同聊聊天，倒是悠然快乐。在这繁忙中倒有一股清闲，又或许这其实根本算不上繁忙，只不过是两个阶段的中间铺垫期。

通过了考核，只不过挂上了将军的名，真正的出征带兵还未来临。却一点一点临近了。

这些天，悯瑛时常到训练场上来看望将士们。小将们发觉小皇帝主要来看凌月的，立刻有些流言蜚语。凌月不虚伪做作，坦荡荡并不觉得要有什么回避，其他的小将士看着却不舒服：皇上过来却不瞧他们，只关心这商凌日小将军！一些不利于凌月的议论在背后响起。不过这只是开始。

更多更大的挑战纷繁事务和什么，尚未来临，即将等待他们去迎接。

出征前的训练是短暂的，也仍然没有小将们之间的很多接触互动，或许与凌月内向的性格和时而抽离的状态也有关。又或者，在当天一举夺魁之后，就有些一同受试的少年人们心中不服，因而后来也与凌月不亲近。

“有些人可能不服气。但还是有些人像我一样欣赏而不是嫉妒他人。”凌月心想到。“为何要嫉妒呢？他人所获得的是他人付出所取，人和人都是不一样的，每个人自身的付出与收获也不一定能平衡。连他人表面的都了解不全，还去比什么呢？光是这一点，攀比就无意义。”

“看到别人取得好的成果，为什么不祝福呢？为何不替人家感到高兴？毕竟，这个世界生活着太艰难了，所有人都是如此，取得收获，都有付出甚至额外代价的。”凌月继续想着。

“我觉得，获得第二名的宫奇闯，就是个诚恳的人。唉，可惜，我的背景有些特殊，没法跟他深谈……可能他觉得我不够诚恳，也就不跟我多接触了。”此时的思绪与多年后的声音相互交叠。

想到这儿，脑海中浮现起了第一次与宫奇闯交谈的情景。那是刚刚通过考核排出了名次，来到训练基地进行新一轮培训之初，凌月与宫奇闯迎面而行，互相点头微笑打了招呼。对于武功很不错的同龄人，凌月怀有尊重。考核时有过面对面的打斗，不过那是比赛，比赛结果跟对手之间友好程度和尊重程度都无关。凌月对这位宫奇闯印象不错，因为他显得朴素，武功的风格也并不花哨而多了些气势和力量，看起来不像是本土人士，也不像是南方的风格，正好在众少年们中独树一帜，颇为难得。

“你的武功很好。似乎不是出自本地？”凌月对他说。

“的确。宫某自小随师父出行远方，多年未归，整个人都看起来不像本地人了。呵呵。”宫奇闯态度甚至略显谦卑地答道，说到后来略微自嘲地笑了笑。

凌月听闻他竟然也是京城江南人士，有一丝惊讶，没想到他竟然和自己差不多也是跟随师父到异地学习的，心中正感到很巧呢，不过一方面心想这是他人的家事不便深问，另一方面忽然怕被他深入问起——这关于凌日身份的事，关于凌日凌月跟随师父外出不在商府是家人的推脱，就像一笔糊涂账，若被详细问起，真说不清“凌日”到底去了哪里，“凌月”怎么出行了还不回来却是“凌日”回来了。于是凌月只是淡淡笑了笑，没有说话。

“商公子好眼光，你的武功也很棒。”宫奇闯略微顿了顿，又接着讲。

“呵呵，谢谢。”凌月笑着道谢。因为心中有那样的顾虑，还是没有多言语。宫奇闯忽然又问：“商公子，你的武功背后基础，似也融合了异邦特点?”

“哦……是啊，是我原创的，和师父一起加工完成的……我的师父游历甚广，把他所创的武功理论和招式也融入了进来。”凌月突然被问起，有点意外，说得不太有底气，就这么接连着一串，把这问题看似圆满挡了过去。

宫奇闯颔首，似看出对面的美少年有所保留，就没再言语。然后他们就互相道别了。之后也没再讲过话。

这些少年们以本地人为绝大多数，会抽空在每七天一次的规定假期外也时不时回府一趟，都只把这里当作暂时的一块地方，短暂的一段时期。或许这次集训只是一种形式，这些精英少年们平时的知识技能和自学的能力似乎并不需要这么一场训练，这是从未习惯集体概念的凌月所想的。

凌月只大概知道这几位一同新担任少年军事人才的同伴们的情况。都在当日的武学将士考核中见过面，也有个别是之前就认识的。例如金高展，是金丞相的儿子，而那位获得第二的宫奇闯，竟然是太傅之一的宫大人的儿子，这是凌月在训练后从其他少年们的谈话中偶然得知的。倒是没有想到，那个看起来其貌不扬的年轻人也是贵族世家之后，凌月搜寻起记忆发现前不久那次王爷的寿筵宫大人来了，也没有看到宫奇闯，听他说起长年在外跟随师父学习，看来跟自己差不多，也是投入蛮多的，凌月这么想。

后来他们就到了不同的圈子里了。一年的集中训练结束，众少年们都分散到了各自的岗位，离开了曾经逗留之地。宫奇闯又被派往离开了京城，听说是到了北方，负责跟随当地驻守的将军防守北国入侵。排名第三的金高展竟然最划算，被指派留守京城，跟随太尉秦大人协助掌管中央军事。这显然与金高展的家世根底有关。排名靠后的几名小将，有的被派往天南地北其他地方驻守，也有的被分作金高展的助手，竟然没有派给当日第一名的商小将军做助手的。当然凌月不在乎这些，因此在此时没有多想，让脑海中的空间被其他复杂的思绪占据。

凌月从没有向悯瑛聊起过其他小将们的事，即便知道小皇帝认识他们在朝廷为官的父亲，也没有打探他们的消息。他与朋友聊天的内容上天下地，却从不涉及那些具体人们的信息。无聊的人们在背后打探他人、议论他人的行为，凌月自然而然地就不会做。他记得在异地学习的时候听到过的一句话，一直以来都很赞同，便是：

“伟大的心思谈论观点，普通的心思谈论事件，低端的心思谈论人。”

只有闲得无聊又无知的人们，才会津津有味拿他人的家事填补他们自身的空虚。

且说那天，训练结束时悯瑛又过来，笑盈盈地望着凌月。其他少年在旁边看到凌月走过去，立刻皱眉头。凌月很敏感意识到纵然有反感却也无所谓。

“凌日，今天我带你去一个好玩的地方！前几天都在这周围逛，今天要有特别的！是我生长的地方其中的一个更有秘密之地！”

“哦！”凌月听着就觉得神秘而有趣，一瞬之后才想起那是皇宫，不过御书房和内殿及内殿密室都已去过，还有什么更秘密的？

“可算是一块神秘花园！”

说着他俩早已远离人群，向着皇宫的方向走去，却没有朝着皇宫的正门或任何一个边门。凌月渐渐奇怪，却没有问，等着悯瑛为自己揭晓答案。

悯瑛走到一面精致宏伟的宫廷围墙旁边，神神秘秘地沿着围墙走了几步，贴在墙面上用手抚摸了一会儿，只见围墙内的一棵树根从墙中透了出来！凌月吃惊地张开了嘴，然而没有发出声音，还好确定周围没有人看见。悯瑛与他的肩一靠，手臂环绕，下一刻他俩就站到围墙内的宫廷庭院！

“这是高层的幻术！”凌月飞快地意识到了这点，开口向悯瑛表示惊讶与询问。

“对，这是很早就留下来的。是皇族的秘密，皇宫里的其他人也都不知道！以后你可以放心地从这里进来啦。”悯瑛眯着眼睛调皮地说，“当然啦，平常的时候你还是可以以小将军的身份直接光明正大地进来！”

“好呀！你是不是不能经常宣人入宫？”对于皇宫和皇家的规矩，凌月不了解，父亲商敬先想培养他当将帅，只是请了师父教习各种功课，或许想让凌月专心学习和应付已经很沉重的任务，朝野的事也只是很偶尔才讲。然而这段时间，跟悯瑛接触下来，隐隐有所觉察了。

“是的，所以我经常很孤独，无论是一个人，还是处理公务和那些很多人在一起。都是孤独的……”说到这里悯瑛若有若无轻叹一声，显露出活泼之下的忧伤，“朝野上的大臣们出入皇宫是经常的，他们有要事经宫人宣告我就得批准他们进来，御书房有时也不能安静地做事，还是那个内殿密室要好多了。”

他想起了上次去过的那里，果然是个幽静的地方。悯瑛这时带他向那里走去。从刚才进来的围墙边到内殿，竟然也有一条隐秘的道路，看来这皇族先人们早就设计好了，确实方便了君主与心腹的交流。

凌月不禁想，要是自己的府上也有这么精妙的设计、有这么棵神奇的树，该多好啊。凭着凌月现在的奇门遁甲等玄术功夫，还不能制造这样的设计。然而有着这方面的基础，的确对于通过这样的密道进皇宫要很好掌握了。

忽然心念一闪，“你也会玄幻之术？”

悯瑛笑得理所当然：“是啊，此乃皇族中人以防万一的必修课。”

凌月顿时哈哈笑了一声，然后忽然意识到那里边有一种无奈，赶紧收住，不过悯瑛毫不介意。

后来他才想到，参阳王朝以树为国之尊宝、以绿为皇族代表颜色，这一棵是传说中的那棵宝树了吧。至于传说中的另外一棵宝树是否存在，又在哪儿，待得凌月发觉，就是很多年以后了。

第二十八章　流星之说

时间的水流
一如既往滑不留手
春暮至下一个夏
夏末到又一个秋
花开再花谢
萌芽又飘零的叶
仰望星空恍若忘却时空的一霎
别问那些遥远天际的穿越
什么时候，失去热烈源头
不可避免消失喑哑
飘散结果暗淡残渣
当纷繁的过程迷失起因之后
只是星辰的光芒你仍能存留

这段愉悦的日子过得很快，在当时就显得匆忙，却同时在心间的一个层面，凝固了，流动延绵着这片时段的光。保存在了凌月的脑海里，柔化了的美好记忆，还是响起一些诸如画外音的东西。

“小皇帝叫了小将军来，说要夜观天象了！”

“谁都知道，自从这小皇帝登基以来，就再也不看重天象了，他说，天上的星星哪能表示人间祸福?!”

“这回却轮到这小皇帝自己和新上任的小将军看天象，好笑不好笑?”

小国君悯瑛这次堂堂正正地宣了小将军商凌日进宫，他在圣旨里面写了今夜天象多么难得、值得一看等的言词。众臣们暗笑，由得小皇帝胡闹去，背后继续他们的批评言论。

“今夜里有流星，我们一起等着吧！”星空下，宫殿楼旁，悯瑛的脸上闪烁着孩童般的天真灿烂的光芒。带着凌月走到皇宫边缘的一处，“这里就是环宇塔，也叫隐月台。”

“好漂亮的塔！为什么有两个名字?”凌月望着宝塔建筑精美的顶端不禁好奇。在远处还没发觉这座建筑如此美观。

“听说有两层意思，为先祖设定，我猜想环宇有傲视天下的意味，隐月我还没想明白，也不知为什么又是塔又是台。来，我们上去吧！”看着他天真烂漫又认真思考的样子，凌月笑了，立刻跟上他。

登上宝塔，悯瑛悠悠道：“有一种说法，流星的划过预示着灾难。还有一种，在流星划过的瞬间对着流星许愿，就能实现。这两种态度对待流星，一恶一喜，截然不同，你相信哪一种?”

凌月笑起来："我都不相信。一颗星的陨落怎会代表人世跌落，人们何必妄自揣测、自添忧愁？人的渺小不会让星显示，命运又怎会由人的许愿、就按照人的意愿？"

悯瑛听闻也笑了，"就是！谋事在人，成事在天；而从另一层面，虽说尽人事听天命，但这人事首先要尽，知道整体的无可奈何，细节更要争取完美，正因命运的不由自主，可掌握的更要努力认真！"

说到后面，悯瑛露出坚决的气势，隐隐透着一股落寞。或许是由于高端的地位，以及使命的责任，凌月想着更感到一阵怜惜。

仰望星空，凌月叹了一口气。"看这满天星，一时间感慨良多。不论人世间沧桑如何变转，星辰都在那里，进行着自身的规律。"凌月轻轻说，目光遥远。悯瑛忽被他的话语触动了，细细品味着这话，深入心扉，竟无语对答。

在无声中，他们看着天空。悯瑛还是开口："你会看天象吗？"

"我这方面了解一些，曾经有段时间也很入迷，但是现在不相信了。天界自有其规律，并非由人事而感应。人们希望从天象中找到世事的答案，只不过一是盲目投医，二是自我安慰罢了，或者就是第三，把自己心中希望得到的答案投射出去，再加以自圆其说。"

"凌日，你分析得真透彻。"悯瑛听他说，露出佩服的表情。

凌月礼貌而答："就在这上面花了点精神想了一些。你也是吧？"

悯瑛忽然有点神色黯然："我也这么觉得，不相信天边星辰是由地面人事感应而运转显示的，不过我没像你那样了解那种学说，也没像你这么清楚地分析和表达，就不想接触了，让原本的星官不再研究星占。那位星官也是我小时候的太傅，倒是很乐意，恰好也有类似想法，就去研究真正天文学的那些，而很多大臣为此事却议论说我不求上进，不知进取，这也罢了，就因为我不去看星星弄占卜，就说我不关心天下苍生，只顾自身玩乐。"

凌月顿时感到同情。"别去管他们怎么说了，"他柔声安慰，"你自己知道自己是没错，还有时间可以证明。"

"我有时似被他们影响了，被他们圈定了一个糊闹皇帝的形象，只会自身玩乐对大事不在乎的形象，表现出来真就如那般！或者其实不是，但看上去很像他们说的，越描越真。"

"那是他们的成见，再加以自圆其说。"

"是啊！他们没给过我机会，就认为我是他们说的那样。"悯瑛有些不甘心。

"别在意，这世界，本来也是真作假时假亦真。他们根本不知道真实是怎样的，不了解你也没想过要了解，而且他们忘记了他们根本没权利说你。"说到这儿凌月展开了一个爽朗的笑颜，"悯瑛，他们根本没权利议论你，不说什么身份，在背后说别人坏话就是不高尚的。你不要睬他们，自己的路自己会走好的。"

悯瑛被凌月的真诚和理解感动，他知道凌月平时不是爱多话迎合别人的人，顿时心中温暖，将那些浅显的烦恼一扫而空。

"呵呵，差点忘了，我们好好欣赏和放松，等下就有流星！"悯瑛灿烂的笑容又绽放。

"流星！"凌月极少兴奋，像这样因快乐而兴奋更是不多，或许因为他很少活在当下，而此刻也不禁开心起来，有所期待。

"我知你会喜欢流星！那些人认为流星不吉利，代表天灾，但我们不信！"悯瑛开心道。

流星从天上滑落，一道道光华，一闪而逝。凌月忽然在兴奋中升起一抹感伤，觉得那像是泪，一滴一滴坠落，也像是雨。他想起自己屋外窗前的那些小竹子，已经渐渐长大了，从小他就喜欢在窗前听雨，雨滴一点一点滴在小竹叶上面，好像跳着轻快的舞，自己却不知是从哪一年听出了里面潜在的悲伤。

“流星，像生命……”凌月的思绪似跳跃着并不连贯也不流畅，“不过，我同时并未觉得自己的生命多么短暂。或许我太渺小了，站在自己的角度，又觉得生命是漫长的，以至于我清楚地看着自己的过去，一点一点，离现在越来越遥远了。”

“有意思，此理论我第一次听到。”悯瑛欣赏凌月的想法，又说，“不管是短暂还是漫长，这一刻，都定格在记忆里，不是么？”凌月心念一动，重重点头。

那一晚观赏流星的画面刻在凌月的记忆。那是他作为商将军出战西域的不久前，他十六岁的青春时节。以至于多年以后，经历了那些、了解了那些，他仍然放不开当时的感觉，放不下昔日的那份热血。

多年以后他回想起来，还似乎可以感到流星与夜风划过天际、脸庞与心间的那种清新。在他出征前不久的日子里，那是否纪念了即将收尾的少年时期？

第二十九章　破除迷信

且说凌月既然发现了悯瑛受到群臣及百姓质疑的难处，就想帮一把；此时的凌月尚且热情满载。这一日，他便抽空进入悯瑛的秘密地带，还拿了一样特别礼物来。“悯瑛，你看我带什么来啦!”凌月笑容满面地跑来，这可是对他来说极其少见的样貌，即使以凌日的形象出现的凌月也极少这样轻松而轻快，是发自内心的，悯瑛望着他跑跳过来，呆了一瞬。

“啊，是什么?”一会儿凌月就来到了悯瑛的面前，还是笑嘻嘻地，蓝紫衣衫因跑动而飘拂起来，平时如冷玉般雪白的面孔这时多了一层红润，悯瑛看见这样的凌月，不知为何联想起了小蝴蝶。

只见凌月手里捧着一本书。线装的书封面上秀气的墨迹写着“星象星占之误谬论”。

悯瑛惊喜：“这是你写的?”翻开快速扫了一遍，只见凌月从星象星占的原理、流派到各流派互相的矛盾和冲突都客观梳理了一遍，先讲了为什么这些原理哪些方面看似正确，再讲了自己找出的它们的弊端，然后又分析了它们为何会被大众信以为真，言语温润中包含着犀利，而带有一丝冷冷的幽默，文笔不仅流畅美妙，更是脉络清晰，深入浅出，详细细密又角度全面。

“真是好文章，太棒了!”悯瑛诚心称赞，也欢快跳起来，玉绿色的衣摆在悯瑛的转动下仿如漾起一朵水莲，凌月被弄得有点头晕了，不知怎么想到了悯瑛真像小蝴蝶。

“你写这个很难吧?”悯瑛接着问凌月。

凌月轻松笑道：“小意思，没花什么精神。本来就有这些想法，很长时间了，前几天正好和你一同看流星，有了感触，回去一会儿就写了很多，再整理一下就出来了。”

“你真行!”悯瑛一边说一边翻阅，品味着，念出来：

“就算以谁出生时距离他不知多远的星辰之排列就可决定其性格、特点甚至命运之说法来设想，此影响力，却不如他出生房间内的一团空气、一阵响声、一线烛光，以及房间外的一棵树、一片云或一只拍了拍翅膀的蝴蝶。"

"你说得太好了！"悯瑛读罢，朗声大笑起来。

凌月听悯瑛念着自己的文字，就一直在欣赏地笑："这是显然的！"

"里面有些我一时还明白不透彻，要慢慢看！"

"不着急，这本是送给你的，你慢慢看好了。"

"谢谢！这么好看的亲笔著作送给我！"悯瑛非常高兴。

"我送给你的还不止这个。"凌月忽然压低了声音，收敛了先前天真烂漫的笑意而转为一丝神秘的笑容。

"哦？你还玩什么？"小皇帝看着他，觉得很好玩。

"我复制了这版本，已经散播流传出去。"凌月表情又收了收，变得严肃而有一丝忧愁，就像他平时的那样，"京城里那些人总议论你不务正事，任性取消星占，是不知天高地厚，不关心苍生百姓，其实他们都错了，我要他们知道，不能再这么说你。"

悯瑛的笑容也凝固了，感动使他的嘴角一丝抽搐，流下眼泪。"谢谢你，谢谢你……我在这偌大的皇宫里，孤孤单单，没有人理解我，他们甚至不愿理解我，就怀有了成见，我做的每一件事都可以按照他们想的理由来解释，那些无聊的城民们就喜欢拿君主的愚蠢当茶余饭后的闲谈，真正的情况是怎样的，谁都不管了。只有你理解我，关心我，愿意为我去说明道理，主动去跟多数人辩驳……你真是太好了！"

说到这里悯瑛已经呜咽，凌月耐心让他宣泄。这时的悯瑛就像一个无依无靠的小孩子，忽然找到了关爱自己的人而感动哭泣，天真柔弱令人动容和怜惜。

小皇帝的抽泣渐渐平息。"对了，你怎么散播这些书册的呢？人心难测，你要小心。"

凌月点头："我知道，不用担心我，在每本小册子上面，我都没有留名字，他们不知道是谁写的，无从针对个别人。我要让他们知道事情，真理，而不是出自谁的口。由谁说出来无关，对的就是对的。"

悯瑛知道凌月极其聪明，思维灵敏而精力充沛，办事效率高，虽然担心凌月压力大身体累，却相信他做的事情总能做好。然而悯瑛不知道，这次凌月做的这项活动，与以往凌月擅长的那些都不同，确实是经历了一些艰难的。

当天一册册地写完，带了八九份，走到街上才发现不知从何入手。那些来去匆匆忙着自己事情的路人们，看上去就不像有闲情和心思接收这份著作来阅读，而在茶馆路边坐着闲聊的悠闲人们，凌月走上去一听他们的议论的内容，就觉得一阵恶心，他们对他人的隐私穷追不舍，说到带劲处哄笑一团，面目整个扭曲。他赶紧离开，一些人却发现了这眉清目秀相当俊美的小公子，露出邪恶的神情盯着他上下打量，甚至还靠近过来。幸好这里是京城繁华地带，不太会有人敢在大白天闹事，且那些人见这小公子衣着气度都很不凡，很可能出自大户人家，怕惹不起，因而没对凌月有什么不良举动。只是看着的那恶心神态也让他倒胃口。

写小书册那么顺畅迅速，散播它却停滞不前，凌月心中升起失望与无奈。然而如因这些低落的情绪就袖手不干，那就不是坚韧隐忍、没有蛮勇而有真正勇敢的凌月了。

他忽然意识到自己要换身装束，不能这么扎眼地行走在大街上，尤其带着这样原本就不平常的任务。

回到府上翻出了最粗糙的一套服装，还把它故意弄褶皱了些，将头发也重新整理，不似凌月平时刻意披发的头型，更不是装扮成凌日那样的梳扎起来，甚至，还拿出了久违了的人皮面具。

添了几笔，将人皮面具画得成熟了些，凌月还要隐瞒自己的年龄。

“这么倒挺像个落魄书生!”凌月看着银镜中的自己，呵呵笑了。

一溜烟出去，在街上转了好久，非常耐心，不急不躁，观察着平时不爱观察的人群，似乎是第一次这么有焦点而无游离感地在人群里。

然后，凌月决定走“集体路径”，找了旺市店铺老板、大餐馆掌柜、甚至说书先生、戏班领队，平时不爱与人交谈的凌月这回一趟趟主动寻找陌生人，毫不怯场，却仍是内向而未经社会沾染的神态，斯文的言语与举止，安静而文雅，隐隐的高贵，将遮掩了自己美貌的他依然区别于这闹市里其他的人们。

成功率还是挺高的，也许凌月的真诚明显，打动了那些人，也许他每次都是经过观察、逐个判断再出手的，那些陌生人倒也乐意接纳这本小书，虽然读不读、看不看得懂不能保证，但总算将这些书本都发了出去。“希望在他们的集体范围里，可以流传得顺利些。”

这些天里，凌月每天都复制新的小册子，积累一些然后出去发放，渐渐越来越得心应手了，出一个准一个，还开始尝试递交到高档茶馆里比较斯文些的茶客手中。“光靠这些任职的老板领队们也不够，万一他们工作忙了随手一放就浪费了，还是得试试看直接递到可能会看的个人手里。”凌月对自己作了提醒。

凌月不是没有想到自己父亲工作的档案图书资料馆散发，那是直接对口的地方，他却不愿这件事被父亲知道，隐隐感觉肯定不会赞同，甚至会阻拦，因而要绕开，这时有了与陌生人发放著作较为丰富的经验，凌月这时才穿戴装束来到了父亲的档案书馆前，只在门口找了些工作人员发放，毕竟父亲是知道他的人皮面具的，即使修改了也容易看出。最后，他还做了一个更为大胆的举动，来到京城有名的“占星世家”夏世家，把一本小册子给了里边的人。他知道不宜久留，毕竟是跟朝野直接关联，因而投递完毕就快速离开了。

细心的凌月在这些小书里，还特意用了有别于平时的字迹，以防万一熟人认出了自己。所以除了凌月自己留的一本和送给悯瑛的那本外，都是以别的字迹写的翻版。

功夫不负有心人，半个多月后这本小册子在京城内产生了些许程度的影响。

虽然这些议论的话语大多没什么深度，无非当作一件新鲜事来谈城中有个书生在散发他的什么奇怪著作，能看懂和赞同的更是寥寥无几，但舆论的铺垫效果已达到。

小皇帝按照凌月的建议，没有主动将文章给朝中官员看，只等待民间的影响力有一定的积累，朝中官员们自然会看到。这时的凌月觉得，待那些大臣们看到了，就会少了再说皇上不明智的理由了。正直而理想化的他却并未想到，很多时候很多言论是不需要理由的——而且有时越无理越容易散布。或许无厘头的流行语比构思精美的诗词要容易流传得多，也部分遵循此原理吧。

第三十章　反抗，隐秘，准备出征

这件事自然不会被朝中活跃的大臣们忽略。他们聚集在偌大的丞相府的一角。

“金大人依您看，这会不会是……皇上有意散布的?”

金丞相沉吟片刻，道：“有此可能。然而我观察皇上，仍然天真，不像有此心机。”

“人不可貌相啊!”秦大人却说出不同的观点，“皇上的长相天生如此，心机却是后天所学!”

“心机也是先天的。”金丞相却言，“天真的人，经历再多仍会天真、不倾向于算计，工于心计者，天生就喜谋算他人。”

说到这里重臣们沉吟，不知是否感到说到了自己。一会儿以后，秦大人才说：“皇上这次是雇佣写手的，并不需他亲自出马。”

“这会是哪里雇用来的写手？这可不是普通写手能做出的文章。”周大人反对，“如若皇上身边有此人才，早就重用提官了!”

顿时其他跟在他们这三公后面的臣子们也议论起来。

“那书生是何模样?”

“穿一身粗布衣，二三十岁年纪，相貌普通，举止倒是斯文，很普通的读书人相。”

“这是投其所好，知道皇上不赞同星占。一定有目的!”

“然而这书生，在这之后，却也没被皇上推荐给我们……”

“就是，并没有作为可造之材窜上去……”

几位大臣争论得好不热烈。

“派人去查这书生，再碰到一定跟踪!”

显然，凌月是不会再以此相貌出现的，这些网罗布置当然就扑空咯。

这一小段，凌月帮助自己的小君主取得了一定的舆论认同，可以算作以他人的言论逆转反为己所用。现在京城很多人们都开始意识到当今天子数年前年龄虽小，但才刚登基不久后采取的废止占星的规定，至少是并非毫无益处的。

然而，有一利就有一弊。凌月出于兴趣、好玩和对真理的追求多于现实的盘算考虑，还未意识到，或许一只小蝴蝶拍拍翅膀，就真能引发后面的大风浪……

过了几日，三公带着谏大夫孙大人就来晋见，将局势、军事和这件事联系在一起。实际上他们是想看看悯瑛的反应，以判断这小皇帝到底是不是还如往常那样纯真无害，或者已然成熟起来。

“如今趁着战乱，蛊惑民心者开始猖獗，大行其道，这些日子京城里竟有个布衣书生到处散布妖邪著作！在京城外其他地方，更有邪教借各种手段来打入民众中。”

悯瑛刚想反驳“那本书朕看过，只是谈观点原理，哪有什么蛊惑的成分?”却立即想起凌月事先嘱咐，遂沉默，低下头似在思考，老臣们留意了皇上的反应，见他并无不同寻常，便接着说，待他们说完，悯瑛跳过此话题直接问军情和民众的状态。

负责军务的太尉秦大人汇报了军事方面的情况。原来，毗邻的几个小国这些年来经常骚扰边境，且夺下了若华国的部分领土，近年来更加严重。

“当前情况，需要派一位将军去。原先多位将领皆无功而返。而当地驻守的副将们，已趋于疲软麻木，臣以为，需要加添新鲜血液才能得以改善。”秦大人说，“皇上，这些事情已拖了好久。而今恰好有新选拔出来的少年将领，何不派以重任？”

“朕知晓，那就如秦大人所言，派一位新的将军吧。”悯瑛自然而然地接口。他的脸上透着期待和希望，就像一位构想着美好梦想的花季少年。如此表现让老臣们放心下来。接下来他们却更想看这新任的小将军有何能耐。

反正是早已被夺去的领土，有失败的先例，不成功不算损失，却可探明另一些端倪，老臣们或许可说是醉翁之意不在酒。

密室里。悯瑛神色混合着忧愁与期待，凌月透出的气质比那些官场混久了的老臣要认真和坚决得多。

“那些是我国的领土，是不可分割的。我只想保卫我国应有的领地，并不想扩张霸占他国。”悯瑛这么说道，“若可能的话，我并不想要战争，更希望以和平谈判的方式，取回我们原本的土地，还给那边一份有序与清净。”

凌月当即赞同道：“说得好。以和平的方式，对当地物象环境与人民生活都是造福。”

“朝野很多大臣却不高兴，说我没理想没抱负，甚至还说我根本不上心，不管先祖们传下的江山。我只是不想贸然行事，先前根本不是宣战的时机。”

“你的苦心他们只要用心想想就会了解。实在不了解就算了，我们把事情做好，也不是为了他们。”讲这种安慰人心的话语，凌月确实很擅长。

或许，若有实际的成绩会让他们改变对悯瑛的看法吧！凌月想到这里，升起了热情，想接起这项任务，将其完满完成。他不是喜欢挑战刺激的人，并不将这看成挑战或刺激，而是一种帮助与意义。

“凌日，我发现你善于讲道理又有耐心，除了拥有将军的才干，更像是一位外交使者，西域边界这些年的那些混乱，还得仰仗你去解决……”悯瑛说道。

凌月立刻答应：“好，我也想试试。”若是碰到不了解他的人还会以为他是冲动的人，或者又可能会猜他是知道不可推脱就虚伪地说正合本意。

自然而然把人往好处想的人有多少？凌月自己也不属于，否则他心中的声音怎么告诉他，旁人若是在场会那么说吧？不过凌月这么想与那些人本质区别有二：一是他真的听见过其他人的类似言论和“逻辑”，甚至自己亲历过，二，更重要的是，凌月只是被动地在别人针对自己时给自己防备和保护，而那些人，却是在主动出击伤害他人。

就像这征战也一样，他们只想拿回属于自己国家的国土，且算是忍了这么多年了，而那些蛮夷小国却从一开始就没想跟他们和平相处，甚至屡屡对他们发起侵扰。

“这是我应该做的。”凌月真诚地说，“而且若能解决，也算是为人们谋福祉。”

“朝野上下都没打算很快能完成。你在外辛苦，不论能否完成，都请在两年里回来吧。”悯瑛又补充一句，“你还有家人担心惦记着呢。”

听闻悯瑛这么替他着想，凌月立刻感动，连忙道谢，又承诺说：“我定当争取在两年之内把这混乱解决。”

真是初生之犊不畏虎，他第一次接到任务就口气这么大，还好遇到的是一位同样年少且与他朋友相称的小君主。却听悯瑛忽然说起：“对了，凌日，你是否有个双生弟弟，你学武他学文？可否在你出征时期，请他来朝野帮助我？”

顿时，凌月一阵窘迫，幸好反应灵敏，忙尽力掩盖道：“我弟弟凌月生性古怪，在府上总是关在他的屋子里，连父母也不常见；纵然学文，他所读的却并非圣贤典籍，只看那种缥缈虚无的艺术哲思之类，并不懂什么政治之道，为此，家父还对他颇有不满。要让他走进朝野为官，恐怕是不能了的……”

说罢，凌月自然而然地叹息一声，适才一番话语纵然有所掩饰，却句句属实。

惘瑛看不出他有所隐瞒，当即颔首，不再询问。

只是凌月心怀歉意，之后对待惘瑛派给他的任务时就更加用心卖力。

出征之时，望着滚滚长江水东流入大海，少年凌月心中的理想高涨、热情澎湃。离别也少了伤感，多了期待。

第六卷

风飞沙

第三十一章　第一次出征·领袖小将

踏上西征行程，凌月又翻开他生命中的新一页，这一页页，拼凑出了他逐渐流逝的岁月。

初到西部兵营，带着一抹新鲜感，凌月第一次深入集体的生活，以往虽然去过遥远的地方，上过私塾和琴社，却没有和这么多人作为一个集体驻扎在一起。忽然清晰意识到父亲将自己送到异乡学习，安排到什么琴社，若非那样迫使自己体验集体相处，甚至同伴们之间的摩擦和排挤，现在这样的环境真难一下子适应。看来长辈是早就有意将凌月推上这条道路。

天性喜独处甚至有些孤僻的他，不仅被推入集体，站在了密密麻麻的人群中，还要作为领袖，带领起这集体中零散的个人，将个人凝聚成集体去完成集体的任务。这样的任务，凌月能做好吗？答案在此时是不知道的，凌月心中四分之一感到茫然未知，四分之一感到既然无法避免而顺其自然，四分之一毫无把握甚至有些悲观，四分之一却充满天真的自信。

几年以后回想，或许自己某些层面来说确实适合做领袖（撇开能力不谈只说性格特质）——不属于普通的听话的跟随大流的人群——不过若能选择，更希望一开始就不要在人群里。

那最好的选择早已不在，无法获得，所以面对那些剩余的，就更要好好把握和努力了。

“或许这世上只有两种人。一种人无法得到那最好的，便无所谓了，另一种人无法得到那最好的，就更加挑挑拣拣，忙忙碌碌。而我，属于后者。前者中包括了堕落的人与升华的人；后者中，是不是包括了最世俗的与最理想化的呢？”

十七岁的凌月在多年压力、众多经历和双重身份之下，还保持了半颗童心（追逐着他消逝的童年本应有的美好、不愿相信它们已不在的那一半），又被那些忽然获得的喜悦与新奇激发起来了，混合了恍若积累已久的理想与热情，在这忽然来到的新鲜环境面对着未知的任务之时，竟有些别样的兴奋。

他还没有那么深刻地意识到人和人之间差异；还没有对人性失望。他还没有意识到，并非自己怀着好意，人家就会把自己当作好意；还没有发现，有时自己做得好，别人也认为是好。还有很多很多，都在这个复杂的世界里，凌月喜欢发现世界的奥妙也包括人类的心理，却并不想去关注那些肮脏的东西。然而，它们却几乎无处不在。

军营里，凌月关心着同僚们的生活状态，他第一次接管部队，希望自己手下的战士们都能过得好。战争是手段，而非目的，同样道理，职务是手段，生活才是本质，不论什么身份，首先是人，凌月一直这么认为。“那么，作为人的共性也是基本的生活包括身心上的舒适，就是应当予以关心的。”所以他并没有把自己看作将军，把其他人看成什么职位上的副将军官或者小兵。这不是爱兵如子，只是待人平等，广义的人道。

凌月的权威自己通过考核而得，当然，自己的能力能够胜任，这是不容置疑的。他却暂时未意识到，并非应该怎样就会怎样；而且，应该怎样也是复杂的。

"权威是一样抽象的东西，非常奇怪地——或许由于文化所致——经常被人们认为和具体的人联系在了一起。比如官员、领导、老师，他们的权威不来自他们，是一种抽象的状态，对他们权威的认同也应该根本不和那种具象的琐碎的奉承巴结沾边。反过来，反对一个人的权威，也根本不应与对他个人的反感联系在一起。"①

凌月察视将士们的各项情况。一边走着，一边凝眉思考着，也是挑剔着。

"这些食物少放点盐，对人的健康有益。也可以减少将士们的口渴。现在天热，更要吃得清淡点。"他发现伙食有问题，亲自吩咐炊事军主管。

"夜晚不要露天睡觉，小心着凉。凌晨有湿气，会侵入关节的。"他在夜晚于军营中行走着，走到露天而睡的士兵们身边，柔声劝他们说。他把自己所知道的讲出，为他们好，表达了自己的关心，至于接受方怎样想的，就不得而知了。

在凌月来到军营之前，这支队伍就已成立多时。原本由老将军带领，凌月是接任的小将军，而副将们和军官们则是原本留下来的。他们对这突然空降他们头上的小将军，从一开始就怀有不满。有副将甚至想，原本老将军退役后应该是他们来接任，荣升正将军，却怎么偏偏给个新来者抢了去!

"他凭什么来这里占据资源?""凭什么一来就做将领管理我们?!"

凌月这时还未意识到这些，只是出于自己心中仿佛长期存在的不安全感（或许由于长久缺乏归属的集体），想尽自己额外努力将这军营管理好，成为一派和平美好的景象。这也是带有理想色彩的，凌月会有一些要求加添给自己，感到自己应该做什么，心中的声音提醒自己，并且还说了很多的理由，不去做心中还会不安。虽然其实并无必要。

时值炎夏，持续高温，在将士们训练完休息时，凌月让几个小卒拉着准备好的几车水果，分发下去给士兵们吃。

日晒强烈，凌月身着白色的衣衫，这是他平时爱穿的颜色，虽然是便装，只是略显简洁而并非华丽，可是纯白的衣裳配上他的身姿，在军营中却显得那么耀眼。

他翩然而至，轻轻走来，刚训练完还没安静下来的士兵们却立刻朝他这里望过来，目光透出异样。凌月无所谓，远远看着手下分发水果，自己走向一棵树站到树荫底下。

"商将军怎么不来训练?"负责训练的教官过来问。

这是凌月手下四名副将中的一人。按照规定，作为副将，做的是这些具体的事务，带领士兵操练就由这几名副将进行，而凌月作为将军，负责统筹、战略、策划，包括布阵和战时部署，只有直接关于开战的演练需要将军来带领操练，这种日常化常规训练原本是不需要参加的。当然也有些将军积极参加这种常规训练，在历代都不乏这样的将领，从小事以身作则树立军规，却也有各种其他作为的将军，每个人风格不同，凌月觉得他有更重要的、更需要他来做的事要做。

"我在探视这里的地形，准备研发一套阵法。"凌月不紧不慢地说。旁边的副将和助手都偷偷皱眉。凌月说话间望向远处，视线越过人群而看着与天相接的地平线。

"你怎么穿这样的衣服?"副将忍不住问，语气中已透着责备。

"夏天日照时间长，穿白色对身体有益，当然最佳保护的其实是红色，不过一片红色

---

① 有学者进行权威意识的研究，选取了东西方的人们，发现西方人 12 岁以后就将权威归为抽象，与具体的人分开，然而中国人们却倾向把权威和人联系在一起。又有另一批学者，进行了另一个实验，结果显示却有点异曲同工：发现西方国家的广告观众倾向于看广告的内容，而中国观众则更信赖出演广告的名人。而有心理学家说，成熟的文化心理状态下，人们的观点，倾向于将"人"与其所说的"内容"分离——即不由于哪个某人喜欢的名人代言了哪个广告，某人就对哪个商品产生兴趣，或者哪个受流行追捧的名人说了哪句话，哪句话就被推为经典。

看起来对视觉和心理都不好。如果将士们都穿白色很好，都穿红色则视觉效果不佳。①”凌月总有应对的理论。

“将士们没法换白色，军队制服不是如此！商将军在军营中就要顺应大局，怎么能搞特殊化？偏你穿白，这会有怎样的影响？”

“将军服不是本来就与其他将士的不一样么？”这句反问让副将张口无言以对，凌月不想与下属关系弄僵，笑了笑，“我本来还想过推广白色的服饰在夏天穿，后来想想要重新制作太麻烦了，制服本来是外在的，达到整洁和激励目的才是重要，大家团结一心，一起努力，这才是最重要的。我带了点水果来，你们也吃一点吧。”

这时，一旁的三个副将也朝这边走来，凌月说着就一同分给了他们，还分给了他们身边各自的助手。

副将们冷淡地接过水果，只有助手轻应了声，“谢将军赏赐。”还有的助手看自己跟随的副将没有领情之意，就跟着不表态。

“呵呵，不用谢，应该的。”凌月没有在意，“对了，有个情况，我与你们几位商量商量。”“现在酷暑，敌国军队正在松懈状态中，自然界对于人的客观限制是不可避免也不能忽视的。此时我们即使拼着刻苦训练，调整到作战状态，也只能硬拼，而且在兵法作战中，以士兵的武力打是下策，上策则要靠谋略。”

讲到了兵法武学，副将们却还不做声、不接话，仿佛事不关己，故意看这新来的小将军能有多少道理；甚至示意他们旁边的助手先去忙别的，不用再听这小将军空谈了。

凌月瞥了一眼离开的助手们，没让自己的思绪间断，又补充道：“尤其，我们的目的在于收回国土，不能大开杀戒，破坏当地生灵，弄得民不聊生，这对于我们收回土地之后的建设是极不利的。那样就等于夺回了一层颓废的壳，里边的内容更是颓败，即使打仗取胜也不是胜利了。所以我们要有长远的计划。先不要着急，该休息时就休息，休息一会儿。”

说到这里，他笑了，因为听到自己的有趣话语，而副将们却不配合，都没有吭声，他也不在意：“这几天太热，我担心将士们受不了，而且操练也不急在一时，我想将这两天上午至中午的训练都取消，只留下午的，来问问看你们的意见，可以吗？”凌月说话一贯温和，初来乍到刚接任职位，更是不摆出命令的架势。

“不可！”一个副将却大声叫，语速快而强硬。“这点苦吃不得还谈什么打仗！商将军来自京城贵族家，别把大公子的习气带到军中！”

其他几个副将，显然站在他们熟悉的同僚那边，跟着附和起来，对凌月不赞同且不尊重的神色更明显地摆在脸上。

凌月听闻，心中立刻升起了两种截然不同的情绪，一是感到委屈，明明是为了将士们好，怕他们太热太累吃不消，还会影响了训练效果，出于好意，二是感到愤怒，谈事情好好的为什么要针对到我个人，讽刺到人身上来了？

然而这两种一强一弱的态度中和起来，再加上同时升起的第三股情绪——懒得理喻，不屑一顾；还第四种情绪——以事情为大，以和谐为贵——更占了上风，甚至使得凌月拂去了其他的情绪，于是没有多说。

“好吧，既然你们有打算，那么还是照旧。万一有意外，赶紧通知我。”小问题上凌月

---

① 这是有科学研究证明的，红色衣衫最能挡紫外线，其次貌似为白色。别问凌月怎么知道，他时不时翻阅各类非小说类书卷，且他生活的时代虽为古风王朝，科技也并不落后，众位看官发觉了么？

无所谓，提议不接受那就算了，自己的工作反正是一样的。

有一类利他主义者，在自己的好意没有受到他人认可时会感到气馁，反而心中难过，凌月不属于这种人，他不是“助人型”[①]，显然他对事务比对人的兴趣高，有时甚至帮助人并不因为想帮助人，这一点在凌月的故事中会慢慢体现，因此凌月的一点幸运，在他众多烦恼中——或者说众多自寻烦恼中——少了一种烦恼（或者叫没有自寻一种烦恼），恰恰表现在这方面。不过对于那些热心为他人的人，凌月是很尊敬的。

“有些烦恼可算高尚的烦恼，比低俗的快乐要值得得多。”每种类型的人所追求的喜乐与烦愁都是不同的。悲情浪漫者[②]倾向的凌月欣赏负面情绪的价值，因而，才会这么讲。

也许他所说的一切，只在他自己的价值体系里才自圆其说；他所拥有的故事和梦，就在他的世界里成立及延续。

第三十二章　第一次布阵·构思

时光仍在继续，凌月的任务才刚开始。盛夏的骄阳照耀得刺眼，在一片日光中仿佛物体随景象在蒸发，一抹虚幻感，光天化日之下扩散。这些却或许只在凌月的脑海里。

“不知有没有第二个人这么想呢？”

“有没有第二个人，此刻看见了同样一片景象，同一片阳光？”

“或许不可能有吧。即使同一个人，也不可能两次看见同一道光。”

凌月眯起眼睛，从来就不喜欢强烈的日光，每当这时候就躲在室内，阴暗的地方，思考着，也是休息着，养精蓄锐——如果一定要和战事的任务扯上关系——这四个字似乎是万能的。

休息加思索了一个白天，储存足了精力和精神，晚上开始投入正式的布阵准备中，翻阅和整理着这几日探访此地地形和战略布局的笔记，结合阅读着当地史官这些年对于战事情况、敌国信息等的纪录。忙得不亦乐乎，精神颇佳，灵感也颇多。

不知不觉竟一晚未眠，凌月见天快要亮了，就赶紧上床休息。却由于兴奋了，一时无法入眠，睡着脑子里还继续运作着，昏昏恍恍一片，阵法卦象符号地图等等在眼前盘旋来去，一个个画面闪过，极其迅速地变化着无法捕捉。[③]凌月试图抓住那些画面，将它们记下来，因为那些画面看起来太玄妙了，比清醒的时候想出的还要精巧，然而无论如何用力，却一点也记忆不住，却又似乎蒙蒙胧胧感觉无比接近。就这样轮流来回，凌月终于累了，沉沉入眠。

第二天，凌月休息到中午过后，下午召集将士们，下达了通知，请大家开始搬运石

---

① “九型人格”中的第二型，助人型，也叫利他主义者，The Helper，The Altruist. 这种类型以外向者居多。

② “九型人格”中的第四型，悲情浪漫者，又名“艺术型”、“自我型”，从名字的多样性也可见其复杂性，有观点认为这是九种类型中最特别的一个类型。这一类型所追求的目标，或者说最在意的价值，就是特别、自我（自我实现）、创意（创新，与众不同）、以及逝去的美好（念旧），经常沉浸在悲伤而享受悲伤的喜悦，是极为敏感而喜思考、感受深刻的一种类型。主角凌月有这方面很重倾向，但是否属于此类型尚未确定。

③ 这是浅度睡眠的第一阶段。一般持续时间很短，不易被察觉到或者记住。在睡前大量用脑、兴奋的情况下，这一状态会延长而深刻。

头，挖掘渠沟。将士们纷纷奇怪，凌月一字一句讲了一堆原理之后，他们的神色更加茫然了。无奈将军有令，关系到当地的大局，他们只得听从，开始工作。

其后，士兵们的工作就是这些，轮流进行，每批士兵休息与工作交替。很快，把当地的几块大石摆放在了几个地方，距离敌军军营的一半的地方，挖了一条弧线形的渠沟。

“山石乃金象。此地有山，石多。当以小扩大，牵一发而动全身，以一点而波及整体气场，从单个石块的布置而挪动、改变。如此，悄然改变此地的金象气息。”

“土象克水，挖土制造渠沟，引出水渠之势，以削弱土象，增加水象的预备。”

“注意，切勿伤害一草一木，谨防破坏从另一面益于水的木象。削弱金象而利于木象，则水在其中可得利，再同时以‘金生水’之势，消解于对方支柱于无形。”

凌月语调柔缓。“注意，只是挪石、挖土，切勿伤害一草一术。”他又嘱咐所有将士们一遍。

工作开展得有条不紊。与此同时，凌月继续进一步观察当地的地貌，划划弄弄，画好了一块有标记的地图，交给手下复制了两份，各一分为二，然后亲自挑选了四位灵活的冲锋兵，交到他们手上，向他们嘱咐了需要注意的内容，就让他们去了。

“四人分别往四条路径，二人沿着两国边境，渐渐移向銹军国度，二人去往溪流、河道，故意让当地民众看见。四人都做勘探地形状，地图捏铺在地上，以树枝划土似在依照地图所示计算。边境之界的二人，遇到銹国之人靠近，立刻假装来不及卷起地上的地图，拔腿跑回我方国界。”事情果然如所料，两张地图落在了敌军手中。立刻人心惶惶。

“他们要断我们的水源!”这是銹国民众和将士们都发出的惊呼声。

在这样的消息在敌军传开之前，凌月已来到挖掘现场，对那里的一个副将说，“准备停止挖掘，转入进行下一步。”

“怎么？商将军难道不断了他们的水源吗？既然已经勘察出了此地的水流地势，现在可说是对我方极其有利，如此一来，敌国将损失惨重，我方大获全胜!”

“当然不，水源怎么能断？两国开战，民众们是无辜的，不光军官要喝水，百姓也要喝水，何况军官喝水这也没错。断了水源就等于残害生命，这等暴行怎么可以做得出呢?”

这个副将向来最与凌月作对，一听怒跳，“那你叫我们挖地道干什么？开玩笑吗?!”

“吓唬他们而已。呵呵，也不只是吓唬，这是战略之一，虚张声势之法，不以实而以心理，使其恐惧，乱其心，且诱迫他们走入我们的陷阱，就是我们的布阵。”凌月笑着解答。

“可是现在眼看此法即将获成效，为何还要换别的？你那不等于舍近求远?”

“破坏了此地的生态环境，对我们也不利。我们是要收回国土，而不是将好土变为荒地。”凌月态度温和却是坚决。不管副将的反应，他径自走向前去。

这不是凌月有意摆出架子，只是他这时对于此战胸有成竹，且关系到生命、环境等原则问题，再加上看见那个副将指挥的士兵们还在太阳下不知做什么，因而想要停止这无谓之功，进入下一轮。因而，凌月没有管别人就自己过去，背影潇洒孤傲。

“好了好了，别挖了，将士们辛苦咯!”凌月微笑着来到渠沟前，毫无架子，只是拍拍身上沾上的尘土，对众人轻松说道。他的声音带着一点内力发出，声音轻柔却传入了众人耳中。众人闻此通知立刻惊讶地住手。

“大家累啦，先去喝点水休息一会儿，然后一起加入搬运石头布阵的队伍吧，我们一起努力!”凌月说完又绽放了一个笑容，然后回身嘱咐了副将和旁边的几个副手，“你们带领大家去那里，我先过去了。”就独自先走了。

他赶去正式准备阵式摆放的地形，完全没想到他刚一走，背后的副将和助手们就交头接耳抱怨起来："这个新来的将军真会摆架子!""就会给别人布置工作，自己偷懒!"等类似的言论从这些人的口中说来，或许堵塞了他们的头脑于是并不觉得自己有多无聊。

总之，阵中的石头总算摆好了。凌月见效果已然达到，微笑着向众将士们道谢，不觉有它，他还未意识到，副将们的渲染和言论，当地士兵们原本就与这些副将相熟自然愿意接纳，而且这里普遍风气环境就颇有问题，凌月作为新来的孤自无援的小将军，且是个容貌气质突出、性格脾气又有别于众人的新来者，确实易受针对，更促使了他们日后变本加厉地不配合、甚至捣乱起来。只是当下，忙碌于新接到的任务，他们暂时没有表达出来。

事务变成了冲突的掩盖，也同时积累着麻烦的滋生。其实人和人的冲突，大多因为原本就不在一个层面上，而并非由于什么观点不一致、性格合不来——真正通过切磋观点、磨合性格，还发现无法相合，完全可以和平地各归各去，要对立，也不会纷争得那么无意义。甚至算不上纷争，只是吵闹——一群卑微者争取着上台的时间而自导自演的闹剧，根本不是双方的，而就是自身低下的一群扎堆结党攻击着在高处的对象，以显示他们渺小可悲的存在。

当然，这些是凌月以后才意识到的。现在，他还在准备着把第一仗打好，信心满满，目光飘远，溢出微笑。

第三十三章　木石前梦阵

第二天，凌月召集了一批士兵排齐队伍。"现在你们去找一些落叶来，可以是枯叶，也可以是刚刚落下的新鲜叶子，但是决不能采摘还在枝上的。落叶破了烂了都不要紧，拾来就是。如有带枝的叶子，不要把枯枝弄断，整个带回来。品种随意。数量也不用担心，你们这些人自然而然捡过来就差不多了。别太紧张，也不要偷懒拖沓，自然就好。在太阳落山之时，就回到这里。"

这样轻松的任务派发，也会激发一些抱怨，原本只一点，而由于几个人特别踊跃地抱怨，就越传染越大了。真是病菌发酵式的滋生，一点酵，发起一大堆。"为什么有些人只会想到'苍蝇不叮无缝的蛋'，而不会想到有些环境根本是个大温床，即使有无缝的玉石水晶在里边，也会被包裹一层烂泥而被臭虫们围绕。"

幸好，玉石水晶还可以出淤泥而不染，只是这就像金子会发光一样，需要时间流水的冲刷，甚至也需土壤深藏的埋没。

眼见"木石前梦"阵就要制造完毕了。难度已不是问题，最艰难的在起始的构思策划，并不在分派到下面的具体制作。

"非常好！大家先去吃饭吧，晚上再来，趁着月色星空更有意思了!"凌月还想到体恤大家，甚至自然而然地流露出对待朋友的语气。他心中甚至希望在这里交到朋友。

夜幕之下，商将军再从容不迫继续部署。

"把落叶洒在土堆上。可以不用整齐，零乱些没关系，但是保证每一块土堆的顶端都要压上落叶。"

"带枝的叶，则把枝的一端插入土里，插的时候也不要把枝碰断。让叶子露在外面。"

“腐烂得最厉害的叶，则撒在还未砌好的土堆里，一起混合着。不用多少，带点成分就行了。”

一个士兵发问：“叶子就这么放着，风刮走了怎么办？”立刻有周围的士兵们也跟着附和：“是啊，晚上风大，要刮走的。”

“放心，这几天没风。”凌月笑道，“而且，这些土堆和石头会顺解这一块的气流。”

士兵们哑口，有的仍张着嘴显示着惊异和疑惑。“照我说的做就是。”凌月下传了指令。“再做一个时辰，然后大家就休息。在这一个时辰里，应该能够完成基本框架。留最后一层叶子，明日上午值班的那批将士们，请你们趁着日出把叶子撒下。”

在四个副将的抱怨挑动下，小兵们更心态不稳，怨言丛生。

“能不能奏效我们都不知道！”

“他自己睡觉，要我们一大早在这儿撒叶子？”

“他倒是懂得享受！”

搞了半天众人或者只为了通过议论他人消磨时间，总算干完了活。

与此同时，凌月在日出后不久自动醒了。那天整晚没睡构想之后，睡眠和作息就变得有点乱。又躺在床上思索了一刻，然后听见急促的敲门声。

“请进。”只见副将进了来，一进来就马上向凌月提问：“土堆和石头落叶都摆好，再怎么？”

“然后，等他们来。”

“等他们来？士兵们还没训练好，就靠这些土堆、石堆、还有那堆破叶子？”

凌月哈哈笑起来，“那是‘木石前梦阵’。你说的倒好玩！”

“你不是脑子糊涂了吧，做什么梦？现在守株待兔，到时候任人宰割不成？”

“你要相信，这是阵。不是一般的石堆。你说是梦也好，反正是有点玄幻意味在里头。既然进来了，就由我做主，由我说了算。”

凌月的语气温和中带着一抹神秘，并没有霸道的态度，却坚决不容置疑，只是这语气和“我做主”“我说了算”这样的表达，似乎有那么点不融合，令人难解。①

“战事按照我设定的发展。他们进来了，就自会沿着我布置的来进行。”

“由你空口说吗？你现在讲得轻松，怎么证明？”

“原理可以证明，事实也可以证明。你不懂原理，那么只有等待事实了。”

副将一咬牙：“好，我就等待事实，看结果会怎样！”凌月微微笑着点点头，毫不在意的样子。副将转身负气出去，暗道，“反正不由我冲锋，到时出了纰漏，看你怎么收场！”

一切准备就绪。銹军果然以为境内的水源要被断，慌忙冲了过来。在他们看来，这个被他们夺了土地的若华国武力不行，过往数年里逢战便败，现在只好使这样阴险的截断水源的手段，于是以主力部将大队人马冲过来，想给个措手不及。凌月手下的一队兵将已在阵内守候，隐在了层层石林之后。进入了木石前梦阵的敌军，不明所以地迷失了方向，只见烟雾缭绕，石林纵横错落，还有风声呼啸过草木的声音，一阵阵狂沙随落叶飞舞，席卷，冲击着。战马惊慌嘶鸣，一匹接一匹，马上的将领和马下的步兵都慌乱失措。

入阵的前方军士慌乱中不能前进，后方的部队刹不住直冲过来，顿时銹军的队伍被自家军兵相互踩踏。

---

① 这句话一语双关。跳出目前的这段情节，想想整篇故事吧。又或者想想整个人生，纵然有天命，自己还是可做主。凌月是悲观而积极的。

凌月带领大军，从两翼出发，以破竹之势冲击汇合，突破边境，把銹国侵略军营阵地包抄了起来。

敌军主力队伍已前往攻击而被困于木石前梦镇一片混乱，而这时军营里留下的副将带领之队哪想到反而被对方先包围回来，猛然意识到主力部队已遇难，顿时慌了阵脚。听见商将军那边放话说受降免死，纷纷来投降。

“识时务者为俊杰，不做无谓的困兽之斗了。”敌军军营里的将士非常清楚绝非凌月率领军队的敌手，纷纷卸下器械，显示受降诚意，以求自保。

面对降将，凌月友善地接待，并坚决地表示了他们的势态危险，还展示了那张标记水源地图。降将的脸色显露出了惊恐，凌月安抚道只要将国土归还，就不会对他们有任何伤害。这时敌国的军营已全部被凌月的手下占领，改换了旗帜。

这时商将军部下驻扎在阵营，凌月带领一部分军士回到国境之内的木石前梦阵，只见銹军溃不成军，在阵内毫无搏斗之力。

预先安置在阵内的小队军士们，轻松地就把敌军俘虏下来，战俘中还包括该国大将。

对这边的残兵败将，凌月更多了一些同情。他来到木石前梦阵中，亲自寻找并解救他们，至此銹国侵略军完全瓦解。双方签署了和平条约，遗失的国土回归若华国，从此两国再不交战。

第三十四章　受难与奇遇·意念转移

一国平定之后，另一与若华国交界的砧国，却仍在侵占若华国领土。砧国军事实力远在銹国之上。与其征战，就不是那么轻松可取胜的了。仗着军队人数众多，砧国重视武治，人人习武练刀枪，底气十足，有恃无恐，喜欢打硬仗。

比起这样的敌军，若军士气实力明显处下风，凌月刚接任这个军队发现将士们作风和军心很不稳，综合考虑，更不适合硬战拼搏，避其锋头侧击为佳。

凌月正在盘算着下一步要进行的计划，眉间微微凝着，忽然有声音打破了他的沉思。

“禀报商将军，有位来访者找你，说来自你的家乡，有要事相见。”

凌月心想是谁啊，来自家乡，真奇怪，“把他带到会客间来。我单独去见好了。”虽然不知是谁，凌月不喜欢有人跟着自己。迎面却更是意外了。

“师父!”竟然是贺师父来了。

“为师正路过去办些事情，来见你是因你父亲所托，家中紧急情况——你祖母病重，你且看令尊家书，叫你马上回去。”贺师父说着就拿出一封信。凌月听到他的话就突然紧张起来，心跳加快自己可以感觉到，结果一看信件更是冒出了冷汗，说奶奶已经病危!

“啊，我马上回去，马上回去!”凌月快速地念叨着，仿佛告诉自己这个决定，提醒让自己尽快应对现实。

“你施行缩地术的时候一定要加倍当心。”贺师父看着凌月，语重心长。

“是，我知道了，谢谢师父特来通知我。我去赶紧安顿一下这里的事务。”说着凌月就快步走出，吩咐了下属坚守在自己的范围内，守住已布下的阵，自己去勘察一些情况，在这之中不要轻举妄动。

结合这边的地形地貌，凌月想到的一个办法就是以一种简易型的战车来进行作战，首先要铸造战车。

立刻召集来副将们，传达计划："我们要铸战车，我等下就把图纸画好给你们，麻烦你们去铸造。之后，我们再结合一点简易的部署。在这之中，我要离开军营几天，探察更多的地形情况，麻烦你们先制造起来。我会介绍得很详细，你们制造起来应该没问题，等我回来再一起努力一下。"这时的凌月还没有意识到，他的语气太不像命令了，更像是对朋友同伴的交流，然而其实凌月原本是想与下属们成为朋友的，更没有摆架子的习惯，而且说话一贯婉转、有礼貌，没想到反而被那些不知好歹的下属们钻了空子。

副将听后，似嫌烦，皱眉，不知是没兴趣还是不相信这位小将军的办法好："什么战车？为何如此?"

"这里需要收复的土地旁边有一块山林，我们可以利用这一个条件。可以算是一条捷径。这个国的军队擅长征战，比之前一个国家实力强，我们更不可硬拼，得使用巧计。"

"你总是说不可硬拼，你不相信战士们的实力，只相信你的所谓巧计?"副将突然这么说，凌月一愣，同一阵营作战、目标大局为重的情况下，没想到自己的战略考虑会让他们产生这种怨言。

"没有，我怎么会这么想呢？我们怎样合适就怎样做，这里真的不适合硬战。来，我把图纸画给你们吧，说明文字我也会写好，然后再讲解给你们听。"

然后这些副将们就没有说话了。凌月没有想到，他们当面不说、没话反驳、也像是同意了，竟然会在背后议论起来。

他也没有想到，不满的言论很快在军中上下就传开了，说新来的小将军总是自己来构想一些东西，就喜欢自己出风头。这种言论在这一次战役之后，更加猛烈，并且将凌月的这次有效的行动和努力投入都做此解释，看来倒也是一致而前后统一，在他们的舆论中自圆其说着。凌月这时还不了解、也根本没有心思去管那些——或许因为原本凌月与那些人没有生活在同一世界。

算是大幸，刚平定的国家不会再来侵袭，时值一国已平定后的间歇期，邻国尚未开战，就算这一国已估计出商将军的军队接下来会向他们索回国土，也不太会在这时贸然进攻到此地，即使进攻了过来，在这里还有木石前梦阵可以防守。否则若在开战当中，凌月无法这么一下子就抽出身，而且将军的离开对整体局势都会很不利。

现在虽然遇到了额外的麻烦，听闻祖母的身体状况堪忧，凌月一方面焦急而难过，另一方面还是想到了这凑巧的幸运，而感到一丝隔离的庆幸之喜，同时冷静地交代了手边的公事，并确保了下属们已知道并且没有跟着自己，才赶快运用起缩地术。

对于这位商将军的想法，将士们一直猜不透，早就觉得他比较奇怪，那些阵法战术也很奇特，听他说要探查地形，当然管不了他的行踪。现在凌月下了命令给他们布置了任务，他们更不可追究他往哪里去。

在军营旁边不远的丛林中，凌月遁入茂密的树木中，开始施行师父传授之法，念念有词，接着舞动身形踏出一系列脉络图案，一边挥掌，逐渐加速，同时闭上眼睛。在做法之时，凌月感到体力有些不支，才想起自己一天一夜未睡，这段时间的睡眠时间本就少，在紧张之下未感劳累，实际体力已不行了。"只是身体上的一点劳累，没关系。"凌月在心中对自己说，然后继续做法。

再睁眼之时，已有一片朦胧的场景在前方展开，凌月踏了进去，忽觉脚下震了一震。

他心上急着回去，竟然忽略不管，另一只脚跟着踏进，接连着迈步向前。突然感到自己的足底涌泉穴与脚踝三阴交穴一阵剧痛，恍如针锥。顿时脚下一软，险些跌倒。

他蹲下揉搓脚踝，却感到痛楚在三阴经蔓延，扭曲而敲击着，由内而外。凌月咬牙，提起精神试图再站起来，一抬头却吓得僵住了！

只见自己踏入的这个意象，前方竟然零零碎碎数不清的阴影，黑不黑灰不灰褐不褐，各种可怖的形状正朝自己扑来！有的阴影尖尖如同刀割的纸，也像刀尖本身，直直竖立，还有的阴影轮廓呈弯曲形，变幻着没有固定的样子，一会儿伸一会缩，也在不断地靠近！

惊愕之中转头侧脸，他却又看到一个令自己毛骨悚然的景象。只见旁边的土地里，钻出了一排黑色小人，三寸左右高矮，脸上看不见五官，却清楚地有头有身体和四肢，排列着队伍迈着脚步一个个快速走过来，贴着地面眼见就要接近凌月的身体。

“啊！”凌月叫了一声，意识很是清醒。却看见前方的大片大片的阴影仍然袭来，而这时，凌月又发现到自己的头也不能动了。

现在能动的只有眼睛，凌月却眼睁睁地看着这些鬼魅靠近，毫无办法，似乎已无法分清是闭着眼还是睁着眼了，明明感觉自己强制地闭上眼睛，这些阴影却还是在眼前晃动。一轮轮压过来，一个阴影接着一个阴影，凌月的呼吸开始急促。

一层层黑影压下，他的眼也开始不听使唤，茫然遗失着焦点，瞳孔逐渐放大。

凌月感到身体内有一股气流飘散出去，再不受肉体控制，然而他的意识却仍在运作，任凭那股气息离自己而去，没有力量将其召回。与此同时，凌月的意识却又随那离自身而去的气息一同转移，他感到自己越飘越高，由不出于自己的力量牵扯着，将他拉上去，穿过一层层的云。

不再受那些阴影的侵扰与压迫，这算是解脱了吧，只不过整个脱离了，灵魂已不在身体里。

升高，升高。一层云之上还有一层，重重叠叠积累，从头到尾，都是白茫茫一片。

放眼望去，仿佛什么都能看见，凌月已在高处，却又同时仿佛什么也不能看清。

似乎还能听见风在耳边呼啸的声音。这里算是真实，还是幻境？唯一能确定的，只是凌月已然失去了控制，逐渐逐渐正在迷失。

白茫茫的一片，逐渐变淡了。

正在这时，忽感一股力量让自己下坠。耳边仍然是呼啸的风声，却是逆势下沉。

一瞬间，凌月感觉自己与自己重叠，落下的一刻却是比上次类似体验要远远柔和。

感到那股气息柔缓地回到体内，凌月缓缓睁开眼睛，眼前呈现着一幅山水的景象，自己正置身其中。还是不知这是真实或者幻境。或许是自己刚才使用缩地术中途经过的一处？又或者是仍未从残败的幻术中出来，还在另一处幻景中？

“你伤得很重。”凌月看见一位老者在面前对自己说。他的头发和胡须全白，给人感觉仙风道骨。

“多谢前辈相救！”凌月意识到是他救了自己。身体却似乎还不受意念支配，凌月只能动嘴，没能行礼。

“不必客气。你以后不能再使用那种幻术了。”

“啊？为什么？”在尚未恢复意识仍然朦胧的状态中，心里的疑词最易脱口而出。[①]

---

① 对于全人类来说也是一样。所谓的蒙昧时期，在某些方面人与自然的沟通更加方便而融合。而且，例如在艺术、文学和哲思，也产生了一些灵感火花烙印下的价值。

“你的身体无法承受；你的意念却加倍奋力。这种状态最为危险。”

“我的身体，真的无法承受了？”凌月有点僵硬也有些昏沉地呓语着。

“是的。且不论先天，光说后天，你有陈旧的内伤，一直没有好好调养，体内的气息不稳，而且或许正由于你的意念坚强、思维活跃，不让你的心脉处于安宁。这样周而复始，已经造成了相当程度的隐伤。”

“啊，那我还要回家，怎么办？”凌月的第一反应竟然是这样的，想着未完成的事。

老者的眼中闪过一丝似乎包含诧异的光。“你真的，这么急着回去？”

“是的，老前辈您有所不知，我本来不应该在这么远的地方的……我的奶奶病重了，我必须赶回去看她，我的哥哥回不来了，我更要赶回去。”

“那你现在回不去了怎么办？”

“我的身体回不去，我的心也要回去！”凌月说出这句话之后才感觉有些奇怪，这是什么道理？[①] 却真的是他内在的想法。

老者似乎有些动容了，他微微侧了侧脸，说：“你的信心坚固，弥补你的肉身薄弱，当为可救。既然如此，我会传授你意念转移法。这与你之前所使用的缩地术不同，不是以身体和物质带动意念，而是由意念带动身体与物质，可达到更迅速的变换。它也正好适合了你这样意念强而身体较虚弱的人。”

凌月听闻立刻道谢，心中大喜，不开口多问而等待老者传授，即刻跟随着学习起来。心诀要领凌月很快就掌握了，而且他发现好像真如这位老者所说，“意念转移法”比原先那种缩地术要适合凌月太多。不光是体质与意志，凌月的悟性很高，对于抽象玄秘的思想也更有领悟能力，而且有归家的动力支持，恰好完美地结合。

非常高兴这么快学会了这么高级的幻术，凌月再次道谢。

“别太过高兴，任何收获都有付出，这是要付出代价的。”

“哦，请老前辈指点！是何代价？”

老者看了凌月一眼：“你原先的那种缩地术使用之前，需要怎样？”

“要做法祭天，之前食素三天。”

“这种意念转移之术，同样要祭天，而茹素的时间，是三年。”

“啊！”凌月一听不禁叫了出来。

“怎么，还怕这点牺牲不成？”老者瞥了凌月一眼，凌月忽然感到他的目光中笑意多过鄙夷，“这祭天可在之后，食素时间也可后移，在行使了意念转移法之后再接着补上。并不需提前预设，所以其实颇为方便。倘若你要使用两次，便记下六年。相当于赊账。但是切记，若行使之后未连续补完食素的期限，就破了荤腥，千万不可接连再次使用。”

“也就是说，只要中途不开荤，连续使用此术也是可以？倘若破了素戒，只要不再行使意念转移，慢慢补充完剩余的期限亦可？”凌月确认，外加一点引申。

“是，你的脑筋果然转得很快。”

“呵呵。那么我得好好计算时间了。”凌月有点不好意思，似自言自语了一句，他本来是想问“那如果再次使用了会有什么后果？”话还没到嘴边就被压了下去。哪有还没开始实行，就想着惩罚的？

“这日期你不会计算不清楚吧？”老者斜视着凌月，似乎又有一丝笑意。

“不会不会！这点我还是记得清的。”凌月又不好意思地笑了。

---

① 凌月是注重逻辑的。一般即使稀奇古怪的想法，也至少要有稀奇古怪的逻辑能够自圆其说。

“那你好好注意。你受伤还需在原地调养一下气息，便可尝试使用此法回家。后会有期。”

“好的，多谢老前辈！真是太感谢了！”凌月真诚道谢，难于言表。

“不用谢，你且自休息。”老者说完轻轻拍拍他就转身而去。凌月闭起眼睛，没有看他去往哪里，也没有问他是谁、从哪里来。

即使是普通人也有自己的行踪，自己的空间，何况这一看就知是世外高人的老前辈？别说他有恩于自己，即使没有恩典他也没有恶意。他的事情自己没有权利去探究，凌月知道应该对他人给予尊重。

并且，在这世界上已经有太多疑问了，知道疑问却不知答案，更给心灵增加负担；既然已知晓没有答案，那就闭眼不看任何只能造成混乱的线索。

运气，休息，一刻之后，凌月感到体力和精力都充沛多了。先前那种灵魂出窍的经历似乎比使用缩地术本身还要使他疲惫，仿佛在灵魂脱离身体的过程里，随着上升和下落还有那些风声已经磨损了一些能量，即使魂魄回归体内，损耗的那些还要慢慢才能补回。

现在，终于基本好了，凌月赶紧开始运行刚刚学会的意念转移法。

定焦在意念中目的的一点，可以划出一条路线的方向，用意念将身体推去，也可以直接跳至目的地，仿如绑定般再用意念将身体转移拉过去。在这里，凌月显然使用的是第二种。

“如果要用第二种方法，务必确定那是你意象中极端清晰的地方，一定要有足够清晰的刻画与意象，否则无法牵动转移。甚至还会对身心造成双重的伤害。”刚才老前辈的话语浮现在脑海。

“好的，前辈放心，我心中会清晰刻画的。”凌月回答。

他完全不知道现在身在哪儿，但好在他清晰地记得家中那块熟悉的园地。

深紫色的窗帘，白色的纱，黑色的檀木，水绿色的墙面……

一阵光影风的盘旋，凌月又听见那种风空灵着似在另一维度摩擦的声音，一瞬间以后，发现自己已经置身于那经常在梦中出现的熟悉的小屋中。

睁开眼的刹那，仍然恍如梦境。却有心中的理性，提点着这真实。然后理性不顾感性的难以置信，传递出了欢呼声音，“太好了！”接着才是感性之感叹，“我终于又回来了！”

匆忙向奶奶的屋院跑去，凌月的头发来不及整理，反正也一样，大家都知道二少爷喜欢披下长发且侧脸搭一缕，特意梳理整齐反而会被他们认为怪异。

奔跑到祖母的屋前却想起放轻脚步，凌月轻轻走进去，“奶奶。”还是没有热烈地喊出这一句。

“凌月，你来了？”岳雯诗显得诧异，似乎没有见到凌月进府啊，却不好当场询问。连忙让凌月走过来。“奶奶睡着了，轻点。”

“嗯。”凌月轻轻走过去。奶奶的脸色虽是病弱却面容安详。

“病情已经稳定了。”商敬先说。凌月又“嗯”了一声。

然后，凌月才略微木讷地说了一句：“稳定了就好。”

正在想怎么替奶奶拉好被子不要吵醒她，丫鬟珊瑚就已经替老太太盖好被子了，凌月只好退在一步之外。

或许是对凌月的反应不满意，商敬先对他淡淡的。凌月忽然抽离到自身之外看自己，也自责怎么表现成那样。

呆在原地帮不上忙还害怕添乱吵着奶奶，凌月站在那里正有点不知如何是好，商敬先就示意他出去了。于是凌月跟父亲走到了屋外。他并不知道他一离开，老夫人的丫鬟珊瑚就对岳雯诗抱怨："这二少爷怎么这样，祖母生病了，他又不是像大少爷带兵出征在外，只不过读读书还不回来!"珊瑚是府上资深的丫鬟，跟随老夫人多年，算是丫鬟中地位最高的了，岳雯诗和商敬先看她照顾老夫人得体也对她比较满意和尊重，而她对原本就亲和的岳夫人更是有话就直说了。

岳雯诗听闻愣了一下不知怎么解释好，只得说："这孩子有他要忙的，他也有难处。"

大丫鬟珊瑚哼了一声，明显不服，只是出于对夫人的尊重没有回嘴，却还是哼了出来，可见她对凌月相当反感。岳雯诗觉得有些冤枉凌月了，却实在不好说。

第三十五章　纠结，麻烦，小人的世界

而在那头，商敬先知道凌月跟贺师父学过缩地术，想他定是这么回来的，所以并不奇怪也不询问。只觉不悦，"明明会这种玄术可以早些回来，为何拖到这时候?"

刚要责怪，却一想既然已经回来，商敬先就压下了对凌月的气愤和责怪的语句。只冷淡地吩咐他："你既然回来了，多陪陪你奶奶，她的病情刚稳定下来，不容易。你先别急着回去。"

"好的，凌月知道，会在这里多待几天的。"

商敬先嗯了一声就没说话，直接走了。敏感的凌月在原地明显感到父亲对自己有所不满，不过却不知如何解释才不会显得自己故意辩解和开脱，或许会越描越黑吧，凌月想着就算了。"可能父亲不高兴只是暂时的，很快就会好了。"凌月竟然想着说不定父亲会突然不介意，高兴起来。若说他在很多时候以悲观的视角透视世界，深入内在已超过事物本身，那么他有时表现的另一极端的乐观，就天真地未达到事物表面了。以为自己的好意真能被理解，自己没恶意别人也不会误解自己。甚至有时还以为别人都会像自己这样，（不说深刻辩证）至少稍微多想想问题的可能性与多面性，就会有最基本的尊重他人的价值和自由。

或许这样，他竟然不像普通人那样以平常眼光看问题，而对于和人的相处，就产生出了偏差而可悲了。

家人毕竟包容他多一些，即便不满存在心中，也毕竟不会像社会上有些人那样，根本没有任何瓜葛更别说冲突，就将矛头在暗地里对准了在高处的凌月。

只是这些，凌月想象不到。即使他有很丰富的想象力和洞察力，可以写诗作曲编造理论创建自己的武学套路，还能跳出自己的框框站在客观的角度思考问题，还是度量不了那些小人的居心。

当晚商府下人们饭后"聚会"就议论二少爷多么不像话，祖母病重了还不回家，只不过在外读个书而已，又不是大少爷当将军出征，读的什么书也不知道，迟迟不见考个什么功名，回府就在屋内关着，成天不见影子……真是个不近人情的纨绔子弟!

"没想到这二少爷年纪虽小，心性这么冷，心地这么狠!"

“这公子哥儿太不像样了，他哥辛辛苦苦从小习武现在当了将军出征在外，他就读几本书，府上的事务却不问不管！真是游手好闲!”

“看他长得挺文雅俊秀的，哪想到心这么狠，真是人不可貌相啊！跟大少爷长得一个样子，却相差这么多。”

唧唧喳喳笑嚷混杂吵成一片，然后突然管家来传达夫人派下的任务了，就赶紧一哄而散。

这种女子小人的世界，凌月是不会懂的。或许她们是由于看着凌月少爷却无法接近他而产生了怨气——其实她们平常和凌月根本没有接触过，又或许是心中关注他又不好明说只得扭曲着闲谈贬低他以作发泄，再抑或是嫉妒凌月生在有钱有势的家庭她们却得做下人，还或许生气她们忙里忙外做下人愁生计的时候凌月却可以清高地关注那些现实之外的想法，总之，这些小人之心扭曲而复杂，真是不可解，不可理喻，也与凌月无关。

当然如果那些小人可以意识到很多人很多事其实与她们无关，无权去议论更别说攻击和造谣，那么这个世界就会清静和干净不知多少。

但是显然，别指望这些小人的水平有多高，否则怎么叫小人呢?

在接下来的两天，凌月仍思考着军营那边的事。他以凌日的身份的工作竟然比以自己的身份在家中还要使自己更为关心，这是不是反常呢？或许不是吧，因为凌月本身就是极重视责任、认真投入甚至有点工作狂精神的人。他已经在心中把那份将军的职位当作自己的一个职责，融合着自己年轻的热血，以及与惘瑛的共同理想，还有那来自对自己家园国土的与生俱来的热爱。

他甚至因投入思索事务，有些心不在焉，没有注意到父亲愈加不满。然而凌月替家人的考虑使得他没有好意思刚回家看到奶奶的病情稳定就开口要回去。他还是待在府里，主动又来探望祖母，站在老夫人的房间，看着丫鬟服侍。而他的脑中思索其他事务却是明显的，却反而造成了不好印象。

老夫人醒转，凌月立刻走了过去，目光却有些飘忽而茫然，使得他的步伐像是脱离了思维和情感一般。其实这不光是凌月在思考军中事务的原因，也不光是他经过长途周转和“意念转移”太累了，与他长期的精神状态多重分隔与抽离也有关。只不过在疲惫之后，更加明显地显露了出来，不再像以往那样在他自己心中隐藏得很好。

“月儿，蹲下来靠近奶奶，离得近一点。”母亲在旁边提醒，凌月才照做。老夫人很虚弱，没有说话，陪伴在她身边看她再次入睡，再由父亲示意走了出去。

终于商敬先对凌月说：“你军中有事放不下，先回去好了。”

凌月应了一声，又一丝愧疚感：“我不能多陪奶奶了，那边实在有事情，没能多留几天。”

“我们知道你很忙。”商敬先的话语让他没有听出责怪，凌月感到自己的解释被接受了，虽然隐隐有一点发觉父亲还不是太满意。但也没法多想了，便让自己安心。

既决定要走，就安然地走。凌月忽又想起一件事，立即嘱咐一句：“下人们那边，请不要让他们知道凌月已走。就当我仍然在小屋里住几天好了。过段时间他们自然就忘了。”

“这件事你倒很清楚。”商敬先忽然来了句这样的话。凌月一愣，感到有点莫名。

“当然要记清楚。”他本能反应道。商敬先没有说话，转身离开。凌月来不及多想，想也想不清楚，先与母亲悄然道别，不能惊扰祖母和下人们，再赶紧回到小屋中，准备怎么再施行意念转移法是大事。

小屋里的一切显然比军营中的布置要清楚而深刻得多。再回去，也要靠定位，因为那么远的路程不适合推向一个方向，那么这比来时就要困难些。还好，凌月的记忆不错，对于住的时间不长的军营环境也清晰在目，静下心闭上眼睛可以看见了。

这是有风险的，凌月知道，先前实行缩地术可怕的经历还在心头蒙上了阴影，心有余悸。幸好这意念转移法不一样，看来是适合自己。凝聚精神，保证静心不受任何干扰，也不在心中想其他，凝聚意念。

第二次实行意念转移术，"一回生二回熟嘛，"凌月在心里激励着自己，"我一定能行的。"然后撇开所有思绪，集中意念，其他什么都不想了——若要空空地抛开是很难的，但是可以让那一个点来占据满——那一点意念的光芒，扩大，再扩大，覆盖在了脑海中所见的景象。一幅画面逐渐清晰了，再清晰，一层一层波动着，终于稳定了。

凌月凝眉，微微屏住呼吸，以意念带动着可感受的自己的全部，他的眉间隐隐泛起一股温热的气流。

渐渐，白色的光与气息交织越来越深，越来越快，一瞬，猛然一闪烁，凌月再睁开眼睛时，就真的坐在军营自己的将军房间了！

真是太好了，凌月非常喜悦，实施新学会的这个法术而且是难度更高的"去"而非"回"，一次就这么成功！疲惫感还是铺天盖地涌过来，凌月的脸上却挂了一丝劳累后放松而满足的笑容。

接下来只要吃素就是了，反正军营里的菜式味道不怎么样，凌月本就胃口不佳，现在只需更避免油腻的荤食。只不过想到府上的美餐、有时参加贵族应酬的美食，才觉得有一点可惜。现在要失去了才感到，自己还是留恋那种以前每次参加都心不在焉觉得无聊的筵席的。

回到军营竟然首先这么发了会儿呆，然后立刻有愧疚感萌生心头，离开了这么几天，这边的情况没有进展只能稳着，也不知战车建造得怎么样了，虽在两项任务的间歇期但自己离开效果总有所耽搁。"现在得加倍抓紧！"凌月在心里提醒自己。

这边地形和气息，虽和之前的那块地方隔着不远，基本上类似，实则不少差别，凌月发现不适合故技重施，再加上发觉将士们对于玄术阵法的领悟能力和配合度都很有限，若要设计一个高级的阵法怕时间要再拖久，军心涣散了。上次告捷之后，虽然有着必然性因素，凌月隐隐感到还是有运气成分在，现在的这些将士们是刚接管的，对商将军真的挺不服的，明里暗里都可以看出表现。这次离开了不过两天半，回来后才发觉军中竟然发出了不少的抱怨和混乱。

尽量想一个简单的方法应战，而且尽可能自己多做一些，这样只要将士们配合着学习就好了，凌月这么考虑。这是最适合这边军士们情况的安排，也是当前应对攻敌的任务最有效果和效率的。

先前突然回府之前，还好确实做了一些考察，当时从空旷地带准备实行缩地术的时候，也顺便看了一下那边的地貌。大体上来说使用战车之术可以取得良效，凌月已有了初步打算，现在正在细化思考着。

突然，一阵声响，只见两个副将推门而入，凌月被打断思绪。副将们进来竟不敲门，也无通报，凌月首先想到的不是军中规矩，而是主观的感觉和思维，都被打扰了，有些不悦却忽然想到自己才刚来带兵，他们已经有些不买账了，就忍着没说。没想到副将却主动出言指责。

“商将军总算回来了？在这读书？”副将语气有讥讽，斜眼看凌月握书的手。

“嗯，我在读战略军事之道。”凌月听出他语气里的不满，也感到了军中对他的态度，但是没有管，就回答问题本身。

“怎么一去就三天？这里距离上一次的这么近，一看就知差不了多少，你既然会那些玄术阵法完全就可以摆着了，干吗要去抛下军中事务探究地形？”这人在四名副将中最为凶恶，高声言语，眼目中的怒气和不满也不压制，就在凌月将军面前显示出来。另一人也站在后边随着他，斜眼不满地朝凌月瞧去。

凌月平常多忍耐，内心并不软弱，相反较固执和强硬，不喜被这么斥责，何况发觉对方并不询问将军的战略构想，没在关心大局而就揪住一点指责他的行为，于是凌月毫不示弱，也不为自己的离开感到愧疚了——自己在这几天内并无丝毫放松，一直在构思着这边的情况，他们不满的也并非因为自己没做好事情，而就是个缺席的形式。

“我多思考下、考察下总没错吧。”凌月的声音不高，但自信和不屑、不接受对方的指责的态度也已显露，“我已经想到了应对的方案，并不耽误。”

两人还是不满地哼了一声，听凌月说已有方案了便不好当面多言，转而问，“你去探出了个什么，准备接下来怎么做？”

“还是如之前所构想，以战车克敌，地形地貌有了更多的了解，详细的计划我稍候把你们几个召集起来就来介绍。正想问你呢，战车铸造完成了没有？”

“没有！”副将竟然理直气壮地这么回答，凌月大大地怔了一下。这是早已定下的事，刚才问一句只是确认而已，客气的语气是凌月的习惯，没想到会接到这样的回答。

“怎么……会没有造好呢？”凌月有点不敢相信，还是耐心地问。这时甚至疑惑压过了其他任何的情绪和思维，使得语气态度仍然温雅。

“你自己离开军营，叫我们怎么工作?!”副将竟然高声地这么反驳。“就是！”另一人附和，两人交换扭曲的神色。

“我走之前不是已经交代好了吗？我离开并没有影响整体的进程！也没有耽误你们的工作。”凌月思维清晰、吐词流利，这时已有不满的情绪升起使得说话速度加快，不退不让，虽然仍是不温不火的声音，却显得凌厉多了。

面对凌月的目光，凶狠的那人一时不敢再言语，旁边胆小的副将赶紧将责任往他人身上推：“将士们看到主帅不在，工作起来就拖沓了，他们产生了怨言，你还不知？他们说商将军总是麻烦他们做事情，自己逍遥自在……”

凌月一听，顿时感到一阵清晰的莫名其妙，马上想起来原来自己习惯礼貌语气地说“麻烦你了”就被他们抓住，竟然说自己真的在麻烦他们！而自己接管军队以来，做了那么多事、尽了那么多力，怎么突然被说得变成什么也没做了？

到这里见凌月面色不佳，隐隐怒气已然积累，原先那副将也忽换一副嘴脸：“商将军，我是为你好，把他们的情况告诉你，众人如此也情有可原。你刚来我们这里就不做事，把任务都派下去，叫人家如何心服？”

“我没不做事情，作为主帅我本负责制定战略，但见军中需要人手，还亲自进行了一些具体事务。”凌月忍不住为自己声辩，实在是太颠倒是非了。

“他们可不这么看，他们还觉得你很爱摆架子，拿将军的势头去压人。”

顿时，凌月发觉跟他们根本无法讲好，不想跟这些人纠缠下去，犯不着生气且更没时间，于是转为去管事情，直接关乎任务：“那这件事你们怎么办，原定计划时间已近，必须尽快进行。”

“我们认为战车没效！”又这么讲起来，“为什么不让我们就用传统的方式作战、非要用你设计的这些新玩意？”

“我说了，这次的情况不适合硬拼。而且古代兵法圣贤有云，‘上兵伐谋，其次伐交，其次伐兵’，最好的军事行动就是以谋略取胜，而绝不是以武力敌对硬拼。既然有谋略，又不是没有，为何不用呢？”

“你想你有谋略，我们怎么知道有没有效？你为了你脑子里想的，就把军士们都晾在一边，让众人觉得无用武之地！你对我们都不信赖！”副将言语很是不逊，但还没有直说他们私下的那些纯属小人的议论，比如说凌月就喜欢出风头之类的，毕竟理亏又难登大雅之堂。这些是凌月后来才知道的，若非亲历根本无法想象——没有逻辑也没有情感支撑的无稽之谈，不管实际结果又抛开根本原因的空穴来风。

“我没有对你们不信赖，这跟信不信赖也无关。我刚才说的方法对我们大家都好，可以节省军中开销，并减小可能的损失。”凌月心中不悦，还尽量跟他们沟通，这时他在军中地位显然较弱，他的性格也还未很强势，虽然知道了对方有些无理的挑刺，却尚未达到抛开所有不管自己先做了再说的决绝。

第三十六章　一盘散沙似的部下·主帅受伤

副将们又争论片刻，凌月意识到他们不满的是目前做不了什么大事。虽然这是客观事实和战略需要，然而不管怎样，这次行动需要众人共同配合，若再不给他们适当让步，那么部署就别想进行下去了。但凌月又不愿意盲目退让，既然知道部下们考虑不周到、一些不满的情绪也是无理取闹，凌月只得修改了方案，尽量折中，在原基础上调和。

本来清清爽爽的计划弄得黏黏糊糊的，凌月在这样的环境里施展不开手脚，还得受他们无谓的抱怨，不过眼下事务重要，要顾大局和进行合作，因此也不多管他们了。

战车削减很多架，不过看到自己学到的知识从纸上跃到立体空间，变成了真正的战车，凌月很是欣喜。这些其实制作起来比较简易的木头车，上面插着枯树枝，作为“鹿角”，四周用铁皮包裹，比较小而灵活，可以上坡穿行。其中可以载一人，每架旁边备有两位操纵者。除此之外，其他有部分步兵。步兵效果不大，就作辅助效果。

由于战车有限，本来要在战车里的商将军凌月主动留出乘坐的名额，也就不能作为前锋，本来也准备留在中前方位置操控掌管，因而觉得这样没问题。

事先精心交代了应对的方式，对部下们一一嘱咐。时间到了，必须得面对了。

砧国的军兵从树林另一端冲杀进来。他们的军士个个都勇猛善战，举刀持枪，霸道非常。其实敌方最开始的也就是猛冲过来，试图以此来镇住来临的军队，并不是太大的阻碍，若依照凌月布置的巧妙策略可以化解，再进行反攻，无奈商将军手下的军士们太缺乏军纪和团结心，加上不肯遵从凌月原本的精妙的安排，现在被对方在力量气势上压倒、攻略上又无优势，顿时散架。

若华国的军队竟然忙着撤退起来，却也不按照撤退的章法，全然争先恐后。

凌月亲自指挥，压阵抵挡，力图支撑。然而在这时，竟然没有一兵一卒保卫在身为将军的凌月身边，就只他一人，刹那间仿佛冲如孤军奋战、退如孤家寡人。虽然知道这些将士士气不佳、对自己也不够信赖和忠诚，然而却没料到这般没义气，也没有想到自己的计划被弄得这么破败不堪，凌月一时没有反应过来，也难怪他，毕竟还是个没什么实战经验的少年将士，这一犹豫出神间，竟然被敌国边冲上前边放箭的军士一支箭羽击中。

原本弓箭在这种战事中只能大致起到威慑和发动攻打信号的作用，因为距离的关系，以及双方兵力的忌惮——一方发箭、另一方必还，如此你来我往便是胡乱打斗一通，只能平添零乱盲目的损失，于是这时期战事上都很少真正使用箭击，除非这种军队撤离、混乱而将领孤立无援的时刻。换言之，是凌月军队的疏失给了对方这样的机会。

身上负伤给指挥大局和自身的安危都带来了麻烦，压轴在后无人保护下又中了一箭，且被蜂拥而上的敌将长枪划了一记，顿时背上火辣辣的。虽然没有伤及筋骨，只是贴着皮肉，仍然不可小视，凌月一贯痛觉敏感，知道已经皮肉开裂流血了。

这时的凌月哪里像一军之将领统帅，身边没有半个“护驾”的。即使俗话说树倒猢狲散，这树还没倒，一帮乌合之众怎就原形毕露？

在伤势和气愤夹杂之下，凌月仍以大局为重，且平时习惯了理性和忍耐，强自坚持着冷静应对，加之武功阵法和玄术功夫俱佳，稳住了情势终于顺利安全退回。

即使受伤之时，凌月手中扣着暗器，若非惦记到己方军队前方撤退的情况，就会回转过去发暗器打他们了。当然如果那样，就是逞一时之快，因小失大了。

因为有战车的保护，主力军队没有受到任何伤害，而凌月布下的与之相配合的简易玄术也使得步兵奇迹般地全身而退，让敌军也没能进得半分，还是维持在了之前的局势。

然而凌月带伤还使出玄术，对心脉和体内气息自然不利，原本的伤待得回到军营时又重了几分，已然不仅仅是外伤了。

第三十七章 独自调整，战事突破

回到军营，商将军的阴沉脸色难以掩饰，纵使一言不发，晦暗的气息却隐隐从身上浮显。想刻意压制且不愿被发现，凌月匆忙躲回了自己的寝房。

镜中清晰可见，凌月肩背上两道血痕在白皙肌肤上格外醒目，右手手臂重重的一道伤口更是仍在破裂，自己看着十分心疼。不声不响缓慢地清洗、涂抹膏药，心中的思绪因这伤口而禁闭，只是看着这伤，为伤身而伤心。

这个时候不能多想，他知道，否则怨言会一股脑而来。会有太多太多的抱怨，针对这次的伤势，联系到“为何要来这里”，“为何要被安排走这条路”，等等，连成一片。在受到打击时抱怨是人之常情，特别还会联想一堆消极的，因而在开始之前就切断。

凌月更将自己隔离开来。独自疗伤，独自清心。

也同时还是思考着接下来的计划。对于手下的将士们，通过书信传达。

即使这疗伤的时间，也不过两日，新一轮的部署在当天就已计划。凌月知道形势紧迫，刻不容缓。希望这次他们能够好好配合吧。

他闭目沉思了自己的过失，想想归根结底也就是对下属们太客气了，没有强硬地执行军令，虽然这有现实的原因和无奈，并不在于自己。接下来自己还是应该更谨慎，也同时调整一点对待他们的态度。

既然他们根本不友善、没有想与自己如朋友般相待，凌月也就收住最先想与他们如朋友般相处的念头了。他并不觉得是自己太天真，只不过是遇到的环境中那些人正好如此而已。或许这是凌月的一个难能可贵的特质，在遭受打击或者失望过后，仍没有失去最初的纯真和热情——不论这些打击和失望来自于人为的环境还是客观的注定，这在以后将一点一点更加显明。

现在只能想怎么坚持走下去。完成这一局。

“既然有战车，这是一个优势，还是继续利用，然而得有些新的补救方法才行了……”凌月想着，咬住嘴唇忍着身上的痛和心上的不满，投入到事务中忽略其他。

闭上眼，浮现起悯瑛望着自己充满信心的眼神和笑容。“他还等着我回去呢，这里的战果对他很重要……这是他受到老臣们认可的好机会，我不能浪费了……不能让他失望……”凌月竟然想到了这些，或许不奇怪吧，一直以来并没有主动想在这将帅生涯中取得什么成绩，对战事和名利也不感兴趣，现在只是如同以往不论什么情况都能万用的那重想法一般，告诉自己——既然做，就要做好。

固执地握紧了拳头，下一步怎么走已了然于心。

“既然我方在那里出师不利，对方料想不到我们还会从同一地进攻，且他们会认为他们对此地地形熟悉。我们却正可出其不意，算是反其道而行，下次还是去往那片树林窄道。”凌月的决定自然又遭到了一番质疑，然后眼见又是冗长的沟通和解释。把力气花在这上面，真是无奈，或许是身上的伤使得心上也不再那么平静，凌月的脸色阴沉语气强硬起来，散发出的与以往不同的强势态度压住反对者，且并不再跟他们啰嗦了。

“你们既不肯再造战车，我们只有这么些战车，那么就这样吧。你们只要再去找这样东西就可以了，这比操作战车容易多了。”凌月还不忘略带哄劝下达了新的指令，让军士们照着自己新的阵式谋略来办。

“这招能行吗？上次你那招就不行，弄得我们败退回来……”副将们又顶撞，还把这次的失败推给凌月，自然挑起了凌月心中隐抑的愤怒。

“又没伤着你们，怕什么？能这样安然退回，也算一种成功了，呵呵。”声音仍是深沉悦耳，语气带有的直接嘲讽却颇为明显，凌月睥睨的神色下，副将们反而说不出话。

“记住，我们接下来这次是要诱敌，确实是要退的。是有技巧策略地退，不要争先恐后。”凌月继续暗带斥责地嘱咐他们。

总算一切安顿完毕了，凌月不自觉地叹了口气，舒出胸中郁闷，费了这么多力气，尤其是本不必要的口舌上，这下才算好了，也才刚刚开始。

凌月让自己手下的队伍装出悄悄偷袭、怀着不安又不甘而试图碰碰运气、几乎匍匐前进的样子，恰好好在他们士气萎靡，也无须怎么装扮，就是那副样子。敌军自然不把若华国的这支军队放在眼里，还是士气高昂地一举冲了过来。

正在此时，奇怪的现象发生了。

气势蓬勃身披盔甲大刀阔斧的砧国将士们冲到树丛中，前进了一阵，忽然就傻掉了——不光是傻眼，而是所有人、整个军队都呆立住。被禁锢般，却是真实地钉立不动。

他们想要前进，却不知哪里来的阻力，使他们寸步难行。“真是奇了!”“邪门!”原本龙腾虎跃的军士顿时惊慌失措，以为有神明在阻拦！纷纷惊慌大叫，甚至垂首下跪。

如此，若华国军士们轻易就将他们绑了起来，当然也包括他们的将领。接下来的退还国土与和平条约的签署，自然毫无阻碍。

看着又一方国土收复，凌月勾起略带一点邪气淘气的笑意，终于哈哈笑了起来。己方率领的将士们自然是不解的，凶巴巴的副将还是皱眉嫉恨地看他。其他原本不服他的副将下属们，更说这小将军在使妖法，准备以此大做文章。凌月这时已知道他们的傻念头，召集一次会议先形式化地表达庆贺和慰劳之后，马上说道：“这次我参照古书，以古代著名将领的方法，预先请将士们设下的是磁石，正好吸附住砳国军士穿着的铁甲和所用铁枪，可见我国兵家智慧深远广大!”

接着便介绍起这位古代将军来，丝毫不察觉众人不满一般爽朗而谈。副将和助手们听闻这是古代军事家的谋略，不好说什么了，凌月一边欢快地对他们笑着，一边抽离出一个角度在旁嘲笑他们可耻之态，总之都是笑，心中愉快。

第三十八章　额外的任务，布阵图

逆转形势更显不易，先前的失败更衬显此次的成功——况且是第二国第二站的平复收尾，凌月接着便准许将士们小作休息。正准备让他们在军中稍作庆贺，还未通知下去，忽然接到京城快报，太尉秦大人发出指令，这次行程要多加一站，先去应对釿国再去靡国。原定的收复三个国家侵占的领土，变成了四国。凌月接过指令一看，原来是若华国面临的问题又多了一项，釿国已占有土地又继续迈进，动乱开始，给人民造成困扰，更为紧急。

往常不喜欢突然的变化，但是这次明白是大事、特殊情况，不是个人喜好所左右的问题，于是凌月欣然接受。“并非我朝得寸进尺，是釿国突然有了骚动，又侵扰了我国更多的土地和民众，那么是该先过去解决了。”

向军士们传达了突然任务，转移阵营同时，立刻觉察出了众人神色间的不满，一贯心善而敏感的凌月升起一丝愧意，于是主动尽量给下属们一些温婉的鼓励语词，又解释“这是京城派来的紧急通知，釿国对我们造成的突发困扰，请将士们理解。”然而他没想到，自己出于善心这么说，反而增加了那些不知好歹欺软怕硬者的嚣张。怨言在背地里响起，明明是京城朝野布置的任务，竟然把矛头指向了商将军，把公事转为私怨。

凌月显然没心思也没这方面的思维习惯，想象不到这些公事、无关个人的大事大局，会有那么多无理之词。风气差劲，乌烟瘴气，奇怪的是损人先损己、无用费嘴皮的行为，那么多人会乐此不疲。

手捧一本泛黄了的书卷，他认真阅读着，同时构思当前局势。桌上点着一支蜡烛，烛火摇曳，照映在他精致的侧脸，闪烁跳动的火光，更增加一抹神秘与出尘脱俗感。

“商将军?”忽然有谁叫他。

“哦!”凌月恍过神来，一瞬间脸上有一股迷茫，眼神没有聚焦，脸上散发着一股温雅的柔美。一会儿，他的目光聚集，面容神情逐渐硬朗起来。

“你刚才似若有所思哪！很有空闲？”原来是又一个副将来了，还是不敲门。凌月这时当然不会知道，军士们知道了这突然多出来的任务有怎样的抱怨。他甚至忽略了原本已知晓的来者的抬杠心态。

“我在想以不变应万变，以静制动，以我止克敌攻。犹若万物转化，天地阴阳相合。若能以和平之法取胜，也可维持苍生自然运转啊。”凌月即刻答道，此言非虚，确实一边出神时一边还心系局势和玄学理论，凌月从来擅长心有二用。

“怎么讲起和平、不变不动？这动荡之地，蛮夷入侵我国国土，你要我们坐以待毙?!”

“不是坐以待毙，是以静制动，不用武力而以智取。毕竟天下苍生皆有生存之权，血腥暴力也非理想化解决途径。”

“那么如何智取法？你又有何妙招？”副将斜眼瞄了一下凌月，语气和态度似乎可品出一丝不信任和略带反讽，不过凌月选择忽略它。

“这样，我正在做一点构想。以我所观察，此地金气较重，金气主肃杀，在五行中，感应秋日，而现在已过夏日，秋日气息更在挪移转浓，因而不利我们硬碰硬征战，却可以顺导气势之法，将乾坤顺转至我方。如此不动而取胜。”

“你说什么气势五行的？如何转移？”听闻凌月不温不火地讲着玄乎的道理，副将倒不好说什么了，只得顺势询问。这次一群乌合之众派此人来凌月这儿探查情况，想抓抓商将军的把柄，没想到来了就听得晕晕乎乎，不过当然那些怀恶意的人们从来不需真凭实据。

“这就涉及具体所行之法。主要分两部分，一为排兵布阵势，二为宣扬正义之道，二者结合，以道化为势，势亦可化为道，相辅相成。”

“难道要与他们讲你那些大道理乎？此国蛮夷非礼仪之邦，你讲的那些道理，怎么可能跟他们说通？何况到了战场前线，哪里能讲道理!”

“以我方阵势将其扣住，压制其锐气，使其转为安静就可以了。原先已有例子，要签署和平条约，洽谈是有必要的。而五行中火克金，但此地他们是主，我们是客，天时地利不利于我方，不能硬克。我目前初步想到的是借以其金之气，转化为利我方的水。”

副官听得晕头转向，但也找不出反驳的理由，且此时军心不稳，众将士有一点波动就担惊受怕，已然为这些战事一筹莫展，这时倒希望这位“难以理解”的“把自己当救世主”的小将军真有什么仙法可以解救，见他态度平和，副将的神色也缓和了些。不过出言却仍没有尊敬的表示：“你所谈的是什么高明的布阵？又要做法？”

“是的。今晚之后，我将研发一套阵法，然后就有劳将士们一同演练配合了。”凌月不计较副将的语气，自己说话仍是习惯性地礼貌，甚至有些过于柔和。其实这时也是巧，若这副将再早一点来，在凌月心中一股怒气未沉下的时候，凌月的态度即使忍着也不会这么柔和且不介意之前他们的所为，现在恰好是凌月在抽离般的思索之后，隔离了现实刚发生的情境，只在研发着阵法，于是完全没有了怨气，也抛开了个人的情绪喜好。

“此次能演练好吗？别又出现上次的失败！”副将的言语间又出现了不信任及指责。

“上次的情况——”凌月说到这里忽然被提醒了自己刻意忽略的情绪，心中有些愤怒和委屈混合到了一起，卡住了话语，自己不提人家还提出，他不追究人家还当成他的过错不放！然现应对之后情况要紧，明知提了会不开心、也对实际毫无用处的内容只得忽略。

“——是有些意外，以后想要复制也不是那么容易的。你可以放心不会再发生了，而这次我设计的阵法会更适合你们。只要你们跟我好好配合。”于是他加重了“只要”两个字，神色也不再柔和，语气神态间隐约带了点讽刺。

这副官还算四个副将中相对老实的一个，神色还有些不满，却没法多说，敷衍式地告退离去。凌月也感到不舒服，遇到这样的合作团队能怎么办呢，为了达到目标，还得靠他们配合，自己只得一再退让了，他们不配合自己，那么自己就得配合他们，这次接下将军一职出征，无论如何预计的目标要做到。

副官走后，凌月抛开这些思绪，舒了一口气，卸下刻意提起的精神后，又是一阵疲惫，“刚才那人来之前我又走神了，恍恍惚惚如同灵魂出窍，突然过来，差点被他发现不对劲了。”

这些日子凌月在一个人的时候，经常感到疲惫昏沉，仿如体力透支一般，“太累了，但这不是太累引起的。或许累是结果，而不是起因。”凌月知道，这是意念转移术的副作用。这些天尤为严重，当他夜间睡觉的时候，也会有不自觉的灵魂出窍感，似梦非梦，飘荡游离，醒来后比睡前还累。

然而或许一直这么累，精神好与不好就没什么区别了。白天凌月除了抽空多补一些睡眠之外，事情积极努力照办不误，而且脑筋运转还是很灵活的。甚至感到头脑更活跃、更兴奋了，所以晚上才会睡不熟、睡着好似醒着、穿梭来去了。

半睡半醒的兴奋态，往往是灵感思维的高峰。凌月想到了自己从不同地方学来的知识战略融合起来，有来自贺师父的，也有来自无名高人的，还有自己从兵书、法书读来的，睡在床上思维火花异常活跃，来回碰撞，在凌月脑海里构成了一幅布阵图。

这次布阵得从整体的大势上压过去、速战速决才行，因为已知：对方擅长硬战，而且心高气傲，不把参阳王朝军队放在眼里，且这段时间他们频频得势，不会想到若华国处于劣势且正在败退、主将伤势未愈的情况下会马上发动进攻，恰可以快速袭击，以气势攻他们个措手不及；而商将军的将士们配合程度不高，领悟能力和心态也有限，那么就是说这样每个人统一、不用动什么脑子只要照做的执行任务，比有个性化需要个人配合度高的会适合很多。

凌月布置的要求也很简单，只要抓住个“气势”，所行的指令形式则是“统一”，没什么复杂变化和精密构建，与凌月平时的阵法风格都不同，却更类似于一般武将简洁硬朗风格。凌月平时所参考的武学经典之法突出精妙招式和谋略，再加上自己原创的亦总是这类风格，这时反上一反，倒是一种创新了。

釿国听闻若华国派来的新将军巧于精妙布阵，不喜硬战，反而没有想到这么一招——且是在带伤不及恢复之时。信息有时反会带来混乱，釿国军营派出人手打听，得知了前不久若华国军队败退林间、主将商凌日负伤较重，于是便以为有理由放心。没想到是轻敌了，这次来不及准备就匆忙应战，被凌月带领的人马打了个措手不及，异常狼狈。

至于这个新阵式，较简，本有些将就的意味，让追求完美的凌月有点无奈，不过还是给它起了个名字，“太一生水”，转化当地的金气为水，统一的气势包围。“取其神而不取其形。”这个简单的阵势并没有用真的洪水攻势。水有柔弱的一面，也有强势的一面，这时所需要的不是滴水穿石，而是猛然间的冲涌袭击，却是由铺垫的弱转向强而发。

刚开始的弱有一种虚假的意味，若华国军队还是摆出了低迷的架势作为起始，具有迷惑效果。敌军的金气般生硬的气势砍不断水，却在扑打下让水反而聚集了起来，更加汹涌。

凌月的军队气势正佳，还有战车相助，近乎势如破竹。

在后方较远一点的位置，凌月策马而观，居高临下，看着奔腾的千军万马，有一种置身事外却掌控全局的感觉，又像是架空了实体的人与事，只是演习着自己研发的战术理论般。隔着一段距离看去，仿佛这些战马与兵将都像是假的，这一幕幕画面也有一股不真实感，幸好如此，否则想着残杀流血和血腥，凌月就会觉得恶心和有罪恶感了。

现在，只是把他们当作一种观摩理论的落实吧，是出于自身的职责——军事将领——而研发的理论——有关战术——不要再联想到战争和那些死亡，同样在脑海中架空自己的职责，只是想着完成这件事达到和平的效果，却刻意忘却这之中所要付出的代价和流血的过程。

这时还没有意识到他已经违背了自己先前的想法——不通过武力而争取和平解决。刻意忽略的方式确实有些自欺欺人，可这已经是最良性的程度了，凌月已经尽量采取最不激烈的战略，将损失降低到最小，并且还告诫将士们尽量避免杀入对方军营，而且自己还避免了直接接触血腥。原本就有既定的背景冲突在那里，有国家不可割让的土地和原则，还有个人承接起的责任和许诺，这些之外，还能有人道主义的考虑，已经很不错，或许换一个将军不会像凌月考虑和顾虑这么多。

不过，即使这次简易阵法接近于硬战，还是采取一贯的温和作风给对方留了余地，于是敌军损失并不惨重，退了回去，却显然只得停止了对当地民众土地的侵略。

这一个战役巩固前面的胜利势头，又是第三国的首战告捷，军士们眼看这次额外的任务就可完成，心中窃喜，不过凌月并没有准许将士们大肆庆祝，不光是因为全局的胜利还未掌握，最后的目标就是夺回领土还未达到，更多是隐隐觉得不应把快乐建立在他人的损失之上——何况还涉及流血和战乱。

另外其实凌月还有一点私心考虑，隐隐在心间厌恶这种遇到一点喜事就欢喜、一点烦愁就抱怨的风气，也不想他们的喧闹吵到尚在养伤的自己。

“我这就像在完成任务，走过这一份我必须走过的经历；待得我完满地完成这些以后，我便抛开它们，再也不去触碰吧！”凌月的心中升起了这样的念头。这里的气氛和事务都是他不喜欢的——即使要当将军，理想中的军队也不是这般——任凭忽略也已发觉，然而显然，这不是满足自己个人喜好的场所。

幽暗的烛光下，看着仍然触目的伤势，凌月叹一口气。

第三十九章　与敌将对战，单挑

第三日就传来敌军反攻宣战的消息。商将军这边早有准备。

说来也巧，不仅因为凌月谨慎，大批对这位小将军不服气、想找茬的将士们也没想尽兴庆祝，且对军中的良好势头还是持有怀疑，反倒与凌月希望他们别太沾沾自喜而放松形成了同向的效果。

两军对垒，站成一排排，蓄势待发。这一次，敌军却不轻易出兵，而是由一将领阵，大声呼喊单独对决。

“你们的将军出来！”“不敢出来吗？”起哄的助阵的混乱的声音此起彼伏。

凌月却仍然按兵不动。不是他在犹豫到底去不去，其实凌月早就决定要上去了，只不过静观其变，对方混乱之时更容易露出破绽，先将他的套路看出个大概，这样就容易战胜对手了。通过这一刻的观察，凌月发现对方是脾气急躁的人，这种人一生气上火就最容易出错，要战胜对手凌月还是比较有把握的。

虽然这时右臂右肩的伤势使得凌月无法使剑，但不要忘了凌月还会其他的武器——这一点，当然敌军不知道，所以他们想出这样的方法来宣战。

混乱的嘈杂声逐渐从敌军逐渐蔓延到了凌月这边军中。正在此时，凌月骑在马上"嗖"地一声冲入了中央！

对方的将领见状，赶紧也一马冲了过来。两将对战，高手过招，激烈的对决，这一刻的启动差距就定下了先机，凌月骑马何等迅捷，出其不备已然占据主动，却忽然在中央停了下来，等对方到来而并不出手。

旁观的将士经验老到者已感诧异，而有大部分年轻血气冲动者更误以为商将军临阵害怕，还有些人根本没看清这短暂的停顿，就见敌方上将亮出了兵器，两将正式交锋。

敌将使一根威风凛凛的长枪，而商将军竟然手里空着，腰间的佩剑纹丝不动，明显的伤势使得他无法举剑。众人瞪大了眼睛。

若华国军中的将士们本对凌月不信赖，只想着这新任将军玩古怪的花样还有一套，这么一对一拼真功夫就惨咯，何况有伤在身，这下都完全不看好他，部分心态更不好的军士们险些喝起了倒彩。

然而世事就这么出人意料，或许对凌月这样习惯了处在逆境的人来说并不出意料，多年以来多少次做到别人并不看好的事务、克服别人认为无法攻克的困境，文静清秀的少年此时早已多了一份真正属于凌月的而非刻意装成与平日自己不同的"凌日"的英气，以及那天生的固执和或许结合了后天磨炼而成的坚毅。他的沉静和细心也是临阵的绝佳优势，只见商将军在敌将气势凌人的攻势之下，驾马灵巧地避了几招后，突然嗖地划出了两道银色的光芒，牢牢地将对方的长枪缠住了！

敌将原本听说这小将使剑，别说他负伤在身，就算完好无伤，这剑，自然没有长枪的长度，两将交锋仍是长枪占优，因而觉得十拿九稳，面露喜色，攻势凌厉而甚至有些急于结束，将凌月生擒，现在却突然出现如此急转直下的情形，顿时大惊！敌将从未见过这种武器，一时间却被固定住了长枪，进也不得退也不得，正自犯愁不知如何是好，忽感手上穴位一麻，长枪拿捏不住，就松了手！

原来是凌月发出的两枚"空寂月"，两根银线紧接着一收一带，对方的长枪就被撩了过来，到了自己手中。

立即若华国军士们上来，把这敌军将领五花大绑起来。对方军队其他将士们大惊，立刻发出信号撤兵。若华国军士却见商将军发出指令同样撤兵，押了敌方将领回营。

"奇怪，敌军明明已经乱了，怎么不趁机进攻？"一些副将和士兵们心中存疑，却不敢随便胡来了，只得听从指挥。

这一战，就以俘获敌方将领而大获全胜。

回到军中，凌月命军中核心高层者礼貌对待该位将领，并亲自前往扣押他的房间。听闻脚步声，被扣押的将领先是气愤地扭头，却瞥见到已换上一身白衣的凌月，忽然睁大了眼睛怔怔看着面前这清秀书生般的人。

"齐将军。"凌月被盯得有点不好意思了。

这将军闻言立刻发觉自己失态，连忙扭头。凌月坐到他的对面，却不忙着将他的绑解开。"齐将军请勿介意，将你带回来是有要事与你商量。"

"商量什么商量?！我不是你的手下败将吗，要杀要剐随便！"该将领顿时又生气起来。凌月呵呵一笑，"别生气，你的兵将已安全撤回，并无损失。"

齐将军听闻不可置信，瞪大眼睛。迎向了凌月微笑的诚恳表情。

“你把他们放了?”

“是的，本来就不是为了伤人，是想以和平的方式解决。”

“你若有诚意，为何不替我松绑?”齐将军大声质问。

“正因为我有诚意，所以不做那种虚假的客套行为。我看得出，齐将军你是硬气的人，如果我替你松绑，你很可能会反手攻击我，试图将我制服，是不是?”

齐将军忽然被说中了心事，愣了一愣。

凌月嘴角勾起，挂着一抹笑意:“然后我肯定不会任你攻击，这样我们又将有一番格斗，何必呢? 反而弄得话没法讲。不如就这么谈，讲道理是主要的，如果认可我的道理，自也无须我表示什么所谓真诚的形式。不是吗?”

“好! 没想到商将军倒也是爽快人，你有什么道理，说吧!”

“我希望我你两方和平共处，像早些年前那样，不再踏入我国边境。请齐将军带领贵方军队退兵。再由两国签署和平条约。”

“你说得倒是轻松! 叫我退兵，那你们不趁机打过来了?”

“我们不会。今天将你带回来之后，我方不也紧接着退兵了么?”

齐将军被这么一提醒，倒是沉默了。

“这是我国这几年打下的地盘，你们若要夺回得从我们手里抢回，凭什么这样要求?”他忽然又大声说。

“那样争夺，势必对你我二国都有损耗，劳民伤财，且破坏这里的土地生态。如能和平共处，不是最好的么?”凌月循循善诱，继续道，“我知道贵国有贵国的考量和理想，我方也并没有提不合理的要求，只是重新回到多年前的那样，我国不会侵占丝毫原本属于贵国的领地。这里，确实自古以来是我国的国土。”

“那是过去的事! 现在是我们打下来的!”

凌月忽道:“齐将军真喜欢这里么? 那就更要考虑到这里的风貌与百姓的生活了。否则你们占得了一时，长久的危害却是无法逆转的。这些年贵国来到此，已给当地百姓造成了众多损失，如今挽回尚来得及，若齐将军退兵，改日再作为宾客由我国邀请到此一游，不是更受欢迎更能享受风光么?”

“哼，你当我是小孩! 跟我讲玩笑!”齐将军听闻气愤地大笑。

“齐将军既然不是小孩也不说笑，那就更应该知道我说这些的原因以及意图是什么。”凌月突然话锋一转，隐在了暗示中。他的声音深沉，还是十分柔和的，却含着一股慑人的力量。齐将军顿时僵住了。

“你，你这是威胁我?”惊异转变成了更多的生气，“休想! 我死不足惜，作为一名将士战死沙场乃是光荣! 你休以为扣押我在这里就能作为人质，就换得你想要的!”

“呵呵，你所代表的不只是你个人，你的生命也不在于你个人，不是么?”凌月的笑容隐隐透出一股说不出的气势，似有一丝淡漠，也有一丝讽刺，还有一点正义，“齐将军，你作为贵国统帅，现在被扣押此地，你军一举一动势必大受牵制，且损失一名猛将，实力大减啊。原本的阵法亦因你的缺席有了残缺，不可使用。这不是威胁，这是事实。”

齐将军沉吟了，这场战争确实本就无把握获胜，更何况现已身处敌方营中，即便不顾自己的性命，也要考虑到军队的损失。他既然求和了，那么要不就做个顺水人情?

不过还有一个奇怪的情况，“商将军，你既然已捕获我于此，为何不劝我归降你方，将我笼络于你军?”

“并非所有人都可以被逆转阵营。我方才说过看得出齐将军是硬气之人，生性耿直而忠诚。你确实是我很想留在我军中的人才，不过我知道你不会心甘情愿的。”

齐将军突然感动了：“商将军，你我本无接触，没想到你如此了解尊重我！”

“应该的。我也很乐意与齐将军做朋友，伴随你我两国交好，就完美了。其实贵国的文化我也尊重，从齐将军你的作风我就可以看出，贵国不乏人才，值得我们尊敬。”

“啊，商将军过奖了！从你的表现，我才真正感到大将之风与贵国的气度！”齐将军真心地感叹。凌月道谢，这时再替他松绑，直接入军宴共进晚餐。

“齐将军今天辛苦了一天累了，多吃点营养食物，这是我在家乡爱吃的，我叫厨师们做的，请你尝尝看。”凌月想到齐将军出门在外带兵征战也挺累的，就感到同情，还照顾起了他的饮食。齐将军又是意外和感动。

他们碰杯举酒，一饮而尽。

凌月亲自为该国将领送行，礼节和义气在将帅气度之间尽数诠释。很快，和平条约签订，两国真的开始和平共处。

蕲国退兵，当地恢复安详，却有一群人不满意。他们正是凌月的手下。

“将军竟然是靠和谈解决的！”“就是扣留人质！”“这简直是胜之不武！”这些算是客气的，至少还是在针对事情。

“这商将军一副文绉绉的样子，看上去就很懦弱！”“就是嘛！会点玄术暗器就混个将军，带兵打仗冲锋根本不会，也不敢！”“就是！说是要掌控全局，总是躲在后面！”

“这次好不容易冲上去一对一了，还是靠小伎俩，根本不是来硬的，就以什么鞭子加暗器，平时摆阵也是怪模怪样，尽是些旁门左道的方法！”

“都没看过他使剑，一把剑挂在腰里像装饰！”

“就是，故意迷惑人家，然后使出旁门左道的招数，说来说去就是胜之不武！”

“简直丢了我们若华大国的脸！”

人心叵测就是这样，当那些人要盯准一个人发起攻击，有不好的结果马上抹去他所有的功劳；而结果好的时候，却又揪住琐碎的并不算错误的细节。①

凌月却还没有意识到、也并没有心思去计较这些。他又前往了行程的下一站。

第四十章　“荆林十二拆”连环阵

三站告捷，从出征离开家乡到现在，有一年半了。凌月将现在的这段时间与前几年在另一地学玄术暗器琴艺阵法等的时光，联想在了一起，都是离开家乡的岁月，自己的生活就这么动荡。又为了空间而感伤。虽然凌月为空间感伤的次数，远少于为时间，然而二者也是有关联。例如说，在不属于自己的地方，感受着自己在漂泊中流失的青春。

这一年凌月十八岁到来在异地的异常忙碌期，积极投入现实的事务，将压力化为动力、被动化为主动都是凌月已习惯和擅长的。“抱怨是无意义的，反而浪费精力和时间，消磨自身的意志；而且任务若能积极地完成，对于自身确实是锻炼，也会有收获的成

① 这是为了手段不择目的，愚蠢而低俗的表现：为了达到攻击他人，而不择目的——攻击的对象是谁、是怎样的人无所谓了。可见凌月与副将的一段交谈中所论及这种行为的说法。

就感。”

仿佛理所当然，却没有想到，还有些人碰到这类情况不单会抱怨，甚至还将不满和埋怨转移到其他人身上。

“凭什么他为了立功，就不顾我们的劳动，额外又接下了一个任务，让众将士们去受累!”副将们在背地里议论，且他们的言论更影响了下层的士兵们。

显然凌月操劳战事，付出比那些下层将士多得多。有人不知道商小将军独自一人时的操劳，然而不理解也不是胡说八道的基础，更何况，还有部分有心人是在刻意歪曲事实，为排挤商将军，也为抒发他们的无聊，还能表达他们天生的卑微和后天的心灵扭曲，于是也算是一举多得了。

就这么不在一层面的人们，竟然因同样的任务聚到一起，这是本质上的一种可悲。

然只是可悲的一种而已——还有一种比这更可悲的，凌月后来才发觉。

当下，凌月虽不知道这些扭曲心态的人们会这么想这么做，但还是考虑到多出了任务，到现在很多将士们都累了，因而主动向大家表示慰问和鼓励，在军营中办了一场庆功宴。尚有军务即将展开，这场庆功宴只是阶段性的，但既然要感谢众人的努力，还要鼓励大家再接再厉，凌月还是很重视，精心准备，亲自选了一道道菜式，搭配了营养丰盛的餐宴，筹备妥当。

可是人的心和嘴，显然可以隔开，吃了凌月请客的饭，一样可以讲他的坏话，动的还是同一张嘴皮。

忙碌的凌月当然没有时间去管这些，有时间也不会理解那些扭曲的心思。却又被那些小人说成了“喜欢显摆、假装施恩、虚伪其实根本不关心下属”“请客就为了显示他自己的功劳”之类的。真是欲加之罪何患无辞，挖空心思匪夷所思!

世界上就有群人是好这口的。那就留给他们狭隘里的可怜自由吧!

此次出征的最后一站在这一系列任务中最为棘手，要收复的土地面积最广大，面对的国家也最强大。这块地因有一片荆棘林，还盛产紫荆，而得名“荆州”。除了荆棘林之外，土壤肥沃，是个好地方。而这叫靡国的国家管理者却十分恶劣，将荆棘一棵棵砍伐下来扔到了若华国边境内，甚至嫌紫荆树太多了，紫荆花谢之后就砍伐树木，堆了高高一叠，一方面说是为了开地造田，扩大农耕，另一方面其实是故意刁难我方若华国边境的民众们，把“垃圾”往他们那里堆，显示出了以强欺弱的恶劣，让人们有苦不堪言，生活也遭到破坏。

凌月了解到这些情况，十分愤慨，立刻决定还以颜色。构想了一套巧妙而犀利的阵式，且是连环阵，比对待先前的三个国家出手都要重一些。

“这套连环阵式应可以对付，很厉害的。他们如此狠辣，我们就也不再那么仁慈了。”

然表面看来，商将军却还是那样悠闲地命令将士们先帮人们把荆棘和紫荆的枝叶清理掉，恢复生态和民居环境。当地人民十分感激，然而自己手下的将士们却有些不满了。凌月的阵法将士们有所领略，却总觉得有运气成分在，而这次面临的是劲敌，心中不安，加上被命令帮助劳动人民做事，很多人更发出了怨言。凌月耐心地对大家进行了劝慰，鼓励将士们不要泄气，也不要烦躁，说这些都是自己这次布阵中必要的布局，并非仅仅是劳动。将士们将信将疑，暂且低头做事。凌月逐步将接下来的计划布置，传授下去。

而这次的阵法却让将士们听得格外摸不着头脑。凌月先给几个副将和参谋的军中高层培训，首先就遇到了他们的质疑。又解释了半天，凌月极其耐心，一点点请他们配合，到时候就知道效果了。军中对这位新来的小将军原本就不服，加上这次凌月设计的连环阵法确实复杂而难以理解，更不买账了。一时间凌月花了很多力气、多管齐下，一方面将共同目标摆出来鼓励大家齐心协力，同时在军中进行了一次迅速的改革，把反对得最凶的副将和两个副将的助手撤除职务。

凌月算得忍耐了多时，到现在才来清理这些军中的害群之马。虽然乌烟瘴气的军风暂时无法消除，却也达到一定效果。“不完全是杀鸡儆猴吧，那几个人确实太过分了，完全没有道理，就胡闹着捣乱，这一年半来总是与我抬杠，故意想看我失败。他们真是成事不足，在实际的事务上也确实造成了麻烦，例如那次失利就与他们直接相关。不是做给别人看，单是他们的态度和缺乏能力，就应当予以撤职了。”

“当然，有些人就是得看到厉害才知收敛，我对他们客气他们当成软弱了，真是不知好歹。把恩典当成理所应得的，这就要受到鄙视了。做给他们看，也是他们咎由自取。”

立刻，众人心慌，一直和颜悦色的商将军发威了。说到做到，说一不二，且迅速干脆——其实凌月之前也忍了拖了好久了——立马将这三人贬为普通士兵。

那些人顿时大惊！凌月却只将他们撤职，没有使用军刑，甚至还是让他们跟着大队人马，没将他们赶走，一来原先规定的时日尚未满，二来省得他们没饭吃。

善良人总是不忍心做得太绝，即使受到不公平的恶意对待甚至欺负在先，出于善心或者对生命悲叹总不忍报复太惨烈，然而心恶者却因自身一些难以启齿的原因将他人赶尽杀绝，在别人毫无对不起他们甚至有恩于他们时也会恶毒相对，恩将仇报，于是人和人在最初的相处中，就没有站在同一个地平线。善良人心中的条条框框捆绑了自己，注定了劣势，除非幸运到足够程度，周边的环境没有恶人或者没有任何助长恶人气焰的势力，又或者以坚强最终克服完成了一系列的超脱，走过“天将降大任于斯人必苦其心志”的路，站在了恶人之上。

回头想想，吃得苦中苦方为人上人的人，在成长过程中有多少“苦”是人为的、因恶人的恶念而造成的、不公平的、本不应经受的呢？

凌月又思索多了，有点扯远了，不过也是直接关联到此时情景局势的。布阵部署总算开展了下去。出征至此担任将军已有一年半多，凌月逐渐了解一些下属的负面心理，也开始严厉起来。原本对待将士们过分客气了，丝毫没有架子，想友好地做朋友一般齐心协力共同努力，不以权威压制而采取鼓励，例如说吩咐下属做事都说“谢谢”和“麻烦你们了”，却被他们无视权威，甚至在背后议论商将军总是“麻烦他们”，如此可笑的言论传到了凌月的耳朵里。凌月逐渐意识到了这种欺软怕硬、颠倒是非的劣根性。于是，从一年半前刚到军营中温和而略带腼腆、本性活泼亲和的小将军，展现出性格中冷峻而严肃的另一面，不再主动与部下们聊天了解其生活状态等，只是处理事务、探讨公事。

本来就不差朋友，何况根本是不同类型的人成为不了朋友；那么自己根本没有损失，损失的是那些不领情的人，徒自因为嫉妒等原因而少了原本真正想关心他们、与他们友好相处的人。

这时军中的参谋——一个原本担任参谋，却并不能出什么主意，自从凌月来了之后更无实质性用处却仍由凌月留着继续原职的人——对他说：“商将军，你不可轻敌，这国家虽没什么文化底蕴，然而重武，已夺了我国这一块的土地，驻守在这多年，防范很紧，实力比那三国都要强。”

“嗯我知道，没有轻敌，已准备好了，‘荆林十二拆’连环阵，只要等他们也准备好就能开始。”凌月不喜欢趁人不备，既然有能力有把握，那就光明正大地面对。

至于敌军的情况显然凌月早就有了解，参谋还这么提醒，是将凌月部署的战略没有听到心里去。不过也不要紧，只要机械化地照做就行了，他们只需要服从。如果换作干脆绝对强势的将领，就根本不与他们商量、不打算取得他们的认可听取他们的反馈，对待这样强硬的将领那些没本事的下属或许反倒不敢发出什么异议，只能照做，凌月却过于理想化了，本想与他们在理念和心理上也取得一致目标以激发更良好的效果，甚至从人道的角度认为他们有权利知道和发表意见，不能只像木偶般被操作指挥。

后来，凌月反思了当时的领导风格，感到自己确实有些过于天真了，虽然并没有错，且是出于善意，但却被不怀善意的人当成反对的理由，甚至激发了那些人的恶意。还有一点，就是误以为自己认真对待事务，就不会与（同样应该是对待事务的）人发生冲突，然而有些人就是不管事务本身，根本抛开事务的出发点和目标，本来就只想针对人。所以对待这种心术不正的人，不能以常规的方式尤其是善良人的方式来管理。当然，这是后话，暂且不表。

回到当下，一切准备就绪，商将军宣布开战。

敌国占领这块荆州多年，这次虽然获悉新来的将军已收回另外三国的土地，却认为己国比那三国强盛多了，且占得这块荆州时间最长，已然当成自己理所当然所有，因此并不惧怕，而这些日子见这些将士们只能退在边境以内，更是毫不在意，忽然听到宣战的消息，立刻调遣大队，平日里严加镇守，现今到了用兵的时候，顷刻间冲击过来。看见若华国的军队已出动，却在边境停下，敌国的将领哈哈大笑，以为这新来将军带领的队伍不敢过来，又像以往的说是要收复土地却无功而归的将士们那样华而不实，于是并不放在心上。一扬手，靡国大军就冲过了两国边境。

凌月的军队立刻变化兵阵，分向两边，似在撤退。原来先前中间的兵将就很少，只在外围，中间是空虚的，现再分出路径，将敌军引向了预先布好的荆林十二拆。而在敌军眼里，中军似乎乱了，慌忙撤退而显出了空档，内层虚弱，看来只是外部虚张声势。

敌军冲击上去，却忽然见到一片荆棘林，迷蒙间光影交错，又贯穿着缕缕清风和片片飞叶，似幻非幻。

然而战场上不容他们品味这景色，他们也没有这种闲情雅致，敌军马蹄飞扬踏入进来，顿时似乎进入了一个迷宫，只见一个荆棘林，还有高低的土堆。

顿时，战场如同展开一幅画卷，以虚之势始起，将敌军引入布好的一层层的阵式。这个“荆林十二拆”连环阵，意图以环环相扣的十二个阵式拆解敌方攻势，以少胜多，以弱胜强。首先，就以四个皴法般的阵式将敌军引入布置好的战场画卷中。

在国画笔势游走而形成的就是皴法，例如一些著名画家所用的“披麻皴”、“卷云皴”、“解索皴”，或干练或流畅或细密，展现各自风格，带有各自特色；放到战场上来，凌月巧妙地将他喜爱的艺术与战法结合，也将皴法般的力量“画”到战场，挥出一笔笔。有一种形容是一个重要事件在谁的人生画卷上又添了一笔，又有道是人生如战场，或许战场也就如画吧，都是需要一点点精心编排和认真对待的，布阵也是一门巧妙的艺术，可融入大将的创意和个人风格。虽然显然，这需要将一些现实的血腥架空，仅从理论的层面出发，若非这么想的话，怎么想呢——以杀人流血为导向的战争，凌月怎么忍心去设计，所以这也算是他的一种自我麻痹和刻意忽略。这却并非消极的。

将目标抽象在理论层面，就可以抛开一些实际层面的烦恼，是凌月早已习惯的自我抽离法的再一次潜意识运用。其实理性的人很多在工作中都会这样，比如一个师爷接到自己不喜欢的人委任办案，要替当事人申冤，就将案子与人抽离开来，在探究案件而非人的情况，就能将诉讼代理好，帮当事人取得应得的利益，并不当作是帮了那个具体的人的忙。这是一种职业的本分。有时脱离人的是非，只看事务和原理，是必不可少的。

开战的画卷打开，一片荆棘林在远处让布景错落有致，但一时没有完全展现在眼前，留着慢慢品味。凌月手下的将领们屡战屡退，开始往荆棘林中隐去。原来，第一个到来的皴法就是“假熄皴”，凌月手下的前锋军到一定程度便站立住，做出不敢向前的样子，假装自家部队的火焰熄灭了，让对方占据上风，实则是诱敌之计，将他们一步步引向内。敌军以为商将军的部下们能力不够想逃逸，冲击上来欲将他们包围。

紧接着，就是第二阵式，四假皴之第二，“假探皴”。这时凌月引领手下的中路部队，假装看见前路士兵不行了，就向外探出一探，由中向外做出欲突破状，又假装突破不得，仍然由外内收后退，实则还是将他们继续引入内，让敌人以为己方已经陷入困境是以诱敌。

再紧接，插入一个联合皴法的故意迷乱敌军心神的拆式，就是“离挽”，离歌与挽歌从远处奏起，竟然给这副战场之画配起了音乐。就是凌月事先布置传授一小队后方军士的歌声，他们都顶荆棘，一边唱着一边移动过来，渐渐临近，歌声随着荆棘的枝叶更加深刻传来，摄人心魄。此由凌月设计的带有一定玄秘效果的阵式，歌声与荆棘传震到了敌军士兵的心中，让他们逐渐不自觉地失去了清醒的头脑辨别能力。

与此同时，第三个皴法也在上演，以第四阵式之力拆解敌军力量的“假影皴”，只见近处的荆棘竟然开始慢慢挪动，敌军才发现原来是士兵们顶着的荆棘和紫荆枝。在歌声与荆棘紫荆移动的脚步声里，仿佛眼前人影幢幢，凌月的军士们人数看着比实际要多了。

这样，敌军将领试图稳住将士们的心理，不让他们被假装的人数众多给迷惑，于是就想找出凌月军阵的中心点，以此来破阵。却没想到，凌月预先布置的另一个阵式正好等着他们，算好了他们会这样，等着他们中招呢。

“假源皴”给出虚假的源流信号，让敌军误以为我方阵式的核心是在阵中的一个点，敌将指挥直冲过来，却是假的，让他们白花了力气反而渐渐忙乱、迷失方向了。如此，敌军原本的冲击力就给拆解了很多，还将有七个“拆式”将要上演。

这时，插入一个“枉吸风”，在他们枉自花费力气之时，一股风灌入荆棘丛林，原来是将士们开始把荆棘拿在手里挥舞起来，立刻扬起尘土，不仅继续迷惑了眼目，更加扫荡了气势。敌军将领见状，想以人多势众来克制，于是开始扩大军士范围，企图不再与凌月的军队僵持，却没想到他们正落入了下一个圈套——接下来的阵式中。

该阵式叫作“渺宇”，一开始欲擒故纵，让敌军阵容扩张起来，却忽然使其紧缩，顿时困于狭小空间；凌月在其中埋下玄术造成恍若时空错位之效，让敌军感到周边宇宙空间仿佛变狭窄了，将他们先前的活动空间被压缩，进入了这个狭小空间，气息压迫，顿时阵脚混乱。

至此就到达了一个转折点，通过“渺宇”，敌军的进攻势头停了下来，而凌月的军队开始主动活跃，从这一阵式开始，凌月的部队就不再假装处于劣势了，真正从诱敌转为攻敌，这一阵式就叫做“始相匀”。

已是第八个阵式了，在三分之二处才开始到达表面的平衡，可算是后发制人。凡事的确不用急切，只要有实力，即使早些时表面呈现劣势，也会好转，最终有加倍收获。

接下来的拆法是一个叫做“巧解”的阵式，顾名思义，是巧妙地化解对方的力道和势力，让局势完全进入我方掌控中。军士们夹杂着荆棘和紫荆枝木，气势蓬勃，将困入狭小范围内的敌军阵法一个个化解开，使其将军丧失部下随从，孤立无援。

再就施展“侵可擒”，将对方的将领如同瓮中捉鳖一般手到擒来，让侵略者反而成为被擒者，同时我方防守的军队开始跟上，转为向敌人袭击。

凌月不着急，没有一下子大举进攻，以减少双方伤亡控制到最低。于是使用了轻柔的化解方法，继续拆解对方的军事力量，这一阵式就叫“凌待雨”，采取蓄势待发之态加上举重若轻之势，一方面让凌厉的攻势遁于无形，另一方面又让轻柔的力量在隐暗中聚集起来，由内向外，达到滴水穿石却是从柔缓有力。这一阵式虚实交加，巧夺天工，原理类似于凌月的月影剑法中的一招“清风化泪”，是他最喜欢的招法和阵式之一。

与“凌待雨”同时并进的，便是凌月最喜欢的另一阵式了，仿如二者合二为一，就似一件整体的两面，虽然表面看起来完全不同，却暗中相合。这一阵式毫无蓄势待发和停滞之态，迅捷而干脆，不从星星点点的小范围而来自外部，夹杂着一股猛烈的扫荡之势，劲风凛凛，无比冷冽，却又同时在攻击时持有收敛，由外而内，将敌军军队彻底瓦解、势力彻底清除，却并不血腥，只削势而不伤无辜，甚至保护了周边的生态，这阵式就叫做“削保拆”。

十二阵式环环相扣，紧密衔接，最后两阵“凌待雨”、“削保拆”更是同时进行，不分先后。至此，敌军力量全部被瓦解。

眼看将敌军主力崩塌，溃不成军，凌月却宣布停止，不让将士们乘胜追击。

部下中即刻反对声音高涨，其中大多数为跟风的盲目之士，全不懂战术。姑且相信为首的提议者是懂的吧，只是看问题的角度不同而已，把他们对待凌月本身的不服气给撇开，既然凌月也希望他们对事不对人。

“这是为何？现在时刻，正是将敌军一举歼灭的大好时机！商将军，你不可看一时之利益，不顾长远成果！”两个副将过来对凌月说。

“为什么要将他们一举歼灭？你提到了一时和长远的目标，这提出得好，你说说看，何为一时，何为长远，我们的目标又是什么？”凌月反问。

“短期乃是争取这几场战争胜利，获得几块土地；长远目标为我国强大，须由现在就步步迈进，不断向前，把敌军消灭干净！”

“确实，长远的目标是我国的强大，而这不能由武力达到，以武力不能使他国心服，以强欺弱也不是大国之风，而现在所谓的乘胜追击就是逞一时之强了。我们的目的，不要忘了，是收回我国国土，而非歼灭他国之人。”凌月严肃地道，“现在他国已经退兵了，退到了他们国界以内，其实我们已经额外得到了一点土地，已经超额完成了。长期的强盛，更要靠和平，和平不是我们一方想要就能达到的，要靠多方互相的妥协，那么我们与邻国更应友好相处。”

两人刚想反驳，凌月又继续说起来了，不容下属插嘴：“何况，这里的民众生态环境也需要扶持、建设，战争能早停止、最小化损失，就是首要的，久战损耗巨大，损人不利己。战争是手段，而非目的。为了手段不择目的，是最愚蠢的。”看着当先那个抱怨甚多的副将的眼睛，凌月又抛下一句。“而且违背了良善，不高雅，也不光彩。”

不过既然为他人留有余地，不予计较，还是要让对方知道的，否则单方面施恩不图回报，反而被对方恩将仇报，就不好了。凌月同时对靡国被掳的将领以理相劝，让其意识到他国砍伐荆棘和紫荆堆到我国境内扰乱民居生态，对待我国民众的行为恶劣而低下，我国却宽容不追究，使得敌军将领接受了投降条约，再修书派使者一同送往靡国，表明了若华文明古国重视和平，热爱人类与世界，关心生态环境，希望共同发展和谐美丽大家园，既然已收复原本就属于若华国的领土，糜国不得再侵扰我国民众；若华国商将军命令军队放弃追击邻国军队，体谅他们归乡心态，愿两国人民都生活安好，签订友好条约。

靡国刚经历重创，战战兢兢，立即允诺，且见若华国主动提出不再征战安下了心来。

如此，这一块算是平定了。终于，曾被四国占领多年的四块土地一一回归。

第七卷

光影轮转

第四十一章 回归故土的异乡人

过往的风
吹拂今日的疼
麻木了的西走东奔
忘却纠结起因的过程
远离曾经的热血沸腾

千锤百炼的剧本
千疮百孔的灵魂
幕后牵引的绳
不由自主的唇

划过时间流水的灰尘
沙哑了哀悼文
今日的梦与过往相认
回归故土的异乡人①

终于到了回归的时候。“没有无功而返，几块国土终于收复了！”虽然原先信心满满，经历了这么多难关终于取得了一定成就，凌月想想有点后怕。

这就涉及成就动机的问题，成就动机高的人不会挑选一个非常简单的目标，轻松而闲混般地达到，就停止在了那里，也不会设定一个困难得根本不切实际的目标，以放纵自己预先获得不成功的借口。看来凌月属于成就动机高的人，完美主义者或许很多都是这样的。他们不是不切实际的空想的人，却是真正有梦想的理想主义者。

一边思考一边做着梦，一边投入这个世界在自己心中的投射中，凌月这一年十八岁，他的气质仍是偏阴沉而添了一抹沧桑，还有他并不觉察的已外显的坚韧，在他愈加挺拔的鼻尖、清晰的唇线和棱角分明的脸。他的眼眸略微迷离地望向远处的天，或者有时低头看脚下的地，却时常少了一分近处的焦点仿若筛去映入地面晃动的人。在人群中凌月恍若置身于一个透明的隔绝层内，默默数算起自己的年岁，在自己的家乡，终于回归。

一抬眼，一抹熟悉的灿烂阳光的笑容。“你回来了！”悯瑛的声音中含着温和与激动，似乎对自己钦命小将军的凯旋胸有成竹。

两年不见，悯瑛也长大成熟了，他的脸上褪去了稚气。两年的时光对于成长中的少年可以有很多的变化，却对于念旧的人来说可以什么也没变。

心上浮动的思绪与情绪使得凌月瞬间忘记了其他，却又突然想起，下马叩拜。却被悯瑛扶起来。

---

① 本人18岁时写的诗歌“异乡人”，描述的就是我在那一年从异乡漂泊多年后归故乡，有感而作。

“说好了，你我以朋友兄弟相称，怎能见外？”

凌月闻言，一阵感激一时不知说什么，眼中浮现起了感动与久别而归的感怀。

他卸下将军盔甲，他放下国君身份，他们就是两个惺惺相惜的少年人，虽然或许作为少年人有了过多的压力与沧桑。

“悯弟，我们两年不见了。”凌月看到他的真诚与激动，苦和累，暂时放一边，心底升起了欣慰与喜悦。

“是啊！这就两年了！在那之前我们还经常在一起玩。”悯瑛说道，凌月的回忆也飞到了那段日子。有一抹恍若隔世的感觉；然而熟悉的感觉，却又在一瞬间袭来。

悯瑛拍拍凌月的肩，“你出门在外，辛苦了！”

一时间，各样纠错着纷繁光阴的思绪与情感，融在不言中。凌月心中一阵带着感动的酸酸温暖，这两年中他曾以意念转移的方式回来京城，但是只能是在自己的家里扮演自己的身份，却连探望好友也是不能。

每次欺骗伪装都会有一种罪恶感在心中，他极其反感不真诚，却无奈这样的状态一直贴附着他，即使内心再不愿意，外在却还是表现出来。①

凌月的一个习惯和特点②就是不活在当下，在与思念深刻的好友重逢的时刻，他的脑海中竟然还漂浮着那么多思绪，虽然与悯瑛和自己的关系也有关，但是他奇怪自己为什么不能自然而然地享受当下，一时间忘记也抛开那些其他？

凌月的面色不佳，悯瑛敏感地察觉了，柔声问道：“怎么了？不舒服吗？”

即使不能将真话道出，有所隐瞒也不要拿谎言回应真正的关怀，凌月不想说假话：“一时说不清。”

“你太累了，也总是压力很大，心事重重的，”悯瑛理解他，“好好休息两天吧。之后我们再去庆功。”

“好的，谢谢你。”凌月由衷地说。

商府布置得漂漂亮亮，张灯结彩，迎接商将军的凯旋。凌月作为凌日回到府上，众人欢迎。商敬先对他说：“皇上今日有旨，商将军远道归来，先回府与家人团聚，两天后上朝再为你授予荣誉。”凌月笑笑，先是淡淡的，因为已经知道了，然后忽然感到又升起一丝温暖，他们都是那么关心和照顾自己。笑容渐渐变得温暖而真实了。

回家了，这些情景触发了凌月真实的情绪。又是两年不见，府上的建筑，似乎在时间流水中不如儿时刚建成时的那样光鲜，但有了一层令人伤感却倍感亲切的光泽。

第一次归来，也是出门在外和这次差不多的时间，第二次离开又回归，离家在外的时光情景似乎被抽隔开了，只有归家的一幕幕，在时光原本分割的片段里，串联起沉积心底的零碎而混杂的、道不明的、却感到温暖的点滴。

“凌日！”老迈的声音颤抖着响起，缓慢而卖力挪动的脚步向凌月走来。

---

① 与一般情况下的“内心愿意，外在却没法表达”想反，他这样“内心不愿，外在却还表达”道出了另一种悲哀，也引出了人如棋子、身不由己、机械式生活的状态。

但是凌月显然不是行尸走肉般活着的人，因此他这方面的内心冲突会更深。

在我们的生活中，若说最悲哀的是生活在悲哀中却不自知，最痛苦的则是在悲哀中明明自知却还要继续隐瞒自己。

② 习惯是后天的，特点是先天而来的；或者有些心理学家（特质派）也认为习惯是先天的特质而发的，另有行为学派、环境学派的心理学家则认为连特性也是后天学习来的；本人显然倾向于前一种观点。

凌月一把迎了上去："奶奶！"

老夫人脱开丫鬟的手，握住凌月："孩子，你长高了！"突然开始哭泣，泣不成声。

商敬先和岳雯诗连忙过来扶住老太太，凌月轻轻地拍着她的背，柔和地对父母说："没关系，奶奶没事的，只是激动了。"

老夫人口中模糊地念道："老身没事，没事……孩子平安回来就好！孩子长大了，商家的子孙有出息了！"

凌月忽然动容，连忙把头撇转，压制住心中升起的流泪前的那种酸味。

他扶住老太太的手温和而稳健，老太太渐渐止住了哭声，与商敬先和夫人一同入宴。

商府早备了一桌菜。凌月累了，长途跋涉之后胃口原本就不好。而且还要继续补上那素戒的时间。

一看之下，却发现这些菜肴很是清淡，岳雯诗笑道："知道你长度跋涉回来累了，后天还要去朝上领受表彰，也少不了盛宴，今明两天就吃清淡一点，好好休息休息。"凌月点点头，高兴地笑了，心中也感动母亲这样周到地替他考虑。

这一晚他在小屋里很安然的感觉，觉得一个阶段完满完成，两年多前受封成为将军是表示了没辜负众望，而却仿佛背负起了新一轮的重担，现在，是一项任务的完成，对寄予重望的家族也是有了交代，凌月的心中因此有一抹喜悦。

在床上先看了会儿书，再用梨花雪翩然点至烛火，扬起一抹美丽的黑暗，令这座小屋和自己都在月光下安然入眠。

再醒来天已大亮，凌月没有想到近期睡眠已然混乱，这一晚刚回来却能睡这么久。

静静站在窗前，深紫色窗帘时常在异乡的梦里出现。宣纸点滴墨迹，依旧停留在当日离开前自己画下的地方，凌月略有闲情和兴致，提起笔墨，把当时尚未完善的画作又添数笔，仿佛完全延续着当时的状态，这之中一切的变转与经历都被跳离了。画作完毕，抬眼，一阵微风拂动窗帘洒下光影，才想起，一晃眼两年时光已翩然飞过。

凌月胃口不好，尤其创作起来更是废寝忘食，府上已形成习惯，二少爷的房间里备上了点心，不必到餐堂进食，这林荫小道引出的一块园地更是府上人们不得随意进入的，所以凌月乐得不被打扰，甚至明明以凌日的身份回来也不用装样子住在凌日的小屋里。

日影西斜。凌月从窗帘后的光线发现，便想到这是回来的第二天、第一个整天，还是不要关在小屋里，提早出去与家人聊聊吧。以往日落时分都要睡上一阵的，然而这段在外奔波的日子难免不能顺应平日的习惯，加上回来后昨晚的一觉长睡，凌月这时要说有疲劳的话也就和平时那种长期压力下的劳累差不多。

刻意避免了夕阳西下的时间。因为这些年的时光加上旅程的空间挪移，增添了不容忽视的沧桑与感伤，夕阳下的落寞不用看就已在心上呈现，凌月赶紧快步走到长辈所在的房间，避免在物换星移之相似景象里触景伤情。

并无"真实"的悲伤吧，只是凌月心上个人在意的那些感觉，多愁善感悲秋伤春的情怀，并非人人都拥有，也并非必备的。

他快速行走的时候，脑海中也快速滑动着思绪，想到自己给自己加添了这么多的关注甚至可算禁忌，让自己放不下的那么多，活得更沉重。只是这是他性格的一部分，顺应这样的感觉，才是他自己。所以，即使沉重而感伤，却觉得是真正喜悦的。

踏入了奶奶居住的那块花园，丫鬟们看见他，顿时雀跃。大丫鬟珊瑚告知老夫人"大少爷来了"，老夫人赶紧叫凌月进去，小丫鬟们还在外面巴望着少爷入内的背影。

凌月以长孙凌日的身份，陪祖母说了好多话。只有大丫鬟在旁，这一天老夫人精神不错，神志也较为清楚。看见孙儿知道他建功回来，连声夸赞。凌月看着奶奶比较健康的样子，感到高兴，刹那间觉得只要奶奶这么愉快而健康，自己受压力受累都是值得的。

忽然又划过一丝念头，“这样的场景真是难得，却不知能有几回。”

少数人在繁华中品尝的是落寞孤独，相聚时也会不经意地想到离别，以往凌月这样悲观是极其正常的了，但这次他感到一丝不舒服，觉得不应在这快乐的时刻出现，于是压制过去。“不能再乱想了，万一……不想就是不想！没有万一！”

一面继续和老夫人说话。凌月早已习惯了一心数用。这时老夫人老迈而略显口齿不清的声音说：“凌日，你今天有这样的成果，可惜你爷爷没能看见啊。”凌月心上被触动，很不是滋味。

老夫人接着道：“当年，你爷爷是京城响当当的史学家，地位尊贵，那是太平盛世，不像后来战乱开始，不太实用的学问就不受重视了啊……我们把你培养成武学将才，你没有辜负我们的期望！”

凌月难得听奶奶说往事这么清楚，静静认真地不打断她，就间歇着“嗯嗯”几声表示在听。希望她多讲些过去的事情，有关爷爷和他那个年代的。

老夫人又讲：“你为吾商世家之长孙，在你之前我们家历代从文，到你祖父这代颇有成就，然你父亲生不逢时，此门类不再受朝中重视。实为看在商世家与你爷爷当年的成就上，才让你父亲在朝中挂了个闲职。这些年他心中郁闷，老身嘴上不说，却知道得很。”

凌月点头，忽然有些理解父亲对自己要求苛刻的部分背后原因。心中一直隐隐不满父亲的做法，这么一听闻倒是感到同情他。

只是同情不代表赞成，凌月还是不太满意他将自己的遗憾与一些可算是虚荣的目标灌加在自己的身上。

“幸好你当上了将军，有你，重振了我们商氏家族的威风！”商老夫人说到这里，竟然老泪纵横。凌月赶忙轻拍她，知道她的神志又开始不清楚了。心中暗暗有些难过，或许是刚才老太太一下子说了太多，回忆伤神，耗费了精力与情感的缘故。

那些回忆延续着现今的期待，确实是格外沉重的，而想到家族历史的起伏，又想到奶奶这么重视家族声望年轻时肯定也很风光，活到这么大年纪却经常丧失自我控制力了，凌月不忍在思考下去，心中越来越难过。

突然意识到自己现在的脸色可能已经显得很悲伤了，流露出了凌月自己的样子，凌日的身份很难再扮演下去，这情绪浮动而心中刺痛的时刻，他忽然想起了那又一重责任，赶紧强迫地调整了思绪与精神，以此稳固了面容收敛悲哀。

一会儿岳雯诗来接老夫人用餐，发现面容神色尚显悲伤的他，差点一声“凌月”就要喊了出来，赶紧噤声，顿了顿神，招呼他道：“凌日，你在这里陪奶奶甚好，她刚才是怎的?”此时老夫人哭完，刚止住声，却还张着嘴似悲痛却呼喊不出来。珊瑚在一旁连连哄着老太太，凌月转向岳雯诗说：“奶奶刚才跟我说起过往的回忆，提起爷爷，有些悲伤了，情绪不稳，马上就会好的。”

岳雯诗听闻，也是神色一暗，听到凌月说马上就好才恢复过来，赶紧搀扶老太太走去餐室。凌月也赶紧跟了过去，再拍拍奶奶，稳定她的情绪。

菜肴仍是清淡的，按照岳夫人吩咐。然而这顿饭气氛却不像昨天那么轻松，商敬先嘱咐凌月了不少，提醒他需要接下来面对的任务和局势，怎么明哲保身还要争取获得最大的发展，除了告诉注意事项，还给凌月提了不少要求。

“我们低调这么多年了。”商敬先重复了几次这样的话。凌月认真听着，同时心里的一部分开始厌烦这些压力和额外的要求，另一部分突然想到了一个不太好的状况，奶奶先前已经因为回想家族过去的事情情绪激动了，刚刚稳定下来，父亲再这样说这席话，会不会又让她情绪不稳呢？

正在这时，老太太果真开始发作了，发出了一阵大叫，然后哭泣了起来。商敬先大惊，凌月却知道是怎么回事，但也不知道怎么安慰，只能接连说：“奶奶请放心，会好起来的，会好的，商氏家族会越来越好的，凌日向你保证！”

老太太不知听进去了没有，渐渐收泪。

凌月想着先前明明已想到奶奶听到这些有可能会情绪激动，却没法避免，任由这些轨迹一般滑向那样的结果，心中不是滋味。

“预先想到有什么用？该发生的还是要发生。”心中的声音对凌月说，刺痛一下。

不想多想了，该来的总会来的。

第四十二章　庆功与受封·透悟与透物

太阳再次升起，一如既往地，醒后疲惫犹在，却依旧刻意提起兴奋。来不及多想，离家后的回归也没有太多时间留给闲情，凌月洗漱装扮直接以凌日的风格，往皇宫去。

皇宫中已然节庆典礼般布置，大殿上气势恢宏，文武高官位列其中，分别左右。惘瑛身穿正装皇袍，如玉一般色泽，衬映他的柔弱文雅，立于中央。而由下走上领旨接赏的，则是凌月，商将军。

他原本对仪式不感兴趣，只是这次不同，确是自己阶段性成就的一个标志。由惘瑛亲自主持和授予，凌月想起自己出行前与惘瑛在殿中内室里诉说的理想和壮志，其后的艰辛仿如跳空直接来到今日，今日举行的好似不是仪式也不是荣誉。因而，在凌月眼中那些宏大的景象淡去，只有心中那些感觉。

“这是里程碑，阶段性的成果，也就意味着也会一晃而过，倒是心里的感觉更存留久远，更加真实。”凌月一如既往，没有沉浸在当下的环境中。

清风挪动天上白云，洒下一丝透过光的暗影拂过他的眼，凌月扬起头吸入新鲜空气，感到似乎有一阵光影旋动，一阵眩晕却隐隐应和了心中兴奋，完全忘了在场的众臣们和今日的实际意义。

当然，这也不只是为商将军颁发荣誉的庆典，主要还庆贺边境混乱在两年中平定，成功收复了被四个国家分别占据的领土。为这一点，凌月也是非常高兴的，仿佛又抽离了他自己，根本没有去想这是自己立下的汗马功劳，而就是为自己的国家民族高兴。

接着他再为自己成功完成了一项任务，可以对得起家族的栽培、对得起自己多年以来受的艰苦与压力、对得起皇上也是自己好友惘瑛的信任和支持，而心怀感恩的喜悦。

这两种方式，都分别成立，却都跳开了将它们联系在一起，将实事、事实与自己联系在一起的可能。若要分析可以给出多种理由，凌月不缺少自我心理分析的机会，现在想到的只是，或许一些看起来现实地走到高处位置的人，其实是怀着理想为了理想才投入现实的，或许他们从来不想要荣华、名利、地位，只想对得起他人与自己，那么只要这么个简单的理由或信念，就足够顾及和牵扯太多太多了，这“他人”可能包括却不限于家族、国家民族、师承门派、效忠的领袖、栽培自己的人、支持自己的人、爱自己的人；这“自己”，除了狭义的自己，还有自己的道德意识以及自我实现的理想追求，还有自己这么来一趟世界的生命之恩赐。如果将这些的只要其中一部分真正放在了心上，那么这些人是会有很多压力的，但也同时有着很多的动力；他们就会努力，很可能会取得世俗看来的成功，这些成功却不是他们原本追求的。

为什么要说爱自己的人是自私的呢？真正爱自己的人，会顾及和顾忌很多很多。他们至少不会对不起自己的良心和存有对其他的也同样有“自我”的人的尊重。

如果说这些人的动力是来自于自己，是自私自利的，说他们成功是因为他们追求成功，为了目的不择手段，那么，就根本毫无公平不公平可言，简直是在说的不是同一群人。虽然有时候人们根本议论的就不是那个对象，可以编得比真正在谈论他还要像真的。这种例子比比皆是，从市井小民三姑六婆的无聊闲扯、搬弄是非，到广阔的历史天地，可怜可悲的后人们误解了一位位前代英明君主和忠良将臣。

若说隔了时代背景的误解还情有可原，而且本意并非不善，那么那些市井小民三姑六婆们的动机，除了无聊无必要就真是可恶了，只能换来他人的鄙视和对其人格的践踏，若这些人还有人格的话。

还是那句话，不理解不是误解的理由，误解也不是造谣的借口。

即使有些有那么点自知之明知道不是智者、就不管“流言止于智者”，这样的话，还是要维护一点不说人的风度。就说“相由心生”，内心扭曲不利于外在的形象。

而这时，一点一点隐藏着同时也逐渐显露了。

凌月获得了左将军的名号，也就将他再往风口浪尖推了一步。

在参阳王朝，左将军是较高级的将军称号，因为该地延续以左为尊、两极比中端要特别而更值欣赏的观念。悯瑛为凌月颁发的封号，是让他直接跳三级。

越高级将领官衔人数越少，就像另一个文明古国的一种金字塔的形状。由于在凌月这批年轻人上来之前，军界就出现了严重的青黄不接，多位老将军纷纷退役，有转到二线培养后续人才，比如凌月当时参加的少年武学人才储备基地的教官里就有。这与当地重视下一代的培养也有关，教育之风盛行可见一斑。其实是很好的，至少理念是很好的，只不过落实到实际就有很多杂乱和不可控制了。

当初和凌月一同通过武试的少年人才们，除了金高展跟着太尉进了另一套体系——管武事的文官权臣，其他的在这两年里的功绩都还不足以升迁超越副将，只有那个穿着简朴的宫姓年轻人升为小将军。他跟着尚未退役的一位年事已高的陈将军，负责驻守、稳固边境。由于若华国多代国君崇尚和平，并不追求国土扩展而侵略他国，因而大多数将军都是在驻守防守的。

这一天，庆典和受封左将军过后，凌月这位怀着理想且尚有满腔热情、即使天生悲观并体验了寂寞和压力却未受太大现实打击的年轻人，又向好友小皇帝聊了很多有关局势和计划的问题。聊着聊着很是兴奋，凌月竟然不感到累，忘了这是在奔波刚回乡后的第二天且接着一贯让自己没劲想打瞌睡的庆典仪式。

他讲给悯瑛一些有趣的布阵场景，小皇帝听得津津有味，凌月也讲得来劲，当然讲这战争是为学习和知识的缘故而非对战争的喜爱。成功了之后，他喜欢分析成功的原因，不光是作为开心的事来分享，甚至是比较严肃而略显沉重地剖析。

过去是未来的积淀，是钥匙，也是镜子。凌月还思索了现在要注意的问题和补充的知识。充实好自己，以面对新的任务和新的挑战——当然，充实好自己并不光为了那些，这么看，也算是一举数得吧。（就不去想那些任务是不可避免强加的还是什么）或许这又可算是一种悲观中透着乐观积极的例子。

听闻商将军一番话语，少年君主颇有感悟："如今我颇后悔，那几年没抓紧时间。小时候登基皇叔为我请了多位太傅，现在想想，都是有学问的大师！金丞相的书画很有名，周大人对古诗词掌握甚多，谏大夫孙大人对于古今哲理钻研极深，宫大人是数理精算的行家，夏世家夏先生对天文星象颇有研究，不止是联系人间祸福更探究自然规律，你父亲商大人也是法史高手。另外还有高级御医教我医理、宫廷画师教我学画，等等，我竟觉得那是他们强加给我的、非我从心所愿，就不肯学……也难怪他们和其他臣子对我失望，越来越看轻我！唉……"

说到后来，悯瑛竟然呜咽起来，目光下垂，楚楚可怜。凌月赶忙安慰："别难过了，你后来不是想通了么，也学到了一些，且治理国家也很用心。你小时候就有想法，现在也还年轻嘛，这么快就想通了，今后还能好好学习，学无止境可以一直学下去！"凌月自己也是承认悯瑛当时确实不努力的，由于当他是朋友，避重就轻地将他的做法归为"有个性"，而跳到了"后来想通了"，凌月不会假心假意地说朋友没有错。当然更不会想到虚伪地奉承了。然而他还没意识到这么劝慰着实有点圆滑甚至自欺欺人。

出于对学者们的尊重，凌月也没有批评那些老臣们颇有偏见和成见，甚至有个别臣子挑动其他臣民对国君不满。这个时候他们沉浸在对知识的崇敬和自我检讨中，也还没有想到，就比如说商敬先这样将太傅当成是没实际权势而不高兴的人，教授悯瑛的时候自然也不用心，授课者都感到没意思，怎么让听课的人觉得有意思呢？自己有学问的人不一定是好的传授者，孩子没有学进去也不光是孩子本身的责任。

凌月却没有想到从这个角度去安慰他。后来想到了，却也不想跟他提起自己的父亲。除了家人之外，凌月也不想在背后说其他人的坏话，这倒是可以算为原则问题。

"凌日你从小学了很多东西，你比我抓得紧多了。"此时悯瑛又说。凌月听闻，脑子里飞快地转到了家中给他的压力，以及那一次自己去参加武将考核之前父亲通关系铺路的情况。那些是在凌月后来一点点从不同人的零零碎碎议论中，也包括祖母和父母的谈话中，逐渐察觉到的，这让他无奈。不愿去想了。

而对于人们叫他凌日，他见怪不怪，已经没有波澜了。于是以另一份思绪回答悯瑛道："我也是被逼的，而且我也不够抓紧，回想起来还是浪费了很多光阴。最近我在想这问题以及过去时光，发觉在我十几岁跟随师父在异乡那段时间，若再抓紧点，学武和玄术阵法之余，文的方面可以学得更好，一直以来我看非文学类的书籍要多些，这几年忙了更没时间，看书也更有目的性，比如说要行军布阵就多翻阅阵法战略书，当时那几年轻松的时光，倒是该多读些文学作品。"

悯瑛也笑起来："人无完人，每个人精力有限，你能学到这么多已经颇为不易，算为全才！"说着拍拍凌月的肩膀："你是我的榜样！"

少年凌月听闻，自尊心很受满足，况且难得放松，颇为高兴。他在小皇帝的密室里看过他的宝物和书籍。"真不愧是皇宫密室，宝贝们就藏在这里，在密室里还是隐暗的地方！而你的书倒是摆了一整个墙壁！"

"哈哈，一整壁的书是好装饰，虽想全部看完，不过要等我有空闲又有心情之时才会翻阅。这些宝贝们大多由我祖上传下来！难得你这么喜欢我这里的藏品！我的收藏爱好给那些老臣们知道了，就说我玩物丧志。”

“他们或许就只为了批评你，物质是文化的一种承载体，透过物件可以了解思想，另一方面，观赏这些藏品还可以使人安静下来，与心灵进行对话，那些老臣们哪个不喜欢收藏呢？不过确实，有些人研究文物就把它们当成‘物’在研究，忽略了其背后的‘人’，‘透物见人’这样的基本道理被一些所谓的正牌学者忽略了！”①

悯瑛听凌月这么说，清脆而笑：“就是！他们帮宝贝们估估价格，就觉在做学问！有些附庸风雅的所谓学者，明明关心的就是一件文物能卖多少钱，还装模作样在研究文化似的。”

“英雄所见略同！哈哈！真研究经商之道的商人们，都比他们要实在，没像他们那么俗不可耐。”凌月笑出声，然后确定了下次见面的时间，是他们的秘密。

忽而回想起出征前的时光，他感到青春又回来了！虽然表面上看就隔了几年，他现在也还年轻，但这当中的地域变化和任务添加无疑进行着一次次的冲击，让凌月的心中至少有一半已经渐渐老去。或者在天生气质和自小的环境下早已苍老。好在他的热情和纯真都没被磨去，这相似的阶段和状态，有一种重拾回少年如花岁月的感觉。

第四十三章　秘密间歇期·学习·体验·讽刺

第二天凌月在小屋里翻书倒柜，把他常读的书放在架上，其他的都压藏在柜里，小屋一角还有个箱子，书很多。商父任职的文史资料馆隔一阵子就清理书籍，有些被商敬先带回府上再进行筛选看看有无用处，商小公子就把筛选淘汰的书籍都挪回了自己的小屋。

“书到用时方恨少，平时怎知有没用呢？一字一字都是辛苦写出来的，有些记录和评论过往事件的书籍表面上像是过时了，被其他的著作代替了，但其实也可提供一些值得品味的信息，或许不直接关于具体的事件，却可学习和借鉴，更引申而用作了解分析。”凌月早就这么想，现在再次庆幸自己的小屋中就藏有了这部分宝库。

他一直不太喜欢也就不关注政治权术律法这方面知识，现在从新职务意识到自己需要补充这类知识了。看着书中的一个个举例，一条条结论，凌月越来越感到人性中的恶，真是可悲。学者认为历史有规律性，凌月突然感到或许这规律并不在现象，而在人心，所以总那么表现出来：同流合污善恶不分，明知道不对却不声讨，反而针对少数的勇敢者，枪打出头鸟，欺善怕恶，正义的有道德感和义气的人士因为心中的价值观而有所不为，却成为了落入他人的把柄，而无恶不作反而得逞，鼓动民众将良善人取笑……

凌月越读心里越沉重，同时有一种愤怒，他意识到那是理性的愤怒感。抽离了自己，并没有联系到自己的经历，情绪是淡淡的，却有对于人性劣根性的愤怒。

在淡然的混合理性愤怒的抽离情绪中，迎来灵感，凌月挥笔写下了下面的诗句，将其定名为《乱世之秀》，或许这混乱的世道除了叹息之外也可以挖掘其中的优秀，比如说作为灵感写写诗、作为看戏般笑笑什么的。

---

① 文物考古学相关理论有所提及，研究古代文物的最高层乃是“透物见人”解读古人思想与当时社会体系，然而现今太多所谓学者喜欢文物古董就当成赚钱的热点，就管其本身值几个钱，不仅庸俗且误导大众。

五颜六色的世界有着乱七八糟的背后
充满了逻辑不通却顺行其道的理由
美丽风景之下笑话挖掘不够
看不见血却无比血腥的战斗
故作清高高不成低不就
只得打着打倒它的旗号随波逐流
每张脸孔戴上的面具又重又厚
却不如心灵生满的锈
对冷漠的热衷过了头
不光明在光天化日下渗透
贪念那所谓终极一生的享受
生命却犹如行尸走肉
不管已死的灵魂吃不下一瓢粥
遍地的陷阱显示华丽的引诱
香喷的外在包藏着腐坏的臭
却也有那么多伸着的舌头
垂涎像一只只可怜的狗
面对本不属于自己的苦苦哀求
同时向仍得不到的发出诅咒
践踏自尊与良心虚弱的乞求
心甘情愿增加没有诗意的忧愁
将不和谐按部就班地敲奏
当一个人在时空中虚无地游走
忽被刺耳的声响拉回现实之后
发不出任何愤慨的吼
只得轻悠悠
说这已不是曾经的那个地球

在写这首诗之时，凌月还未想到之后遇到更多应了诗中描述的千奇百怪的丑态，现在只是沉浸在良好的创作状态里，为社会上普遍的劣根性悲哀。

“不能说没规定他们不能这样做，他们就能这样做。”

“法规刑罚只是最后一道防线，而非最先的基础，社会上的人们若要靠法规来约束，而再不受那之前的道德、仁义、良心、理智、信仰来限制和支撑，那么这是何等的堕落，何等的悲哀！这还叫人吗?”

有些时候有些事情，理论上可以想象，但待亲身经历，还是会感到心凉。对于尚未磨灭良心和热血的人，就是这样。只是很可惜，这样的人越来越少了。

转眼日落西沉，凌月才想起该是家中进餐的时候了，这几天是刚刚久别归来的时期，要格外注意陪伴祖母。饭席中，凌月以凌日的身份，完全将刚才自己的沉重思考一扫而去，其实也是正好借此时机撇在一边，毕竟那些负面的主题凌月也不愿总记在心里。

饭桌上的气氛是轻松而愉快的。岳雯诗笑着说老太太看见孙子回来了这么开心。忽然老太太眼中闪起一点光彩，问:“凌日回来了，凌月什么时候回来?”

商敬先愣了一下，支吾着说："凌月……他，快回了。"

"到底何时?!"

在商敬先和岳雯诗的不知所措中，凌月忽然开口："奶奶，我前几天刚接到师父的捎信，他与凌月的师父认识，说凌月在那边很好，算算日子应该三四天后就能回来了。"

"啊，真的?"老太太顿时露出愉快。

凌月看着老太太兴奋的双眼，真诚地为她的高兴感到欣慰："是的，我这次出征在外快两年没有见到师父了，此次回来也一直没去，他说那边有些事需要我去处理，三日后起程，我刚回来不久就得离开，奶奶不要难过，凌月很快就回来了。若在这之前凌月回来，我与他一同陪您聚聚。"

"啊，凌日你刚回来几天就要走?!"老太太顿时叫了起来。

"我去处理完事情就回来了，奶奶不要着急，这次回来我没有军令，不会马上出征的。等我处理完师父那边的事情就来陪您，好不好?"凌月眨眨眼，展开一个灿烂而调皮的笑容，"这三天凌月不回来我也在这里，奶奶不要只想他嘛!"老太太被哄着也开心地笑了。

三天后，商府大公子再度起程，虽来去匆匆有些奇怪，这次说是去执行师门任务，且说不久就会回来，商老爷低调对待便为合理，商府的下人们也不疑有他。

只是在这前一天，凌月以商将军的面貌走出府邸时，却迎来了一位不速之客。

"凌日！凌日哥哥!"是谁这么叫他?

凌月侧脸一看，一身粉红衣裙配在一个比较娇小的少女身上，倒也显得合适，不过那不是凌月喜欢的风格。他从不欣赏装可爱撒娇的小女人，虽然她们好过嘴杂心恶的三姑六婆。

对自己不喜欢的人事物，凌月一贯不喜花精神关注，眼前的女孩便是如此，并未仔细观察，却已清楚感觉了那股娇气霸道、随心所欲却故作矜持的气息。

"我叫惠珍，我们见过好几次，但没能当面说过话!"

"是的。郡主你好。"

"不用叫我郡主啦，在你当将军之前我们就见过了！你到我父王的寿筵，还和我哥哥比剑呢！从那时我就注意你了。"

"哦。"凌月对于那些事情当然记得清楚，这时却由这位自己不喜欢的对象说出来，因而少了些感触，他的怀旧感伤和喜悦只给自己适当的时候，不是现在，也不是与这样的人。

然而出于礼貌，也似出于脱离了具体对象的自言自语，凌月说了一句，"转眼就过了四年了。"

"是啊！四年了，你也记得!""我当然记得。"凌月淡淡地，甚至想这不是废话吗。

"那你记得，当时的我，只有十岁。现在，我已经长大了!"郡主对他说，"我十四岁了。自从四年前第一次见你，我就盼望着快快长大!"

凌月听后只是对这种想法质疑，"长大好吗？早晚要老去，为何急着长大呢。"他声音轻轻似自言自语，自问却没有答案。

郡主没听清楚也没明白，愣了一下，凌月已转身离开。"商某正有要事，失陪了。"

他运行轻功下一刻就从小郡主的眼前消失。若非郡主看惯了她的同父兄长小王爷也会这种轻功，恐怕要以为见鬼了吧。

此段时间确实虚实交加，凌月在扮演凌日的装扮里以将军身份进宫晋见，更多是在密室里的谈话。就是那个有帘幕的地方，幽暗的光，神秘而引人思考、令人平静的布局。凌月很喜欢那里，觉得那真是安静的适合沉思的，有一种孤独感——显然，孤独对于凌月这样欣赏生命中悲伤层面的人来说，从来不是贬义词。

皇宫一角里那棵神秘的树和密室的后门通道，使得凌月可以不通过常规道路走进来，也就免去了通报和被闲杂人等知晓。凌月心中想过好多次，“若自己府上也有这么一棵神秘的树就好了！这些奇珍异宝不知道惘瑛的先祖们是从哪儿弄来的。他们自然有办法，呵呵。”而有时凌月来宫里则通过正常途径，也不至于令大臣们怀疑商将军的失踪。这时的凌月考虑如此行，只是出于天生的缜密以及一份好玩的心态。他还不知道那些隐患；也不知道，由于他的这些做法，避免了一些麻烦，却又同时增加了另一些麻烦。

就这么纠织，交替，纠缠着，隐藏，同时一点点显露着。

第四十四章　密谈·明暗·“如梦令”

“皇上册封左将军之后有何举动?”金丞相为首的权臣们早已在皇宫布置了眼线。敏感的惘瑛已然察觉，只是没想到他与凌月通过密道的更隐秘的会面也被知晓。

“回丞相，还是偶尔夜里与商公子会面。由于进入内殿密室，会谈内容不得而知。然而属下却有一猜想，会否近期接近皇上的实为商凌月，是假扮的商凌日将军?”

“不可能！商凌月哪会武功，怎当将军？我跟他从小认识，清楚得很!”金高展开口。

“商凌月进宫，哪有使用武功?”金丞相看看儿子，金高展顿时愣了，听父亲继续道，“本相亦怀疑商凌月已接近皇上，用其兄的名义，只是借个外壳而已，毕竟他俩相貌一致。且是夜间行动。如若仅为出征事宜，皇上已于日间交代，却与他夜间会面。况且皇上并不通晓军事，这出征潘国，也非短期可解。”

“丞相高见！如此看来，商府两位公子都接近皇上了。”旁边的臣子附和金丞相。原来是三公之一的周大人，相当于丞相副手。

金高展听闻如此说，嘟着嘴有些不服气，“那还不如说他们是同一人呢！说那商凌月学得武功了，本来就是商将军，进宫以商凌日的身份和皇上会面。”

“如何可能？商氏家族精心培养长子，商凌日用兵布阵不只是武学战略，还使用玄术幻术，商凌月是文人书生，如何习得那么多?”丞相身边的助手发表观点。

“怎不可能？我就文武兼修，懿琨哥哥更是的么!”金高展忽然道。

金丞相立时开口纠正，“懿琨小王爷生有异象，天赋异禀，且自幼获得先皇圣祖亲传一批神秘资料，连当今皇上也不得享有，商府怎可得此资源？展儿不可随便拿别人比。”

金高展深深点头。

“不过，我们确实得防住商凌月，比商凌日更要多注意。”金丞相又补充道，“因为那商二公子在暗中，多年来迟迟未有发展，却更为灵活，而今商大公子立功归来职位稳固，商敬先必然会督促小儿子也拓展势力。”

“啊，丞相妙算！据我观察，商凌月并无准备考功名的迹象，且如今局势朝野内文职官员尽被我等控制，老谋深算的商敬先理应不让其次子硬闯死路，而改走旁门左道!”周大人再次侃侃而谈。

“有理，按照商敬先多年精心投入和一贯作风，不会仅将一子安排进朝野。”秦大人若有所思一番，亦开口赞同。

金丞相面色凝重，略微顿了顿对心腹探子道："总之，盯紧他。"

"是！属下遵命！"

皇宫密室幽之谷，凌月和小皇帝正在说不久后就要出征的事。

"凌日你取得的战功对现在来说至关重要，真心谢你，除了平定边境战乱，也是向国内和朝野显示了我从父皇延续下来的治国政权，仍然有军事的强盛与盛世和平！"

"应该的。我若华国千年文明古国，即使近年衰弱亦不可被蛮夷国度欺凌。而近代国势衰弱，非一朝一夕而成，更非你一人之过。"凌月面容略凝重，"那些不讲事实也不受良心制约的人们，却将责任怪罪到你身上。"

悯瑛听闻顿然感动，嗓音呜咽："如果其他人也像你这么站在我的角度看待，也不会有那么多各界的议论谩骂，弄得民心涣散了。"

"不讲道理的言论，当然比讲道理的话语要容易说得多，数量多声音响自然不足为奇了。"凌月牵牵嘴角，夹杂着无奈与看开。

"你说得对！"没想到凌月看得这么开，孤独的小皇帝马上为有人支持而高兴，素来情绪化的悯瑛破涕为笑。凌月见了也高兴，激励他也同时激励自己，坚决地说："我们走自己的路，一样让有些人无路可走！"

这气势蓬勃的宣言令他俩哈哈大笑起来。

悯瑛忽然在掌上托着一件工艺品般的物件，只见是一块重量超乎灵巧外貌、非常精致的绿檀木牌子，上面还镶有一块翡翠，凌月正在欣赏这精美的雕刻工艺和绿檀木质感，就听见悯瑛说："此为皇室秘传之宝'如梦令'，也是等同皇权的重兵权令牌，现交予你。"

闻言，凌月握着手中的令牌，思绪穿越它更加沉重，也更加缥缈。只听悯瑛继续道："此为先祖留传下来，相传当年先祖和一位大将军同受仙人指点，得到异象启示和玄术，制造了这块令牌，打下一片江山。之后那位大将军却不愿共享天下，而将整片领土给了先祖，临走之前先祖送给他作为纪念，便成为与皇权等同的尊贵与权势象征，可以自由进出皇宫及这天下的每一处，表明共同享有和完全纪念，欢迎他随时再来。而后，先祖遇到内乱叛变，正在危险时刻那位大将军回来，帮助先祖渡过危难，自己却牺牲，他的灵气进入这令牌之内，使之更加特殊。为了纪念他和这来之不易的和平，历朝奉为圣物，都只有在关键时候才能使用，代表着完全的信赖、至高的权力和共同渡过危难。此前最后一次使用，是在先圣祖皇年轻之时，他钦点的大将军就是用这块令牌，出征塞外取得胜利，开创其后盛世。然后这块令牌就在皇宫中封存。现在，是重新出现的时候了。"

凌月听着故事入了迷，仿佛沉醉在了久远的幻想国度里。悯瑛继续道："虽然现时暂不能封大将军，但我心目中的大将军人选就是你，只等你这次胜利凯旋！有了这令牌，可以调动全国的军队和掌握生杀刑制，相当于皇权的托付。除却这些，它还具有神奇效果，能镇住在场将士们的杂乱意志，使他们暂时如同失去自主般听从你的指挥，就像做梦梦游一般，对待危险的战争任务，按照你的命令。因此这块令牌的名字，叫如梦令。"

听到这里，凌月忽然觉得有些可怕："这就相当于一种催眠。很强的集体催眠，把士兵们从人，变为了工具，没有了思维，只会遵从……"

悯瑛点头："是，所以只在关键时候才能拿来。发出这如梦令的号召，需要以特别的方式触碰这块翡翠，在这之前我们还需要进行特别的仪式，才能使它今后听你的。"说到这里悯瑛笑了，"可不是那种形式化的仪式，与玄秘的力量有关，要证明我与你确实互相信赖，心灵相通，它的使用其实是依靠国君与钦定大将军共同的感应。"

"真是神奇!"凌月忍不住感叹。他也产生了好奇心，想看看这如梦令怎么运作，当然除了那可怕的集体催眠效果，其他还是挺有意思的。这时凌月忽然心念一动，问："进行这仪式，需要滴血么?"他想起了那些神秘古老的仪式的方法。

"不用，心灵相通不是血滴能够表示的，也与血的融合与否无关。"悯瑛微笑说，"这是真正的穿透心灵。随着我们结拜兄弟，现在开始。"

凌月听闻悯瑛要与自己结拜，很是高兴，他从小自己分别扮演双胞胎，其实就他自己一人，岳夫人的女儿跟他本非同母所生，且由于经常学习在外一年也见不到那个妹妹几次，因而他就相当于家中的独子。这时听闻能有个结拜弟弟，自然欢喜，立刻叫好。

悯瑛端起这块令牌与凌月的手合掌在一起："闭起眼睛，凝聚精神。"一刹那，凌月内心里有那么一丝意念一晃想到自己并非商凌日，会不会就此无法与悯瑛达成信赖的心灵契合？然后又一丝思绪瞬间闪过，甚至说希望不能通过这层仪式的考核，这样凌月就不会再被当成凌日了。但是又一丝思绪压过了那些声音，说，不管我是谁，我的心都是真的，我忠于悯瑛，没有辜负他对我的信赖，我不能让他失望，这个仪式的考核我一定要通过，不能让他失望!

这些思绪都是那么快速一闪，同时进行着，这时凌月的绝大部分精神都集中在仪式上，或者可以说他的整个显意识和大部分潜意识都是集中的。由于不论哪部分意识都没有不真诚对待悯瑛的念头，在悯瑛说完"商凌日"之后，这神秘神奇的宝物如梦令，还是发出了光彩，显示仪式通过了!

只见翡翠上的光芒柔和，绿色与白色缓慢地旋转而交织，如同最美的旋涡。凌月的眼睛注视着，真有些被吸引进去，禁锢了意识的感觉。

两位少年都被这景象迷住了。他们的目光泛出了迷离，随着这翡翠的光芒与木质的纹饰游动着，仿佛看见那绿色与白色纠缠旋转的光芒缓缓上升，绽放起了星星点点如同星辰，又似流星般一闪而逝。他们顿时不自觉地摇了摇头，恢复了常态。

"悯弟，我现在更加感到你爱惜那些臣民，以至于没有尝试运用这如梦令集体催眠的方法，让他们服从于你，制止那些反对的抱怨的声音。"凌月不禁发出一缕联想，对这位结拜弟弟道出肯定也同时联系到他对这种神秘力量的隐隐担忧。

"你也知道这如梦令使用起来的非自然状态，那些人被封闭意识并非从心而发真正地支持，平时这样对待子民，就与自行毁掉盛世美好无异了。"悯瑛清晰而淡然地说，隐隐透着悲天悯人的神色。

"这难道不是一位明君吗?"凌月动容，更坚定了信念。

悯瑛对这位好不容易获得的支持者更是充满信心："我相信你，你心思谨慎，深思熟虑，且非常聪明，自有分寸。不过莫要因觉异常效果而太顾虑、刻意不去使用。近期我从金丞相那边，听闻地方官员汇报由于战争和疾病传播，边境地区的人心不安稳，有邪教势力趁机扩张，蛊惑人心。万一遇到邪教神秘组织，这如梦令的力量可以帮助你。"

"我明白，不到关键时刻我不会使用这层玄秘力量的。"凌月接受了这份使命，更下决心，好好去进行自己当做的事，为理想而踏入现实。

第四十五章 “商公子”回来了

就在老夫人等待得正要发作的时候，传来了二公子回府的声音。

二公子的来去总是低调的，没有军令也没有凯旋，没有商府的设宴迎接。只是来跟老夫人问安，一同进来的只有岳夫人。

岳雯诗微笑着走到老太太身旁，弯腰凑近她耳边，“娘，凌月回来了。很遗憾没能赶在凌日被师父叫走之前，不过不要紧，你看凌月平安回来，又长高了不少！”

“奶奶，我回来了。”凌月轻柔的声音，轻柔的脚步走向前。这一刻，凌月以自己的身份忽然觉得这不是自己！对，凌月扮演凌日，有的时候也在扮演凌月，并不是真实的他，而是他们眼里和大少爷完全区别的二少爷。

如果是真实的自己，现在只想释放心上的压抑，大声地喊出来：“我回来了！我回来了！我多么希望不要离开，也从未离开！”

“我多么希望一开始就不是这样！”

“为什么要像现在?!”

凌月此时想喊叫，甚至想哭一场，至少是安静的流泪，释放心中的悲伤。可是他却得装作温和而平静，来到老太太面前的那个乖巧的微微笑着的孙儿，那是他自己吗?

“凌月，你怎么现在才回来?”老太太的声音，激动兴奋却略有一丝责怪。

“对不起，先前没能赶回。”凌月发出的声音只是这样，略有一丝机械般的僵硬，却恰好融入了他心底翻滚的情绪压制中仍遗漏的一缕，中和成了一份温柔而亲和的感觉。

“我没能为您做的，接下来，我会补偿的。”这是凌月真诚的话语。一阵内在多面角色与声音碰撞似要将自己拆散之后，凌月终于融合了自身内在的角色与外在的场景，统一起了一个真实的自己。

“我会补偿的。”他看着老奶奶的眼睛，恳切地说。老太太将他拥在怀里。

在那之后的一段日子里，商府的家丁们就只见淡然安静的二少爷，仍如以往那样，深居简出，每天固定向老太太问候，陪她说话，然后走回那条林荫小路回自己的领地中。时不时他也会与夫人岳雯诗一起弹弹琴，就像他离开之前那样。仿佛所有的变化都从没发生过。

恍若所有的变化都在时光流逝中遗失了，却有那些不变的，依然存在。

商凌日大少爷又被他们遗忘了，连同的还有二少爷的存在，他实在太孤僻了，隐没在了偌大商府的那个林荫深处的角落。

商府中只有家丁们忙碌的身影，老爷进出内外的脚步，和夫人持家在内的不亚于老爷的忙碌，还有逐渐长大的小姐商宁馨，她小小的身影偶尔出现，她一直与母亲同住，被母亲保护在深闺中。

这时候的商府，就是一座安静的深深的府宅。人们依旧看不见凌月夜间的出行，以凌日的身份，恍如多年以前他童年时期一般，只不过这时不是去师父那儿练武，而是去皇宫与悯瑛商谈。在府上公子将军的凯旋过后，新一轮的波澜尚未到来之前，这是一段短暂的间歇期；虽然略显空寂，过于安静，或许却是日后看来的难得的安宁。

很快，这种静寂的气息就被一阵敲门声打破了。

这阵敲门声来自于光天化日之下，这一日的阳光格外刺目，在所有人都被照得晃了眼睛昏昏沉沉的时候，却突然听见了那样一阵重重的敲门声。

商敬先恰好准备出门，在午后他抽空打了个盹，正准备再次出门办理公务，敲门声响起时，他恰好是正对大门前唯一的一人。正在诧异门外的侍卫都怎么了，“被这午后的阳光弄得站着也睡着了？怎么任由不知什么人这么咚咚地敲着堂堂商府大门。”

他快步走上前去，门已被开了，正好迎面对上站在门前的人。

一瞬间，愣住了，这不止是商敬先的感觉，仿佛时空也已凝结。

一照面之下，商敬先不知道来人是谁，但是不用知道也已知道。

那张清秀俊美的本以为无双的脸庞，这时却再度呈现……

“凌……凌日！”

“你就是商敬先?”那微微皱着的眉间，却没有半分柔和及忧郁，有的只是疑惑、不满、不屑，以及似乎随时可爆发的愤怒。

商敬先张开口，突然梗住了，一时间似乎所有混杂的情感涌了上来，直到终于在眼中冲破泪水，才冲破那层屏障：“是的，孩子，我是你父亲。”

二人的脚步却仍是纹丝未动的，仿佛这突然的相遇一时无法化开那良久的沉淀，在他们之间有一股无形的力量，将他们拉近，却又定在那个距离。

忽然传来管家的声音：“啊，是大少爷回来了！大少爷，您这次怎么突然回来，也不叫我们准备迎接!”

与此同时，一抹洁白的身影翩然飘至，随着管家声音接连响起：“二少爷，大少爷回来了!”

僵立在门口的少年忽然似被震动了一下，先前压抑着的凝固的目光突然闪动出一股惊异的光芒，无比明亮，却比刚才顿然柔和了。

“二少爷……”他口中似机械般地呢喃着，重复刚才管家的话，当他的眼光落在眼前的这位白衣少年的脸上。

那张陌生却又是无比熟悉的脸。

那张与自己一模一样的脸!

“凌日，哥哥，你回来了。”深沉柔雅的嗓音，平和而亲切的语气，无任何多余波澜，仿佛他的归来是那么自然而然。

一阵沉默，却或许，真是此刻无声胜有声。在那沉默的瞬间，商凌日将一路上脑海中翻滚的怨言、怒语，全部瓦解于无形。

那对面之人的声音，仿佛来自遥远的远方，缥缈而清雅，无比柔和，与他的面容一样的淡淡忧郁，隐隐哀伤，却又同时是那么的真切、深沉，仿佛他等了好久好久了。

凌日原本突然听到自己的身世和存在着的父亲、双胞胎弟弟和商府的一切时所激起的愤怒、怨恨，都在面对这张与自己一模一样的却蕴涵着道不明的感伤的脸之时，忽然消融了。他看见那张俊美的容颜似美玉却隐隐透着苍白虚弱，而似乎是出于混杂着礼貌与亲情的微笑，不论是礼貌还是亲情都那么诚恳，却仍掩盖不了习惯性微微锁着的眉头。

凌月眼中复杂的神色是可以看得到，但难以品味出的。凌日不知道他的这句话蕴涵了怎样的意思，怎样的情绪，他的声音听起来有些伤感，神色忧郁，然而只是若隐若现的，总的来说还是平静而淡然的，可却似包含着更多更沉重而无法言说的因素。

“他与我长得一模一样。我来之前，他本是府上唯一的公子。可是他们却叫他，二少爷!”

凌日原本觉得凌月夺去了属于他的，直到回来后才发觉，如果那真叫夺去的话，凌月也只是获得了额外的压力。白天晚上两样的任务，学文学武来回奔波，身体上的还不算什么，更严重的是内心的巨大压力和这一切的无法诉说。见到凌日回来了，凌月没有向他发牢骚，说这么多年你到哪里去了，给我留下了这些额外的负担你的责任，只是说了一句：凌日，哥哥，你回来了。

凌日回来了。凌月确实等了很久。

相比那位不知情的兄弟，凌月可是从一岁记事起已知了。这么多年来，他与自己内心对话的时候，有时他会觉得是来自他的双生哥哥的声音。他扮演着他，当众扮演，除却伪装后，还在心中想着。对于这样的相貌，他是再熟悉再亲切不过了，而对于他的性格、气质，不知为什么，凌月也会显示出那样的样子：潇洒、开朗、英姿飒爽，似乎那就是天生的凌日，早已印在他心里的。虽然凌月扮演他的时候，英姿与爽朗中总暗暗含着一抹凌月本身的忧郁，但在他的脑海里，真正的凌日就是这个样子。

今天，这个身影，他扮演了想象了甚至习惯了的身影，忽然出现了，凌月心中的惊奇、惊喜、感慨、浮现的一幕幕关于自己与扮演凌日的记忆，等等都无法用文字概括，而这众多混杂而成的，最明显的只是与生俱来的亲情、替家人感到的喜悦，与对凌日——还有自己——感到的怜惜。

凌日忽然不知说什么好了，似乎过了良久，只是“嗯”了一声，以示回应，千言万语就在无声中，在这对少年兄弟清俊高挑略显单薄的身姿之间融化于空气和思绪。

商敬先老泪纵横，略微不稳地迈出步伐，似在不敢置信这突如其来的相聚，忽然上前去，一把将两个孩子拥入怀中。

凌日骤然间也感到那种沉痛，将之前不明所以的怒气都投入了亲情的纵容：“爹!”他一声喊了出来，嗓音已带有呜咽。

凌月把头埋得很低，早已泪流满面。

在凌月的辞海里，只有“我有压力要承受”、“我有情绪要忍耐”，而没有“男儿有泪不轻弹”。流泪，对于男人来说，没什么不妥的；这是化解和宣泄的最好方法之一。而且，恰恰是善良的勇敢的完美的男人的特质之一。

岳雯诗在一边也已沾湿了手帕，她一边抹泪一边赶紧吩咐下人备一桌好菜，迎接大少爷远道而归。在这情感泛滥的时刻，她还记得挡住下人不让他们接近商府大门口的这一幕。只是叫他们去准备好菜，迎接大少爷的归来，这理由已足够了。

商府家丁们只道是大少爷出门往返，多年来相聚短暂，今天临时回家，哪知这其中隐藏着多少往事心酸!

“来，我们先进来吧。”却还是凌月先从这恍如梦境却无比真实的各种情感压制、侵袭、包围着的情景里抽离出来。“不能让下人们有所怀疑。”这是凌月心中的提醒。他已拂拭了脸上的泪水，隐藏在那洁白仿佛不沾染一点尘埃的衣袖里，却不敢伸手去拉凌日，似担心那泪水会从衣袖里遗失。

商敬先也终于回过神来，用力将两位孩子拥向前，一起回到商府内。

家宴已备，岳雯诗带着喜悦赶来通知丈夫和儿子们快去入席，正好迎面朝向父子三人，阳光投洒他们身上，以一个诡异角度，一瞬间一抹虚幻感，一位少年如镜像般在另一位少年的影子里。

凌月忽然轻声对商敬先和身边的凌日说："爹，哥哥，你们去好好吃吧，我还是回房慢慢一个人吃饭，不能陪你们了。"

商敬先脸色一沉："怎么，凌月，你平时不爱热闹也就算了，今天你哥哥远道归来，如此重要的日子，你还要回房关着?"

凌月苦笑一下，虽然并不是有意，忧郁的气质更显苦涩："爹，您忘了，平时每次凌日回来，凌月都是到房里休息的。"这次如果不一样了，大家会怀疑的，这是凌月即使心中的声音不响起也会想起的话。

两句话把商敬先和岳雯诗愣在那里，是啊，商府上下确实习惯了，确实是这样的。每次凌月在扮演凌日的时候都会先把自己关回房间，然后从后院的秘密通道溜出去，再以调整好的神色容貌带着商凌日大少爷的身份回来，而在欢宴过后，他又顿时恢复落寞地回自己的房间，仿佛当中从未有任何波澜，从未离开。

凌日站在原地看着家人们上演的变化神色，他原本性情大大咧咧，并不细致，而今日这一幕幕虽在微妙中也太戏剧化了，他也不禁品味着同时被感染，发觉了这家人——他的至亲、他原本以为风光的商世家府上的众多不为人知的无奈和伤悲。

凌月转身而去，朝向那条林荫小道，留下一个落寞近乎凄婉的背影。忽然凌日高声叫了出来："凌月!"声音高昂而坚毅，带着一种勇气和力量，商敬先和岳雯诗都才晃过神来。凌月步伐一停，缓缓回头。只见那同样的人面再次开口："难道以往都是这样，就不能改变么?"

凌日的声音继续回响在他心间。"难道不能改变吗?"

"过去的都过去了!!"凌月脸上的忧伤化开来了，融于一种迷茫的淡淡的纯真，他仿佛一个很小的孩子，突然被点醒了一个沉积在小小心灵上的盲点一般。是呀，为什么不能改变呢? 以往都是这样，就要延续么?

凌月的表情缓缓露出坚定，嘴角渐渐勾起一抹笑意。虽然，其实他的心思与脑海旋转得飞快，已经早就告诉了他自己，那些过去的已经过去，影响却早就造成，不能忘记；不是说改变就能改变的，即使改变了形式，本质的悲伤还是压抑着不去，只能强自忽略或者自欺欺人罢了。然而，在这样的时刻里，凌月还是选择了宁愿哪怕自欺欺人，也要改变一次，为了这么多年等待却不敢表达等待、悄然盼望却不敢奢望的团聚。

"好的，我们一起吃饭吧!"凌月微笑着看着凌日，真诚而信赖就像一个纯真的小孩望着大哥哥。

"今天什么都别说，大家好好吃顿团圆饭! 凌日，来，爹接下来再好好关心你，我们先吃饱再说!"商敬先难得终于高兴得合不拢嘴，疼爱地拍着凌日的肩膀，将两位俊美的少年拥着走向餐桌。

"大哥哥! 小哥哥!"清脆的童声传来，一个八岁的小女孩由岳夫人的丫鬟带着。她望向凌日，表情没有一丝陌生："大哥哥!"

凌日瞬间震住，又很快加倍绽放出灿烂温暖，伸手抚摸了小妹妹的脸蛋，"妹妹，真乖!"

大家都笑了，尤其岳雯诗，笑得格外慈爱："宁馨，过来跟凌日凌月两位哥哥坐一起。"

这一顿饭，凌月吃得很少，脸色依旧忧愁。倒不是他故意的，而是由于心中五味混杂的情绪，胃口自然不佳。商敬先和岳雯诗都积极地照顾着凌日，叫他多吃点，帮他夹菜，就连宁馨也凑热闹照顾这位远道而归的长兄。

看着兄弟吃得香喷喷的，凌月也笑了，感到他们几个真像是熟悉温馨的一家人，自己，反倒像是局外人了。

这样很好，自己可以这么看着，体会着淡淡的幸福与喜悦。什么都不要想了，今晚，属于亲情的团聚、喜悦与平安。

第四十六章 大少爷的疑问

在商府这一日，凌日感受良多。归来后头一晚，留给他的“太阳小屋”中，凌日望着凌月面色略带疲惫，不由得问这弟弟这么多年扮演他是不是很累。“确实累，不过习惯了就好了，有时还可以扮作你来跟自己说话呢！呵呵，这样也可以解解闷，还蛮好的。”凌月的笑容还是带有一丝自然自发的忧郁，他的自我调侃式的安慰，在凌日听来却是有一种根深蒂固的无奈。

“他有一颗细腻的心，”凌日呼了口气，“活得太累，不管了，我要睡！”

一觉过后，新的一天到来，凌日总是很喜欢阳光灿烂的早晨，精力充沛。忽的迎来一团疑问：“我的生母呢？既然当年我没死，我的母亲是不是也被救了？商家这么多年寻找过我没有？寻找过我母亲没有？他们难道就让凌月这么装扮我，欺骗下去，却对真正的我不闻不问吗？”

一连串的疑问又使他内心的激动和怒火上升。夜间的月光和凌月的气质柔化了他的情绪，到了白天在凌月还在遨游梦乡时，凌日早早醒来，就被这些疑问撩得心绪不宁。

“爹！”见到精神奕奕步伐有力大踏步走来的少年，商敬先无须任何思考就亲切地喊出：“凌日！你这么早起啊！睡得可好？”

“好！爹，我有事问。”凌日讲话铿锵有力，不绕弯子，也毫不含糊。

商敬先稍稍顿了一下，似乎意识到该面对的总得面对了，抬起头展个笑容说：“孩子，你问吧。”

“这么多年，你找过我没有？”

“孩子，你知道当年，我和你祖母、还有雯诗就是凌月的养母，是亲眼看着你死去的……请你不要怪我们，当时我们都悲痛欲绝……”商敬先说到这里，声音轻下去，夹杂着悲伤，凌日虽不敏感但这关系到他的深深疑问，所以在商敬先说话时凝神倾听和观察，也觉察到了。

“那么，我娘呢？既然我被救活了，我娘可能也还活着！”凌日激动地叫了起来。商敬先被这么一说，顿时似醒悟：“是啊，你母亲，凌日，我之前从没想过死者复生的可能。”

“那你现在知道了！既有此可能，我要去找我娘！”凌日说着情绪已经不能平静，转身就要走。商敬先一把拉住他，生怕失而复得的儿子忽然又失去，就像做了一场梦一般：“凌日，你这是要去哪里？天下之大，你去哪里找你母亲？她多年杳无音讯，是否在这世上尚不得知。”

“不知道她是否死了，就有可能还活着！”他父亲忽然感到这位大儿子怎么也像小儿子讲话那么绕口。

商敬先脑海中的秀丽女侠的影子早已淡了，现在只想着眼前久别重逢的长子，却不知怎么诡异地将他与小儿子比较。正当他走神又回神拉着凌日劝他别走的关键时刻，凌月飘然进入了屋子。

“爹，哥哥，”凌月已察觉到气氛的异样，“哥你别激动。有什么话，我们慢慢说。”他说着轻抚了抚凌日的肩膀，显示出对至亲的亲人或久别的老友那样的亲切关爱，顿时将凌日的暴躁火气安抚了一大半。

“来，我们坐下，我听你讲。”凌月说着就轻拉着凌日走到屋内的几张椅子前，商敬先也忙坐了下来，和凌月一起安静地望着凌日，耐心地等他开口。

“我说，想去找母亲。”凌日看到父亲和兄弟这样，也有点感动，刚才发火的样子可能有些吓着他们，他们却这么好脾气，自己倒觉不好意思，“想当年我既从死里逃生，被医界高人所救，那么我娘亦很有可能同样获救，现在还在活于此世。”

“的确有可能。”凌月毫不停顿地接过他的话题，依旧如常不紧不慢的语速，“事实上，我的师父多年来都在四处寻找。包括托了江湖上的朋友，他自己也亲自走了很多地方。”

“你师父？”凌日扬眉表示诧异。

“嗯，我师父贺青山是江湖中的高手，多年前退隐，但还有很多朋友，人脉甚广。他是爹的至交，为人也仗义，这些年来从不间断。然而却无所获。”

凌月连贯而平淡地讲出了这些，确实，在他看来，就是在说着客观的事实。只是他其实早已把心中对母爱的期盼给隐埋了下去。反而对于兄弟的情感，因为他与生俱来的相貌和从小背负的任务，一日日加深了，而对于那位毫无记忆和印象也对自己毫无影响的生母，他并无太多的想象。

“啊……”凌日失望地喊了出来，仿佛一个刚刚形成的美丽梦想泡泡被击碎了一般。忽然，他想到了什么，“凌月，你也早就知道你的亲生母亲另有其人？”

“我是在十岁的时候知道的。在那以前我将夫人当成我的生母。在那以后夫人也对我视如己出。”凌月说这些话是真心，自然而发的，这是他的思维在想到“十岁”“生母”这样的词汇串联时，自然而然引出的记忆。十岁时岳雯诗来到他的房间，在那个早晨亲口对他说“凌月，我不是你的亲生母亲”的情形，在他的脑海里依旧清晰。

然而这些话听在凌日的耳朵里却不是同样的滋味了。“十岁，十岁就知道了！”

倘若凌月说到十岁想的是当时和之前的回忆，凌日则第一反应就是十岁之后到现在的漫长日子：“你这么早就知道了！居然还这么平静！早已习惯了是吗？”凌日的脑海里甚至突然冒出了这样的扭曲：凌月为了讨好商敬先和夫人获得宠爱，故意对岳雯诗特别亲切，并且在商敬先面前夸奖岳氏对他的好，维持一家人和睦的表象。

“冷血无情！”这句话是凌日从喉咙中挤出来的。这时凌月还由于刚才凌日的高声反问沉浸在思考中，自己是习惯了吗？“似乎是的，但是接受这一切，却也不仅仅是因为习惯……还因为什么呢？一时也想不清了。”凌月这么想着，忽然意识到久别重逢的兄弟对自己发怒了。

“呃，你不要发火！其实，也不是习惯，就是，你说我能怎么办呢？”凌月一时被凌日弄得不知如何是好，说话也自觉理亏偶尔不流利，更显一种可爱近乎楚楚可怜，看着这张与自己如出一辙的俊秀面容露出无辜的神情，凌日忽然心中一软。

对啊，他能怎么办，他只不过是一个小孩子。就现在，也不过十八岁。而且，自己从小离开，这位兄弟就成为了家中唯一的儿子，唯一的希望与精神的支柱，他只能撑着，顶着，忍受着，还能怎么办呢？

“我刚刚也说了，我师父找过，一直在寻找，没能找到。其实这件事情爹和我惦记着。贺师父若非因为爹的缘故也不会这样寻找。”凌月如此敏锐，察觉凌日的神色放缓，而脑海中对这些突如其来混乱事务的思考，他已整理出了一些头绪，语气了恢复了流利。只是还是以轻柔温和劝慰的形式，加倍温雅地对待这位兄长。

凌日沉默不语，脸上的神色显示出内心仍在翻腾。商敬先这时开口说话了：“凌日，不要责怪我们，为过去的事情，尤其是你弟弟凌月，他没有错，这些年也受了不少苦。”商敬先平日里几乎从不当面对凌月讲起这些，今日也是借着凌日在讲起以前事情的机会，道出了心中暗暗存留着、明处刻意忽略的对凌月的愧意。

听到父亲这么说，凌月感到心头一暖，混合着酸酸的滋味。他不能多想，便继续劝慰凌日道：“哥哥，这件事不能意气用事冒然而行，我们可以谨慎商量后拟订个计划，先整理出思路，也急不在一时。作为一家人，我们齐心协力，难事也定能化简。”

凌月表达出了家人的凝聚力和支持，凌日也感到了这里是属于他的地方，可以作为他的依靠与后盾。既然来了，就多在这里待一阵吧，那么别这么急着走了，反正师父和派众那里知道自己来了这儿。凌日这么想着，气息平和，表情也平缓了下来。商敬先松了一口气，只是并不知道、也还未意识到这个久别后的儿子的背景与考量。

第四十七章 聚在一家，闲聊分别之年

当凌月不在的时候，商氏夫妇和凌日单独聊，也只能保持温馨而不能涉及太多的信息。目前来说，他们感到与凌日的相处融洽是很重要也很难得的。

“凌日，孩子，你在外吃苦了吧?”商敬先看着凌日俊美的脸庞，与凌月一模一样，虽少了份忧郁、面色不显得那么冷，却也略显消瘦，关切地问。

“呵呵，还好，没吃什么苦。”凌日爽朗地笑答，“师父对我很好。”

凌日只是实话实说，没经过考虑，因为确实他从小跟随师父在世外过着自给自足隐居般的日子，其实生活很是写意，并不像商家想象的那样漂泊流落在外。商敬先听了，却以为凌日是怕父亲担心，故意这么安慰的，心中一暖，觉得这位长子真是懂事。

岳雯诗听了，看到凌日爽朗的神色，也觉得这孩子比凌月要阳光、开朗得多。不像凌月那么沉闷着、充满了怪念头，还那么孤僻敏感，看来是好相处的孩子。

在凌日刚回来后，商敬先私下找凌月说：“抽空多跟你哥多聊聊，陪陪他，这么些年不知他过得如何，有些话我不好讲，你娘更不便说，你懂。”

“嗯。”凌月答应了，心里一个声音说，“我知道，但我不喜欢你这样有目的性地让我多和凌日说话，你不这么说我也会，不希望这样天经地义的情谊带有额外目的。”

其实商敬先这样也属无奈，确实有些内容不知怎么开口，怕触碰一些不愿触及的伤口。只能对这位久别重逢、几乎可以算是初来乍到的大儿子，表达一些关心和问候而已。作为同龄人，凌日和凌月确实好沟通一些。

在太阳小屋，明亮的阳光洒进屋子，凌日抬头迎向阳光，凌月站在他的后边。

“凌日，这么多年你还好吗?”凌月先前思索良多，不知怎么开口，他是很关心的，却

又觉得有那么些隐隐压抑，不能出口。终于这么与凌日单独谈。已把那块代表商凌日身份的鸡血冻石印章给他了，凌日不主动告诉这些年的情况，凌月感到逼问有欠妥当。

“很好。”凌日迅捷地转身，对着凌月，“你帮我布置的这间小屋吧，很合我胃口。”

“你满意就好。是我们一起布置的。”凌月没想到凌日突然转移话题。他也还有顾忌，在凌日面前暂时不提“母亲”。

“你们一直留着我的位置，我没想到。”凌日快速说，停下来注视凌月。

“这是我们应该做的。”凌月的声音和语调更显温和。他也看着凌日，目光真诚。

“我随师父与那边的人们，他们都对我很好，传授我武功还有医术。”

凌月点点头。

“你就不问我在哪个门派吗?”凌日见凌月不提问，有些诧异。

“我想你大概有你的考虑，也有你的秘密；你不主动告诉我，我就不方便问了。”凌月仍然是温柔而认真的，静静地在平淡中透着关怀。凌日忽然有些感动，他原以为这次回来一定会被问怎么回事，没想到他们不仅将凌日的地方留着，还没有主动问他，仿佛他真的原本就属于这里，原本就已熟悉。这是一种亲情的信任吧，凌日忽然想到。

“我也相信你，告诉你吧，但你别说出去。我这些年，是在内陆西部靠近边疆的地方，一个叫巫医派的族群，并不只是一个门派。他们有自己的世界，我是唯一从外界进入的弟子。”

其实凌月没问凌日，除了亲情的信任，还有考虑到对他人隐私空间的尊重；而商敬先，则还顾虑到凌日生母的情况，怕跟他说起这个话题，于是也就不好直接去问他这些年生活，难免会提及那些难以启齿的往事。

该来的总会来的。那么就顺其自然吧。

很快，凌月又被商敬先单独叫去，却不见凌日出席。

“你哥回来有几天了，该是你们一同去拜见奶奶的时候。”商敬先沉着嗓子严肃而谨慎地对凌月说，“你先跟凌日讲讲，告诉他奶奶的情况，让他有所准备，别惊扰她老人家。”

“是，我知道了。”

商敬先还不放心，又加重嘱咐：“你跟凌日是兄弟，有些话你说合适，一定要注意，到时候千万别出什么乱子!”

凌月站在凌日身后，却并未像父亲嘱咐提示的那样长篇介绍和关照，只是说：“凌日，我们一起去拜见奶奶吧。你不在的时候她很想你。”

“奶奶?”凌日有些疑问，“她是怎样的?”

“她真心爱我们，是一位很慈爱的长辈，你会喜欢她的。”凌月真诚地说，这是他认为最适合在此时向凌日介绍的描述了，“只是她身体不太好，年纪大了也有些糊涂，不过你见了她自然会好的。”

“好，你带我去。”

走向老夫人的屋院，两兄弟一路的脚步，仿佛是一道印在记忆中永恒的刻印。不知为何，凌月在心里升起这样的感觉，不知这样的机会能有几次。

立刻压下这显得有些“不吉利”的想法，凌月站在门槛前，让凌日先跨入脚步。这是作为弟弟应该做的，符合商家二少爷的举动，更是因为，凌月真的想给凌日多一些与奶奶相处的时间，哪怕让自己一直隐藏在后。

“奶奶。”这一声是凌月的招呼，稍显得小心翼翼，如同他这次认为自己有着护航使者的使命；倘若抛开这层身份，这时的凌月多想大声呼喊出来，扑到奶奶的身边。

“凌日！凌月！你们终于来了！”老太太的这一声苍老沙哑却是充满感情的呼喊，瞬间融化了凌月的克制与凌日的生疏。凌月快步跑到了她的身边，凌日也不由自主地迎了过去。

“凌日来看你了！”凌日也随着凌月略带颤抖的声音，吐字出来。“奶奶！”凌日的这一声呼喊，仿佛积压了很久。老奶奶紧紧握住他的手，凌月在一旁忽然更觉一种想要流泪的酸楚。

这一刻，真的等待很久了。甚至根本是凌月不敢等待、不敢奢望的，在每一次来到老祖母面前轮流交替扮演着身份，拘束和紧张不可避免，即便是自然而发的亲情也被套上了些小心翼翼而不自然，现在，一切隔阂与阻碍都第一次消失。这时，这一刻，凌月忽然觉得也是他第一次作为真正的凌月与奶奶团聚。

凌月静静地蹲在祖母椅子侧边，让凌日在她的面前。老太太伸出一只手在旁边摸摸凌月的头，然后又摸摸面前的凌日，忽然说，“凌日啊，奶奶有好久好久没见你了！”

这时丫鬟珊瑚在身后却笑了起来，“老太太，您见到孙儿就高兴地什么都忘啦！前不久大少爷出征胜利归来，不是还来陪伴您好多天的么？”

“哦呵呵是啊，是啊！你们看我这老糊涂！”老太太咧开嘴笑起来，继续抚摸着凌日的头发，凌日沉浸在当下的亲情滋润里，凌月的笑容却流露了苦涩。

被别人无意道中不可触碰的隐秘，总是更添加一层悲哀。

巧的是道破者并不知道已然触碰，那么这无心的提起与真心的笑容，便成为了生命在这一刹那无法承受的沉重。

凌月觉得两腮都是那么酸疼，真的想要哭一场，却比起以往那样在奶奶面前还做不得自己、仿如应付任务般要远远好受。这时的忍耐不哭，只为了不要惊扰他们，让奶奶与长孙继续沉浸在这温情的气氛中。

凌日很快适应了商府的生活。不仅是适应，他融入且享受这里的每一分亲情，陪伴最疼爱他的奶奶闲聊着，沉浸在老夫人的溺爱中，接受父亲和养母在生活上的照料和关心，与他们闲话家常，了解这些年为他留着位子的这个家，甚至还喜欢逗逗他的小妹妹玩呢。凌日觉得这些都很有趣，他是会玩会享受当下的人，既然来了就投入了这里，不会去想那些不在眼前的其他。

岳雯诗喜欢凌日是显而易见的，她见到凌日忽然意识到，那张如凌月一般俊美出尘的脸，竟然可以完全没有往日见惯了的阴郁和哀伤，取而代之的是内在而发的爽朗，直到见到了凌日，她才发现这张脸的美还可以不与忧伤联系在一起。

平时即使是表面愉快的时候，哪怕是装成凌日的时候，凌月也会透出那种淡淡忧郁的或者阴沉的气质，要么从他的眼底，要就从他的一举一动，或者他温和的嗓音也是如此。而现在，这一切在凌日身上毫无痕迹。凌月的沉稳大气也是阴沉的，凌日的却是阳光的。凌日情绪分明，虽然脾气暴躁点，但发泄过就忘，比跟凌月这样会长久记着的孩子相处要轻松多了。岳雯诗看着凌日就仿佛看到了家里的希望、鲜活的力量，他给商府的确带来了极大的快乐与满足，仿佛将多年的阴郁一扫而空。她觉得凌日这样真是难得，从小离开父母生活在外，难免漂泊（他们是这么想象的），还能这么阳光而性格爽朗，岳雯诗与商敬先都为他的出现高兴。

似乎除了凌月，其他人都在想着凌日回来之后的情景。只有凌月还想着他回来之前的那些往事，遗忘不了。

对于凌日，他有的更多是之前的表现与他留下的空缺，毕竟那些的印象太深了，伴随了他那么多年，而且凌月本身就是爱回忆的孩子。现在府上只有他一人揪着回忆不放。当然他没有表达出来，不过忧郁的神色或许从好多年前就已透露了他的类型风格。在凌日回来之后，凌月明显感到自己不如以前受欢迎了。呵呵，他很开心，终于不用像以往那样总在注意的中心了。

这几个月里，凌月穿梭在府邸和皇宫间，隔几日与悯瑛约一趟，对凌月来说毫不困难且颇为好玩，像是小时候的白天学文晚上习武转为了白天在家、晚上去皇宫。他已逐渐将情感兴致都投入了那份不普通的职务中。

在白天，凌月感受着家中的亲情，凌日的到来给家庭中翻开了一道新的篇幅，带来了一道重归的阳光。而晚上，则仿佛这些都淡去了、抽离了，凌月感到还是像多年以前，静静地在属于自己的世界，或者自己一人在小屋，或者悄悄出府与结义弟弟相聚。

有时凌月会在半夜里回来，也有时会在天亮前，就像小时候那样，他仍然不见日出，在日出的时候会睡上一觉。被出征奔波弄乱了的规律，又回来了，凌月很享受这段繁忙同时悠闲的时期。

同时，他与悯瑛还在计划着接下来的事宜，过不久就又要第二次出征了。于是这段短暂的可算作间歇期的时段，在凌月看来是十分特别而珍贵的。

每一阶段都有每一阶段的样子，都是特别的，而都有着不同的特别。有些阶段的美丽要随着时间流过到以后才会品尝，而有些，在当下，就已值得回忆。

正值商敬先外出有事，凌日凌月都在主屋侧房里，跟母亲和妹妹聚聚聊聊放松着。

"宁馨，你看两位哥哥都在这里，开不开心呀?"宁馨的保姆是府上的特别为照顾这位小姐准备的，从宁馨出生后不久就与岳雯诗一起照顾她，也是商府的一位世代跟着的家丁家眷，叫阿萍，少爷小姐都礼貌亲切地称呼她萍阿姨。

"开心！宁馨难得看到两位哥哥，真高兴!"

凌月听到这话忽然心中一酸，平日里对妹妹的关怀可能太少了，但是似乎对这样的小女孩也没什么话好说，何况自己有那么多事情要做，也并不是擅长说话讨巧逗小孩哄人开心的类型。

倒是凌日回来之后，经常逗宁馨玩，一下子就熟了。凌月从小到大都不怎么陪妹妹，甚至没怎么跟她接触。家中给凌月的任务、压力和计划已经够多了，当然不会要求凌月还得去带小孩。如果在带小孩和忙正事之间让凌月选，凌月也会毫不犹豫选择后者。而这也正是给他的路，是命运还是巧合呢?

或许换另一个性格的相当于扮演长子角色的儿子，就会主动带妹妹玩，但是凌月不会，部分因为他很早记事，幼时就不喜欢被别人哄着当什么都不懂的小孩——而记忆中人们也不会这么对他，凌月从小就活得比较严肃，或者说被安排得要应对得严肃——所以不喜欢去逗着哄骗比自己小的小孩子，长大后也是如此。

"宁馨，两个哥哥你更喜欢哪一个呀?"萍阿姨倒是好心情，竟然这么当着凌日凌月的面问起来。只见凌日凌月都笑了起来。岳雯诗对这个问题也想知道答案，其实大家都差不多知道了，肯定会喜欢凌日多一些嘛，凌日会哄她玩，会逗妹妹，跟她说话，凌月不会。

宁馨停顿思考了一会儿，眼珠转了转，竟然回答，"我喜欢小哥哥多些。"

"那位是小哥哥，这位逗你玩的是大哥哥。"萍阿姨觉得小女孩分不清说错了，进行纠正。从这一点也可见，凌月在这些人心目中并不讨人喜欢。

“我知道！我说的就是那位小哥哥，我更喜欢他。”

这回连凌月也没想到，认真地想听听小女孩怎么说，表面上凌月只是淡淡地笑着，似乎无所谓地甚至有些冷漠而抽离地看着他们，其他人则笑得热情洋溢，而或许，这样的对话这样的情景里，也只有凌月一人当真。

“小家伙，枉我对你这么好，你竟然不喜欢大哥哥，就喜欢你小哥哥！”凌日蹲下来摸摸宁馨的头，故意皱眉装出生气的样子。

“宁馨不是不喜欢大哥哥，只是更喜欢小哥哥，”小女孩一板一眼地说起来，“因为小哥哥不喜欢笑、会对我讲认真的话，他也从不骗我哄我！不像你们都把我当小孩子，只会逗我玩！”

凌月听到这里哈哈笑了起来，没想到这小女孩还挺会观察和分析的，倒是超过了自己想象。看来这个妹妹还是蛮好玩的。

岳雯诗听后不理解，急忙对宁馨说：“小孩子别乱说话，怎么说我们大家骗你呢？你看小哥哥不爱笑，这回也笑你了！”

凌月忙笑道：“没有没有，不要紧的，宁馨很有想法，蛮好的。”

凌日在旁边不忘打趣：“看来这妹妹脑子里有一套古怪念头，很快与你就有得一拼！”大家都笑起来，气氛又轻松了。

第四十八章　兄弟切磋武艺

这些天已得知凌日从小被世外高人收养，当年是被他们所救，得以死里逃生，被带到了很远的地方，就跟随他们，包括学习他们的技能。不过凌日没有告诉关于他们门派的事，只是说在那里会武功也会医术。在讲述的时候，凌日轻描淡写，大家也都可以理解他自幼离家不知道自己身份，很是同情，不忍心多问。

他们的父亲则更关心他们的学习成就。商敬先已让凌月了解凌日这些年的状态，又发觉这个孩子较好相处，性格开朗爽快，逐渐抛开了原本担心的，就自己也来询问大儿子的情况。得知了凌日也在习武，且师从世外高人，非等闲之辈，特别高兴。

“凌日，那么你跟师父学武多年，也是跟随高人，和凌月一样，对了，来来，和凌月过过招吧！”商敬先突发奇想，兴致非常好。“来，你们俩兄弟切磋切磋！点到即止啊。”

凌月没想到父亲突然这么提议，也忽然升起了好奇心，这位孪生哥哥的武学套路不知是哪家风格的呢？于是他微笑着“嗯”了一声，看着凌日。

凌日十分爽气地说：“好，兄弟请。”

“请。”

两位身形一致、同样翩翩风雅的美少年走入空地中央。凌月身着紫色的衣衫，他平时经常穿白色，除此之外也惯用冷色调的着装，如同阴天之云层的灰紫色配在他身上，突出了他白皙如冷玉的肌肤，更显得他整体忧郁而神秘；凌日则身穿一袭橘红色的衣装，他喜欢暖色调，橘红色在他身上更彰显了他带有霸气的英姿。商敬先在一旁看着两位容颜超群的儿子，微笑着抚摸胡须，露出从心而发的喜悦与满足——“得子如此，夫复何求啊！”

只见两位美少年在风中，长发和长衫微微飘起，凌日的头发梳得光亮，整洁扎起很是神气，凌月额边一缕黑发飘在他的脸庞，秀气中还是包含了一丝神秘，两人都是身姿清逸，极其俊美。

这时，凌日亮出他的一柄长剑，凌月立刻扬声道："刀剑无眼，我们要不还是徒手过招?"

"徒手不是你我惯用的练法，既然过招那就要过瘾!"凌日勾起一抹的笑意，"而且，听说凌月你自创了一套新剑法，我很想见识见识!"

"呵呵，好!"凌月听这么一说也爽快地答应，绽放一抹笑颜如同冰雪里的梅花清丽出尘。他抽出月影剑，顿时一股寒光射来。与凌日炙热光辉的日耀剑相映成趣。

凌日步法强烈而快捷，一步一步带有气势，犀利而凌人，凌月同样迅速却是十分飘逸，步法遵循八卦阵与五行等精心设计出的套路，精妙异常。冷暖两色调的影子混合随光影交错，令人目不暇接。

两柄剑相交，发出了清脆的声音，在风里如同银铃。

正在难分难解的时候，凌日以剑扫过中路同时攻往左右，出击异常迅速，如同闪电，看着清晰却难以躲避。这时凌月不往后退却凌空跃起，忽然凌月出了一招"月影天下"，从上空沿着一道圆锥形洒下剑花，以肩、上臂、手肘、手腕分别为原点，一个圆锥接连一个圆锥，令人眼花。凌日以简洁的攻势为主，不料凌月化守为攻，顿时被笼罩在了凌月的剑光下。

凌日立刻以横扫千军之式结合一手遮天之态，用力自下斜上破除月影剑的笼罩，然而凌月的剑路却似编织锦缎一般，在极细微的路径里继续游走，不避不让，瞬间的弯绕跳跃只是虚拟的晃，同时剑在手指的拨动下竟与先前臂肘手腕的操作方式又有了不同，细微精妙且极其迅速，以速制速，凌月的剑锋幅度动作要小所以也就更快了。这星星点点的剑光如同雨点般洒下，刚才的一道道月光这时却似化作了更细密的雨水，凌月叫这一招式"月光化泪"。

这时凌日使出"翻手为云"转了个凌厉的斜角，抽回剑继续破坏月影剑的攻势，以云收雨和泪，不等招式固化就转为"日上枝头"，再一翻腾击打直取月影剑后凌月的手。

凌月不慌不忙接连自己先前的招式，一抖手臂舞出一道曲折流畅的线，同时另一手的衣袖竟然绕着向前带着内力延绵至凌日的剑侧，一袖清风之气同时与自己另一手的剑气合二为一，随着化解凌日剑力之势侧身的同时，右手的剑丝毫不缓不停继续点着纠错复杂的线路，竟然到了左手的左边反手再随衣袖之风划了过去。这一剑式就叫"泪化清风"，是凌月自创剑法中接连"月光化泪"的多种可能性之一。

太过投入在剑法里，凌月竟然忘了这是一次练习，这一招出下划破了凌日的袖口，刺出了鲜血才猛然醒转。

商敬先顿时脸色变了。"凌月，你！你竟然伤了你兄长!"

"对不起，对不起……"凌月看到出血顿时慌了，连声道歉都不知道解释什么好。

"说好是兄弟间的交流，你哥哥让着你，你竟然手下毫不留情，把他弄伤，你好狠毒的心!"商敬先在愤怒中出口责骂。

"爹，不要怪凌月了，他太投入，而且他的剑法确实玄妙异常，并不是我故意让着他的。"凌日转向凌月接着说道："你的剑法精妙，不过太依赖于玄术理论的引领，且花哨装饰很多，若是被破解了阵法原理加上看透了花案，则会威力大减。"

"你说得对，谢谢。"凌月真诚道谢，一面迎上去扶住凌日，凌日一摆手道："我没事，这点小伤。”只见他从怀里不知怎么就抽出一道纱布和一点药，快速用一只手替另一只手臂上药然后包扎了薄薄一层，顿时血止住了，且纱布上的血迹很快转淡，然后凌日揭下纱布，绕成一个小团收了起来。

商敬先看着十分惊异，睁大眼睛，“凌日，你这样就好了？”

“好了，爹不用替我担心，我会医术。”

“你会医术？对了你之前提到过跟随你师父还学习了医术，不过我不知道你的医术到了怎样的程度，见你自己包扎很是利索，我总算放心了！”商敬先看着凌日，很心疼。

“我学到的医术确实高明，当年师父师伯能使我起死回生就是证明了！我也不用谦虚，哈哈！”凌日爽朗地笑。

“确实不必过谦，那样反而虚伪不诚心，凌日你学到了这么高深的知识技术，我真为你感到高兴！”凌月忽然接了句这样的口，在他的意识里完全通顺而自然、有诚意，在他人看来却或许略为突兀，于是他被商敬先的责备的眼光狠狠地瞪了一下。

“你还好意思说！”商敬先对凌月的斥责声音冷而严厉，当然是怪凌月伤了凌日，还有一点隐隐地认为凌日当年替凌月挡了一难，受了苦，因而对这位大儿子加倍疼惜。或许连商敬先自己也没这么清楚地意识到这层想法，只是混合在当下的事件里，凌月却不知为何在刚才忽然的一点跳跃思维后又突然品尝到了这一份味道。

于是，凌月垂下了眼，默然，落寞。

第四十九章　一同游玩·聊聊，双胞胎

凌月心中很是自责，伤了凌日，又想这些天他回来之后也没有好好陪他，凌日大方不介意，跟府上上下都很快混熟愉悦，却也不能掩盖自己的疏忽和不尽责，凌月这么觉得。

于是接下来，他想来弥补。

虽然秉承了一致的外貌，凌月和凌日都知道他们的性格与风格差异。这些，是比环境更加根深蒂固、难以改变和融合的。

然而为了亲情与和谐的缘故，为了这来之不易的失而复得，凌月开始主动抛开了自己的一些习惯，例如不想说话只想思考、不喜出门只想待在屋里、不愿去人多的地方想避免人群等，主动来到凌日的小屋找他。先是确认他的伤好了，第二天又来邀请他一同出去逛逛。

“凌日这么些年没有在这里，要带他看看家乡的风貌。”凌月这么想。一路上，凌日朝气十足地踏着脚步，闪烁着好奇的目光，穿梭在人群中东看西瞧，体验当地风土人情。凌月则有一抹抽离感，对于来往人们的样貌打扮行为从来都是没兴趣的。

“哇，刚才对面走过去的那个贵公子真漂亮！衣服也太好看了！”凌日目光一转，发出啧啧赞叹。

“人家衣服漂亮关你什么事呢。”凌月平淡而略带不屑地说，这不屑似乎并不朝着具象的对象。

“你看见他的样子了吗？他的衣着配上他的相貌身材，真有腔调又有气势，头发也特别好看！应该是京城里的某个贵族呢，说不定你认识的，刚才就在我们眼前走过去，冷冷地瞥了我们一眼，太高傲了，不过确实太帅了气质也好！凌月你刚才看见他了吗？”

“啊，我没看见。”

“你啊，怎么搞的，你在想什么呢？”

“我在想我们要到哪里吃饭。”

一句话让凌日险些笑喷了：“哈哈哈，我还以为你在思考什么高深的问题呢，原来是吃饭！你饿了就直说嘛，哈哈！”

谁知凌月的表情仍然严肃：“吃饭是生活的根本，虽说自我实现的达到可超越物质基础，然而这是生存的必需，其实是有点可悲的……话说，我不饿，胃口不好，所以得好好挑选吃什么，免得更弄坏了胃口吃不下去。其实，我一直是挺挑剔的，呵呵。”说到最后凌月才淡淡笑一下，却加重了两声笑声，有点自嘲。

凌日略为摸不着头脑：“说了半天，我们去哪儿？都走那么久，你没找到合适的酒楼？”

“我在想啊，我们的口味肯定是不同的，得找一家综合性的包涵四海风味的酒家才行。”其实凌月早就在考虑这个问题，他细心且考虑他人感受，但不太会说话，先前说出的话语真有点像自私的、只为自己考虑而对这个那个都不满意的样子。

好在凌日没那么小气斤斤计较，也不往深处想，因此只是感到凌月有点古怪，更感到与自己不同而已，没有欣赏也没有不悦。

这时，凌月望着旁边一家酒楼，终于说：“这家还可以。”

两位风姿不凡的美少年翩翩走入酒楼，店小二和几位大声喧嚷的客人最先看到，立刻目光聚焦。刹那间客官们停止了声音，然后顿时炸开了锅一般，啧啧称奇。

这天，凌日身着明黄色长衫，更显气色明丽，神采奕奕，凌月则一身冷灰，低调的略深的灰色，在他身上结合了他的微冷的忧郁气质变得飘然出尘。虽然他们打扮不一致，发式也有所不同，气质则更是相异，酒店里的客人们还是轻易发现了他们是一对双胞胎。

“奇了奇了，如此翩翩美少年，两位一模一样，打扮却如此不同！”

“造物主真是奇妙，两件一式一样精雕细琢之品，还能如此各异！”

“哪家有这么好福气？”

“伴随福气的还有责任啊！这么好的孩子，这家人家肯定得好好培养，否则就浪费了！投入花销少不了啊！”

“不仅浪费，而且那家人家也没面子！如今世道啊，干哪一行都竞争激烈，光凭好皮囊根本撑不了多久！若不精心培养，多了两个纨绔子弟，自败家门么！”

“有道理。不过看那俩贵公子挺有风度，那家人肯定也想到了，投入了不少！”

酒楼里声音嘈杂，凌日与凌月显得分外安静。凌日常年在外，有时跟随门派出行四海为家，口味混杂，兴奋地感受各类体验；凌月则点了江南清淡带甜的小菜，多年来生长在此习惯如此，而当中的异乡的生活更使他珍惜本地的味道，淡淡品味。他们要了两份菜单，分别点单。

“两位客官不一起吃么？”店小二忍不住问一句，同时眼睛盯着两位眉目一致的英俊少年，显得很是疑惑。

“一起吃，菜都上来放在一起吧。”凌月温文尔雅地微笑道，凤眼漾着难得的轻松喜悦。店小二立即跑去张罗，客官们来了兴致，话题更围绕着双胞胎扯开去。

“你们大家听说没有？就在我们京城城郊的张家村，两个自幼分离的双胞胎兄弟，到了中年才又团聚！”

“是啊！前不久刚刚久别重逢的，好感人！也太巧了！”

“两人不单长相一样，行为性格喜好也完全一致！”

“听说他们俩兄弟分离的时候，也经常梦到对方，这么多年来在梦中，两人一起成长，所以虽然从小被养在两个不同的人家，心中却一直感到有这么个兄弟存在，一直不放弃寻找！”

“月。”凌日忽然声音压低地将他的名字恍如叹出。凌月适才心念一动，已有所感觉。其实他沉思聆听的神情，也已尽收凌日的眼底。

“嗯。”凌月轻轻应了一声。

一阵短暂的沉默。

“那你有没有梦到过我？”凌日忽然问道，星眸中透出一缕轻盈亮丽的神采，却接着转为厚重。其实在他开口之前，凌月便已想到了。他已在脑海中搜索了自己多年的梦境记忆。既被问起，他仍一如既往不想隐瞒。又沉思一瞬之后，摇了摇头。

凌月知道，凌日已经知道了。他眼中的神色凌月已收入眼内。只是凌月不愿欺骗和隐瞒，尤其是被问起，尤其，这是关于内心的话题。他却又不忍令久别重逢的哥哥伤心失落，补充了一句，“兴许我有梦到，只是不记得了。”

凌日哼了一声，嗓音喑哑，低低的似从喉咙或者心扉的夹缝里挤出：“别人这么说我会觉得有可能，但你，商凌月，凭我跟你重逢后不久的认识，知道你记忆极佳，尤其是特别的梦境，你既重视，不会轻易忘记，还会写日记。你会忘吗？”

凌月没有想到性格并不细心也与他交流并不深的凌日，会对他如此了解，不禁感动。已由英气取代柔美的脸容显出柔和，少了一分往常的清冷，多了一分亲切，真挚认真而道：“经历境遇不同，却也已相逢。梦境思维不同，心灵却也已相通。这怎不是更难得的巧合？你我兄弟二人如此，多么难得。现实中哥哥对我的了解既然深刻至此，梦境，也只是如同虚设。”

凌日听闻也动容了。一种有别于以往的他们兄弟间的感情。自从与凌月相逢以来，虽然此兄弟的俊美五官、略显清瘦却不失英伟的骨架身型都与自己一式一样，无比熟悉，然而凌日却感到他身上的那种忧郁柔和又阴沉之气质，与自己相去甚远，以及那些古怪的想法思绪，更难以理解——也非自己喜欢的风格，于是不自觉地想拉开与他的差距，显得两人差别多些。或许是因为与生俱来的因素，凌日对这位同胎手足自然有颇多的关注，而凌月虽然内向内敛，却十分真诚，或许也真有血脉的积淀使得他们彼此了解更容易，凌日对他的理解便慢慢积累。

他们渴望有更多的感应，或者说像那些传说的美谈一般，心灵相通，在之前便已有相逢。然而却没有。这是现实中的失落，事实的出现与打击，没想到却额外击打出了一道共鸣的通道。这一刻，凌月恍如感觉到像是很多年以前，他从杂乱的梦境片断中醒来，决定不论谁是他的亲生母亲都要如亲生般对待岳雯诗一样，那种淡淡沉入心底的恍如生命中的一份不可磨灭之情，让他暗暗决定不论过去如何，未来都要好好珍惜这份亲情。

第五十章　独自游玩·重逢，利用，密谋中

然而很多的时候，心意并不能保证效果，又或者，即使有意愿，实际操作起来却有了更多的因素在左右。

撇开客观的不可控制因素比如命运不谈，性格中的不同和相处中的差异就是不可忽略的存在。即使凌月愿意作出一点调整，凌日也不喜欢和这位兄弟一起，话不投机，思维也扯不到一块儿去——有一点是一样的，却有点好笑而讽刺地，凌日和凌月都喜欢独自行动——这天凌日想自己去城里转悠转悠。“嘿嘿，不要那个思维和走路都飘忽的兄弟跟我一起去了！”

凌月发现凌日不在他的太阳小屋了，摇摇头笑了一下，自己倒是准备好了想陪他出去逛呢，时间安排出来了也打扮好了，那么既然这样，就还是出去走走吧。

于是凌月在大白天从正门以二公子凌月的身份走出去，这样的情景这么多年来倒是鲜少。而现在，他的打扮却不是平日里他更加贴近自己喜好的，因为了陪凌日出去逛街，凌月把头发扎起来了，衣服也没有穿得太长太飘太烦琐。

现在的凌月，晃眼看来，和凌日的风格相差倒不太多，似介于真正的凌月和凌日之间。他确实考虑到了做一些小细节上的退让根本不算什么，既然兄弟不喜欢自己的打扮，自己那样陪他逛街他不太喜欢，凌月已敏感察觉，那么就调整一下又有何妨。凌月一个人难得抽出了整块的时间出去走走，放松放松，想了想有什么地方好去。于是想到了几条街，那儿有卖书卖画卖古玩斗蟋蟀斗公鸡说书评弹等的，自己两三年前推广反对占星的文章时还去过呢。现在则多了一份清闲的心理，凌月在闹市里穿梭来去，看看这里那里，脸上一直挂着笑，觉得偶尔这样倒是别有一番体验，很好玩。

转眼太阳渐渐向西，再过不久就要日落，凌月这时候不想看，夕阳带来的感觉，喜悦也是属于静静的感伤，不是今天这种近乎热闹的难得快乐体验；还有就是怀念花季时光那次与悯瑛看到的奇异现象，或许那种奇异现象不可重复，那么就更不要去看免得失望。

所以凌月决定快点往回走，一路上却也被天空的鸟儿、枝头的鸟儿、树上的叶子和地上的叶子给吸引，确实不赶时间，这日落前不近黄昏的时间有一种别样的美丽。就像是已知愁却可以抛开烦愁的青春。

记忆中的片断
滴滴点点
久违了的呼唤
将心扉打开
……
往事没有幕幕重现
往日感念
却阵阵席卷
记不清是从哪一年

开始喜欢
春天午后的时间①

凌月想起了前一两年写的诗，倒正好描述此时几分感念。如此午后的风景仿佛迷失了时间和季节，现在想起来，确实是春天，只不过春天即将过去。

“小月!”忽然有一个声音叫他，热烈，顿时让他又想起曾经的青春年少。

“小虎!”凌月转脸，一刻之后立刻叫起来，没想到多年失去联系的朋友又回来。

他们快步走近，凌月的脚步活泼，仿佛踏着经过光阴筛选的属于轻松的那层儿时的时光。

“小月，真是你！你越长越俊秀，头发也长长，我都快认不出来了!”王小虎笑呵呵地说。凌月有点不好意思，“长大了变化是很正常的么，小虎你也长高啦！我瘦了很多倒是真的。”

“你的脸比以前要棱角分明了，更添英气！话说你要多吃点啊！小时候在私塾你就不怎么爱吃东西，大家都吃点心你看着也不饿，哈哈!”小虎又笑起来，凌月听着很温暖，笑眯眯的。

“小虎，你这几年怎样?”凌月关心老朋友的情况。那次参加王爷寿筵之前就曾想过小虎会不会出席，后来发觉小虎这样真的没法参加世家圈子里的活动，即使那一次他家人千辛万苦把他插入到贵族私塾里面来，受了不少歧视，后来同辈们都离开私塾后，也不方便和大家往来了。这些是可想而知的。

这时两位老朋友重逢，叙旧就够聊一阵，很开心。

王小虎跟凌月还提到了自己从贵族私塾毕业后就接起了家族生意，然而这几年经济却是不太景气，生意不好做，经常被凶悍的父母骂。凌月感到小虎真可怜，当年就看过他被骂，现在经济情势不好又不怪他，但是他那势利的家人会骂他也可想而知。

“真是无奈又气人啊，有高官竟然仗势欺人，逼迫我们的家族生意，想把我们搞垮!”小虎说着不禁哀叹。

“有这种事?”凌月对于经商也是几乎从来不关注，书本和听说的恶势力联系到现实还是会有一点吃惊。

“是啊，我们在做的涂料生意，市场却被范大人近年来一点点霸占了，范大人的儿子范摹模一点儿也不顾念昔日同窗情分，秦标也是！就那秦大人的儿子，现在又是周大人的手下，我们一辈人中除了金高展就他最有权势了！他们一起联合建筑业厂和周边配套商铺，排挤我们的涂料，让我们上家下家都范围缩小，路越走越窄，眼看就要走投无路了!”

“别难过，想想办法来解决会好的，你们现在有何打算?”凌月听着心中不舒服，言语尽量做到安慰和积极，然而皱着的眉头却透露了情绪。

“还能有什么办法呢……跟当官的争怎么能争过，只能自认倒霉！他们怎么如此狠毒啊！秦标也算是我们的伙伴了，小时候不声不响的，对大家都随和，我还以为他很老实呢，唉！当年我爹开创的事业，眼看就要毁在我手里了！如果我没能力没做好我就认了，可受到如此不公平的待遇……”小虎的言词触动了凌月，凌月目光一闪，忽然说道：“不能就这么不公平！我去帮你说说。”

小虎睁大眼睛看着他：“你去哪里帮我说?”凌月被问得倒是愣住了。小虎却笑起来，

---

① 本人原创诗“春天午后的时间”，是我早期开始写诗的作品之一，写于高中早期。

眼中又透出愉快光亮："是啊，我想起来，你哥哥凌日是将军了呢！他走武将的路，一定有办法！小月，拜托你了啊，拜托你一定找你大哥帮我！请你代我求求你大哥，就当是我欠你的……"

凌月被小虎这么一说，触动了心念，且看这位老朋友这么可怜，心早软了，本就有正义感看不惯人受欺负，立刻答应下来："好的，小虎你别急，这件事我一定帮你。"

"你真可以帮我？唉，你就在安慰我，我知道！这哪由你做主啊！你是小弟，凌日将军是大哥，他不肯怎么办？"小虎仍是焦急，在一瞬间的希望被他自己否决之后更加不安。

"不会的，他会肯帮你的，小虎别难过，相信我！"凌月赶紧继续安抚，神色透着自信。

"凌日将军不听你，他是长子你是次子，他地位比你高。小月你帮不了我，我没救了！"小虎仍旧难过，在凌月面前尽显可怜。

"他会听我的，他地位不比我高……确实不比我高！我们的情况……不一样！"凌月看到小虎这样有点急了，讲到凌日凌月身份这层混乱的问题，平时都忌讳当着他人面谈起的，这次也不知怎么解释，却隐隐触动些什么了。

这时小虎逐渐平静下来了，将信将疑却只有相信了，感动地望着他："小月，我相信你了，你真好！就凭你这份肯帮助我的心，我也觉得值得了！就算帮不了我也感激！"

"还是尽量帮得了，我是真的不喜欢那些肮脏邪恶之事，小虎也别怕，坚持下去。"

"小月，就你对我好，我王小虎不是拎不清的人，我都知道。小时候在贵族私塾里，就很明显了……"说到这里，小虎的声音甚至些许呜咽。

"小虎不要难过，这是我应该做的。"凌月非常真诚而柔和地安慰。

或许儿时的友谊确实来得比较容易，若长大后才见面相识，不在一个圈子，凌月与王小虎恐怕很难成为好朋友。然而由于小时候就建立的友情，那段共同经历，凌月有时真庆幸自己还能有这个朋友。虽然大大咧咧的有些粗俗，但是让凌月感到轻松与快乐。

"小月啊，我真的太羡慕你了！"王小虎忽然说，又仿佛多年前那样，那时就常流露羡慕的眼光看凌月。当然，这也不能怪他，凌月的身世还有压力，又怎能对他说呢？

凌月又鼓励他几句，小虎就回去，约好了以后保持联系。小虎走后，凌月的脸上还挂着温暖的笑容。老友重逢，而且可以助人为乐，想想也高兴。然而，却丝毫没有意识到正有人在看着他。而且自己刚才的话，有关凌日地位不比自己高的话，被听到了。这人正是凌日！

也不算太巧，这就是距离商府不远的地方，凌日又喜欢转来转去，就这么碰到了，看见自己的兄弟与一个长得较粗俗的年轻人在一起，凌日感到奇怪就多关注了他们一下，那时他们聊天正好到了后面，凌日就听到了那么几句，顿时气了！

之所以压着怒气没有冲上去找凌月，是因为凌日忽然发现另一个对象正在接近，于是还想在看看自己的兄弟会搞什么把戏，就躲着继续看。

此时凌月显然没有觉察到这一切。他还想着怎么帮小虎的事。突然，一个叫声打破了他的思绪："凌日哥哥！"

这时凌月对于这样的称呼仍会下意识地反应，当然来人也是在叫他，谁都没看到躲着的真正的凌日。一看，原来是粉红色衣着的郡主来了。

凌月顿时不高兴，一贯不喜欢别人打扰他、打断他的思绪，尤其是原本就不喜欢、没什么话好说的人。

见凌月没有反应，惠珍郡主黏过来："凌日哥哥！"凌月听得一阵肉麻，赶紧退后一步。郡主又想过来，凌月赶紧说："郡主，严肃点。"

“严肃什么啊？像你这样摆出严肃的样子很好玩么？不过你这样的神态倒是更有味道呢！”郡主小小年纪竟然这么对凌月说。

“呃……”凌月语塞，感到恶心和生气同时上涌，又不好骂她，同时还由于凌月一贯不喜欢虚伪矜持的样子，所以也没说“矜持点”，只好讲：“我的意思是端庄点，找点有意义的事情做，大家都很忙。”

“你怎么说我做没意义的事？我来找你有错吗？我喜欢你已经好多年了！”郡主理直气壮，仿佛真的是理所当然。

凌月有点吃惊：“你这是什么意思？”

“我上次不是跟你说了吗？我第一次见到你就喜欢你，那时我才十岁，现在又多年过去！你知道我越来越思念你，是你让我这样的！我对你的爱你不能怀疑！”

凌月听着想起来郡主确实当时见过他，却连话也没讲过，接触也没接触过，何况她根本不顾自己是否喜欢她、自己有什么感受，甚至连自己是谁也不知道！顿时觉得荒唐，又看到郡主霸道的气焰，仿佛凌月非得听她的、她说的就是事实定理一般，凌月顿时有一种被侵犯、被骚扰的感觉，于是语词态度间就不再客气了。

“你那叫爱吗？请不要乱说这个字。你喜欢的是我吗？你一和我没接触，二对我不了解，三连我是谁也不知道！”

郡主听着凌月的话语根本没耐心听进去，就嚷嚷着：“怎么不叫爱！你瞧不起我，你贬低我的付出！我为你付出了这么多，你竟然不负责！”

“你根本不是为了我，而是为了你自己的构想！你想找一个人，可能是因为你无聊了，就找一个对象去爱，然后就圈定了我，就是这样而已。你根本没有好好了解过我。我们从来也没有过一丝共鸣。我根本不欠你什么，你所谓的喜欢，与我何干？”

“你，你!!”郡主气得话也说不出，也因为她的思维和凌月原本不在一个层面，即使不气也难谈得来。

“我要去忙了，过几天又要出征，你自己回去玩吧！”凌月皱眉扔下一句，快速飘然离去。

第五十一章 兄弟盛怒

这一幕和其中对话，自然又被凌日得知。目睹这一切，凌日心中沉寂了一段时间的怒火，再次燃烧。

“你凭什么，凭什么?!”

“凭什么这种不屑一顾的态度?”“本该属于我凌日的东西，看作你自己的理所当然来拒绝?”“难道郡主中意的不是商凌日将军吗？难道不应该是我吗?”

凌日捏紧了拳头，声音在心中翻滚着怒吼。

“商凌月，你装模作样，假装留着我的位置，其实只不过摆个样子！哪一点是真的当作给我的？为什么，你代替我拒绝可能发展的联姻？你凭什么替我拒绝郡主的爱?”

“难道不应该是我当将军、由我去出征吗？你凭什么赶她走，还说你忙你要出征?!”

客观地了解这一切的人们，能够理解商凌日吗?

如果说凌日对郡主产生了感情，从而忌恨凌月，那就不光是误解，而且太看低凌日了。凌日不爱郡主，他甚至不认识郡主，根本谈不上什么感情，他在巫医的环境里长大，并没有受传统家庭情爱的熏陶。近日里他寻回了亲情，对于爱情却并无涉足，也并不觉得有何珍贵。更何况，他与郡主之前，根本并无感情可谈。

他气愤这件事，这一系列的事。他确实有理由，站在他的角度，或者客观来说，凌日都是有理由为这一切愤怒的。他确实是其中的受害者之一。

然而可悲的是，他将愤怒的矛头指向了人，并未停于事的层面，且模糊了内涵的边缘。

更可悲的是，他将矛头所指的人是凌月，另一位原本就属于受害者的人。

于是这并不是两兄弟为了一个女人斗争的情节，却更纠结，更难解。

或许，也会更惨烈。

凌日才不管什么家丑不可外扬或者什么家族秘密，他可不会像凌月和他父母那样为了保护双生子的秘密而忍耐，他也不怕在光天化日与凌月冲突打起来。正当他要冲上去揪住凌月的一瞬时，忽然被那哀伤的和自己一模一样的面容触动了。为什么长得和自己一式一样的人，气质却这么不同，他如果真的同表面显得那样处处优越，为何又那么忧伤呢?

一犹豫，凌月消失在了拐弯的角落，凌日知道要追上去还是可以找到他，但是凌日突然有了别的想法。

这么冲上去只能打一架，凭着凌月的武功凌日能有几分胜算还不知道，或许凌月根本不动手做出一副可怜无辜受害者的模样再加一番循循善诱的说教，凌日心不软也被说得毫无斗志了。不，凌日不能这时上去让他有机可乘。

“哼，商凌月，你喜欢玩阴的，我就陪你玩到底!”凌日自诩并非有勇无谋之辈。他要以更彻底的方式，把认为被凌月抢去的那些连本带利夺回。

第五十二章　利用

凌月并不知道这些，他以为在失而复得的亲情下，家中气氛格外和美，自己则要忙着安排接下来出征的事务。他直接到自己的小屋休息了一会儿，太疲惫了，没与家人见面。日落期间小睡一觉过后，精力充沛多了，商府二少爷不出现、不一起聚餐是平常的事——这也算是劣势而来的优势吧——于是放心地在小屋里不受打扰地休息。

天色全黑，凌月已把现今经济市场和政局的联系稍作了解，准备好了，就从那条秘密的道路去找惘瑛。

这是凌月新一次出征前的他们最后一次会面。凌月极少向惘瑛开口索要什么，连他自己的职位封号都不在乎，这次也并无把握那处处受限制的小皇帝真能帮上忙，却为了儿时的老朋友甘愿去开这个口。他首先跟惘瑛讲述了王小虎提到的商业垄断的问题。已知昔日的同窗伙伴们占据家世之优势，如今大多在朝中有了官职，那个在小时候就霸道的范摹模，当时跟在金高展后面对同龄人指手画脚，后来就随他的父亲范大人一起管商业运行，正好适合了他喜欢计较却不爱学问的头脑，而他一直巴结着金高展，范大人则奉承着金丞相，于是也成了那一派势力颇高的人士。

三公利用职位早已紧握实权，从兵权武事到经济生产，再到政治舆论，自上往下，都有他们人手。好在王小虎遇到的那个情况，只不过是里面较为微小的一点，并非直接三公手握的大事，只是金丞相下属的范大人下属的他儿子的事情，另一支持者也就是秦大人的儿子、那个埋头读书表面随和其实冷酷的秦标了。至于金高展这些年已转向武事方面，谋了个权大而较轻松的职位，其他时候就跟在懿琨小王爷后面不知干什么，这些经济生意的事情自然不会管。

于是，凌月提到这件事，简略概述了情况，向悯瑛分析了当前形势，然后说："悯弟，请你帮王小虎一把，其实，也是帮你自己。此等小事，皇上恰好可以绕开那些权臣，从而给他们一点下马威。算是拿这个小题目来发挥。"

悯瑛微一沉吟，说："你的考量，果然周到。就这么办吧。"凌月顿时开心又感激，连忙道谢，深深作了一揖。原本他与悯瑛朋友相待，甚至兄弟相称，为了自己的事他还从未这么向这位结拜弟弟重谢过。

"兄长切莫如此多礼！这次出征北部的潘国，还得多仰仗你的帮助！此番出行，比你上次出征的四个西域小国都要难对付。"悯瑛见凌月多了礼数，也神色凝重起来，一板一眼讲："那块疆土被他们占据好多年。幸而他们近年来转向别的地方扩张领土，并未骚扰我国边境。这次去若能将这块故土收回则最佳。"

"我会尽力而为，敬请放心！万一不行，我会小心维持和平，不去惹潘国这个劲敌。"凌月说出考量。先前一举取得极佳战绩，在周边已经形成了一定影响，那四国弱小的国家自然不敢来若华国造次了，而一些大国例如北部的潘国则视若无睹，仍然干他们自己的事。当然，他们不可能主动退还那些不正当占据的土地。或许有时真得靠武力解决吧，假如武力上仍不能攻克，凌月想好了会小心翼翼的，进攻不成退兵防守不会有损失。

可是悯瑛的神色嗓音转为忧愁："对了，有个坏消息，你我密室会面的情况，恐怕被臣子们得知，有恶言传出。"

凌月一扬眉，微微凝了凝，随即放开，弹指间已想清在这岔道口是应该问别人说了哪些话，还是安慰他。"安慰他才是理智的做法，因为那些人编造的言语，显然没有客观事实依据。而悯瑛的情绪，却能影响进行的事宜。"况且凌月理解，在外消息未必知道清晰，自己怎能让他重复那些话语更增苦恼呢，更应筑起一圈保护隔挡才是。

"不要紧，他们欲加之罪何患无辞，我们也可以不问理由，兵来将挡水来土掩！"凌月说这种安慰的话语十分擅长，自己讲着也情绪好转，微笑起来。

悯瑛即刻被他带动，又露出了灿烂笑脸："兄长出征亦无问题！待你归来，我就册封你为大将军。"

凌月一时有点不敢置信，纵然一直对做官没兴趣，身为官僚世家公子，他又如何不知——大将军与一般将军不同，是先祖很早以前就设置下来的体制，为平衡朝中相权和其他高官权势，有些时候可由君王钦点大将军；可参与所有的政务，虽名称中带'将军'，却并非仅是武将。

"这比起纯粹的武将要适合我。"心中的声音这么提点他，凌月却依旧不敢往那方面想。大将军，那在若华国前几代曾经出现过，那可是在国势昌盛皇权尚未旁落之时，就与皇帝平起平坐的位列三公之上的高位。

听闻悯瑛的话语，凌月谢过后言："对于这些制度、官职，一直以来我没怎么关注。不过这么听着，大将军的位置并非朝朝都有，具有一定的自由性，权力也很高，作为平衡相权的权威，定会激起朝中一些臣子们的意外和不满。"

“当然，你担任将军以来受到的不服，接连不断，你出征在外我收到的抱怨明里暗里漫天飞舞，无非是因为你年轻而没有资历，二来气愤我这样赏识你，既然如此更加要给他们一些严厉的指示，他们越是无理地反对，越是要让他们知道那是徒劳!”

凌月也知道反对的声音肯定很响，尤其是自己出征在外这段时日悯瑛为这些事情颇有压力，心知不是自己的错却感到愧疚：“你为这些事，唉……有压力就说出来，告诉我，不要闷在心里。”

虽然清楚这么说出来没有实际效果，凌月却知道这是一种宣泄和与朋友的交流，看到别人心中愁苦压力大的时候，还只说诸如：“想开点就好”“别拿别人的错误惩罚自己”“让他们去”这样的话，最可能的原因就是装模作样、不关己事一身轻，那样冷漠的态度，善良人即使对陌生人也做不出来。

看不看得开是个人心态的事，要看开自己可以看开，而作为关心他的人，就应该表示精神上的支持，哪怕让他发泄诉苦也好，做一名听众，也比不疼不痒地“开导”不知好多少。更何况这是直接关于凌月自身呢。

悯瑛听到他的话也感到他的关怀，又再次向结拜兄长倾吐起来：“确实，你不在的这些日子，我时不时听到大臣们的怨言，不满你接受这项重任。他们刻意散布的那些话语，的确给予我颇大压力，骚扰民心，还侵扰我的心境，弄得人心惶惶，处处难安。”

凌月至此更感担心了，随着君主好友的忧愁和事态烦乱而凝眉。“他们就这样，即使我们做得好，依然不会满意。我们虽可以把自己的事情做好，却依旧对我们不公平！不了解完全不是误解的理由。更何况还打扰到他人的权益和生活。”凌月对个人权益的关注高于政治制度方面，所以他鄙视和气愤的并非大臣们对权力的争夺和排挤，而是对于个人心境的侵扰，以及对他人的不理解却妄加评论的行为。

他一直认为，不论哪种职位首先是人，身份和追求也非能够展现一些弊端的理由。

点点头，悯瑛继续对凌月说：“于是我认为有必要给予一个表示了。”凌月知道他不是一时的冲动而说的话，赞同道：“是的，不为那些人，就为道理，也要显示，道理应该是怎样的。”

“对，就是这句话!”悯瑛听闻，顿感愉悦，又恢复笑容，“我也如此想。你是我能信任托付的人。此次你刚归来不久，却又接起新一轮任务，实为小弟欠缺帮手，只能劳烦兄长。”悯瑛说着望向凌月，眼里颇有歉意。凌月素来有同情心，且欣喜自己的能力被认可，有人如此信赖自己，自是要好好对待他的嘱托，于是当即应诺。

“与你一起做事真的让我感到有意义，以前家人为我指出这条路，长期以来对我要求很高，我感到有压力，有时真像是在抛开自己真实想法应付，然而后来忽然觉得这些任务还可以有意义。”凌月真诚而不容置疑的语气，亲切而毫不犹豫的态度，显示出他确实是从心愿意的。

在悯瑛流露了他心中的想法之后，凌月也说出自己心里的[①]，更为这难能可贵的友谊感动。

“对了，前些天我给你的如梦令你还带着么?”悯瑛忽然问。

“带着，当然带着。我一直好好地把它藏在身上。”凌月把令牌拿出来很是珍惜。如梦

---

① 这些在心理学上算是“自我暴露”，常在心理咨询师和来访者之间出现，由心理咨询师适当暴露自己内心的想法，以取得来访者的共鸣，从而建立信赖和理解，达到心中愉快。这也不光是一种刻意的手段，在朋友之间，会是自然产生的。

令又散发出淡淡的白色和绿色的光芒，柔和而隐隐的绚丽。

“对了，它还有警示的功能。”悯瑛想起来，“万一我有危难了，你会感觉得到，你要来保护我。”凌月重重点头，“一定，但我更希望你永远都平安！”

“我也希望你永远平安，万一太危险，你还是不要来了，我害怕你像保护先祖的那位大将军那样牺牲。”悯瑛忽然说，他的态度坚决而带一抹沉重。

凌月心中一惊，连忙安抚：“你别多想，不会有事的。”握着手中的如梦令牌，他真切地感到它所包含的分量和情谊。不知不觉，二人已经讲了近一夜。

在月光被日光取代时，悯瑛把凌月送到那棵神奇的树前，在那里两人道别。

原本不管多少实事的少年皇帝这次突然说要委派给王家生意，且是皇宫院落自身的事，小小一点要求权臣们也不好否决。然而借着这次，王小虎抓住了翻身机会，接下御花园的工程，在界内地位就立即不一样了。他本来实力就不错，只是一直被压着无法突破，这次一举蹿升，且排挤了范家趁着权力范围而操控的涂料业。

小心谨慎步步为营的秦少爷秦标，自然也不会有逾矩的举动，然而他的不满和野心自会在暗中积累。范摹模则知道了这是国君悯瑛突然插手导致的，他告知其父再又通过范家探子，查出了这是商氏公子（不管哪一个）向皇上的提议——他们也还记得小时候王小虎就只有跟商凌月玩，如今更联想到拉帮结派——于是更加深怨恨。这些是到后来才慢慢显现的。

由于王小虎飞黄腾达以后并未找商二公子道谢，因而后来很长一段时间，凌月并不知晓。

且说当下，紧接着一天在家中，凌月看见凌日与父母祖母以及主要照料的大丫鬟有说有笑，就没有打扰他们，他们也完全不管凌月这个人。于是就在自己的小屋里，忙着整理东西准备出发。“第二次出征的日期，转眼就快到了。”不自觉地叹了口气。

有了些许闲情思考非当下的沉积多时的想法，凌月想想自己的性格不是讨人喜欢的类型，也并不以讨人喜欢为在乎；嘴不甜，较阴郁、多愁善感，脑子里古怪的想法很多，敏感，也并不随和。只是表现得顺从而懂事，顺了长辈的心意和安排，肩负起了重担任务，因此长辈对他心存一些怜爱和歉意，加上曾是家中的独子，因而获得宠爱，而对其他人，则是怀着真诚平等的心态交往。当然他的外貌和才华起了不少作用，不过这不是性格方面的。外人对他称赞，一部分当然由于对商大人和商府的赞许，另一方面也是由于他的才貌。这些，凌月是清楚的。如此看来，还是待在自己的世界、甚至自己为了伪装和保护而设的壳里好。

一方面在自己的世界，另一方面带着自己的理想投入这个现实的世界。还有与他一样有梦想的人，在有别于这个平凡的世界里。

而现在，凌日回来了，凌月感到有一丝释放的欣喜，暗暗想过凌日是不是可以代替自己呢？至少在家长心目中，可以如此吧，他回来之后很快融入了这里的生活，凌月替他以及这个家还有自己，都感到高兴。或许某些压力可以从凌月身上解除了，然现在却是凌月自己追求梦想和完美，身上的职责岂能说丢下就丢弃呢？

理所当然，凌月甚至没去想这些问题，就这么进行下去了。或许，与生俱来，自然而然已成为自己生活的一部分。

现在当务之急是应付眼前的任务，加快进度，进行这些紧凑的事。

情节不能拖沓，一些游离的思考，留作以后吧，凌月笑着想，反正只要自己在，自己的这些思绪，还会再来。

计划中的日期来临，凌月披上将军盔甲起程，坐在马上，更显英俊非凡。

“前不久刚刚去西域两年，回来不久，这就又要去一年了。”

凌月想到这儿，又升起了一点身不由己之感。

一年，说长不长，说短不短。青春光阴易逝，花季雨季光影交错，一年对于这些还在成长的少年包含了更多变化，也更令人流连。

这是他在十九岁临近之前的阶段。现在的凌月还是十八岁，他已隐隐感到这个年岁的青春正在逝去，并将不可复返。十九岁，是若华国当地习惯中认为少年期向青年期过渡的年龄。即使只隔了一岁，还是有一种老去——说得乐观点叫跨入新的阶段——的感觉。

当然此时的凌月更无法料到，会有更多意外体验同样在这多事的十八岁之年里等着他；在经历完之前，他还不会进入下一阶段。

第八卷

月之隐暗

第五十三章 “商将军”的身份

或许由于凌日不在的缘故，商府除了凌月十岁那年办的生日宴会之外，就没帮凌月庆过生日。“每到这一天，他们就会想到不在身边的凌日吧?”凌月很懂事，十岁后就不再期待过生日。他希望时光过得慢一些，不要那么一点一点从指边飞逝。

而现在凌日终于回来了，多么难得。原以为这次十九岁、有着“关口”象征的生日可以温馨地办一场，凌日来了，凌月却要走了。

一路上，他的思绪比快马加鞭飞得更快，飘得更远。

日落星起，来到城外的一块郊野，夜里就在野外搭起帐篷，准备休息一宿再赶路。

凌月喜欢晚上活动，夜里精神比白天好。将士们睡了，他一个人到外面走走，晚风吹拂，非常舒服。顷刻间，脱离了那些长久的压力与烦恼，体验这种清闲、清风拂面、星空下、天地间漫步的感觉。

“只是这种简单的舒适，天空很暗，我很快乐。[①] 快乐的简单，简单的快乐。”凌月难得有心情脱离一下世事的纷扰以及更加沉重的回忆；就沉浸在此刻当下的感觉里。

可是即使在这难得的清闲与快乐里，还是有周遭的那些敌人不肯放过凌月。

忽然一个黑影“唰”一下扫了过来，逼向眼前。黑夜里看不清人面，凌月立刻避开第一击，他不知道来人是谁不想轻易动手，但想到这里是兵营驻扎之地，唯恐有变，于是迅然转到其身侧，准备伺机擒住对方。

来人却也不避，立刻还了一击，同时扣向他；凌月身形滑不留手，已将银线抛出扣住了对方的手，将其制止。顿时对方喝道：“怎么，要跟我动手?”

凌月这才发现，来人竟是凌日！连忙放开扣着凌日的丝线，招呼道：“凌日你怎么来了？我没想到是你，没看清啊!”

“嘿嘿，我不能来吗?”凌日嘲讽地笑了一声。凌月顿然感到来者不善。

“有话回军营里说吧，我的帐篷还是挺舒服的。”凌月想先缓解一下气氛，展开笑脸道，露出一点无辜的可爱表情。

“不必了，在这就能说！你知道，你以谁的身份来。”

凌月震了一下。凌日这话仿佛针对了他心上一个不愿被触碰也很少有人触碰的疼痛点。他没有说话，真不知怎么开口，甚至连思绪也一刹那停滞。

他的面容沉凝了，不知是浮现还是凝聚起了刚才的微笑暂时抹去了的长久的忧郁神情。其实凌月现在的样子，比先前装无辜可爱状更无辜而令人怜惜，然而凌日却毫无所动。

“你懂我的意思，既然我回来，就来拿回属于我的。”

“是现在吗?”凌月的第一反应是这样的。

---

① Albert Camus 的名著《局外人》(The Outsider) 里面主角的一句自述的话，“The sky is green and I am happy.”在我当时看到的时候就觉得有一种感动。在那一刻仿佛完全不管现世是怎样的，有什么烦恼担忧或者期待。

“是！难道你不觉得已经很晚，已经拖了很久了吗？”

“确实，已经很久了。”凌月轻轻地，神色一丝黯然。他并不眷恋身份地位，只是不舍这么突然离去。对于跟随了多年的物品，都不会这么突然地抛弃。

然而现在的这些，本来就并不属于他。

虽是如此，也已成为了他的回忆，和过去的现在的甚至关联未来的计划，不是吗？

“你来得较为突然，或者，你为何不再早来一点？凌日，我出发之前，你就可以跟我说的，你这次就来。”凌月这才想到，凌日是怕一时应付不了悯坱，由自己来辞行保险些。却说得像是他在顾及凌月的感受似的。

“我这次来，经过父亲的同意。父亲的亲笔信，你看！”凌日突然拿出了一封信件，信纸抖动在凌月面前。

月光下的凌月脸色刷白。凌日见他不接，继续道：“怎么，不相信吗？你好好看看！”

“相信，怎么不相信！哈哈！”凌月忽然苦笑了起来。这又是何必？何苦呢？

他商凌月并不是不知道自己的职责、本分，给他的任务，这么多年让他扮演的角色，他都清楚。这次凌日突然归来，他本来已闪过一丝心念，却因为公事突然袭来，已成为了习惯。而且，那是最信赖自己的好友交给自己的，是一种使命和深层的意愿。于是所以就出发了，来不及解释一声。但是也不用这样啊！

难道凌日来了，他会拒绝吗？他商凌月从小到大那么多年做的那么多，难道不是为了家族？难道他自己不知道自己做的那些，是商凌日的吗？现在，却还要这么提醒他，何必如此！

这一刻，凌月感到自己的心在滴血，仿佛多年以来不曾触碰的伤口、并未想到会被触碰的以为无比坚固的地方，突然破裂。

他扭头，在漆黑的夜幕中隐藏自己脸上复杂的神色。“我去把东西拿好，这就走！”

似乎没想到凌月这么爽快，凌日愣了一下。然后凌日发现刚才有点太逼这位兄弟了，缓了缓下来，“凌月，不用这么急，我刚才不该那么凶对你。”

凌日是爽快而情绪激烈的人，原以为凌月这样扭扭捏捏的性格，平日一大堆道理和古怪思想言论的样子，一定不知多么难缠，没想到凌月竟然这样，所以一时间意识到自己可能有些错怪兄弟了——虽然仍是不理解他——却还是向他出口赔礼。

凌月是极重感情也懂得自我克制的人，他在意的东西那么多，对家人那么多怜惜，不忍舍去，不是这身外的名利，却当然包括那与生俱来的血缘。也没想要凌日给他赔礼，却没想到凌日主动如此，当下有一阵感动，虽然心间仍有苦涩，混合着一丝欣慰的微笑，“没事。”说着走向军营的帐篷，脚步已平和。

凌日跟在凌月后边，步伐中也收去了方才的不满与躁动，在沉沉的夜色里随兄弟走去。

“现在夜晚，正好交换过来也不会被其他人发现。”这是凌月说的，似乎在向凌日解释自己刚才说要快去的话，或者又是在替凌日解释他忽然到来的原因。

凌日忽然觉得这句话应该是他说的。

“没关系。”这句话是否应该出于凌月之口？

可凌月又怎能发出不满呢？这么多年他守护着的是什么、投入的那些精力承受的那些压力，又是为了什么？为了形式忘了本质，这不是凌月的风格。

既然他将家庭家族家人放在如此重要的位置，而且已经遵守了那么多年，又怎么会在这本来按照这条路看来就理所应当的节点上，心生不满？

刚才只不过是一时的情绪波动，很快凌月就不觉得心痛了。这本就是他应该做的。

如果为现在这个情况跟家人怄气，不是白费了自己这么多年的力气么？呵呵，想到这里，凌月笑了。

他从不认为“不求尽如人意，但求无愧我心”，因为他知道自己所作所为都不会有愧于心，怕的只是，付出与回报太不成正比，不如意的事情太对不起自己。

那么至少他的态度、他与家人的关系还是他能够控制的，就不要对不起自己了。

帐篷中凌月将要注意的事项整个讲了一遍，还是不放心。此次任务关系重大，凌月考虑到那些责任，比先前只是出于自己和家人的考量答应时还要忧心。

凌日不耐烦，“你啰唆什么？都已经交给我了！怎么，不愿意吗？”

“不，这不是我愿意不愿意的问题。”凌月有条不紊地说，确实，这是他应该做的，不由他主观的意愿或者推托，“也不是我个人不放心你，凌日，这是国事军务，不能有丝毫疏忽。”

一边是家族的安排一边国事的委任，这时都到了一起，凌月感到有那么多得嘱咐，仿佛在临走前托付自己未完成的使命。忽有一种回天无力感，这是怎么了，凌月，怎么感到自己如同要离开这个世界似的？他心中的话语，此起彼伏。

凌日明显不耐烦了，但是看凌月把职位已交给他，而且毕竟接下来要去当将军了啊，这可不是玩的，所以就只好听着。

“对了，你把那个什么令牌给我。”凌日的语气是命令。

凌月心中一凛，这个问题其实早先就在他的脑海里掠过了，隐隐担忧着并没有正视，而现在真的听凌日讲出来，还是不免震惊。

在这一刻里，凌月的脑海又迅速划过了一道道思绪，与自己讨论着不同的信息。

“那可是惘弟交给我的皇族圣物，怎能这样转交？”

“凌日现在是将军了，确实这是与其配备的物品。”

“这如梦令有特殊的效果，具有一定危险性，凌日万一使用不当，后果不堪设想！”

“怎么，左将军的职位现在是我的了，令牌还不给我吗？”凌日已伸出手来，又发言催促。

“惘瑛将这令牌给我也是主要为了我不受将士们排挤、不服从我的命令指挥，换作凌日去那里的话，如果没有令牌他也会遭受这些的……”想到这一条，凌月突然就下定决心了，从怀里把这小巧精美的牌子取了出来，放到凌日的手中。

凌日扬起了笑意，就要抓住令牌，凌月突然动作幅度很大地收回手，同时退后一步。这一突然的举动吓了凌日一跳，他叫起来：“你什么意思?!”

凌月伸出另一只手挡住示意停止，听自己慢慢说，“我先来跟你把这令牌的情况说说，先要了解它才能使用。这令牌代表至高的权力和地位，是皇族的极度信任的授予，可调遣举国所有的兵力包括禁军，还可以号令所有的将领，且具有执法和独立决策的权力。据说它还有保护主人逢凶化吉、化险为夷的神奇能力。这是皇族一代代流传下来的，单凭这一点就是无比珍贵的了，你一定要保管好啊！”

故意跳过了它能控制群体意志行动的部分，他就笼统地说了一下神秘力量，强调它的珍贵和皇族的关系，希望引导凌日好好保管和对待。而把那可怕的效果隐秘起来，就不会被凌日使用了。凌月知道凌日性子比较冲动，而且可能由于生长的背景有关，对家国的责任感和忠诚度不高，心中不免担心，只有这样嘱咐加部分略过而隐瞒了。

一边说着凌月就将令牌慎重地放到凌日的手里，希望他也能体会这分量。

“呵，我当然会好好保管，这么重要的东西对我有用处，我不保管干什么！”凌日立刻接过，又这么说，看来还是没用心听进去，只听进了凌月的最后一句话还是不耐烦的。

“凌日，请你耐心点听，这真的很重要。皇上对我们这么信任，我们不能有负于人，更何况要忠于我们的国家。这令牌可以帮助你完成使命，不过或许它也可以算是一把双刃剑吧，肩负着重任，也有那么多人等着需要你的任务给出良好的交代。这不是我个人的事情，我个人可以爽快地交给你，但这令牌却并非我个人的……”

到这里凌日突然又打断，并且不仅是不耐烦了，言语讽刺，“你这人这么啰唆！不觉得自己很讨厌吗？就是舍不得，小气巴拉，还装出一套来教育我！”

刹那，他听到凌月发出了低低的怒吼，顿时噤了声。只见凌月的脸上浮现出的怒气，眼眸中透出阴冷的愤怒，凌日突然感到一阵害怕。

平日里，凌月看着老实善良性子也温和，凌日对他说话总是不顾忌，而且视凌月的忍让和牺牲为理所当然，还把两人的性格差异总是看作凌月的不对。其实凌月忍耐着也不代表没有不满，再会忍耐也有积累爆发的时候，这万一爆发了，凌日是不是凌月的对手完全没有把握。而且凌月的脾气倔强起来凌日肯定扭不过他。这时的凌月如果动手起来，带着一股积累的怒气和力量，有什么后果凌日就真不敢想象了。

凌日赶紧不再继续说，态度也立时放缓下来，嘴里说着，“好，好，我也不多说了！就这样就这样！”给自己个台阶下，见好就收，拿了令牌就准备走。

转身欲出门，猛然想到不该是自己走啊，凌日回身赶紧又过来，“不对，应该是你走！”

凌月也忘了呢，这么一下子才想起来，即刻拿起自己的包裹就出去了。他显然是生气的，动作比平时快速而生硬了许多，走的时候也不像平时那样打招呼，转身快步而去。

到门口，他忽然停住脚步，又回过身来，侧脸对凌日说出五个字：“你好自为之。”好似包含了一丝隐隐的威胁，延续先前的愤怒，还有一份担忧，以及若有若无的牵挂，还可能有那么一点出于自己本身作为自己的责任。凌月的语气和眼神都是复杂的，以至于并未显得太过于愤怒，凌日松了一口气，凌月看来又不会爆发了，顷刻凌月已消失了踪影。

而这时凌日还在为刚才凌月的一连串教育式的语词和“心不甘情不愿、不服气还来生气”的样子气愤地哼了几哼。

凌月自然是不会知道凌日怎么样，也不去想他会怎么想的。

离开了，那一旅行程还未开始，就已结束。然而，接收在心里的责任和使命感，是这么轻松就能转移的吗？凌月走在路上，还感到心中隐隐的无奈与悲伤，已没有了情绪的不满，也撇开了理性的怒火——如果凌月在这时候还能为凌日的作为感到生气，那么他也就不会有那些深层的忧郁、就不是多年以来或者与生俱来悲伤而感受深刻的凌月了。

被拿走本就不属于自己的东西，是否不算一种失去？

过程中已有所获，是否就可以不在乎结果？

撇开了本就向着结果的目的，过程又是什么？

凌月想到最透彻也最不解、最钻牛角尖却看得最开的，想到了最深处最多种可能性却又顿然收住思绪不去想的，便是什么时候问题想不清楚，就不想了。

他没有去想谁是商将军、商将军是否是一种符号而非具体的人的问题，虽然这个问题已浮出了他的脑海，对于他自己的答案也隐约可见——要论证这种象征符号的存在性并不难，而象征符号具有抽象性、可组合性、含义依附性，只要自圆其说在自身范围内没有矛盾就算完满——也就是说商将军成为了这种符号独立存在，并不属于凌日，凌月是可以拥有的；然后再加上经验的支撑、说凌月才是当年通过考核的人，那么就可以证明商将军的身份应该属于凌月了。

但是显然凌月不能这么想，因为这样等于把抽象的对命运的哀叹落实到了个别的人。对于命运的注定的不公与悲哀，凌月可以接受，然而对于人为的，就如对待恶势力一般，有正义感和重视真理的人是不会任其猖獗的，定是要反抗。然而这些人却是他的家人。他们背后牵扯到凌月极其重视的家族使命、亲情，以及维护了多年的家庭完整性。“所以，不能在这时候破坏。”这或许也是一种命运的注定吧？所以凌月再次忍，并且没有让自己的全部意识发觉到这是在忍让。

只是不想了。感觉是一种注定的理所当然。不用思索就当知晓不会给予答案。

第五十四章　纠错的问题·现在与过去

披星戴月回到商府，已是天色全明。凌月想说一声“爹，我回来了”终究因为干涩的喉咙与疲惫的身体，没有出口。

当然，他没有见到商敬先。商敬先一早就出去了，甚至带了岳雯诗出去，听说是探访多年故友。谁知道是不是刻意挑的日子？

凌月又径自回到了自己的小屋，温暖的小屋，他珍爱的地方。

“回家了，多好。”

在大亮的日光透过深色窗帘的微微亮光下，凌月沉沉入眠。又是这个钟点在这种光影下睡觉了，凌月恍恍惚惚好似回到了小时候。

梦中他还是在这里，一切的一切那么清晰，似乎重新有了早已遗失的物品、且在他眼睛水平线的角度不同——那时的凌月比现在矮，是一个小孩，一个和现在的性格状态似乎没什么差别的小孩。

在梦里，小凌月累了，他走上床。凌月在梦中开始沉睡，梦中做了另一个梦。

是否双重睡眠的关系，两层之下，他的思绪运转不快了，梦中自己的身体动作也缓慢了，他看见有很多人朝自己追来，想要伤害自己，自己的脚却怎么也挪移不动。

他看不清那些人的脸，只觉得充满敌意，很是危险，却移不开跑不走，很是着急。

隐隐约约看到凌日，与自己在一起，也被围在了中间。

然后有人一剑向自己刺来，凌月却还是动不了，凌日突然过来挡了一剑，被刺中，倒入了自己的怀。

接着一阵黑暗。

凌月忽然从两重梦境中一起醒来了。瞬间竟然忘了自己身在何处。

醒来好累，仿如没睡。再一看窗见天色，已接近日落时分。凌月甚至怀疑是不是有人偷去了自己的时间？

双重梦境使得一切宛如隔了一层厚重纱，变得模糊而不真切。梦里突然逼来的险境，现实中不久前刚受到的意外，都随着这样双重梦境的突然降临与离去，以及加之而来的多重疲惫，暗暗隐退。

走出屋子，在花园里，凌月一人静静看了日落。日光还没接近地平线就被挡住，恍如诉说周而复始归于虚无。“未来，将何去何从？”这个问题是凌月心下压制的，不想去问，因为已知晓未有答案，却有无尽通往烦恼的过程。然而现在，还是不得不浮现出来。

若说凌月留恋商将军的位置，也不是没有的。这些年里，他与悯瑛谈国事政治战略的情景历历在目，指挥士兵们征战的艰辛也是一段经历，战果更是可贵。凌月一直觉得建立在理智的感情更加融合，同样，融于兴趣的职责也更令人快乐。在担任商将军的日子里，纵然他最开始并非自己选择，而后却在这份工作里获得了满足与喜悦，能与效力的国君及众臣们共论时事、探讨观点、交流思想，让自己的声音被听见，让自己的理想能实现，有理想并为之努力，真是人生一大乐事。即使知道那些权势都要过去，江山也并不由人掌控，但是这些具象的事物，就是观点思想交流的媒介与承载体。通过它们，也更加成就自我。

而今放下的，就不只是放下权利职位而已。除了交流的载体，还有过往的记忆。

记忆是一种习惯。尤其对于凌月这样喜欢回忆的人。已经成为习惯的事情突然被剥夺，难免有些不习惯。这对于喜欢保持习惯、不喜变化多端的人来说，就更难过了。

“当时似乎隐隐回避提出将这转交给凌日，不忍主动割舍。”

在夕阳下，凌月闭上眼睛，让夕阳的红光透过眼帘映照着温暖了脑海，感觉仿佛回到了数年前的灿烂青春年华。

“那时是我即将开始将军生涯的时候，现在，这么快，就已经结束。”

从此以后，商将军就成为了真正的商凌日。凌月与悯弟在皇宫内畅聊江山与理想，是否成为永远的过去时？

好似熟悉的空间
星光依然闪闪
往日泪水终至枯干
未知的问题
却无须答案
不一样的情感
是否依然
如多年以前
期盼那无来由的怀念？

细节全被遗忘
结局仍旧感伤
难道那是注定的失望？
现实不再奢望
梦境空留迷茫
从未开始或早已逝亡？

好似相识的时间
流水依然潺潺
往日伤痕终于变淡

已知的问题
却不见答案
不一般的震颤
是否安然
如多年以前
期待那未完成的心愿

细节无从得知
结局仍旧不值
难道那是自愿的选拭?
现世不再迷思
梦中犹在寻拾
从未拥有或早已遗失?

这首诗叫“多年以前”，不是凌月此时所写，而是十七岁左右的时候出征在外漂泊时所作。当时的凌月已品尝了诸多的苦涩，却并未迎来某一种特别大的打击，就在那多愁善感的思绪里，写下了这些悲伤的句子。而现在，再拿出来读，却突然发现竟然如此贴合当下的情景和心情！心中不由得、自然地浮现起了四个字——自我应验。①

凌月隐隐感到，不知为什么，自己诗句中的一些情况或者情绪，在当时写的时候，经常只是一种夸张或者一种幻想的沉浸，那是一种创作的状态，脱离了现实，抽离了出去，调动着情感却没有联系到实际的载体。然而，这种实际的载体，却在这之后不知怎么突然出现了！而且是如此诡异的形式，事先根本无法想象的，事先理所当然的、眼看就已得到的东西，就这么一瞬间离自己而去了。现在的凌月真想问那几句，“难道那是注定的失望？从未开始或早已逝亡？从未拥有或早已遗失？”

“实在是太不值了！难道这是我自愿的选择吗？”

然而，同样诗句里又已写道，“已知的问题，却无须答案”。

真是巧得令人毛骨悚然。真是真实的。不是凌月事后所编。

每一首诗写下时都有感情，没有为赋新词强说愁，对于凌月这样早知愁的少年，根本无须这样；然而当时写下的时候，后来突然发觉，为什么仿佛有命运的元素，在其中将一点一滴隐隐注入？

然而这时的凌月还不知道，如果知道的话更会觉得不可思议了，现在的他的悲伤固然沉重，尚且存有希望，那就是家族的理想转到了凌日的身上，甚至凌月自己的理想和未完成的心愿，也随着当天的交代和转交如梦令之时转给了凌日，也就是说，尚在继续。而若凌日也无法完成，那会怎样？

---

① 这是心理学里确实有的名词。英文叫做 self - fulfilled prophecies，另外巧的是我当年感受到了这一种巧妙的体验，从我自己零碎的诗句里，我将这种体验就叫做 self - fulfilled prophecies，并不知道它正是心理学中的名字，在心理学中已有定义。所以，这不是个人的特例，也不是个别现象。对此，心理学中已有一些解释。然而，更多的尚有待研究。

第五十五章 面对·不一样的接见

这时的凌月是一个被抛弃的人，谁都不知道他还算辉煌的过去，他的才能才干，他曾经很好地完成了那些事，超越了他的同龄人的事。而现在，人们都看不出了，他曾经付出了那么多，经受了那么多，顶住了那么多，现在，顷刻之间，都淹没于抓不住碎片的过往里。

凌月又回到了自己的府邸。就关在那里，仿佛一个从未有过任何作为、只依靠家族好吃懒做混日子、现在又混不好的失败者。

这几日昏昏沉沉，情绪也维持在低落的位置。听闻父亲跟母亲说了点当朝的事务，“好像有个什么邪教组织出现了，比外敌入侵更头疼”，凌月就木然听着，听见头疼两字只感到自己头疼。

不过商敬先的话语还是一字一句让凌月吸进了脑海。并未进行加工，就存放在那里，恍如机械般堆积。

“呵呵，这些事情与我无关了……我本来就不喜欢它们，什么战争谋略、争权夺利、钩心斗角，都不过打打闹闹，争来闹去烦死了。”

商敬先在近年里挂着闲职，对这些一直关心着，虽然使不上力也没有相关权力，却还乐此不疲，凌月的情况则属于两端，原先置身其中也能使得上力却不喜欢，渐渐习惯了甚至喜欢了、当成自己的职责想做好，却突然什么也没有了！

没有不甘是不可能的，但凌月的这种不甘与他父亲的却颇为不同，而现在的凌月甚至没心思去分析心理动机性格偏好如何不同的那些问题。

恍若从任务中忽然解脱，却并非自愿和意料中的，油然而至一抹隐隐的失落，更是一种不安全感。

未知的未来在此刻，似乎显得，比任何时候都更要未知。

凌月强聚起精神，去想自己应该做什么。思绪紊乱，一如这几天的睡眠。

混乱中的思绪只是不规律，却并非停滞。反而有太多的片断交替产生着。凌月不愿去回想那些可能勾起泪水与伤感的回忆，不论它们是美好还是苦涩，在此刻都是那么扎心。

“美好的回忆，它们已离我远去；苦涩的回忆，它们还在我的脑海。”

“美好的过去，它们却因突然变故而不再；苦涩的过去，它们的沉重却还将传承给未来。”

显然现在的状态不适合回忆。一直以来喜欢回忆的凌月，发现那是因为他心中有着充实与安然。一旦受到突然打击让这些轰然消散，便没有那种心情再去经历忧伤而美丽的伤感。也不忍心让心再去经受那些原本自我甘愿通过得到升华的苦涩。

他转向构想未来了。这不是随意的想象，是用心中理性的一面禁锢了情感，让自己体会不到感觉，只是在心中想着想着那些可能的未来，怎么安排，怎么解决。

没有了如梦令，悯瑛若是有危险，还能感觉得到吗？

凌月忽然心中一阵不祥的感觉，心猛然跳了一下，赶紧站起身。“不行，我得去跟他说！”凌月终于下了决心，即使面对再大的不利，他个人也会承受下来。只要不造成更大的伤害。

（与其说是感觉，不如说是推测和判断。没有经验借鉴那些还未发生的，也不可能预知，但是将那些片断信息联系在一起，还是可以分析，拼凑出一些可能的画面……）

既然已经知道了就不要多想了。凌月咔嚓般关闭脑中可怕的画面。

心意已决，凌月感到舒服多了，他做决定有时慢，可一旦做了决定就相当坚持，不后悔。心中适才的紧张感被化作了一股动力，疾步走了出去。

一路上，脑中转为盘算接下来可能发生的一幕幕以及应对方式。

接下来会怎样呢？那原本最不愿触及的，现在主动出击了。

那是凌月和父母都害怕被知晓的一件事。

过了好久了，拖了好久了。

然而这一切原本也超过了凌月的预想。他没有想到，那个他们原本害怕被知晓的人，会成为他的结拜兄弟。而这个问题，却并非不得不面对。对于结义的兄弟，他们互相的尊重使得两家的私事都不会去问起。凌月之所以选择现在去说，还是由于对某些可能的防范。

“皇上，商大人之子、商将军胞弟商凌月求见！”

“哦？”悯瑛抬起脸，闪出一丝惊讶。“他来做什么？”他无从猜起，却有一股好奇与兴奋感闪过，立即说：“好，带他来！你们先下去。”立刻偌大的殿庭内只剩小皇帝。

“或许是我想看看与凌日一同长大的凌月是什么样子的，”悯瑛这么想着，嘴角微微笑了，“据说他俩是一个模子刻出来的，应该是从小一起长大、很亲近的吧。一个习武一个学文，挺有意思。”

轻快的脚步声响起时，悯瑛还故意没有抬头，目光仍停留在书本上。这时他听见一阵十分悦耳的声音，轻柔沉稳，略微低沉却不喑哑，又有一丝仿若收敛高昂的飘逸，很难形容但是非常好听的男声，“叩见皇上。”只是这四个字，悯瑛觉得那么近却似遥远，陌生却又似早在很早以前就已传入他心中。

感性的品位有时可以比理性的思考更快，悯瑛没有想起来他是否听过这个声音，也来不及将其与商将军的声音对比，却有那种潜意识里的意念升起。只是一秒钟的时间，他立刻回应：“免礼，平身。”然后抬头，目光触碰到面前之人的脸容。

立刻震住。这不是……

悯瑛刹那的惊奇令他张嘴，竟然忘了说话，眼睛也直直的不能移开。如此一致的双胞胎？

凌月的神色淡然——并无显示出距离感，在这关键他不能显得刻意在躲避悯瑛，那样就此地无银三百两了，凌月告诉自己，他现在只是初次与他见面的人。

仿佛并未看见悯瑛的惊讶，又好似他早已知道皇上的惊奇只不过由于他和商将军一致的长相，站在殿内的凌月依旧平淡而有礼地微微低着头。“你抬起头来！”悯瑛声音有些激动。

凌月不紧不慢地抬头，动作一贯地柔和，更显气质温雅，甚至文弱得就像经不住风吹的清秀书生。他的柔中又似带着一抹读书人的傲气，以及出身商府世家的贵气，并不显示出一丝惧怕或慌张。

这其实是凌月在来的路上就飞速想好了的。脑海中曾划过几个方案：“要不要显得紧张、害怕一些呢？凸显商凌月是初次入宫见皇上？”

“嗯不用，那样反而显得假，大家都知道商凌月是读书人，自幼孤僻常把自己一个人关在屋内，这种性格的人见了权贵也不会有什么反应。”凌月客观地分析，仿佛把自己完全当作其他人一样，而且首先要自己相信自己就不是自己——相信自己是第一次与皇上见面的商凌月，而不是那个实际上与悯瑛成为好友的假扮商凌日的真正的凌月——站在相信事实就是这样的角度，才能显示得也是如此，也才能让别人相信。

“自己做自己还要扮演，呵呵。”凌月一丝苦笑掠过原本就忧郁的面容，不过这一切都是在见到悯瑛之前。在踏入皇宫的一刻起，他就完全准备好了，首先从内心做好了准备。

只不过演一场戏而已，从小到大都不知道演过多少戏了。

只不过，这一次是面对他努力想要真诚效忠之人，他最珍惜的朋友。

“说，你是谁！看着我的眼睛，说，你是谁。”悯瑛的声音一字一字响起，从激动到平静，等待着聆听，又从等待到迫不及待的激动，就在那么短短片刻，仿若千回百转。复杂与悲苦即使毫无直接的语词道绘，也已无比了然。更何况是对了解他的义兄凌月？

凌月的理智却先情感一步封住了情绪流动的出口。脑海中的一个声音立刻开始嘲笑自己：这么冷血，这么冷漠，在起誓不欺骗的义弟面前竟然眼睁睁看着他的矛盾疑惑和痛苦还继续演戏。

“可怕的不是演戏，而是演得连自己本身也压抑！”

“演戏演得根本忘了自己！”

脑海中的声音一个个开始斥责凌月，但是他早已将更重的压力转化为抵抗的动力，全部抵挡了那些声音的侵袭。现在凌月处在的是高度紧张状态，他的任何一根神经都没有松弛，没有给情绪动一动的缝隙。

他仰头睁着神色略显迷茫的丹凤眼，暗暗扩散了瞳孔的焦点，没让自己正对着接收悯瑛眼中的光芒，因而还能用平和而坚定的语气说：“在下商凌月，商凌日将军之弟，与兄长是同胎双生。”

“哦！”悯瑛的神色顿时黯淡下去，身子本能地往后缩了一步，似乎瞬间的失落与惆怅。“好，你找朕有何事？”

凌月的心中闪过一丝疼，但是却很快被早已准备好的那些给忽略。

“在下来向皇上诉说的，目前乃是众人尚未知晓的情况，兹事体大。”凌月不紧不慢地说着，同时用力控制着自己嘴角边的一丝神秘而略带调皮的笑。这句话的作用凌月当然考虑过了，悯瑛不是怀疑他的身份吗？“那就让他自己认为这次我是来告诉他的好了。”

“你这么算计你的朋友，还好意思笑！”心中的一个声音顿时响起，骂了凌月一个突然，凌月嘴边刚要浮现的笑意立刻缩回去了。

当然凌月的表情在悯瑛看来一直是那样平淡，他的这句话却已经果然激起了悯瑛的振奋：“你快说！是何情况？”

凌月微微停了一会儿，这样的事情说出来确实需要调整气息，然后再缓缓道：“近日巫医派事端扩散广泛，我亦有所闻，而他人有所不知，家兄商凌日与巫医派有私交。”

“凌日与巫医派有私交？”悯瑛顿时疑惑升起。“你，你是怎么知道的？”他焦急地问，对国事和对商将军的关心溢于言表。

“兄长前次回府与我说起的。他在西域时，与当地巫医族交往不少，关系甚佳。此次皇上将巫医派定为谋逆邪教，突然实行举国镇压，还派遣陈将军和宫小将军率兵扫荡，恐怕不止我兄长一人心中过不去，对于民众苍生，也说不过去。”凌月坚定的目光直视悯瑛。

“你！”悯瑛没料到凌月会突然这么一大段说辞，而且言语对皇帝高官都存质疑，看着凌月俊美而熟悉的面孔，悯瑛原本想发出声音展示这些年学会的保护自己的威严的技巧，却怎么也说不出“大胆”之类摆出皇帝架子训责的话。

“请恕在下直言，皇上突然定巫医派为邪教，证据并不足，难服人心，况且巫医派在民间医治百姓，威望正高，却并未与国家权势有所冲突。即便有冲突也应化解矛盾，试图调和，然而现今他们并未有逆乱之举，中央朝野却派兵去镇压他们，这是为何？”

其实镇压巫医派并非悯瑛的主意，凌月当然知晓，不过急切地想提醒悯瑛以防万一，二来是想激发悯瑛的同情，以便请他撤销此指令。而悯瑛以为自己皇权受限的处境不被这位并不参与朝政的公子所知，但想到这时不好在自己大臣的儿子面前说这个，况且在众人看来这确实是皇帝批准的，于是悯瑛只好坚持将被动接受说成自己的立场：“巫医派鼓动民众，造成扰乱，影响社会平衡，这怎么不该管治？”

“这个世界就是包含不同种类的人。我们悠悠大国礼仪之邦，怎能连这点器度也没有？再说，这本来就是应该具有的包容，如果看别人与自己不一样，就想排斥，就想打击，这样自身不但得不到进步，反而自寻烦恼。”

悯瑛觉得他说得有理，也不再强撑了，又想起自己以前与义兄在密室谈心，言语字句仍记，却忽然迷失了它的主人，长叹一口气。

凌月感到悯瑛的苦衷和压力，或许比以往自己了解的还要多。每天的事务公务不断，本不属于自身的烦恼也就滚滚而来，来自于血脉承接下来的重担。再从具体来说，看来就在这段短短的时间里，巫医派的事件就给年轻的国君增加了很多压力。

于是他的面色露出一抹温柔，望着悯瑛的双眼有些模糊了焦点，悯瑛忽然有所察觉，看向凌月，凌月猛然回神，目光立刻凝聚而冷了起来。

“那你来就是说这些吗？还有什么，一起说吧！”悯瑛忽然讲，直直看着凌月的眼睛，“你说商凌日与巫医派交好，是想说明什么？”

“以商凌日的性格，这件事不会袖手旁观。可能发生的状况，请皇上三思。”凌月暗自用力使自己平静，仍旧淡而冷的态度。

“以商凌日的性格？”悯瑛露出一丝质疑，然后又放松下来，“朕还差点忘了，你们是从小一起长大的兄弟，自然了解。”

凌月只是沉默不语，甚至没有应答的反应。

“此事朕已知晓，多谢商二公子，特地跑一趟。”

“这是我应该做的。多谢皇上肯聆听。”凌月行礼，告退，不再抬眼看在面前的人。

短暂会晤仿佛在时光或脑海中拉长了，凌月不禁觉得这是自己十多年来无数次演戏中最艰难的一次，讽刺的是这次扮演的角色不是哥哥商凌日，而是商凌月自己！

这些可以层层分析清楚的原因，在这一刻却混沌不清了，凌月忽然觉得好累，是又一层疲惫和无奈叠加在之前的疲惫和无奈上。

“希望危机不要出现，冲突可以避免，问题都能解决。”

然而多少时候，美丽的愿望能达成呢？即使弥补和补救做得够快，就真能挽回吗？或者，这根本不是单方面可以挽回的。还有另一方的事情，正在进行。

第五十六章 巫医派事件

北郊边境，尘土烽烟卷起。参阳王朝陈老将军所带的军队，连连退败，无心恋战。边界之内，所谓的邪教组织蛊惑人心，动乱由民心所起，内部而发，更显得可怕。这时朝野权臣三公早已联合发出指示，陈老将军先退回镇压内部骚乱，由早年陈将军的副将、新升任的小将军宫奇闯大力协助。应对北方潘国之事，则由战法新奇、善于和谈著称的左将军商凌日接替。

凌日正在向着北方的潘国出发，踏着战马之蹄，威风凛凛。

这次京城为他也多加了一些人马，来到了军营中，就是数月前凌月才离开的队伍，仍以此为主力。凌月曾在那里两年，凌日刚一接管，却毫不顾虑，将他自己的风格淋漓尽致地展示了出来。

举手投足间一股气势，旧部众人隐隐感到这商将军不像两年多前刚来的时候那么故作亲切，也不像后来直到前几个月那样冷傲故作清高，却是一种混合着激情与迫切的动力和霸道。

“我是将军，我的命令，你们就要服从！”

“既然加入这个队伍，服从就是你们的职责，不是要我给你们理由，你们已经没有不遵守的理由！”

众人忽感凌日的气势，顿时噤声，且确实须服从权威和军令，现在主帅晋升左将军了，地位更加稳固，已不是当日的小将，当即皆服从。

凌日立刻整顿队伍，他办事干练，从不拖沓，想到什么就立即行动，十分快捷。

或许欺软怕硬的人群在那个队伍里占绝大多数，可惜了凌月长期用错了亲切温和的好意，现在凌日这么强硬的态度他们反而乖乖听从了，甚至在背后抱怨的都不敢直接针对凌日的态度，只敢继续说凌月以前根本无关紧要的一些特点作为。

前些天，打压巫医派的行动早被太尉秦大人签署的军令传了过来，凌日接到之后的愤怒爆发表情可想而知。副将们突然看到平时温雅的将军变成这样，要吃人似的，首次对带领他们的商将军害怕了起来。

凌日虽然暴躁，聪慧敏锐也还有，已发觉这些下手们并不顺从、军风不行且能力差劲，显然不是一支好的队伍！即便有新带来的一些本有干劲的年轻人，却在这里近朱者赤近墨者黑，萎靡风气涣散军心传播很快，众人都提不起劲的样子。这样的情况，上战场劣势显然！

然而，凌日可不像凌月那般有耐心有创意、会忍耐、愿意自己多花些心思力气去设计阵法解决，凌日只想怎么让这群家伙听命于自己，让他们绝对地服从！

“他们是下属，就应该服从我！现在搞什么搞，士兵没士兵的样子，副将没副将的样子，本将军一定要妥善整顿！”

凌日的身上散发着一股几乎像要构造一个帝国般的霸气，却非沉稳和熟虑，而是混杂了他的浮躁与放纵。

忽然，凌日感到藏于内衣口袋的如梦令震抖了一下，仿佛感应着他的心跳与气息。锐利的目光射向这块令牌，顿时发觉了它散发的光。“它不是一块普通的令牌！”凌日紧握在手，“它具有的功能，跟幻术有关！”

“绝非我兄弟讲得那般简单！哼，他把这个给我就吞吞吐吐，难道有所隐瞒？不管怎样，且待我发掘！”

抚摸着精美的木雕嵌玉令牌，凌日想了半天也想不透它到底有什么神秘之处。“我自己涉猎过玄术，这令牌看上去确实有股灵气，看起来似乎只是一种全面的气势和保护主人化险为夷的气场，并没什么特别功效吧。”

“凌月一贯老实，这么一下子就把职位给我，还啰唆一大堆，谅他也不敢疏漏或隐瞒。”凌日又哼了一声，把如梦令紧握手中。

“这令牌这么美观，代表我左将军的势力，那群军士们得好好看看！欺软怕硬的家伙，看他们还敢不敢不听我指挥！”心念一闪，凌日快速踱步出去。

“还有那什么破烂朝野！太尉下那种规定，也就那傻瓜皇帝毫不考虑就批准了！还有那老陈将军凭什么嚣张！他那副将听说当年就是我兄弟的手下败将，我此次更要给他们点颜色！哼，敢欺负到我巫医派的头上了！”

在得知这个消息的期初，凌日就知道自己非插手不可。朝野中甚至派来了消息请商将军协助陈将军留意北征路上的巫医人士，说是内乱比外敌更不可小视。

“嘿，他们碰到我算他们倒霉了，我怎么可能任他们对巫医派胡作非为！当年若非师父师伯相救，我早就丧命，巫医圣地是我的再生之地！”

“巫医神圣不可侵犯！想我师伯，多么正义善良优秀，医术武功法术心地相貌都堪称仙人了！这么多年流落在外，各地医治了患者无数，人家被他吸引、崇拜他是再正常不过了！被医治好的人们感恩，这是好事，他们奉我派为教，想要加入，竟然就让我们受到如此制裁！这算哪门子混账规矩?!”

“一群欺善怕恶的臭家伙！魔教长老们也在四处游走、还是主动吸纳教徒，竟然不镇压魔教，拿我巫医派开刀！他们休想!!”

“他们可能根本分不清魔教和巫医派！就乱扣帽子，说我巫医派是邪教组织，像什么话！”

“管他们怎么想，惹到我头上了我就让他们好看！哈哈，我不是孤军奋战，我手上有军队!”

“他们不分事实青红皂白，也休怪我让他们下不了台!”

凌日越想越气愤，怒不可遏，已然打定主意了。

召集手下军士，他们一开始还一如既往松散的样子，包括一些唧唧喳喳的吵闹声。凌日高举手中的令牌：“我是左将军，商凌日将军，这是我的权威，我的尊严的显示，你们都得服从!”

顿时众人被他的气势镇住，戛然噤声。

“我要你们都服从我！”凌日的声音高昂浑厚而有穿透力，他的手中握紧了令牌，坚定而用力握紧。“你们都听我的，你们眼里只有我，你们耳中只有我的话语!”

忽然，众将士的眼睛眯起来了，仿佛被注入了一道迷茫。凌日感觉到他手里的如梦令开始颤抖，甚至隐隐有一种风游转在木和玉石的声音。

一道白色与绿色混合的光。

顿然间恍若散透出去。一闪而逝。

却似已然有一道痕迹，一股气息，存留不退。

凌日不知为什么这样，手中的如梦令的颤抖更加激发着凌日的激动与力量，他不止口中的命令，召集众将士往外冲去！

这一日，悯瑛仍如以往，视线埋没在白纸黑墨间。有奏折要批阅，大量的书要阅读，还要练习写字画画，悯瑛后悔前几年没有抓紧努力些，书到用时方恨少，批阅奏折时也嫌自己的字不够漂亮。“学无止境，既然终身都要学，那么现在努力还算很早吧。”他笑着想。

“皇上，大事不好！”忽闻得一声惊天大喊，竟然不等通报，就有臣子跑了过来。只见谏大夫孙大人匆忙踏进宫内，已是气喘吁吁。

悯瑛并不责怪，淡淡抬了一眼，纤细的指节仍握着笔蘸蘸墨，继续低头写字，他只是不喜欢这样慌张，“什么事啊，如此大呼小叫，慢慢说！”

“商将军叛变了！”孙大人洪亮的声音颤抖起来。

“啪”的一声，悯瑛手上的毛笔掉了下来，墨洒在雪白的纸上，一点一滴的，好似暗沉的血，又如暗夜的泪珠。

“你……胡说！”悯瑛颤动着唇，似费了很大力气，半天一字一顿地挤出这几字。

“皇上，此等大事为臣怎敢说笑！”谏大夫的脸色沉痛近乎哭泣。

“究竟怎么了？”悯瑛的声音焦急而颤抖。

“商将军手握重兵权，如今召集大量兵马，已对驻城军队展开对峙，正式提出宣战。”

“这是为何！”实在太不可思议了，悯瑛还一时接受不了这个事实。

“一直以来商将军蒙皇上信任，其他将军自不入他眼内。此次以陈将军和宫小将军为主镇压巫医邪道，他不支持，还威胁陈将军：立刻停止镇压否则不客气，陈将军当然不理。未想到商凌日趁着外敌，对内宣战。已经动兵将陈将军手下镇压邪教的军队一举击败，并且重伤宫小将军，把陈将军软禁。还带兵从北方一路冲向京城方向！”

随着砰砰砰一阵脚步，老王爷和秦太尉等臣子们一同走进。情急之下，老王爷也不按宫廷礼节通报了。

“搞什么名堂！”踏入御书房的大臣们纷纷表示恼怒，在朝见皇上时出言不逊。

“皇上，众臣一直劝你莫太信任商将军，交给他重兵权，现在……”老王爷面容沉重悲痛。悯瑛一言不发。

“朕立刻去一趟商府！”突然心念一闪，他说着就从宝座上跳了起来。

“皇上，危险啊！”老王爷和曾经也担任太傅教过悯瑛的孙大人颤抖着喊道，急忙劝他。看得出这两位的神色比其他臣子要更为焦急。

“朕一定得去！你们都别说了！”

“也好，皇上此举甚妙，俗语道跑得了和尚跑不了庙，现将商府包围起来，把商氏夫妇扣押，谅他商凌日想轻举妄动也不敢！”三公之一的周大人大声说。

“住口！”悯瑛忽然愤怒，他平日脾气很好，大臣们从没见到他这么发火。就连刚才听到商将军叛变的消息，他也没这么大反应。众臣惊愕地看着他。悯瑛发现自己失态，连忙柔声下来：“吾等现不可乱了阵脚，商府恐怕还不知情，不可打草惊蛇，朕先去一趟，探探情况。”

“皇上，若是商凌日有意叛变，恐怕早有预谋，商府未必不知情啊，皇上这样去甚是危险，今日不比平时。”老王爷是真的担心这位皇侄。

“请皇叔放心，商家父子平日效忠皇室和国家，尔等也熟悉，朕不相信他们会做出叛变之事，兴许是有误解，朕亲自去一趟，可化解和避免不必要的纷争。”

众位大臣们一时倒不知说什么好了，这少年皇帝平时随着性子惯了，这回不知是越发糊涂了，还是真的为普天下考虑。

“那么，请大内侍卫随皇上一同出动，先将商府外围包围，同时众侍卫保护皇上，以防万一。”老王爷考虑了一下，想出了一个他认为周全的方案。

“不必了。不用劳烦大内卫士们，而且那样等于不是和平去见商府了，反而会激化矛盾。”

平日里不服气商府和商将军的京城大族官贵们，这时都开始抱怨了，“皇上，这难道是畏惧商府吗?”

“就这么怕了商凌日?”

“就这么纵容了叛军?!”

顿时殿堂里开始嘈杂。悯瑛皱眉，“都别说了，安静!”众臣们顿时收声。

他们从未听到皇上这样坚决的声音。当然，这不是往常时刻。

“朕意已决，这就去一趟，不用兴师动众。还是将这当成往常吧，这样也才能做到真的没事。”

“这都什么时候了，皇帝还像没事一样，还以为当成没事就真的没事了!”一些大臣心里开始耻笑，但是当然不敢发出声音来，再说，虽然瞧不起皇帝，被商将军打来更不是好玩的；这时也只有先支持皇帝，铲除了商将军再说!

“臣等誓死效忠皇上!保卫皇上!”他们做样子的时刻到了。带头者是在争论中不发一言、任其他臣子谏告的金丞相。

老王爷已召集御前侍卫，执意要陪皇上去。悯瑛知道皇叔不放心，也知道这样的情况自己要独去一趟商府在众人都是荒谬的，于是也不好拒绝。

“罢了，既然众卿执意要侍卫们陪朕同去，那就去吧，但不可靠近商府，远远跟着就行，人数也不可这么多!否则一路上百姓们看到了，没什么事也会人心不安的。战争未开始，就乱了阵脚，这可怎么好?”

就这样悯瑛飞快换了一身便服，不许大队侍卫们靠近，只有几个贴身侍卫们跟在他身后。

第五十七章　突然的会面·调和

商府的大门传来砰砰响声，管家跑过开门，顿时看见一队面色沉重的人。他虽然不认识，也觉情况不好，见这为首的公子锦衣华服，皱着眉透出一股高贵的气息，不似普通人，再一见他身后不远处黑压压跟着一群侍卫，管家一呆之后就惊得退了一步。

“不要怕，带我去见你们二公子。”悯瑛开口，尽量放平和了声音，却还是止不住颤抖。听在管家的耳朵里，又是心中一紧，想着不会是二少爷得罪了什么不得了的仇家找上门来了吧?

“怎么还不去?”悯瑛一脚踏了进来，后面的侍卫们都止步，颇有气势。管家匆忙跑走，正在想要不要通报老爷。

商敬先闻声出来，看到悯瑛立刻震住。“皇……”悯瑛飞快抬手并开口制止他说话，“带我见贵府二公子。”

“这……”商敬先似乎觉得来者不善，平日里的皇上哪是这副样子的？他心中飞快盘算，是不是自己那小儿子平日跟皇上过亲密了，突然哪里得罪了他？

“别害怕，我与令公子是老友，不是没见过。”悯瑛还真是好脾气，这会儿又恢复了常态。商敬先微微一愣，这才伸手将他引入院内，指向林荫小道通往的角落，“小儿的住所在最里端，门前很多竹子的房子便是。”商敬先站在原地，却不知为何心中不安，挪不了脚步。悯瑛也不要他带路，径自快步飘然走去。

“老爷，这位公子好大气势，门外围了一群卫士。”管家在商敬先耳边悄悄说，满是紧张。

“老张，此事莫要张扬，他的事情自会与二公子说。”商敬先皱眉，不愿多管，快步转入屋内。“是！”张管家也只好闭口不言。商敬先边离开边小声嘀咕：“这凌月，就会惹麻烦。”他心想：小儿子与皇上友人不知闹什么别扭了，其他人哪好掺和？从小到大这个儿子总是不会好好与人交往，平日孤僻得不得了，交了两个朋友要么与暴发户之子称兄道弟，要么与失势的小皇帝关系不清，商敬先想着就摇头。

沿着弯绕小路，悯瑛没心思欣赏风景，快速走到最里端，果见一排青绿竹，将一间琉璃瓦的小屋几乎挡在了阴影之下，很大的窗户挂着深紫色窗帘，被风吹拂着微微荡漾，却拉得严严密密房门也关着看不见里面。

“哆哆哆”悯瑛在木门敲了三声，一会儿门打开了，只见一位白衣少年不紧不慢，他头发乌黑，肤色雪白，神态有些慵懒，眯着凤眼迎来这开门照进来的阳光，屋内的光线是幽暗的。见到悯瑛，他微微一愣，却没显示什么大的反应，仍然淡淡而温和迷茫的表情。

悯瑛看到他，表情立刻禁不住变化，嘴唇颤抖，却握拳克制住，压低声音说：“你还不快请我进来？”

“哦，请进。”凌月自然地哦了一声，却紧接着刻意抿住嘴，幽暗的光线下看不清他的面容表情，他将客人请入内，随手关紧门。转身过来，悯瑛疑惑的目光正迎向他。

一时间，屋内沉默。却似乎混杂着各样的情绪，只一会儿的时刻，似过了好久。悯瑛终于开口：“商凌日，商凌日将军叛变了。”他的声音仍然压低着，仍透出了各式的苦楚，然而又似不可言说，只这么开门见山的一句话。

“什么！”凌月听了这话也不禁失声，愣住了，再伪装不下去，眼睛望着对面的悯瑛，立刻现出一层若隐若现的泪水，在透过窗帘和竹影的房间里划过脸上的苦涩。

落在悯瑛眼内。他叹了一口气，走上前，忽然控制不住情绪起伏，痛苦的声音颤动流出：“你告诉我，到底怎么回事?!”

凌月嘴唇颤动着，说不出一句话。低下头不看悯瑛的眼睛，他半晌才轻轻挤出一句话：“怎么说怎么了，我刚刚才知道这个消息。”

“到现在你还装？”悯瑛激动地双手抓住凌月的肩，“我是那么相信你！我知道你有你的苦衷，但是现在呢？现在呢?!你兄弟叛变了，你告诉我，这是为什么?!”

“我……”虽然早就知道皇上其实是知道的，但是这时看到他忽然到府上来，听到他忽然这么说，凌月的心中还是划过一串替家庭的担忧。

“你还在想什么？你还在想你家人吗？”悯瑛丝毫不放松，盯着凌月的眼睛。“你就这么在乎你的家人，你就不替我想想吗？我不怪你，可是今日的这个消息，我却怎么也没想到……”

凌月这才猛然回到当下的问题。“我的兄弟，凌日，他……”凌月讲了几个字，又说不下去了。他已经隐隐猜到悯瑛怀疑他和凌月的身份，但是这又怎么好说呢？这关系到商府上的欺君之罪，不能说的。

“你的兄弟凌日？你不是凌日？你还要骗我！”悯瑛听到他说了这几个字，忽然又激动起来，过往的思绪涌现：“第一次见面的时候，他们就叫你凌日，我知道那是你，你却说那是他！”悯瑛之前意识到两兄弟的身份对调，却不知凌月一直是次子扮演凌日的身份，只道是他对名利不感兴趣，又不喜战争，作为哥哥将将军之位让给了弟弟，隐居在家里。

“我没有骗你，那些一直是凌日的，商将军一直是他。我不是凌日，我是凌月。”凌月坚定地说，这时他恢复了平静，眼神中透出肯定，也是真诚的。

悯瑛看到眼前的凌月，听到他的话，忽然愣住了，缓缓松开了手，往后退了一步。他因吃惊和痛苦，混杂着更多道不清的滋味，步伐不稳，脚步一滑差点摔倒，凌月急忙上前去扶。悯瑛泪流满面：“你还骗我！你不要骗我了！那是你，不是他！”声音渐渐轻了下去，更显出深深的悲痛。

从没见过悯瑛这个样子，也完全能感受到他此时的痛苦，凌月忍着泪。即使有声音告诉自己不能承认，就算皇上说了不介意也不能从商凌月的口中承认商家的欺君之举，但是这一刻凌月的理智和感情都已从双面淹没了那一丝微弱的不属于他内心真实的声音：友谊怎能由欺骗破坏？为何要辜负好友的信任？他都已经痛苦成这样了，自己为什么不能安慰他？

更多的声音从凌月的心中响起，让他共鸣着悯瑛的痛楚。以前那些所有的身不由己已经过去了，这一刻，他就是他自己，他有自己的理智支持的情义。

“悯瑛，我没有骗你。那些本就属于他的，他是商凌日，我是商凌月。商将军的头衔一直以来就是属于他，那一次王爷寿筵请的也是他。这一切当中，却有我们的友谊，与你见面的，是我。”凌月流着泪，握住悯瑛的手。

悯瑛的抽泣不再压抑，苦涩的声音渐渐响了起来：“他们都说我是糊涂皇帝，说我糊涂宠信了商将军，他是不知感恩的小人，得寸进尺要谋反，他们说这是我自找的！说是我糊涂！但是这其实不是的，不是的，他们都看错了！我没有看错人，我没有……”

凌月再次动容，声音极其柔和：“你不糊涂，悯弟不糊涂，别难过了，一切会好的……”纵使是他平日再淡然再理智，此刻也想不了、集中不起思绪去应对关键大事的办法，只是在为悯瑛与自己的无奈流泪和叹息。

一会儿悯瑛没有声音了，凌月轻轻放开他，发现自己的肩上湿了一大片，只看到悯瑛的脸庞满是泪痕，双目紧闭，平日的小小淘气和自然或伪装的威严此刻都淡去了，就像一个天真无邪的孩子。凌月只觉得自己作为他的结拜哥哥竟然让义弟如此痛心和惧怕，不由得自责。

忽然悯瑛微微颤抖声线，抓紧凌月的衣袖：“真的是你，会武功的就是你，答应保护我的也是你，凌月，你会武功的是不是，你能保护我？”

凌月赶紧点头，连声说“就是我”。悯瑛有急迫的心事，眼神不能聚焦快速而道：“不行，那时与我立约结拜时，你说你的名字是商凌日，凌月你要重新起誓！”

“这有什么，我说便是。”凌月不由得笑了，还以为他想到什么恐惧的事情，原来如此，于是赶紧开口一字一句说：

“若华国玄火凤鸟与若木扶桑在上，我，商凌月，与阴悯瑛，早已结拜为兄弟，今日重立誓约，势必效忠于他，尽力保护义弟，永不背弃！”

“好！我阴悯瑛，势必待商凌月亲如兄弟，灾难中不怪，富贵中不离！”

悯瑛赶紧接着凌月说道，起誓之后骤然松了一口气，还不住喘息，呢喃道：“我没有看错人……我就知道你是你！凌……月，你不要担心，我不会责怪你家人，更不会怪你。”

“谢谢你，悯瑛。”凌月轻声说，又抖动嘴唇，顿了一下。

“你什么也不用解释了，我先前只是吃惊，太奇怪了，本来也不该这样责问你。”悯瑛此时已然完全恢复平静。

“我也理解你。”凌月心中也舒服多了，微微笑容挂在嘴边，“你不用再担忧我了，还是来说说你的事情吧，我会帮你的。”

“我知道你能帮我。”悯瑛的语气中有着释然，微微笑了，寻觅的答案有了着落，仍有这位义兄在身旁，立刻安下心来。

“这次事发，我有把握说服我哥哥。”凌月神色凝重，却是坚定。“只是，时间紧迫，而且我哥哥收兵之后，不保证其他将军们会就此罢休。还有巫医等派别的民众……”凌月冷静下来思绪自是周密，说到这里，他抬眼迎向悯瑛专注的目光。两人的眉间都是微微皱着。他们都知道，从这里赶到西边州外要多长时间，而凌日的军队已与其他将军的队伍交起手来。

“这点请放心，其他将军我尚且可以控制住。巫医派那边，我本不想与他们直接冲突，只想和平疏导，不料陈将军、宫副将他们几个性子却是粗暴了，反而激发了动乱。”悯瑛说到这里重重叹了口气。

凌月心中想着又是不忍：“那么多事情，那么复杂的世界，我们怎能料想得到？却还是需要我们来面对和解决。悯瑛也不过是个十八岁的大孩子，即使任性一点也不是错，何况他并不任性，只是有太多不由他的意愿，却还得由他管理。”

“既然你可以控制那几个将军就好办。”这时候凌月只能放开那些想也想不清楚的问题，还是紧贴正事。由于压制着自己的思绪和感情，竟然也将对悯瑛的怜惜也压抑了，忘了劝慰和鼓励他，凌月想起连忙补一句，“这个情况与你无关，更不是你的错，我们一起来解决。”

悯瑛点点头，凌月说话总是这么真诚而令人舒适。真正的贴心温暖确实是真诚的，又怎是那些甜言蜜语的哄骗和哪怕无伤大雅的假话可以与之媲美的呢。

可是悯瑛依旧难以心安：“眼下时间是大问题，情势十分紧急！两个将军军队已经交战起来了！而我们赶到他们交战地点，最少也要十天，还得整顿这边的军马带着随我们走，等我们到了，他们都不知打成什么样了！我听说过的一种幻术穿梭过去，可带不了这么多人啊！你我二人孤身到那也危险。这可怎么办！”

“其实只要我们两人去就行，我劝说凌日，你号召当地官员的配合。”凌月说，“我们能从这里带去的军马，当地也有。那边的文官也不希望自己管辖范围内成为两个将军的演练场，我们只要先去与当地官员联系好了，再马上去军营就行。”凌月沉稳地分析来，“你说的那种幻术，我正好会。”

“真的！”悯瑛眼里闪出兴奋，话语中的惊喜超过疑问。

“呵呵，真是一物降一物，无巧不成书。”凌月微微挑眉透出一丝骄傲的愉悦。状态的忽然回升，竟然是由于遇到更大的难题困扰——而使得之前的忧愁悲伤得以压制。能够如此化压力为动力，亏得他这么多年来已然被动接受并习惯了再成为自己掌握的一种能力。具备这样素质的人，不论是客观的收获，还是个人的完善，都应该可以成功。凌月当时是这么想的，信心在他心间充满，使得他并没去思考诸如“成功有好多种定义”这样飘渺的问题。

“我需要一幅路径图，就是去那里的地图。”他又交代了悯瑛一些注意的情况。

“好的！一个时辰之后我就能都准备好了。我们还是在那棵树那里见。”

“事不宜迟，我们现在准备下然后出发吧。”凌月的微笑安定人心。

一个时辰后，他如约来到那里，小皇帝已在等他。

悯瑛从小身体脆弱因而没有习武，将原本习武的那一份时间用于幻术的学习。意念转移已算法术范畴了，除此凌月并不会其他的法术。若将广义的幻术包括玄术、普通幻术和法术来说的话，凌月掌握得还较少，悯瑛却从皇族祖传书籍中有些其他的了解所知要多。

那一次原本要实行的是玄术中的缩地术，比意念转移法显然要低级，若非出了意外巧遇一位老前辈得到指点，凌月到现在还不会幻术中的高级部分呢。也是一个因祸得福的例子，只是有时类似的例子中，这祸会显得太沉重，而福也会说不清楚。

“现在我才意识到，先祖们传下来的那些秘密玄幻之术的书籍，除了好玩有趣，还很有用！”悯瑛露出一丝兴奋多过紧张。凌月微笑点头，以前听闻父亲商敬先提到过，参阳王朝的皇室有一些内部秘传之书，乃各科智慧结晶绝学，其中部分更仅历代国君继承人才有权研读。商敬先管理的文史书籍库，或宫大人就职的理工书籍库，里边当然都未曾囊括。

凌月遇到悯瑛之后偶尔想到，一国之君主已经很累了，环绕身边无处不在的压力，一双双眼睛都盯着他——甚至还有他的位子，即使皇权被缩减了也还有那么多形式和繁杂琐事，需要层层应付，加之还要摆出一定的威仪，也耗体力，可能剩不了什么时间精力来研读那么丰厚宝贵的书籍了吧。而那些秘传书籍却只能给每朝的皇位继承人，他还觉得有点浪费了呢。

“以往历代国君继承人都是在当太子的时候学习这些的，悯瑛很可怜，父皇突然去世，六岁就匆忙登基了，那么小的孩子当然不可能一下子来读那么高深的读物，我猜想，可能老王爷盼他成材心切为他请了众多太傅，造成了不良压力甚至逆反心理，于是在摄政王当值几年期间也没能怎么学习，倒是后来亲政后突然醒悟，越忙越大压力反而越抓紧时间了。这几年里他进步非常快。只是学习起来，却不那么光明正大的了——没有太子学习过程中的父皇庇护和指导，有处处挑刺的、虎视眈眈的大臣们，以及作为正式国君需要应对的一切。

“也亏得悯弟天生聪明，且能忍受寂寞，觉悟之后刻苦发奋，达到现在这样，真的太不容易了。”凌月心中暗暗想，对这位同龄人又生了一分怜悯。

从小凌月就时不时跳出自己来打量着，觉得自己很可怜，活得很累，后来认识了悯瑛，有时又觉得他比自己还惨。①

这时凌月把地图研究了片刻，根据日光算了方位，还拿出指南针来比对。“好了，准备！”凌月沉着地说，正式开始施行意念转移术，与悯瑛两人双手相牵，眼睛紧闭，甚至呼吸的节奏都调整得一致。

既为意念转移，首先就要凝聚意念，如此两人进行时，跟随的一方则需跟随意念。那么就首先隔离自身的意念，念随心动，融会贯通。

---

① 这句话绝非闲笔。有暗示意味。记在心里，以后临近结尾时，结合本书最后一章来理解。

头顶与闭上眼而汇聚在眼前的白光，越来越大，越来越清晰。

一阵光与风的缠绕，他们感到自己被包裹了、压迫了，再突然抽离了，强烈的吸力骤然降临，又从依附着他们的周边，顿然升腾。

他们听见耳旁有风，呼啸着，身体仿佛在飞的感觉，从地穿行于天。

忽然，环绕身边的白光一阵波纹，骤然一震，似有一道辨别不清的裂痕且在扩充，这光芒和升腾的感觉就似要散去一般！

“抓紧我，不要放手！”凌月感到悯瑛的手一阵搐动，而周边又传来了一股激流气压，突如其来的震荡，猛然想起小皇帝体质很虚，虽然灵性极高，然而这毕竟是相当难度的幻法，定然需要有强劲的支撑；自己以前从未试过两人一起进行意念转移，对于此法尚未精通，是否具有足够的基础？

顿然间，那次实施“缩地术”所遇到的恐怖经历，再一次浮现在凌月的心头，人也慌乱了！

“啊……”

他们陡然跌了下去！骤然坠落的感觉，心悬起，几乎窒息。

“不要怕，不要睁开眼睛！”凌月还在极力控制着，却无法阻止这狂澜般的下坠。

心中虽然惧怕这从未有过的情况，凌月还是感到有一丝希望，不知为什么，只是感到只要不睁开眼睛、不看，就不会跌落得太惨。

一刹那，在他们感觉跌到一半时，忽然停住了。悬住了。又缓缓安然降落。

直到不再动荡，不再飘浮，凌月还闭着眼。悯瑛缓缓抖抖眼睫，先试探着眯出一条缝，透过阳光光线感到了没有危险。

“我们安全降落了。”声音比以往要怯生生的，然而已经不那么虚弱，悯瑛环顾着陌生的四周。凌月也睁开眼睛：“你没事吧？”

“无妨。刚才空中吊着般，气压压着、又冲击着，才那么难过。现在好了。”

凌月放心了，再随着他看去，意识到这是一个从未来过的地方，并不是他们此行的目的地。

“这是哪？”悯瑛轻问。“应该还是在你的国土上。”凌月回答着笑了起来，倒是有心情，或许已然知道了确定的不确定，这不确定就不再那么不安心。又或许在快乐时有一抹抽离感、不那么沉醉于当下快乐的人，在危险时也多了一份抽离，不那么紧张沉溺于险峻的气息吧。

凌月心想道，不管如何自己还会意念转移吧，现在至少不在京城里了，表明已走了一段路，大不了再多来几次，方向算好走走总能走到。当然这是傻的方法，且不知自己能否有足够消耗？不论如何，作为最坏的打算、用来安慰和安稳情绪，还是有效的。

然而时间的渐渐流逝还是会造成一定的慌乱。不一定要有事发生，没有任何动静，在某些情形，更能引起不安。

而且，似乎他们在这里，并不能分辨日光。

奇怪，明明是有光线的，光亮在周边充满，显然是白天，却为什么不见太阳所在?!

“别着急，我来找找……”凌月之所以说不着急，其实是透露了他自己的着急，“邪门了！”他在心中大声惊呼，幸好没有真实呼出，否则更加添乱。“那么明显的日头都不见，还有什么好找的？”凌月忽然觉得好傻，挑剔起自己从行动到语言。

忽然，悯瑛叫他：“快看，那里有位长者！”凌月定睛一瞧，果真，依稀就是当年传授自己意念转移法的前辈！

“太好了！”不由得呼了一声，瞬间的放松在这样积极的状态下，没有压抑呼声的雀跃。前方的长者见他们过来，似无讶异，微微朝凌月盯着看了看叹了叹：“你这孩子，太大意了，这么危险的双人转移现在就敢尝试！”

凌月连忙低头作长揖，“凌月知错。请求前辈帮帮我们！”悯瑛在旁边更加楚楚可怜，跟着他呼唤，老人看着他微微笑了笑，爽快地一挥手，袖口一抖：“去吧！孩子，以后记得，切勿乱了心念，加倍小心！”

顿时凌月和悯瑛就飘了起来，两人在空中的升腾顺畅多了。

再降落时，他们已到达了地图中所标之地。虽有波折，却这么快平安到达，两位都舒了口气，但这激烈的应对，才即将开始。

第五十八章　血的惨烈·兄弟之争

到达当地，他们立刻如事先商定，暗中迅速联络地方官僚，混乱中都想尽快平定此事，皇上从京城移驾如同救兵天降，当然慎重接待，全权服从。接着，他们从地方官府带了一批侍卫，再到那荒郊战场之地，恰好截住商将军的队伍。

凌日一马当先，望见与自己一致相貌的人和他身边的少年，心中已猜到几分。立即定步，身后的队伍霎时停了下来，齐刷刷！简直状似一人！凌月和悯瑛看着，都是心惊。

不等他们开口，战马上居高临下的将领已然发话，“来者何人，为何挡本将军的道？”

“当朝天子，少皇阴悯瑛。前方将领，还不下马叩拜？”悯瑛壮胆扬声，见到凌月在身边临危不乱，也多了气势。

“哈哈！”没想到迎来一阵狂笑，当然来自那位威风凛凛的商将军。“你就是那个皇帝？久仰久仰，如雷贯耳！”

“你……”悯瑛怎想到有此反应，臣子们再怎么对他不敬，表面功夫也不会如此！眼见那与自己昔日亲自受封的爱将相貌一模一样之人，为何态度神情竟有天壤之别？一时间说不出话来。此时凌月手心已渗出汗，素来知道这兄弟性子暴躁且不受此社会拘束，却也没料到这般，已然感到他在为家族带来灾祸……

凌日又大声笑：“皇上过来，要我下马怎么也得你亲自接我！”然后忽地一皱眉，扬声凌厉道，“至于你身旁那跟班的，别动！”

“悯弟，别害怕，”凌月赶紧轻声对脸色惨白的悯瑛劝慰，“我兄弟代表不了整个商府，商世家不会背叛你。我们来就是要大事化小，小事化无。现在，他手里握有如梦令，后面这些军士们是被如梦令控制了，意识不到发生的场景。”

悯瑛点点头，他也猜到了，正在想着当务之急最好能把如梦令得来的时候，悄悄说：“我一个人去，出其不意，既然我们来的人少，更加静悄悄的，更好。”说着，他竟然自己走向前去！

只听他勇敢扬声：“商将军，这里有误会，请你莫轻举妄动，以免后悔。现在撤军，停止一切活动。朕会明察，不随意降罪。请你现在下来，我们和平地谈谈，解除误会吧！”

凌日直盯着悯瑛，看他一步一步走近，似乎在想着要怎么做，凌月悄然挪动着步伐，也在慢慢接近，尽量不打破背后被禁锢意识的军队的这样诡异的平静。

悯瑛伸手，站在凌日的坐骑侧边，呈现真诚邀请。凌月站在马的前方，手心隐隐捏一把汗，同时银线紧紧扣着，以防有个万一及时出手！一刹那凌月已经考虑好，仿佛是本能，哪怕对方是自己的亲哥哥，他要有轻举妄动也会对他出击，只不过用这根银线出击制止不会伤到凌日，只是将他束缚。

片刻的停顿，凌日也回应，已下马站立在地。凌日与悯瑛一同缓缓走来，凌月正对着他们，一瞬间呆呆地茫然，仿佛觉得凌日此刻看起来无比像自己，比任何时候都要像。

然而变故就在刹那发生！还没看清楚是怎么回事，凌月就听得悯瑛叫了一声，朝凌日相反的地方飞了出去！

"啊——"凌月赶忙飞身过去，将他接起，只见他已面色惨白，额上挂着晶莹的汗珠，长发全部散开，在风中舞出凄楚。

"悯瑛!"凌月无比急切，忘了将怒火投向凌日。

"我……没事……只是如梦令……拿不回来了……凌月，我没能帮到你……"

凌月不自觉地泪水滑落眼角，再想起转头怒目而视正斜着眼睛看他们的凌日，手却被悯瑛紧紧抓住。"不要！是我先动手的。"

悯瑛还有力气，凌月放心了，理性告诉他这时候确实不能对凌日发火，不能敌对。

凌月即刻一掌定在悯瑛的后背，闭目为他调理内息，仿佛从这喧嚣的场景里抽离。

这一幕从开始就带着不真实的色彩，凌日身后的所有将士都已被如梦令禁锢了，动也不动，这一切也不会知晓。而凌月和悯瑛这时竟然也不睬不管凌日。

"哼，你堂堂一国之君，竟然就像梁上君子，想盗取我的东西!"凌日愤怒的声音朝他们袭来。

"如梦令是朕和凌月的东西，你擅自占去，还敢如此妄言!"悯瑛获得了凌月注入的一点内力，气息已平稳，张口反击不示弱。

凌日冷笑："你少在我面前摆皇帝架子！对我和他完全两副脸！有本事你判我的罪啊！让商府、商凌月跟着受罪，哈哈哈!"

悯瑛咬着嘴唇，脸色更显脆弱，凌月如此愤怒而克制着愤怒，声音颤抖："这种话你也说得出来！你做的这一切，你知道是在做什么吗?"

凌日仰头大笑，然后看向悯瑛："你，不许对我用皇帝的语气说话！你怎么对他，也要怎么对我！你不想看到他和商府倒霉吧?"

凌月真想上去就把他揍倒在地，并非没有这能力，脑海中却一直不断地想着这该怎么收场，怎么解决，怎么平息。商凌日不管家族和家人了，凌月不可能不管，他所做的烂摊子，凌月都得一一收拾。这时候根本不是能不能自相残杀的问题，伦理仁义谁违反了谁该受惩治也不是讨论的时候，而是已经够乱了，够被人抓住把柄了，不能再节外生枝——不能让有害于众人的惩罚发生。

他轻轻快速告诉悯瑛自己的策略，为了避免自己愤怒暴涨控制压抑得难过，还是由悯瑛来跟凌日沟通，凌月则在一旁保护，这样凌日也不敢做得太过分。

再次走上前去，悯瑛平和开口："你的过错我可以不追究，我和凌月赶过来不是想与你冲突，而是来化解的。我相信，你与陈将军、宫副将也有误会。这就是一场误会。"

凌日冷哼一声，双手环插在胸前，一副不屑："你现在想解决这件事，让我配合?"

凌月简直想叫出来，"你究竟何用意！这是你闹出的祸，我们是在帮忙，你还弄得像我们在求你?!"然而理智和忍耐的习惯再次压制了他。

"是的，请你配合。对我们大家都有益。"悯瑛真是好脾气，凌月再次发现，自己是会忍耐、会思考后果、会有不同情绪而中和，而他是真正的温和。

而这时候还能想到用“双赢”的概念来开导凌日，凌月听着感到心酸。“平时纯真随性的悯弟，不知是有天生的王者领袖才能，还是后天这几年被磨炼出来的?”

忽然，远远的地平线上涌现起了一些黑影，渐渐尘土飞扬，凌月凌日同时吃了一惊。是一队军马将士!

“不好!”凌日轻轻呸了一口，迅速扬声说：“既然你有打算，那我就跟你谈谈。”忽然说着走上前，指着悯瑛，“你跟我走!”

远方的军队一点点临近，凌月知道时间紧迫，估计凌日是想拉小皇帝作为人质。

“凌日，你不要太过分!”凌月的声音含有一股深厚的愤怒，看不见的气息从他身上发出，凌日感到了，顿时目光一凛。

“商凌月，你敢动一动，就不考虑他和你的家了吗?”凌日故意加重了“他”和“家”，凌月顿时一软，一股气骤然下降。

有牵挂的人对无牵挂的人，注定是占下风的；有良心、顾虑的人，对上了没有人，或许不可避免只能心滴血。

凌日的嘴角勾起了笑。凌月的眼角忍住了泪。两张原本应该是一模一样的俊美无瑕的脸，此刻的差异却如此剧烈。

在这一幕重叠着一幕的不真实感中间，悯瑛的一丝意识仅仅因当下这一抹双生子的剧烈反差，也不禁骤然颤抖。

“跟我走。”凌日又对他说，然后转到凌月，立刻扬起一股怒火：“你，留在这里，不许跟来!”

凌月呆在那里，一时完全没有反应、声音或表情，心间和脑海里的各种翻腾抵触再中和的思维顾虑和情感已让他近乎透支，意志的强撑却不知道朝哪个方向，但身体知道不能轻易地动弹，因为这时一动，真的不能保证自己会做出什么事。

悯瑛的冷静令人意外：“这里的将士们还没解禁，不能让他们这么待着吧。”

“呵，你倒考虑得周全，不愧是皇上啊!”凌日的语气带着讽刺，凌月顿时意识到，如梦令的魔力是有时效的，否则凌日也不会惧怕那队来袭的军马，只听凌日继续道：“人是你封禁的，你隔空还能操纵如梦令，平时却装得纯真可怜，我小看了你!”

悯瑛面无表情：“我封禁这些人是为大家好。待这些人醒转，这一切就会过去。参阳王朝授予的将军头衔不可糟蹋，这也是现在属于你的所在。我们好好合作吧。”

一席平淡的话语暗暗道出了的一个意思，就是“商将军的头衔是你商凌日的，你胡作非为是在糟蹋你自己”，其实悯瑛早知凌月不在乎头衔，关键要把这件事顺利收场。凌日闻言，大概想到了这将军头衔自己已拿到手了，再用它来对凌月出气没什么必要，便没有反驳，就说：“我带你到军营，谈合作条件。如梦令在我身上，你拿不走但我也伤不了你。”

说罢，他一把拉起瘦弱的少年国君，运行轻功一刹那离去，丢下身后尚未解封禁锢的一队人马，留下一幕诡异。

凌月忍耐着一言不发，他一直以来忍耐了很多，至今为止从来没有如此憎恨过忍耐。然而目前事态已在渐渐产生转机，他紧咬着牙不让自己发出声音打破这艰难推进的和平。

大勇者并非总是勇往直前，大勇者善于忍耐，有时候他们压抑、隐忍，走的道路曲折，正因为他们有坚定不移的目标，在远处，坚信着终会到达。这信念再次告诉凌月，他不懦弱，即使在此时，他还是勇敢的。

远处的军马临近了，近处的军队却忽然一层接一层如海浪般涌动起来，迅速却井然有序，是严密的幻法时效已到了的自动化解，只见他们居然比服从往常的军令还要整齐顺从地撤退回营！

顿时黄沙飞扬，风土卷起，一刻之后大地恢复安静，仿如什么都没有发生，只留下空荡的印痕和宛若风化了般的凌月。他闭着眼睛，泪水确实已被风干了。

凌日带着悯瑛早已隐秘地回到了军营中，凌月却仍然静静地在原地，到这一刻，已经没有情绪的波动了，愤怒已然与哀伤中和，思维的运转仍旧清晰，之前的计划和最初的目的铭记在心，使得那中间的插曲和一幕幕的场景，即使就在片刻之前，也并未历历在目。只是相信，不用怀疑地纯粹却不盲目地相信，这一切会解决。

并不停歇地抓紧时间，凌月在原地开始暗暗运气，先前意念转移的疲惫早已蔓延，只靠愤怒和悲伤压制与消解，现在却仍不是放松的时候，在这关键时刻，身体是根本，决不能出问题，凌月只想快些恢复体力和精神。就告诉自己，不要着急，不要着急。

眼睛闭上，泪水终于从眼角落下。只有一只眼睛流泪，另一只眼睛是干的，这说明这泪水怀有不甘。与凌月往常的流泪都不同。泪水只是再次显明了。这根本无须问题的答案。

仍旧欢欣吧，这一切，不是结果，只是过程。

因而另一只眼睛的泪水没有流下。

“哟，这不是商二公子嘛？怎么独自在这儿？”

远方黑压压一片军士们片刻到了他眼前，在为首的年轻将领指挥下都勒马站定，凌月认得那小将军正是当年武学小将比试中与自己对战过的宫奇闯。

显然宫奇闯不知道商将军曾有过“掉包”，既望见商凌日已走，那么在此地的必然是商凌月了。凌月心中苦涩，见他客客气气的，自己也不能失了礼数，于是回了招呼，还不忘帮忙自家族人抵挡：“宫将军，家兄那里是有误会，商某特地赶来劝说，还望宫将军暂待，切莫冲动。”

“好，不冲动，本将军不会为难不懂武功的书生。”宫奇闯说得豪迈，当即给了个手势，居然立刻撤军！一瞬间凌月就从宫奇闯的话音中听出，他已受了不浅的内伤，是在强撑追赶商凌日。

忽然凌月有点敬佩甚至感谢这位应该算是敌对者，并再次想到了世间可悲的以恶制恶：若非宫奇闯率兵赶至，凌日定然会与凌月继续无理计较，而现在至少，他们俩兄弟将会共同对付那更麻烦的人和事。

望着宫小将军带领战队又走远，留下尘土四起的印迹，凌月感到恍惚如同做梦，又剩他一人独自站在原地。

站到太阳落下地平线，凌月还不见悯瑛回来，孤零零独自一人走到军营。大多数士兵们还是上次他带过的那些士兵，因而他认得却自然不会理睬，不仅由于此次换了个身份的缘故。小兵和副将们见了他熟悉的俊美身影，愣了一下，顿时开始嘀咕议论起来，凌月也不理睬，径直走去将军所在的房间，果然见到凌日和悯瑛还在里面。

凌日已经听见他的脚步声和屋外的议论，停止了跟悯瑛的谈话，论单打独斗凌日如何会不害怕，此刻见兄弟突破顾虑找上门，赶紧从后门避到外面，只留悯瑛一个人来面对他。

凌月也并不想在此时和那位已然冲突的兄弟继续争执，因而也不感到奇怪，却没想到，悯瑛一开口竟然如此跟他说："凌月，你大哥答应不闹事了，令牌就暂且放在他那儿，请你切莫去抢，免得又惹到他。我好不容易将他劝好，但此事不知如何收场，我也无法保证那些大臣们不会追究……"

此时凌月刚刚焦急询问悯瑛可好，关心他有无受到欺负什么的，没想到悯瑛居然主动提了出来，而且看似如此平静到近乎淡漠，"想必凌日没有为难他了。"凌月迅速判断。

他纵然没心思去管那些情绪，却也不由得感到有些压抑和讶异。一直以来他对这位结拜弟弟极其看重——觉得血亲无从选择，友人却是自己选的，尤其像凌月这样挑剔之人，肯结拜兄弟的人，自己对他的重视不用说。可适才，悯瑛和凌日一起将他完全忽略，任由他在外干等站着数时辰，他来后对他也没有半句关怀的话语，反倒如此……

然而想到此刻局势的紧张性，同时看到悯瑛可怜的模样，凌月的心又软了，更没心思去追究。"悯弟，你不会责怪吧？我兄长既然闯下大祸，我会想办法解决。"

"其实，我不会责怪你们的，商世家给我如此多的支持，我不会怪罪商世家的任何人。"

"有你这句话，我就放心了。"凌月知道君无戏言，只是那些军营里和官场上的小鬼十分难缠。"我已有一计，悯瑛，请你按照我说就行，如此，陈将军和其他臣子们必定无话可说！"

当即，他将适才等待他们的时候脑中思索好的对策说了。没想到悯瑛却沉吟不语。凌月知道自己这计策纵然险了一点，但甚妙，没得到悯瑛认可就不会仅仅是失望这么情绪化的感受。

"悯弟，你，觉得可以吗？"他不由得再出声询问。悯瑛干咳了一声："这，你知道，我不擅长在那么多人面前讲话，恐怕不合适……"

凌月有点着急了，原先哪怕在恶劣艰险的环境中，他也没如此发慌，此刻却忽然似失去了某种原以为常在的信任，心生忐忑近乎无力。"那这样吧，我来说，只要你向众人推荐我一句，剩余的全由我来，可否？"

悯瑛又沉吟了片刻，凌月语速加快地补充："我会易容。他们不会知道是我。只需你引荐说我是你的钦差大臣，不用担忧之后的！"

终于，悯瑛点了点头，凌月松了口气，没想到说服这位他一直效力的君主加好友竟会如此困难。然而他更没时间和心思去计较这些。

"你可以进来了。现在不是你我兄弟敌对的时候。"他忽地朝门外唤了一声，就见那个和他一样面孔的人进了屋来。即便已很显然凌日做出昂首挺胸的模样，还是可见他对武功高出他一大截的凌月颇有忌惮。

悯瑛此时却忽然开口："是啊，你们俩兄弟别吵了，现在我需要你们团结，在这危机四伏的时候，你们二位我最信赖的将军都吵起来了，我要怎么办？"

凌月听他这话语里居然将自己和凌日都并称为他最信赖的将军，感到很有些不适，另一丝思绪却想，也好，至少证明商氏家族的地位不会动摇。

现在，他只能一步步面对明天和近期未来的那些麻烦。

"只是时间的问题。时间会证明，也能否决。"这句话，不知为何，闪现在凌月心里。

"时间会暂时隐藏，也会永远埋葬。"多年以后的他告诉自己。

第五十九章　审问与化解之计

第二天午后，凌月的意念转移后遗症尚未完全恢复，各种烦乱苦涩的心绪却全都收敛。事先的计划，艰难的一幕，终于要面对。

既然同样是艰难与痛苦，那么宁愿选择主动面对、主动承受，尽自己最大所能，包括预先的认真计划；不管是否有用，还是尽力使得结果往美好良善的方面发展。

众人见一位绫罗绸缎的华服少年走入，想必就是少年天子了，他身后跟着一位相貌威严之人，貌似中年，一撇八字胡须，一言不发紧随其后，神色肃穆，一看就是皇上亲信的高官。

一时间，室内只有脚步声。接着走入一列文书官员，正装朝服，身后还跟着一列他们的习武侍从，地方级武士服，面朝华服少年就下拜：“皇上万岁，恭迎圣驾！”

这里的士兵们都是没见过世面的，何时经历过如此场景，都赶忙跪拜：“皇上万岁！”

“平身，免礼。”悯瑛淡淡说道，“开始吧。今天朕想来听听你们对商将军的看法。你们尽管畅所欲言。朕的钦差，林大人，定当处理商将军的事。”说着，他向众将士们指了指他身后的那个亲信大臣。

周围的文官已然备好笔墨，准备记录在案，两位武士站立两边，整齐地敲击手中的长枪，完成开始的信号仪式。

威严的仪式的确颇有威吓效果。凌月在异容成中年高官的相貌中冷笑。众士兵看到这阵势，确实是君王要来审查将军罪状来了，很多都雀跃起来：那位原本自以为是的将军也有沦落到此的一天啊。顿时堂内开始嘈杂。

“安静，你们不必互相交谈，直接跟朕的钦差林大人说，商将军有哪些不好？他会为你们主持公道。”悯瑛出言指示，顿时众人皆静。

见君王发出邀请，所有的将士们都开始绞尽脑汁，想要表现一番，更何况他们原本就对商将军看不惯了呢！顿时七嘴八舌言论纷纷，又混杂一片。

“一个个来说，莫争先恐后！你们说得好，奖赏自然少不了！”凌月故意压着嗓音，等着看自导自演又亲自蛊惑演员们的好戏。

这时，为首的侧部副将迫不及待开口：“商将军极其懒惰，每天午间、傍晚都要睡觉，上午还将自己关在屋内，从不长时间训练。”

又一位小军官接着道：“他热天冷天更是有借口不训练，自己偷懒，还装出一副体恤将士的样子！”

“就是就是，虚伪至极！”

“他不喜欢早上出门，就是怕小白脸晒黑了吧！”

“哈哈哈！”众人大笑起来。

凌月每听一句眉头就皱一分，幸好是经过异容没有显得太过，士兵们只道是钦差大臣不满商将军的所作所为，更加说得起劲。为了获得奖赏，他们接连着盘算怎么一股脑倒出，还有的被周围其他人的气氛感染了，也热烈骚动起来。

“这家伙还特喜欢卖弄！会点雕虫小技就显摆起来！”

“嘿嘿，那次他‘救’了昏倒的士兵一幕，真是想想就可笑！”一个小军官故意把“救”字多长，语气嘲弄，众人又笑。赶紧有士兵接口道：“说到这，我们大伙儿都想起来了！那姓商的看到有人不胜暑，倒了下去谁都知道没什么事，一下子就能醒，偏得他来一副紧张的模样，东按西捏两下，把人弄醒了，然后就等着大伙儿夸他医术！还捡个理由说接下来几天都不训练去睡觉！”

“就是，我想想被他捏就觉得恶心！”一个士兵龇牙咧嘴地走出来。

“怎能这么说话！”这时突然有一个小士兵看不下去了，本来站在一边一言不发，这时跳了出来，“商将军不管怎样当时替你着急，把你弄醒，就算没有功劳也有苦劳，你倒这样贬低他！”

“就贬低，怎样？是他自找的！”先前那个人还得意，“现在皇上要问他的罪，怎么不说！”

旁边的人也起哄，“他自找的！自找的！”

“早就看他不顺眼了，那种自以为是的德性！”

站在中央的小士兵孤立着四面对敌，不知怎么是好，忽然爆发了叫起来：“你们吵，随你们去！”转身就从人群中挤走了。

“懦弱！傻瓜！”还有些人对他背影骂。众人见此，更不敢为商将军说一句好话。

然后有人又开口：“不要把话题转开，别被那小子弄乱了，我们还在说那个姓商的呢！”“是啊！差点忘了！继续说那姓商的！”于是他们又开始指向商将军，唧唧喳喳数落。

“啊，我为什么要姓商，好丢脸啊！我为什么也姓商呢！”一个黑而尖嘴猴腮的丑小兵突然喊出来。大伙又开始起哄，故意装作安慰他，“啊我们不是说你呢，你这小家伙别气，我们说的是那堂堂的商大将军！”

“哈哈哈！”

悯瑛坐在椅子上一言不发，凌月站在他的后方手扶在他的椅背，把持大局。

在人皮面具背后的凌月脸上表情完全看不见，而悯瑛脸上的厌恶则是毫不掩饰的，可想而知一定觉得这太肮脏太恶心了吧。

底下黑压压一群人穿着军营统一制服，身份都模糊了，表情也变得一样，个个面容扭曲。只有在旁观者才看得出他们有多恶心，身在其中却如着魔一般，愈演愈烈，停止不下来。[①] 看见这阵势，凌月又感叹，自己的这步棋效果比想象中还要出色，还要戏剧化。眼见情况可喜，凌月在面具之下却也笑不出，不是害怕听到已知道的龌龊诋毁的言论，而是为自己设计的这幕戏剧所含带的背景成分感到不安。

“看来自己是阴暗的；却不能以阴暗而快乐；所以我注定是要受煎熬的。”凌月对自己说。

他多年来隐在幕后时感到安然，现在把真面目藏在这人皮面具后，只恨不得再有一层挡板把自己和那些龌龊的家伙隔开。

另一方面多年来一心二用的凌月也分割了一部分的精神，关注着当下的进展，毕竟这是大事，不敢怠慢，花些心思总归可以做到的，看来以前因为思绪抽离而没有留意，都是因为本不想留意而已。

“他吃饭挑剔，却说自己讲究清淡，注意养生，还要将士们跟着他的口味学！”

---

① 心理学中的“去个性化”概念就是讲这样的情景。“去个性化”的环境里易产生道德感的瓦解与消失，个体忘却了道德标准与自身身份约束，激发个人平时不敢为的犯罪行为。

“就是就是，真做作死了！有一次厨师做的一盘菜给他，他说咸了，还要厨师拿回去重做！还打着旗号说是为大家身体好！”

“啊，有这等事，我等原来还不知道！”“他的丑事你们不知道的多着！”“他白天也爱拉着窗帘关着门，一进房间就关门，藏着不知多少丑事！”“他还就爱讲一些别人听不懂的话！故意显示他那蹩脚的学问！”“他讲话憋着喉咙弄出好听的声音，还念诗！”“他还故意创作阵法，起好听的名字，弄得大家晕晕乎乎的！”“就是！故意玩花样，说是他自己原创的，显得他有创意！”“他就爱出风头，显示他比大伙儿了不起！”“他爱美，喜欢打扮！”他们还在一句一句接着，绞尽脑汁翻来覆去。

“他冷着脸，不喜欢笑！”“因为他想装得跟冷面大侠一样！独来独往看淡世间一切哪！”

又一阵哄笑声。“这装侠客独来独往的家伙这回可真的孤独着咯！压进大牢有他好受的！”“现在连个帮他说话的也没有！”“看他平时装清高！假惺惺的，自找骂！还喜欢穿白衣裳！”

“你倒对这花瓶将军观察入微嘛！”“那么明显谁看不到！他不就觉得自己俊美希望别人多看他嘛！这回可如意咯！”“所以说他是花瓶将军嘛！他来第一天我们哥们就说了！”“总算把这碍眼的花瓶撵走了！解气！”

“总算走了！”“回家继续当他的少爷吧！”他们重复来去就那么点附和的话，没有新话题就在原地打滚，越来越乱。

这时凌月一挑眉，沉声开口了：“你们说完了？”

众人听闻，收声下来，却还在张着嘴想要回答，难得有这么个舞台，显示一下他们可怜的存在。这些人却不知道怎么说，挠首挖耳咧嘴流口水一系列丑态百出。

“暂时就想到这些。”副将还考虑了一会儿回答，“臣等会再挖掘，挖掘出商凌日的更多丑事！”

凌月冷笑两声，假装捋了捋胡须，“你们既然说不出了，那本官来说。”众人顿时竖起耳朵，等着钦差大臣来发落被他们落井下石的商将军。

只听得凌月大喝一声：“作为部下，竟然这么不知规矩、不懂廉耻，说话如此无耻，不堪入耳！”众人被他的怒吼弄得顿时惊呆了，刚才还温柔的大官哥怎么愤怒起来就像闪电。

“人身攻击，说人坏话，还不知脸红！你们都把自己不当人，故意不要自己的人格！”凌月继续愤怒的声音爆发出来，由于愤慨自己的声音都变了，正好那些人从未见过商将军发火，不知道他还有别的声音。

他在愤怒之下语速更加快，声音洪亮而更具尊贵气势，这是凌月很少流露的另一面，来自他的自身，与他其他的性格层面相互融合。他接连道：“以小人之心度君子之腹，还不足以形容你们的无耻！商将军替你们疗伤，竟然说他显摆，怕你们中暑让你们放假，就说他偷懒！如此颠倒是非，你们怎会有如此肮脏的嘴！”

“你们没创意不会阵法，他创作出来给你们，打了胜仗取得了好战果，你们却如此污蔑他，是在弥补你们内心的扭曲和不平衡吗？”

“除此之外，你们说的哪样不是芝麻蒜皮的小事？商将军爱吃清淡爱关门拉窗帘怎么了？碍着你们了吗？他爱穿白色衣服怎么了？他注重仪容打扮干净难道不对吗？他说吃清淡对身体好确实有道理，就算没道理你们不听就是，这样讲出来是丢你们自己脸，竟然还那么得意，哈哈，我们今日算是见识到你们的闹剧了！”凌月讲着仰天大笑起来。

他的笑容冷冽、狂傲、决绝，极少见的释放，仿佛积压了多年来众臣给他的压力，在这一笑之下突然爆发。

“林大人，你就直说吧，怎么处置?”悯瑛这时开口。

凌月顿然收声：“来人，把那几个说得凶的拉下去！这个，这个，还有那几个，拉下去！”他记性极好，哪几个人讲得凶看得清清楚楚，顿时指出了几个带头煽动厉害的，包括那个副将和他手下几个官员。

可是一声令下，竟然无人应声领命！

这下可是大大出乎凌月的意料了！事先联系的这群地方官员，这是怎么了？他们也看傻了吗?!

只见拿笔拿纸记录的几个文官看到此情景，一惊一乍早已僵着没了反应，只是打着哆嗦，为首的文官和他身边的两个武士侍从却扭头在一边装作没事。

突然，为首的副将哈哈大笑，高声大叫：“你这什么钦差大臣，皇帝一时糊涂，居然派了你来！竟在这里想要威风！告诉你，这可是我们的地盘！”

“对，就是我等之地！你这佞臣，地方官也早看不惯了！”

这些素质低下的士众们，眼见皇帝不说话由那所谓大臣处理，就如见到商将军获得职权一样发出怨恨，又开始骂。

“你这奸臣，跟商凌日狼狈为奸！”

那群乌合之众真是口不择言了，竟说凌月扮演的钦差和他扮演的凌日狼狈为奸，然而凌月笑不出来，他的嘴唇颤抖，没想到竟会发生这样一幕。

他见坐着的悯瑛发抖似乎想退缩了，即使凌月平日淡定，这时也是极其吃惊，只不过在人皮面具后面遮去了一切表情。而且他知道，这时候一定要挺下去。

“你们想怎样?”到底是从小被给予重任的商世家少爷，凌月不怒而威，即使震惊和厌恶还是不畏惧不后退。“难道，要反了吗!”

“我们是被逼的!”几个将士不敢看他的目光，连声喊道：“你和姓商的狼狈为奸，里应外合，这是上演一出什么反间计，可惜你低估了咱们将士的齐心合一!”副将的高声中有一丝忘形忘情的得意。

“不要脸，和姓商的那小子肯定有什么见不得人的关系！那姓商的已经跟皇帝不清不楚，这钦差又来插一脚!”又一个军士出言透着酸味。

凌月坚持着他的打算，等待从这挖掘出反劣为优的情景。

正在这混乱僵持之境，忽然一声大喝：“住口！竟敢对皇上不尊!”只见商凌日——这时的商将军，和他的一群贴心部下快速大步入内，瞬间将那个副将和其他起哄的士兵扣住。副将正要反抗，挣扎了几下，哪是凌日的对手，立刻就擒。其他几个官员包括陈将军也赶到了，正好赶上最后的这些，看到这一幕很是震惊。

悯瑛这时才缓慢而严肃地开口：“陈将军，诸位爱卿，这些你们都看到了！到底是谁要反叛!”

陈将军面露惊异转为尴尬之色，到底是大将，马上恢复常态，大声道：“是，皇上！为臣先前误解了商将军!”说罢对商凌日将军一拱手。

凌日也显得很爽快，“没事，只是误会!”

“先把这些人拉下去，押入牢内等候处理！商将军，陈将军，请随本官来，皇上与你们谈谈。”凌月挥手指挥官兵们将那些兵犯带下，只留下几位官员留在了偌大的室内，由于心中还不放心，因而还得布置一番。

“陈将军，商将军的部队里早有一群小人心术不正，长期与商将军作对。这次事情是解决了。至于巫医派，本官恰为皇上由京城派出调查此事的钦差，本官带领都城的官员们有所调查了解，巫医派并非邪教，还在做一些救人行善之事，与西域人士亦是友好往来，并无不妥；陈将军对他们就不要镇压了，这世上多一些多样化的元素有何不可？”

陈将军见这钦差大臣气度不凡，少年皇上又一直没反驳他，遂低头恭敬地听着，答应“是！”

凌日看着异容的凌月，没有认出他，一拱手，深深作揖：“这位兄台，你我非亲非故，竟然肯如此出言为商某打抱不平，商某感激不尽！”凌月听闻，忽然有些心酸，如此肯为自己说话的，只有自己和亲兄弟了。他怕自己再多说话就忍不住呜咽，就淡淡一摆手，表示不用。凌日本来就不喜这套礼节，见此人不多语，就不再与他攀谈了。

陈将军观察早已发现那所谓钦差大臣似颇为高傲，连小皇帝都听他指使，心中料想他真是京城的什么权威人士了，这些年他们边塞的乡下人们也听说了皇权微弱，权臣四起，只道是遇到了什么厉害的大官，又对凌月点头哈腰。

“臣这就将扣押的巫医派人士放回。”陈将军向他们保证。

“多谢陈将军，商某已确认过这些巫医派人士乃正派众人，可保证这些人不会滋事。”商凌日朗声说。

一出混乱成功收场，凌月总算舒了一口气。文官记录了那些素质低下者的可笑言辞和事情经过，接下来定罪不是问题了。为首的故意纵容生事、以为悯瑛的皇权不稳而肆无忌惮的地方官和他的随从武士，自是也被拖了下去，罢官免职。

凌月又以钦差林大人的名义，把现场记录给陈将军等都迅速浏览一遍，当众道：“且看，他们说商将军，说来说去就是这般鸡毛蒜皮之事，外加夸张扭曲，还颠倒是非，把功劳讲成罪过。倘若商将军真的有心叛变，做出大的错事来，他们怎会放过，只字不提？只能说明，都是子虚乌有。”陈将军等连连点头。

回到房间，凌月摘下人皮面具，面对铜镜卸妆，终于再次看见属于自己的独一无二的容颜。这才是凌月，文雅而不文弱，柔和而不脆弱，俊雅中隐敛着英气，温和含着热烈，刚毅坚强融合了善感忧郁。凌月又习惯性地叹了口气，呼出一些烦闷，顿感舒适很多。

今日这一幕，完全是他自导自演，不过纵然是他努力自行解决，也还得有别人容许支持及配合，因而他选择忘记那些不愉快的细节。

他转身对悯瑛说：“这件事也难为你了。”

“没事，你为我南征北战，屡建战功，我也没奖赏你什么。”悯瑛说得诚恳，凌月顿时感到他因自身无实权也许难过，反而转过来安慰这位结拜弟弟。他的声音放柔了，再不在心中埋怨悯瑛没有爽快答应替他对将士们说那些话。“悯弟别这么说，你对我好，我知道，我商凌月是知恩图报之人，只要有我在，商世家亦会为你尽忠！”

或许这个计谋有些阴险，有些铤而走险，有些孤注一掷，这些并不属于凌月往常的风格，尤其是违背了凌月最看重的公平原则——撇开复杂交错的背景不谈，抛开那些属于凌月所做的事不提，现在的商将军商凌日确实是有很大的过失，即使不算有心的过犯，即使说他想反对的是对巫医派的镇压而非皇权，他到后来所做的那些，也已构成了罪。

可凌月却极力地保住凌日，可能不算是为他，而是为他身上的血脉、他背后的家族，以及他头顶上并非由他得来的封号和荣誉。然而这时的凌月还没意识到，他更应保住的是凌日之外与他相关的那些纷繁复杂的关系。

第六十章　回京城·平息，风波再起

事件已解决，凌月跟少年国君回皇都，一路上，终于有心情欣赏一下风景了。脚步没有放缓，仍然需要赶时间尽快赶回，不用再刻意通过什么幻术，暂时获得了一个空闲。

凌月显得非常累，这一险关通过的压力到放松下来后才凸显出来，先前使用意念转移法的后遗症又在侵扰。他漂亮的凤眼里淡淡地充着血丝，悯瑛心中好奇凌月装成凌日是怎么回事，不过见他太累，欲言又止。

他们看着一路的风景由萧瑟转为青绿，仿佛走过了秋冬春夏。

“其实路途并没有那么遥远涵盖那么多变化，或许不过是心情，以及天的感应。”凌月轻轻道。悯瑛颔首，“塞外原本即使在冬天亦不会有那么重的萧瑟与杀气。兴许凝聚了当时的动乱与不安。此次事件平息后，气息调和，即使我等仍旧留在那里，也和江南的景色差不了如此之多。”

“嗯。这江南的天气也是忽冷忽热的，一时真的忘却了季节与时间。”

他们还不知道，有什么在前方等着。

凌月回府，悯瑛才刚回到皇宫就感觉气氛沉重。“奇怪，事情不是解决了么？动乱不是已经平息了吗?”

或许动乱并非武力上的暴动，而更多的是那侵袭的攻势。

一本本要求罢免商将军的奏折飞来。

以往就有四面八方对商小将军的反对声，悯瑛暂时坚持，至少说明了这位少年君主意志坚定，可惜那些大臣们却只从负面角度来看，认为这是皇帝的任性、意气用事、喜欢小将军就不顾大局、不听劝说一意孤行。

奇怪的是那些资深大臣们，不顾事情本质矛盾已然解决，不仅揪着不放，而且全盘推翻商将军的功劳与皇上的考量，只想着他们二人有不妥的关系、非除掉商将军不可。到底是谁任性呢?

然而由于人数和年岁放在那里，说悯瑛不任性而是老臣们在无理取闹，似乎谁都难以相信——当然像凌月这样意志坚定不为大流所左右、又擅长辩证思考的人除外。偏偏凌月是当事人，而且他这类人原本就是极少数。

再加上，群党原本就不是君子的作为。因而或许这就是一种可悲，舆论似乎总被那些喜欢扎堆、大声嚷嚷、挑惹事端、针对他人的群体给掌控了。煽风点火，愈演愈烈，然后原本的中立者与旁观者一点点加入，有些凑热闹，有些则是真的以为他们在主持正义，替天行道。去除妖孽的呼喊声音就这么在朝野里此起彼伏。

这样的声音和奏折越来越多，且愈演愈烈。

第六十一章　早朝突发事件·风波之接连

这一天早朝，殿内空空如也！悯瑛一贯耐心，等待众卿家到来；等了许久，却只见老王爷一人前来了。

似有预感地心跳加快，悯瑛招呼道：“皇叔，怎地就你一人？”

老王爷神色不平息，听皇侄问起更显愁容，一时不知怎么开口答。

悯瑛安静下来，柔声道：“有何情况直说无妨，莫怕。”他提起一口气，既然发生了，还怕传来消息不成？

果然，老王爷沉痛而道：“皇侄啊，你如此执迷不悟，老臣们都意欲罢官不干！他们撒手不管，留下一堆事务、显露诸多空缺，如此一来，国家还怎生运转?!”

“什么，他们都要罢官不做了？”悯瑛完全没料到他们会来这招。硬的软的都有办法，明的明着解决，暗的到时候显露了再说，谅他们不敢来“暗”得损人不利己的，却真的没有想到竟然会如此“明着搞暗的”，联合起来，不是上奏威胁，却突然消失不见，放着现有的所有事务眼看就要变成烂摊子来把难题推给悯瑛自己！这算什么，釜底抽薪，上屋抽梯，造一座空城，走为上？

“是啊，皇上，我的好悯儿！这要如何是好!?”老王爷焦急和忧虑得不知怎么办才好。

“怎么办……”悯瑛懵懂地呢喃着。

“他们都放下手中的事务不管，国家还如何运作？一环扣一环，高官连着低官都掌控着国家社稷的层层环节，可要如何？他们都不做了!”老王爷悲痛沙哑的声音。

“那我也不做了！不做皇上，我也不做了!”悯瑛忽然发泄出来，宛如累积久远的压力顿然崩溃，他颤抖着摘下头上重重的皇冠，带落了一头微卷秀发，脸上早已布满泪水。

老王爷被悯瑛突然的举动惊呆了，看到这位皇侄的模样无比心疼。

悯瑛趴在宝座的扶手上呜呜地哭。老王爷搂住他：“孩子，你受苦了，你要坚持住，这么多年你都坚持过来了，你做得很不错了……这些是你必须承担的，身为皇位继承人，你要更加坚强。”

“来，站起来，孩子，你不要被击倒。”

悯瑛继续哭泣，哭声渐渐止住。

痛哭是需要体力的，悯瑛的体力不够了。

悲伤仍在那里，转为沉闷的低落。带有一抹空缺的沉默。

然后，悯瑛在商将军的革职协议上签署准予，盖上了皇室玉印。

以往被三公权臣要求提升官员、加封赏赐之类也是如此盖印章，并非一次两次了，却没有一次如此无奈。握着玉印的手，颤抖。

“凌月，请你原谅我……”

几天了，他恍惚度日，如行尸走肉般上了早朝，隐约感觉众臣们窃喜的笑。仿佛漂浮在虚幻的人海里。悯瑛只感觉没有脸见人。“这样的皇帝，当得还像皇帝么?”然而他连选择不做下去的权利也没有。又或许是，他根本不愿如此选择。

“不行，我要去见月兄，找他帮我!”悯瑛挣扎着想跑出去。

脚步蹒跚不稳，心咚咚跳，悯瑛虚弱地支撑着自己悲伤哭泣后疲惫的身躯，提起了幻术躲避着皇宫内不知哪些人的监视。

虚弱的状态下，拖着疲惫的身体和悲痛的心境行使幻术的危害是可想而知的。然而唯有这一个方法是他感到目前可以寻得的依托。

然而快到商府门口，悯瑛却被堵在了那里，再也前进不得。

不是实体的被堵塞，而是那一股压迫的弥漫危险的气流……

只见一个人走下马就立刻被一群家丁围了上来，他的容貌俊美而熟悉，却不是那个熟悉的人，悯瑛突然感到一阵害怕，不禁后退一步，躲到树后，睁着眼睛无辜而无助地看着前方。

“大少爷，大少爷你总算回来了！老夫人快不行了，就嚷着想见你最后一面！”

“大少爷快进去，快来！”

“老夫人快不行了！”府内的叫声传出，众家丁立刻涌向府内。

商府的大门砰地一下关了。

悯瑛怔怔地站在原地，呆楞了一会儿之后又走上前去，还不死心，咚咚地用手敲着门，却完全没有人理他。

府内传出的声音混杂和慌乱，可想而知里边的忙乱情景，这个时候整座府邸都对外封闭、隔绝了。哪顾得上突然到访的不速之客？

他落寞地站在这座府邸门前，只觉白茫茫一片大地真干净，阳光使得地上的一切显得白得亮眼，却什么也看不清。

忽感刺目的眩晕，悯瑛原本就体质虚弱，方才情绪波动哭泣流泪后又使用了幻术脱离皇宫，这时体力已然不支；恍然间一丝丝精神飘散出去，身体越来越软再也无法支撑，只觉眼前的茫茫白色骤然转为一片黑暗……

第九卷

伤之谷

第六十二章　间奏之幕

“我在哪里？我在哪里？”

“我从哪里来？又要到哪里去？”

“为何感觉这样身不由己？仿若有股力量推着我、带着我、指引着我、也是支撑着我……只能随着他——这就是命运的手吧！随他而摇，随他而飞——”

“我看不见，看不见前边的方向，且再也看不出我走过的痕迹……”

“你醒了？”忽然有一个声音问他。

“不，我没有醒，我还看不清……”

“是，你还未醒，你从未清醒过。”

悯瑛睁大着眼睛，却仍放眼一片漆黑。渐渐由黑转为灰，灰蒙蒙的一片，他再奋力地眨眼，凝聚力量固定焦距，颜色渐渐淡了下去，如同退幕。

眼前，却仿佛仍是雾。从淡灰的雾，到白色的雾。这白色，不再是那样白得刺眼了。却为何只是纯白一片，看不见任何景物。

一阵颤抖，心上的恐惧如烟与空气般充满。却听见一抹低沉的嗓音如泣如歌：

地老天荒终尽土。遥对弗边，怎忆初时补。
无奈冷风挥霍去，春蚕至死丝仍吐。
寻觅谁人千百度，才待甘回，一道来时苦。
光念阴霾临退幕，无观峰月空留雾。

——《伪蝶恋花·天地》

“嚓”的一声，幽暗的光渐渐亮起来。

终于渐渐看清了，悯瑛发现自己竟然已回到皇宫，密室的帘幕还在那里，一抹暗绿。

“是谁送我回来的？”悯瑛感觉就像做了一场梦。

“难道我并未出去？”

只是身上的疲惫和酸痛，提示着这些应该发生于真实物质世界。

偌大的殿堂空空，又只剩下他自己。

第六十三章　商之伤

这几天商府上的确发生了一些变故。原来凌月回归府上之时，商敬先已从朝野重臣中听到了城外的风波，对皇上突然来访的原因有了解，当然并不清楚之前和之后的具体事情，忽听得众臣们说商将军有意叛变，商敬先显然不相信，但在朝野无实权，不能做什么，就想到退避这个风头，保住商府的百年基业，料到皇上那边会对商将军有所保护。于是这些天商敬先就连自己的文史资料所的职务也避免去了，怕引上任何的麻烦，想先平安度过这个当头，没想到平日里稀里糊涂的老夫人这时不知为何突然清醒，奇怪儿子怎么一连多天都在家里，感觉到府上气氛怪异，又从下人们的琐碎闲言里隐隐约约听闻凌日少爷闯祸了的半真不假的揣测，忽然觉得孙儿在外有危险、商氏家族也到了危险期，逼着问商敬先怎么回事。商敬先和岳雯诗尽量劝慰她、隐瞒着，她还是不肯听也不肯吃东西，唉声叹气，又情绪剧烈起伏，身体状态急转直下！

商敬先急坏了，请来京城里的名医师，却也无果。医师婉转地说：请你们陪伴老夫人度过一段让她快乐的时光吧。

"如何可以！为何要放弃治疗?![①]"商敬先对着医师不禁颤抖着怒吼。

"商大人，请见谅，莫要激动。恕在下直言，令堂已经放弃了求生的欲望。原本她身体长期不佳，却由于心中一股意念，而不至于全方瓦解。近来一定受了什么刺激，不仅雪上加霜，更击垮了原本的希望，身体恶疾更佳加剧，已病入膏肓。"

看了一眼痛苦呻吟的老太太，医师又接着说："不如你们陪陪她老人家，试着让她的心里好受些，满足她最后的心愿吧。"

显然，这时候凌日的缺席更加刺目。商府众丁苦苦四处找寻，天地之大，却何处找去?

"老夫人病危了！"府上的喊声透彻心扉，深深惊动了凌月，他立刻向祖母的方向跑去。却突然，被挡住了路。

商敬先立在小道中央不放凌月通行，神色凌厉地命令道："你去看你祖母，以长孙凌日的名义！"

"啊！为什么?!"凌月骤然间吃惊了，心上几乎受不了这样一惊一乍。

"你奶奶病危，一直悼念着要看你哥哥，她想见的是凌日！"

"那我，我，也想见……"平日里口齿灵巧的凌月这时竟然说不连贯话。

"你听好！这不由得你选！"商敬先咄咄逼人，"你从小到大都扮演过多少次了，这次最为关键，你必须得去——以凌日的名义！"

"这次不行，我装不了！我装不了！"凌月痛苦地抱着头，仿佛感到五官都不受自己控制，抽搐着。

"你必须这样去！你奶奶想见凌日，老人家最后的要求，你怎可如此狠心！"

"好，我去，我装成凌日去。"凌月终于强撑着说。

脚步变得有些呆愣如木偶般，凌月还在强自平息心中的杂乱的情绪，那些突如其来的惊异与不甘已然显现，不满和不公平的思绪不能被浮现出来！他尽量压制着，尽量什么都不想，否则这时会一连串想起太多太多的揪心刺痛。

纯粹的悲伤已然被打乱。凌月走进老夫人的房间，气氛压抑而悲戚，岳雯诗夫人和几个丫鬟正在那里焦急而安静地守护着，门外则站着一排守护的家丁和侍卫。在府上的其他地方还散着低层的各类杂佣们，这时也格外安静，不敢大声言语。商府的注意力全部转

① 敲定最终版本的时候必须标注一下，初时写这章的时候在2010年年初，此句话尚未流行起来，倘若流行了也是孤陋寡闻深居简出的作者未曾知晓的，此番惊见此句一字不差！难道又是一语成谶？巧的是文中老夫人早已得了精神病，并非故意要歧视患者；而其他未得病的人又有谁敢说真正健康且清醒？"疯"与"不疯"亦为西方戏剧艺术中常见的一组对比元素。

移到了这里，老夫人的房间。

这时的凌月只觉那么不真实，心中当下的感觉就是要以长孙凌日的名义，然而凌日该怎么表现、应该怎么表现，则完全忘了，脑子里一团乱。

肃静沉重的气氛里，凌月只觉得要放轻脚步，不要吵着老人家，脚步轻轻挪移，甚至显得有点怯生生地。这时老夫人忽然清醒了，恍如回光返照，睁开眼睛清晰地说，“凌月，你来了。过来。”

老夫人的语气不容置疑，凌月怔了一下就过去蹲在奶奶的床边，默认了自己的身份。商敬先在一旁暗暗皱眉，岳雯诗对老太太的忽然清醒有些吃惊。

“奶奶。”凌月轻轻叫了一声，就说不出话来，在这样的情境里，真的一时不知说什么好。

老夫人看了他一眼，神色平静。凌月呆呆地在那里，心中还怦怦直跳，不知为什么奶奶会突然认出自己，记忆中是头一次装扮凌日如此失败，被当场揭穿，仿如做了什么亏心事。

无奈与悲痛就点滴零星地混杂在这愧意与自责之中，却还没有完全浮现出来。否则，凌月还怎么能支撑住自己，在那里站立。

突然一阵高声的禀报：“大少爷回来啦！”所有人眼里立刻闪出了神采，尤其是商敬先和老夫人。

刹那之后双生子的另一个就出现了。凌日冲到老夫人床前，立刻搭住她，大哭大喊：“奶奶，奶奶！孙儿凌日来看你了！”

老夫人颤颤巍巍伸出手，感动地紧紧抓住凌日：“孩子，奶奶有多想你！”祖孙俩悲诉哀泣，催人泪下。

老太太忽地转头对商敬先和岳雯诗说：“无论发生什么事，不要怪凌日，这孩子吃了太多苦，他是商氏家族的长子，非常好的孩子！答应我，好好待他，不要怪他！”

商敬先夫妇赶紧连连点头，老夫人舒了一口气，突然松开凌日的手，就此撒手人寰。

顿然间啼哭声一片。凌月和凌日一低一高喊着“奶奶！”也再不能把老太太叫回来。岳雯诗和多年来服侍老夫人的大丫鬟珊瑚哭得近乎昏厥过去。

凌月心上忽然划过一道念头，立刻拉着凌日，焦急地将他往旁边拉。凌日立刻挥臂隔挡，声音不悦：“干吗?!”

“你过来，我有话跟你说!”凌月快速说道，一面还是去拉凌日，不肯放手。

忽然一声怒喝响起：“你干什么！祖母刚刚走，就在这里闹起来!”商敬先的怒吼朝着凌月。凌月顿时一愣，自己的做法可能是没有考虑很多，不过没想到父亲会突然骂自己、凌日也做出这样敌视的样子。

凌月着急得想哭了，不过反而更加冲淡了悲伤，压低了话语：“凌日你过来一下，我真的有话跟你说!”

凌日横了他一眼，不屑地往屋外走了几步，双手一插，“你说什么!”

“你可不可以把奶奶救活？你的医术应该可以做到!”

谁知凌日斩钉截铁，“不行。”

“为什么?”凌月立即问道，不等他回答就接连说，急切却尽量放小声，“你的医术不是一般的，是巫医派，结合玄幻法术的!”

“不行就不行！你不懂，闭嘴!”凌日怒斥回去，凌月一怔，睁大了眼睛，知道自己确实不懂，不好说，接受凌日的批评却欲言又止，十分可怜的样子；凌日似有不忍，又补充了一句，“生死由命，她并不是突然去世；而且她已放弃了生的念头。”

说罢凌日就转身走了。

仿佛这时候才突然意识到失去的真就再也回不来了，凌月又一次受到心上的一击，化为缓重的疼痛蹂躏着，呆呆地站立在原地。

耳旁还回响着凌日的话，“她已放弃了生的念头”，为什么?!

凌月立刻想到了原因。奶奶已经失望了，彻底失望了。

“对我失望了，突然的打击，如同从巅峰跌到了谷底……”凌月紧握着手仿佛捏着那些不甘与埋怨，手被自己掐出了血印，还不觉疼痛。

第六十四章　商府的丧礼

商府大门前悬挂了一盏盏白色的灯笼，从白天到晚上，都惨白得刺目。

一道道的惨白印入凌月的眼中，又像是从他的心里溢出的，空荡的悲哀，悲哀，没有颜色，不知是从内而外，还是由外渗入，他的脸色白得没有血色。

飘来飘去，灯笼在风里，凌月的白衣也在风里。双脚不知把他带到了哪里，从小生长的熟悉的环境此刻却似从未见过。

飘飘摇摇，没有重心，仿如随风逝去。逝去。凌月感觉意识在消散，在风里，在惨白的光照之下，白色的光软绵绵，暗沉沉，在头顶不住地盘旋。

多么想干脆就失去意识，在这里昏倒，倒在这里，这是自家的府邸，会有人来救起，人们就会知道凌月有多虚弱，有多疲惫，他们就会关心他，关怀他，甚至理解他……可能吗？不可能。凌月偏偏昏厥不过去，拖着一丝疲惫之极的气息，倍感煎熬，却无法逃离。他试图甩掉那些已然模糊的思绪，但是它们偏偏缠绕着他，模糊了，在另一层面就更加清晰。告诉他，这不是梦，这是现实，你无法醒来，你只能继续。

你无法昏厥，无法脱离，无法醒来，也无法忘记。

你只能继续。

凌月的意识一半消散，另一半清晰，似不由自己掌控，却有声音在告诉着自己，然后他意识到，自己不能再穿白色了。因为第一，以防万一自己会在这整片白色中消失，第二，这已是一个特殊时期，有专门的规定。

没有昏倒的迹象，思维还这么清楚，条理清晰，真是讽刺。凌月带着冷笑，让双脚带着自己回屋去。

一觉起来，都会好了吗？

“让我再做一次梦吧，梦见这一切，都只是个梦！”

下一日的清晨，凌月迷迷糊糊醒转就听见那悲戚的哀乐，阵阵传来。心上猛地一收缩，顿时没了睡意。音乐如泣如诉，伴有一阵阵的打鼓声，仿佛敲击着心。

凌月穿上了纯黑的衣衫，从头到脚，漆黑一片。走出小屋门前，就看到了另一间小屋前，同样一身素黑的凌日。

这似乎是这么长时间以来，凌日和凌月第一次这样完全一致的打扮。却是因为这样一个原因，凌月想到这点，心上又被扎了一记。

阴天，乌云漫布的压抑的天际，凌月望着凌日，他站在本应有日光的角度，空对着一片空寂，显得比任何时候的凌月都要阴沉，不，应该是阴森，凌月忽然一丝恐惧。

这时凌日走了过来，看着这与自己同样打扮加上同样面容身形的兄弟，穿着漆黑的黑色，配上他的神情更显得仿佛压抑过来的一股混合着的玄秘与杀气。凌月一瞬间想后退，却似被钉固了脚步，眼睁睁地看着他一步步走近而睁大眼睛呆若木鸡，直到凌日开口说，“怎么了，快走，一起去。”凌月才恍过神来。

一路上沉默着，诡异。

脚步仿佛与头脑隔离，一踏一起，走着一条熟悉得全然不用思索、却陌生得不知什么在尽头迎接着的路。

商府的主厅成为了灵堂，空出一块空间，哀乐队与鼓瑟在角落，前排陈设着礼器，烛台在中央，上边是一幅老夫人的画像，白底黑墨，触目惊心。

宾客缓缓走进，陆陆续续到来，每人都身着深色素衫，胸前戴一朵黑色的花。而商氏家族的人则除了全黑，在头上还束一条黑色的纱。

凌月看见了宁馨，小小的她在一身黑服下更显矮小，凌月一算，她才不到九岁，而今后再也没法享受奶奶的疼惜，替她感到十分难过。

岳雯诗站在宁馨身后，低着头，带着女儿走来，走到前方的位置站立。凌月空洞地看着她们，然后还有其他的宾客，一双双前来的脚步，一个个身影，目光没有聚焦，仿佛什么也没看见。

气氛压抑。葬礼开始。

凌日作为长子长孙，上前举香。仪式由商敬先和商凌日进行。

凌月只能在次子的位置站立着。立在他们后边，默默观看。他在岳雯诗与宁馨之中间，宾客们的前方，对于两旁和后边的场景则不见，只是正对着前方。

即使是眼前的，也仿佛隔着一层看不见摸不着的帘幕，随着一阵阵敲击在心上的哀鼓，这景象却显得那么不真实。

哀哭的声音一片。

举香完毕，哀乐又响起。商敬先开口道出送别逝者的话语：“为逝者送行!”

凌日想到这么多年在外，获知自己的亲人不久，刚刚回来，就面临生离死别。最疼爱自己的奶奶走了！顿时悲伤翻滚，号啕大哭。

岳雯诗和服侍商母多年的丫鬟珊瑚，接着管家等，都放声哭泣。

凌月却呆立在那里，没有哭泣，甚至没有眼泪。

他的心上升起了一道道自责。从远到近，到现在当下的缺乏眼泪。为什么不哭，为什么这样，显得冷漠？为什么显得冷漠，不哭就是冷漠，还是哭是形式？哀莫过于心死。

那么心死了吗？如果心死了，为什么还有不同的声音在说着不同的话？于是，哭吧。

凌月终于放声哭起来。“我不要显得不在乎，我是在乎的，我要哭，我要哭!”

“我哭不是做形式!”

“但你哭是在应付任务!”

“不是的，不是的！我是悲伤的!”

“但你悲伤的时候，是不哭的。”

“不，我有时悲伤是会哭的。”

“但那是你内心的感伤时流淌的泪水，而不是外流的悲伤出声的哭。你现在，就在应付任务，或者说是在做戏。”

“请不要再责怪我了，我已经很苦了，就让我发泄，宣泄泪水，好么?”

凌月还在哭泣，他的哭声颤抖着。

人们的目光由凌日转向他，看着商氏家族的二公子颤抖地哭着，似乎不如长公子哭得那么悲切，而且有点勉强，他先前不是没哭吗？现在哭起来了，却显得很可怜。谁知他是怎么想的，这个商凌月，从来就是个怪人。

凌月没有注意到在场的人，他甚至没有看见后排角落里的那个身影，安静而悲伤地在那里，看着凌月。他的眼里也流下了泪水，但是没有人看见。他的头发一半遮在脸上，一半扎在脑后似很随意的一捆，穿着破旧的布衣，就似商府的家丁。然而若有人这时在他身后，单看他的背影，也能将他的气质与其他所有人区分，那种与生俱来的高贵与落寞。

只是他隐在了人群里，众人之后。他没能与凌月说一句安慰的话，甚至没能打一个照面。然而他也不知道，有一个人在偶然回身一瞥的刹那，原本冷峻的脸色忽然变了。

这时正礼最后一个音符响起，在尚未落下之际，众人还未散席的时时，他忽然转身匆匆离去。

老王爷和一双儿女在葬礼后还留了下来，与商敬先致上慰问之意。

"商大人，节哀顺变。"老王爷真诚地将手放在商敬先的肩膀上。

"多谢爱亲王！特此过来，还带来了懿琨亲王和惠珍郡主，以及如此厚礼，王爷的厚意敬先深记在心。"

"不必如此客套。那份礼是我准备的，另一份是皇上的。"老王爷低声说，"皇上不方便来，心里很是难受，特别叫本王带过来。他是以贵府公子朋友的名义，你不必行礼。"

"皇上仁爱，蒙君眷顾，是商府的荣幸。"

"敬先，你我亦是多年朋友，直接说你莫见怪，其实商府目前的低迷只是暂时，我非常看好凌日，更何况皇上那么欣赏他，凌日极其聪明能干又勇敢，朝野内外很多人还不够了解他，觉得他锐气太盛，锋芒毕露，了解了他的才华以后会慢慢接受。你和凌日定要挺过这一关。接下来尚有机会。"

商敬先感动地点头："敬先知道，商府定当挺过此劫，得到如此鼓励慰问，万分感激！"

他们俩长辈对话时，小王爷和郡主在后边隔着一小段距离。懿琨冷傲地站在那里，目光凝聚，若有所思。惠珍的目光同样朝向凌日，痴痴地。凌日正在招呼宾客，周到而得体，指挥着管家和管事们送他们慢走，对他们的目光浑然不觉。凌月却置身这些之外，在厅堂的另一角落，远远地空洞地看着这一幕幕。

然后凌月忽然意识到人都要走了。这一刻他忽然害怕那种孤独的感觉，这是反常的，以往他习惯也喜欢独自一人，享受孤独，这一刻看着一个个身影的离去，却忽然害怕和难过起来。于是他赶紧趁着人还未完全离去时，抽身离开。脚步仿佛突然鲜活起来，又或者是更加机械般了，一步一步，快速挪走。

经过懿琨身边时，凌月只感觉有一道深邃而复杂的目光射向自己。没有任何回应，凌月不转脸也不转眼，径自走出去。惠珍郡主的注视当然被懿琨凌人的目光压了下去，而凌月甚至没有感到父亲正以疑惑而带有不满的眼光看着自己的突然离场。

赶紧躲回小屋，继续睡觉——趁自己的思维还没有完全清醒，还没有感觉到痛苦与悲伤的泛滥。

第六十五章　加倍的压抑·推卸与自责

眼睛睁开
填满了的空虚 席卷而来
谁的错 错在谁
好像一个玩笑 可笑到 谁也笑不出
可悲　我　盲目飘浮在
没有味的苦海
只有纯灰色彩
灰怎么会纯
笑话　我　试图抹去悲哀
奋力将空白
深深印在脑海
白怎么会深
谁的错 错在谁
好像一个玩笑 可笑到 根本无须笑得出
比严冬还要寒冷的春晓
我的阳光被谁剥夺
没有风的风景
多了太多冷清
苍茫的影像　将眼泪换取
可怜　我　茫然凝望着
无人知晓之中来临的夏
终于 令人意识到 是那
嘉许 悲伤与痛苦的画

——《痛苦加悲伤的画》凌月写于十八岁余

接下来的几天，恍恍惚惚不知道怎么过来的，这段时光就在凌月的记忆中被刻意淡去。即使客观上要远得多的例如儿时的时光记忆，在很多年后也都要清楚得多，这一段却在当时就已模糊。

想过，这一幕最好不要发生，只是这一步，之前的一步步都可以忍受，或者已经难以忍受了，积累至此，终于想要逃避。却终究逃避不了。必须得面对。忽然想起，这里还有一位兄弟，想要逃脱的心态应该不亚于自己，虽然或许是另一样式的。

黯淡的日光，凌月打开了窗，没有看夕阳，感受着一点点暗沉的天。应该是尚未接近夕阳时分的天际，却过早暗了。仿佛应和着这段非常时期的不规律。

“凌日，你去哪里?”听见凌月从后方传来的声音，已走近林荫小道的凌日微微顿了一下，却头也不回，抛下坚决的声音：“我要走。”凌日快步走开，凌月翩然落在他面前。

"怎么，你要拦我?"

"你不能走。"

凌日再度向前，凌月再次毅然挡住。

"让开!"凌日的面色已不和善，"你再挡，就算亲兄弟也杀无赦!"

说罢，他就动手朝拦着他的凌月劈去一掌!凌月赶忙避开，仍旧挡在前，凌日又接连数掌，凌月还是不还手——却避得有些吃力，起伏喘息，又仿佛在极力挤压出心中之郁。

凌日伸手按在剑上，大笑道:"别以为你武功高强就能拦我!你不愿和我动手，不使狠招，而我却没有顾忌，在这点上你就吃亏，到时候真把你杀了是你自找!"紧接着就拔剑出鞘一半。

凌月面容悲伤而急切，含着泪水:"我不和你动手，现在我们亲人之间怎能伤和气?奶奶刚过世，她看见会伤心的……"

凌日扭头不看他:"我走了，都看不见!"

"不要啊!你不能走，守孝期尚未完。"

"我管什么守孝期!这是他们的规矩，我不信这一套!什么迷信的东西!灵魂归天堂地狱自有天定，现在早已离去，要人守着有什么用?"

凌月恳切地望着凌日:"凌日，你不喜欢形式和繁文缛节我举双手赞成，我自己也不是喜欢遵守形式传统的人，可是这不一样啊!这是一份心意，是我们的家人在意的，违背了就会伤他们的心了。"

凌日再一转身，"我不管，他们要信那些迷信要遵守仪式是他们的事，我的心意不靠这个!"说罢重重地推了凌月。

凌月的泪水夺眶而出:"我们等了你那么多年，相聚太不容易了，你就不能多留这么四十几天么?你这一走，这样的日子，以后也许就再也没有了!"

最后一句话，似夹杂着血泪喊出，凌日听闻震了一下，缓缓收回手。

"也许就再也没有了"最后一句话仿佛激荡着回声，扩散同时锥心。凌月的脸上还带着泪水，缓缓流淌下来，随着时间在这一刻，仿佛被延长了。

只能安静地等待着。终于，凌日开口:"好，那我不走。暂时留下，过完守孝期。"凌月顿时松了口气，呼出心间在短时间内聚集的那份压力。他知道兄长说话算数，既然这么讲了就绝对会留下来。

"谢谢你，哥哥。"凌月真诚而道。

"你都说了是我该做的，还谢啥?"凌日横了他一眼。凌月讨了个没趣，却由于高兴凌日终于肯留下来，呵呵笑了。

凌日又没理他，迈步就要走开，这时凌月赶紧让道，也不问他去哪里。

去哪里凌月不用管，不想管，也不能管，凌月自己也很厌烦要走了别人在后面盯着问"你去哪里啊?"别人要去哪儿是他们的自由，分内的已然答应了，就不要多干涉。

凌日在花园里重重地踱步，发泄了一会儿怒气，一边嘴里还在嘀咕:"一会儿哭一会儿笑的，真是!"

"啰唆起来不得了，自己那么古里古怪标新立异，却忙不迭遵守一套老传统!"

"怎么会有这样的弟弟!哼，管起我来像个祖宗，犯傻起来又像我儿子孙子!"

骂完了，凌日感到舒服了，准备吃饭时间提前到了主堂，帮着准备礼仪的食物。这是商府老太太过世后七天内的正餐，都要有专门的祭品和摆放的模式。东西很多，很丰富，也很麻烦。商敬先和岳雯诗亲自带领管家助手和大丫鬟准备，府上其他的家丁们则在外围忙碌。

这些家务事自是不必少爷们来管，凌月本来对这些琐碎事务或隆重仪式都不感兴趣，自然不会来操劳；凌日却喜欢以行动代替思考，且也不喜欢让自己空下来胡思乱想尤其是刚生过气，所以就进来帮忙了。商敬先和岳雯诗见了，很是感动。

当晚，忙碌了一天终于准备休息时岳雯诗叹了一声，“凌日这孩子真懂事。”

“是啊，不比凌月，就关在自己屋里忙他的。没他的事就不出来，能少参与就少参与。”商敬先说到这里有些不满。

“唉，算了，他心情也不好。”岳雯诗叹了口气说，“对了，你也不要责怪孩子们了啊。”她心中担心的自然是关于朝野职位的事。商敬先明白，“嗯”了一声答应就不再说。

凌月显然不能像凌日这样，开口骂几句发几句牢骚就能发泄好像没事一般。凌月的伤，沉积得很深，或许，能否化解也是个问题。

他完全不知道，在这段他无比低迷的时期里，独自悲伤和疗伤的时候，自己的父亲和兄弟会商议些什么。

突发事件“商将军”被革职后，商敬先并没有责怪凌日，原本就无此打算，即使没有老夫人的临终嘱托。原因很简单，一来商敬先早已发现两个儿子中更靠得住的是凌日，他有追逐名利的欲望，与父亲更合拍，不像凌月那样难理解又古怪不知怎么想，二是接下来的日子还要靠大儿子让家族复兴，这时候怎能与他翻脸？三是老王爷提到安排两家子女成婚，指的是商家长子凌日，这还要靠长子，凌月代替不了，而且看他那样子早晚要把郡主得罪，怎能让次子代替？四就有些微妙，商敬先并不认为这事件是凌日的责任，或许出于当初自己亲笔写信要求凌月把将军职位给凌日的心态——不能顺延而承认是自己的过失——又可能是吃准了凌月会心有不甘、势必没有好好交代将军的事务要注意的，才导致凌日犯错，商敬先心里来气。

他与凌日沟通了，凌日表示凌月没把注意事项全部交代，很明显的例子就是那块令牌——如梦令——凌月隐瞒了它的功效，没有嘱咐凌日，而导致了他后来使用不当。这确实是凌月没有做的。于是顺理成章，就确定了凌月的过错。

几乎要把凌月叫来兴师问罪的时候，岳雯诗在旁劝解：“月儿现在非常痛苦，他也没想到事情会发展成这样，别怪他了。”商敬先忽然想到留得他愧疚自责更加有利，凌月是喜欢多想、想出个所以然的人，既然怀有愧疚就会想办法弥补，甚至是赎罪的心态，这样以后就可以要求他再服从自己的命令安排，再说这小儿子与皇上关系好，也可以帮助商氏家族的高升，而商家的荣华兴盛也要靠两个儿子兄弟俩共同努力合作才行。

于是，商敬先就把两位儿子都叫来，像一位和善父亲，请凌日不要责怪自己的弟弟，凌日原本闹出了事情后不想被众人责怪就把责任推给了凌月，现在看来商敬先果然对凌月有所责备，自然答应。凌月低着头，神色落寞哀伤，仿佛做错事情的真的是他。商敬先再对凌月说，“这件事我们不责怪你，因为你也不知道会发展成这样。但是你要自己想想，你故意向凌日隐瞒了那块令牌的特殊作用。”

凌月顿时眼中流闪过一抹痛楚，心上被敲了一记，这个道理的确在他自己思索时反复在心中提到，可说是向来喜欢问心无愧的凌月的一个弱点了。商敬先马上接着说：“算了，事已至此，我们就想怎么走好以后的路，你们两兄弟要和睦相处，争取让家族复兴，以安慰奶奶的在天之灵！奶奶看见你们成才就安心了……”

凌月沉重地“嗯”了一声，把每句话都听了进去，心中混合着不同味道，说到奶奶的失望和去世，又是凌月一个自责来源，他这些天一直在思索，把多年来的有关画面翻找出来快速掠过一遍，即便不这样点滴重温也能感到，从小只要是自己学有所成，老夫人就会非常开心，病情也就有好转，一次次稳定下来。即使那一次出征在外，突然传来病危的消息，凌月赶回来的时候祖母已脱离危险期，后来才知道当时的医师说老夫人有着很强的求生欲望，才能这么快重新稳定。一年后立功归来，老人再次激动而兴奋，意识也变得清醒，与凌月长谈，说了一些关于老一辈的情况，沉重的记忆，是给凌月的动力。老奶奶当时的期待和兴奋，从她的目光、神态和言语，都洋溢了出来。而这一次，医术高超的凌日却说她已没有求生的欲望了，凌月立刻明白了这说明什么。当天凌日的话语就“哐”地一声砸在了凌月的心间。

“如果不是我如此失败，奶奶不会失去信心，也就不会失去生活的信念!”

“是我让她失去了生存的心理支柱!”

“是我的失败让她突然受到打击，击在了心上，击垮了身体，加重了她的病情，才会突然这样……”凌月流泪，忍不住抽泣，却同时还有心上的声音在继续。

“是我没有考虑好！是我不好！我确实不愿给他如梦令，就隐瞒了它的效果，我存在私心，是我故意不想让凌日知道！是我犯的错……”

凌月越自责越痛苦，也就想到的越多，思绪活跃，而痛楚加倍，因为放眼都是那些可悲的事，通过思绪的跳动更加串联而凝聚起来。

“我还有很多没有考虑周详，当时我已经赶了过去，却只与凌日闹别扭，忽略了问题关键！我怎么竟然没有想到，以为那次冲突本身解决了就可以好了，明明知道朝野重臣们早就看不惯商将军和年轻的君主，必然抓住这次事件大做文章!”

“我多么愚蠢！我就是一个失败者！一个竹篮打水的傻子!”

“这么多年来我做的事情都成了空！辛苦积累的，一朝一夕都碎成了粉!”

出乎意料地，反倒是凌日开始同情他。或许是他们两兄弟拥有着同样的脸，凌日看见凌月的脸上布满了忧愁，抹不去也化不开，一日复一日，一天连一天，眼中的神采逐渐黯淡，整个人逐渐消瘦，忽然心疼起来。

这一天在日月园里，凌月又一次一个人在树下，藏在阴影下，目光空洞用一根枯枝拨弄着落在地面的花瓣。他坐在树下，纯白的衣衫垂在土壤上，却毫不避开，仿佛因觉得已没有外在的肮脏可以干扰心间的苦涩。

凌日缓缓走了上去，凌月装作没有看见他，凌日却蹲了下来，面朝他的脸，凌月有些尴尬，心中总是有芥蒂的。凌日却首先开口了，这样一句，“月，对不起。”

凌月愣住了，抬起头看他，凌日再次重复：“对不起，是我引起的，我想抢夺你所拥有的，才会弄成这样……我并没有想叛变……没想到会……”

“我相信你!”凌月即刻坚定而温暖地迎向了凌日，不忍心不顾兄弟噎在喉咙里的话语，确实，不是凌日的错，不是他愿意如此，有那么多不可控制。凌日也是一位受害者。

凌月眼角湿润，一直以来他习惯了付出、忍耐、接受加给他的安排，仿佛一切都是理所当然，遇到意外也只有极力想办法应对和解决，没有想到谁会同情他，更没有想到谁会突然跟他说对不起。感动，是真的。复杂的因果线早已破碎，在这一刻，只感到这一抹感动，还有兄弟间的真诚关怀。

他还坐在地上，凌日跪在他跟前，仿佛一切的悲伤瞬间决堤，迷失了源流却依旧扎心，也不管源流，只管这一刻的共享，两位容貌一致的美少年同样泪流满面。

兄弟和解了。这可能是这段无比低迷痛苦的时期，凌月唯一的安慰和收获了。即便仅仅是冲着一丝安慰的渴望，又怎么忍心再责怪?

第六十六章　各人的福分·每个人都有牛角尖

江南小桥流水人家，在这座都城并不中心的地带散落着五处老宅，或许除了皇宫与王府，就只有这五处老宅有着如此时光岁月中沧桑而更显大气的风貌了。这就是京城五大世家。

建筑陈旧了，院落翻新了，新到仿佛不曾留下岁月的痕迹，其实却埋在了深层里。

而今的商府在百年来最低迷的谷底，整座府第笼罩在了灰暗沉重的气息中。更加与五大世家此时为首的金府绝然不同。

金府是最金碧辉煌的。辉煌到甚至有些掩盖了他们原本的文墨底蕴。

“展儿，你来。”金丞相呼唤儿子。

“父相有何话要对孩儿说？”金高展立刻洗耳恭听。

金铭传缓缓点点头，然后开口：“有件事，你到底是否喜欢惠珍郡主？”

“这个……”金高展没想到是这个问题，这么直接被问，一时讲不出话。

“孩儿，但说无妨。”

“其实，我一直以来接触的姑娘少，熟悉的也就惠珍一个，所以一起聊天游玩。她缺点很多，我可以包容，然并非特别欣赏。”

“为父明了。”金丞相立刻应道。

“啊，父相，您有何安排？需要展儿怎么做？若要我把惠珍郡主争取过来，我一定尽全力！”

金丞相摇了摇头，“这非郡主自己能做主的。老王爷一直以来担当和事佬，在众臣与皇上面前周旋安抚，这次对于郡主的婚事却执意要找商氏家族，看来是真心喜欢商凌日。”

“那，我们怎么办？”

“展儿你既然不那么喜欢郡主，就这样吧，若你执意非她不娶，父相还可以全力一争，要求老王爷应诺。现在看来并无必要了。”

金高展听闻感动：“父相如此为孩儿着想！不必为此费心了，那惠珍郡主不要也罢，父相不要因此与老王爷弄得不开心。”

“为父自然明白。近来商府低迷，即使老王爷力挺他们，也一时恢复不得。正式联姻之前，你且与郡主可继续保持关系往来。”

“好，展儿知晓！朝野当中我也会挤掉商凌日的位子，加紧防范！”

“如此甚好！到时皇上即使想恢复商凌日将军身份，也无位置给他；展儿你要与小王爷及宫将军多联络，吾稍后便提升宫将军为左将军之职。”

“谨遵父相教诲。”金高展点头应承，金丞相又在他耳畔嘱咐了几句。

沉静的皇宫里，小皇帝精神委靡，来自臣子们的压力仍于周围漫布，原本的支持者凌月亦不能再在他身边帮助，他想起商府还有点歉意。

那天昏迷之后，悯瑛的身体状态很虚，浑浑噩噩感觉最近的一幕幕情景，都像是做梦。然而各种痛，却是真实的。醒后的虚弱无力之感，仿佛被抽空了似，他颤抖着嘴唇和手指感到头痛欲裂，伸手拿起面前桌上的玉杯将里边的甘露一饮而尽，然后才想起，临走时并未在里边倒水，而这水似乎与往常的有所不同，喝了之后竟然逐渐身体舒适起来，一股温热暖流仿佛抚慰着周身，从温暖到清凉。

这一系列的事情实在太离奇，身心透支的悯瑛再无余力去想到底怎么回事。

随后很快就有新的事端来临。以金丞相为首的三公力推填补起商将军免职后空缺的位子，首选定为小将军宫奇闯。

“宫小将军并无显著战功，且日前伤势未痊愈，尚需疗养，怎能突然晋升？如此并无意义，亦无效果。”悯瑛不乐意，找着理由跟老臣们解释。

“宫将军负伤正是因执行公务，其忠心可见，皇上理应为其伤势有所嘉奖。”秦太尉不紧不慢地顶回去。

悯瑛正待发话，老王爷因放心不下这位侄儿及这么多事，恰好来宫中看他，赶紧上前来打圆场。

三公见到老王爷，也只是微一作揖，老王爷还礼。

这是参阳王朝不成文的老规矩。当年圣祖皇帝在位时期，金秦二人就已掌权，后又提拔上了周大人，先皇信帝就是悯瑛的父亲掌权数年便离世，于是他们算是三朝元老了。

信帝之弟爱王爷为人忠厚谦和，与他们相交多年，虽然年龄相仿，却在当皇子期间就将他们视作父亲一辈的官员，父兄过世后更是朝野上下都得依靠他们。另外，心中感谢这些老臣们多年来为国效力，老王爷对他们的孩子们也很亲切，当年建立贵族私塾就是想给这些孩子们一些照顾和更好条件，也看看他们的成长和国家的未来。

这时他赶紧道：“宫奇闯这孩子很好，受伤怪可怜的，虽然伤还没好，但他的能力在那里，相信以后一定能有好作为！吾等当然乐意提供他这个机会。皇侄，你说是不是啊？”

“是。”悯瑛只好垂首说，音调透着一丝不甘。老臣们暗笑。

看着听话乖顺的侄儿，老王爷似乎并未察觉出他的不甘，又或者知道这孩子不懂事、心有不甘也没办法、得以大局为重，慈爱地笑了。

在他们当场的等待下，在等待带来的压力气场下，悯瑛只得书写了圣旨，又拿出玉质的御印，批准宫小将军晋升左将军。

老臣们满意地告退。老王爷又慈爱地拍拍小皇帝。

凌月在府上也渐渐不再随便混着度日，悲伤过后，岳雯诗又开始担负起了商府主母的责任。凌月又吃到了母亲为他特别调制的美味，仍然一如他童年那样，送到他的小屋。他感动地道谢，心里却有一个声音在说，“物质的丰裕能弥补心里的悲伤吗？”

“别说弥补，连掩盖也是不能！”

“更别说这悲伤不光是心里的，还是客观发生、无法忽略的！”

心里的一阵阵声音结合着过往的一幕幕情景，一遍遍折磨着他。凌月痛苦地抱着头，将自己关在小屋里，拉紧窗帘。不知为什么，最近更加严重了，一丝光线也会让他感到尖刺般头疼。

仿若与外界隔绝了，凌月也不知道这段时间还有一个难熬的人，当然所谓煎熬完全不可同日而语——就是惠珍郡主，商府的服丧守孝期间她不能再来找凌月/凌日，明明听得父王一再表示希望将她与凌日结百年之好，却迟迟不见正式订婚。“还有那金高展时不时来找我，有时借着跟懿琨哥哥谈事情，有时明目张胆冲着我来，哼，烦死了！”这样，她当然不会给金高展什么好脸色。比起凌月对惠珍的冷言冷语拒绝，惠珍对金高展的暴怒讥讽等更是毫不留情。

也真亏得金高展从小听话，随着金丞相的安排或跟在懿琨小王爷后面，性格温和顺从，加之有父相的嘱咐与为了自身和家族的责任，忍住了郡主的脾气。不过憋在心里，久而久之难免窝火，尤其当惠珍每每拿“凌日”同金高展比较，故意激怒他说凌日怎么怎么比他好。

这一天，金高展又在惠珍郡主那儿碰了一鼻子灰。灰溜溜地从王府走出去，恰好碰到外面回来的懿琨亲王。懿琨一见他的样子，就猜到了怎么回事，主动上去，低沉温和地劝道：“高展莫要难过，吾妹何人，我等皆知，因她动怒实为不值。”

金高展鼻子一酸，差点哭了出来：“懿琨哥哥，你最好了！从小到大你是我们同辈人的榜样，却一点不摆架子，我心里不舒服你就来安慰，看在你的分上我才没跟你妹计较，呜呜……”

“好了，展弟暂且看开，她不懂事，我们任凭她去，不计较女子与小人。”懿琨柔声轻拍他，金高展就像个受了气的小弟弟，伏在懿琨肩上，小王爷倒也不在乎被弄脏了漂亮华服。

两人小声说了会儿话，金高展情绪稳定了，破涕为笑，懿琨灿烂地笑了一下，挥手道别走入王府。谁知他俊影一闪金高展还没回过神来，立刻一个身影就窜到旁边，显然来者不善。

“哼，你凭什么接近我哥，叫他哥哥叫得那么亲热！我警告你，少来我们王府！”原来惠珍郡主刚才盯着他们看见了，这时回过头再对金高展出气。可怜金大公子刚刚平复的情绪，再度动荡着跌了下去。

“你，我来关你什么事？我找懿琨哥哥，又不找你！你管不着！”金高展尽量竖起火焰，与惠珍针锋相对，可是郡主发起火刺起人来的样子，他哪是对手。

“就你？你也配来找我哥！”惠珍郡主气势凌人地瞄着金高展，“你给他提鞋也不配！”

金高展气得发抖，已转身就走却还没办法挡住那尖利的声音钻入耳中，真想上去扇这讨厌的小女人个耳光。“哼！不是我碍于你的身份，是我怕失了自己的身份，脏了本公子的手！”

一路上想着懿琨的话作为安慰，心中仍然难掩气愤，金高展回到金府还鼓着气，恰好金丞相在府中歇息，就跑到严格但宠爱他的父相那儿撒娇般地抱怨了。

道了声问候，金高展就开始嘟囔起来。“郡主不喜欢我，还动不动在我面前说商凌日多好，凭什么！皇上也不器重我，商凌日是将军也就算了，竟然还器重那个商凌月，绣花枕头！”

“商凌月绝对不是绣花枕头。”金丞相忽然说。

金高展一愣，没想到父亲会反驳自己。

“商凌月智谋过人，能力甚至不亚于小王爷，非尔可比。”

“父相，你怎么能这么说？凌月当年在私塾里就闷声不响，学习科目哪样我不是拿第一的！他怎么跟我比？！”

“那是他在让着你！私塾先生哄着你！”金丞相忽然扬声道，金高展吓了一跳。丞相的声音继续：“不是父相打击你，展儿，商府处心积虑培养的一对儿子，确非等闲之辈，不想承认也不行，商凌日的武功你见识过，商凌月的才智却是深藏不露，多年来隐在幕后，更为可怕，父相一直婉转地提醒你要注意商凌日商凌月，你以为是为何？”

“不是因为他们长得漂亮又会顺着那小皇帝的心意讨好吗？”

“岂是如此？他们才能卓越，难怪皇上看重。”

“皇上看重不是因为他们巧言令色么?!”金高展仍不可置信地反驳说，“那个浅薄愚笨的皇帝!”

“皇帝哪是浅薄愚笨之辈啊?”金丞相突然大叹了口气，“展儿，你怎么还不懂呢？你叫我怎么说你?”

金高展睁大眼惊异地看着父亲：“人们不都那样说的吗?”

“那是舆论，你知不知道什么叫舆论！当今天子虽不擅读书，却有别样聪明，只是幼时不知刻苦、不懂管制，被钻了空子，散布言论把他说得不知进取，他一亲政便加以反击，暗中笼络人心，别有计谋，幸而我方的言论下手在先，使得外围人们不知源头，跟风附和，金氏家族的势力也得以扩大。可那皇帝竟然发掘出商凌日、商凌月这对兄弟，用以死忠！商府忍气吞声这么多年，也真积累深厚。”

“父相！你为何突然这么说?！从小到大，我听到的都不是这样的，你告诉我的那些，为什么在今天突然变了!”

“一直如此，只不过原先你不必知道，只照着去做便可。展儿，这么些年你确实很努力，可惜你的天资有限，这些年为父这么栽培你，让你学这学那，难为你都学下来了。然若非金氏家族背景，你无法在同辈中成为佼佼者，这一点为父一直不忍心提醒，你或许心里也明白，只不过不愿面对罢了；可事到如今，你要清楚了。你若想抱怨，只能也还能推给先天：一是你的资质，二是父母生得你只是一个人，没能像商府那一胎双生成两个，分别由二人来完成和开拓!”

金高展仍然睁大着眼睛，眼中的光芒却渐渐暗淡下来。轻声呢喃着说：“这不公平，我只是一个人，商凌日商凌月是两个！我既要学文又要学武，已经都学得很好了，他们却可以专攻一项，到我之上!”

“命运先天所定，你抱怨又有何用？只能去面对他！你虽是一人，父相为你倾注诸多心血，让你文武都通，和他们倒也差得不远，且你自幼跟着小王爷，有他的提点和照顾，他似对商氏两兄弟亦有反感。且看商凌日持才而骄，太不会做人，得罪的人越多，舆论和接下来的局势越将偏向我方。”

金高展听闻，脸上露出了一点笑容，但很快又被父亲的话压下去。

“现今局势复杂，暗流汹涌。你所处环境竞争激烈，虽你也算聪颖，然相比商氏两公子却略逊一筹；好在从小就对人情世故、局势政治了解甚多，加之有金氏世家的底蕴支持，多年努力，掌握不少知识技能。往后会有越来越多变动，这乱世之中吾等要争取机会，你很年轻，可有更大作为。只是不可忘，你周边聪颖者众多，包括那郡主虽然任性，聪敏和心计却也不愧为皇族之人，与小王爷、皇上都是同辈上等人物，你不可掉以轻心，更不可因情而迷惑了思维、看不清大局!”

金高展呆呆地听着父亲的长篇大论，茫然地回应着：“展儿不会的，我知道什么是最重要的，不会为情失去理智的，父相请放心，请千万不要对展儿失望!”

“如此甚好。适才为父的一番话你去多咀嚼。人生每一步都不得大意，而现在更是关键时期。”说罢，金丞相拍拍儿子的肩膀，沉重地看了他一眼，转身走了。

金丞相离开后，金高展目中的光芒又渐渐升起，却是深而复杂的。

“为什么，父相开始对我失望了！或者，他从未对我满意过?”

“这么些年我无须操心，父相就替我打点好了，父相的权势超过商敬先很多，我也不比商府的两个儿子少花力气，然而我现在却在朝野不如他们受重视，为什么？!”

“是因为我长得不如他们？父相说，皇上并非重视外表之人。到底怎么回事？是因为天资？就算我不如他们聪明，我这么勤奋，难道不能弥补吗？”

金高展继续自言自语：“我忽然想起有位伟人说过，天才是百分之九十九的汗水加百分之一的聪慧！但是，后来我又看到，这位天才后面的话却总是被忽略了——他说：然而这百分之一的聪明，却是最重要的前提！”

“难道我资质不如他们，就注定要落于其后吗？不会的！父相刚才也说过，长期以来他培养我，我深谙人情世故、局势政策、潜规则，那商氏兄弟和当今皇帝虽是聪明，人情方面[①]，却是不如我！”

“但各方面都优异的懿琨亲王，比我更加不受重用！他甚至不能挂职，不能入朝，根本无处施展才能！这又要怎么看待呢？然而为什么，即使如此局限下，懿琨哥哥还是带有那种威严高贵的气势，傲视群雄的态度，让我心甘情愿跟在他后面呢？”

“我从小就跟在他身后，即使后来我通过将才考核，有了官职，还是感到他给我的那种压力。在他面前，他就是大哥，我永远只是小弟……这一点，父相没办法只得承认吧，他以前将我安排在小王爷身边，嘱咐我多跟着小王爷，我一直以为是因为他的皇族身份和王府的地位，今天想想，不只如此……”

“懿琨哥哥优秀我认，可他妹妹惠珍，难道也比我强吗？那郡主能做什么？只会追着商凌日，肤浅的姑娘竟瞧不起我！难道她追求凌日不光是因为外表，还是因为他的潜力？不，我绝不会比商凌日差，更不会比那从小在私塾里就受欺负的商凌月差！”

“现在整体混乱，商凌日和商凌月趁机而上，我最不服气的就是他们俩！”

金高展思索了一大圈，最后还是把矛头对准了凌日和凌月，其实他所提到的凌日大部分也就是凌月了。如果知道了凌月其实是文武集于一身的一人，长期以来背负着更重的压力，学了比金公子更多的东西，心理会否平衡一些？

这些都无从得知了。金高展钻入了牛角尖，开始越钻越深。或许，就像每个人都有各自的祝福和苦楚一样，每个人也都有每个人的牛角尖。

凌月同样爱思考，却并不将自己与他人横向比较。所以竟然从未在这方面苦恼过——站在凌月的角度完全有理由这么说：为什么金高展资质、能力都不够，不如自己，却可以获得那么多机会，爬到那么高？

在高处好吗？还要看指哪方面了。每个人心中的那把尺有所不同。凌月不喜欢以地位、权力、金钱和世俗的成败来衡量，所以他也就不会关注金高展这方面的成就，同时免去了这方面若换作别人可能会有的不服、嫉妒和烦恼。

凌月却看到了不同人的艰辛和难处，尤其是位于高端者的那些。在凌月所处的环境，或许就是较为高端的一层，凌月自己，悯瑛，懿琨，金高展，以及他们的长辈们，商敬先，金丞相，老王爷，等等，或许到了同一社会中“低端”的人群眼中，都变成一样的了，都是享受荣华富贵，还不知道是有钱打扮还是营养良好的缘故，也都长得不错。若不

① 用现代通俗话说，金高展的意思是：他们智商高，自己智商不如他们，但是情商要高。

不过显然，撇开对于凌日凌月的情况不了解之外，金高展也不知道，除了智商和情商之外，还有其他，比如说一种“逆商”——逆境商数（Adversity Quotient，就是 AQ），在这方面凌月绝对算很强的。

当然也是显然，金高展没有像凌月那样长期处于逆境，在人群当中，金高展算得相当幸运。所以突然听到父亲这么说，会有些受不了。再说回来，凌月也算是幸运的，只不过幸运和不幸的方面遇到得不同。每个人都有每个人的祝福，也都有每个人的苦楚。

是探究其中，根本看不出他们各自的烦恼和压力，以及伴随着、纠缠着的，收获之后看不见的付出，理想与达不到理想的痛苦，合作关系与利益的争夺，情感与控制着情感的考量，还有穿插于众多人事之间的孤独。

这是凌月后来的觉悟。而当下更为明显的现实的疑问，却被凌日给提出了。

“凭什么这样？金高展有什么好，智慧武功相貌哪点比得上我？论功绩也比我少不知多少，和我一样年纪，却在朝野身居重职，连我这将军行军务出兵还得经过他批准！这儿需要武学人才，其实还是一贯崇文，朝廷上还是以文官为尊！那些老学究文人们有学问也就罢了，却偏偏那个金高展，这行军打仗之事他根本没经验，我还得看他那副跩样子！”

凌日在商府主厅之内，面对着商敬先，凌月不在场，其他人包括商夫人岳雯诗也不在其内，可见此谈话极严肃而有秘密性质。

“别生气，金公子确实不如你，大家眼睛睁着都看得到，无奈金氏家族势力雄厚，为京城第一大世家，在我们商氏世家之上，尤其这一代，金丞相更是……”

凌日被父亲的言谈激起了兴趣，竖着耳朵听。

“长期形成的局势和规则，现在皇权虽已被缩得那么小，名义上的皇帝，背后有皇族，还有相当权势名望在老王爷手里，然而实权却在金铭传手中啊。老王爷仁爱忠诚，当年就全力辅助先皇，先皇过世后又全力支持现在的皇上。你说你不服气金高展，我说，还不如不服气那少年皇帝呢！当年我教他上课他就学不好，越长大越无建树，偏生凌月还跟他混在一起，太不争气了！”商敬先说了一通，从客观分析转到了主观情绪，很不悦地批评了凌月。

“凌月这人古怪，不知道他在想什么！”说到弟弟，凌日一阵嘟囔。

“真是，谁知他怎么回事！在他自己的世界里，你说他安分守己，他的脑子里却漂浮着那些怪念头和所谓的理想，不肯流于平庸；你说他追求上进，又不在乎名利地位，不肯去争那些按照他的才智和能力应该获得的！”

商敬先说到这里语气又一变：“说到才智能力，他又是奇怪了，明明很聪明，也经常闷头思考的样子，一些人情世故就是不懂，动不动就得罪人；看起来并不火暴脾气，却就别扭倔犟，跟人总相处不好。唉，我对他很失望！凌日，我相信你能做好，你是我们商氏家族的长子，我最看重的就是你！”商敬先语重心长地对凌日说，认真地看着他。

现在商敬先的希望的确寄托到了凌日身上，自从那次凌月去资料馆回来明确表露了不愿当官，与商敬先发生了冲突以后，他们两人的父子关系就陷入了低迷，或许，商敬先这么多年给凌月的双重压力早已在凌月心中残留了不满，那次只是突然的流露而已。

不论如何，商敬先越来越强烈地感到对凌月没有指望了。何况，名分上来说，长子是凌日。

“对，我才是长子！”凌日立刻接口。

商敬先再次鼓励他、坚固他的信心：“这一点凌月不会和你争，你放心，这点上那孩子还算本分。现在我们要一致对外。”

“一致对外……”凌日略微机械地轻声重复着。

“凌日，你可是巫医派弟子？”商敬先忽然话锋一转，却也有所相连，甚至早有铺垫，“告诉爹，爹会替你保守秘密，这点非常关键。”

看着父亲严肃而关切的面容，凌日快速吸了口气，简短而肯定答道：“是。”

“果然。你为了门派有此举动，完全无可厚非。救命之恩，何以为报？这恩惠是对整个商府。当年若非你的门派，今日我们根本见不到你了！”说到这动情之处，商敬先声音沙哑几乎带有哭腔。

凌日情绪起伏被带动，且高兴父亲不责怪还支持他的做法："是啊，当年师父师伯将我挽救回来，巫医圣地乃是我重生之地。我岂能坐视不管？"

"确实，这环境局势啊！"

顿时凌日接口："就是！朝野不分青红皂白，不分善恶，胡来一通！"

"他们革职你的将军头衔实在欠理，我们商氏家族已忍耐良久。"

商敬先目光渐远："凌日，你有巫医派在后，这不仅是你的知识技能来源，更是你的资源储备。"

"啊？"凌日似懂非懂，如问似叹。商敬先含着一丝微笑，拍拍他的肩。

父子俩又低语交谈一阵，光线转暗，听不见交谈的声音，也看不见表情。

王府里，另一对父子也即将进行隐秘的交谈，当然只能有他们两人。

老王爷从皇宫回王府，刚一见到英俊不羁的小王爷冷冽的神情，脸上笑容立刻为凝重所替代。

"琨儿。"老王爷向他招手，"你过来，我有话跟你讲。"

懿琨默然地走了过去，深邃的眼眸里，似藏着不同于脚下踩踏跟随步伐的别样算计。他随父亲走进了王府之主室的最内层。这是老王爷办理朝政的屋子，平时连王妃也不能踏进一步。

老王爷坐定，端起茶杯抿了口茶，抬眼就迎向儿子乌亮的目光正盯着自己，心中没来由地一惊。"咳，琨儿啊，我们父子俩好久没这样谈心了。"

"是的。"仍然盯着老王爷的脸，不放过一丝一毫的蛛丝马迹。

"你前些年在外闯荡，为父对你越来越不了解了。"

懿琨"嗯"了一声，继续面无表情，黑色星辰般的眼睛闪也不闪。

老王爷心中不悦，迅速调节了气息扬声道："但我知道，你不仅交了些朋友，还培养了一批心腹死士！"

小王爷懿琨听闻父王突然这么讲，心不惊肉不跳，继续如同雕像般，眼神却更加凌厉，仿佛挑衅般催说，"然后？"

"你还不表态！培养心服死士居心何在！?"老王爷终于动怒。

"父王你什么意思？"小王爷不退不避，竟然针锋相对反问回去。

"你，你心里有数！你要敢……"老王爷不禁大叫，混合着愤怒与担忧声音颤抖起来。

懿琨小王爷嘴角挂着一丝若有若无的冷笑，笑容微微勾起，绽现脸上却更增加一份阴冷邪逆。

"唉！"老王爷和他对视僵持了片刻，大叹一口气，似乎精疲力竭般柔和下来，"皇兄和我素来亲密友爱，琨儿，你就和悯儿好好相处吧！悯儿是个可怜的孩子，刚出生他母亲就去世了，那么小时我皇兄也走了，你，不要伤害他！"

"父王，你怎么总是替他担心？"懿琨深沉的嗓音带着一丝嘲讽，嘴角仍旧似笑非笑，一双眼睛却仿佛隐藏不满。

老王爷忽然又面露愁容："父王知道你责怪我，从你出生我就忙于朝政没能顾得上你。"

懿琨默然无声，剑眉微微蹙起，面色更显不善。

"琨儿，当年你皇祖爷爷没见悯儿，如果见到他会喜欢的，说不定也会同意悯儿来继承……你皇伯伯对你也很好，亲王的爵位让你世袭，不必降格，将来你的长子，也会是亲王，这已经破例了，已经是恩典了!”老王爷加重了“长子”两个字。

“把剥削到仅剩的残余，反而当作额外的赐予？原本的拥有被他们夺去，替换成根本无法比拟的代替！呵呵，这就是你所说的很好吗?”

小王爷淡淡语词略带一丝讽刺，仍是傲然不屑，使冷冽面容结合不羁的神采骤然间倍显阴沉。老王爷又不由得变色了。

“你要知足！要知足!”老王爷老迈的嗓音连声喊起。

“呵呵，知足？作为懦弱者不上进的借口，倒是挺冠冕堂皇。所谓的知天命，天命又是什么，你能度量天的意图吗？凭什么以人为的意思，作为天的命令，去限制其他人的发展？呵，要说只能说，天助自助者。”懿琨凌烈而语，一股肃杀之气充斥蔓延。

“你，你……啊哎”老王爷仰面长呼一声，“我说不过你！也管不了你！你从小就心眼多，现在你越来越大了，你想什么做什么，父王更过问不了了。父王就是要说一句，你所做的，要对得起你自己的良心。你的良心啊，你自己清楚。”

“是的，我自己清楚。那么父王就不必操心了。”懿琨小王爷顺着父王的话，反而让老王爷哑口无言。

老王爷愣了一下，僵在那里。

“若无其他事，我告退了。”小王爷说着就微微行个礼径自出去了。

“这孩子啊，真是孽。”老王爷独自一人呆在那里，自言自语叹道。“琨儿小时候我对他缺乏照顾，现在他的心这么冷，我也有责任……他眼睛里从来含有一股凶光，也不知是冰冷还是怒火，总之就不纯净，哪像悯儿的眼睛纯洁善良？唉，这两个孩子啊！只望琨儿顾念一点情谊，不要伤害悯儿，做出大逆不道的事……不要应了那可怕的预言!”

第六十七章 如梦令的疑问

“凌月，我要走了。”

“啊，这么快。”

“已经很久了。”

“没过多久而已。”

“已经过去了。而我还有任务在前方，我得去了。”

“嗯……”凌月一时不知说什么好。“我没想到这么快，你才刚回来……”

“我还会再回。你也想开点，别再苦闷了。”

“谢谢。你出门在外也小心。”

“呵，没事，我本就一直在外。”一样面容的笑。

“哦对。那么，再见了，凌日。”

一样的身影背转离去。

七七四十九天的守孝期里的悲伤纠缠着各维度与各感官，仿佛那惨白的灯、悲戚的哀乐、苦涩的祭奠之食、花圈上花朵的芳香和老宅宛若一夜间腐朽的陈旧气息不止地在头顶、身旁和心上盘旋。

已然过了，却仍存留不退。

这段日期对于守孝来说或许长，但对于疗伤来说却很短，根本微不足道。那么就自己另想办法来疗伤吧。时间并非唯一治愈伤口的良药；尤其对于凌月来说，一直以来更多的是体会时间冲刷下加倍沉积的感伤。

于是他想，就主动想想其他的吧。或许也并非主动，就像其他的事物和命运的安排一样，主动与被动也是那么难分清楚——那些问题充斥着头脑，从现实到虚幻层面点点滴滴袭来，自己不去想它们也在那里，于是自己就去主动迎接。

不知能否化解。又或者，根本无须化解，在这过程中就已然获得了另一种超脱的结果——例如当下，就可以用思考来转移情绪的悲。

凌月紧锁着眉头，来回踱步、思索。他的思索有很多种，此刻来回的步伐已透露了心中所想的令自己烦恼，甚至烦躁。不是那种安安静静安然的冥思的状态。

是什么问题，令凌月呈现出这样？当然与近日的这些有关，这段时间凌月以往的安然和平静的心态几乎已被彻底破坏了，放眼可见不是低落，就是纠杂的烦恼。缭绕于心上，他甚至不再有心情去思考那些缥缈的遥远的诸如关于命运的答案。即使这些就是命运投射、映照下来的片段，思绪此刻也只能被那些具体的事务占据和分割着，无法串联。

如梦令的秘密凌日是不知道的，自己没有告诉他，如果告诉他了，是不是可以避免这一场事件？

但是，那如梦令怎么会被凌日操纵？

是因凌月与悯瑛起誓时以凌日的名称吗？不可能。这个答案从开始就被凌月否决了。别说如梦令是神秘的宝物，就是普通人，也能分辨出凌月与凌日的不同，垂危的老夫人都可以。此令牌的另一主人，悯瑛既然一下子认出了凌日与凌月的不同，怎会偏偏认不出如梦令？

分析出原因又怎么样？事情都已经发生了，于事无补。但是当然，那是实用主义者的考量，不能弥补又怎么样？凌月从不是实用主义者。他就要探究那深入的原因。

他已想到了在哪里有可能会有线索。即使没有把握，也要去试试看，凌月对知识的钻研精神和牛角尖精神又出来了。

这一晚他做好了准备，守孝期一过的第二天，就背上了装好准备工具的包袋，迈向了那个并不陌生却初次光临的地方——传说中的书的海洋。

走在路上，凌月想起了数年前自己也是为了书在街上走，当时是为了散布自己的反对占星的著作，不禁感慨，岁月如梭，当年的意气风发信心满满，现在还是一样吗？

或许有些层面上来看，还是一样的。他没怎么变，有时他甚至觉得自己多年以来根本没有变过。有时却又觉得变了那么多。

这次，他只有一个目的地，至少对这个目的地，是有信心的。他来到了父亲商敬先执掌的文史资料文献馆。

凌月打扮得干净却是他的不明朗的风格。资料馆里的管事们看见他这位不速之客，都纷纷惊异却在原地并不上来阻拦，凌月礼貌地报上姓名，他们马上请他进去。其实管事们一看这位俊美斯文的公子，这想就莫不是传说中商大人的学文的儿子么？果然如此，真是稀客，百闻不如一见啊。

由于是商敬先的下属，对凌月很是客气，凌月却有点不自在，道谢了赶紧到库房里去找起书来。一间间的库房，按顺序进去，凌月没去跟父亲打招呼，是因为一不想被问起，来这里干什么查什么解释不方便，二没必要，三是也懒得花时间去找在这间大建筑的哪个房间。

现在凌月更加感悟到为什么说“隐藏一片叶子最好的场所是森林”了。隐藏文献最好的地方就是文献库。何况并不知道哪篇会有记载，难度之大可以想象，好在凌月很有耐心，抽出了时间，并且，有兴趣支持。

这文史文献馆，囊括人文历史资料，是京城内最大的书馆，但不公开开放。只有朝中高层官员可以出入。这次凌月可以进来，显然依靠了父亲商敬先就是管治这里的一把手，也还可能也由于凌月看着就是一文静的贵公子书生，不像是会做坏事的吧。

考虑到这里不是能随便进出的，反正自己这几天的事情就是要做这件，于是凌月就把干粮也带来了，晚上就睡在书堆里，连续在资料馆里泡了三日。

他在书的海洋中很安稳，很享受。虽然是带着目的而来，然而沉浸在书的海洋里有些脱离现实的感觉，当然此行也有顺带的目的就是看看其他的书，滋润心灵顺便散散心了。

资料馆内的官员们到了时间就各自打道回府了，忘记了安安静静的商公子还在里边。第二日才想起，原来这公子竟然一宿就在这里没回去。商敬先一来，他的下属就报告了这件事。“商大人，昨日没来得及与你说，贵府上的二公子来这儿了，在翻阅书籍非常认真，一晚没回去。”

商敬先听闻，先是惊讶，然后渐渐露出笑容。“好，让他继续吧。”

“是！我们已知公子来是好事，不会打扰他，以后他常来这里读书，不光为商府，也是对我们整个资料馆都有益。”管事二把手如此说，商敬先微笑着点点头。到这步他们都已等待着商二公子商凌月按照他们所猜测的那样的大作为呢。

凌月埋头，不闻窗外事，却又同时是心系皇宫内、国事，还有那些很远很久以前的故事。

仿佛被一种感觉牵引般，脚步在偌大的文献库房里游走，手指拂过那些尘埃，挑起了一篇篇零散又关联的文字。翻查，寻找，明确了终点却没有途径，仿若茫然般地向前，就是这样，是否能有与原先目标贴切的获得，就在乎个人的坚持和命运的安置。

终于查到了。也许也是因为顺延着惘瑛当日拿出如梦令时提到的一些线索，例如时间年份的估算，因此还算比较快。还觉得后怕，这么多书籍别说几天了，若非加上了机缘巧合的细心和信念，就是几年也难得查出来。

“当年与皇族先祖一起制造如梦令的大将军，为保护君主舍命相救，牺牲。”

凌月发出感慨，他是易被感动的人，“这是并不由血脉或者什么出生就定的，而是真正自发的难得的情谊。且超越了利益，还有生死。”

“而后来，有一段民间流传，说那位大将军被救了，算是起死回生。救他的是一个游离于世外的群落，世间称之为巫医派。原来如梦令跟巫医派有如此渊源！这次算是护着本家了，难怪……”凌月念到这里，疑惑迎刃而解。

与此同时，凌月从零零碎碎的信息里，还得知了些许上几辈们的事。有关于参阳王朝先帝之父，就是懿琨小王爷和惘瑛提到的皇祖爷爷，还有例如皇室先辈与巫医派甚至魔教等的渊源，只在这绝密的资料库里会有留存，现在还不是凌月来挖掘这些的时候。凌月微笑了一下，把这些资料藏回原处，压在了一堆堆厚厚的书籍的缝隙中，只是在自己的纸上画出了方位图做好了记号。“隐藏一本书最好的地方的确是书海，那样别人就不会看到，以后我有空，会再来的。”凌月心意已定，满足而开心。

现在，只要把当下的疑问解决就好。而这看起来，属于能解答的问题。

第六十八章　面对，或者逃离

时值凌月离开商府住宿到资料库的第二天，商敬先办事归来，夫人岳雯诗发现他的脸上带有笑意。

自从商母去世以来，岳雯诗首次看见夫君这么高兴。“敬先，今日你看来心情不错，有何开心之事?”

“呵呵，我正准备跟你说，你见凌月这孩子到哪儿去了吗?”

岳雯诗略微侧了一下脸思索：“没有啊，这几天没见他呢。”

“哈哈，他到我的档案馆里去了!”

“哦？去那儿做什么?”

“埋头读书，且不再是他往常那种不实用的书！到我那边去读政治律法时事评说，正是考功名当要掌握的知识！这孩子，现在发奋读书了!”商敬先高兴地笑着对妻子说，“如此正好，凌日已经回来了，这左将军早晚也是他来担当，凌月正好空出来以文从政了!”

岳雯诗也随夫君高兴：“月儿这么多年读书都是关在自己的屋内，且不喜欢读经史类的学问，这次去你那儿，读史政类的书，看来是有心往仕途发展了。”

“对我们母亲，还有列祖列宗，也都有交代了!”商敬先说到过世的父母，神色一丝黯然，却很快转为当下的欣慰。

岳雯诗怕触碰前不久的伤心事，连忙继续高兴的话题：“月儿这孩子聪明，肯花力气在这上面，定能做好！而且我看他适合从文，性格就是文文静静的，正好。”

“是啊，他对军事操练不感兴趣，所以当了将军只是应付任务似的，第一次出征定了胜局，却不知乘胜追击，其实就只平衡了我国本来的国土，并无多获取，皇上重重奖赏了他，当时朝野中就已经有不少人不满。”

商敬先说到这里神色严肃了下来，却幸好由于今天的高兴发现，而没有过于沉重：“后来凌日接替了将军一职，凌月原本在军中威信又不高，副将们和士兵们都不太买他账，可能他看起来有点柔弱，说话又一套一套的，思想多于行动，且难懂。凌日相反，做出了威信，却由于一些人已经对凌月不满，迁怒于他，产生了冲突。凌日性子急躁，但是祸根却不是他埋下的，所以那件事，我一直觉得凌月的过错更多。”

岳雯诗听他讲完，觉得有理不禁点头，却忽然想到什么：“事情都过去了，现在提这些做什么，只要月儿接下来能表现得好，或许比原来更好呢。凌日的停职听说也只是暂时的，毕竟他们功大于过，有才华有潜力，皇帝很欣赏他们。是不是?”

“是，不过我们关起门来说话，那皇帝不能太指望，他的权力被老王爷和权臣们分割，小王爷亦在暗中觊觎。且他年少不更事的样子也跟凌月一样任性，不把力气用在正事。”

岳雯诗点头：“我听说了，京城人人都说天子如此，其实他也还是孩子嘛。”

“什么孩子，这世道才不管呢。而且年纪轻的人也不都像他们那样，太凭着性子来了!”商敬先说到这里有一点生气，似想到了什么，然后又话锋一转继续说：“希望凌月接下来能踏踏实实考出个文士功名，就名正言顺了！还好其他人都不知道原来的商将军是凌月，这一点我们和他都做得很好，也让他有了个改过自新的机会。”

说到这儿商敬先又有点神秘地笑："凭借凌月的聪明才智，考头等功名绝非难事，短时间内就可获取，趁现在皇上和老王爷都对吾商府心存愧疚，我再来做做工作。任他朝中职位被三公那些人占据再紧，也得给我们安插一个空档！而后这边站稳，再把凌日接回来重新继任，甚至升级成为大将军，就更如虎添翼！到时就算皇上的权力限制，我们商氏家族亦可有地位制衡！"

又一天夕阳时分，凌月踏着黄昏的余光回到府上，就轻轻往林荫小道那儿走，忽然人影一晃，原来是书童小黎。"二少爷，你总算回来啦！"

"是啊。"凌月语气淡淡地，混合着奇怪与不屑，自己回到这里不是再自然不过的吗？并不询问他有什么事，有事对方自然会说，而自己这时正在放松，本想再回房间把搜集到的资料整理一下，不想被打扰。

"老爷在等您，请少爷过去一趟。"

"哦，好。"凌月有点僵硬地答应，停下来，然后说，"你先去吧，我等会儿就来。谢谢你通知。"

"呵呵，少爷不用谢我，是我应该做的。"小黎挠挠头，似乎在凌月面前他有些紧张不自在。

其实小黎的书童身份在商府从来就是虚职，府上安排别的事情给他做。小时候他们接触也不多，在十岁左右还算熟悉，后来凌月去贵族私塾又去异乡学习就不见面了，长大后更是各自忙碌。凌月回来后虽然在同一地，但这偌大的商府，少爷与书童，在两个不同的圈子里。

凌月忽然闪过一丝不知什么滋味，小黎算是他童年阶段少数的几位朋友之一，当年一同参加生日会暨宁馨的满月酒席，小黎扮演凌日的情景还历历在目，后来与他的聊天也清楚记得，然而圈子的不同不知怎么就让友谊有了一层隔阂。

光线半明半暗，独自行走在院里的花木假山，似乎特别容易怀旧感伤。太阳已落下地平线，天色已渐渐暗了，却尚未分明出月与星，这种渐暗的过程却似拖出一道格外触心的轨迹，一方面显得空旷而漫长，另一方面又倍感脆弱和易逝。

埋没于书本字里行间的三天后，凌月格外有感触，虽然感伤，也是一种自然的放松。忧伤的喜悦，一直以来喜欢这样的感觉。

既然喜欢感受忧伤而深刻的感觉，那么凌月每当这样，一就说明有一定的闲情，二是证明了心情是不错的。

只是不知道也没去想，有什么在等着他。走进主屋室内，隐隐就有一股沉重的气氛压过来。凌月的眼睛习惯了室外幽暗的光线，一进门的时刻，被强烈的光照弄得有点睁不开，就听见商敬先严厉的声音响起："商凌月，今天我跟你好好谈一谈。"

然后一眼迎接了父亲沉着的面孔，凌月有点莫名。就应道："好的。"

岳雯诗也坐在房间里，她一言不发，就看着夫君。所以凌月更觉得有点诡异。商敬先再开口说，"前几日，你到我的文史资料馆，不知查阅什么书籍，我的副手报告来，让我和你娘都高兴一阵，以为你终有心发奋读点实书，准备从文开启仕途。然而这两天，我发觉又不像。"

说到这里商敬先停下来，看着凌月，凌月也直视着他，想听他说下去，怎么不像？

"怎么，你不来解释，还等我说吗？"商敬先突然质问起来。

"我听父亲继续说下去，你觉得怎么了？"

商敬先的声音骤然提高起来："你这人从小到大的行为我看得清楚，做事都喜欢凭兴趣，做喜欢的事情和应付的任务，完全两副样子！你只喜欢武学阵法理论，并不喜欢实战，当将军当成了那样，这个问题我先不跟你算！就说这读书，一直以来你都喜欢看那些不实用的，我和你娘还想你这次突然转性了，结果我有属下突然发现，你竟在查皇族祖上的资料！"

到最后一句话，商敬先吼了起来，凌月被惊了一惊。先前也没有想到自己查阅的内容会被知道了。

"怎么，你吃惊了？做贼心虚！你跟天子称兄道弟还不够，还要查皇族祖上的资料干什么？是何用意?！不顾禁忌，忘本，翻天了！"

这时岳雯诗出声制止夫君："敬先，别……"

商敬先吸了口气，又继续："你捞到了什么好处？他要废止你的职务，不是一下子就废除了吗？平时你们关系怎么好，还是抵不过那些权臣的抗议！你现在怎么回事？你还在暗中帮他做事，或者出于兴趣就调查?"

"都有。"凌月毫不犹豫地说，却停顿了一瞬，是因为不满父亲的质问，也是在稳定自己的情绪。简短说完这两个字，凌月又道："有些情况你不明白，请不要说了。你再接着问下一个问题。"

语气坦然不带妥协，甚至含有一丝命令的色泽，凌月已隐隐感到自己遭到侵扰。

"哼，你倒还理直气壮！那我问你，除了刚才你承认的那几点，你埋在资料库里读书，是想准备考功名吗?"

"不是。"凌月又没有犹豫。

"你！"商敬先立刻跳起来，指着凌月的鼻子。岳雯诗忙拉住他的衣角，劝他坐下。商敬先依然怒气上涌，大声问："说，为什么?！"

"我不想考功名也不是这一天两天了，又不是说我原来一直想考，现在突然变掉。我从没那么打算过，那不适合我。"

"你竟然这么斩钉截铁，毫不犹豫，也无半丝愧疚！你还觉得你很有道理啊？啊?！"商敬先又狠盯着他。

凌月确实觉得自己是有道理的，却已经意识到这气氛的奇怪，很大程度是竟然显得自己像是无理的一方了。他试图跳开目前这些烦乱的纠缠不清的问题，回到原来的那些背景思路，"我从小到大，长辈们并未要求我往文科仕途发展。是现在，才突然提出的。"

"那是因为你原来在走武将的路！"商敬先立刻大声抵回去，"你还好意思说！我们培养你当将军，结果你做得怎样?！"

凌月一愣，面对这个问题真不知道怎么回答，脑海中又忽然划过了属于商将军是自己还是凌日的问题。

岳雯诗见气氛更僵，夫君把话说到了死路，就开口："月儿，你看你爹气成这样，你就说你会好好读书，让你爹也高兴吧。"商敬先一边哼了声。

"我一直都在好好读书。从小到大我都很刻苦，没闲过。我本来就在好好读书。"难道这还用额外弥补劝慰式地讲吗?

"你！"商敬先大喊。

是自己惹怒父亲吗?"人家要生气要愤怒，我有什么办法，能算是被我惹得吗?"凌月心中的一个声音响起。他正琢磨着这话语，因此沉默着，没有回答。

商敬先继续："害得我和你娘空欢喜一场！你这怎么对得起你刚去世的奶奶！"

凌月听到这里伤心了，也觉得委屈，不考功名怎么就和对不起奶奶扯上关系了？

先前从黄昏中走过来，其实有点不太清醒的迷离的感觉，而这时是被强拉进这混乱的场景的，原先的静谧安然感伤，已然不存在，凌月对这时候提到令自己悲伤的主题，涌现出的更多是反感。或许这也是自我保护的一种措施，否则陷入他人刻意将自己推入的悲伤愧疚感中，不值得。又或许，凌月方才的安然沉思独自行走的抽离感仍在延续，使得他更可以仿佛置身于当下之外来分析和告知自己。于是他并没有因为父亲这样说起的话而顺着他挑起的气氛和思路。

“你这不孝子！我还以为你开始埋头钻研经世之道，想以文立功，没想到你打着我的名号去了档案馆内部根本不务正业，你怎么向列祖列宗交代！我白养了你这么多年！”商敬先怒火上涌，劈头盖脸骂了过来。凌月紧咬着唇。

突然商敬先挥手朝凌月打来，岳雯诗哭着劝：“不要打孩子，有话好好说啊！”又转头焦急地：“凌月，你就表个态，看你爹这么气了，你赶紧告诉他，你会好好读书干正事，重振我们商氏家族，即使没有将军职位你还是可以文才考功名！”

顿时外界气息由先前的暴怒转为无形的压抑，再次压过来朝着凌月，他依然咬着唇，但仅过了一刻，就缓缓而却透着坚定地说：“我先前查资料，确实不为考功名，我也不会去走仕途的。”

“你，你为何？”岳雯诗也叫了出来。

“志不在此，恕我不能如此，根本无法做好，又如何承诺做到。”

商敬先又暴跳如雷：“你不去谋得正规的职位，你是要干什么，就如此胡乱给皇帝当暗中助手，名不正言不顺被人看低耻笑?!”

“我在皇上身边做的都是重要的事务，职位和封号为的又是什么呢？只是效忠于君主和国家的形式。我已有其实，又何必在乎其虚，多此一举？”凌月反问回去。

“我真快给你气死！商氏家族历代显赫，却全让你这不争气的儿子给毁了！”商敬先又开始教训起凌月来，“从小到大，你总让我操心，给我添了多少麻烦！为了培养你，我花了多少心思、多大工夫！也没少花钱财！好不容易当了将军，伴随你的不佳传言却接连不断，然后你终于立了一功回来，还没拿到左将军封号几天，就又闯出祸端！”

凌月竟一时忘了后来行使左将军权利、引发动乱的其实是凌日，不知是给父亲骂得头脑不清晰了，还是原本关于身份的问题就一直恍恍惚惚的，这时竟然没有就这一点有力地反驳，却说了一句难懂而有些脱离、甚至有点显得过于冷漠的话：“不是我给你添麻烦，你的这些麻烦，都是你自己的欲望引起的。”

此言一出，顿时如一道冷光在这房内刹那间冻结，周边所有的空气和这对父子的神情都更加冷而凌厉。

“你倒教训起我来了？”商敬先的怒气顶住他的声线没有颤抖，却随冷而诡异气氛而凝固得如刺一般。

“并非教训，我只是说事实。”

“你还这么说，还这么逆着来！”岳雯诗也由于惊异和不解，忍不住表示。

凌月的固执在这时格外显露了，混合着的多年以来的压力和忍耐而积累，在这时如同火山般爆发，仍是压抑，因而没有显得像是不满的怒气，而是一种固执的抗议。如果不是想到去世不久的奶奶，想到家族的使命，又听刚才父亲骂自己时也提到了，凌月真想大声反驳、倒出那些憋在胸间已久的又被刚才那一番话所提点的一连串质问。“这么多年要求我做那么多，我都做了，一件件事务压在我身上！这是应该的吗?!”

“凭什么要把它们堆在我身上？因我已经做了很多，所以就以为我该继续下去吗？”

可是这股怒气与心中那抹悲伤，竟然像是抵消了。凌月想起了祖母在重病中偶尔清醒时说的话，家族的记忆和悲伤，那些广大的久远的深刻的悲伤压积在那里，只有偶尔的怨气浮显时可以遮蔽，然而很快又会消散，露出那深而不可抹去的命运之重影。

阴暗的影沉在了凌月的眼眸里。

并非怒气不存在了，只是再次隐埋了下去。而经过这一系列震荡，凌月已感到自己的忍耐并不能再长久持续。现在之所以再忍着，或许只是因为尚未调理好自身内心的伤。

这一刻，凌月不是没有想过离开府上，然而他很快克制了这种冲动。现在不是意气用事的时候。或许任何时候都不可以。

最艰难的低迷期，他会独自熬过去。

“保护自己、爱惜自己不等于自私，若说自私，谁又不是？不自爱不自重的傻子吗？那才应该受到鄙视。何况，不爱自己的人会毫无顾忌，什么都做得出。”凌月现在只是很想尽快恢复，然后开始下一行程，这些仍然并非出于自己最初的本意、仍然牵挂着家族与长辈曾经对自己的付出。

以及自己对自己曾经的付出。不论怎样，未来一定要对得起自己的过去。

凌月不忍心对不起自己，因而他会坚持下去，即使过程中要更加沉重、更加艰辛，只为那最初的理想和最后的期盼。就先不提那广义的或者狭义的情感。

这时的凌月气质冰冷。这是他的家人从未见过的，或许太过陌生了，商敬先对于凌月的责骂戛然而止，也或许知晓了毫无效果。

“我没有错。”凌月却没有沉默。他已经忍耐得太多了，吞咽了太多原本应该说的。这是原则性问题，他会坚持到底。

“你从小一直答应会为商世家争光，会遵循家族的安排，怎么突然翻脸不认?!”商敬先继续斥责凌月，怒问过来。

“我说的是凌日，每次答应你的都是‘凌日’。凌月并没有答应要考功名当官。”凌月嘴角挂着一丝若有若无的轻蔑笑容，呵呵，从小到大这么多年，总算有一次竟然以这个问题来顶回去了。

“你——”商氏夫妇的讶异中，凌月再次重复：“我没有错，作为凌日我能做的，都已经做了。”一边迅速消失得无影无踪。

第六十九章　游离的痕迹·巧遇

仿佛一切都沉积、沉寂，在那突如其来的当头灾难之后，就再没有连绵的思绪，全部都零零碎碎、无法抓住无法寻找的了。感觉好久没有悯瑛的消息了。真的不知道怎么样了。目前，按照当地风俗还不能拜访他人，当然包括不能去皇宫这样的圣地——虽然他们不会介意，不过有另一种介意，让凌月暂时止步。守孝期过了，为什么凌月还待在商府，或许是一种早已养成的习惯。而且，还有那些从出生起就肩负的责任和安排，以现在的凌月的状态，真的不想去想了。

去街上漫无目的走着，或许并不能说是漫无目的吧，他的目的在心里——为了感觉好一些，吹吹这风，也要适当晒点阳光。

两旁的景物倒是别有一番味道，街上穿行的人流却并没有映入凌月的眼内，而更像是自动过滤掉了内容而只留下一点穿梭的痕迹，似有一种真实中组合着流动消失部分而显得夹杂一抹不真实感，凌月一边走一边散漫地思索。

恍然间，一座平房建筑吸引了凌月的注意。

精致的石雕与木刻，翘起的屋檐，镶嵌间隔的琉璃瓦，虽不似自己小屋整片琉璃瓦那么梦幻，也有一抹亲切，屋外门边的一排翠竹，亦有点像自己小屋外的小竹子般，点缀了几分清雅。

不自觉地，脚步挪移，向着那里，走进去。

原来是一家服饰结合了艺术品的展厅。并非整齐生硬的罗列，而是错落有致，一层层不同的色泽恍如倾洒，繁多却不凌乱。

这是很长的时间以来，凌月进入的第一家店铺，凌月很少逛街，很少去店铺，然而也能分辨得出，这不是一家普通的店——与其说是店，还不如说是艺术之殿。

置身于这里，凌月很快融入进了浮动的明丽和暗沉的色彩中，抽离了现实的烦躁与压力。不经意地一转身，小楼内通往后院的长廊里的一个身影，印入了凌月的眼中。

她一身素白的衣裙，如雪纯洁，白衣飘飘，温雅高洁的气质，竟与凌月有三分相似。渐渐走近了，她的身材纤细高挑，举止端庄大气，不似一般的闺阁女子。

“为什么会觉得她和我长得像呢?”凌月为自己的念头感到奇怪，心中笑了，不过还能想到不能被误认为轻浮因而没有露在脸上，却不禁多看了她一眼。

这位温柔美丽的姑娘也同时在看着他。她似乎在这一刻，完全忘了其他，竟然说不出话，也忘了欢迎这位来访者。平日作为这里主人的大方与灵巧，仿佛都被禁锢了。

还是凌月首先展开了微笑，与她打了招呼。“你好，这家店铺很漂亮。”凌月看出了她是这儿的主人，因而不再明知故问，直接表示了真诚的赞许，这确实是他心里所感觉的。

“谢谢你，公子。敬请随意参观。”这位女店主才回过神来，礼貌地招待起这位突然降至的翩翩美少年。

“嗯。”凌月微笑着礼貌地向她点点头。走向前，自然地徘徊在冷色调的色泽当中。

女店主静静地看着他，两人都是这么有耐心，不急不忙，仿佛沉浸在这色彩的气息中。

凌月纤纤的手指划过一层布料，却不翻起衣角，很快体会出了质感，对于针织却丝毫不挑剔。凌月的挑剔眼光并不花在那些琐碎的地方。何况，这里做工还有什么好怀疑吗?显然有保障，无须深想，已然察觉，这不是貌相，而是一种感触的态度。是艺术，而不是工匠，也不是买卖。

一丝一毫都可以感觉到。凌月陶醉在了这里的琳琅满目和自己的思绪里。

半晌，他终于抬起眼，对面的人儿还在原地，仿佛在等着他的话语。

“我要这一件，请帮我包起来。”

“好。”女店主微笑，这公子看起来挑剔，倒也是爽快，并不计较。可以感到，他追求的是质量，是一种舒适的状态，精神的状态，而不是分分毫毫的物质上的什么斤两。

交易顺利进行着，凌月不紧不慢地，而女店主热情而端庄礼貌地与他说道：“我叫柳絮雪。欢迎公子以后常来。”

“好的。”凌月真诚地微笑，心中同时在想，这名字真好，而且与自己的暗器的意境有点相似呢。于是笑容微微浓了一些。

"公子，你是否有位面容长相与你一致的兄弟?"柳絮雪看着凌月，忽然问。

凌月一抬眼，"你怎么知道?"

"我见过他一次，他也来过鄙店内。"

"你怎么知道那不是我呢?"凌月含笑，有一丝不直接释放的淘气。

"显然并非你，"柳姑娘也笑了，"他除了相貌与你一样之外，没有一点相似的。"

凌月心中有些触动，这句话有些矛盾感，却是更通顺的，"除了相貌一样"，这一除所剩下的，是极少，还是更多了？总之，而这世界上能区分凌月和凌日的人，寥寥无几。

"怎么不一样，你说说?"凌月有了些兴致，精神状态感到好了一点，不再那么游离了。

"首先气质与神态，此为必然，无须多言；再者，衣着打扮，虽是外在，却是内心风格之显露，你和他选用的色调与风格都大相径庭，公子你偏爱冷色调，而你的兄弟则仅喜欢暖色调；就连挑选衣服的方式，也是完全不同，他快速随意地就拿了就走，你却慢悠悠精挑细选，还一面欣赏着小店的装饰陈设，观察这些布料的色调排列，如此特别的客人，小女子确定以前未见到过。"

凌月哈哈笑起来，觉得放松而愉快，"我确实比他挑剔很多，哈哈！你的观察真仔细，而且敏锐，真不愧是搞艺术之人!"

"公子如此认为?"柳姑娘似有一丝感动，"大多数人只把我当作做生意的老板娘。"

"你的店面布置考究，里边的服装色泽排列的方式就非随意，款式特别，设计巧妙，整间从外到里都有一股艺术气息，怎么不是搞艺术的人呢。"

柳姑娘抿嘴嗯了一声，然后道谢："多谢公子夸奖，我这里来过那么多客人那么多交谈，类似你刚才那番话语的，只有两次。"

凌月点头笑笑，当然不会问另外一次是谁说的。于是他们继续聊了会儿色彩的运用和服装的风格，话语轻松而投机。

"对了，这么一看我倒是想起来了，难怪我哥哥这次回家后过了几天就多了几件挺漂亮而且适合他的衣服呢，我当时没留意，现在回想起来，正是出自这里。"

"为贵兄挑选衣服倒是不难，承蒙这位挑剔眼光的兄弟赏识，却是不易，多谢啦!"柳姑娘幽默起来，凌月又笑了。

正在这时一阵重重脚步声传来，伴随低沉深厚却是刻意提高的声音："二位聊得颇为欢畅!"

凌月和柳姑娘同时转头，来人穿着一袭高贵的深红色长衣，透着低调而华丽的光芒，却不及他的深浅层叠绛红的长卷发散发着的光彩夺目，正是懿琨。

"小王爷，你好啊!"凌月见到熟人，释放出亲切友好，已经好久没有看见熟人了，虽然是并不亲密的懿琨小王爷，恍若隔世一般地再次遇见，竟然有一抹亲切感。一刹那他的脑海中已经划过思绪，知道了懿琨定是这里的常客。"这会儿带着观察的眼光，发现他的衣着确实很讲究呢!"凌月心中说，怎么一到这衣饰店观察力也跟着敏锐起来，以前都没发现懿琨小王爷打扮蛮潇洒而且彰显他的风格恰到好处。因为心中的这些有趣的念头，凌月笑起来了，这是低迷期中的偶尔释放，竟然心情在反衬和放松下格外的好，凌月跟懿琨打招呼也很热诚。仿佛脱离了现实的过去和现在。

年轻的王爷冰冷而颇有深意地瞥了凌月一眼，嗯了一声，算是打了招呼。凌月心情突然好了，原本就知道他是这样子的，因此一点也不介意。懿琨看向迎向他的柳姑娘，却并未开口，柳姑娘向着他说，"原来你们认识。"懿琨斜眼似看似不看地扫过凌月，沉着嗓音轻道：“相识多年。”

凌月听闻心念一动，思绪飘远而话语插了进来：“确实很多年了。小王爷，又见到你了，你最近好么？”

“自是甚好！你以为我应当如何？”懿琨若有若无的一丝讽刺，隐藏在故作灿烂的笑容中，旁观者倒以为他与凌月熟络地幽默招呼。

“哈哈，怎么会呢！”凌月一点也不介意，反而真当成是开玩笑，笑了起来。或许是经过前不久的风波，凌月已不自觉地抽空释放自己，既然或许深层的哀愁与压力是避不开的，那么就从小小的日常的快乐中进行化解，至少可以有那么一点的中和，抑或是分隔，那么也就有了点滴的纯粹快乐。

不知是否看到凌月的真诚与单纯，懿琨小王爷没有再冷言冷眼相对。凌月这时与他们告辞，先向懿琨再向柳絮雪打了招呼。懿琨也表示了贵族的礼貌，在凌月之后轻轻说了句“再见”。

第七十章　局势的烦乱

刚才凌月的判断是对的，无论是来自直觉经验还是分析，总之懿琨对于柳絮雪的感情并没有隐瞒。这段时间他经常来此，所以才会与偶尔过来一趟的凌月打了照面。

显然凌月对他人的私生活没有兴趣，而且出于对别人隐私的尊重，因而之后根本不再想这些了。

懿琨的情况，凌月一直不了解，也没有去了解。这或许是凌月的又一失误，或许也算是他的自负的又一例证，也或者是他的心地善良、尊重他人这一原本属于优点的特质，却变为了致命弱点的悲哀。①

此时，懿琨亲王被一位来宾邀请，当然这不是普通的邀请，也不是普通的来宾。他们所在的地点，亦非平常人能到达的地方。

隐匿的禁地，幽深的密室，两方势力已然不是第一次会晤交谈，却并不被任何外界者知晓。

“小王爷乃是皇族血脉，才智过人，仪表非凡，天生高贵，无奈备受限制，不能得志，实为可惜！你如此心怀大志，却默然度过十余年，不得发挥，更令人扼腕！”

懿琨闻言，轻叹息一声，流露复杂的神情。

“如此，我等愿与小王爷合作，可使你摆脱今日困境，一举突破，发挥你的才干，可享荣华富贵，更夺回原本就应属于你的一切！”

“有何条件？”懿琨扬起眉峰，沉声问。

“哈，小王爷果然爽快，”来人大声笑，“我教仅有三个条件。”

---

① 但凡悲剧色彩的英雄，无论古往今来的历史人物或者文学大师的形象塑造，都有这么一个规律：拥有一个到几个原本应该是优点的、却结合他的命运环境变成弱点、最终耽误了害惨了他的特质，即 tragic flaw。例如哈姆雷特王子，犹豫考虑周全的个性耽搁了他，麦克白将军，权力和更高目标的追求引向了他的失败。在凌月朋友们的世界里，这条规律也存在。

“请说。”

“事情成功后，本教要成为国教，享受国教级别待遇。”

“信教是个人自由，成为国教的形式我可以允诺，不过真有多少人相信，无可保证。祭典却为小事，定能操作。”

“成！有皇家支持形式礼仪庆典经费法定假日节庆，并且除本教之外不承认其他教派，即可！第二，新朝的军事人员由本教内出，包括大将军及其他将军、副将等。”

“朝野要员格局重组为必然，既然一样换人，贵教有人才，由你们出人选当然可以。如达成合作，本王自然不会不信你们。用人不疑。”

“小王爷英雄气概，我等果然没看错人。好！第三个条件，也是为了你我大家好，有道是新官上任也要三把火，小王爷正好提到朝野重组，吾等希望更大规模的清理。得要一次战争，以绝后患，包括，清理一个庞大的教派组织，以及某些特定之人。要皇家力量准许。”

“你们教派间的纷争我不清楚，既然是利益互换，又非直接跟我与皇族关联，可以。”

“好，一言为定，字据为证！小王爷请拿出你的皇族之印吧。”

懿琨即从衣内取出一枚棱角分明的印章，一如若华国皇族的标志也是玉质，灵动的深红之中隐隐泛着白色，又再透着暗绿，可见十分罕有，捏在指尖，“那么我来确认一下，事成之后，国君由本王而为？”

“这是当然的，你是最佳唯一人选！非君莫属！”

“本王尚有两个条件，你们若是答应，便可合作。”

“哪两个条件，王爷请说！”

“第一，我要宝物如梦令。”

对方听闻，竟然显露不屑：“就那个传说有神秘力量的令牌？哈哈！莫要介意，这种东西在我教内根本算不了什么，它所谓的魔力效果也有限，只能用于两个人互相信任起誓之后而已，还有那种控制人心的招数，更不如本教的方法。到时候小王爷掌握大权，我教众人全力支持，国教护法，还要那个做什么？”

懿琨淡淡说道：“此为皇家之宝，先祖所传之物，本就属于我，对我意义特殊。务必夺回。”

“好，这小事一桩！”对方哈哈一笑答应。“另一个呢？”

“还有一个要求，请你先答应，本王再说。”

“嗯？小王爷这么爽快的人，怎么欲言又止了？都到最后一步了，那么当然，继续吧。”

“好。”懿琨点头，微微一笑。

那一边，凌月的状态还有低落，他现在的样子跟意气风发的懿琨小王爷相比，更显暗淡甚至颓靡。不知是怪他还是责怪他所处的环境，家庭突发情况和多年变来变去的安排、额外的任务压力及不能明说的痛苦，分割了他的太多精力精神。

定时的游走之后又回到了府里，倦意毫不掩饰地流露。回想起方才遇见的柳絮雪，那位一面之缘却令他感到相见恨晚的朋友，他很想再多与她交谈，然而却由于懿琨的出现，使得凌月将这一丝思绪也压抑了。

“看来，我得尽快脱离低迷。”叹了口气，凌月让自己不多想了，他知道，自己的伤累积已久，也不是一时能根治的，然而现实不允许他拖沓，凌月稳定了情绪，暂时克制了消沉，时间不能耽搁。他知道悯瑛现在需要他，而现在，是再度相见、以凌月真正身份相见的时候了！

去找悯瑛不是诉苦、不是寻求安慰，而是去帮助他的困难。凌月对于自身的定位在不知不觉中就已习惯。

悯瑛见凌月来，激动和感动顿时表露："月兄，是你！你知道皇宫的密道，还有那棵神奇的若木树，我差点忘了，你知道！"

凌月忍着泪与心中的情绪，只淡淡说："是我，是我来了。"

这短短数月时间里，发生了太多事情，似乎过往隐隐积累的很多情绪都逐渐爆发了，突然更明显更猖狂地压向了他。凌月见悯瑛也愁容满面，当即对这位结拜弟弟更增了同情，心想：在众臣前，悯弟对自己暗暗保护，显得近乎任性，在他人眼里便成为了年少轻狂或不可理喻。在放松的状态下，他的隔阂卸下，透出心中烦愁而庄严的神情，更显忧伤与脆弱。

此时的凌月，已不必再以凌日的身份和风格扮演了。他在这样安全的环境里，更表现出了那种深深的忧郁与淡淡的疲惫。

悯瑛却没有注意到，他陷入到问题的思考中。"月兄是否记得上次我们也是在此，我把如梦令给你，说的话语？"

"当然记得。"那是作为凌日与他见面的一次，如今退下了那层身份，只觉更贴近了一层真实。

悯瑛颔首："其实我把如梦令给你，已认定你为我朝大将军。本想等你再征战归来就正式给你加封，谁料却发生了那些波折，连你原本的名位也被他们施压夺去……"

凌月连忙劝慰，思维极其迅速，理智地在心中悲伤情感升起之前早一步预料到，并且堵了它的路，冷静而坚决地说："不用再提过去的事了，我们关键要把接下来的路走好。别难过了！来，我们来商量接下来怎么办吧。"

悯瑛接着道："这次事件以来，我感到一些矛盾似乎要挑明了……连皇叔也很为难。"说到这，他顿了顿，神情哀伤，凌月耐心等他继续，"皇叔为了我牺牲良多，我登基那年堂妹年幼，皇叔连自己亲女儿也照顾不了，后来接着很多年，他也是照顾我多过他自己的儿女。为我请了多位太傅，还为其他京城少年们办了特别的私塾，月兄你也曾去那间私塾读书。皇叔如此为了大局而牺牲其家人，令我这皇侄心存愧意。"

"老王爷确实是忧国忧民，为了国家没有顾上自己的家，真是难得。"凌月同意地说，却没去体会老王爷的家人会有何感想，或许当真事不关己，只是有一方抽离的赞许。悯瑛何尝不是如此？

此时凌月倒是被勾起了上私塾的回忆，现在想想，不论内容实际怎样，那出发点确实是好的，是一片心意难得。在那之前，皇族和官贵们的孩子都是个别请家教先生，或者由自己的家长们来教授的，就像凌月早年跟随岳夫人学习和自学的那样。在民间，条件较好的孩子们才上私塾，不过那是规模比较大的大课堂，效果也不如小班制的那种贵族私塾；而民间条件差的孩子们，只好自己单独学习了。凌月忽然想到，贵族中的悯瑛和懿琨还有自己其实基本也是靠自学的，那么这样看来，如何学习的方式其实并没那么重要，关键还是看个人吧。

当然，生活在条件优越的家庭确实是有优势的，悯瑛提到过他小时候老王爷为他请了七八位太傅，有段时间他们轮流着来教悯瑛天文、地理、文学、医学、史学、算术、艺术等，像赶场一样，小时候的悯瑛很贪玩，更不喜欢这种强迫的授课，所以没学好，后来有些后悔。不过好歹都有了一点基础，这几年忽然意识到了学习的重要，尤其在凌月出征后悯瑛开始自己暗自用功，取得了不少长进。

而再换个角度，有了优势也就有了代价，优越的条件表示了更高的追求、要求，与更多的动力才能达到的可能。于是这动力的要求就成为了压力。只有少数坚强的、而且天资足够聪明的人，才能完成把压力作为动力的再转化。如果不能完成，则就停留在了压制下的一事无成，甚至在高的起点更难站稳，于是坠落的纨绔腐败之景已然常见。在感叹人家运气好、出生好的时候，为什么要忘记人家的努力和坚持不懈呢？更不要忽略有些人确实天生聪明，有悟性，且有理想，不是凡尘中的碌碌庸俗之辈。

“话说回来，皇叔也未想到，就在他辅助我治理朝政多年，到我十四岁时独立掌管，这一转换之中，却有些权和势无形中流失了一般，看不见也不确定到了何处。”悯瑛继续道，“听来或许玄乎，然却无比实际，辅政王刚开始设立之时，国君亦有虚设意味，与此相配，皇叔抬高了其他几位重臣的地位和权力，原想在自身辅助与凝聚下，一同来度过突然的转变期，顺利地治理好国家。然而，如此造成长期无权之君主，且重臣权势持续多年。到我十四岁皇叔不再担任摄政王，却考虑到形成已久的权力层，且无过错不可降职，因而那些重臣们的那部分权力，也就是原本属于皇权的部分，就还是遗留在了那里。”

凌月认真聆听完道：“这在当时来说，似乎没有其他更好的选择，也确实表明是一种好方法——达到了原先期待的效果——国家在那突然的更变国主的期间里，还稳固稳定，没有发生什么重大的变故，虽然不如先前两朝的盛世，却也不容易了，而且是有潜力的，可以再度上升。”到这里凌月一顿，接着道，“然而当年这权力的重组确实留有隐患，是原本的目的之外的，所以并不能算那个策略不好，只是任何策略都不能面面俱到，何况是具有补救意味的呢。那么现在我们只能想，接下来怎么往良好的层面发展。”

“是的。若非有潜在危险已经让我感到逼迫难忍，就维持现状也许无妨。我并不在乎少一些权力，作为国君，只要能治理好国家，举国兴盛而稳定和平，权力和赏赐分配即便给了臣子们，又如何不妙？然而如今，潜在的危险正在渐渐显露，侵袭过来，令人就不得不防备和思忖个中安危！不能坐以待毙，必须得有所积极的应对。”悯瑛接着道，“诚如必然，那些隐患和漏洞在那里，我不在乎权力，却有别人在乎！他们也看到了，定会利用这些漏洞和我的权力薄弱的地方，伤害到我与天下苍生之现有安定！”

小皇帝的声线虽弱，语词间却透着一股激昂的煽动，凌月即可颔首回应：“你说的对，或许现有的安定，建立在那补救措施之上的，原本也只是暂时的平衡状态吧。并不稳定，只要有外界任何一点温度或压力的变化，就要改变守恒了。”凌月思索着，“所以，我非常理解你的感受，并不是无来由的担心，现在虽然不知道那些压力从哪个方向来，但是整体的变化和欲将破除的稳定，确实已能察觉出了。”

凌月赞同着悯瑛的担忧，虽然他们的思绪都还未完全理清，但他认可这位备受争议的少年君主，并没有随意任性凭空多虑。

“最近，瘟疫漫布，战乱不绝，人心不稳，民间的谣言越发猖獗，极度不利于皇权治理，且动摇军心民心！小儿吟唱的童谣，甚至预言了我的政权即将崩溃。”悯瑛的声音再度轻了下去，神色凄楚。

凌月赶紧以坚定稳重的声音：“你当然知道了，谣言都是造出来的，民间的谣言包括那种带有神秘色彩、小儿吟唱的所谓童谣、传说，其实就是有意者谋划者散布、教小孩子们念着唱，来鼓动自己声势。哪有什么隐含和预示！”

"是啊，我知道，可是百姓们很多不知。他们以为那些就是天意，是启示！"

"百姓们无非想生活得好，真理是怎样的很多人并不关心。"凌月望向远处，语气有些冷，但确实能起到镇定心神的作用，"有些人甚至一遇到一点风波就动荡、扩散，人心惶惶多半是心理作用，是他们自己造成的。我们抓住问题关键，一一化解，兵来将挡水来土掩，不必惧怕那些幕后的造势者。"

"等我们把事情解决了，其余人们自然就平息了。"凌月又补充一句。悯瑛却仍担忧："言之有理。然而，我们在明里，他们在暗里。"

这也让凌月感到危机："确实，他们在暗里。不过我们也并非完全在明处。例如，他们都不知道我其实是商将军，我会武功，这就有利于我保护你，不是吗？"说到这里凌月振奋起来，眼中闪烁兴奋，已然再也不把这个双重问题当成苦恼了，难道这就是代价转化成为的筹码？

"无论今后怎样，无论我是否有表面上的名号官职，我都会为你效忠，尽我的力量来保护你。"凌月郑重而道，再次明确了承诺。

小皇帝听了他的话语，立刻深深点头。

凌月见他面色放缓，话锋一转，忽然提起那件关联的事："对了，我查出一个情况，也要与你说来听听。"于是他把如梦令和巫医派的渊源快速讲了一下，然后接着道："若非有一种神秘力量牵引着我去翻开那一页页的书籍，我根本不可能在像海一般的书库里捞得那散落的针。不相信也不可能。所以，悯瑛，请你不要怪罪凌日。他是真的为他的派别着想，不是有意那样的。"凌月一面观察着悯瑛的表情，一面继续："凌日他从小在巫医那里长大，他很小的时候就差点死了或者已经死了，是被巫医他们救活的，感情非同一般，后来就一直生活在那里。他是一个可怜的孩子。"

讲到这里，凌月忍不住透出悲意，仿佛将凌日的悲哀感受到了自己的身上，这同时是商氏家族的隐瞒的伤悲，又原本是凌月多年来扮演凌日背后的原因的秘密，虽然悯瑛已知道凌月就是"凌日"，却还没如此说起过。

现在凌月将心中这一层深深隐埋、早已不去触碰仿佛忘却的伤痕也展示给他，自己首先被触动而流泪。"请你不要责怪凌日好吗？请你原谅他！"凌月小心而迫切地说，看着悯瑛，而后轻轻地讲，"我替他向你赔罪。"

"别，不是你的错。"悯瑛立刻反应，凌月不确定他是否答应了，露出难过的神色，悯瑛接着道，"罢了！既然你都原谅他，那我亦无须责怪他。"

"太好了！"凌月终于露出笑意。

悯瑛看见呵呵两声："月兄幼时故事如此好玩，比我想象还要丰富多彩！若有闲暇，你就给我讲讲你小时候的故事，我呢，就跟你说说你我分开时日里发生的事，以及我接下来之计划！"悯瑛笑眯眯地，比命令还有效，凌月满脑子竟然想不出回绝的话，也根本没想到去算这样的"交换条件"能否成立，就点头答应了。

答应之后才想到，怎么是自己说小时候多年的故事，悯瑛只说这才一两个月时间的事和紧接着的打算呢？

"这能等同吗？或许可以吧……就像零到一之间的数，和一往后的自然数的数量或许是一样多的道理一样……都数不清……想不清楚了！那就不要想了，就这样吧。"

凌月安心地舒了口气，就缓缓讲起了小时候的故事片断。故事里的艰辛，如同隔着一层美丽的面纱而变得淡淡的值得回味。

跌落谷底的一个最大的好处就是，接下来的路，只要坚持还能走，就不会更差了。近期的一系列伤痛后，凌月用坚毅决心抵消了悲伤到即将爆发泪水的酸楚。

第七十一章　阴霾仍在

多年来的压力和艰辛伴随着近期突然的一系列打击，又从眼前一幕幕掠过，凌月咬起了嘴唇。“我是坚强的，我会重新站起来，其实只要我不认输，我就没有倒下去！”“我已经受够了，真的受够了，那样伪装，伪装得比原本的自己要脆弱，我天生就是坚强的，那些年为了扮演凌日，为了和扮演的凌日有所区分，我将自己刻意弄得比真正的自己要弱一些！”凌月一连串的声音响起来，不知怎么想到了这些，突然觉悟了般，意识到自己其实为了扮演凌日不光是如以前认为的那样，而是连自己真实的凌月也一并压制，其实凌月本身就不弱。

激励着自己，却混合着不甘、辛酸、过去的怨愤与未来的未知，还有一抹决定后坚毅的感动，却越加烦躁起来。

“唰”地撩起衣摆，凌月此刻已然失去内心的平和安然，重重叠叠烦恼铺天盖地，何必还维持着一尘不染？忽然想弄几套黑灰衣装，阴暗的色泽，可以躲在里边，也同时仿佛吸取能量。

他想到了那家服饰的店铺，想到了柳絮雪。然而促使他更加快脚步迈向那里的，却有另一个原因，另一个人。凌月感到自己需要发泄，那个讨厌的、总是一副冷傲样子的高高在上的人，与自己有过几次交锋明明输了却还摆出了不起的神色的那人，自然是最佳人选。

走到柳絮雪的店铺，已过了正午，原本就是精品化的在精不在多的店铺，这时客人更寥寥无几，日光投在地上明晃晃的发亮，短短的深深的影子，更显得有一点不真实。热烈的光线刺得眼帘即使闭上也一片光亮，没有安宁。亮堂堂的日光更使得凌月烦躁而不适。若非心中原本不安、原本就想发泄，这时根本不会出门。

“哼，真是用一重罪去掩盖另一重罪！”如果可以选择，凌月还真的会以肉体的不适来减轻心灵的痛苦，于是现在他就这么选择了。

踏入店门，径自向内走去，光线逐渐幽暗而柔和，凌月的心境也随着沿室内大片冷色调的布置而沉静下来。一面告诉自己，柳絮雪是自己的朋友，有气不要朝她发，只要对着那个人就好了。顿然间，一抹深红色的背影就映入眼底，挺立的身姿，正在与身边一袭白衣素雅的女主人愉悦聊天。

“小王爷又来找柳姑娘了？”心中一缕思绪使得他不经意地凝眉，凌月加重脚步走了过去，走到他们所在的通往店铺内院的长廊里，这时忽然那深红色的背影转过来，吓了凌月一跳！与预想的不同，那竟然是与凌月自己一模一样的面容。

“凌日！你怎么在这！”凌月几乎极少见地大惊小怪地叫了起来，然而迅速同时调整了气息，没让自己显得如同没见过世面般，维持了沉着，又将不安的心境凝在了眉尖上。

于是在这位兄弟和女性朋友面前，还是显得一如既往的傲然和忧郁。

“哈哈，凌月，我说谁呢！怎么，你来得，我就来不得呀？”凌日嬉皮笑脸，且出言一如他的风格略有些冲，让凌月更增一丝不悦。

“我没那么说。”凌月又颦了颦眉，“我的意思是，你不是离开京城办事去了吗？怎么还在这里?”

“我是走了，回来转悠一圈，然后还要走嘛！话说，你这喜欢关在屋里的，怎么也出来溜达?”凌日又带笑对他。使得他原本想问问分别后这位兄弟去了哪儿的想法完全消失了。

“算了，凌日有他的自由，他原本就属于巫医派的自由环境，回到这个社会就遇到那些事情，过得不舒服，回去逍遥自在也是应该的。”早已沉浸着五味混杂的心里，还能让凌月划过这么一丝言语。

凌月略微生冷地便不再看他，转脸向柳絮雪，立刻自然而然地神色温柔下来。柳絮雪正在笑眯眯地看着这对相貌一致性格迥异的孪生兄弟的有趣表现。

“柳姑娘，我想要一件暗沉黑灰衣裳。”

柳絮雪柔雅顺从地点头：“来，凌月公子，这边请。”就带着他，二人起身往店堂里走。凌日饶有兴致地看着他们两人的背影，抿着盘起头发垂下的一缕丝带，笑呵呵的，竟然没有急着跟过去打扰。

一边挑着服装，凌月一边和柳絮雪聊天：“柳姑娘，懿琨亲王今天没有来么?”

“琨儿啊，他忙着呢，有空他就会过来，话说，也有几天没见了呢。”柳絮雪的目光飘远，一瞬间，又爽朗起来，“各自有各自的事务，我们还年轻，还在拼搏呢。没到在一起放松下来的时候。”

“嗯，你说得很有道理。”凌月即刻表示肯定，很自然地压下另一抹因听到她称呼懿琨这么亲切而不是滋味的思绪。“每个人也有各自的空间。完全没必要每天腻在一起。何况精神本来就可以分隔开呢。”

“是啊，他也说过类似的话，他还很喜欢那一句呢：两情若是久长时，岂在乎朝朝暮暮。”再次说起懿琨，柳絮雪又微笑着目光迷离。

凌月心中又升起一丝不适感，今天怎么各类不适感层层叠叠的，每丝每毫到底怎样也难以去品味了，只觉不太舒服，或许这是凌月仍未脱离的低迷期吧，“有你这么体谅他，懿琨亲王真是幸运。”

“呵呵。他不幸运，是我幸运。”柳絮雪的笑声一丝若有若无苦涩。凌月不自觉地凝了一下眉，“柳姑娘谦虚啦，没必要的。”

正在这时突然那个让凌月吓一跳的脸孔又凑了上来：“哈，你们在聊什么，声音越来越轻!”

凌月白了他一眼。凌日还不知死活，跟在他后面，凌月忽然觉得这身红衣更加碍眼，更令自己心烦。

“我说凌日，你怎么多了一身这样的衣裳?”

“在这里买的呗！你这不是废话嘛?”

“你回答的才是废话!”凌月沉而不失锐利的嗓音带着一股气势，终于吐出了一丝胸中的怒气，凌日突然被这气势而非声响震得往后退了一退，却还没意识到自己怎么招惹了这位兄弟。

“我是问，你为什么弄一件这样的衣服?”略微含有鄙视的目光扫过去。

“我，我喜欢嘛！喜欢不用理由嘛!”

“喜欢要有理由。”凌月斩钉截铁，“凡事都可以分析，只不过你傻得分析不了，或者你懒得去分析，要么就是你回避不愿去想而已!”忽然想到怎么自己扯到这种缥缈的问题，已知是那凌日听不懂的，不要反而让他更添乱了，于是接着之前的说，“好吧，你喜欢就穿吧。”

“哎呀，你别光说我嘛，说说你自己。你来这儿，不会光为了挑两件衣服这么简单吧？"

"你什么意思？"

"哈哈！"凌日别有深意的样子来回看了看凌月和柳絮雪，在凌月眼里着实就是猥琐。

柳絮雪仍在笑呵呵地，看着这对有趣的双生兄弟顶撞来去。

忽然跳出自己的位置，凌月感到目前这一幕仿佛两个男人在围绕一个女人而上演的纷争——虽然实质内涵不是的，然而显示出来真有那么点像，一直以来凌月觉得最无聊最烦人的就是几个男人争一个女人或者几个女人争一个男人的事，忽觉自己有点落在这个框里的味道，顿时想离开！若真的为了心中的什么情感冲动如此也还算有个说法，而现在自己明明不是这样的，还得被误认为如此背上个名头，真不值。更何况，绕来绕去那个本应在这场纷争中心的男人还不在这里，自己和兄弟在这里搅和算什么？

想着就立起身，向柳姑娘告辞，斜视了这看起来不争气的不知为何在这里的凌日一眼，就快步而去。

在这里自始至终那个人没有出现，然而他的气息仿若无处不在，"真是阴魂不散！"凌月在心中嘟囔了一句，但紧接着转念想到这么说人家不好，就撇开这些思绪和情绪。

仰天吸口气，忽然有人跟了上来——当然不是某个阴魂。凌月凝眉，敌意地看着那张与自己一模一样的脸，由于衣着和发型显著的不同，还有表情气质的关系，并不觉得他与自己多相似。

"对不起，刚才我的玩笑过分了。"凌日忽然开口却是沉声严肃，完全收敛了适才的嬉皮笑脸，甚至一反他的"常态"，凌月倒有点意外，挑眉，仍然并无好脸色，心里想着"确实"，因而不说没关系。

凌日见他虽不出语却也并没生气走开，就再靠近些："我有些话跟你说。"凌月又微微意外，这兄弟往常不是这么吞吞吐吐的！看来他确实怀有歉意。因而脸色放柔和了，应了一声"好"，就将兄弟带离了几步找了个僻静处。

凌日跟在凌月身后，轻轻一言不发跟着，这样的情形，记忆里很少。凌月忽然感到对自己生活环境了解甚少，思绪总飘渺在别处，他兄弟时常出没、活动于什么地方，此时又为何会在这里出现，还有更多离自己稍远一些的人事，更是所知有限。只是此刻被勾起了些许好奇。

知道得太少，提问也无从下口，既然他有话说，那就等他说。凌月面无表情地转身，凌日赶紧开口，显得焦急，却略顿了顿似不知从何说起，"凌月，这些天我在外听到了闲言闲语……我，知道你不被理解，那些年我不在，你以我的名义做了很多……"说到这里停下来，说不下去了。凌月见他说得困难，且触碰到多年的压抑伤心事，叹了口气，接上他的停顿，"没关系，过去的事过去了，从中我并非没有积极的体验。那些人素质如此，就想找话题填补空虚，别管了。"

"他们说得太难听！"凌日又提气，"有个姓范的官僚，好像你得罪过。对了，还要问你，那次我看见有个小子托你帮忙，你后来帮了他吧，这人现在是京城商界年轻一辈中有名的了，也常出没那茶馆聚会，怎不帮你说句话?!"

凌月一愣，已然意识到凌日说的是王小虎，自己没忘记这位儿时朋友，前阵子与他重逢安慰他的情景还清晰生动，知道他后来已渡过难关走向通达。确实从头到尾都没想过要他帮自己什么。别说是在那些无聊者中间说句话并无多大意义，即使有意义的事，凌月似多年来习惯了自己付出帮助别人，自然没想过寻获别人的帮助。

凌日见他不说话，更是焦急，明明是为他好，开口却语气急冲："你平时不很爱想问题吗？怎么我不说你都想不到？”

“我不是没有想过。”凌月不介意凌日的语气，回答隐隐含着一股哀伤的无奈，“我帮别人，不是为了回报。人家议论，我可以忽略。他有他的处境。从哪个角度，都没法强求别人为我开口。

“况且，有些人在世上就是要付出多一些。施比受有福。还说明了我们在高处。”说罢，凌月牵牵嘴角，淡然一笑中又是忧郁，却属于习惯而并无特别波澜，甚至有一丝释然。

“我要怎么说你！”凌日既生气又怜惜，“你不在意、不计较，不表示他就该那样！且不说你为帮他还得罪了人，与他相关！你好心好意到头来连帮你说话的人也没有！还这么想，真够开通！”

恍然间凌月眼前浮现起自己小时候刚到私塾的那一幕，望见同窗学子们欺负小虎就去阻止，结果被围攻，不得发力而摔到了地上，一群站立的小人们都那么看着，看地上摔得疼痛得他，没有一个伸出援手；在当时，小小的凌月仿佛出于本能地咬紧牙爬起来，甚至没有多发一句响声，装得完全不在意。坚强地挺过去。然后将那段记忆尘封。今日忽被凌日提到当前的事，发觉似乎又是那样自己故意不去想也就不会受伤的情形。

“果然不去思考，就少了伤悲。不知道，也就少了负担。无知本就接近快乐！”凌月心中升起这样的声音，哈哈笑了起来，笑声冷冽，狂放，凌日怔住了，呆呆地看着他。

凌月终于用大笑抒发了内心些许压抑，盖过了回想儿时情景与人生在世无奈时几乎喷发的泪。“用笑代替哭，真好！哈哈哈！”

凌日忽然害怕，开始了别样的担忧，伸出双手搭在凌月的肩，摇晃起来试图摇醒他，“凌月！”

可凌月其实非常清醒，这时第一反应就是这么被晃着泪水快落了，立时凝聚起一股仿如怒气的力量，打掉凌日的手臂！凌日全出于好心，此刻被向来对他温和且多有忍让的凌月厌恶般地打开，顿时一股难过的滋味涌向心头。讪讪地愣了一下，缓然收回手，站在原地，竟也叹了口气。

一时间两兄弟沉默以对，无形的悲伤在他们之中散开。已然明白这种负面的气息不是针对彼此。然而种种看得见或看不见的阻碍，使他们可以知晓，却无法分享。

“凌日，谢谢你告诉我这些。”凌月终于说。忽然感到，在自己知晓的有限的渺小中，还是有那么多无法向他人解释；同理，他也已然意识到凌日知道的，也无法解释给自己。无论如何，还是收到了他的心意。

凌日仍有些小心翼翼，轻道：“你现在状态不好，我真心希望你能好起来。方才我开你和柳姑娘玩笑，确实是为了撮合你们……我看得出，你对柳絮雪有好感！”

凌月没想到他又提这话题，略微停了一下，扬起目光，但由于凌日态度诚恳，并不反感，淡淡回答：“所谓好感，不止一种；她是一位好朋友。”

显然这非凌日想要的答案，他不罢休，又激动：“你别总退让了！你喜欢她，就把她夺过来！”

凌月下意识地凝了凝眉，“我没有退让。只是不想而已。”

“你又在自欺欺人！”凌日的声音再次提高，“没有退让，只是不想争取！我知道，你就善于这套！明明就是想要，说服你自己，然后故意不去想！”

骤然间，凌月的面色笼罩一股暗沉，已然成熟的清秀脸容更褪去昔日的柔和，甚至升起一股胜于凌日的凌厉。对面之人不由得一惊后退，心中更觉这位自欺欺人的嘴硬兄弟被戳中痛处，委屈混合了为他的不甘，却终究不敢把这个问题继续下去。

而凌月在这一刹被凌日犹如击中了心中防线，划过的仍是先前关于人情冷暖的无奈愤慨。思绪飞快逆行运转，触及到童年，神色不经意地柔和，由刚硬的阴沉化为了较纯粹的苦涩。

凌日的情绪去得快，这时也恢复又道："别让自己后悔，好吗？我知道，我冲动，做了让我后悔的事……然而你，克制着不做，更会后悔啊！"

凌月明白他的好意，心里却在飞快扫荡一圈后仍然未找到任何自己不做而错失机会后悔的例子——没错自己是克制隐忍，然多少年来养成的坚毅逆流而上，只有本该属于自己的突然被夺走，哪有本该到手的由自己放手？

"我明白你的意思。我不会后悔。谢谢。"凌月的声音深沉平和中透着坚决。忽然他闪过一丝灵感，勾了勾嘴角真实却别样地笑了，"该不会是你自己看上她，就故意投射到我身上吧？"

凌日在他忽闪光亮的眼眸下有点窘迫，咳了两声，凌月一笑，不再追究，心情倒是被这么一转移轻松多了。"呵呵，我不开你的玩笑了，你也别再乱开玩笑。"凌月微笑着，暗暗带着严肃，让兄弟受点教育。凌日只好低头"嗯"了一声，凌月的笑容更绽放了些许。这才问道："你怎么在这里，方便说吗？"

凌日见凌月主动转了话题，有点如获大赦之态，忙道："我在附近帮人们看病！"

"哦？"这么一说凌月几分意外又几分了然，凌日的正业确实是医者啊，虽然他平日的样子总让自己联想不起来，听闻他说在看病帮助人们，顿时升起了一点敬意，甚至有一丝愧疚不该对他那么凶。

凌日顿了顿，欲言又止，凌月已然在歉意的情绪之外意识到了这其中必有理由，却只能等他开口。"近来受多方因素影响，人群健康状态不佳。我……在行医时留下了名字，人们想知道医者的姓名，我就用你的身份了。凌月你以我的名义帮我做了这么多，我这是应该的。"

凌月没有打扰让他说完，等他停顿，也片刻说不得话；那种身份问题和兄弟所说的举动带给他的感动，已让凌月无法清晰分析这样的行为，牵扯着怎样的波动。他就让自己沉浸在这刻意抓住的感动里，只是想：既然是助人的善举，用谁的名义没有关系。

兄弟间的道别，很幸运地有了和美的尾音。

第十卷

节口·变幻

第七十二章　逆境的探索

遗留下的思绪，就待凌月慢慢去独自品味。只筛出其中的一点片断，零星琐碎，都那么令人烦躁不安。

在这样的逆境里，凌月情绪难以平息，近期比以往要多了很多焦躁。是他不喜欢的感觉，然而知道，不是他能选择的。真想沉入冷而安静的水里，冷而黑暗的地带，把自己隔离，不再管所有纷繁杂乱的物质。

浮冰倒映出冷而温柔的星光
是我烦躁中永远渴慕的清凉
消失在地平线彼端的太阳
留给孤单的灵魂极夜的随想
纠缠不尽自然分发的痴狂
避免不了罪恶之果的品尝
原本的纯洁再也靠不近我的手掌
头昏脑涨 欲断的肝肠
越发向往 远古极夜的北冰洋

那是没有火热的地带
不会给予心灵任何的伤害
黑暗根本未曾融近世俗间的坏
真正的恶怎会有如此纯粹的形态
成熟本就是坠落的替代
必然地散发冠冕堂皇的腐败
混沌初开 意味着罪恶随之而来
期待 只想甩掉一切污染的尘埃

我愿扑向
远古极夜的北冰洋
让刺骨的寒冷将我冻僵
令我遗忘心上的伤

——节选自长诗《远古极夜的北冰洋》，凌月写于二十岁未到

然而现实中的还堆积在那里，不得不面对，连抽离也只能是暂时的幻想。

凌月又到皇宫密室。这里虽然是某种角度来说的权力中心，很巧妙地竟然可以这么安静而幽暗。悯瑛备了一桌精致的餐肴，摆在宫室里古朴精致的小桌上。他提出为义兄摆这二人简宴，一同密谈。满桌菜式甚好，可凌月心中升起另一些思绪：谁说吃饭不是一种

任务？身体是拼搏的根本，为了理想的奋斗也得拼命多吃饭。他不知为何想到这些，有点食不知味。

悯瑛比凌月会放松、脾气也平和得多，笑道："你喜欢吃素菜，这些小菜都很新鲜可口。"

"我喜不喜欢吃素菜无所谓了，反正是我必须得吃的。"凌月忽然又这么苦涩地来了一句，"其实我喜荤食。又怎么样呢？自从学会使用了意念转移法，就得吃素，这是代价。"

"素菜清爽可口。未尝不是一种体验？"悯瑛再苦涩的情景也能找出积极的元素。这时凌月尚未数算自己这些年来由于他那些表层的鼓舞，多付出了什么。或许归根结底，凌月还是太年轻了。

"谢悯弟！"当即他笑了，在至交义弟面前并不多客套，也不掩饰心中的忧虑。纵使情感上已然体味而接受，思绪还是不得不继续："确实，素菜还有益健康，要接受总能找到优点，作为额外的理由。任何环境总有它的可取之处，于是置身于不管哪个环境，总能找到好的而喜欢或者习惯。不论是否与你最初的渴望契合。这叫，把被迫的无奈，当成心甘情愿的选择。"

轻轻颔首，悯瑛给他斟酒，随着他的话语缓缓道："现在的环境，让我害怕，好多人盯着，那些朝臣百姓，邻国兵军，还有江湖人士们……这么多的威胁在那里，扑面而来，尤其自从你领受左将军，接着其后的事，我在这里就更多面对着……即便是巫医派事件已过去了，但我感到，那种压力积累的力量，更可怕的是还并未完全爆发。"

凌月听闻，对于这小傀儡皇帝更为怜悯，尤其当他提起巫医派事件，心知这与凌日强行夺走商将军令牌有关，不由得自责是自己没管好自己的兄弟，于是立即出言安慰："别怕，我会继续隐秘地为你做事，不管商将军的事怎么进行。这样，我和你在我们周边竖起一道防御的屏障，再对可能入侵的方向进行分析。这些不是一朝一夕形成的，可能也不会在一朝一夕爆发。长久战，我们一同面对。"

有道是乱世出英雄，凌月的价值体系里根本不看重当英雄，更不会为了自身的机会而期盼有混乱以供自己得到更多利益，除了为个人的自我心灵的充实，他就想到这整体的世界，需要减少混乱达到安定。至于对悯瑛的考虑，凌月归入了第一层里——他把悯瑛当成知己。

"我会从我的内心好好对待这份使命。"他知晓那隐隐的暗流沉积已久，且已然微微显露，这段时间将是关键。不知是否做好了准备，终将面对。

悯瑛点点头，握住凌月的手，微微颤抖，显示了紧张与无助，忽然又问道："月兄可有听说最近江湖兴起的那组织？"

"就是那个，凤天阁？"凌月反应迅速，虽不了解却有灵感，一语中的。悯瑛点点头，"此组织极其神秘，似刚出来，势力就不容小觑。"

凤天阁，取"奉天"之音及意，隐隐透显，其心必异。听闻至此，凌月又想到此组织创建者，据说是一个名叫"凤栖阳"的人，其隐含的意思，在这以"参阳"为名的王朝中自是不言自明的。

"遮天逆日，意图谋反！"悯瑛不由不怒。凌月也皱眉，又听他说道，"据我下属海氏三兄弟汇报，凤天阁势力飞速壮大，规模紧逼巫医派和魔教，却比前者更聚地方商贾官贵经济财力，而似与后者有所共谋。他们在民间培育力量，却难以探查出他们的聚集地。"

"得把这组织和幕后者查出，才能够安稳民心。说不定近期谣言格外猖獗，就与此组织有关！"凌月说出了悯瑛的心里话，他立刻点头又接着补充："这个凤阁主，更是行踪神秘，众人皆未见其真容，只道他每次出现都戴着银面具，只觉妖娆邪气，不见真相。”

“呵，遮遮掩掩，见不得人。”凌月本能地反应，一声冷笑。悯瑛也笑了，接道：“不过，他的眼睛从面具中露了出来，使得他有特征可寻：他的眼眸为深红色。吾等可据此来查找。”

凌月听闻至此顿时心上一凛，想起一人，不过转念一想那人只是发色绛红，眸色应为正常黑色，之前见他都是如此。

“其发质为黑直长发，较一般人黑亮。”悯瑛叹了口气，似也知道凌月刚才一刹那可能在怀疑谁。

凌月也不好再说了，只得将这些先记下来，答应悯瑛将进一步查探。暗暗在心上念起这个怪异的名字，凤栖阳。

就在凌月和悯瑛在皇宫内殿密室谈天探索逆境突破之时，他们的会面已被三公安插的眼线报告。那些人分不清来到宫中的是凌月还是凌日，只知道是一位商公子，就是他们不喜欢的、不希望他来与皇上接触的人。于是，他们自不会放过这个机会来制造一些对皇帝和商世家不利的舆论。

“目前正如金大人分析，商敬先不甘心儿子就此被罢免。近期商凌日就又进入密室接近皇上，恐怕意欲此路径再一跃而上！”一个得力探子正在汇报。

金丞相眼中光芒一闪：“你怎知那是商凌日？”

“这，金大人考量甚为周到！早前众位大人曾讨论提及兴许为商凌月，然而彼时商府尚在得意期，商敬先将其另一子也安插入朝野，而今商府已显败落之势，商凌日自身难保，恐怕不会再顾得上原本就无甚作为的二少爷。”心腹手下有条不紊地分析，对主人和众位大人神色谦恭却颇有自信。

“有道理！金府的属下不愧出自丞相调教，不辱金丞相大家之风！”竟然趁此加入奉承话，是金丞相的老同僚搭档周大人。

“周弟过奖。不论真实情况是否这般，且不论接近皇上的实为双生子中的哪位，接下来对外一概宣称，那是商凌月。”

“啊？”这下旁边的几人都讶异。周大人还拉拉耳朵，确定没听错。

“且听，这商府孪生公子，商凌日当年通过正式考核荣升将军且有战功，即便有罪过也非大罪，停职却仍有才干在身，进宫面圣并非不可，然那商凌月却一直未有职务，晋见则易被质疑；如今商氏欲通过次子弥补及重启长子之职，吾等也不可止于表面，应将其封锁。”

一旁的秦太尉听闻，顿时神色喜悦，笑着夸赞：“铭传兄实在高明，难怪明珠曾多次夸她兄长聪慧。”

听闻这句话，金丞相神色变得柔和了，笑了笑。原来秦大人是金铭传丞相的妹夫。他们看来心情不错，彼此称谓和话题渐渐开始随意起来。

“这当然！姐夫一直以来是我最仰慕的人！”周大人也忙不迭奉承，原来他是金铭传的妻弟。三公之间带故还沾亲。

“对了，秦某前日接报，有编造小儿童谣的几个下属被俘，一人归来报信，说他们已归顺名为凤天阁的组织，不待秦某细加拷问，便又失踪。铭传兄以为如何是好？”

听闻秦太尉的话语，金丞相竟现一丝惧意，掩饰过去飞快道：“区区民间异端，岂能掀起大浪？姑且让该组织去威慑小皇帝，顺带制衡巫医派，亦为妙事！”

"丞相高见!"众人赶紧夸赞，便略过此事。

于是，商公子进宫会面之事又被做成文章，且堆积于这几年，传闻愈加狂烈。

当下，凌月与悯瑛的彻夜长谈还在继续。纵使不知道确切的眼线是谁，这种被监视的感觉，也会让敏感的悯瑛知晓而不舒服。

"我知皇叔、金丞相、秦大人等元老皆有一批亲信心腹，而我却无。长期以来他们不给我培养亲信的机会，甚至御林军也由秦大人等调配好再安置于此。我年龄渐长，益发觉得难安。"

凌月一听心念一动，是啊，自己原来竟未想到这方面，原来感到悯瑛的不自由只是笼统地身处高位孤独被命运安置等意味，实际上却还有着确切的对他的人身监控，否则凌月当时与悯瑛会合的事情，怎么会被传得沸沸扬扬的呢?

他们制造的舆论也是给悯瑛的压力，传言小皇帝与小将军怎样，而避免悯瑛从新任武学将才中培养亲信，若非凌月是意志坚定不管别人怎么说的人，且身为人臣一开始就并不是为自身打算而追逐名利，否则换作另一个小将军，见对自己不利早就跟这没势力的小皇上疏远了！他现在才意识到，想想后怕。

幸而皇宫有密道，使得凌月可以暗中进入，否则悯瑛会更孤立无援。"那我们就建立一批亲信。"凌月坚决地说。虽然这方面他没经验，除了当将军带兵出征并不成功的对下属们的管教，他一直以来单独行动，对集体合作和管理集体实在不擅长，然而现在意识到了现今的情况和重要性，主动如此提出。在这谈话的过程中，凌月一边思索着计划，到这时已有决定。

"月兄可以帮我培养属于我们的队伍?"悯瑛赶紧问。

"是的，你在皇宫深宫之内行动不便，我却可以往外走。以前我太喜欢待在自己熟悉的角落了，接下来我可以到外面去。"凌月肯定地看着他，挺直的鼻翼更显坚毅，"悯弟，我愿意离开京城一段时间，去郊外驻扎培养亲信队伍。"

"若能如此，甚妙!"悯瑛的脸孔闪现喜悦之光。

"现在该是我离开的时候了。"凌月淡然，甚至没有显出无奈，这时他的显意识确实没有感到任何的无奈，他从来都不喜欢离开家乡漂泊，那些是被动接起的任务，而这次凌月却主动提出要这样，他的心境也未平复，他的心伤也还需调养，"可以这么说吧，我离开，是为了更好地归来。"

经历了这一段挫折打击，凌月成熟了，比以前更坚强，当那些无奈的痛楚使得他被动地失去一些从来不愿失去的以后，他开始变得舍得放弃、更为决绝。他的心更能承受那些实质性的悲哀了——不光是出于思考和诗意层面的——与之相伴，他的目标也现实化。

"或许那些原本不是我想要的，但我已经付出了那么多，我只想对得起曾经的自己。"

"或许那些原本不是我想要的，但为了支持我培养我欣赏我的所有人，我也应该将那些到我手边的机会把握好，对得起他们的支持和我走过的路。"

"这些路我已在走了，那么我就无法回头，我会走好，会将这条路的成果当作我的目标。"

"何况，我在这些路上确实能找到一些意义，帮助一些人，实现一些自我升华和透悟。"

凌月心里想着，更加坚定而无悔。

纵然悯瑛没有给他任何官职头衔，他却心想道："我做事不为头衔，也不用。现在是敏感时期，他们并不管是凌日还是凌月，将军还是什么别的……他们针对的主要不是凌月这样的一个人，而是凌月或者凌日在他们看来的身份，以及凌月或者凌日为皇上的重用。他们并不管谁是商凌日谁是商凌月，只要有威胁，一概敌视。名号只不过对外宣称而已，可现在外面不管好坏都已经不满意，我帮你还怕少个名号么？反而不要多个名号累赘变成话柄。

“因此，虽然我没有名号职位，但我不觉得委屈。这只是一种心理的状态。我觉得心中充实。有时候人喜欢冲着外在的赏赐来做事，结果变成做事就为了外在的赏赐，动机外化之后原本有意思的事情也变成没意思地应付了。① 而我才不会这样呢。”

第七十三章　他方之会

此时少年君主已越来越感到朝野中对他的反对，本以为自己掌权会变好，尤其商小将军取得战功之后，元老和其他臣子们都会对自己态度好转，却没料到情况竟越来越糟，反而激发起了对商将军的敌视和对他的更加不悦。而那头，老臣们本认为惘瑛小皇帝纯真无害，这时却觉他意图打乱朝野权势分布，于是不待惘瑛有任何他们担忧的“过度崛起”而首先压了过来。

这，就是所谓“防患于未然”的悲哀。或许这种悲哀也是不可避免的环境动力因素之一，万事互相影响，此消彼长，牵一发而动全身，不论是叫蝴蝶拍翅膀理论还是命运气场之说，抑或最简单的人性心理和经济争夺中的趋利避害达成博弈都可以解释此一道理。那么，当有一方探测另一方的行动分析为对己方有害，就会采取行动来抑制——这样理应客观理性的步骤却是基于主观喜恶的判断——就这么层层相连，环环相扣了。

另一面，讽刺地得益于朝野上下和民间放言皇族相残的消息，使得惘瑛虽然不知具体来源与措施，却也开始有意无意间接防范。他派遣凌月的任务，也更加针对懿琨小王爷，只不过凌月不知道或者不曾明着去这么想而已。

说到懿琨亲王的情况，凌月虽然不了解底细，但想一想就能分析。“一直以来京城贵族世家都重视子女的培养和教育，这位小王爷出生在皇族，他的父王正是当年贵族私塾的提倡筹办者，皇族又有众多的资源，拥有的条件自然不在话下。当年老王爷集资建造私塾时，就说到他的儿子不再加入这里了，显然懿琨当时已有一定根底，而惘瑛登基以后老王爷就帮他请了那么多位太傅，综合培养他，对于小王爷的教育培养，想必也是多方面的。”凌月又想起商敬先曾提到过，参阳王朝官方书库中有珍贵资料，却不及皇室内传的那些，而小王爷则接触了一批皇族内部秘密资料，惘瑛还未出生，这些资料就由懿琨小王爷直接从先皇祖那里获得。“懿琨的条件比惘瑛还要好。”凌月不禁感叹。又想起早几年前，刚准备上任在接受小将军的训练时，就看见懿琨小王爷受到其他小将们追捧，其实追溯下去在更早的时候，老王爷的寿诞，还有商府新生小姐满月加凌月十岁生日宴席的那

① 这是动机外化的一个副作用。例如有小孩子本来帮家长做家务觉得很开心，家长却不知道，好心在小孩每次做完了家务就赏赐零用钱，一段时间后小孩原本做家务的兴趣被拿钱的动机给取代，反而丧失了兴趣，觉得为了零用钱做家务没意思，甚至忘了原本做家务并不是为了钱而不愿做了。这是一种人之常情。比较遗憾，却可以注意而避免。

次，甚至初到私塾同辈人都还小的时候，就已可以看出这种现象了。"为什么会如此呢？"凌月想到了很多原因，主要简单解释为巴结权势奉承高位者。

然而世界上的事情不总是那么简单的。

王府的路上，懿琨的耳边回响着魔教长老的话语："我教与贵王朝先祖颇有渊源，虽初来此拜见小王爷，并不算突然。若非了解小王爷的情况和圣祖皇帝的遗愿，本尊不会贸然拜访，提出此合作。"

有些事情或许就是欲盖弥彰，老王爷不想让人们知道的，二十年来都一直压抑的，以为随着圣祖皇、先皇相继过世、悯瑛登基可以消退的，却还是在王朝上层重臣中时有流传。而现在，终于即将爆发。

"小王爷，金公子求见。"

懿琨听闻自己的侍从禀报，立刻前去迎接。

金高展上来就笑着打招呼，尽显熟络。而懿琨的侍从没有报上金高展的官号，只说金公子，可见多年来他们都是如此称呼他，金高展算是王府的常客了。

"展弟，近来如何？"懿琨见到金高展，冷傲高贵的脸上绽出一抹笑容，恰好显得诚恳温暖蛊惑人心。

"懿琨哥哥真好，又来亲自迎接我，不管是小时候还是现在，都不拿亲王身份来压人。"金高展仰视着懿琨，讨好的样子。

"哎，亲王身份何用之有？"懿琨冷笑了一下，"若要论起，还属你权力高，在朝中有官职有实权，不像我皇族名号皆为虚无。"

"我这个卫尉也就一虚衔啊，原以为跟着三公之一的太尉能有什么大权呢，谁知道现在的皇帝弄成这样，掌管军事最高统领的太尉抵不过一个小将军，连我父相的话他也不听！"

懿琨早看出了金高展的不满，此时带他进入王府，却不说话，任由金高展拉着他诉苦。金高展听闻接道："哼，就那个商凌日！上次犯了那么大的过错那么多人弹劾他，好不容易免职了，我却从朝野内部得到消息，现在眼看又恢复了！"

"快了。他的低迷期既已熬过，便将高升。倒让商敬先欢喜。"懿琨淡然略显不屑的口吻。

"若非有靠山，那家姓商的哪能那么猖狂？我们要斩草除根，不止表面的商凌日一人！"金高展忽然愤愤而道，咬牙切齿。

"这是何意？"懿琨剑眉扬起，目光深邃中光亮一闪，一卷深红色的长发拂过一抹邪暗气焰。

金高展朝他靠了靠近，压低声音："懿琨哥哥，明人眼前不说暗话，那个魔教的长老来找过我了，我也猜到他们会来找你合作。我与他们已达成合作协议。"

"他们与你签订的条件自然是你们之间的事，我无权探听。"懿琨看立刻说着，故作淡漠。

金高展看着懿琨，又热烈地说道："说实话，即使魔教长老不来，我和其他很多人也有此想法！只是早前未遇契机，而今契机真的来了！懿琨哥哥，其实，在我们心目中，值得我们追随的只有你了！"

"只不过各人有所求、恰好契合罢了，说不上众人都支持我。若非遇到皇上如此，他们不会想到我这旁系王爷。"并未随着金高展的热烈而高涨，懿琨的声音冷而淡漠，身上散发的黑暗而阴沉的气息更为明显，仿如张扬却压抑着，矛盾却更摄人心魄。

金高展立刻一丝震撼，赶紧定了定神劝慰道："懿琨哥哥，我们是真的支持你、认同你，你记得当年我们同龄人还小的时候，大家就佩服你、敬重你，随着我们长大，更知道你在皇族的情况……我们毫不怀疑你胜任，只有你配担此重任！"

"谢谢你，高展，可惜你只能代表你自己。"忽而他做了个手势，远处一角机关开启，另一方空间显露，他一转身带金公子进入了自己的密室。

而后，懿琨的声音低了下去，暗室中的他带有一股威严的高贵，望向远方的眼眸泛起一抹绛红，金高展仰视恭听，神色钦敬而仰慕。

第七十四章　郡主在找谁

或许这次金高展运气好吧，没有再在郡主那里受气了。懿琨与金高展会面的时候，惠珍郡主不在王府，却也没有闲着。

时值午后，凌月夜间长谈后在清晨阳光透过密室窗前补了几个时辰睡眠，恰好刚刚回到府上，才要走进林荫小道，就被后面一阵吵闹声打扰了。本来不想理睬，继续往里走，却听到这声响越来越大了，有点莫名。定住脚步回头，仍像旁观者一样静静对着不远处的扰乱。

"你是凌日还是凌月！凌日到底在哪里！你是不是就是凌日，你在跟我装？你在骗我？"郡主竟然又跑到了商府，而且这次直接冲了进来，商府的家丁们自然不敢拦她。

若非亲眼所见，凌月根本不会想到惠珍郡主竟然私自闯到商世家府上了。可能是她在商府漫长的守孝期里不能来找商公子，憋得慌了吧，而这几天凌月也恰好不在府上，兴许她已来过了，这时闯进商府也不见商公子的身影，忙了半天才见一个悠然自得、根本没把她放在眼里的游离状态的人。娇纵惯了的郡主已然愤怒，也有一些激动的情绪在心头涌动，眼光收缩，快步跑过来厉声问道。

凌月还不想自己的心情被这无关紧要的不速之客牵扯，神态淡然，微微一甩头，发丝拂去即将凝着的眉："你以为我在装，我在骗你，呵呵，你还没这个资格。"

听闻他的声音不瘟不怒，低沉间透着若有若无的抽离感，嗓音温润、语速轻缓，有点飘忽而空灵，郡主确定这不是她平日与之吵架喜欢训斥她的"商凌日"——她当然不会知道凌月扮演凌日的秘密，也不知道凌月自己本身也有多面性，并且以往他看到郡主就无甚耐心、态度也不友善，今天却由于想着和悯瑛的见面，还有即将开启新的一篇，而感到些许期待，已在减淡了这段时间浓厚的忧愁，哪有心思去理会这突然出现的不速之客！甚至根本忘了惠珍郡主的存在。或许也由于在自己府上的关系，凌月没再如以往在外面看见她就赶紧避开，而此时心定后的悠闲也令他呈现了一丝慵懒。

惠珍郡主忽然发觉眼前这位秀雅青年的这种气质更令她瞬间惊愕沉迷，然而想到这是她平日嘲笑的百无一用是书生的商凌月，而自己爱着的是英姿飒爽的将军商凌日，就立刻定了定神。

"噢，你是商凌月，对不起。"惠珍毕竟是郡主，与一些素质低下的女人还是有些区别。

"没关系。"凌月很快淡淡地答道。

“你哥哥呢？我找了他好久！”

“他，不是一直这么来无影去无踪的么。”凌月的声音又有一丝缥缈，说着自己，又像一位远方的人。

小郡主还想看看凌月与凌日的相貌有何不同，凑近去，凌月忽然发觉了她的意图而感到好玩，并没有如往常状态地后退避开，甚至没皱眉。

“现在的我与往常的我是有区别的吧，她看出了也不代表就是真的我，哈哈。”凌月心想着，嘴角露出一丝若有若无的笑，直视着她。“看出我与凌日有什么不同了吗?”他悠悠地问。

“看出了！”惠珍吸一口气说，“你的皮肤比凌日更脆弱，眼睛细一点、迷离一些，头发好像比他长一些也更乌黑……”她说到后来声音轻了下去，有些不好意思。

“呵呵，你的观察还蛮仔细的。”凌月微笑。

“啊，谢谢！”郡主慌忙道谢，快步离开了。

“可惜仔细更容易钻到成见里去。”凌月略微讽刺地自言自语，“自己认为有一个定律，然后生搬硬套一些所谓的证据，往里面去。就算是证明了！”

“皮肤更脆弱，亏她想得出来，”凌月继续有点得意地说，“当然我体质偏寒，面色确实比凌日要苍白。也有部分是这样的，皮肤是由于光线反射的原因，我穿着面料更柔软光滑的白衣服，不像凌日穿暖色调衬映鲜艳。脸色当然会随衣服色差质地有所不同，更关键是气质。”

“眼睛么，我不可以眯着眼睛吗？哈哈！或者说是凌日要刻意睁大眼睛一点。我扮演凌日的时候也要刻意睁大眼睛呢，显得精神，真的那位凌日么，确实喜欢观察，看这个那个的，贼溜溜！”

“不过那个郡主似乎见到的都是我呢！她没跟真的凌日接触吧，还那么说，哈哈真傻！”“然后她有多久没见我了？我的头发不可以长啊！凌日的头型和我的不一样，梳起来自然显得头发短，我披下头发就更显得长而乌黑咯。”

似一种自然而然的习惯，凌月扮演凌日的时候真的是又一种形象，蛮久了，第一次主动地细细分析来。扮演凌日的时候，他以往也会自觉地寻找较为硬朗的服饰，神态举止甚至细微的表情也会不同。也是如凌月自己说的，气质和声调不同，所以给人的整体印象不一样，随着成见、默认是两位不同的公子在先，就更觉有差异了。

沉浸在已然解决了的思绪中，仿佛隔着一层柔美的轻纱、不带任何压力地重新品味那过去的扮演凌日的岁月，现在只感到回忆的甜蜜和有意思的趣味了。凌月想着想着嘴角泛起一丝留给自己的甜蜜而大气的微笑，尽显自信和不可侵犯的孤傲。“沉浸在自己世界里的感觉真好啊！不是说我习惯了，这原本就可算是我的选择，我的风格如此，我才会选择它，也才会持之以恒从而习惯。”

然而该投入的还得投入，即使这应属于极简单的待在自己空间的愿望，也并不能由得自己满足；或许，换一个角度，在世间穿梭忙碌中，还是可以围起一层透明的界限线。

第七十五章　决定离开

很快这丝笑容就暗了下去，随着凌月整理出了随行的物件，真正感到了又要离开、又要迎向未知的五味俱全。“拿郡主当消遣只能维持一会儿的开心吧，又是整体悲伤中的零星快乐，而那整体沉重却在点滴欢愉消退后一直存在。”

甚至连跟惘瑛相聚时交谈的兴奋期待也退下了，显露出的就是一抹未知的不确定感。“虽然大体的目标是确定了，但是能做得怎样，实在无法担保。而我无法忽略的，是我现在处在极低的低迷期。”

在分不清光线角度而看不出时间的小屋里，凌月再次默然地站在这属于自己的地方，默然是正常的，只是现在心上有些不定，这心爱的小园地，很快又要与自己分离。

还不知道要怎么向家人辞别。说凌月心中没有芥蒂是不可能的，对于商敬先给他的多年以来的一层层施压和额外的要求，以及这一次不久前突然爆发对凌月的训斥和不满——在那之后凌月还未和家长有什么沟通，从惘瑛那里回来之后也未与他们相见。

凌月会扮演他人的角色，却不愿为真实的自己戴上面具。已知，这面具会给心间压迫的痛。

走出小屋，站在日月之园间，空空地看着分不清季节的落花与落叶。

心中感觉纠结，脚步挪移到了林荫小道的径口，正在此时，岳雯诗迎面来了，夫人主动来找他，正如九年之前，那一天，岳夫人来找小凌月。

凌月看着母亲走近，一瞬间有一种时光交叠的感觉，他迎了上去，却又似每一步都踩踏着现今的沉重。

母子俩交换了悲伤的心境，这些太过明显，却不可因为明显而忽略。

“月儿，娘一直没有跟你说起过我的家人，你以为我为什么只顾这里，不顾我的娘家呢？并非我嫁入此地就忘了自己出生的家，你知道我们这里妇女的地位近年来逐渐提高，不再如旧时候嫁出去的女儿如泼出去的水，城里不少贵族的夫人有娘家亲戚可以互相扶持联络，实在是我已没有娘家了啊！”

凌月听闻，心上一震，目光更显悲哀。

岳雯诗继续说着，声音似飘远：“当年岳家也是本地有名的世家，这世家基业的建立真如世间其他的事，积累起来难，拆毁起来却那么容易！数十百年的心血，一朝一夕便可覆灭！”

说到这里，岳雯诗情绪激动，开始抽泣。凌月赶紧扶住她，轻轻拍她的背，“好了好了，娘，没事的，没事的。”只能想到这么说。

岳雯诗仍不愿止住流泪，流泪的空歇喘息，凝结声线继续：“岳家破落后我险些无处可归，多亏了你爷爷，他仍然承认我与你父亲两家早年的定亲，在那看重门第家世之时，说服你奶奶和父亲接纳了我。然而在我嫁入商府之后，他却突然去世了，我来到这里操持的第一件事，竟然就是他的丧礼！”岳雯诗说到这里忍不住放声大哭，凌月听到这里也不禁泪水流淌，更添了一份悲伤。

顿了片刻，岳雯诗情绪逐渐稳定，凌月耐心地陪着她，听她讲，“你爷爷真是好人，能干又善良，可惜突然离去，本来你父亲在朝中任职也亏他的安排，也因此受到了影响，加上有举国学界关注点转移的客观原因，你父亲没能有多大发展，商世家也从昔日辉煌逐渐落了下来，然而不管怎样，还是京城响当当的世家贵族，投入培养下一代的心血和成本自是比一般家庭要更多了！”

“家族延续下来的希望，落在了你的身上，而且也并非我们拔苗助长，我们都对其他情况有所见识，凌月你实属于超常的孩子，具有相当的天赋，不培养你是对恩赐的浪费！”

凌月心上又有所触动，他同意母亲的话，这么多年，从小时候意识到自己的压力和超常的负荷开始，以及一次次任务，他就一点点接受并自发想到了这样的观念，获得恩赐的人就也需要接受与其配套的磨炼，才能将天赋发挥出来，撇开那些命运色彩的苦难不谈，就是一分耕耘一分收获的现实概念，也支持这样投入与产出的配合论。

重重应了一声，并重重点头，凌月却有话说不出口，若是以前可以信心满满表情坚定地说：“娘请放心，我一定会做得好好的！”然而现在发生了这些事，跌落到了这样的低谷，这一类话与说出来，就像空谈。

“月儿，你的外公外婆已经看不见了，可他们也希望后代能有出息，从小他们教我琴棋书画，你小时候我也传授给你……”岳雯诗又开始啜泣，凌月想起了小时候母亲作为自己启蒙老师的时光，现今的悲痛混合着童年的感伤，再加上家族的数代梦想回忆，沉重得几乎无法呼吸。

在凌月的脑海里和心目中，早已遗忘了母亲不是自己的生母，或许从十岁的那一次长谈开始，凌月就刻意忘了它，那原本是个秘密，母亲无须告诉自己，然而她却告诉了，如此的信任和坦诚，在朋友之间也会让彼此成为难得的知己。何况，她养育了自己，关心着自己，与亲生的母亲毫无区别，甚至比起有些母亲，有过之而无不及。不论怎样，她就是凌月心中的好母亲。

当岳雯诗提起娘家的“外公外婆”时，凌月的思绪和情感随着她的话语而流动，那就是自己真正的外公外婆家，撇开凌月出生后就长于岳雯诗的名下这一事实——也是空洞的形式——不谈，母亲与他的互相的情感，还有共同生活了这么多年的经历、环境，早已将他们联系在了一起；母亲谈到了岳氏世家，就与凌月的情感发生共振，那又一家族的浮沉，凌月为之心痛。

下一刻，觉得又增一抹沉重。

使命感在心中，自然而然地挑起了那来自的另一个家族梦想。虽然已经破灭了，但是希望仍可以延续，它到了自己的身上，也还在自己身上。

“然而，自己还能站起来吗？”“的确，自己从未倒下！”即使在低谷，凌月还是没有倒，他站立着，却清晰地显示，他在谷底。

阴暗的谷底，深深的谷底，成功显得可望而不可即。

不同的高峰有不同的定义，对于个人来说，心中的高峰体验只需一瞬，是一种脱离了世俗牵绊的超越；然而还有一种高峰，联系到了家族的寄托与期待，那么它必然地与实质的世间的成功、果实不可分离。

若非有这么一层期望在，以凌月天生的性格倾向，能活得更超脱些；且不论轻松和痛苦——那样对凌月感受的就是命运广义的、人类普遍的、抽象的共同的悲伤，却可以在其中本身获得喜乐；而现在，却有这些实际层面的、来源久远的、从另一层面也是与命运相关的负担，它所需要的化解定在了现实的基础点，于是凌月不得不去面对，去走一条世间的向着高处的路；而不能一心追随心中的高处。

又或者，正因为这一层期望的存在，才使凌月成为了现在的自己。完整的自己。同样的一颗心，有了两层的牵挂，同时播撒。

那么，就是两层压力和伴随的动力，自己又怎会放弃？凌月不会的，他绝不会放弃自己。而既然这两层彼此关联，已然连接在了一起，凌月已然将达成家族的理想当成了自己心间的一种升华的感念。倘若这分别有着入世与出世色彩的两层，注定无法兼顾，那么凌月目前也会毫不犹豫地接受前者，他必须完成来到这世界的使命，然后再寻求心间似乎一直都有着的另一个世界。

"娘，请放心。"他终于说，"我有我的打算和安排，我会走出低谷。无论多艰难，我都会试图走出，然而只有适合我的路，我才能走好。我所选择的路，不是考功名从政当官，但那也并非唯一的路。"

见到凌月恢复信心而坚定的表情，岳雯诗略微受到了鼓舞："那是什么路，月儿能跟娘说说么？"

凌月略微犹疑了一瞬："我要离开府上了，去别的地方一段时间。我会在那里有所作为。"

"啊，你去哪里？做的事安全么？"岳雯诗还是对凌月生活和安全的关心多过对他成就的要求，凌月听闻，心中感动。

虽然他已经意识到，自己在舒适安逸的生活和充实艰辛的生活中宁愿选择后者，自己会逼迫自己做一些投入，会时刻提醒自己肩负的使命，但是这样的要求若是由别人一遍遍提出来，对于自己来说总归会有些不舒服，甚至是心凉。反之现在，就是一丝温暖。"娘，你别担心，我不在京城里但就在附近，我做的事稍有些秘密，不过不危险。请不要担心，我会努力，这条路会走好的。"

凌月的神色坚定而坚强，岳雯诗知道他已做了决定。"那你就快要走了吗？"

"是的，我正想来辞别。"

刹那间岳雯诗的眼睛里一抹失落，她清楚知道凌月决定离开，是不能挽留的。

"娘请不要担心我。"凌月补充了一句，"我会争取让一切尽量尽快好起来，然后我还会回来。"

第七十六章　悄然接近

凌月很快走了，异于往常没有留恋，或许这次在商府吸取的苦涩太多了，他感到自己确实需要离开一段时间，更何况，若一直这么待在自己的小屋里，只怕真会一蹶不振。

很多人在状态蓬勃气势满满的时候喜欢离家展翅高飞、闯出一片天地，伤心受挫时再想到回来、躺回家园的怀抱，或许凌月在这方面再次与大流有别，他在那样精力满满开心愉悦的时候更想到自己安静的小角落，这次受到打击挫折却不愿意消沉地疗伤，而要主动出去，在动荡中寻求突破。

前方的目标已有；虽然路是未知的、艰辛的，但是大的目标如远方的光芒闪闪烁烁，不会熄灭，凌月感到自己的步伐踏实。心思状态却又有点游离了。毕竟这段时间生活状态不规律，心理压力太重，所受的悲伤也太多。太阳逐渐挪移到了头顶，从高处照射下，更让凌月感到头脑昏花。下一刻才发现，自己的泪水已滑落脸颊。“还是有伤痛的，不论怎么隐藏，也会暴露在阳光。”他先前离开府上倒是非常爽快，现在也还是无悔于这个决定，只是不知道为什么会这样了，或许心灵是愿意的，身体却是软弱的吧。①

这时才发现自己到了一个从未到过的偏僻路径。凌月这次出城的行程目的地已定，中途路线却随便他选，当谁知道他就这么按照自然方向走着，却会出一些莫名其妙的波折。

风波，就随着风传来。

忽然听见有人在讲话，竟然是懿琨小王爷和他的心腹侍从，凌月一直很尊重他人的隐私，不想做偷听这样没素质的事，然而他们的对话却就这样随着风波传入到凌月的耳里了。

“皇祖爷爷本已下旨皇位由本王继承……他却那么突然离世了……甚至未能完成他的遗愿，写下的诏书也没有了……对他，实在太过想念。”

这时的懿琨，不像威严霸气的小王爷，也没有平日的冷傲，就像一位怀念过世的爷爷的无助的孩子。凌月被他的悲伤瞬间感染了，完全没有去想这些话之外的背景或关联，甚至此时懿琨的装束以及他怎么会在这里，就这么完全脱离了现实，竟然下意识地叹了一口气。

原本凌月贴着树荫影而行，因为不喜欢阳光，就在树荫后，然而凌月的叹息即使十分轻微，却足够引起机敏的亲王注意。

“谁?”懿琨忽然侧身，身旁的侍从也立刻跟随，望向凌月的方向。凌月在发呆的一瞬间，已经将自己展现于日光之下，躲闪已是来不及。现在就算他飞速扭转身以最快的轻功步法离去，还是会留下他那耀眼的白衣身姿，即使只是一闪，也会令人过目难忘，何况对面是在他小时候就已见过、对他的印象深入脑海的懿琨。

“如果将我认作凌日就不好了，凌月对他没有威胁，而凌日却有。”更短的一刹那，凌月的脑海里不仅浮现出上面的一段意识，还划过这句话。这方面的情况已经出于他的本能，无须加以思考，便能想到，凌日与凌月的身份，是这么多年一直伴随他的最大的压力和习惯。

于是，凌月不闪不躲，反而迎了上去，继续以略显轻飘的不实的步伐，仿佛继续着如梦般的游离，适才的一刹那波澜仿佛消失于无形。

“懿琨亲王圣安，在下，商凌月。”就像没事一般，或者，凌月确实是没事的，虽然无意间听到了他们的两句对话，心中存有一点关于形式的愧疚和关于内容的难过，毕竟是无心的。

“商二公子，真巧!”懿琨小王爷故意加重了“巧”字。凌月明白他的意思，呵呵笑了，很是天真的样子。

身旁的青年侍从，更是对凌月怒目而视，手已经按在了剑柄上。此时若是他们主动向凌月发问，凌月还有可能可以解释——清楚不清楚不知道，却总算可以解释，但是他们当面不说，凌月若主动提及，更像是此地无银三百两，越描越黑。就连他天真无辜的笑容，也会被完全相反地解读。

“主子，这人别有用心，断然不会偶然路过！难道已得知王爷的另一重身份?”“不怕一万就怕万一，属下愿效劳，现就为您除去一害!”旁边的青年侍从们接连开口，压低声

① The mind is willing but the flesh is weak. 西方俗话，《圣经》中也有提到，表达人类本质的软弱与无奈。

音，凌月纵然听不出他们在讲什么，但看那个样子就知道没有好话，心上并无半分惧怕。懿琨小王爷却快速一抬手，示意身旁的侍从们不要轻举妄动，瞥了凌月一眼然后就不再搭理他。

凌月微感诧异，没想到懿琨会这么轻易让他走，就不再多想了，打了个道别的招呼，继续往前走。

感觉到背后有一道冷冷而锐利的目光追随着自己的身影淡去，凌月心上有点毛毛的，完全不知道那素来诡异神秘的小王爷与一帮侍卫们聚集起来要做什么。

不过他正赶着自己要进行的下一步旅程，怎会知道此次他险些卷入却迟早要涉及的一些纷争……

皇宫内。悯瑛在御书房埋头处理公务，竟然累得趴在书桌上睡着了。各地的灾情瘟疫民众动乱等奏章，小皇帝近期已经越来越少有空闲在白日去内室休养。

这时，有一个身影悄然接近他。

悯瑛的淡色长发垂在案边，散在桌上，遮住了他的一小半脸，露出在宫灯照映下柔美的轮廓。忽然，他的嘴唇开始抖动："不要，不要杀我！"梦中的悯瑛声音轻柔无力却带着一股揪心的沉痛，喊到后来仿佛再无力气，又沉沉睡去。

站立在他面前的人低头看着他。宫灯半明半暗地照在他如雕刻般的脸上，沿着他华美的锦服流淌而下，却在他的一卷卷发丝中流转不褪。来人正是懿琨。

原来，当值的宫人们出奇地没有禀报，没有宣布是谁来晋见，因为小王爷已经早前一步做出手势制止他们。

他就这样近距离地站在皇椅前，俯视着座上的一国之君。

这时，悯瑛悠悠地醒转了，猛地睁开眼睛，却像是思维还未完全清醒，露出一脸茫然，天真无邪如同一个孩子，仰着头眯着眼呢喃地问："是谁在这里？"竟然一点没有奇怪这不速之客，且是不按宫廷礼节的。

懿琨冷冷的声音响起："是我。"

悯瑛即刻恢复清醒，声音和眼光都已凝聚："懿琨，原来是你，你怎么来了？"

"见我前来有甚奇怪？莫非要补行君臣之礼？"懿琨斜眼看着悯瑛，竟然出言讽刺他，一点也不敬畏，反而像是悯瑛有点怕他的样子。

"啊，怎么会呢，懿琨堂兄你说笑了，好久没见，甚是想念！"悯瑛立刻假笑，一点赔笑的意味，"对了，你忽然来有何事？"

懿琨听悯瑛问起，竟然顿了些许才出言："我来，恭喜你，听父王说你要举行大婚典礼了。"

悯瑛脸容立刻暗沉了下去，不是生气，只是忧伤。"堂兄切莫取笑小弟，你父王安排此婚礼，实非我所愿。"

"此番非你所愿，那你所愿为何？"懿琨又开始咄咄逼人。

悯瑛目光有些遥远："我愿意的很多，偏偏很多事与愿违。就说眼下，皇叔只不过向我提出要册立皇后大婚，不等我同意就张罗起来，我又一次不能自己做主。"

懿琨冷哼一声："你命该如此！身在皇公贵族，难道不该遵守国礼家规、承受更多责任规则诫命？传承皇族血脉，岂非你份内所行？你怎能只想个人所愿？"

悯瑛低下了头，竟然道："堂兄教训得是。"

懿琨冷笑，接着："普天之下，没人能这么当面指责你吧？我几年不见你，你就变成此等模样。”

“确实，没人会像堂兄这样当面斥责我，就是你父王也不敢。”悯瑛的声音轻悠悠，眼睛还是略微下垂。

懿琨双眸精光一闪：“此为何意？想治我罪，不妨直言。”

“不是，我并非此意！”悯瑛竟然急得站起来，“我以为，皇堂兄不能在朝野当职，在我左右进谏辅佐，实为可惜！”

“呵呵，权且当你心里如此想。”

悯瑛放柔了声音，凑过去挤出一丝笑容：“堂兄，我听说你有心上人，快成婚了吧？”

懿琨表情忽而有点回避：“听谁所言？”

“自然是你父王。”悯瑛眨眨眼睛，“婚礼何时？我也参加。”

“根本不办婚礼，岂能参加？一个形式而已，现今国家战乱民心不安，如何能花费精力及国库财产于此之上？况且，近期我不会成婚。”

悯瑛听闻有些动容：“琨哥哥，你真是替皇室和天下着想，这么多年来你牺牲了很多……”

懿琨紧紧抿着唇没有说话。御书房中陷入一阵沉默。一会儿以后，还是悯瑛先开口：“我知道，是委屈你了。”

“现在讲这些有何用？把你自己的事情办好。”懿琨突然显露了一点不耐烦，“你大婚须当尽快！你做好准备，别整日与那人虚度光阴。”

“我没有，我跟凌月……他很好的，不是像外面传得那样。”悯瑛到这里忽然发觉与凌月进行的秘密行动不能说，同时又瞬间想到外界对他们的流言蜚语，解释混乱。

悯瑛的话语却在懿琨冷而烈的目光下低了下去。

“我没有跟你提起他！”

随着烈怒目光的提高声线，懿琨逼视着悯瑛，悯瑛自觉失言，又垂下了目光，表情可怜得完全就是挨大哥责骂的小弟弟。

懿琨盯着他的脸一会儿，恢复了低沉而平稳的声调：“此次顺便向你请假，你的婚礼我因事在身无法前来。大婚按照当前局势和我皇族传统，也是从简。仪式和规矩你都得应付，你好好去吧。”

悯瑛乖乖地点点头，懿琨转身就走。他的华服衣摆刷地撩起，扫在了悯瑛的书桌侧沿，似在敲打示威，顷刻间傲然的背影消失。

懿琨走后，悯瑛再次默然坐在皇椅上。他的脸容有一抹哀伤和无奈，然而还是没有半分怒气。倘若凌月见到，势必无比惊讶，然而的确，凌月太不了解他的这位结拜兄弟与其血缘族兄的关系，他被隐瞒的，还有更多。

顿了一刻，悯瑛开始自言自语：“为什么，不由我做主？”

“商凌月曾说：不由我做主，反而免去了我的烦恼；有选择，却是那么的沉重。呵呵，也就只有他，竟说这种话。”悯瑛的脸庞隐没在幽暗的宫灯阴影处，没有人看见的他表情，以至于无法判断他对凌月的这句话意为赞美，抑或嘲讽。

紧接着悯瑛就去回想前几日的一幅画面。就是在同一个地方同一个场景，老王爷在他面前。

“皇侄，方才你看了皇后人选的详细介绍及画像，有何意见？”

“我能说什么？”悯瑛心里想。“没有意见。”他说。

“皇叔就知，你定无异议！这位未来的皇后，各方面条件甚佳，符合我们皇族历代的准则。”老王爷看了悯瑛一眼，略微放轻了声音说，“你知道，近几代以来，为了避免外戚干政，一再缩减了后宫开支，且皇后人选不再出自显赫公侯达官家族中。但又不能寒酸，还得知书达理，这么寻觅起来不是简单的。”

“是，皇叔辛苦了。”悯瑛闻言不禁说，“我知道你做的是为我好。”

老王爷闻言，叹了口气：“如今民心不稳，兵灾瘟疫侵扰，国君大婚是给百姓的一大镇定与鼓舞，以示皇室朝野安稳，宣告君主成年，可振奋人心加强民意，迎向昌盛兴旺。皇后形象和意义更为重要。皇上，这一点你不要忘记，也无须太在意。”

悯瑛颔首，老王爷又说：“等你们成婚，精心生养一两位皇子或皇女，皇储仍然按照规定为最先出生者，若为女儿则将来是女皇。吾国良好的优生优育传统，避免了别国和历史上的一些皇子们之间的夺权夺位争斗，而这几代在民间也推行，减少了人口负担，也减少了一家之中资源的紧凑和不平均分配，避免了兄弟姐妹之间的恶性竞争，最多仅一名兄弟姐妹，抑或独养一人，与长辈和睦相处，且可精心培养。”

老王爷的思绪散漫出去，悯瑛也随着他的话语思考起来，一边点着头。忽然，他心念一动，接着此话题似问似反问：“皇叔，兄弟间应当互相帮助，那您什么时候让琨哥哥来帮助我处理事务？”

顿时老王爷的脸色微变，“懿琨不一样……这件事情不一样，不可以。”

悯瑛也不追问下去，就轻语：“我会好好接替起这些事务……”

“你要记住，你身上背负的不是你一个人的使命。”老王爷眼中闪着温润，语重心长，看着悯瑛。

“我知道，我知道了。”悯瑛想点头，低下头却沉重得抬不起来。

“你早点成婚生子，将来多看看你的孩子也好。”老王爷仍然有一丝悲伤，“当年你父皇忽然撒手人寰，我与你怎么挺过来的，想想也难过啊……唉，不说那些了。总之，悯儿，你要知道，你在做的，天上有爱你的人们看着，地上有不爱你的人们也看着。”

悯瑛认真聆听，凝思，想用思考略去那些情绪可能的起伏。却还是难免，听见这最后一句话时，泪水模糊了眼眶。

“谢谢皇叔，你的意思我明白，请放心，我一定会好好的。”

“皇侄，我们虽为一族之亲，这规矩礼仪还是要重视，皇侄为何还总是以‘我’自称？”老王爷突然换了话题，对悯瑛这么说。

“我，哦，朕……”悯瑛顿时结巴不知说什么了。

老王爷不禁呵呵笑了起来。“好啦，皇侄你待人亲切，心地善良，不讲究身份和形式，实为难能可贵的品质。然而要谨防有人因你的弱点，被人抓住把柄。”老王爷讲着，面色又凝重了。

“多谢皇叔，侄儿谨记在心。”悯瑛还是摆不起皇上的架子，对待老王爷只能以叔侄的礼仪。

老王爷又神情复杂地看了他一眼，行了臣礼告退。

如今外界动荡纷繁，且似乎不止是无组织的杂乱，老王爷意识到了，却无从探查起，悯瑛亦隐隐感觉出，似乎三公重臣之外，还有其他阻碍。

困难不会因为谁不知晓而不存在；即使不知是何方势力，各方的混乱骚动难以控制，也强烈提醒悯帝和老王爷，再这样下去皇族势必失去所有民心。国君大婚，可谓一对策，给百姓们一颗定心丸，更是给朝野明里暗里不统一的群臣们一项告示，皇族尚有兴盛威仪。

第七十七章 低调的筹备

过了几日，国君的大婚就来临。

一国之君的婚礼，册封皇后的大典，竟然极其低调。仪式只有新郎新娘就是帝后二人，还有老王爷作为证婚人，以及三位上卿，仅此而已。尊崇简朴的古式礼仪，庄严而凝重，没有一丝多余的花哨。在本应是邀请的对象中，懿琨亲王却没有出席。

而凌月此时已在城外。如预先所定，他离开了这座繁华城市。国君的大婚在京城皇宫内低调而节俭，在宫外、举国之中，却也如皇族所预期，激发了国民们的喜庆与对当今天子悯帝以及参阳皇室的好感。

也是由于国君大婚，悯瑛有理由增添一些侍卫，悄悄将部分侍卫直接给了凌月，加入到亲信侍卫军里。

凌月出城途中，也陆续听闻百姓们的议论，果然是民心涣散却由国君大婚而变得略微喜乐。忽然一幕回忆的景象掀起。

还在那如花的少年时期，一次在密室中的相聚，凌月弹琴给悯瑛听。他单手拨动着琴弦，抚出几个音符。

“不怎么好听，它的名字更加可笑。”凌月冷笑一声，向悯瑛介绍，“刚才我拨弄的那一小段旋律，是我在异国时得知的一首曲子，叫‘梦中的婚礼’。竟然做梦都想结婚！而且还是个结婚的仪式，连做梦都想着，不光无聊，还真俗。”

时光飞转，而今悯弟也踏上红毯了。凌月叹了口气。

乡野之地，条件各方面显然远远比不上京城的商氏府邸，甚至连当年在异地学习时的小屋都不能比。凌月忍受艰苦，却并未入乡随俗，随身带的衣服在当地显得很是华贵。自身还是尽量要照顾好的。还好，农家菜也吃得惯，这里仍是江浙一带，口味差不多，凌月本来吃得也不油腻，且茹素多时，若是以前还会怀念好吃的几道荤菜和海鲜。

简陋院子还好，场地宽敞，他呼吸清新空气，觉得住在乡间也别有一番味道。侍卫已将院落打扫干净。

“看来，就可以用作之后的行动聚集地。”他笑笑，将乐观从悲伤中显透。

凌月的手中还握着悯瑛给他的一块传令牌，为开拓这条新的道路所准备的。这显然不是那具有神奇法力的“如梦令”了，凌月却无所谓，想这只是一个基本象征、一个工具而已。他能否召集并成功训练一支队伍，与少年国主所给的并不属于朝野传统官职范围内的令牌，其实并无直接联系。又是延续而新启的开始。

站立到众少年面前，凌月以他自己的风格装束公开出现。这是一次突破。

里边一批少年来自于少年武学人才基地。悯瑛赶在众人的注意力都转向国君大婚之时，通过宫内服侍他的亲近侍从赶在尚未到达登记时抢先选走了一批调遣到郊外。

十五岁时凌月也有这样培训，只不过他很快就由父亲安排参加了武将的考核，然后一举通过。“若非家族的势力，或许真的很难走到上层。”“不过那样，也就少了很多高处的痛苦。”

“真是每一阶层每一家每一人都有各自的无奈。”

而现在，不是凌月感叹的时候。他提起精神，站在这群少年人们面前，气质尊贵。

众少年面对他，有的显得茫然，有部分是有所了解的本地人，开口询问："你是商凌日将军吗?"

"不，我是商凌月。"凌月冷静而温和地回答。

顿时，底下一片窃窃私语。

凌月一点也不慌乱，直视众人目光，环视全场，威严以对，少年人们在他的气势之下低声了下来。

"你们加入这里，是有着秘密的身份，我作为你们的领军人物，自然也是有着秘密的身份。这道理，你们现在应该想到了。"

高贵的气质，不容置疑的气势，这时的凌月已然散发着领袖风范，不似当年过度温和天真试图与下属成为朋友反被质疑的小将军了。

他的容貌也已比当年成熟，脸颊的柔美早已转为分明的轮廓深邃，身姿更加修长而英挺，更主要的是散发的强势气息和语气的坚决。强势不一定要凌日那种阳光、高昂而暴躁凌厉，也可以与内敛和忧郁并存，反而凸显了坚定自我的气质，使得凌月在他们眼中更多了一分威严。

他的神秘感更深地彰显，使得一些人不自觉地想要接近他、探悉他的想法，虽然感到他的想法并不易理解。

或许年龄的差距也是另一层作用，这时的凌月在气质上已然和那些少年有所区别，虽然他认为自己不久前还与他们一样大，甚至恍如昨天。

凌月就这么开始组织并带领这个队伍，亲自指导武功，挑选了武功较好的年轻人辅助指导。他自己还得负责整体统筹，交流变得多而重要，凌月感到自己越来越会演说了。甚至被那些少年人们当成了外向者。或许与他的领袖地位和强势也有关系，在人们传统的观念里，强势与外向联系在了一起。事实和理论不支持这样的说法。

而相似的还有高调与低调的问题，凌月在担任小将军的时候已被说成是高调、爱出风头，当然是那些下属们本身怀有恶意，这时的后备亲信们显然不会那样，然而纵然凌月还是刻意低调，他们却感受到了他带有的优越气息。

凌月还是被那群少年人羡慕了，他们围在他的身边，夸赞他的能力聪明才智，凌月只是无奈地笑笑，他并不喜欢刻意谦虚的虚伪，只是他心里真的认为自己没什么值得羡慕，唯一能够骄傲的，就是或许换一个人站在自己的位置上，早已倒下了，而自己还没有倒下。

和这个自己亲手组织起来的队伍在一起的时候，凌月内心有充实，是可以感到快乐的，但是这种快乐，注定不可能纯粹了。在这之前有很多很多，在这之后，还将接受起很多很多。

一步一脚印往前走，走一步看一步，其实他能看清的，也只是周围有限的脚下的路而已。

第七十八章 延续沉浮·失败者

光阴似箭，转眼退居皇城之外已有一年又半载。

“你成功了！商统领，你看，我们的队伍建立得多好！太妙了！”在这一日，领略初步的成果与欢欣，凌月的属下们一个个兴致高昂，凌月不忍拂去他们的兴奋，没有讲出心里的话。“其实我是一个失败者。我与你们在一起的时候，即使笑容有时是真实的，也不是快乐的。”

这仍是凌月的疗伤期，他的伤一直没有痊愈，还差得很远，只是把伤口隐了起来。在带领众少年的时候，凌月微笑着指导他们，与他们说笑，作为他们的领袖，甚至显得有些意气风发，他们都看不出来，他是一个受过重重打击的怀着重伤在心的人。

明天会怎样，凌月不知道，接下来的路怎么走，更加不知道，却有远方的很微弱的光芒，告诉自己一定要坚持下去，提醒着自己仍是有理想的，要充实自我，要对得起自己和关爱自己的人们，不能放弃。

“然而不说希望有多渺茫，只说，希望与悲伤并不能中和。”凌月的痛苦深藏在心里，夜深人静的时候就会浮现出来。他还在写诗，写一些自嘲的文字，少了多愁善感和感伤怀旧，转向了更多近乎愤世嫉俗的讽刺。

现实的事务也丝毫不得松懈，凌月交给了使者海潮去京城传达消息的任务。而这些少年们知道自己是直属于当今天子本人、专为皇室效忠的特殊卫士，又看见悯瑛托使者海潮带来的手谕和一些礼品，更感到光荣而兴奋。

一年半的时间里，一支皇家护卫军就初具规模。

汗水之后，有了收获，虽然不知收获过后又会如何，却还是可以暂时舒一口气了。何况，凌月知道，大的方向一直是有的；迷茫，也只是因为当下的过程掺杂着太多杂质了。

真的可以重新开始了，凌月笑了，笑容是苦涩的。

突然得知了比邻国度潘国的突然再度入侵消息，朝野上下竟然想起了曾经的商将军。当年商将军已然领命准备去北方征讨潘国，却因巫医派事件给耽误了下来，从而留下了未收复的一片国土。这片国土在潘国近期加剧的活动下，蔓延更多落入了他方之手。

在这一年半里，凌月嘱托了这支侍卫队中培养的副手来回京城，拿着悯瑛事先给的传令之牌，用以传递消息及告知凌月最新的政务。副手这次回来，赶紧就将宫内的消息告诉凌月：“禀报商统领，皇上坚决地说，这次一定会为你正名，重新让你获得你失去的名号！”

凌月轻轻说了句“谢谢，知道了。”心里却有声音说，“失去的名号可以拿回，遗失在时光里的其他那些，能找回吗？”

他的属下们办事十分踏实而卖力，对于凌月布置的事务都能快速有效地完成，培养的人手中还有些颇为忠心耿耿之士。凌月一点一点做着这件他当成份内任务的事，经过这些时日，这一次，他终于觉得现在该是这支队伍“亮相”的时候了。当然也是秘密的。

“是时候了。”凌月轻轻说了句，是在自言自语。一年多的时间说长不长，说短不短，对时间、世事和自身的感慨，又怎是三言两语能够概括得明白。

第七十九章　纷繁

时隔一年半，凌月还是从密道进入皇宫，秘密建立的侍卫队伍安顿妥当。其间他没来这里，专心在另一地。这次，他穿过密道，看见在彼端的结拜弟弟，仍然年轻的国君恫瑛。一切显得仿如从未隔断一般，却有一股挥之不去的隔阂。

只见恫瑛翠绿锦袍长摆晃动，凌月忽而感到就如少年时期他看见的那只小蝴蝶，时光之痕一刹那遗失了印迹，终究无法摆脱心中的恍若隔世。

如今恫瑛已是一位小皇子的父皇。老王爷大肆宣扬这个消息，在他心中恫瑛就像是他自己的孩子，这位小皇子就像他的亲孙，确实是皇族的血脉。于是在政局不稳、内忧外患的当前情势里，老王爷破例——或者是顺势——宣扬了这个好消息，打出了“普天同庆”的口号，恭贺皇族添加新成员。“过往的愁苦都过去了，现在可以有新的开始!”老王爷带着沉积已久的思绪和兴奋。

皇子的到来的确对恫瑛树立国君的权威有利，给外界发出的信号就是皇室稳定，不容置疑。然后老王爷和恫瑛就又对众臣们说：“潘国把吾国当成弱不禁风的病怏之国，必须还以颜色！正逢我国受到上天恩赐，喜得小皇子，普天同庆时刻，应一致对外、摒弃前嫌，能用的人才就不要忽视，适当还可进行赦免……”

而恫瑛的形象有了逆转，他简述了一番未来的远景，然后目光扫视全场：“商将军曾于两年中夺回四国霸占多年的国土，实为我国之能臣。如今外患来临，众位爱卿莫计前嫌，唯才是用亦为保国之策。万一国家有个闪失，尔等谁担当得起?”

重臣都是老奸巨猾的元老。这时秦太尉提出了商将军能力虽强、心术却不正，曾有谋反嫌疑，在危难时期难以被托付国家重任。正在僵持之际，老王爷出来打圆场：“商凌日有心悔过，此次且给他戴罪立功的机会!”

金丞相心上快速盘算，权衡了利弊，然后赞同了，其他臣子们一直在看金大人的反应和指令，见他欣然地答应，也跟着点头。

散朝后，恫瑛把这些对凌月快速告知，凌月听闻，心中已然不快，可不想在久别归来之际，被弄坏了心情，就告诫自己，当成看戏一般。

他冷笑道：“我这次出征倒是众望所归。”有的人不希望商将军继续留在京城，有的人想让商将军去冒险，借他之力坐享收益，有的人不管成败只想耗费大将军的锐气，有的人甚至希望这次任务失败，对国君与皇家都造成一次危险，各怀阴谋盘算，却都希望商将军跑这一趟。

恫瑛忽然说道：“是啊，就连不参与朝政的懿琨堂兄都忽然露面，半讽刺地跟我讲‘这次机会可要叫商公子好好把握，别再成事不足，白白浪费了。’”

凌月听到这里，终于怒起。其实他早已不愿再听闻这些繁杂的言语，偏生这位结拜弟弟多年来一直对自己诉苦不休，凌月耐心聆听已成习惯，此次终究由于事确关己而乱了心绪。恫瑛赶忙说：“你不会让那些人看到笑话，你不会失败的。”凌月咬牙，坚决道：“谢谢你支持我，我也不会让你失望。”

他心中也有些欣慰，不管原因和过程怎样，现在自己有了重新高升的好结果，光是这一点，确实是值得高兴的。

而有些背景消息凌月在城外大致听说，这时眼见着悯瑛在皇宫之内未曾松懈，皇族新添小皇子，老王爷欢喜中又为国事忧虑，却仍不见以往就行踪诡秘、神龙见首不见尾的懿琨小王爷。凌月已在多年来接触悯瑛言谈中知道他与那位堂兄关系不佳，且这相当于皇族禁忌，不便多言，到此为止。

“莫担心，有你帮助，已经甚好。”倒是悯瑛先开口，较为知足。凌月仍带有气愤，的确累积久远的愤怒不可能一时化解，尤其是压力仍在继续、情势尚未明朗的当前。悯瑛忽然心血来潮：“几年未见月兄舞剑，不如现在就当这月色下舞一回!”

“好!”凌月立刻答应。舞剑确实是一种宣泄的活动，小时候纠结在凌日的身份中，心中的疑问煎熬时，就经常用这个方法将烦恼暂时置空。“现在想想，小时候的烦恼只不过是双重身份问题，当时痛苦，而今在遇到更多的纷繁杂乱莫名其妙之后，反而显得那么纯粹——甚至有点值得怀念。”如今凌月再也不会为“简单”的自我身份的问题烦恼了，却有那么多更加不由自己控制、更加要由自己来承担的外界的烦扰。

他将怒气凝结在了剑尖，又很快由剑光划出了一抹纯净的空间，终于将现实当下的烦恼纠结都隔绝了。在动的气流气势中，获得静的安心。

尤其这是他自创的剑法，与他心灵和气质相契合，将自身的感念、情绪和思维还有更多与生俱来的玄秘，都点点滴滴融入进去，在夜风中月光下，流淌出了一幅极美的画。

多年的时光仿佛重叠，零零碎碎的岁月又合在一起，那一片片的光影恍若纷纷洒落，湿润了凌月的眼睛。

剑毕，悯瑛忽然说：“你的剑法中有月光之感，从我第一次看见你舞剑就察觉，虽当时在灿烂阳光之下，你还用的是商凌日的名字，在那么多少年中间，我却注意到你！那时就想，若这就是我未来的小将军，那该多好!”

凌月却怔住了，难道他在当时已然知道要选拔小将军吗？万分之一刹那，某些原本积压在心底里的隐约的疑惑，漫溢了回答。是啊，商府都知道，他怎会不知？即便再丧失权力，至少他还是个傀儡皇帝。一直以来竟然忘了去想，或许因为那一天经历太精彩了，以至于竟然没有去质问如此显然的问题。彼时悯瑛已经亲政了，再怎么随性天真也已感到众臣的不满和不服，而且显然悯瑛从来都不是傻子，当然知道新一批的武学小将人才都是在有势力的家族子弟中推选的，那么……

想到这里，凌月的心上顿然凉了一下，适才沉浸于自己舞剑和感悟之中的感动泪水一瞬间就凝固不发。他淡然走回悯瑛面前，由于多年来的伪装而不动声色：“是呵，悯弟，为兄真的成为了你的将军，你的支持者。”

在悯瑛尚未有所反应之际，凌月继续探究与之关联的另一问题：“当天你在帘幕后给我的特别问答，亦是让我印象深刻。那题，是你预先编的么？”

悯瑛自然没听出凌月的弦外之音，只是笑笑：“不瞒你说，那题目是我祖传书卷中的，当年先祖与大将军立约的对话就是如此，祖辈给的真是宝贵礼物!”说到这儿悯瑛的目光飘远，又一次想到了祖上的辉煌。

凌月藏起了眼中一闪而过的失望，忽而想到最好的隐藏是打心底忘记；何必纠结这样细节的问题？不是悯瑛亲自编的那就不是吧，只是原以为他是和自己一样的知己……赶紧叫自己别想了，并暗暗责怪心中的某些声音实在煞风景。

“至少，我和他并非君臣相称，证明我们是朋友，我不是他的棋子。”再次悄然隐去了心中的声音，凌月在心中依然同情这位比自己年幼的小傀儡国君义弟。

更重要的是，现在不管他是否打从心里支持，都无关紧要了，命运的绳索已然将他的这一程与那位他曾结拜为义弟的人捆绑在一起，如今他所面对的困境与挑战，已无从选择。

“我会继续支持你寻回你祖上的产业与荣耀。”凌月只感到这又何尝不与自家长辈给自己布置的任务及那关联的所谓荣耀相重叠？

想到过往这些年，悯瑛一次次看似纯粹的一时兴起的举动，竟让老奸巨猾的大臣们毫不怀疑，一如既往相信悯瑛仍是尚未开窍的任性的小孩子，凌月忽然觉得这位结拜弟弟所扮演的，何尝亚于自己伪装出的双胞胎凌日！

他们认为柔弱的小皇帝像一个无权无势的小木偶，也就乐得把他放在那里，继续划分着原本属于皇族的权势和财产，悯瑛看似无所谓，又怎会没心怀不甘？皇宫由先祖留下的辉煌宫院仍空余在那里，不像各位重臣的府邸那样连连翻新璀璨，两方也算是相安无事；所以反对悯瑛的势力多年并未有实质性的举动，除了制造悯瑛糊涂昏庸的形象挑动民心不朝向他之外。

这也是为什么悯瑛当时可以接近新选出来的武学小将人才们，去训练基地探访凌月的原因所在，重臣们都当他是贪玩，就由得他胡闹，根本不担心这小皇帝会借此机会培养势力。巧的是悯瑛遇到的小将军是凌月，一个没把权势和权威放在心上的人，也不畏惧现有的势力，天真而理想化地认为他只要表现得好、证明了他的能力和成果就会受到认可。于是重臣们还是没把小皇帝和小将军放在眼里。

就在这两年，先是悯瑛加封凌月为左将军，众臣们解释成为这是小皇帝对小将军的“宠信”而暗笑，而后悯瑛忽然调查了范大人的经营账本，稍微削减了范大人的财势，众臣们还以为小皇帝突然对钱财产生了兴趣，以为如此他只会更加昏庸；然后才突然发现，皇家宝物如梦令已然被小皇帝悄悄赋予了商将军！

却是阴差阳错，若非凌日突然要走了凌月的将军职位和如梦令，凌月再次完成当时的任务非但不会被抓住把柄，而且悯瑛已做好准备加封他为大将军，这样他们的位置和势力加起来，就不用再惧怕那些威胁和压力了。偏偏这是凌月唯一没有诚实对待悯瑛的事，有关凌日的身份就引出了那些漏洞，并且激起了臣子们的警惕和加倍的反感。

他们意识到小皇帝已经长大了，他再也不是如表面一般纯洁无害，他在培养自己的势力，他想收回被众臣分割的权势，想恢复曾经的皇室至高威严！至于还想干什么，众臣们或许不知，于正如同凌月也不知道他已然视为劲敌的懿琨与金高展他们究竟有何势力与举动。

不过，不论是哪一方都能从朝野和民间的风声了解到了反对的势力和危险的形势。凌月这时才发现，其实从多年之前那些阴谋就已然开始，环环相扣，自己早已骑虎难下。

第八十章 新的节口·节外生枝否

当下，不论凌月是否满意或是否有异议，他都得带着自己被赋予的任务职责继续努力。

少年君主也就是他的结拜弟弟带着他进入皇宫密室，又凝重而语："彼时我封你为左将军，并未多想，那是你该得的，你的能力和战功都配得上。大臣们自然有微词，不过他们对我不满的地方多了去了，不在乎这一项！当时他们见我年少天真，只当我是随便玩玩，也就让我去了。而后巫医派事件，你兄弟起兵冲突，虽然我们赶去及时化解，但也留下不良影响，我现在想想，更可怕的是反而给大臣们敲响警钟般，让他们觉得商将军的兵权已渐渐重起来，倘若商将军与皇上联合，会对他们不利。因而他们后来极力施压，并非由于该事件本身。"

凌月也承认，悯瑛这些日子里为这些事务伤了很多脑筋，成长了很多，对于局势的认识也清晰明白。听闻曾经天真——或曾以为天真的结拜弟弟居然考虑如此之多，凌月吃惊过后却又回归了对他的怜悯。心想着，悯弟也是被逼的，也不能怪他。"没事，都过去了。"他淡淡说着，一半安慰一半无谓。

"此番你只要出战，就能恢复将军之位。由于这突如其来的外族入侵，你担下麻烦重任，实在是为国排忧解难，还得背着子虚乌有的罪名，真是委屈你了，等你胜战归来，我就加封你为大将军！"悯瑛的声音放柔了，望着他，"月兄切莫介意这戴罪立功的名义，事实终将清楚，你为我做的，弟弟一直存在心里。"

听他这么说，凌月感动了——早已认为这些任务是自己该做的，也早有准备其他人不会轻易让自己有所收益，而悯弟还是这样为他争取，便是没有实际的效果，也是格外的激励和温暖。

于是他向悯瑛汇报了自己组建的御林军的情况，又带这少年国君去阅兵，将这自己花费心血的队伍正式交给他，然后回府准备起又一次出征的重任。

回想第一次出征前，初生之犊不畏虎的心态，少年凌月就这么信心满满，当场说定当完满完成。如今淡去青春无畏，多添沧桑沉重，壮志凌云却依然，又或者经过历练已然更是有增无减。

接受起出征潘国的任务，即将又要迈入一道新的关口，这已是一次跌落低谷之后了。出征征战的结果未知，低谷尚不能算过去，只能算慢慢有所回升。升高的同时，当然，也是顶着压力。

提起精神，只要有一线希望成功那么就不要觉得会失败，凌月是积极的；然而却不免悲观。现在回到府上准备出发，才忽然涌起一股疲惫。

回望过去的岁月，双十年华的他已有不少经历，跌宕起伏。或许从小就是喜欢思考和幻想的人，在世俗间的成败利益之外有更关注的，然而这些却一直牵扯、围困，将自己整个放置在这样的环境局限里，不得不随之起落浮沉。

这一次又重新获得领军机会，而想起之前突然失去将军身份的情景，像一场梦。或许现在仍然像，因为这层身份原本并非自己想要的。

既然无法避免，那么就勇敢走向前。就当是心甘情愿。

然而在心中的另一面，那种疲惫和千疮百孔之感是那么弥漫着。仿佛人未老，心已老，尚未出行开始任务，就已经接近衰竭了。

只是一时的感叹，睡过一觉之后，这一面的悲观就被凌月压制了下去。赶紧准备出行，又整理起行李，一边盘算着如何用最短的时间完成这次使命。

“大少爷！”忽闻有人喊，凌月知道是在叫自己，一看原来是府上的侍卫总管，父亲的得力助手翟放，便去打了招呼，一边想怎么他突然来叫自己了。

翟放便是当年商敬先升任太傅、商府扩建装修后不久，由刚登基的恻瑛派给每位太傅府上的侍卫之一。不久后商府下人们闹了一次风波，逼问商氏夫妇大少爷是否不在了的事，就是翟放带了那些侍卫来压住的。他对商敬先非常忠心，多年来维护着商府的安全。不过按照商敬先的意思，从来不与少爷接触，也并不与其他的下人们混在一个圈子里；侍卫们独立有一个圈子，直接效忠于商老爷。转眼在商府工作也有十五六年。

“翟叔，找我什么事?”

“大少爷，恭喜你重新获得任命，即将作为将军起程!”

“谢谢。”

“大少爷武功卓越，众人皆夸赞，老爷也跟我等侍卫夸奖多次，翟某却从未见过。只看见您屡屡立功，早已心生敬佩。原本不敢来打扰大少爷，只是现在局势环境越来越乱，少爷恕我直言，现在你处在风口浪尖，这一出行，万一有人针对商世家，对老爷和夫人就太不利了！恳请大少爷赐教，指点翟某武功，让在下更能为商府效力!”

说着翟放就双手抱拳，低头跪拜下来。

凌月忙上前一步扶起：“翟叔，你太客气了！叫我指教怎敢当呢。”

“大少爷请莫推托！翟某武功如何对你们无须隐瞒，从小出身贫苦，摸爬滚打混得一些武功门路，哪能跟大少爷比，你从小是老爷聘请高人传授的，我们做下人的没此福分，也没你这么好资质，只能枉自羡慕，尽好我们的本分。而今世道越来越混乱，凭着我们这点功夫，怕是有些份内之事难以应付啊！除此之外，大少爷身为习武之人，懂得习武者的心，我虽是粗人，对武学知识的热情却一直有，不瞒你说，一直以来我盼望有人带领在武学迈进一步，圆我儿时梦想，恳请大少爷不吝赐教，不要嫌弃了!”

凌月听闻如此说，从情理两方面，恳恳切切，也都有道理，见翟放还是跪在地上不肯起来，于是道：“翟叔，你对武学的热诚令我感动，那我就来指点你吧，举手之劳，你别太紧张了!”

翟放闻言，立刻在地上咚咚磕起头来，任凌月阻止一定磕完才站起来，激动地握着凌月的手：“大少爷，你肯教我，真是太好了！大少爷真是好人，不嫌弃我!”

“有什么好嫌弃的，你为我们府上尽力辛苦工作了这么多年，我们都要感激你呢。”凌月真诚地说。

“那，翟某再斗胆，恳请凌日少爷演示您自创的剑法!”

“这……”凌月一直都不愿将自己创造的剑术公布于众，而且当年他跟随贺师父到异地去，是以二少爷的身份，所创的剑法“月影”其实带有凌月自己的风格特色，因而当时就感到模糊了原本习武的凌日的身份，后来更是将其隐蔽。只有在遇到关键敌手时才会以月影剑法出手，平时以青云剑法结合暗器已能应付了，打仗的时候凌月根本不用武功，以才学阵法战略就可取胜。现在突然听翟叔提起，感到为难。

翟放恳切继续："大少爷，我知道我不配，所以不求你传授于我，只求你演示给我一遍，翟某无过目不忘之才，你的剑法精妙异常也非我能掌握的，只求看一看，让我有所感悟，对我是一种启迪！恳请大少爷不吝赐教，在下真的想见武学的博大精深，习武几十年来从未有机会领略过任何高手的风采啊。"

凌月的心又软了，纵然他是坚定的人，但这并非原则性问题，而且理解求知者的心，也尊重人们对于知识的热情，于是点点头，应了一声。

"大少爷你答应了，多谢！"翟放又跪拜，凌月赶紧再扶起他："翟叔，不必多礼！你知道我不喜欢这些繁文缛节的！要去学武功了，你这么叩来叩去的怎么学。"既然决定了，凌月就爽朗笑起来，两人走到商府旁边的小山坡树林中。

便是那次凌日回来不久，商敬先带两位儿子比试切磋的地方。

"翟叔，你先演练给我看你的功夫，我来指导，然后我再演示给你看我的剑法，我答应了就会做到，你不要着急。"

这时凌月还没有传授成功的经验，但是根据自己学习的经验，已能感悟到好的教学者应具备的条件。凌月自小好学，这"学"是分不同层次的，比如对于题目，有些学生们到会做题就好了，更好学好问的孩子们却不仅要会做、还要知道为什么要这样做——于是，如有人寻求辅导，前者就只能帮他们解题，而后者则可以传授别人如何解题的方法。凌月小时候学东西就非常快，这在一对一的学习中很占优势，但是跟班一起则经常会感到没劲，例如在私塾和琴艺社里，凌月学会了其他人还没学会，师父反反复复地讲，凌月就抽离到一边。也发现有些明明很有趣的问题，被先生们讲解得无比死板，无聊透顶。

先生还有一个误区，则是以为有学生不会做，拼命让他们做就可以解决，殊不知那样弄得他们越来越头大，苦不堪言，最开始的节都没解开，怎么能顺畅继续？这开始的症结，很可能就在教学者的教学方法上面。

当然，这些叫学生们一遍遍练习的先生们至少还是负责的，更有教学者态度根本就不对，明明看到孩子们有明显的欠缺却不纠正，当作没有自己的事。

凌月认为，某种层面来说，职业确实是谋生的工具，可是有部分职业却不可被看作仅为赚钱的手段：为人师表是之一，治病救人医者是其二。一是关于文化智慧的传承，二是关于生命的质量与延续。后者包括广义医学的护理和心理辅助。这些方面，不能以金钱来衡量；赚钱的方法有很多，这两种崇高的职业，若非有真心对待，大可不必染指。

于是，现在虽不是正规的传授武学，凌月仍然用心对待，知道怎样让他人容易明白且学得不无聊。

几个来回之后，翟放获益良多，连声道谢。凌月看到他人在自己帮助下有所收获，发自内心微笑。

"大少爷，有你指导，真是我的福分！翟某实在感激不尽！"

"呵呵，不用谢了。我现在来演示我自创的剑法，你看好了。"

于是凌月开始按顺序演练了一遍，宛如一层层月光零零碎碎又连成一片洒下。想起在练剑中，仿如投入了另一个世界，就像弹琴时环绕于音乐一样，沉浸一抹兴致高涨的隔离。

一轮已毕，凌月收剑走回，翟放张大着嘴，惊讶和佩服写满了脸。

"大少爷，你真是太厉害了！在下都不知如何说……久闻你和二少爷都极具创意，你创造了剑法，二少爷编了诗词曲谱，能文能武的人很多，像你们这样能创新还能创作得这么好的，却委实难得！"

凌月心里非常舒服，平时自认为并非听了夸赞就轻飘飘之人，然而这次以凌日的身份听到夸奖的两方面——剑法与词曲的创作——恰恰都是凌月自己的，而这些年经历了那么多艰辛，感悟之中有了这些创作，实在是意料之外的，甚至不在家族的要求和期待之内，因而心中有一抹格外的甜蜜。

他的笑容映照下，翟放的目光停留。凌月习惯被人盯着看了，现在已不觉得不自在。凌月是十分自信的。自信到并不认为自己自负。

第八十一章　遇见·冲突

翟放道谢后就匆忙回商府去继续当职，凌月正好想一人独处，就自己荡在后略微优哉地漫步。这是再度出征前难得的放松了。可偏偏又有人来打扰他。

“凌日哥哥！”一听这个黏糊糊的声音，凌月立刻皱眉。

“还不开心吗？前段时间你家中发生了变故，我知道，就没来打扰哦。”郡主做出温柔的模样，凌月厌恶这种故作姿态，更不喜欢自己的私事被别人提出来。尤其是不愉快的事。（这时凌月被当成了凌日，自己自动把作为凌月接见郡主的那次经历给撇开，姑且认为她真的考虑到府上变故商少爷心情不佳就懂事地没来打扰吧，还是厌烦她当前扭捏的神情和突然冲出来叫住自己的举动）

顿时觉得更加厌烦，声音的不耐也不掩饰：“这是我自己的事情，你怎样也是你自己的事。”

“凌日哥哥，在你最困难的时期，我不会抛下你不管的！”郡主怎么如此爱自作多情？

“那是你的选择，若真像你描述的样子，是好品质，我可以夸奖你，但不会接受你。”凌月冷而清晰地说。

惠珍郡主可能又没有听懂凌月的话，每次与凌月对话她总抓不到要领，因而也不多纠缠了，直接继续她自己的思路，“凌日哥哥，你别对我这么凶嘛！我们不管怎样也从小认识，青梅竹马！”小郡主又沉浸在她的幻想里，脸上浮现出痴迷的神色。

“从小认识？”凌月顿时心中的洁癖又升起，不再重复郡主所说的后四个字，快速讲道，“郡主此话差矣。你第一次见我时，我已十五岁，早已告别童年，你我心智相隔更远。”

“我比你小五岁怎么了，差很多吗？男比女年长几岁交往的多的是！”郡主脸一红，辩驳道。

“各人情况不同，而我们的差距远不止年龄。你我思维模式与对事物的态度，都千差万别。”

“你在耻笑我！意思说我幼稚，我配不上你吗？”

“我没这么讲。这是你自己下的结论。我只是说事实而已。”凌月淡然而道，另一面又暗暗想笑，这姑娘居然去对号入座骂到她自己了。

“什么事实，是你的歪理！你不喜欢我在先，就扯一些理由！”

凌月听到这句话，思索着有部分道理，“嗯”了一声。便思考着一时没有再说话。

见到凌月这样，惠珍更来了劲，“你还好意思嗯！你乱说我配不上你，还说我们两家什么环境差别，谁都说我俩门当户对，两家都是名门，又是世交，你这态度什么意思!”

“长辈交好不等于你我相好。生在名门不等于环境背景相似。作为朋友友谊不等于能两人共处。”凌月说着摊摊手，“何况，你我根本想不到一块儿去，连朋友也做不了。”

“你，你……”惠珍郡主虽知道凌月讲话大道理一堆，思维与自己差别挺大，摸不透他的心思，也没想到他会这么直愣愣地讲一通，将自己和他说得半点交情也没有。

“郡主，单单年龄的差距当然没什么，单单环境或许也是。然而我们的差异已不只是一点两点了。如果说，有些人崇尚双方互补，但是互补也要在一个层面，才能补得起来。像你我这样，不在一个层面上，怎么叫互补呢?”凌月有条不紊一字一句道，“我们，生活在两个世界。”

郡主气鼓鼓的，却还是不罢休，直接搬出她认为可以撑腰的理由：“父王准备叫你我联姻，你不会不知道吧!”

“知道了也与我无关，你心里不要乱盘算，家族中长辈的安排更不是随便闹着玩的。”凌月心中又想到了自己家的安排，自己与哥哥身份的事，现在凌日回来了，凌月有些方面是可以稍微轻松点了。今天本来心情还不错，现在却被这小女生缠着了，凌月忙了一天到这时有些累了，更觉得烦。

惠珍郡主还在不识相地跟凌月说：“你当我是闹着玩吗?我的心意你怎么能不管!有的是人想和王府联姻，我看不上他们，只看上你!我喜欢你，在我心目中，你一直是那少年有成的将军，无比优秀!商氏家族的将军与皇室贵族的郡主，我们是天造地设的一对!”

一连串话不可躲避地传入了凌月的耳中，让他即使在被动的不愿去听去想的状态里也能感到它的荒谬可笑性：首先，她那所谓的做法能不能算“爱”——凌月真的不想为她提到这个字，心中顿时升起一阵龌龊感——就姑且不论吧，她对他的感情——是她的幻想，或称妄想，与他何干?另外，人家想跟她结亲，她如何选择更与凌月无关，怎么弄得好像是凌月的关系，“我有妨碍着她么?”凌月不禁反问。还有，凌月优秀是凌月的事，被她这么提来提去，好像自己优秀就非得喜欢一般，干什么呢?再说了，优秀与否根本不是被喜爱的必要条件，那是郡主自己设定的框框，再次证明了她自己在构图和妄想，硬要把凌月扯进去。又说了，凌月自己也有自己的价值，从其他方面就可看出他的完美主义倾向，他不觉得郡主是自己欣赏的人。被这样一个人说出她前面讲的最后一句话，更让凌月几乎起了鸡皮疙瘩!

能够耐心听完这女人的可笑言论，一边撇开令自己恶心的话语，一边进行人性心理的分析，也亏得凌月能够做到。越听越觉得恶心，凌月脸色愈加难看，“谁要和你，你别说了!我不管你什么身份，你喜欢的是你的妄想，根本不是我!你就在你的脑子里想去吧，别来找我了，让我清静吧!”

说罢他冷而厌恶地转身飞快往自家大门的方向而去。郡主毕竟是贵族出身，见凌月要回府了不好跟上去，她的霸道与任性，或许还有妄想倾向，使得她根本没觉得是被凌月拒绝了，转身回她自己的王府就准备跟父王说快点安排这桩亲事。

第八十二章　各怀心事

王府中，郡主跑跑跳跳地来到老王爷面前。"父王，我回来啦!"

"珍儿，你又跑出去了？是跟高展一起玩？"

"谁要跟金高展玩呀！我才不呢!"惠珍嘟起小嘴，装作生气样。"父王，你以前不是说了要把我许配给商大公子凌日的么，怎的这件事拖这么久?"

老王爷看着小郡主，很是怜爱。"你知道，商府前不久发生了事情……"

"我知道！那么父王不会是看到他们家世不如前，就想取消联姻吧?"惠珍郡主看着老王爷。老王爷立即说："怎会如此，父王可不是势利小人！惠珍，这门亲事我早就定了，与你商伯父也有说过，是不会变的。只是还要等。"

"为什么还要等？女儿已经长大成人啦!"

"女儿啊，你就这么想快点嫁出去?"

"不是啦，女儿也是为父王和我们王府着想，在商府危难时刻给予他们帮助，他们会更加感激的，雪中送炭比锦上添花难能可贵得多嘛！这让人们都看着，我们王府是何等忠义仁爱!"惠珍郡主眨着眼睛，讲得似很有道理。

老王爷呵呵笑了："你母妃呢？你母妃怎么说?"

"哈，母妃能干什么？还不是跟一帮贵族太太们喝茶聊天看戏打牌去了!"惠珍说到这里忽然又撒娇似地哼起来，"母妃不管我了，父王不能不管我啊!"

"父王不会不管你的，珍儿别难过!"老王爷赶忙哄着女儿。

惠珍郡主继续央求："那么父王顾及女儿的所求，替我做主吧!"

"好，好。"老王爷拍着小郡主的背，安抚她的情绪。

正在这时，一阵快速稳健的脚步声打断了父女俩的谈话。

懿琨站在那里，不知为何，就如一个局外人，根本没有融入到他们的亲情中。看着父亲和妹妹，脸上还是一副冷峻的神色："商凌日即将被派去执行任务，此事等他回来再议。"

惠珍郡主听闻，脸色顿时微微一变，老王爷望着儿子没有发现，问："你刚接到的消息？你怎知道?"

"听高展所言。"懿琨淡然道。

"好！凌日终于又重新担任将军了，妙哉!"老王爷顿时流露出欣喜，然后转向女儿说，"珍儿，这是凌日好不容易盼来的机会，吾等皆要为他感到高兴！你莫再闹小性子，等商将军建功归来，再风风光光为你们办婚礼！如此更好!"

惠珍闷着声，立刻显出一副无精打采的样子："哎，好啦，父王，女儿累啦，先下去休息了。"

老王爷笑呵呵的，"好啦，你去吧。"惠珍转身走了，老王爷还怜爱地摇摇头，"这孩子……"

懿琨在说了这个消息、看到父亲的反应后，就默然走回自己的房屋了。走了一半，惠珍突然从后面跑了上来。"哥，你等会儿！我有话问你!"惠珍郡主焦急的声音，却全然不是先前对老王爷撒娇的尖声的声调。

懿琨淡然转身，看着妹妹，显示不出任何情绪。

“金高展怎么让凌日出征了？我们不是跟他说好了吗？我们三人，谁都不想凌日再次出征。”

“你并非不知，此事非金高展可定。”懿琨半侧脸，眼眸中光芒深邃，望向远处。

“金高展上头，秦大人和他父亲金丞相，不都也不希望凌日再当将军的吗？”惠珍郡主立刻反问。

“这亦不由他们决定。”懿琨仍然淡淡的语气。

惠珍郡主的眼中划过一道厉光，“原来是堂哥。他什么意思！没本事的傀儡皇帝，居然敢利用凌日，还跟我抢！”郡主忽然爆发出来，又像她平时蛮不讲理的那副模样。懿琨忽然打断了她：“妹妹，别骂了，他毕竟是你堂哥，是皇上。”

“哼，连你也怕他？”惠珍顿时收住了蛮怒，又恢复了之前的简洁带刺的气势。

“我怎可能怕他？”懿琨立刻回应道，周身散发的霸气，让刁蛮郡主的气势一下子软了下来。

“哥，我就知道嘛，你最勇敢了！你不可能怕那懦弱的皇上的！”这时惠珍脸上又换了一副表情，如同先前对老王爷撒娇的样子，讨好地笑着，“有那么多人支持你呢，我也支持你哟！”

“好，谢谢。”懿琨看着她，也绽放了一个笑容。

“哎呀，哥哥你笑起来太好看了，平时多笑笑呀！”惠珍继续黏黏的样子，靠在懿琨的手臂上，跟懿琨一起走到王府深处。“哥，我真的不想要凌日走呀！”

“妹妹，你为何不能理解他体谅他呢？他肩负商世家长子的责任，有任务，有使命……”说到这里懿琨微微别转脸，然后再又迎向惠珍的目光，垂视她说，“你切莫胡搅蛮缠。”

郡主的刁蛮一面顿时爆发：“我怎么胡搅蛮缠了！我爱他，我想跟他在一起，有错吗？有错吗?!”

“好好好……”懿琨连忙安抚妹妹，只好柔声哄劝，“你没错……不过这并非最佳策略。”

“那最好的做法是什么？”惠珍眨巴着眼睛看哥哥，又露出一副天真无邪的样子。

“就是让他建功立业，再归来，这样对他对你皆有利。”懿琨快速地讲，声音在这数语间骤然降温。

“说来说去还是要我等！”惠珍又嘟起了嘴。

懿琨又柔声劝慰：“你要品尝好的结果，没有等待的耐心，怎么行？”

惠珍立刻脸色沉沉的，双眸闪光，“我能等，我已经等了那么久，怎么也会弄到手！”她说完，给了哥哥一个轻而快速的拥抱，又蹦蹦跳跳快速跑开离去。

懿琨留在深深的庭院中，独自站立，傲然冷冽，不知在想什么。

第二日，就传出了惠珍郡主不肯进食的消息，老王爷赶紧连哄带劝，王妃也赶忙回王府不再去应酬，哄着许久未照顾的女儿。

不过这一切，凌月却并不知晓。他此刻的时间被繁忙的公事占据，别说这女人的所谓私事是他并不想过问。

悯瑛似乎意料到那场早已被预言的皇族纷争终将来临，亲自检查了凌月带领的侍卫队。京城郊野，秘密筹备的御林军整齐站列，望着花费了自己近两年的心血的这支队伍，凌月忽然抽离他本身的位置，仿佛从空中俯视自己，到底在做什么？悯瑛关注那队伍的专注神情印入他的眼内，并未问起他这一年在城外组织过程中的艰辛困苦，一抹失望浮现得有那么一点扎心。他却压制下了这抹感念，告诉自己，现在是非常时期，他们的出发点都是好的。

“倘若有高尚的目的，只要不违背良心和真理，用什么手段只是无关的表象而已。既然本质善意，那么过程就应全力支撑和引向那原本的目标。”这是凌月与结拜弟弟最近一次见面时，凝聚而发的感慨。

为了手段不择目的、为了形式不讲本质才是可鄙，而怀着信念达到理想的途中使用的那些方式，出于理想的光芒和善良人的心理自然并无太恶劣，又怎能去批评？

凌月不知为何想着眼前的景象淡去的义弟，又像忽而转去想着自己。

不论怎样，他是为了理想、为了信念，不像有些人，根本无关紧要地为了一些手段，例如发泄怒气、充斥空虚、获得爱意、运用权力，来做一些根本没有理念和远期目标支撑的事。有自私者说“宁可我负天下人，不可天下人负我”，而现在，凌月只是想不要太对不起自己而已；只是在柔和地防守和维护本就是自己的一点权益。

“悯弟，现在能恢复我的商将军名号了？”他如此开口，问得理所当然，仿佛“商将军”就是他本来就拥有的东西——又何尝不是？

这一日的早朝，他已然以罪臣的名义，向年轻的国君及德高望重的三公立下军令状，表示如若不成功平定此次战乱，则愿承认商世家勾结叛党巫医邪教之罪，被囚禁天牢。如此严厉的惩处条件，依旧未将他原本左将军的封号取回。更别说悯瑛早前答应他的大将军职位了。

对于那些他已不做多想，只愿获得基本的保障。听闻凌月终于开口至此，悯瑛也毫不犹豫道：“月兄素来为我考虑，甚至甘愿背起子虚乌有的罪名，以‘戴罪立功’的名义进行此次出征。你的将军职位，必须恢复，不仅如此，加封你为大将军也必不可少。属于你的，还是你的。”

凌月思索至此，毅然起身，正式接起又一次的远征。

第十一卷

沉·浮·现

第八十三章　冲突·敷衍或者调和

深宫里，一片安静。正在此时，一声宣报响起。

“皇上，宫将军求见，有急事执意立即见驾。”

“宣他进来吧。”悯瑛微微皱眉。

即刻，宫奇闯来到悯瑛面前，恭敬地行了礼。作为新一辈的臣子，他行的是跪礼，不像老一辈臣子只作揖并不跪拜。

见到他的态度如此谦恭，悯瑛的眉头舒展，然而却在下一刻皱得更紧了。只听闻宫奇闯开口道：“臣恳请陛下准许臣前往潘国应战，臣可保证出行成功!”

“那次巫医派事件，这人不就是极力鼓动朝野镇压的始作俑者?”想到这里，悯瑛的眼里冒出了旁人不曾见过的怒火。

宫奇闯与悯瑛接触不多，或许并不了解他平时是怎样的，也或许今天铁了心意来此，这时不看君上的脸色，毫不退避：“臣恳请陛下准许臣代替出战，请陛下勿再考虑商将军!”

“朕意已决，你且回吧。”悯瑛冷冷地。

“陛下，恕臣直言，商将军前番有不良影响在先，将士早有不服，此去恐怕军心不稳；而微臣与商将军经验相当，或许无显著功劳却毫无过失，愿意此次肩负此任务，为国效忠!”

“你能做到的他也能做到。先前有误会，那事已经过去。商将军的才能有目共睹。朕愿意给他这个机会。”悯瑛显然不会听，却还乐意向他说明，要显得有道理非一意孤行。

“皇上或许有所不知，臣宫某的武功战略造诣，并不在商将军之下——宫某并非狂妄之人，却敢说并无不及。只苦于没有机会……”

到这里，悯瑛故意不听他扯下去：“宫将军，朕虽不通武学，当日少年武将的选拔却一直在暗处观摩，亲眼瞧见你在比试中输给商将军啊!”

“那，那次……”宫奇闯果然结巴了，却吸一口气又挺起一股强硬之气，“一次考核根本看不出什么！且不论多年前的比武，就这些年，商将军领命的职责是‘攻’，在下的则是‘守’，‘攻’效显而易见，只要收复了土地攻破了他国防备就明显，而‘守’则难辨得多，无过失其实就是完美，却只看起平淡无光，稍有疏失则全部功劳苦劳湮灭。商将军打了败仗，只要下一站扭转获胜，则有功劳，说到底他并未多扩张一分领土，只不过拿回我国原先失去了罢了，而宫某多年来抵挡了敌国屡次入侵，并无败绩，却因……”

说到这里悯瑛意识到他准备提起“巫医派事件”了，立刻打断：“商将军身为武将，如此崇尚和平，为普天下之人民考虑，不以武力解决，尽量少开战，其善良崇高，难道不值得尊敬？且不论，他两年内收复四国国土，谈何容易？他以减少损失、伤亡最小化来换得失去的故土，这难道不比硬战流血而取得成果更难得吗?”

这些话语是他在凌月面前也未曾说起的，然而听凌月争取时说过多次，因而此时恰好就这么搬出来，拿凌月的话来堵住宫奇闯的嘴，恰而让对方说不下去。

来者却还不放弃，顿了顿又言：“皇上，你可知这次商将军出征众人皆不看好？大臣们之所以表面赞成，只是想再度看他落下把柄、皇上再次陷入窘境?”宫奇闯话语直接，抬头直视悯瑛，话语触动了悯瑛的不愉快的回忆，加上见他脸上的疤，更心生厌烦，厌恶之情顿时流露。提高了声线，悯瑛不再客气：“商将军出征哪次是他们看好的？第一次他就收复了四国曾占领的国土，那些人又何曾看好过?！难道他们不看好朕就不能做事了吗!?”

他心里想：“这新一代的将军也拿那些老臣的一套过来!”从而冷哼一声。

“皇上这是故意要给他再找理由!”宫奇闯忽然这么顶撞起来，声音提高，“一直以来你处处偏爱商将军，把最好的立功机会给他，他犯了错误还一心包庇，不听忠臣苦口相劝，这是为何?!”

“大胆!”悯瑛立刻喝道。可这时的怒喝却在豁出去了的宫奇闯面前毫无效果。

“你这是以貌取人，如何服众？如何安天下?！商将军戴罪之身，竟然被委托如此重任，你这皇帝竟把江山如此当儿戏！你要与他胡闹玩乐，别压上国土做赌注!”

听闻如此狂言，悯瑛气得喘息，深吸了口气大声叫：“来人，把他拖下去，打断他的腿!”

一阵脚步声快速而来。当一人影出现在殿堂时，悯瑛却忽然像泄了气的球儿一般，跌坐在宝座上只能再接连喘息着，脸色惨白。

“怎么，方才叫来人，本王来了你却没了声音?”懿琨小王爷高挑英姿挡在宫奇闯面前，俯视悯瑛，言语带讥讽，嘴角勾着冷笑。

悯瑛秀气的脸上此时青白红转换，气息不稳，显得十分脆弱，徒自咬着唇，做出坚强的样子，眼中的柔弱却透在了双眸里。“这人反了，我处置他。”半晌才轻轻说出这么一句话。

“这是我的人。”懿琨立刻说，声音一如既往坚定傲然。

“那……你带他走吧。只是商将军的事，请不要再反对了。”

“没人反对你。宫将军愿意为国效忠，你却不识好歹，若非我及时赶到，你就要自废良将！你看这算什么？难道不糊涂昏庸?”亲王再次教训道。

悯瑛不语，缓缓垂下眼帘。再沉默以对了片刻，懿琨扶起宫奇闯就往外走。

到了殿外，宫奇闯立刻拜谢：“多谢小王爷及时相救！以前听传言说小王爷能随时置皇上于死地，竟是真的。”

懿琨淡然，冷笑了一声：“他若知今日，也该悔不当初。”当初怎样，却不言明。

“他如此不仁，小王爷却还顾念族亲之情以及礼义，还有天下苍生安危，留着他如此，实在是仁义备至!”宫奇闯说得诚恳。

懿琨又冷笑：“为天下倒是的，倘若皇室变故，如何能安民心?”

“如此考量，不愧为国君之材！宫某不效忠于您，才是天理不容。”

“别这么客气了。”懿琨忽然微笑一下拍拍宫奇闯的肩，“你为你师门派建功立业，无可厚非，好自为之。”

“小王爷已知我身份了?”宫奇闯立刻慌乱，“我对您是真心的，并非只为了师父和门派，请您千万不要怀疑，不要怀疑！请相信我!”

“好，我相信你。”懿琨看着他的眼睛，轻描淡写地说，同时淡然一笑，宫奇闯还呆立在原地，继续言语：“小王爷爱才惜才，不以貌取人，肯给我机会，我心中一直清楚，我一心效忠于你!”

“极其聪明之人，为何要有愚蠢顽念？尤其看似心狠手辣者，为何自寻一处软肋?”懿琨小王爷在走时轻轻念着，不知在说谁。

第八十四章　莫名的追击·扩时术

这时凌月刚去向掌管武事的三公之一秦大人报道复职，立了“军令状”，以戴罪立功之身，只可成功不可失败，否则接受罪加一等。然后他再去王府向老王爷致谢。礼数少不了，当然包括真心的感激和感动，约束也少不了，当然包括自发的信心和决心。在商府低迷时期老王爷关怀鼓励，商府这时自然要有所回谢，凌日不在，就凌月去了，而且这次出征也是他再次代表商凌日将军的身份。

摇了摇头，“还是想真正的事务比较好，比较充实。”于是凌月又去想接下来就又要赴任务的事，心中五味混杂，思绪情绪翻滚。想到这多年来的压力积压、起落波折，及两年前的打击，在记忆中深深印烙随心浮沉，混杂沉重自不在话下，却是脱离了现实当下，没有留意其他，周边的景象在眼前早已淡去。

忽然一声呼唤划破了凌月周边的安静。“商公子，别来无恙!”

深沉内力暗藏，使得声音直达耳旁，凌月悠悠地转身，脸容还带有一丝若有若无的茫然，显得恍若冷漠。弹指之后，凌月发现对面的人是懿琨亲王。

凌月的思绪还没凝固到眼下的现实中来，他当然也不知道小王爷刚才去过哪里、盘算了些什么，甚至也没想他为何会在这里出现。

“为何装得如同没事人一般?”面对有一丝茫然的凌月，懿琨发出质问。

“小王爷，不知有何贵干?”

听见凌月沉稳的声音淡然的音调，懿琨冷笑，踏上前一步靠近凌月盯着他：“你可知道，既然惠珍名义上为郡主，你惹到她头上，便为触犯王府。”

凌月心念一转，才想起前些日子的那琐碎事件插曲，更快地察觉到自己不喜欢跟面前这明显不友善之人离得这么近，于是沉稳而淡然地移开了一点，“我何时惹到你妹妹?她自己的情绪问题，不是事情造成的，而是她的态度决定的。”

“惠珍先前尚且良好，见了你与你发生口角，而后哭泣不止，茶不思饭不想，人也消瘦，你这薄情寡义之辈，如今知道竟无丝毫愧疚?”

凌月根本不去考虑他所说的内容，只是应答：“我不了解郡主的脾气，与她接触也不多，她的情绪我把握不准，也没有义务跟着她的脾气走。”

懿琨听后一时不语，凌月见他虽有怒气却不发作，说话亦是斯文，竟没咄咄相逼，又想：或许是他碍于贵族身份，不能对我说话太难听吧；果然是有素质的人顾虑更多，不同于那些胡乱造谣谩骂的市井小人。想到这里，凌月对懿琨小王爷忽而有了一丝好感。

不过这好感瞬间就被懿琨在原地散发的敌对气势给冲散了。“你休要狡辩。总之，今日我不会让你走。”凌月淡然扯了扯嘴角，接着道：“还是那句话，她生气由她自己的不知什么想法和态度引起，不是我造成的。应该说本来就是她来找我，我并不想见她，别说是否让我心烦了，就光站在她的角度，她自己要这样，是她的选择，也更要由她自己来承受了。”

凌月自小玩“自我辩论术”，头脑灵光，一直以来虽然内向却是能说会道，现在显得更加凌厉了。小王爷似乎辩不过自己，就见他举剑于胸："商公子，动手吧。"

顿时，一股气势爆发，懿琨拔出腰间暗红佩剑，向"凌日"指去。剑光一闪，刹那之间，凌月急速闪避，并不拔剑，退到了斜侧。

"且慢!"凌月同时高声喝止，懿琨小王爷停了下来，却发出讥讽："怎么，你不会使剑了?"懿琨还勾起一丝冷笑，凌厉星目斜视，睥睨之色显露。

"小王爷，你我两家是世交，不要伤了和气。"凌月的心中浮现起了母亲岳雯诗的话，在重回商府后，那段记忆更仿佛昨天。那次是凌月准备离家去行动，突破低迷期的时候，岳雯诗对他讲述了岳世家和商世家上一辈的交往，且提到了老王爷对商敬先甚好，超过了一般的朝野之臣。现在凌月的心上和脑中还重重充斥着家族历史尘埃的沧桑。

"哼，世交?你若考虑家族，怎还如此态度，拒绝他们为你安排之婚事!"懿琨忽然情绪激动，声音略微变化，和之前些许不同，不知为什么又重提这个话题，"你竟然不知自己伤了别人的心?"

"我说过了，是她自己的情绪问题，你应该知道你妹妹脾气不好，没人惹她，她就闹情绪，根本不用别人惹她。"凌月满不在乎。

懿琨对此也无否认，但言辞更为激烈："此乃父王与令尊都有意之亲事，你就如此拒绝?说我妹妹任性，你难道不任性?简直不孝，自私。"

凌月听到懿琨这样骂自己，顿时想到了这两家联姻完全落在凌日的身上，不是自己，怎么自己被郡主骚扰了还要背这样的骂名呢?心中不悦，但又不好说这不是自己的事，因为现在自己仍在扮演凌日，立刻感到心中堵塞得不舒服，怒火也在积累。

然而他实在不想节外生枝，于是就想绕过去踏上征途，可是懿琨高大的身影极为迅速，再次拦路在他面前。

"容不得你在此逍遥，本王今日来，就是要替天行道。看剑!"顿时一剑接一剑刺了过来，招招凶狠。凌月仍尽量避开，速度更加迅捷地一闪。小王爷并不停息，举剑往前一伸，人未到剑先到，攻势夹着怒火更显猛烈。凌月轻巧快速接连避开了，却并不愿后退，只是恍如飞仙一般，又站到原地，将懿琨落在了旁边。

懿琨却看不清如何的身法步法已然回身，再刺一剑，侧手反指，凌月呼地一声从他剑身剑气旁边贴身而过。三招过后，凌月才拔剑出手。

"今日我是来找你拼死的，你无须行世交之礼，让我三招。"懿琨冷峻而神色凌人地对凌月说。

"其实不是我故意要让你三招，我一直都不想出手，在找机会想脱身出去，是你的武功高了，我避不开，所以正好三招之后迫不得已出剑了。"凌月坦诚。懿琨听闻，没想到凌月这么坦诚，脸色稍微缓了一缓，只是一刹那，他略一凝眉又似计上心头，加大力道狠攻过来。

凌月所行的还不是月影剑法，只是在自创剑法之前跟贺师父学的青云剑法，一般对敌出战凌月不愿使出绝学。一方面他心中有些顾忌，这套月影剑法是凌月自己的风格，而凌月使用武功的时候却是以凌日的身份，虽然其实这令人眼花缭乱、应接不暇的剑法，普通人完全不能体会出那些；另一方面，凌月心里不喜欢将自己的内在风格表现给不理解的人。所以虽然第一方面的顾忌大多数时候可以不顾忌，第二方面内心深处的想法，可能也是凌月"洁癖"的一种吧，使得他很少将这自创的作品示于众人了。

原本创作，就不是为了应对别人，而是为了自己。自己的自我充实与追求知识。而给不理解的人看，反而有糟蹋了自己心血的感觉。

青云剑法如行云流水，一招一式流畅而迅捷，与月影剑法承袭一派自有不少相似之处，飘逸的气势也是类似，华丽和精密却不如月影剑法，凌月不敢认为青出于蓝而胜于蓝，只是客观来看确实可算是站在巨人的肩膀上再登高了。

虽然并非简洁路线，青云剑法不包含月影剑法的精妙变化，结合五行八卦也没有那么复杂而完美，而且趋于剑走长势，不像月影剑法中例如"化泪系列"的"清风化泪"、"泪化月影"、"泪若星光"等包含化整为零、分散到细节再从多层面再融合凝聚的气势和技巧，因而在遇到高手、尤其是力量型高手之后，以巧化力、以柔克刚的优势不那么明显。甚至还会落入对方的气势力量中，被困于下风。

而懿琨则在客观条件上可以集中精神得多，当年他的武功也已不弱，现在更是长进诸多。凌月原以为他属于力量型，会爆发但不耐久，现在才知道错了。

懿琨的剑不但贯穿着劲力，更有一股仿佛储藏着的后续势道。凌月在行云流水般的剑势下，原本以为会克制住懿琨的烈火似的剑势，没想到他的攻势不仅不退，反而更加旺盛凛冽，凌月不由得心惊。这火，为何被水克不灭？

须臾之后发觉，懿琨所使用的火之势，并非纯粹之火，而是结合了肃静杀敛之金，这金原本是为火所克，却隐匿在了懿琨剑术的火势之中。二者结合，更加凌厉、刚烈。思索起来，凌月剑法中包含了气势乃相生之路，当时创造后与贺师父精心完善，已觉精妙异常，这时才见，竟然有以相克之势而成的剑法，不禁暗暗感叹。

剑花剑风中，懿琨的深红色卷发阵阵张扬，随风舞出狂放的气流，更显十足个性化，相反凌月在凌日的模式里头发被扎住了，气势也跟着显得束缚。

很快凌月的剑式便被懿琨克制在小范围里，越舞越小。凌月是很固执的，不到迫不得已就不使出绝学，那是他事先决定的，在这危急之时也还执著于自己定下的准则。

这时懿琨阴狠的剑势越来越不受阻挡，说阴狠是因为那猛烈狠毒的招式同时是压藏的，不像凌日的凌厉猛烈狂热直接绽放出来，却要危险得多。凌月一边招架不暇，一边还抽出心中的另一个声音，说：这是我遇到的最难的一战，最强的敌手。

一剑猛烈而延绵在后更凶猛的气势袭来，懿琨眼看凌月避无可避、挡无可挡了，刹那间凌月忽然变招，一支剑忽然抖落零零碎碎的剑花，同时凝聚成一股整体的气，或者称光，同时身形更加轻盈，步伐踩踏出截然不同刚才的路数，忽然从侧边一扭凝聚一势反攻了过来！

"好！"懿琨小王爷不禁喝彩一声，"你有这剑术，刚才怎不使出？"

不等凌月回答，他就又一提剑气，袭击过来。凌月听闻也无言以对，心中却叹了一口气，这场比试，或者更确切地称决斗，懿琨再一次逼得自己使出本不愿行使的招式，等于是破了凌月心中坚守的界限。

"结果未出，在过程中他却已经赢了。"凌月心中的声音。

剑锋似环绕着光芒，剑风和着剑气，阵阵飘洒如雨如泪，再延绵成一层层的光流淌过来。这种光是黯淡的，深邃的，不刺目却有着另一重灿烂光辉，仿佛沉淀了的加倍的美，又如天生就脱离了这个纷繁的凡尘世界。

月华般的气息逐渐升起，笼罩着剑锋划出的空间。

这时懿琨也变出了怪招，剑风如同一片片的树叶，又如带刺的树枝，竟然从这弥漫的月光之风中穿透，突破出来！

凌月倒吸一口冷气。方才懿琨小王爷所使的金象之下，竟然窜出了木的气势，金克木，而又一层相克的元素竟然结合，如此一来三层紧扣、环环相连、相克而后生，还有谁能制得住他!

幸好，凌月并不完全依照五行八卦的原理，他还有自己自创的理论辅助，且参照了当年郁医师郁伯伯赠送的书中的气息之法，即使到了这时，还是没有到绝路。或者，已经逼近绝路了，却正如老话所说，绝处逢生。

凌月再出月影剑法中的又一式，“同杯碎月”中破碎而有序的剑气将带刺枝叶般的攻势一根根都挡了回去，且加倍反击，“月之隐晦”从暗中聚集力量反噬过来，加深，席卷，又从暗中升起光明，走完一道圆，再次洒下铺天盖地普天同庆的月夜光辉。

忽然懿琨的剑有一刹那的停滞。仿佛被凌月的这一轮的从暗到明的反攻封锁了路径，搅乱了思绪，抑或是他选择不予反应。

高手过招，只是这么一顿，已然输了全局。

凌月的剑突破了懿琨所有剑气，刺了进，划了开。

懿琨闭上眼睛，蓦然间如同毅立的雕像，又似堕落的神祇，甘愿领受死亡。迟迟的刹那，并无剑刃触碰。

凌月的剑还是指着他，清秀面容上却平和如水，没有半丝要杀他的意思。“我本来就不想动手，现在更不想杀你。而且我不想杀任何人。我希望一切都好好的。”如水的平和或许只是表象，在那之下还有一层抹不去冲不退的哀伤。

懿琨扬眉，似笑非笑:“你不想杀我，不后悔多了我这样的强敌?”

“小王爷你的剑术非常好，我们可以光明地良性竞争，看到强手异己就想铲除，这是恶人的行径。懿琨亲王，你是一位好的对手，我不能对你用恶劣的手法。”

懿琨眼中光芒闪耀。

凌月撤下剑，背转身去。

他的身影有一抹落寞，疲态也是并不掩盖，随着那淡淡的忧伤，散发出来。

忽然，懿琨提起剑，一跃而上，朝凌月的背后猛刺出!

日光从懿琨的背后投射过来，仿若延长了的刹那，迅速地一点点侵袭过，将凌月笼罩在他凌空而下投洒的阴影中。这一刻，唯一闪着光的就是懿琨手里的宝剑，此时的血红剑身在阳光反射下透出的色泽不那么纯粹。

仿佛是一道隐在光天化日之下的危险，刻意收敛了气势与张扬，悄无声息地到来，待得发觉，已在眼前。

剑风临至的刹那，凌月茫然回首，体内的气息并未提起，经过刚才的一战，身心疲惫，思绪翻滚，且已觉得自己放过了懿琨，刚才他也已不反驳了，应该算是取得了共识，没想到懿琨又会上来。

凌月转脸的刹那，剑风和他自身的转动使得他散开了头发，乌黑的发丝在阴影中更显漆黑，衬映着如玉般的脸颊，美丽双眸中没有焦点，坚挺鼻翼微微仰起，朝向懿琨背后的光线，遮在阴影下的柔雅又不失棱角的线条更增一分俊秀，还是来自于淡淡漫溢的悲哀。

懿琨的面容也隐在了日光投在背后的影里，长长的卷发和整个人的轮廓都染上了一层金边。凌月看不见他的表情，没有聚焦的眼睛也不能看清他。

电光火石的瞬间，凌月心中似被禁锢了，唯一的声音就是“他为什么再来伤害我”，然后身上并未感到刺痛的冰凉。

“嚓”的一声，懿琨的剑也重新回鞘。

凌月的瞳孔聚焦的一瞬之后，懿琨垂下的目光已没有看着他，低声说了一句:“你就那么想当将军，去征战吗?”

“这是我的使命，我必须得去，或许开始就不由我选择。”凌月的声音轻而坚定，然而不知为何却感到浑身疲惫，再一看已日影西斜，日光不似刚才的角度。

“你走吧。”懿琨吐出了这几个字。

还有奇怪的是，凌月明知去当将军出征根本不干小王爷的事，但是懿琨说出这句话，却那么理所当然般，而且带有一股气势——仿佛不只是气势的不知什么道理，连凌月也并未想到要反驳他。若是换作其他人，凌月灵敏的反应就会想到而说，我的事又不是你批准的。

“好的。”凌月竟然这么答，仿若自然而然应当回答他，然后两人转身背道而去。

第八十五章　奇怪的凝思·暂无解

抽离现实的瞬间，凌月的心上忽然划过疑问，想起一年多前也是在即将离开京城时，不知怎么突然遇到懿琨小王爷，这次又是在准备走入下一段行程之前，是巧合?

不过他没有多想。只是觉得命运这东西太过奇妙，想也想不清楚，比较起来，还是人的心思更能分析出名堂。然而还得承认，连自己的心思有时也难以弄懂。

于是，凌月转为对其他事情开始疑惑。

在刚才的那一瞬间变化，他擅长的另一绝学暗器梨花雪其实扣在手里，纵然他的眼神迷茫，本能的反应也可以将暗器发出，何况懿琨当时已离得近了，目标当前不会失手。凌月的暗器却也并未在这危险的刺激下发出。梨花雪还是捏在凌月手里，他的手紧紧扣着，收着气势。

“正如之前没有下手杀懿琨，现在还是不愿动手，若是暗器出手，就会两败俱伤。”

“那么我之前的苦心就都会白费了。”这就是凌月的道理。①

这道理，有一半积累已久，另一半却还是事后去分析寻找的。在那一刻，似乎有什么涣散着或者禁锢着凌月的思绪、气息还有动作，包括了凌月心中的价值、他的疲惫、他的抽离，都对凌月来说太正常了，只是在那一个反常的情景下，难免有些反常。

而另一方面，倘若懿琨不知凌月有暗器，甚至不知凌月会暗器，在剑之外还有别的武器，懿琨却在一瞬间收手，这是为什么?

凌月的脑中自然划过了一丝这样的疑问，然后就说：我愿相信他和我一样，愿意善待优秀的敌手，多过其他的原因，比如他觉得我对他的妹妹还不致恶劣至此，或者我与他两家世交；那么，就不要多想了。

于是凌月就不再想这件事了。

此时，日光已经西移至临近地平线，适才与懿琨小王爷一战，没想到竟然用了好几个时辰！仿佛时间扭曲了一般，竟会如此。

为何时间又似出现扭曲？凌月在如此劳累的状态里，疑问一闪而逝。

---

① 有些人确实有些怪脾气，通过到现在为止对于凌月的描述可见，这么点执着也不足为怪了。这却只是凌月单方面的考量而已。

过程进行之中还不觉得；激战紧张过后的释然，更加剧了疲惫。纵使平时在夜间精神比白天良好，毕竟赶夜路不比白天出行来得高效，凌月这时感觉近乎透支，不禁放慢了速度，心中计算着夜里赶去与军队会合也没什么意义，于是不再着急，在路途中找了旅社休息了一宿，这样第二日加速再起程，效率更高，总体来说还是可按计划，不会耽误大军。

心意已决，凌月舒了一口气。不紧不慢的步伐与思绪中，已然远离京城。

踏上行程，这当中的一切仿若抽离，重叠着的画面与情绪是上一次出征之时，转眼就隔两年了，而这两年不是普通的两年，当中发生了太多事情，而且是根本想象不到会发生的……

“若可以选择，真的希望不要发生过。获得这些机会、经历、收获、高升，等等，有意思吗？失去的已然失去了。更何况所获得的，并不是我一开始想要的。”

凌月不经意地牵出一抹苦涩的笑，微微抬头望向天上的浮云，那神采怎么看也不像年轻人应有的朝气与飞扬。

黄昏的地上，他的影子拉得很长很长。

一路向着北方。他没有看缓缓落下的日光，也没有看他自己的影子。

他一个人默然向前，有一批新的战士们随他这次出征，已先一步踏上了去潘国之路，按照计划将与商将军在中途的一块适合军队驻扎和演练的地方汇合。其实凌月的这次出征，不仅以“戴罪立功”的名义，还立了军令状，朝野臣子们虽有心让这位商将军去应付这潘国的苦差事，却当然不会不揪住当年“巫医派事件”之后定给商将军的罪名。他们一方面心中认可商将军的能力，另一方面却不希望这位后起之秀屡屡建功，因而在同意皇上恢复商将军职位时，仍然留了一个污点。

另一方面，此次装备和人力都比当年要充沛很多，是三公重臣批准给予的，或许是商将军的能力逐渐受到朝中认可的反映，又或许只是由于这次任务本身的繁重性质所定。而凌月走之前要履行一些对重臣的拜访和誓师承诺般的礼数，还由于要与悯瑛单独做些商议，因此军士们没有与他随行。

朝廷上下都知道小皇帝已不小了，对这位曾经任性、现在还不明态度和实力究竟如何的日益成熟的国君，重臣们已多了很多防备。

而凌月这时还忘了联想到，他这次恢复商将军的职位，远不止异族入侵、戴罪立功那么简单，也远不止利益交换那么明了。这些，纷繁纠缠，或许还能算是设的局和打的幌子。

第八十六章　早已埋伏·如何对付

北方征途，距离当年凌日率军与宫小将军起冲突的不远处，也是当年凌月带悯瑛赶到之地的不远之旁，这时已然布下了精心的埋伏。

此地亦为商将军与众将士们汇合之地的之前一站的必经之路。

终于，他们等来了期待中的那抹身影。孤自一人，文雅与英武并重，清秀又不失威严的人。

众人的眼睛亮了，瞬间，魔教长老的指示下达，众跟随者一跃而发！

四周顿时树立起了阴森森的人影。一片一片，夹杂着幻影与真实。这是克制凌月所用的玄术。还有突破凌月的剑法的阵式。

这整个布局，阵法、招式，都是充满了杀气。都是以死攻敌、将凌月困死的套路！

他们对于凌月的招式十分了解，每一式都是严密针对的。当然，这些凌月没有看见。

只是这次他们遇到的是凌日。真正的商凌日。

凌日与凌月的武功套路差异是极其显著的，虽然各有千秋，在精密和巧妙的程度上凌月的武功还略占上风，但这次布局者和围攻者的战略都全数错误了。

他们原本以为可以克制的，非但克制不了，反而被凌日抓住了空档，予以反击。凌日的暴怒与凌月的隐忍原本就是鲜明对比，此刻的他被莫名其妙敌对，更激发了他的狂放和激烈的斗志，一贯简明而大力的招式，更包含了怒气和力量，以及一分对待给予被他碰到惹上他的敌人的残忍。

根本就没有魔教长老原先估计的花哨招数、精巧应对、不忍下手的仁慈，被激发了的凌日，气势比魔教众人还更加凶狠，这时的凌日红了眼睛，人阻杀人，佛挡杀佛。

突如其来的场面，魔教长老都转不过来是怎么回事，这时只想唤起法术，临时改变策略用本教的法术来敌对这可怕的人。

可他还不知道的，凌日手里握有如梦令。那传说中皇族所持有的、当年开创参阳王朝时大显奇效的圣物。任何法力在如梦令面前，归于乌有。

到底是魔教长老，老奸巨猾，才一刚使出法术立刻察觉了异样，遂立刻收功，撤退，保住了自身实力和残余人手。否则若要与如梦令硬拼，强自行使法力，便会被自身功力反噬，加之如梦令的力量，至少会受重伤。

而此刻，双眼充血气势摄人的凌日，挥舞着光亮的日耀剑，顿然间又一拨人倒下。

血溅当场，尸体纵横。

“啊——”

一声惊异的喊叫，仿佛被刻意或自然压制的低沉，在这暴力的气息中竟然让凌日的动作缓了一缓，转脸迎向了那张与他一模一样的脸庞。

“这是怎么回事？”凌月气息颤抖，不忍去看这血腥的场面。当年即使出征收复四国的土地，与异邦征战，也从未这么血腥残忍啊！

不，他们的脸容并非一模一样的，简直完全相反，差异无比明显，纵使五官和脸型如同一个模子刻出来的一致与精致，还是有那么深刻的气质表情神态等的差异。如果这时有旁观者的话，甚至根本分辨不出他们是双生子。

“哼，你还问我，这些人是冲着你而来！”

被这血腥场面震惊之下，混合着，或者反弹了，一贯的一丝抽离感，凌月这时显得有些愣愣的，凌日立即皱眉，提高声线，仍在怒气之中的他吼了起来：“他们要杀你！”

“要杀我？”凌月的眼眸凝聚，神色已然变换，却并非震惊，也并不纯粹，目光深邃而复杂，“我还好端端在这里。并没有受半分伤害。凌日，看起来你也没有事。你不应该杀了他们，请你赶快把他们救活，好不好？”

凌月的神色有些焦急，却还是带有一股淡然优雅仿若置身事外的气息，清雅气质配上凝起的眉，更显忧郁而高贵，而他的声音仍是那么文雅含有一种空灵，凌日先前激动浮躁的情绪似乎也一下子平静了好多。然而凌日关注在了这情绪之中，一时还没意识到凌月这话语中的奇怪要求。

见凌日并无反应，凌月知道他还没听进去，否则不会如此淡然的，于是继续道，“我知道你的门派有起死回生之术，你有此能力，请你救救他们吧！”

果然，凌日又激动起来：“你倒为他们来求情？你知道他们想刺杀你！”

凌日的声音里还是透着燃烧的怒火，表情愤怒而刚坚，更显出一股如同冬日烈风般的英气。

“我知道。”凌月平静地回答，“不过他们没有成功，我不是好好的在这儿吗？”

“那是因为他们碰到了我！”凌日听到这里，真的焦急了，“凌月，你怎么这么傻！你知道，这些家伙这次是真的冲着你的性命来的！他们的幕后黑手准备极其充分，摸准了你的武功和你平日的风格，所派的手下也都是一等的高手，如果不是误打误撞碰到了我，以我巫医派的剑法武功对付，只怕平日你的武功虽高，但是毕竟你心地善良出手留情，也走的是柔缓飘逸路线，而且玄秘的步法路数已被知晓，会被他们处处逼准要害的方式所致命！”

说到这里凌日越来越激动，“他们怎么也不会想到竟然有我！他们只以为商家的两位公子一文一武，你是习武的剩下的必然是文弱书生了！而你这次出行孤身一人，在即将与大队人马会合的必经之路设此埋伏，这难道不明显是精心布局的阴谋吗?!”

“凌日，这些我都知道。正因我看见他们已经受到惩罚，才来跟你说这些。”凌月淡淡笑了笑，一字一句，字字清晰，让凌日一瞬间联想起了平静的隐藏着能量与波动的暗夜。

凌月柔而坚毅的声音继续，“如果你没有惩罚他们，我会请你不要放过他们的，你不肯我自己也会追究到底。”这句话让凌日无比意外。

“我一直都认为，善恶要各有报，是对的就不应遭受不公平对待，是错误的就要受到应有的惩处。”凌月的双眸闪烁着深邃，“而现在，他们已经受到制裁了。这一切，已经了结了。若说血债血还，你我并未流血。那么，现在就应该由我们来救他们。”

“哈哈！凌月，我真理解不了你！你这是什么理论？”凌日愣了一下，忽然不知怎么好，眼前这位与他容貌一致的气质却飘然很多的清逸之人真是他无法洞悉的，他以柔美善良的面貌出现，爱好和平，心胸宽容，心态平和，怎么这话听上去，比自己远要刚硬、冷血、一一对应、善恶分明？他是怎样的心态，故意宽容仇人，以德报怨，实际上施舍高贵的怜悯，或者扮演仁慈的救世主？

“我一直觉得你不是虚伪的人，虽然你经常需要扮演和伪装。但是，难道你的伪装已经深入骨髓了？你想上演以德报怨的好戏流传佳话？你是想在他们还是我或者更多人跟前，你自己以高高在上的救世主姿态呈现？”凌日说到这里言语透出苦涩，这是他又一次与凌月产生分歧，比以往对凌月更加出语讽刺而直接却是基于他的道理之上，而非像以前那样随着情绪的。

凌月的面容柔缓下来，重新恢复一抹忧郁，凤眼微微下垂露出哀伤的神情，他的心在听到凌日如此说的时候被刺痛了：“凌日，我从没那么想过。确实，我总是需要扮演、需要伪装，但是我更希望一切依照着它们应当的方式和规律进行。这是天地生命的规律。我只是想，不为他们，我们应该尊重整体的生命。更何况他们并未对我们造成伤害，而我们却一下子抹杀了这么多性命。”说到这里凌月的神色更暗沉下去，“他们每个人，都可能有一个家庭，有等待他们的家人。他们只不过是小喽啰而已。这次刺杀行动并非他们发动的，他们只是领命，甚至有些迫不得已。”

“我救不了他们，我宁愿他们不要因我而亡，不要因我而来，我真的希望这一切从最初就不要开始……”凌月说着声音轻了下去，仿佛飘到了远方。凌日的面容也平静了，在这一刹那，透出一股近似于凌月的安宁柔和，叹了口气。然后他轻拍凌月的肩膀：“是我想多了，错怪了你。好，我答应。”

凌月展现一个笑容，纯真如同单纯可爱的孩子，却还是夹杂着他一贯的淡淡忧伤，令人加倍感到怜惜。“谢谢你，大哥。”

“你我同胞兄弟，客气什么。”凌日恢复了他的爽朗。

“不过，”凌日又说，“我的医术虽高明，但施行起死回生之术有时效，且一次只能救一人。你看这里倒下了这么多人，你要我救哪一个?”

一句话把凌月僵住了。“这，你真的……”凌月问到这里，声音也收住了，心里突然想到，是呀，起死回生是何等难度，既然任何事都要付出，行使这术的难度不能揣测，凌月不忍心让自己的兄弟凌日为了救他们而付出代价，这代价凌月不敢去想。

“怎么?”凌日见凌月突然不语，看着他。

正在这时，倒在地上的一个人忽然动了一下，微弱的响声在这僵持的沉默中正好凸显了出来。凌月赶紧转身过去，“凌日你快来，他还没死，先救他!”

凌日顿时严肃以待，显示出医者的风范，收住了原先的情绪。

凌月从心中泛出一丝喜悦，笑了，一面开始帮凌日一起准备治疗。“神医大人，我正好来帮你打打下手，敬请吩咐!”他忽然调皮，闪出平日难得一见的活泼。或许凌月天生有一颗敏感而细腻的心，能够体验深刻的悲伤，又怎不能抓住日常的快乐点滴，作为平衡压力的生活调味剂呢?他笑起来纯真而灿烂，没有往日的忧愁忧郁，却还是一样的柔和谦雅。归根结底，凌月的情感深刻，起伏剧烈绝不亚于凌日，却更为忍耐克制，有时又有不同的情绪相抵消而已。

对这好兄弟，凌日虽觉得他不太好理解，平日总是心事重重的样子也并不招人喜欢，有时也还是蛮可爱的:“不用咯，你在一旁安静看着就好。”

他的动作快速而敏捷，且不失灵巧，凌月在一旁安静地看着，忽然感到凌日的医救动作比他的武功要精细很多。而且肯定精妙和高超很多。他的神态，也透出了往常不多见的认真和温和。

有话说得好，认真的男人最美丽，何况凌日原本就长得很不错，凌月看着他微笑了，把自己的一点自恋投射到了凌日身上，也只有在凌日显出认真神态的时候才能如此。

擦了擦手上的血迹，这次却是由于医治而非残杀，凌日的医术当真出神入化，一炷香时刻后，重伤死亡边缘的救治已然完成。

刚才的凶神恶煞已经不见半分痕迹，凌日的情绪起得快落得也快，又是一次例证，而这次似乎还多加了一点有意思的意味。

“阳生阴长，阳杀阴藏①，生与杀，都在你。”凌月的目光有一丝迷离。

“呵呵，凌月，你倒也懂一点医理嘛。”凌日笑了起来。

“看过一点医书，也就只是理论上的皮毛。”凌月还是诚实，不夸大也不特意谦虚。伸手怜惜地拂过了凌日额间的几点汗珠。

这是凌日第一次感到凌月为自己做的切实的举动，心上顿时升起一丝感动，人与人的相处有时很奇妙，自从凌日回到商府之后，凌月照顾凌日，关心他、容忍他、帮助他早不是一次两次了，反而就只是这么一个小动作，温暖了他的心。

凌日的脸上浮起一抹笑意，盛着温情，此刻无声。

“凌日，谢谢你为我挡过了一难。”忙过之后，凌月又向凌日道谢。

---

① 这两句原句自《素问·阴阳应象大论》:“积阳为天，积阴为地。阴静阳躁，阳生阴长，阳杀阴藏。”

“不用客气，我就碰巧路过。兄弟嘛！哪怕过路的，见如此恶劣的行径围攻一人，也会拔刀相助！”

“恰巧路过，有这么巧吗?”凌月的心上划过这一丝疑问。凌日为何偏偏这个时候路过这里，而接连遇到了这么一次袭击?

然而在电光火石之间，已然有了自己的解答——一是不否认冥冥之中的神奇，那些分不清的巧合和注定，不管怎样至少理论上凌日有在这里在这时出现的可能，不管究竟多少概率；二和三则要确切得多：有可能凌日是想来截住他这次出征的——凌月马上想起了两年前的那次不愉快的经历，立刻忽略过这抹情绪和这份推断，宁愿相信是第三种可能：凌日手中的如梦令是当年凌月与悯瑛进行过仪式的，即使拿不回来就一直被凌日把握着，不管怎样凌月也算这圣物的主人之一，它确实有示警的功能，悯瑛说过，不过原先认为应该是保护它的皇族主人，当然从那次巫医派事件之后凌月查到的消息是如梦令也与巫医派有渊源、愿意保护巫医派，那么以此类推就也很有可能这如梦令愿意保护凌月，指引凌日来到这里了。

当然，不管是两种可能中的哪一种，都牵连到那次凌日代凌月以商将军名义造成的困扰，连起其后的一系列痛苦，这时候凌月怎么可能提出来、去问凌日为什么过来呢?

继续着擦拭凌日头上汗水和脸上尘污，动作仍然柔和，怜惜从内心而发。且不论这些具体的事件，兄弟和睦都是应当珍惜的，凌日与凌月这对自幼分离的兄弟，相聚之后的种种波动甚至冲突，此刻的安然来之不易。

凌月没有让他的疑问和被勾起的心事在动作中浮现，这不是虚假，也不是掩饰，只是压抑，用心上的一抹真实抑制另一抹真实。

凌日很是享受，笑呵呵的：“话说回来，这次若不是碰到我，你真的好险哪!”

“是，太危险了。”凌月其实心中想到，那些人看来只是掌握了他的一些剑术的基本规则和原理以及步法，能克制住月影剑术的发挥却不知道凌月还会其他武功，若真的碰到以暗器就可以至少击破一条出路。但是怕凌日误以为自己感谢他是假的，于是就没有说。

有些话，并非真实的就算对，有些话，不是谎言但也有所隐瞒。

有所隐瞒也并非不出于善意，只是最好还是不要说谎了，即使所谓“善意的谎言”，还不如真假之中的灰色地带或者沉默；因为这个世界虚假的已经太多，没必要弄得更加混乱。

这次凌日确实帮自己脱险了，他花了力气，且不顾自身安危为凌月拼搏的态度，让凌月十分感激。而若要凌月以暗器等方法来硬拼的话，不仅损耗体力，血腥的场面对心灵也是一种折磨，不管怎样，这次凌日是帮凌月挡了一个灾难。

不过还有一个情况，即使凌日不提，凌月也得主动说。“有些话，请你不要介意。”灵光一闪，凌日对着凌月这表情和语气，已猜出了大半，这时他心情不错，摆了摆手，一副无所谓的样子：“我知道，你是说这将军的职位，我不在乎！不必跟我讲。”

凌月微微凝眉，认真地说：“你是不在乎，不过我还是应该解释，这是我应该做的，否则我会心不安，凌日，这次任务本来是由你去的，既然商将军的身份已经是你的，在那天晚上的军营中，已经确定了。”凌月用词小心，没有说“给你了”，以免显得像在施恩，因为那确实是凌日该获得的。

然而凌日还是不高兴了，或许这是话题的关系不可避免造成的，“嘿，你的意思我懂，人家也说这次商将军是要将功补过，过是我犯的，功却要你来代替送给我，真是托你的福了。”

“我不是这个意思，”凌月急忙道，“别人怎么说你别在意，在我心里我没有责怪过你，你的反应我理解，并不过分，你是巫医派弟子，而且事情已经解决了，现在是一个新的任务……”尾音略拖长，凌月小心翼翼地措辞，生怕激怒了这位情绪变动快而起伏大的兄弟——尤其关键是他今天帮助了自己，眼见之后马上又有求于他了。

“你的能力这么强，完全不需要这次出征来证明的，这么烦琐的对战潘国，哥哥你看不上的啦!”凌月话锋一转，开始讨好卖乖起来，笑嘻嘻的。

凌日吃软不吃硬，见弟弟这样顿时气消了，不过还是扭着头撑着生气的模样，凌月呵呵笑了，心道比自己装傻的故作可爱倒是可爱得多，还好之前他心情不坏，否则自己这么傻傻地逻辑不通地胡乱解释说不定要火上添油。

“哥，以后有的是你展现的机会，这次让我把这个烂摊子收好，再清清爽爽地让你大展威风!”这是真的，两年前的潘国出征凌月没去成，心中真的将它当作自己未完成的使命，对于追求完美者来说，卡在那里没能做完的任务，就像一个烂摊子让自己烦恼和遗憾。而在凌日听来，当年那场灾祸其实他心中并不是没有愧疚的，所以生怕别人怪他，就先声夺人放大了凌月的疏忽推给了这位弟弟去，这时说到“烂摊子”凌月却完全指自己的事情，凌日看出他诚心，真没责怪，遂面色完全放缓，反而感到有点歉意。

“好吧，知道了。”凌日声音降下来。

“你在外面这些日子累了吧，辛苦了。”凌月也更加放柔了嗓音，这句不是空话，是衔接的铺垫，当然也是真诚的，“这段时间，哥哥好好休息休息，爹娘都非常非常想念你呢!”果然，凌日听到这个消息欣喜之色闪出面容，从小离开家园的他，自是十分重视家人对他的接纳，这种成年后再归家的对隔阂的担忧，凌月没有经历也可以理解，所以当时凌月告诉他岳雯诗喜欢他多过自己，凌日高兴而感动。凌月的意思，是在一步步引凌日回家。“当然爹娘见了凌日确实会高兴的!”心中还不忘闪过一丝对自己搬出的理由的旁证，其实也就是为了避免心中的声音说自己虚伪而已，他这算盘可真会打。

“你想试试看扮演我吗?”凌月趁热打铁，眸中光彩流转，好似翻着脑中构想精美漂亮的铁算盘，赶紧接着，“从小到大我扮演了你好多好多次，数不清了，习惯了，可能也厌烦了，后来再也不用了，回过头想想倒蛮有意思。你却没有尝试过呢，真的蛮好玩的！这次我走了，你试试看以我的身份，体验体验我当时是怎样的，这样会很有趣！你觉得怎样?”

凌日听闻，露出兴奋。

“我给你几件我的衣服，你穿着它们就像我了，就是要委屈你照我平时的装扮啦。在我们这块日月园地里没有人随便进入，你不用担心，还是住你的小屋也没问题。出去见人的时候，以我的样子就行了。爹娘那边不用隐瞒。”

“哈哈，要玩就玩刺激的，告诉爹娘干吗！我倒要看看他们能否辨别得出!”

“也是！你肯定能玩得很好。”凌月笑眯眯的，忽然收住笑意，严肃下来，“还有一件事，我想拜托你，请你帮个忙。”既然委托了一件事收到肯定答复，接连着提出要求被同意的可能性大大提高[①]，凌月知道这个道理，心中有把握，否则不会讲。

“什么事？有话快说!”

“请你保护悯瑛，在我不在的时候，抽空进宫保护他。宫里有危机。”凌月快速说道。“隐患压迫处处存在，负面气息重重压迫。身为国君，他幼年登基以来权力一直有限。绝

① 社会心理学中的一个定理。

大多数人们都对他持贬低态度，其实他是很有智慧勤奋之人，也很无奈，很孤独，希望你帮帮他，在我不在时照顾他一把。”

这是凌月在心中反复考虑了的，原先离开京城时虽然安排了初具规模的御林军在暗中保护，却毕竟在皇宫内无法兼顾。一时间，当年的记忆再现，那时凌月尚在使用凌日的名字，悯瑛曾拜托商小将军出征之时请他的同胞兄弟来皇宫照应，凌月却只能婉拒，而今，凌日真的回来了，凌月心中感到对悯瑛那份愧疚终可以补偿。

见凌日不语，神色却没有不满，凌月知道他不反感，继续道：“近年来他推出了几个政策和方案，原本以为达到效果好就能证明自己的实力与努力，就能获得认可，现在看来并非如此，甚至恰恰相反，反而引来嫉妒和危险。以往多年的权势平衡已开始流动了，朝野内意识到了皇权即将上涨，当然不希望如此，所以可能会加倍打压，会发生怎样的事情，我们现在都还不知道。却有一点势头临近的压迫感。”然后顿然话锋一转，“而且这次之后，你作为商将军就要大展手笔。现在打入内部提前获取信息，是额外优势，也是个刺激挑战!”

“好，那我就潜入皇宫，不看在你和皇帝的面子，就看在好玩刺激的份上！否则你休想说服了我!”凌日豪气地说。凌月温和赔笑：“好，好，我知道是这样。谢了!”

这么快就把这个事情委托好，凌月很欣慰，这算是一步险棋，毕竟之前凌日与悯瑛起过冲突，且后来就没再见面了，按理说算停留在了不和谐的点上，但是一来凌日不记仇，不愉快的事情向来忘得快，二来凌月在悯瑛面前求情已然取得原谅，三来更重要地，凌月吃准了凌日外刚内软、保护欲强、知错肯改不固执、且做错了会想补偿这样的特质。这时凌月更感到自己的兄弟颇有江湖豪侠之气，说到做到，有了他的话语承诺，就不用担心。

第八十七章　拯救刺客，巧计逼供

“那么，我的兄弟，这些死了的人，你还要我救哪一个?”凌日瞥了眼那些尸体，爽快地主动提出，对于行医的问题，或许是出于职责感，他并没有像往常对待其他事务那样过了就忘，甚至还提醒凌月。

“算了，不要救了。”凌月的神色立时浮显起了一抹属于他的典型的悲伤。紧接着深叹了一口气。被提点了心事，当然这并不能回避，即使凌日忘记了，他也要说出来，对于自己方才的提议，即使是取消了，也得有个交代。

“选择，是一个难题，看似有好多选择，其实是因为没有选择——太多苛刻的限制在先了；你一次只能救一人，并且这对你本身也有所劳损，你已经累了这么久，我怎么忍心再让你劳累。”凌月轻轻说着，又替凌日擦擦汗，然后继续道，“而且，救了哪个人，都对其他人不公平。既然他们都已经死了，是站在了同一起跑线——或者终点。”

凌日没想到凌月会自己收回先前痛苦争取的结果，也没完全听明白凌月的一套连贯的观念，只是明白了这位兄弟是体谅自己，因而心中又有一抹温暖，扬起了灿烂笑颜，其中还不忘带着一丝对凌月的揶揄。

“哈哈，你看看你，碰到个简单的问题就伤自己脑筋了，无法选择就干脆全部放弃！因为你本身就不在意吧？毕竟这些人不但与你无关，还领了任务来害你。”

停顿了一刹那，这一刹那已足够凌月在脑海中认真思索这一可能了，接着点点头，肯定地："你说得对，我确实本不在意，否则不会这么轻易地放弃。出于广义的人道主义，也只能做到这些了吧。我不是圣人，也不是真正的利他主义者。"

"你已经非常仁慈了。"对于这点，凌日毫不犹豫地肯定自己的兄弟，然而"仁慈"在凌日及有些不那么仁慈者的心里，也夹杂着一丝等同"愚蠢"的贬义。这时的凌日一贯地没有多去品味，然而这种滋味不知为何传递到了凌月的心里。他当然知道自己的兄弟是为自己好，因而只是淡淡笑了笑，心中的五味混杂压抑在了这抹笑容背后。

再次感到世间的太多无奈，还忽然感到自己有一点虚伪，前者是凌月必须忍受的，后者是他不愿接受的。

于是凌月选择将天平移一点到感性，转移在对兄弟的关心，"凌日，你累了，我扶你去休息会儿吧。"也确实不假，若不是考虑凌日行使起死回生之术是件累事，撇开选择的公平性不谈，假设完全不需任何损耗就能达到的，那么救人一命也是件大善举，何乐而不为呢?

"呵，我还好，没那么虚弱。凌月，虽然我们相貌身材都一致，凭我的专业眼光早已看出来，我体质比你好得多。"

"这是当然的。我的不专业眼光也已看出来了。"凌月大笑说。兄弟俩又一阵笑声。

然后凌月余光瞥过刚刚被救治、仍躺在地上均匀呼吸着的伤者。

"他过一刻就便会醒来。现在只是昏睡，并无生命危险，皮肉外伤亦会很快复原。"凌日也扫了一眼，又摆出医者的严肃姿态。

"嗯。凌日，你真厉害!"凌月还不忘对兄弟的医术做一番赞赏，有时候该赞美就不要吝惜，这是对方应得的，且也是人与人之间的必要之举。有益的真话，也并不沉重，何乐而不为呢?

施的过程也是自身的享受，凌月夸赞凌日，自己心情也好，再次笑了起来。凌日高兴地一拍他的肩膀，以前还没发现这兄弟还有乐观积极的一面。

"应该说是比较会苦中作乐吧。还有压抑，也包括压抑苦闷，抽离，也包括抽出快乐从那更多的悲伤里，否则根本无法抵消。只是这样分别显示了出来。"不知为何，凌月读懂了凌日此刻的想法，是自己心中的一丝声音告诉自己的，然后又有这么一丝声音响起。再紧接着，凌月开始收敛起思绪，有意识地盘算起来，该怎么质问这苏醒的幸存者。

没错，请凌日救治这人还有这么一个目的。虽然这些目的本身，互相并不冲突，不能因为有这么个目的，否认凌月其他层面的仁慈考虑。

"等会儿这个人醒过来，他应该不会失去记忆吧，还记得之前的恐怖景象，我们有几种方法问：一是延续着恐怖情绪，将他的心理防线击垮，二是逆转他的恐惧，营造温和亲切的氛围，让他知道我们有恩于他，从而在舒服的状态下流露回报给我们。三是可以结合一二，恩威并重。"凌月娓娓分析而来。

"我选第一种！你让人家知恩图报，哼，世上太多人根本不懂得！你要恩威并重，也得显示出这威，否则人家把恩赐当白给，不知好歹的人比比皆是!"凌日愤怒的声音接连。

"呵呵，好。"凌月笑了笑，其中也夹杂着一丝淡淡的无奈。凌日的声音虽然激动了，道理却是存在的。

两兄弟商议完对策，被救之人果然如期醒转了。

"哼，我就是刚才杀了你的人，救你的人也是我，看看清楚!"凌日一张俊脸嗖地凑了上去。那人顿时抽了口冷气。

“你呢，还是乖乖地听我的话，我要杀你易如反掌，救你嘛，也不是那么累的事，大不了算我白救好了！本少爷的医术对付这点小伎俩，无所谓。”

面前的年轻人又抖了一抖。

“说！是谁派你来的！为什么要杀本少爷！说得好我饶你一命，保证你恢复健康活蹦乱跳，不说嘛，嘿嘿！”

凌日有意无意拨弄着腰间光亮的佩剑，直弄得眼前的年轻人连打了几个寒噤。凌月在一旁不禁隐隐捏把汗，要是把这刚救活的小伙子又吓死了怎么办！当然凌日是医者，他自然有分寸，凌月不用担心了。

被恐惧蹂躏的年轻人咬着嘴唇，都咬出了血，就是不松口，还怎么套出话？

“好了好了，让我来吧。”凌月见凌日陷入了僵局，赶紧接过去，带着二分好笑，三分同情，五分欲探究正事的认真严肃。中和起来，这时的他显得稳重而温和，且并不淡漠，反而多了一抹亲切。

“你别怕，现在已经没事了，都过去了。”凌月俯下身，轻轻拍了拍那人的背，以柔美的嗓音说。声音中还带了一丝安宁，也有使人安心的效果。果然见到该青年神色已经柔缓了。不过仍咬紧嘴唇，不肯透露半分。

“嘿嘿，小家伙，你别光听声音看态度嘛，你有没有发现啊，你面前这人与我的面目可是一模一样的！”凌日的邪笑声响起，他生性好玩，这时哪放过这捉弄人的好时机？果然，在凌月怀中刚刚安抚下来的可怜的年轻人，抬头盯着凌月的脸，一刹那，立刻反弹起来，吓得打起了哆嗦！

凌月又好气又好笑，“别胡闹，别吓他了！”接着温和地拍拍那人，“别怕，这位大哥是开玩笑的！有我在，他不敢伤你！”

被这么一惊一乍，此时又回到凌月温暖的气息中，这个年轻人受不住，哇地一声哭了出来。这倒使得凌月吃惊了，果然需要施加压力，才能衬显舒适啊。否则像之前那样，舒适环境里的这人只是享受舒适，仿佛理所当然，就无动于衷。

“别哭，别怕了，没事的。来，我向你介绍一下吧，这位是你先前接到任务想要谋害的商凌日，他是一位很有本事的人，你看你们这么多人，都被他打败了，而他的医术更是高明，平日里都不显露呢。你看，他花了力气，刚刚恶斗了一场就来帮你医治，多好的人啊！虽然样子长得可怕了点——”说到这里兄弟俩交换了一个慧黠的玩笑眼神，不禁都笑了起来。

“不过人还是挺好的。救了你的人不是我哦，是他。”凌月继续说着，轻轻扶起这个年轻人转动他的脸，迎向这时已不再显怒容的凌日。

年轻人将信将疑，又重新转回看凌月，凌月给了他一个肯定而温暖的微笑。

“你不用害怕，当然更不用担心。我们既然救了你，就会让你安全。你现在担心的是什么呢？此计划失败，任务没有完成，与你无关。你看，与你有关吗？来的又不只你一个人，也不是你设计的计划！”

“上面要责怪，怎么也怪不到你的头上。这么多人都遭难了，若非我的哥哥商凌日医治了你，你现在也死了呢！他们很可能根本不知道你会活过来。你现在告诉我们，是谁派你来的，我们帮你解脱他们的魔掌，好不好？根本不用顾虑他们会找到你。”

年轻人目光一闪，似有所动。凌月继续，他的思绪转动很快，已然想好了可能性与方法，声音依然比平时正常说话的嗓音要柔和甜美，“你担忧的，无非是你今后的立足之地，和你在京城的家人安危，如果你有家人的话，很可能扣在你上级的手里。而你想想，你的上级很快会知道这次任务全军覆没，怎么会马上去处置你的家人呢?”

“你告诉我们派你来上级的情况，我们会更好地保护你，相反，若你不说，他们反而会杀你灭口。你自己想想看呢?”

“而你告诉我们之后，我们去对付他们，他们不就更没有心思力气来对付你和你的家人了吗?”

“又如果你没有家人，更没了这层顾虑，只是挂念着主仆情分，那么你也要想想，如此危险的任务他们遣派你来，并没有念在你们的情分，考虑你的安危啊!”说到这里凌月心中生起了一阵不舒服，感到自己在做挑拨离间的事，平素一贯鄙视的，虽然不知道这人的上级是谁，却已然在说他坏话了。再说，这任务其实原本在他们看来并不危险，他们怎知凌日会出现呢？他们以为破了凌月的剑法和玄术，就已然稳妥了啊。所以凌月这时已然“偷换概念”，有些基于谎言的成分，于是自己心中的一个声音斥责了自己。

然而与此同时就被自己压制。更信心充足的声音在内心说，这是他们意图残害设局行刺在先，他们不讲道理，自己干吗还有这么多顾虑！仁慈者果然要顾及得太多了，善良人在这世界上活得真累，聪明的善良人更是如此。

为了探究这凶残的幕后黑手是谁，这个目的是绝对正义的。既然如此，手段便不容置疑——只要这手段并非恶劣的。何况在对方已然恶劣的情况下，是他们咎由自取的结果。

温柔有理的话语说到现在，被救起又被质问的年轻人松动了。凌月有所察觉，耐心等他开口。

“商二公子，你真是聪明，正如你推测，我有家人在主子手里，不过我们世代为奴，就住在那，长辈归长辈，帮他们做事打杂，我习武帮他们执行侍卫的任务，主人倒并没有用我长辈来威胁我。我爷爷和爹前些年去世，姑妈和我娘侍候夫人跟女眷们起居，生活很有保障，我跟随少爷，和一帮小侍卫就和小少爷一起，也有好多年了，倒像是孑然一身。”

凌月耐心听着他讲述这一通自家的情况，用眼神扫过制止凌日的不耐烦面色，凌日顿时像碰了一鼻子冰，畏缩了下来。对于这位兄弟的智谋，他虽然不承认，还是听从和认同的。

“嗯……”凌月已然想到了，对方的指派者必然是京城有家世的一府，这样范围已经缩小了很多。就等着他说出他们是谁了。

“小少爷对我很好，但是这次行动，我真的不知道，我就听他的，我真的不知道他为什么要杀商大公子!”说到这里该人的话语和气息又急促起来，瞳孔中透出惊恐的神色，顺着他的目光凌月微微转脸，果然见到凌日面露凶恶的表情，不禁一笑，这老兄这副样子倒做得恰是时候。

“好好，我们知道这不怪你，怎么能怪你呢？你跟着少爷，身不由己，有命令只得听从，根本无法选择。”凌月的话语中似有一丝抽脱了即时场景的思绪，放大这情景，不光是真正的奴仆，其他的自由人难道不也像是命运之奴吗？因而凌月的忧伤神色和语气又浮显了，更加添一抹真实的哀伤[①]，温和同情的气息更显得真实。

这个年轻人被凌月至此的同情和耐心感动，人在危险时刻往往更易流露出脆弱而更易投射信赖这时出现的呈现积极善意的人身上，因而消除了对凌月的最后一抹防备。

---

① 这算是一种“移情”，即把对方的感情放到自己身上，体会对方的感情，为对方的悲哀而自己流露悲哀，这是沟通时建立亲近感和信赖的一种帮助。凌月知道这层关系，这时却并非故意做出的，而是真的有一丝触动了，因而看起来更加真实。

“派我来的，是金府的高展少爷。”

“金、高、展！”凌日的怒吼交叠了凌月心中的声音。凌月搀扶的年轻人，却没有意识到此刻他面前这位清雅公子所透出的阴冷，其实比稍远处那个暴怒青年更加恐怖。

“好的，我知道了，谢谢你。”凌月再次收住了自身的情绪，转为表示他应当表示的。

“那……我怎么办呢？商公子，你答应要保护我的啊！商公子，请让我跟随你吧！”惊乍过后的凌月又陷入另一层烦恼，连忙挡住面前之人的承诺。

“是的，这个，请容我考虑。”对于要保障他的安危，凌月回答得干脆，而听到说要跟着他，凌月立刻陷入了犹豫——其实也并非是“那种”犹豫。

年轻人的声音已开始恐惧的颤抖：“你不带我我就完了啊！我已说出了他们，他们不会放过我的……商公子，我是为了你们才说出来的，请你们帮帮我吧！”

凌月仍然凝眉，思索着。倒是在一旁的凌日被这年轻人触动，心有不忍，出言安慰道，“小伙子你别着急，我弟弟这人就这样，喜欢考虑来去，你耐心等会儿。”

小伙子几乎哭出来了，完全忘了凌日是他先前要杀的人，“商大哥，你行行好，帮我劝劝二公子，让我跟你们回去吧！我定当奋力效忠，为商府做牛做马！”

对于那一点凌日也忘记了，立刻点头：“好，好。”边说就边把凌月拉到一边去。

凌月随着他大步走了几许，开始是凌日拉着他，后来几步其实是凌月推着他走的。

“你干吗？你到底怎么想的？”凌日感觉到了凌月在防备该人听到，刚才见凌月的犹豫，心中早已囤了疑团，“怎么搞的！你不是一心要救他、要保他嘛！怎么人救活了、秘密说了，你倒犹豫起来？”凌日的不耐烦明显透出，就差由于对这位兄弟的尊重没有骂他出尔反尔了。

“嘘，轻点。你别不耐烦，听我说。”凌月赶紧安抚凌日的情绪，主要是怕他一发火坏了事。同时不想让被救之人听到他们的谈话。“这个人，我们不适合带回去。一，商府离金府太近了，怕风声走漏；二，商府加添人手的事一直都由父亲掌管，我做不了主。”

“你扯什么理由嘛！讲重点！”

凌月听闻一笑，凌日越来越了解他了，知道他喜欢把最重要的放在最后，前面确实不是重点，说“扯理由”也未尝不可。

“你想想看，我们施点压力，这人就把原主人供出了，其忠诚度可见，你指望他以后会‘感恩图报’吗？你说我们对他有什么恩惠？只不过先把他打得半死、然后救了而已！”

凌日眯起眼睛，先前确实没想到这点，现在一想，确实，自己把他打得快死再救了，充其量也就是抵消，从施恩的角度来说，的确没什么值得称道的恩惠啊。

凌月继续：“听他自己说来，以前的主人对他很不错，从小在那里长大，显然是受他们照顾的，而刚遇见我们不久，他就出卖旧主，为的就是保自己命。这种人你敢放在身边吗？”

“我……”凌日开始犹豫起来，这时才意识到，先前凌月早已决定了，甚至根本未曾考虑过把那人带着，只是一时不知怎样妥当拒绝而已。

“不管怎样，他的确提供给我们有价值的信息，这点上帮了我们，而且刚脱离生死边缘，怪可怜的，我也不忍心他这么快就又死去。”

说到这里，凌日突然怒气上涌，打断道：“你少装好人！什么‘不忍心’，你要从自己利益出发，还讲这么多干吗？”

凌月被吼得愣了一下，虽然凌日只看了一部分，确实也有道理，于是低下头并不反驳。

“你害我花力气救他，我以为你要用这个人，才那么尽心尽力，现在你倒好，突然懒得管他了！干吗当时那么恳切求我管他死活！”

对于凌日的发怒和这样的言论，凌月心上升起厌烦，然而瞬间想起了凌日救那人确实耗费了体力灵力或什么凌月不知道的储备，立时愧意压过了一切，柔声真诚哄劝加道歉：“对不起，凌日，别生气了。就算是我难得领略一下你大神医的风采，好么？你看，若非这次机会，我也没机会帮你擦汗呢！你累了我再帮你捶捶背，好不好？”

凌月的神色从一开始的哀伤转为后来的赔笑，无辜的装可爱，有点好笑，凌日“噗”一声笑了出来，再气不起来了，点了一下凌月的脑门：“你呀你，真拿你没办法。”

凌月被点得一阵痛，知道凌日指尖故意用了力算是一点小惩罚，就忍着敏感的疼痛尴尬地挂着笑脸。凌日看着他被自己捉弄的样子，又哈哈笑了，完全解了气。

“说真的，这人呢，还望哥哥安顿，你天南地北行走，见识交际都广，资源丰富，能力强悍，比我胜出不知多少……”凌月还在想着夸奖奉承的词汇，凌日笑着打断：“行了行了，你别啰唆，我怕了你。”

“啊，你答应了，呵哈，太谢谢你了！凌日，你真是好人呀。”凌月的神色又从有意识提起的欢乐，转向了一丝隐隐的哀伤，这件事是有些太麻烦凌日了，虽然他不介意，自己是介意的。但也没办法，只能这样了。凌月之后也没去打听凌日把那人安顿到了哪里，这件事就算这样了结了。要顾上的事情和心上的烦恼已经够多，凌月庆幸这件事有了了结，为了避免知道了如何了结万一不够完满又徒增烦恼，于是干脆不去知道，就相信自己的兄弟有完满的方法吧，推开责任的轻松凌月难得享有。

别忘了这时凌月是要去潘国出征的商将军。即使愿意收留那人，也不可能让他知道两兄弟互换身份的秘密，还是得让他跟着假扮凌月的凌日。

“那么就拜托你了。哥哥，不要太慈善了，其实你比我更容易心软，你带着这人，一路上小心。”

“你放心，这人的能耐伤不了我，我对他亦有戒备。反正我一定安顿好他，不辱你交代的使命。”凌日调皮一笑。

在荒地的树丛背后，兄弟俩互换了外衣。凌月一边嘱咐凌日，回去定要小心，不可急于一时，这金高展的仇，早晚会报的。还特地说了，不要告诉悯瑛，因为以金高展的父亲金丞相为首的重臣正是长期对悯瑛皇权形成压迫的势力，悯瑛若是知道了只会徒增压力和烦恼，毫无正面效果，且在这紧张微妙的气氛中，不能多添混乱了。“我们不急于一时，恶势力早晚会铲除的。”

凌日被提起这个情况，心中很是窝火，看着凌月毅然的断言，虽然不知他会怎么做，但对这位沉稳谨慎不出狂言的弟弟感到信赖。

凌月心中何尝没有火，只是想着以金府的势力要报仇谈何容易，但是即使看不见希望，也不可不存信念。何况，凌月相信恶有恶报，只要时候到。因而神情带着信心和决绝，很快将凌日感染。

凌日穿上了凌月的衣裳，凌月帮他拉拉衣角，这时看上去像在照顾弟弟的哥哥。凌日笑了，也帮他把一缕发丝弄整齐：“你装扮我，可要弄得清爽些！哈！”

两人走回去，那等着的年轻人早就急不可待，不知这对兄弟卖什么关子要什么宝，心里急死了。当然他在原地不可能跑开。还不等他开口，凌月就快速告诉：“他带你去，你跟着他走。”语速快而冷，心中想着确实有必要给这人个交代，再者凌月不想再看这副嘴脸了，早点了了眼不见心清静。

该年轻人立刻大松一口气，又吸口气马上奉上笑脸："商大哥，你真好，医治了我还说服了你弟弟带我走，真是好人，我感激不尽!"

凌月冷笑一声，斜着眼看也不看，连谁和谁都分不清就慌忙奉承，明明是凌日救了他、凌日带他回去，这种错误的道谢凌月可不会领情。

这年轻人看着凌月阴冷的反应，猛然想起这"商大哥"就是先前威胁要杀了他的人，顿时恐从心来，连忙转向另一位，巴结起来，"商二哥，你肯带我真是好，你放心，我不给你添麻烦，还会尽心照顾服侍你……"

凌月又哼了一声，心道这人拍马屁倒是很肯卖力嘛，对象是谁都搞混了，怎么原先不花点心思看清楚？感到自己果然没看错人。

凌日见这年轻人摇尾乞怜的样子，笑了起来，神态温暖，倒确实与之前凌月出于三分同情五分目的套话时的表情很是相似："呵，不用客气，走吧。"

凌月又小声嘱咐："路上小心。"凌日微笑着点头，回应道："你安心出征好了。"

"这种胆小怕事缩手缩脚的人，也造不成什么大害。"凌月心里想到，遂放心了。"何况凌日的武功远高出那人嘛。"也回笑一下，兄弟俩挥别，各自转身而行。

第八十八章 出征潘国·"风月堡建"阵

继续向北，凌月接连了了几桩心事，此刻反而比刚出发时要精神多了。原先那抹伤悲早已被接连事件挤到了内心的角落，只感到这路上化险为夷且有额外收获——与兄弟意外汇合加深了情谊、附加了委托使自己更为安心，凌月的嘴角挂了一丝笑容，迎风策马奔腾，英姿飒爽。

或许人往往这样，较平缓的情况下想着负面事物而透出疲态而消沉，遇到突发事件，反而触发了亢奋应激；当然这也可视为拿更痛苦来抵消痛苦的一种悲哀，或许是人的本能的自我保护，这么看又是值得庆幸的。

凌月不容自己飘散的思绪影响了进程，一边想着一边扬鞭，好在这些思绪基本是积极的，趁着振奋路上也不停歇。

很快与京城发派的军士们会合。经过这一系列风波，快马加鞭追回了一点时间，总体上还是比原定的时间晚了两个时辰。

见到上面派来的这位英姿焕发气势不凡的将军，将士们不敢怠慢，何况立刻注意到了他衣衫上的血迹——凌日的外衣在打斗和医治的过程中显然沾染血迹，这也是凌月可用到的效果。"路上遇到一队伏击，好在将他们解决了，只是耽搁了一些时间，望众位谅解。"凌月故作轻描淡写又谦虚诚恳地说。

"啊!"众人看到这架势就不容置疑，这时更加感到这年轻俊朗却沉稳严肃的将军武功相当了不得，埋伏行刺在他们想来是敌军的阴谋，还好被己方高强的将军破解了，顿时士气高涨，此起彼伏呼喊要征讨敌军、消灭敌害。

"哼，金高展那恶心的做法，倒是高涨了我军气势。等我打了胜仗回去，这笔账还要慢慢跟他算!"凌月一边想，一边做出安静手势，底气十足地扬声道："将士们士气高涨，我国强盛指日可待！只请大家莫过于心急，以免慌乱，这次出征，我们必当取胜!"

"必当取胜!"将士们热烈附和。

"起落参商，天助我方，灿若朝阳，光华无量!"凌月气宇轩昂，周身气场，在渲染的气氛下似绽放着光芒般，高喊起口号，众人相随，风发意气谱写蓬勃篇章。

再数日，凌月和来自京城的将士们就到达了北部边境地区，在那里安营扎寨，与当地已有的频频告负的落魄守卫军会合。这些军士们看到首都来了救援，听说是位居左将军高位的将领，来解他们燃眉之急，加之他们见到凌月英姿不凡，这时已然成熟了，不像当年略显柔弱稚嫩的小将军，且有一批京师而来的队伍跟班，因而都自然而然显示出了尊敬。

凌月一到那里，就马上开始制定完善战略方针。先召集了这次军队中的几位副将，他们中两位是从京城由惘瑛指派跟随凌月来的，对凌月毕恭毕敬，另两位在当地一筹莫展，见到京城来了救援，且是上级，不敢怠慢。然而商将军一说要大军不要着急，不要慌忙行动，先退守后方，副将们就有些失望了，不禁发出质疑。

面对他们，凌月气定神闲地说，"有一部伟大的兵法著作中写道：'善战者，致人而不致于人。'[①] 应为主，而不应为客。主客关系在行军作战上是很重要的。我们要争取主，而非客。"

"这个道理自然，但你现在这是叫我们被动应对，坐以待毙啊!"

"何为主，何为客？现在我们是以逸待劳，以主待客，不主动出击，这样才能争取主动。"

"怎个争取主动法?"

"第一要先观察，熟悉这边地情，二要等新来的将士们都习惯了这里水土，才能开始。所以我们还得安顿个几天，先不要着急。"说罢凌月就笑眯眯地叫他们放松，要有信心，而他自己的信心也被众人感觉。

这时一位当地的副官凝神问道："听闻商将军数年前，第一次出征就收回了国土，平定了多年混乱，达到了和平。当时似乎也是以不动静观其变之法，取得了胜利。好像还摆了个什么阵?"

凌月笑道："是啊，你也知道了。当时摆的是木石前梦阵。"

"那可否在此地再摆?"副将眼睛里露出希望。

"不可，此地与彼地有所差异，气候时节也是不同。可谓时间与空间都有迁变，物换星移，如何能照搬模式，简单重复呢?"

"将军再摆一个其他阵法?"

"这倒是可以。"

"何阵?"几位副将异口同声。

"我还要想呢。"凌月说着，就呵呵笑了两声。似有一点顽皮，也有一点自嘲，还有一些带来轻松的感觉。

"啊？将军尚未想出如何做?"

"这有什么好着急的。方法总是要根据情况而应变。情况则需要了解，了解则需要耐心。话说回来，方法背后的原理理论和玄秘道理已是在我心中的，早有积淀，并非完全空空如也。临时调遣，只是调动于表面而已。"

"呃……将军还要多久才能想出?"众人的声音无奈，几乎颤抖了。

---

① 取自《孙子兵法》。

“如果有灵感的话，很快。”凌月毫不犹豫，“不过我也不知道灵感什么时候会来。”正当众人要昏倒时，凌月又接着道，“但我确定，会在明日之前。”

副将们立刻转忧为喜，渐渐感到这位年轻斯文的将军喜欢反转着说话，大概受了不少文人之风，听他讲话得多想想，不能马上反应，否则一惊一乍的只会吓着自己。

果然，商将军一转眼而笑，又道：“其实呢，我之前已经大致想出了，不过正如方才所说，要结合这边的地形加以完善，包括本土化。”

“哦……”众将士虽然不懂如何“本土化”，却一副恍然神情，本着尊敬和信赖在先，这时听不懂只会更感到这位商将军的战略高深。“那么，请商将军尽快吧，咱们赶紧把阵法摆出来！”当地的副将毕竟为这事烦恼有一阵子了，这时较刚来的将领们心急了起来。

凌月可以理解，也毫不含糊：“明日午时，我便告诉你们。请你们召集军士们到时一同领命，听我讲战略安排。”

副将们顿时来了劲：“好，一言为定！等着听商将军的好消息！”

凌月双目含笑，他们的拭目以待虽会带来压力，但这点压力对在压力场上身经百战的他根本不算什么。甚至不用这点压力化成动力，凌月的脑海里就已经有灵感了。以往的学习理论铺垫和实战经验结合了起来，就差亲临此地的现场结合。

翌日午时，众人如期等候，凌月早已胸有成竹，宣布方案。

“此地距离该国的都城很近。潘国有着半游牧民族传统，善于野战，短于攻城。因而，我们避其所长，扬其所短。不跟他们野战。

“我们建起堡垒。多筑碉堡，以守为战，亦不攻坚城。

“记住，这也是一场心理战。看我们筑建堡垒，他们会不明就里，不知所措。不敢轻举妄动，产生惧怕。我们更可慢慢消磨他们的斗志。当然，不能太慢。

“显然，也不会太慢。他们这些人，性子较急，可能由于这里水土的关系，而且他们一贯善于野战猛攻了。没见过我们这种方式。所以他们很快就会着急和混乱了。”

众军士们不禁暗暗佩服这位年轻老成的左将军智慧干练，更希望他的降临能带来奇效，都洗耳恭听的模样。也有这么一层原因，当年凌月作为小将军去出征收复土地为陈年旧账，而这次则是近期突然受到侵略，因而这次客观情况下众人的配合度也要高。当然还包括，这次派给凌月的军士们素质要高得多。

他们认真聆听商将军的部署，虽然有些晕乎，但是他们似乎感到，水平高的人讲的话经常让人听不懂。于是对这位讲话让人难以理解的年轻俊雅公子更为佩服。

“在此地，亦可达到对我方有利的水象。”

“为何对我方有利的是水象呢？”一个小士兵忽然插嘴问。

“不要插嘴，左将军正在讲话呢，你多问个什么？”旁边的士兵连忙制止他，还对凌月露出抱歉的神色。

凌月欣然道：“不要怪这位小朋友，他问得很好，直接相关，不算打断。为什么是水象呢？”凌月看着那位小士兵，微笑：“因为商将军我喜欢水象，所以就用水象咯！”

只见听众中的一个个嘴巴张大。凌月接着说：“是我在带领你们，我喜欢用水象，所以你们就跟着水象咯！”

众人服倒。从此再不敢多问这位尊敬的公子问题了。

“我接下来，要造一个阵，有劳大家一起来努力啦！这个阵，要借助风力和月光的力量，还要包括建设一座堡垒，所以，它的名字就叫，风月堡建。”

凌月又一边指导他们工作，一边气定神闲地部署：

“这里要画一个供观察的领地，以圆形为宜，因为圆形可察视三百六十度一周，测量亦是方便，而且，圆为八卦中的乾象，乾代表天，以地圈出，在地上建立，预示了天地相和，天时地利。天助我方。

“而这块地用作观测，面积不小，所以，这个领地的名字，就叫大观圆。

“乾为西北，对应着五行中的金，金生水，水为八卦中的坎，坎中满，为阴中阳，如夜之月。

“有道是近水楼台先得月，我们要得天独厚，在建造的堡垒旁边设一湾水，月光将倒映在水里，反射到大观圆里的观测镜上。镜子会将光线传到远处，黑夜中分外夺目，会给敌军造成假象，迷惑眼目，令他们难辨真假，吸引他们入此阵来。

“水流还可以帮助风和声波的传播。风也是我们要借助的元素，是此阵的另一关键。

“按照这种样子的堡垒设计，风向将在此范围内形成气场，给冲入此阵的敌军造成压迫。

“另有两种风，由我们来构建，分别是：悲啸风，喜笑风。这些音律我稍后来教你们，你们要用心学，在夜深人静时唱出去，汇聚成不同的风向音势，自会对敌军产生效果。”

到这里，凌月顿了顿，环视了众人一圈，目光温和却不失凌厉。众人们立刻提神，等待将军发号令。

“这种声波，要从心而发、与心共鸣才能产生共振。为了达到最佳效果，由你们自己选好了，喜欢悲剧的请站这边，喜欢喜剧的站这边。”说着凌月就分别指了两边，下面的几排士兵们立刻挪动，只见一边人数爆满，一边却寥寥无几。

“这么多人都喜欢喜剧，不喜欢悲剧！为什么呢？悲的东西更令人难忘，美的东西更叫人感伤！”凌月故作遗憾地说，“悲剧多好啊。来，来，多一点人过来嘛！自愿，你们还是自愿的，我不强迫。”

下面的士兵们隐隐发出声音，“还说不强迫！你这种态度，明明是要我们选择悲剧，走向悲剧嘛！”

“你就是要帮我们安排悲剧，设个局，还特意做得要我们选择，好像我们真有选择一般！”

“这看起来是我们自愿的，其实是自愿的吗？”

凌月的笑容凝固，严肃下来。“悲与喜的元素就像一件物品的两面，是相伴相随，不可缺少甚至不可分割的。你们若只想挑欢喜的，一味挑拣，不单眼前根本难以看准，说不定悲就是喜，错就是对，而到后来反而发现，遗落了那些真正值得的，都是浪费了，会后悔莫及的。”

也不知他的话被听众们听懂了多少，反正只见渐渐多的人移向了“悲剧”的那边。凌月一会儿说：“好了，可以了！再多就要失去平衡了。谢谢大家的配合。”

运用玄学奇门遁甲之术，凌月带领将士们，不仅事半功倍，且如此才能达到这“风月堡建”阵的玄幻效果。其实这堡垒本身的物质建设并不复杂，颇为取巧，且运用之时还需结合玄术和那两种“悲喜之风”。

十日以后，建阵完毕。在这几天里，潘国沉浸在了一举夺得若华国大块国土的喜悦中，又见若华国将士们退让得远远的，心中窃喜，且自持艺高胆大，军事力量强劲，自然不把若华国军将们放在眼里。听报消息称若华国京城来了援军还有一位左将军，潘国御驾亲征的威严国主顿时笑了，“那个若华国啊，皇上也是个弱不禁风的少年呢，这将军就是跟他交好被他顶着众臣反对派来的，能强到哪里去？”两位随驾征战的皇子立刻称赞父皇消息灵通广大。

“他们现在在建堡垒，所谓堡垒，看来也怪模怪样、不堪一击的东西！”探子又报。

“哈哈！他们怕我们再打过去，退到那么远建起防守来啦！”皇子们笑了起来。

在他们几人畅饮时，自然也不会放松把守。军士们还在放哨，且已准备好了当天夜里一个时辰后便起程攻击若华国将士们建造的堡垒，即可整顿完毕，军纪严密而效率高超。

正在此时，忽然被一缕缕音乐声穿入耳中，透入心中。军士们不禁放缓了各自的动作，侧耳聆听。

从远到近，声音渐渐清晰了，此起彼伏，是两股决然不同却相辅相成的歌声。

这悲伤的声音，如泣如诉，悲伤至极，听得人感到彻心的悲切与低落，提不起精神。

而这欢乐的声音有时似比哭泣还要悲伤，暗含一种阴郁，一会儿，却又不见了，似乎全然明朗，让人们想起了纯洁欢快的时光，没有战争或争斗，没有烦恼和忧愁，却更显得短暂易逝。

配上另一端悲伤的音乐，对比衬印，相辉相映，纠错迷离，令人渐渐入迷，仿佛脱离了现实。那些军士们，渐渐没有了斗志。

“四周传来的歌声一阵一阵，十分清楚！真是四面楚歌！”潘国将士们开始颤抖。

潘国帅军的一位年轻皇子站出来，“将士们不要失去斗志！敌人不行了，是在虚张声势！他们摆的是空城计！”

“啊？他们摆空城计？”

“是的！空城计是他们国家的老智慧，他们假装悠闲地唱歌，其实一点也不悠闲，这歌声是刻意训练才能达到的，当然就是为了扰乱我们的心，我们不能上当了！以此分析，他们连这种歪门邪道的武器都用上了，肯定没什么硬招真本领！我方侦察兵已看出，他们的光线其实是月光在水里的虚影，他们根本就没有那么多灯，没有那么多人！他们建筑这个堡垒，意在显示其坚固，那么恰恰就说明他们的防守其实不堪一击！”

“四殿下英明！”

“既然如此，我们就冲击过去！打他们个措手不及！”众将士们被四皇子的话醍醐灌顶，立刻抖了抖脑袋，感到精神抖擞，就准备冲过去，只待皇家统帅一声令下。

“好，我们就攻他们的堡垒！把我们的版图再次扩张！”大皇子立刻应允道，举杯与潘皇和旁边的两位小皇子弟弟干杯。这潘国皇族看起来确实气宇轩昂，皇帝与皇子个个都勇武善战。

这位皇子只有十八岁上下，虽然年少且看似文弱，然讲话铿锵有力、分析头头是道，在将士们面前显然威望甚高。潘皇满意地望着儿子：“四儿，你不愧是我最聪明的孩儿！”

他的两位皇兄听闻都笑了，一点也没有不高兴父皇如此说，还附和道：“四弟确实自幼聪慧过人，比愚兄高出甚多！”

“父皇和两位哥哥过奖啦！这次就由小弟带领将士们出击，哥哥和父皇继续饮酒畅谈，等着听我们的好消息吧！”潘皇放心地点头，两位年长一些的皇子也充满信心，拍了拍弟弟的背膀给他祝福和加油鼓劲。“将士们，我们出发吧！”

他们的希望很快就转成了失望，如同一声轰隆隆大厦倾垮，连如何开始也未看清晰，就这么应了早已事先布置好的局。

所有的力量都无法使出，自踏进“风月堡建”阵的一刻开始，潘国的军队就渐渐溃散。如同被微风吹散的沙，并不凛冽，也不惨烈，甚至可算唯美的一点一点，一粒一粒，却走在了无法挽回的败局旅途。

迷宫一般的阵式困住了潘国的将士，他们有的在“大观圆”中茫然地看稀奇，找不到方向，且忘了来时的目的，也有的在悲啸风、喜笑风交叠的音乐中随风与歌声摇摆，原地打转，还有的在弯弯绕绕的月光泛滥的沟渠周围绕不出去，甚至跌了进去。

似乎被牵引了一般，年轻皇子的脚步一点一点移了进来，他的意识似被封禁了一般，只有一半意识到这里的一切非常美，却没有其他的意识思考，为何这一切这么奇怪，或者，有没有危险。

月光柔和。晚风温和。月光洒在水面上，清风吹拂在人面上，晃动在眼里，恍如拂动在心上。

一层一层，四皇子走了上去，却丝毫没有意识到坡度的升高，如履平地。地心引力的作用似在主观的心理和视觉的蒙蔽之下有了扭曲，也或者仅仅是对个人的主观意识而已，四皇子登上了堡垒，却不知自己进入了那个空间，敌方最核心的空间。

危险，敌意，还有其他，都是被遗忘了的。

一点一点，只感觉清风飘荡，人也似要随风而起，飘飘欲仙。耳畔的风声与歌声，此刻如此悦耳，不论是悲是喜，一概触碰在了深层的心底。

化开，如一缕蜜糖，作用却强过麻醉剂。脚和身体还是可以移动的，似乎心和意念也可以。头顶上的月亮和星星都绽放着美丽的光芒，似在招呼着自己，接近他们，渐渐地接近。往上，往上，自己是在升高么？

四皇子的感觉太美妙了。这时，忽然一幅更美丽的画面落入他的眼里，一袭白衣降临在这纯洁的黑夜，衣襟随风飘起，还有他的发丝，在黑夜里闪着黑色的光芒，他的眼睛比天上的寒星还要冷而温柔，他的肌肤如同白色的月光，温润如玉，且带有一层朦胧而光亮的色泽。

“你是仙人么？”四皇子在一半意识被禁封下，只能、或者还能，想出这样的问题。

“我是人，不是仙。”他的声音飘缈似来自很远，却又是很沉的，温和中仿佛透着一股亮光，融入这纯洁柔和的月夜。

“你是谁？”四皇子迷迷蒙蒙地问。

“我是风月堡建的主人。”

“风月……是什么？”

“是你的梦与这个世界的交叠，正反两面的梦，你自己意象的投射，以及加添给你的设置，虚幻，也是这个世界的真实。”

“啊……我听不懂了……”

“那你过来，过来，我讲给你听。”

四皇子又不由自主地走了过去。一步一步，向前走着，离那袭白衣越来越近了，景象却似乎越来越朦胧，而又有一层朦胧的美，呼吸渐渐急促，却丝毫不觉压迫，反而十分愉悦，心甘情愿。

“我来了，你讲给我听。”

“你已经知道了，为何还不醒悟？”凌月的声音渐渐变得清楚而凌厉，“这样僵持下去对你没有好处！你不是我的对手，战争是手段，不是目的，为了手段不择目的是最愚蠢的，你要想清楚你要的是什么，与我和平相处，是你最好的选择。和平是我们都需要的。既然理解无法达到，了解也无法掌握，那就退而求再次，和平共处吧。”

“啊……目的……和平……”四皇子喃喃而语。

“将原本属于我的归还与我。那些土地，原本就不属于你。贪婪所得，必将还回。我只要拿回本应属于我的。不会伤害你，不会流你的血。你却要为你所做的负责。为时未晚，停止你的愚昧吧。”

四皇子的身体一软，就陷了下去。

再睁开眼睛时，只见父皇和皇兄焦急的面容浮现在眼前。“啊！我这是在哪儿？怎么回来了？我做了场梦?!”四皇子呢喃着说，声音透出了虚弱，神态还有些迷蒙。

“你被敌军俘获，陷入他们阵中，又被放了回来，却昏迷不醒，已经睡了两天两夜了。”

“你在睡梦中还一直梦话，说要将土地还给他们，我们看你是中了什么魔法，着急死了!”

“啊，对了，是要将土地还给他们，我们不是若华国的对手，和平是最好的解决方法，贪婪所得必要还回，现在为时未晚……”四皇子似在背书般地念出了这些话，目光呆滞。

众人的眼里透露了恐慌。“四弟中毒了!”大皇子焦急地喊出。

“现在我们军队被毁，四弟头脑不清，父皇，还是撤军吧，把属于他们的土地还给他们，一切就会好的!”二皇子急切接口。

“住口！你弟弟头脑清醒得很！只不过一时没睡醒。”宝刀未老的潘国帝皇坚决而威严。

第八十九章　木马计与“指马为鹿”

在这之后，四皇子依旧恍恍惚惚的，显然是不正常状态，似乎只苏醒了一半，而潘皇却坚持不肯退兵退还领土，两位皇子虽然担心弟弟，一来得服从父皇，二来想到还有挽回余地，不愿这么轻易放弃。因而让小皇子卧床调养，派了专人照料，就盘算起了新一轮进攻。

“有道是擒贼擒王，我们先把他们的将军统帅抓来，敌军自然群龙无首，不攻自破了!”潘国大皇子向众人道，潘皇气势威严地聆听。

“然而对方狡猾至极，迟迟按兵不动，无法趁战场混乱以我军人数之多压上，这要擒住他，怎么办啊?”二皇子问。

“既然我们的目的是要让对方群龙无首，六神无主，那么自然不必生擒。”潘皇的眼中闪起一道锐利的光，“生擒增加了难度系数，若是不加保证对象的质量，成本则可降低多咯。”

这句话的暗示，众人自然听懂了。

“有道理！父皇所言极是!”年纪较长的两位皇子露出笑意，大声称赞。“不过，这又如何操作呢?”

“父皇，皇兄，这个任务可由我来!”一个尖亮清脆的声音。

另一边，庆功宴。简单而温馨，没有丰盛华丽的菜肴，但有众人从心的微笑。

“将士们辛苦了！这风月堡建阵终于完工，我们今晚就在大观圆里庆贺一下，怎么样?”笑容中凌月遮蔽了忧郁的脸，是刻意的，也是自然的。商将军有多面性，不止两面。

“好，好啊!”众人皆喜。

欢快的气氛，凌月也放松而喜悦，或许是已然看到了胜利的曙光，也或许是自己亲手创造的成果，对，这不是应酬，不是应付，凌月仰头望着圆圆的月，感到自己没有抽离。和众将士们一起，干杯仰头，一饮而尽。

“商将军好酒量啊！来，咱们大伙儿继续!”

“好!”凌月毫不客气。

这里的小士兵们很多都年少，对凌月很是敬佩，年长些的副将们也早已看出这位商将军颇有才干，已经历了一轮起落的成熟，不由得他们不服。军中气氛和谐，这时小将士们已有些喝醉了，嚷嚷着要来自京城的商将军作应景诗给他们听。

“小孩子们，别胡闹了!”年长的副将忙制止，凌月却笑着打断，毫不介意。

“今晚满月明亮，众人开心，确实应应景为佳！不过本人文才有限，表达思绪情感为主，随便作一首，水平如何各位就多包涵啦!”

“好啊!”“商将军别谦虚啦!”众人哈哈笑着，继续饮酒干杯。凌月来了兴致，大笔一挥，写了一首仿古韵。

今朝煮酒邀明月，月碎收水覆难归。

花谢藕断丝不尽，尽苦回甘醉同杯。

“好啊！好啊!”显然大多数将士们随便凌月写什么都夸好，未必看懂，也未必好。

“商将军，这首诗叫什么呀?”还是有有心的孩子。凌月微笑：“同杯碎月”[①]。

“同杯……什么意思呀?”

“你们看，这月光多美，反射在这一湾水渠，还有这大观圆观测镜以及我们的酒杯，如同碎了，就收进来。我们众人对酒当歌，人生几何？这煮酒论英雄的豪迈，不论本身年岁，都不负热血青春！花谢还会开，也可将覆水为己所用，焉知不是铺垫，更可有所作为！苦尽甘甜相随!”

另一面忧伤的意思，凌月埋在了心里。众人受到鼓舞，气氛更加欢愉。

“别闹啦!”又是潘国这边，来自大皇子。“三妹，这可不是好玩的，而且很危险哪!”

“我的武功又不差！你们派什么女杀手啊？上次她跟我过招，还输了呢!”

“那是她让着你啦！妹妹武功确实不错，不过你毕竟不是职业杀手……”三公主眼一瞪，二皇子只好接道：“你是尊贵美丽天下无双的公主殿下!”接着两位皇子和潘皇连哄带劝终于把那个新窜出来的潘国公主送走了。然后，他们走到一个奇怪的东西前。

“这是什么?”二皇子眨眨眼睛，对着这个“四不像”的怪物敲敲打打研究了起来。

“皇儿别乱碰，这是我们给若华国的大礼——木马!”潘皇中气十足的声音响起，自信地捋捋胡须微笑着，“我们的女杀手，将藏于其中，作为礼物送入若华国将帅之营。”

“把美女装在木马里，双重夹击，妙哉!”大皇子立刻赞叹道。“原想到美人计，总觉庸俗，据目前消息看来，敌国将领乃一位俊雅清高——大概自命清高——之人，儿臣正在发愁如何能将女杀手打入，父皇有此妙招，真是大好!”

---

① 意思就是“同悲岁月”；之后解释得再冠冕堂皇高兴非常都只是假象。然而假象亦有一层真实道理。

“木马？象征什么，如何让他们接受？”二皇子转过头来，好奇加疑惑，看来这位年轻皇子比其兄多了个心眼。

潘皇得意而自满地含笑：“木马一是和平的象征，那若华国重视和平，对这等礼物应当乐于接受，不接受倒会显得他们小气，有损文明古国之风；二象征着俯首称臣，因为马需有主人，献马则表示吾方将他方当作主人了，如此可令他们得意忘形，然后趁其不备以杀之！”

“妙，妙计啊！”两位皇子齐声。

“把马牵来！”

只听得“嘿哟，嘿哟”的声音，四个大汉把木马抬来了。

二皇子一见，立刻窘迫：“呃，这不是鹿吗？怎么成马了？”

“这就是马！哪是鹿？”大皇子和老皇帝异口同声。

“好，好，是马，是马……”二皇子眨巴着眼，低下声去。

翌日，一架大型的特别礼物就摆放到了若华国的军营。

“哇！好可爱的木鹿啊！”众将士们啧啧称赞。

“这是木马。”凌月的声音传来。

“还是商将军有眼光！这就按我国的马样子所造。”使者说，话中有话，“可惜贵国士兵们竟那么多有眼无珠，非要指马为鹿！如此只怕会贻笑大方啊。”

“此马真可爱，插着两个鹿角，也不用担心会被当成鹿！就像有的人，借了别家一点文字，仍不像书香门第，即使把别家的符号图印到自家门口大旗，也一看便知出处，只是依样画葫芦，一个道理！”

使者的脸色变了。凌月哈哈大笑，身后的将士们有的听懂了意思，笑得很开心，没有听懂的也被这气氛弄得乐了，笑声起伏。

这时，凌月态度诚恳地对使者说：“你看，你一来我们这儿的气氛就这么愉快了，说明你很受欢迎啊，呵呵！大使别见怪啊，真的很谢谢你来，特意送了这件珍贵的礼物，不论怎样，对你我们是感谢的。”

大使发觉凌月后面的话语真诚，脸色缓和了下来。

在友好的欢送下，使者和送礼物来的随从们离去。商将军麾下的将士们还盯着这大礼，啧啧称奇。

凌月看着这木马，笑道：“这木马这么可爱，看上去制作精巧，众将士请允许我今晚先研究研究，说不定可以让它走路跳舞点头吃草什么的，研究出来了明晚展示给你们看，好不好？”

“好啊，好啊！”众人高兴地喊。

“那么直接搬到我的房间吧！”凌月又对搬运的四个小伙子说，“谢谢啦！”

将军的卧房里，一架大型礼物占据了大半空间。好在原本这里的东西就不多，只是临时住处。凌月坐在角落的椅子上，斜眼睥睨，眸中漾着笑意。

“木马呀木马，你真是傻！人家说想马儿跑，又不想马儿吃草。你是既不会跑，也不会吃草，你会干什么呀？”

“摆摆样子吗？我们这儿还不缺你这样的花瓶！”

“要不是看你这木材好，雕工精细，花纹有意思，背上有饕餮，头上还安了小小的鹿角充龙角，我才不要你呢!"

"你知道你多重吗？把你当作工艺品，也没法搬回我的府上。当成战利品吗？战争还没结束，战利品不会这么早的，别当我不知道。"说到这里凌月的声音沉了下去，变成了鼻子旁边的一丝冷哼。

"你好可爱!"凌月故意再提高声音，装出温柔甚至甜得发腻的语气说道，然后又冷冷地低沉下来，"傻得可爱，应该是傻得可爱。"

就这么自言自语，变换着声调，凌月仿佛做出了好几个不同的声音对话般，哈哈笑了起来，妙趣横生。多年来与自己心中的声音对话，没想到讲出来也这么好玩，而且效果真像是不同人的嗓音呢。

突然，一柄剑破空刺来！马腹竟然敞开，一个红衣少女的身影迅速掠出，朝凌月袭击！

"啊!"这叫声又让凌月皱眉。那红衣少女惊叫一声，刹那之间手腕已被银线紧紧缠绕，且银线扣住了脉门，动弹不得。

她飞身行刺的速度极快，冲力还在继续，停止不住，眼看就要跌到凌月身上。凌月一回身，到了她冲刺的另一方向，同时另一条银线随着他的转身从女子的肩膀扫过，钩住其衣襟，将她带了一个弧度转弯，以至于化解了她的冲力，瞬间平衡，女子靠在了椅背上，凌月站在了离她几步外的地方，丝毫没有碰到她。

凌月手中握着的银线，绷得笔直而映射出一缕缕的寒光，他的表情亦是冷而平静，看着银线却并未聚焦在另一端的人脸，似乎并不将这一切放在心上，也宛如这一切就由这些银线操控在他的手中。

女子却惊魂未定，一招之间就已被扣住了脉门、绑住了双腕，刚才明明差点跌倒却又被不知怎么调了个弯，而现在才定睛看着眼前这人，就是刚才自己想要行刺的对象，一看之下顿时更是惊呼了起来。

"啊!"她又叫了一声，这次透露的是无比的惊奇与兴奋，在她第一眼看见凌月的面容，就突然头脑一片空白了，完全忘记了刚才自己的动机与目前所处在的情势中。

"太英俊了!"她两眼直冒迷离火花，愣愣地盯着面前将军装束的男子，他的肤白如玉，剑眉星目，双眸清冷，透出一股飘然出尘的神采，眉头微皱着，半侧面的角度冷冷地斜视，挺直的鼻梁更凸显半阴影下的侧脸，就像一件精雕细琢的艺术品。

凌月非常不喜欢这样大惊小怪大呼小叫的样子，行刺就行刺，自己还没叫她这个刺客叫什么？于是他的不悦在他的冰冷和皱眉中显示了出来，没想到却让这女子更痴迷地叫起来。

若不是有话要问她，真应该点了她的哑穴，凌月心想。"你是何人，为何行刺本将军?"清冷的声音。

谁知面前的女子竟似哑了一般，张口发不出一点声音。凌月又皱眉。

"你，你就是敌军的将领?"半晌那女子才说。

"这不是显然的吗？你还没回答我的问题。"开口不是乱叫，就是废话，凌月心中再次鄙视面前这人。

"我，我是潘国三公主！我助我皇兄应战，我也是将军！对，和你一样!"

"嗯。"凌月冷冷应了一声，算是表示自己听到了她的说话。"这么傻还说她是将军，和我一样，哼!"凌月心里想，他一贯不喜欢被不喜欢的人说和自己有哪方面一样，就好像感觉属于自己的被弄脏了一样，这是凌月的"洁癖"。

"我没想到你这么，这么……我不会杀害你的，我以前没看过你，现在不会杀害你了!"红衣少女又一连串说。

"呵呵，你以为你现在还有机会杀我?"凌月冷笑一声。

"啊!"红衣女子又叫了起来，惊慌失措的表情。凌月看着好笑，神色柔缓了一点。

"你，你想把我怎么样!"女子强自镇定，拾起一副霸道的表情。她的表情变化得很快，但都是在故作声势，很是做作，凌月看着不舒服。

"你说你是潘国三公主，有什么证据?"凌月提出新话题。

"有，在我脖子上挂着，有一块琉璃牌，这是潘国皇族身份牌，你来看看就是!"

凌月听着就走向前来，一手仍握着银线，丝线流转，仍然将对方牢牢控制在手中。随着他走近，女子的呼吸逐渐加速，凌月忽然在她面前顿然停下脚步，笔直站立，神色冷而庄严。"你自己拿出来给我看吧。"

"我手被绑着，怎么拿啊?"

"一只手够了吧?"语毕，紧接着一道银光闪过，红衣女子的右手就腾空了出来。

"你把我的右手放出来？不怕我再行刺你?"

"你的左手脉门不是还被我扣着么？再说你没什么本事能伤得了我。"凌月嘴角微微挂着笑容，却是三分轻蔑、二分调皮、五分生冷。

"不是我不能出手，是我不想出手伤你!"女子嘴强硬，狡辩道。凌月竟然点头，"你这句话说得是。"心想她到现在总算说了句有点意义的话，虽然一手被钳制着，另一手确实还是可以攻击凌月的，虽然这种攻击显然不会有效，但若以这女子的冲动性格来看，若非她真的不愿意的话，她是不会考虑到不成功的后果的，也就是说，若非她为凌月着迷，在这时候不管多危险她还是会出手的。

女子又愣了一下，受宠若惊，赶紧将手伸进衣内，从头颈里摸出了一块红色琉璃的雕刻牌。项链是纯金打造，金光闪闪，琉璃是一个红桃形状，做工精巧，红粉晶亮，凌月一看就知确实出自潘国皇族。

"我相信你，那我派人叫你兄长来接你回去吧。"凌月立刻说道。

"啊！你不把我扣押下来当人质?"红衣女子听到凌月的话，讶异张口，竟然这么说道!

若是此刻有三个路人旁听他们的对话，一个肯定晕倒，一个怀疑他们在玩过家家，另一个骂他们两人神经错乱，或者还会跑来第四个，骂是谁在给他们写台词！不过对凌月从小的风格了解至此，不理解也应该知道他时常闪过古怪的想法，而这新出场的女的，一看就是花痴，很好明白咯。

对于这种简单头脑者，凌月当然也很容易理解，"不必有损于我国风度，更不想有违我个人风格。"然而他却没有想到，他的话这种女生听不懂。不过她就算听懂了也就是这样一副吃惊加失望加痴望的表情，没什么差别。

"啊！不要啊!!"刚以为没什么，这女子忽又大叫起来。凌月赶紧往后退了一下。

她继续叫着:"不要我哥来接我回去！我不能就这么回去！千万不能啊!"

"为什么不能？我这样做是对你最好的。"凌月刚说完这话就后悔了，这样的语词落在这"心术不正"的女子耳朵里，会有什么歪曲的想法啊!

"你为我好，你真是太好了!"果然，少女开始做出一副感动无比的样子，然后顺势呜呜呜地假哭了起来，"你对我太好了……"

凌月懒得跟她缠下去，想快点解决，先顺着她问道:"你为什么不想回去？怕你哥哥知道?”

“原本这次刺杀行动不是由我来的，我把刺客换了过来，现在计划败露，他们看我这么被抓住，丢脸死了！还会怪我坏了他们的好事!”少女的哭声顿止，露出一副愤愤的表情，“如果我被扣押成人质，还有个价值和说法！你要么放我回去，这件事情谁都不知道，要么就大张旗鼓把我扣押下来，散布消息出去!”

凌月明白了她的想法，觉得她说得也有道理，如果换作其他将领，这么好的机会肯定很乐意走后一种，可是偏偏他凌月有自身的准则，超过了其他。

而平时碰到机会就爱教导人、说一堆道理的凌月，这时碰到这个女的也感厌恶和头疼，想到了也不说“你早知道怕你哥哥责怪，就不应该贸然行事，反而坏了你们阵营的计划”等等云云。当然即使换了别的刺客，聪明的刺客，这样的“木马计”也瞒不过凌月，只不过不会显得这么傻。

“那我带你走。”他简短地说。

忽然凌月又一皱眉，思考问题凝眉是他的习惯。这样带这个女的出去，必须施展轻功，但实在不想碰她，怎么办？念头在凌月脑海中快速闪动了一圈，立刻有了办法。“唰”地一下，抽下了墙边角落的银鞭，将这女子顿时绑了几圈再结合银线，固定住了一段距离，却牢牢稳扎，女子还没反应过来，就被凌月带在了背后。

“好了。”瞬间收鞭和绳，凌月已经离开了军营，转对着红衣少女说，“你可以回去了。”手上的银丝线却还停顿着并不收掉，暂时等待着静观该女子的变化。“今天的事情我当作没发生过，这是你说的方法，你回你哥哥那边去，以后就当作没见过我，知道吗?”他感到碰到这种头疼的女生一定得再嘱咐几句，免得到时候又出乱子，还枉费了自己今晚的苦心。

“真的要装作不认识你吗?”面前的少女突然热泪盈眶。凌月又感到自己多话了，这是他极少的后悔自己说话的情况，偏偏今晚连发生两次，凌月真厌恶这种思路不在一起却偏偏还硬要理解他、从而误解他的人。自己心中又有一念思绪自然而然飘到对方的立场去，也突然觉得自己刚才的话说得有那么一点暧昧。

“可是我就是看见过你，就是认识你了!”少女情绪激动地大声说，“怎么能忘！怎么能忘记!”

凌月顿时感到一阵背脊发麻。从来都不对这种“感人”的话语感冒，更何况出自这样一个刚才就令自己倒胃的女人之口。

“你认识我吗？你看见了我就算认识我了吗？你以为你认识的是我吗？你知道我是谁？我是怎样的人？你根本没法记住我是谁，谈什么忘记不忘记，真是笑话!”

凌月心中另一股怒气上来，讲出了一连串话，顿时让面前的少女傻掉了。

他的语速极快，面上冷冷的表情已被融化，但从内冲出的是更硬冷的怒火，中和下来更像是发自肺腑的话（确实是从心而发，但目的是撵走她，而非与她道心声）。

果然，凌月又一次感到，通过看似亲切地站在她的角度的方式回绝对方，要比冷冷地守在自己的立场隔离阻挡要有效得多。因为后者，对方可以存有希望来一次次进攻、死缠烂打，但是前者，则是从对方自身的领地将其瓦解。

他忽然有一点好笑，在讲感情处理的问题，说得像是打仗一样，虽然有些人说情场如战场，但是凌月却不赞同这样的“感情观”，对待喜欢的人他不会用这样的方法，只有面对不喜欢的人才会这样当作战场般将他们驱逐。

或许凌月从来就不是喜欢进攻的将领，他是很好的防守的将领，但是若只是防守，就太大材小用商大将军了；他擅长这种以谈和为守、以搅局为谈和、以假攻为搅局而退敌从而清局的方式了，到了清局之后，其实已经取得了胜利和主动权，想扩张宏图可攻原本属于别人的，想维持和平则守自己本身有的，凌月选择的是后者。

当然凌月觉得，如果一开始的目标是攻，那么完全可以不费这么多弯弯绕绕的心思，他的性格有隐藏的刚烈一面，他的柔是对自己和喜欢的人，刚性则是一直存在的，不是阳刚，却是阴烈更敢于放手一搏的刚硬刚强；如果他认准了目标，会死死地咬住，即使过程中再困难、即使看似走了很多弯路也始终盯在远处的目标上，坚定地接近，如果真的有值得的目标，他甚至不惜牺牲道路上所可能有的阻碍。

所以要进攻的话，他会选择放手攻出去，当然在这之前要精心考虑，而经常是并没有值得为此一拼的目标，只想转而维持现有的安宁；但是周边的对方要攻过来、要打扰他现有的清静，于是采取迂回退敌的方式，假攻也只是搅局再清局。

凌月就是不想被乱七八糟的人事物打扰。比如面前这个什么潘国三公主。他还是很擅长抵挡这种“明攻”的方式的；即使是以寡敌众，只要是明攻也可以处理得完好，只是可能还不太能应付以寡敌众时的暗箭难防，当然这样的前提肯定是那些“众”是小人，思维原本不在一层。也难为凌月了。

就在他的思绪刚开始飘向抽象时，对面的红衣女子愣了一段时间，看到凌月的表情不冷也不热，比冷冰冰拒人千里之外更不知如何应对，若说冰山还能被化成水，止水还能被搅起波涛，那么已经是流动的水——如同大海，有自身的动向和起伏——就很难被外界激起额外的波澜了。于是这潘国三公主只好愤愤地转身回去，想抱怨也无从说起，人家对她仁至义尽了，却又是不带一点私人感情，或者说毫无感情，却又对她法外开恩情，她还能想什么呢?

不过倘若这女生这么明理，最初也就不会做出那一系列举动了。事实再次证明，思维不在一个层次，加价值观不在一个维度，再加偏偏在同一个空间时间碰到，那么麻烦就来了。

三天后，凌月就接到了潘国使者的求见。竟然是提亲的!

原来，这三公主回去之后，硬是逼着下属答应称是使女过去的，是商将军将她放了回来，带给皇子话说“这种雕虫小技根本不是他的对手，饶刺客不死回来给他们警告”，然后再要使女假装心有余悸吓得记不清楚具体情节了。

当然，在那之后凌月自然会发函给潘国，“提醒”他们计划已败露，婉转地批评他们用这种不诚心的计谋不太光彩，且不会得逞，还是真正的和解对他们有益。

潘国皇族成员顿感一阵窘迫，被揭穿还被批评，且真没有还手之力了，此时此刻和谈是他们能接受的，只不过被这三公主一阵吵嚷，似乎混合着在情在理的“建议”说加固两国关系，联姻极妙，于是竟然接受和平条约的同时提出联婚了。

凌月连忙在接收和平声明后对使者避见而请回，给出了个理由是两国交好有国家礼节，意思是说不是这么随便像小孩闹两下就好的。结果，潘国两位皇子竟然亲自来了!

两位皇子打出了友好洽谈的旗号，带来了近身侍卫却并没有带军营兵队，凌月这边也回应以礼相待，在当地驻扎的军中会堂相见。凌月也只是象征性地带了近身侍卫，两军的军队各自退守两边。

“商将军果然一表人才，俊美非凡，难怪小妹一面之后就茶不思饭不想的。”大皇子微笑开口道。

“哦?”凌月一扬眉，露出惊奇，正在猜测但是不想直接问“她在何时见过我?”

“吾妹是在前日商将军演练军队时，贪玩溜出阵营，看到商将军的。”果然，他们自会道来，这说话的是二皇子。“商将军莫见怪啊!”

“呵呵，不会。贵国公主见过我多久?”凌月顺着他们的话问，他要先摸透这女孩是怎么编故事的，然后再顺着打回去。

“不怕将军笑话，我们这小妹就是这脾气，她跟在你们后面看了你一天了……”

“呃。”凌月顿时背后冒起了冷汗，他投入工作，带着那么多将士，除非有危险袭来，否则哪管有没有个痴痴的目光在暗处盯着。

见到凌月脸孔有点泛红，大皇子和蔼地笑了，他年纪比凌月大很多，二皇子则和凌月差不多。他们原先对于若华国派来的这位将军从不屑一顾到颇有忌惮，开始就连败、计谋又被识破、四皇子还受了惊吓，不过渐觉他很是诚心，且对他们存有善意，打仗时没有大肆残杀，还放了刺客，主动提出和平相处。现在四皇子恢复，三皇妹却又犯痴病了。两位皇子又见到这位将军是差不多年龄的年轻人，顿时感到亲切，又想到小妹既然看上他，希望能够结良缘。

“我国有意与贵国交好，先前有些误会，现在误会已除，联姻乃是一佳话，商将军何乐而不为呢?”大皇子又说，“其实今日来之前，我已派手下查明了，商将军尚未娶妻，亦是出于贵族世家，且年轻有为，可谓门当户对!”

“承蒙两位皇子厚爱，商某愧不敢当，因此事涉及二国，应由君主决定。二位皇子出于潘国最高权势家族，然而商某却非如此啊，此等跨国联姻之事，不宜与在下直接谈起。”凌月想到这塞外半游牧民族的皇族等级不那么严密，公主没什么规矩，皇子倒是爽快，不过自己出自大国礼仪之邦，确实有一套套的规矩礼法，正好可以做个借口。

“贵国是礼仪之邦，那么我们这就可以去给贵国皇帝陛下提出联姻之事，只要商将军先首肯，贵国君主那边不是问题，看我们两国多年来终于交好，不用折损一兵一卒，还成就一段美满姻缘，贵国君主陛下何乐而不为呢?”

凌月顿时大笑了起来，悯瑛到底会不会答应，他们想得美，自己想得更美呢!

正当他那带有邪气的灿烂笑容即将产生时，猛然想起还有一个凌日，自己可是代替凌日而来，万一真的把这难缠的公主许配给凌日，不是害了自家兄弟嘛!情何以堪啊……凌月顿时苦了脸，中和起来什么表情也没有了。

“商将军?还在考虑什么呢?”二皇子已略有不耐，“吾与皇兄亲自前来，诚意可见!商将军还有何顾虑?”

凌月连忙先肯定他们的诚意：“二位皇子诚意确实令人动容，实在是超越了国界，在这战争年代，却以此来维护和平，实在太令人感动了。商某由此突然意识到，贵国民风淳朴，国民心地善良，我国实在不应与贵国敌对，而商某却仍有军务在身，这令商某心中十分有愧。而今尚需挂念本国，至于这件事请容商某亲自去与我国皇上陛下呈明，定将表明贵国如此大善之心!”

他一番话暗含多重意思，环环相扣，一来肯定他们诚意，表达相互尊重；二来真诚赞美他们，取得互相信赖；三来表示出此乃“战争年代”，是以“和平”为目的，所谓联姻的目的也是如此，如果和平都已达到了，还要联姻的形式干吗?第四，道出目前凌月还是有军务在身，自己做不了主；第五，自己与他们还是两个阵营的，不要忙着攀亲戚；第六，自己国家国土还没完成收复，剩下的土地还是要找他们要回的；第七，又推到悯瑛那边，不要他们插手，那里凌月能够搞定。

两位皇子显然没听出凌月的盘算，于是微笑点头。这件事算这么暂时达成共识了，既然要去呈上启奏，自然要暂时休战，以示和平。不过只能休战十日，二位皇子说他们的权力只能做到那么多，上有父皇母后坐镇。

明言休战难得，而休战过后也不表示马上就得有战争，等于放个假，这段时间大家都能好好休息一下，都僵持和紧张那么久，凌月也很高兴。

不过他们一走，凌月就想要怎么应付过去，为这个事真要派信使回京城，引起朝野大臣的议论甚至动荡，为了那个胡闹的讨厌的小女人，凌月是绝不会做的。

现在暂时只有静观其变、等他们那边自己出乱子了。凌月知道潘国国王是个野心极大的人，否则也不会进攻若华国，吞并两国之间的领土，那个公主是在胡闹，这几天可能不吃不喝以此威胁，两个哥哥被她弄糊涂了，也有些冲动。这样兴师动众休战十日，这公主肯定会被他们的父皇责骂的。

其实凌月有些投鼠忌器，自己家是京城望族，他们已经查到，老王爷有意把郡主许配给凌日，也是明显的，万一为了这个真的把两国贵族弄得直接对立了，除了国家还牵扯了家族的恩怨，那就太不值、太可惜了。一定要避免这样的悲剧发生——何况还是不值得品味的并不美丽的悲剧。

凌月真的不喜欢这样被动地把变化的可能掌握在别人手里。这是他翻遍记忆，极少的次数下陷于如此的情况。以往看似被动，却要么内在接受不为所影响（包括知道命运的不可掌控不可预知而顺其自然），要么胜券在握胸有成竹静等一切应合自己的判断，要不就是完全与己无关、不屑一顾、不想花力气去改变。像这样牵扯着自己和家人、好友，还无法掌握又不甘心接受，真的主动想改变却无从下手的情况，令他煎熬。

不管外貌怎样平和安静，凌月显然不是心如止水的人；相反，他心中的波澜非常多，只不过同时有那么多波澜那么多力量，使得各自平衡了。

而现在，不平衡了，却又被情绪之外的理智给加添了一股作用力，再度平衡。

“不能自乱阵脚，即使没有解决的方法，也不能着急，稳住不是终极解决的方法，却是途径之一——甚至由于综合了顾忌，是唯一的途径。”

“只能静观其变了，而且这样，他们应该会有变化的。那几个人都看起来很冲动，他们那边原本就是头脑发热想出来的。”

“只是他们头脑发热为什么要让我伤脑筋？这对我、对别人不公平！”

这几天里，凌月真的就好好休息了，“让士兵们也放假轻松轻松，他们太累了。”不过还一面叮嘱他们，随时做好应战的准备。

好在有风月堡建阵，不过现在潘国军士们也不会再来闯阵，他们的那块土地倒全面防守起来；若想从他们手里取回更加困难，陷入僵局的感觉。如不顾及将士民众生态和信用，趁着目前占有上风硬冲过去，当然可以打下来，不过会破坏很多，凌月不愿这么做。

“自己顾虑的真是太多了，家人、悯瑛，还有那些士兵、那真正的和平，包括环境的和谐。其实如果真的交战，我方实力就凭我带来的这些部队力量加上我的战略兵法也胜过藩国现有的力量，但是这样势必损失惨重，如果我毫不顾忌就扫除障碍——达到扫除障碍的目标——的话，光以武力解决要轻松许多许多。”

“如果只要抛开那些间接相关的，也不会被他方如此牵扯！”

潘国至此自然是对凌月的战略风格有些了解，了解得不那么深刻也知道他有所顾忌，不愿伤害百姓和生态，也不愿折损自己的兵将。不会硬战。因此潘国决定抓住他的顾忌，在被动中暗含主动，虽然已失去了一块先前占有的土地，接下来守住不让他再占取更多，并争取对他有所钳制，把和平在此钉住，就不让他再去动别的土地。

凌月确实暂时行动不得了。好在三天过后，终于等来他要的动静。

第九十章　和解，就是打发走人

不过这却是他极不想要碰到的那个情况——他甚至连“那个人”也不想说，心中的洁癖又发作了——却是他想等的动静，讽刺！

红衣女“哐”地一声又落在他的视线内。

不是她的武功多高，这时兵卒们受到商将军批准多加休息，和平期间的警备相对不严，她的功夫自可蒙混一些放哨的，而凌月选了靠旁边挨着树木的房间，她是贴着墙角钻在树丛中推窗而喊的。

“快把窗户敞开些，拉我进来！”

“我开门吧，你从前面绕过来。这窗户经不起你折腾。”凌月瞥了她一眼，这身形魁梧的北国公主把窗栏压垮了自己还得花时间力气去修。

三公主一听这“邀请”，立刻喜笑颜开，蹦蹬蹬跑进来了。

“凌日！”她一来就充满感情地喊起来，“凌日！我上次都没来得及问你的名字。对了你也还不知道呢，我叫潘桃，你知道这几天我多想你！”

潘国公主叫潘桃？凌月不禁觉得好笑，却想到一不应该嘲笑他人的名字，二不应该歧视别国的文化，三不应该与不讲道理的女人多纠缠。

该冷脸时须冷脸。

“你想我与我有何关？说吧，来找我什么事？”凌月又皱起眉头，微侧脸，懒得看她。在潘国三公主眼里，顿时一个绝美的忧郁王子形象又产生了。

“哦，啊是这……”这女孩又神情恍惚，听到凌月冷言问她才愣愣地回过神来，顿时手舞足蹈神气活现，“你看我给你带什么来啦！”

凌月有点厌烦地瞥了一眼，心想你能带来什么好东西，一看她手中握着一卷纸卷，立即心中一个念头一闪，不过凌月先压制住了意识使自己想不到更多，就看着面前这来访者能带来什么花样。

“你不知道这是什么啊！这是我国的军事机密图，是我费了好大力气从我父皇和大哥那儿弄来的！”

凌月的脸色顿时变了。那个女孩子还继续说道，“你看，这上面除了有我们那里的军队布置，还有我们皇族的一个宝藏所藏之处呢，我们可以去那里把宝藏取出来！”说着她就把皮卷卷开，是一张褐色的羊皮卷，上面由红色和黑色做了清楚的标示。

见凌月在看着，她就把这卷皮卷塞到凌月手里。

“你这是什么意思？”凌月直视着她，尽量让情绪没有浮现——或者更确切叫爆发——出来。

“你还不明白吗？我能为你做任何事！我只想与你分享这些！”

红衣女在凌月眼里一直都是一个自顾自的任性形象，凌月无法把她和一国之公主联系起来，而此刻在凌月眼里，更是不可理喻，甚至不可原谅。

“这是你能拿的东西吗？你有什么理由、有什么权利！你这是叛国，你知道吗！”凌月的声音颤抖起来。

“我喜欢你，有错吗?”

“你因为你自己的喜欢，侵犯了他人的权益，这就是错!”凌月正气凛然，“更别说你盗取国家军中机密，是重罪!”

“我有罪我的国家父皇会处置我，不用你管！你只要知道我喜欢你，这是我为你做的！你收着，这张图会让你平定那些军队，我也会留在你身边帮助你!”

“那你的国家呢？你的皇族亲人呢？你就这么不顾他们?”

“父皇不允许我和你结婚，我就要自己来争取！是他们逼我的！国家什么我才不管，我只要争取我的幸福，我就要和你在一起!”

“你的幸福？建立在别人痛苦之上、让整个国家因你的叛变而亡，这就叫你的幸福？你这样的人，有什么资格谈你要争取什么?”凌月为面前女孩的荒唐感到气愤，以普遍的正义斥责她的作为，并没从“我不喜欢你，你要和我在一起还没问我愿不愿意”的角度。

其实，若要凌月真的那么直接地说出拒绝的话，内心温柔敏感的他还真难出口，但是另一方面，这女子行为的确触犯了凌月的道德准则，因此愤怒地训斥她，比拒绝私人的感情更严厉许多。“你这样算什么？我为你的家人和国民感到心痛，为你感到可耻!”

“你！我为你这样，你竟然不领情！还这么骂我……”潘国三公主呜咽起来。见状，凌月柔声下来，说道：“把这个还回去吧，现在还来得及，一切还可以挽回。”

“我挽回什么？我只要挽回你的感情!”

凌月皱眉，这时流露出了个人角度的情绪：“你这是什么话，你从未得到，怎么叫挽回?!”他还是没说出他的“感情”这样的词，又有洁癖的感觉。

三公主顿时愣了，抖了嘴唇：“我哪里不好？哪里不好?”

凌月已平息了情绪，有所保留地说，“我还没到具体指出你哪里不好的程度。”三公主一时没有听懂，“你没到什么程度？你已经是我最重视的人了!”凌月叹了口气，“现在先把事情解决要紧。真的不要意气用事，你先把这图卷收回去，以后的路还长着，不要因为一时冲动整个毁坏了。来，拿回去吧，跟你哥哥好好商量，可以通过好的途径解决。会有好办法的。”说到后来他开始好生相劝到连哄带抚慰了，凌月心中的另一个声音跳出来，说自己太好心了。

他不管，既然选择了善意的这条路，就把这条路走下去，好人做到底，否则跟开始就拿了她的图纸去毁灭潘国有什么区别?

果然三公主情绪平稳了下来，变得温和了一些：“真的可以解决么?”

“可以的，只要一点点来，不要心急，不能犯错，就会好。”

女孩点点头：“好，那我听你的，那我把图纸拿回去。”

凌月松了一口气，感到自己的精力没白费，也点点头，应了一声，“嗯，回去吧。”

突然三公主转身回看他一眼，目光中又闪出一贯的凌厉与霸道，尖锐嗓音说：“凌日，你不要骗我，我不是好骗的。你看我能拿到潘国军事机密，若你对我不忠，我也能掌控我国军队来……凌日你很聪明，不用我说了吧?”

然后她绽放一笑，艳俗而刻意。这笑容本身让凌月感到不舒服，当然背后的话语和意味更如此。

她一走，凌月就有了决定。

并非他吃软不吃硬，而是最反感那种为自己打算、影响别人还装作为人家好——通俗点叫“得了便宜还卖乖”的样子——尤其当这还违反了他的原则。

既然如此，凌月要主动出击了。应该说，是反击吧。

他原本料到潘国皇室四天内会有动静，没想到这三公主如此上门来找他。并不怀疑也不需要怀疑这是他们的用计，即使是用计他也不害怕，反正光明正大。

“他们那点计谋，破解起来还不容易么？”只是他们的执著、一次次努力让凌月觉得他们也是努力而有信念的人，当然不包括这个三公主和她低档的行为。

目前还在休战期，凌月派使者去约见。潘国二位皇子再次与凌月单独会面，刚恢复身体不久的小皇子也吵着要来，哥哥们只好依了他，但嘱咐了小皇子不可乱动乱说话，生怕再让他受到什么惊吓或迷乱。“四弟哎，这样吧，你躲在这个房间里的屏风后面，好不？”

“为什么呀！两位哥哥谈判，我为什么要躲着！我有什么见不得人的！”

“这……”大皇子怕弟弟再那样中了蛊惑似的，心存担心，自然不想他与商将军会面，无奈他执意要来，还是想把他藏着，却又怕打击这位自小聪明受父皇器重的小皇弟的自尊心，不好明说。

“因为躲在屏风后面好玩！四弟，你看是不是？那个屏风上画着马，威风凛凛的，弟弟更加威风！这次我们跟若华国的将军和谈，先由我们两位老哥出马，等谈得差不多了，你再从屏风后面冲出来，吓吓他，怎样？”二皇子看来比年长的皇子要狡猾，眼珠一转就来了主意，一番鼓动号召很有效。三兄弟哈哈笑起来。

小皇子连连点头，恢复了聪慧伶俐，兄长也放心了。这次会面是在潘国的军营边。凌月只带了很少的几个跟班过去，站立在室外，室内由他们会谈。

“商将军。”“皇子殿下。”他们先互换礼节。

“这次来，商将军是否已考虑好，得到了贵国陛下的许可？”

“不是，而是另有一个情况，与皇子殿下说说。”

“哦？有何情况？”

“事实现在和平已在你我两国部分达到，我希望仍延续目前的和平，签订永久和平条约，并且请归还原本属于我国的领土。”

几位皇子愣了一下，没想到凌月这么直接。“为何突然出此言？我等前几日提出的联姻之事，为何不答？”

“我不会与贵国公主联姻的，这是我接下来正要说的，因为没有必要。贵国的军事力量我已了然，再僵持下去对你我并无好处，尤其对你方不利。”

“怎么叫我国的军事力量你已了然？商将军，你这是在开玩笑吧，不像威胁。”

“我不是开玩笑，也不是威胁。”凌月面容严肃，低沉下声音说，“请二位皇子不要见怪，这次我特意找你们单独会面没有见陛下和其他人，也想友好提醒你们，有道是家贼难防，你们治军严密难免一疏……”

“这是何意？”

“基本就是这个意思。你们的军中人数、后备、器械、粮库方位等我已知晓。”

“你知道？”二皇子露出一丝惊讶，很快平静下来，“你知道怎么不说？吓唬我们？你若知道，为何吞吞吐吐！”

凌月略微顿了顿道，“我知道你们的粮库位置离现在防守严密的那个地方却有一段路程，制造粮库在那里的假象，以防劫粮，而一些武器所放位置与粮库其实很近，另有两处战车方位应东西方位各安置……还有一些具体的，我不方便说，我只是想提醒你们，不是给你们造成慌乱。”

听着凌月的话语两位皇子脸上已变色，却见凌月话锋一转，停了下来，便恢复镇定，二皇子道："你知道这些基本方位也并无什么，就是些道听途说的可能性。你却怎么故弄玄虚，欲言又止，意欲指吾等身边出了奸细?"

"既然这等机密被我知道，那自然是有你们的人泄密了。"

"那你为何只说了些基本的方位？说不出是谁以何种方式泄密?"二皇子大声质问。

凌月微微露出犹豫，却没有说话。二皇子继续："你没有证据，却来血口喷人，让我们怀疑自己身边的将士，想瓦解我们彼此的信任，商将军，这可是有损贵国之风。"

大皇子朗声接道："商将军，你假意为我方好，却是善面恶心挑拨离间计，原先见你正义凛然，却没想到竟是如此之人！吾等绝不同意小妹嫁与你，你要逃脱联姻也不用如此出卖你的人格!"

"说得好，我不想联姻也不用出卖我的人格!"凌月突然出口道，声音因突发的怒气而嘹亮尖厉，冷而混合着突发的怒火，就好似雪崩突来，二位皇子顿时愣了下。

凌月立刻收回气息，为那种女人生气不值得，然而还是因为怒气而动作幅度比以往要大，不再那么温和。只见他纤长手指中突然多了一条细丝，"你们看，这是什么!"

"这是何物？一根线？一条布?"

"贵国皇室专用的特殊羊皮绘图纸，事先由药水浸泡过，二位皇子应该很熟悉。这是我裁剪下来的一块，正好可以拼接在你们的军事机密图上。不相信，你们拿出地图比划一下就是。"

大皇子闻言一看，果然这根是一根很细的皮条，颜色和气味隐隐有些熟悉，立刻对弟兄使了个眼色，转身亲自取来了那张军事机密图。

"商将军，把你手上的东西给我吧。"大皇子声音平和，听不出他的情绪和想法如何。凌月友好地递了上去，小心地捏在手里，还说："小心掉了，这个很细。"

大皇子把这根皮条的另一头捏在指尖，二皇子凑上头去，只见果然颜色、厚度都与机密图的羊皮纸一致。这时他们细看，才发现机密图的左侧是比右侧窄了那么一点。用手指抚摸边沿，却似是新切割的，还有一点切割的角度让边缘有些尖锐，不像久经手碰、风吹和卷着存放的另几道边，与图纸其他几侧边缘的触感确实不同。

再将手中的皮丝拼接上去，果然完全接合，分毫不差。

二位皇子脸上顿时变色，嘴唇都颤抖。"你……你这是……怎么拿到的?"

"这幅图早前到了我手边，我顺手用我的暗器裁剪了下来。"凌月淡淡地说，就好像在介绍一个自己并不在意的玩具一般。而他其实还刻意避免绕开他们的问题，就是从谁那里、怎么得到这幅图，而将焦点定在了怎么得到这根皮线。

皇子们的注意立刻被吸引了，"商将军好功夫!""真是太强了！可否让我们看看你的暗器?"二皇子也童心未泯。

凌月笑了，有点不好意思的笑容，把空寂月拿了出来："喏，就是这个，我本来不想拿出来的，我的暗器不随意示人。现在也是与二皇子交个朋友吧。"

"还有我，哇!"小皇子突然跑了出来。冲出来大声对着凌月的耳朵喊道，着实把凌月吓了一跳。然后都哈哈大乐。

这时他们俩都想起了在风月堡建阵里的那晚的情景，四皇子的神色刹那间又恍惚了。"我们也算有缘。"他喃喃道。凌月抿嘴又微笑。

大皇子生怕小弟又有闪失，连忙将他搂了过来坐在身边。二皇子还在专心看银线。"此暗器实在精妙！银绳也非同寻常!"

“确实，这是蛮难得的。”凌月不客套，想到师父当日给了自己这些银绳的确可贵。

“你的手法却更是奇妙，堪称化境！”大皇子忍不住接着赞叹，“你以内力注入，结合银丝的韧性配上银器的锋刃瞬间切割的吧，天衣无缝！”凌月又不好意思了：“谢谢夸奖。还是这器物比较难得。我也就随便玩玩。没想到还能派上这个用场。”

忽然想起来话题被扯远了，现在赶紧点到正题，把“这个用场”四个字略微加重。

大皇子也回过神来：“商将军如此武功高绝，深藏不露，且一次次给吾等留有余地，实乃善意！否则你若想伤害吾辈，拿着这军事机密，后果不堪想象，恐怕我等性命也已不保了！既然如此，吾等怎还会恋战呢？我这就告知父皇，立刻归还贵国领土，全部撤兵，签署永久和平条约。”

凌月松了一口气，其实到方才隐隐有些后怕，自己拿着他们的机密图卷作为要挟比这样交谈要有利多了——却也不得不承认有些气愤和情绪化，还好早在把那女的赶出去之前切下了这块皮条，当时那潘桃几次把图塞到凌月手里，凌月气愤中不知怎么想到了这个主意，似乎是一种灵感，并未考虑那么多，没想到真的派上用场了。

那如果以整张图来做条件呢？岂不是更直接？乍一看似乎如此，但那样的话，首先潘国两位皇子不会这么感动而爽快主动提出，有被迫的意味，当然无法像现在这样如同朋友般的交谈，再者，更严重地，那样那个潘国三公主就会以为凌月已答应了她的要求，到时候惹出什么乱子就不敢保证了。还是将她打回去不要收她的礼，以免后患，安稳得多。

这时年长的皇子立刻带凌月去签包括国土归还条款的和平条约了。大皇子特意用了国印：“我这也等于是给父皇将了一军，先斩后奏，哦不对，是先和平再告知他老人家！”大家笑了起来。

如此一来，这个条约确定了，事情算是圆满解决。至于联姻的问题，皇子们也是聪明人，到后来自然猜到了，能拿到这绝密军事图的人也只有最贴近潘国国王的几人，就像大皇子能够取得父皇的国印，再放归原处，原本是因为同心协力和极高信任，具有这样信任度的也就那么几人，若有间隙和裂缝，这带来的问题和潜在的问题真的不堪设想。他们心中感谢凌月及时提醒，且没有直接点破，还可以挽回。

年长的皇子们再三嘱咐小皇弟不可把屏风后面看到和听到的说出去，四皇子说他当时并没看清听清楚，两位哥哥微笑放心了。他们对待妹妹，有亲情甚至纵容，当然不忍心处罚她，还想着怎么替她隐瞒着，却不能再让她胡闹了，不能她跟这厉害的商将军再有什么瓜葛，就算不体谅到商将军多次为他们好，也要顾忌他再这样下去把他们看穿了，万一哪天被那不懂事的三公主惹烦了真要伤害他们怎么办？

于是他们不再提联姻之事，也不提知道凌月不喜欢的那个潘桃了，气氛轻松而愉快。

“我叫潘枝，字檀郎，我哥哥叫潘果，字安仁。还有四弟，你原先就见过，叫潘叶，字檀香。”二皇子说。凌月心念一动，他们的名字倒是漂亮。

二皇子接着问：“对了，凌日将军你有没有兄弟？”

“有一位，他叫商凌月。”凌月笑着说，眼睛里绽放了调皮的光芒。这时候他对自己的这重身份已经觉得更多是有趣了。

“好名字，比凌日听起来柔和，倒是与你的相貌更相配嘛！你兄弟难不成也像你这么俊？”

“嗯，他和我长得一样，我们是双生。”

“这等奇事！”皇子们感叹，“我们见过双生子，但没想到有和你的英姿俊容一模一样的另一人！你家真是有福气！”

“过奖！三位皇子不是也相貌出众么，也是同胞兄弟，我家的情况没什么稀奇，只不过和我长得一样而已！”

凌月是真诚的，这时心上划过一丝疑惑，三公主的兄弟都一表人才，又不是没见过男人，为什么看到自己就表现成那样？“或许我的长相正好对她胃口吧。哎，管她呢！这种小女人的心思我懒得猜。总之，我的优秀不由谁喜欢我来定。那种所谓的喜欢根本是麻烦，那种无关的人别来烦我就好，我只想清静！”凌月想到这里又微笑了，的确，一个人的优秀不需要别人的喜欢来证明。

“那，你弟弟是怎样的人？性格如何？”大皇子也很感兴趣。

“他，很懒，喜欢待在屋里，话也懒得说，性格古里古怪。”凌月大笑道。此刻觉得很放松，很好玩，自嘲一下很开心。却并不感到“分裂”的痛苦，不像以前一想到这个问题就头疼而心疼，难道这才是真正的“人格分裂”吗？

凌月的心上闪过一丝这个念头，却又笑了。

三位皇子也笑曰：“这么说你的兄弟，不用替他谦虚！想必是很优秀的人。我们以后就都是朋友了！”

他们一同享宴，干杯。

没想到这一天竟然这么快活，凌月有了意外的收获。“我发现他们并非与我们有多么敌对，他们跟我们一样，同样有理想、有对祖国和亲人和家族的爱。只要绕开那么一点敌对，其实可以发现很多可以交流可以理解的地方。”

“本质善良的人，即使身处不同的阵营，也会友善相处，甚至成为朋友；反之，心地邪恶的人，即使并无利益冲突，甚至表面上来看应该同一阵营，也会故意挑起争端或者单方面攻击。若说埋怨和愤怒需要借口，那么还有更多的比如敌视和嫉妒，不需要理由。”

第九十一章　看似无迹象

就在凌月出征潘国时期，若华国这边一切也在继续。凌日已受凌月委托，来到皇宫保护悯瑛。他进宫是以商二公子凌月的身份，想着可以气气那些指责他们的老臣们，就觉得开心好玩。不过几次之后，新鲜劲就过了。

“皇上，你是不是太过担心了啊，你看这皇宫内，一点迹象也无。”凌日对悯瑛一边说着，一边踱步，挥手，摊掌，显示出一派如常清闲的。“我说啊，这危险若是堆积到就要入侵的程度，现在这时候宫内决不会这么平静。大家都以为会武功的商凌日出征在外，不会武功的商凌月在皇上身边，如果真有那些预谋，早就趁这时候行刺了！”

语音一落，凌日已踱步回到悯瑛座位旁，坐到另一个椅子上来。他不像凌月那样称呼悯瑛名字，却也不似一般臣子对国君的态度。

“你怎说得如此可怕，我顾虑为暗中积累之力量，卿所说，倒肯定会直接行刺一般。”悯瑛跟他就以我自称，却省略掉凌日的名字，叫他的时候就指代过去。

人群议论从宫中扩散至外，又有了新的内容：“皇上与商将军之弟纠缠不清！”“那两兄弟长得一个样，哥哥不在就弟弟顶替，总缠在皇帝身边！”真是欲加之罪，何患无辞，搬弄是非，在所不惜。所以说，这就是小人的本质，闲不住，没有本事，肮脏龌龊，却顺着社会上的混乱中适得其所。

这些，是身为君子的凌月不知道也不屑去知道的，他此时正在忙着出征的大事，甚至也不知京城中的具体动向。

凌日收住笑颜，目光凌厉，看向前方："按照你和凌月担忧的，那些人如想反对你，绝非仅仅没有势力背景的底层起义。要知道，重兵权由如梦令控制，如梦令在我们手中，就不适合重兵压上，擒王才是捷径。而今，已有权臣将凌月调离到边境，局势可算是外坚里虚，行刺皇上是最佳之举。把你刺杀死了，大权不就在握了吗？"

悯瑛一听脸色略微变了，凌日说话向来直接，即使不忌讳当面谈死，却也没想到凌日这么一番话这么直接，然更惊异的是，确实有道理。似揭开了一层没有想到过的幕——幕后黑暗着，空缺着，加倍可怖。

见到悯瑛的神色，凌日却底气雄厚："你不用怕，只要我在旁边，你被杀死，他们一走我就把你救活！呵，我的医术你大可放心。"

"你的医术，真可如此？"

"当然。只不过如果真的死了，起死回生有些麻烦，依旧可以做到，如果留了一口气在则简单得多。"

悯瑛浮现一抹混合着复杂的笑容："厉害！然而我仍希望勿要发生。既发生，意欲逆转、弥补，势必有所代价。"

"哼，我倒希望他们真能过来行刺你！皇上莫介意，别忘了我有武功，他们想不到如此，说不定根本没法伤你，伤了你我也能把你救好，刺客却是来找死！顺便把他们幕后黑手也一起揪出来！"

悯瑛缓缓道："你这一招，若发生的话，它确实能奏效。但是把伤口当成利器，进行攻击，不是你死，就是我亡，太惨烈了。"

他的话语说得婉转，这时悯瑛心里所想，凌日自然不知道，只当他是在夸赞，就很豪爽地一拍胸口："呵呵，我就喜欢这样，没事的！"

悯瑛一笑："多谢你替我着想。只希望一切都好。"在凌日看不见的角落里，表情复杂。

第九十二章　纠结

时间就这么一天天过去，奇迹般地，皇宫乃至朝野京城，仍是没有动静、没有异常。然而都意料有变化发生的时候，却没有，这本身就是异常了。

凌日不会这么多重否决、折返式地想。"哼，肯定是凌月这家伙爱胡思乱想，想多了！哪有什么危险啊，一派太平！"

其实，撇开危险不总让人看到不提，表面的无事也不同于完全的无事，这次凌日以凌月的身份进皇宫，第一次说是带了商将军的手谕，后来就拿了悯瑛给的临时出入牌，皇宫的侍从们大都喜欢这位亲切温和的君主，自然不会阻拦悯瑛的来客，然而安插在悯瑛身边的眼线怎会放过这一消息，之后皇宫中的人手布置逐渐在挪移。当然这些进行得十分隐秘，更不会被心思散漫的凌日发现。

他熬不住这无聊的时光，有空就跑到外面转悠去了，不再到皇宫报到。悯瑛心中还有芥蒂，自然也不会多留他。当时凌日为了自身怨恨不平，想“夺去”凌月拥有的，故意接近悯瑛是其中的一部分，这时早就忘得一干二净，悯瑛却不会这样抛开。凌月由于接受了凌日的道歉、理解他的十多年来在外的辛苦、体谅他以为自己占据了本该属于他的那些，加之有血缘的关系、一致的容貌，想对凌日存着气也不忍心；悯瑛碍于凌月的面子，当时就答应原谅凌日，原谅归原谅，心中不喜欢还是不可改的。

于是这段时间，凌日就在京城里晃悠来去。这一天，他从闹市转到了城中的僻静之处，还不想回自家府邸，就往其他世家府邸的方向转悠着，转到了王府门前。

可能是王府的建筑院落比京城五大世家都更有一种沧桑的积淀感，内敛的高贵大气，不像金府就是丞相府那样刻意金碧辉煌的，也不像秦府那样特意低调不与他人争锋只想和谐相处似的，当然比商府的无奈落寞更有底蕴和气势。至于另外两个世家，近年来比商府还要没落，提不起凌日的兴趣。

而凌日也不会单独欣赏风景。他和凌月这点也不一样，凌月对风景的关注多于人，凌日则对人关注多过风景，从当年凌日初回商府两兄弟出去玩路途中的各自留意就可见一斑。

“哈，到了王府，不知道这小王爷怎么样了!”似乎凌日对于懿琨小王爷总是怀着一丝兴趣。躲在王府侧边的一棵大树后，斜眼看着王府大门，一边侧耳而听里面的动静。

“商凌日被派到边境去了，暂时算是眼不见心不烦，商凌月却不安分起来，以前总是关在他府上，现在却没事总跑出来晃悠。前些日子皇宫去了几次，昨天又到过柳姑娘的店里。”一个心腹在懿琨小王爷旁边，讨好地汇报消息。

“呵呵，王爷，您也别见怪啦，他这人从来就没出息，现在他兄弟和整个商府都消沉了，自然郁闷，只好这样啦。”另一个心腹在另一边接口道。

懿琨在中间，冷冷的俊脸看不透表情，只是轻淡开口：“他既往那里，此为问题。”

“主子莫担心，他现在已经不去皇宫了，没官没职的，毕竟进出不方便……”一个心腹赶紧说，却被另一个心腹快速打断，手肘撞了他一下：“你懂什么啊，王爷指的是柳姑娘那儿。”

“您说柳姑娘那儿?”这个被“醍醐灌顶”的心腹侍从立刻换了副神色，转着脑袋重新看向懿琨，“这您可要看紧点了，所谓窈窕淑女，君子好逑，可别让他打柳姑娘的主意啊。”

“是要注意。等我处理完手上的事，午时之后便去看她。”

又见懿琨转身而去时加一句讽刺，“正事得先了，我总不见得像商公子那样闲着没事做吧?”然后带着嘲讽地翩然一笑，就和他的跟班们离开。

这一席话，被凌日听到，自然不听不知道，一听气得不得了！这时的凌日以商府二公子凌月的身份，倒确实闲着没事干了，而他可不像凌月那样喜欢安静，在小屋内一个人自在而充实，找个机会就悄悄溜出去，晃悠晃悠。在京城里认识的熟人不多，那个柳姑娘是凌日来这里回归家园不久后遇到的，当时去她那里挑选几件漂亮的衣服以配合家中的团圆时光，毕竟自己来这里要入乡随俗购置新的衣服了，对那家服装店的老板娘印象不错，第一次在店里就很开心。后来，闲着没事就又想到多去逛逛了，却没想到这小王爷也是那里的常客。发现之后，凌日心想世界真小啊！或许是这样的感觉牵引他来到了王府外，回避着看守的侍卫而躲在树后，正好听到了懿琨和随从的对话，竟然还是嘲笑他没事做的！

凌日早就对懿琨小王爷的高昂气焰印象深刻，这时更觉讨厌，晃悠着路过柳姑娘的店面，进去随便逛逛，就被这么白白盯上了！忽然灵光一闪，想出了一个有趣的主意。“最近不是在扮演凌月吗？那就继续演戏。”

心念一动，凌日立刻转身回府，却没有发觉他适才观察的那位年轻的王爷在他转身之后，给了下属一个眼色，就转身消失不见。

凌日则忙着在府上准备，找出一件凌月的衣服，散开头发，弄成那位兄弟平日的样子，感到别扭却更加好玩，哈哈笑起来。

算准了时间，到那间精致的店铺里，凌日心想，帮自己兄弟挑两件衣服总用得着，这段时间或许更会由自己用上呢。

正在这时，店面的女主人出现了，四目相对的一瞬，她愣了一下，凌日微笑着与她点头招呼，露出平时凌月的温雅的样子。心里暗笑，“我装得像吧？”

于是，凌日请她帮着挑选两件衣裳，来到冷色调的服饰旁边，指指自己身上的说就类似的风格，顺便借机与柳姑娘闲聊着。柳絮雪一边挑出衣服一边说，“你这段时间怎么这么有空？以前不是忙着吗？”

凌日呵呵一笑，若是凌月这时则会感到柳姑娘的话语较为奇怪，不过凌日没那么敏感，就说：“还好，也没那么忙。”

柳絮雪看了凌日一眼，忽然道：“公子这身打扮，不舒服吧？”

凌日这才一愣：“很舒服啊，舒服。”

柳絮雪轻轻一笑：“你少装了。”

凌日微微一惊，不相信她看出来了，也不愿承认，一凝神忙道：“这就是我的衣服，我的一贯风格，我是凌月呀。你把我当成我哥啦？”还眨巴着眼睛，无辜的样子看着她。

“商大公子，你当然不知道了，我可是在第一次见到二公子的时候，就知道他是你的兄弟。不过也真是好玩，为什么要扮演彼此呢。”

凌日一时窘迫，挠头不知说什么好，遂哈哈大笑起来。“看来，你真是了解我弟弟！你怎不和他在一起呢？明人眼前不打暗话，我这几天来你这儿，就是想替凌月看看的。柳姑娘，你和凌月真相配！”

柳姑娘脸上一红，很快大方地笑了起来：“这不是令弟的主意吧，你怎么替他乱拿主意？”

“你怎么知道不是？”凌日故意反问，想反驳。

“商二公子是好人。”柳絮雪忽然微笑着故作神秘地说了句这样的话。

凌日笑：“你在暗中骂我不是好人？”柳絮雪也笑起来。

顿时，气氛不再尴尬，两人都觉得有趣。

这时凌日收起笑容说：“说实话，你既如此聪明，怎会看不出，懿琨不是好人。”

瞬间，柳絮雪沉默不语。凌日接着道：“他很有野心，狡猾，有心计，并非安稳踏实之辈。你也能看出，他面容英俊却邪气又冷峻，气焰嚣张，阴冷又狂热，会蛊惑他人。如此自信十足条件优异，怎甘心屈居于暗处？他心中肯定会打算，这么些年他在朝野不任职，定然心存不满！还培养了很多心腹人手，大概正在计划什么阴谋呢！”

凌日噼里啪啦一堆讲下来，竟然越说越来劲，仿佛有灵感般，竟然道出了一些原本他们并不知晓的情况。对于懿琨小王爷的行动，凌月和悯瑛也是不知道的，凌日当然无从得知，不知是否占据了既是旁观者又是参与者的双重身份优势，又或许由于他自己心中对于懿琨小王爷的关注和怒气，自然而然把他往坏处想，就无意中贴合了现实中。

“你不了解他，就不要说他了。”柳絮雪忽然道。

凌日还有些愤愤不平的样子，想象着懿琨的样子目光飘远，鼻子哼了一声。可见他并没关注事情本身，而是在盯着人。

然后柳絮雪叹了一口气。

“你，到这里所为何事?”正在这时辰，果然，懿琨小王爷来了。凝眉扫了凌日一眼，一股肃杀之气。

凌日定了定神，在凌月的模式里，壮了胆子，想到预先的探知可以上演好戏，顿时转了转眼珠活灵活现，“呵呵，我来买衣服，不是很正常么?”既然以凌月的身份就不要太突兀，凌日的笑容尽量压制，不过这脸上还是流露出了一点邪邪偷笑的样子。

如意料中，懿琨冷峻的脸更添一分冰冷，却未加以理睬。柳絮雪连忙迎上去招呼他，打圆场道：“琨儿，这几日未见，你一直忙着吧?”

懿琨只是“嗯”了一声，也不回答女子关切的询问，不解释去了哪里。言毕，柳絮雪还拿出手帕给心爱之人擦拭额角，可是英俊的亲王脸上哪有半点灰尘，在一旁观看的凌日不由得好笑，却有所顾忌，只好在心里乐。

“哼，一个闲散王爷，在朝中根本无职，装什么大忙人啊!”凌日在心里理所当然地嘲笑一番。

“商公子，你很闲么?”忽而，懿琨小王爷发出这声询问，明显的话里有话，凌日心上一惊。转念一想他身为贵族，维持礼貌和风度，应该不会当面翻脸且是当着钦慕他的女人的面，遂镇定。不过小王爷如此故作仪态大方的样子，让凌日当即就觉得惺惺作态，于是气愤起来。

“你说我闲，那我就闲好了，没事在城里走走多舒服啊，这家店好，衣服漂亮……我喜欢，就过来咯。”凌日说这些话一面故意转向柳絮雪，他本还想说“女主人也漂亮”，却被懿琨小王爷横了一眼，碍于他的气势没能这么直接讲。柳絮雪半侧着脸，低着头。

懿琨抿唇，柳絮雪抬起头迎上去拉住他。“琨儿，别生气了，你来了，就要高兴点。”她的话语令人如沐春风，狂烈不羁的亲王神态立刻放缓，剑眉舒展。

这时凌日见她似在不经意间略微侧脸使了个眼色，才又想起，自己是以凌月的身份在这里，不便动手，也不能惹事!

既然目的达到了就走咯，凌日的目的简单，虽然动机不单纯。或许很多事情就是这样，不单纯的动机却能简单达到目的，因为既然是为了自己出击不必顾及其他，而单纯的动机却要顾及自己以外的其他人事，计算着效果应如目的般美好而使得步骤不免复杂。当然这些不是凌日想到的。

“小王爷莫发火，在下可受不起!先行告退!”凌日有些紧张赶紧转身走，但想必小王爷还碍于面子这时不会翻脸打起来，顿然放了心，走时擦过懿琨的身旁，还故意做出看好戏的神情瞥了他一眼。懿琨却恍如未见，看也不看他。凌日一个人偷着笑着走了出去：“哈哈，也算出了口气!”

凌日行动快速出口气大概就是这么简单的，他甚至没有分析自己的气来源是什么。也并不知道随着他的离开，又一次，柳絮雪叹了一声。

懿琨的怒火是凌日的算计，不过这位一贯高傲的小王爷并不如他所愿，在凌日走后，他对柳姑娘依旧不温不怒的模样，听到这丝叹息声，关注地问：“你叹什么气?”

“没什么。”柳絮雪顿了下说。

“你没对我说实话。”懿琨看着她的眼睛，“你并非扭捏之人，以往在小事上更不拖泥带水，对我并无惧怕，你到底怎么了?请与我说。”

“好吧，我叹气，是因为我发现，你误解了我喜欢那个人，而我并不喜欢他。”

话音刚落，他的声音接着响起，似乎完全没有经过考虑，也根本未曾由内心体会着相信或者怀疑：“那，你喜欢他的兄弟？”懿琨突然发出此问，让柳絮雪震惊了一下。

他的眼睛深深地盯入她的眼底，距离很近，看得很深，仿佛要将她的心事完全挖透。

柳絮雪倒吸了一口气，定了定神，终于说：“不。不是的。”

懿琨也叹了一口气，又像是刻意呼出的。

“你还不相信我么？”柳絮雪又补充问。

“我相信你。”懿琨的神色又浮现起俊朗而冷然的霸气，“但这不表示我不气愤那些行为。明知你不喜欢，却要来跟我抢夺，如此，难道不更可恨？纵然他们有权利和自由，那又有何意义？”

柳絮雪并不清楚他所说的是哪位，想必就是两位商氏兄弟，又只道是自己的情人在吃醋了，于是柔声解释说：“其实他们并不是那么喜欢我。”

“哦？是么。”懿琨眯起凤眸，不知在想着什么，“他们两人中，至少有一人是喜欢你的。冲着你来，或者，冲着我？”

“他们两人中，至少有一人不是那么喜欢我的，也不是冲着你来的。”柳絮雪却接着懿琨的话，反过来，同一线路，这么说，这一段对白中，他们就像在打着什么暗语，若有旁人在听的话恐怕也听不懂，而他们两人互相能懂吗？

就算是说话者，本身，能懂吗？

懿琨的沉吟思考有一种说不出的气势，似凌月的温雅之下暗藏多种对立的中和，也似悯瑛的天真灵巧之下暗含着坚韧与悲伤混合的情绪，又似凌日那样暴烈根本不思考的样子，而他却是沉默着确实在思考的，显得更有一股摄人心魄的感觉。

这是他的虚张声势，还是他的深层本质？如果这里包含了他尚未浮现出来的态度，那么这些是由于根本不实际存在，还是由于存于深层尚未浮显呢？

“其实，商府的公子不是坏人，但是你要防着他们些。再然而，不可防得太过了。”柳絮雪看着眼前的男人，轻声叮咛。

防得太过了，变成了攻击，总是不好的。不光是良心和道义还有道理上讲不通，更可能引火自焚，害人害己。“这个道理我懂。”懿琨说，“也谢谢你的提醒。”

他忽然有一点激动，这种情绪的浮动不似愤怒，也异于那种既嚣张也压抑的气势：“絮雪，你真是为我好，有你这样，我很感动。”他把她搂到怀里，“我要让你过得比现在好，有荣华富贵，同时也有自由。”

“这可能吗？”柳絮雪小声地说，似不在询问。

“可能，看我怎么做。我已经想好了，我要获得那些我从幼年便失去的，然后与你在未来共享，筑建我们的梦。我知道你想有一块比这里更广阔的艺术园地，我知道在哪一块地方可以达到。那么，我更要拥有那些领地。”

“琨儿，请你不要告诉我你的那些打算，我不想知道，不想知道那些政治权力阴谋的战役，我宁愿相信，单纯地相信，你是为了我，才去做你所做的一切。”

懿琨颔首，把她的头埋在自己怀里。深红色的长发浓厚而流畅，遮蔽了她的眼睛，也遮挡了他的脸庞。没有让她看见自己的表情，也没有让她听见此刻自己心里的声音。

“是的，我也宁愿你和我自己相信，我所做的一切，是单纯为了你。”

第十二卷

波光·升之象

第九十三章　凯旋商府·无文有武

很快就传来了商将军胜利归来的佳音。

商将军归来，再次立功，京城里却没有任何迎接。凌月心上一颤，并不是因为这无人欢迎的形式，而是既然这样就意味着……

凌月马不停蹄地赶往皇宫，立刻想到悯瑛的行动已更受限制，再不方便离开皇宫迎接归来的商将军。重臣们已知晓这位国君势力日益见长，不再由他随意来、让他会见小将军——如今也已不小了，已是左将军，年龄也渐长——还当作儿戏般。

"皇上，你应该把人和职务分清楚。商将军征战有功，是他分内之事，你不可因此联系到他职务以外的人，为迎接人而举办仪式。当日皇上与皇后大婚都已形式从简，一位将军完成了使命归来，没有什么需要额外举办的仪式。"金丞相冷硬如铁的声音和面容，悯瑛沉默不响。

凌月被已置换了的宫廷侍卫挡在了宫门外，明明认得是商将军，这些领命于权臣的侍卫就是不让商将军进去见皇上。正在僵持之际，一阵轻快的脚步声传来，赶在通报声响起前，就听见一句悦耳的声调："来见朕的人，你们竟敢拦！"

悯瑛的语音不响也不尖锐，却有一股气势，侍卫们没料到皇上会突然出现，顿时跪在地上。毕竟，不举办仪式可以拿得出道理，不让商将军晋见皇上却拿不出台面，这时被皇上当场揭发，侍卫们早已心虚。

"退下。"悯瑛不理睬他们，淡淡丢下一句。侍卫们以为皇上要当场惩罚，小皇帝虽然所受局限甚多要惩治侍卫们随时都可以，因而他们这次当场被捉住心有恐惧，没想到皇上不搭理他们了，赶紧退走。

凌月朝悯瑛快步走来。忧郁的面容沉静的身影，这才是凌月，与凌日根本不一样。怎么会有那么多人分不清？

当年的凌月是用心去扮演凌日的，甘愿埋藏在另一重身份后，凌日却从来也没想过要扮演凌月。或许扮演凌日容易，扮演凌月却复杂得多，因为人和人之间有些确实比另一些难诠释、难理解得多。

悯瑛忽然把凌月一拉，立刻钻入了隐藏玄密的通道，"差点忘了，那里说话还是不太方便。"

凌月应了一声，跟他到了皇宫密室，一如既往地幽暗而安静的地方，多年未改变。

没有隆重仪式，悯瑛的旨意却一刻不缓。"你出征潘国前我就说过，等你胜战归来我就加封你为大将军，我也要让他们看见当年他们加给你的罪名是不正当的。"

想起当年的系列苦难和其后的低落消沉，即使在事过境迁后凌月还是感受深刻，压藏在心底的创伤只是隐藏而已，一旦想起，还是不禁叹了口气。

或许有些伤口的淡化，只能推给时间的流逝。否则，还能有什么呢？即使未来获取的光彩加倍，如何覆盖过去的黯然伤悲？这次凌月接起出征的重任，凭他的能力取胜可想而知，一桩事归一桩事，他这次的胜利是靠这次的努力加上多年来的努力累积，却与数年前那一系列无端受到的不公平待遇和打击并无关系。如何能相互抵消？

不要奇怪一些在低潮中坚毅的积极的人们，在荣华富贵来临后也并不显得比之前多多少快乐，甚至一如既往，因为他们的心境自一开始就没有在意那些富贵与职位，而自身有另一个世界，在那里有那么多数不完的喜悦留恋，物质现实的大起大落还不如一片树叶的飘落或一朵花的盛开能激起心间的波澜。

伴随凌月沉默了片刻，悯瑛也叹息一声，凌月已然知道了现在还不是自己安然怀旧的时刻。他收住哀伤的脸容，再次转为略带忧郁的严肃——这二者都是他的真实层面，真实层面并不总是一元一线——若非对于如此熟悉而信赖的人，这时的凌月就会展现一个笑颜。

“你又立功，这个大将军不给你反而不像样了。”悯瑛说得轻松，却话锋一转，随即又提起了当前的局势困扰，又言，“这次你建立战功，更是给他们当头一棒。如此给你嘉奖，撇开那些原因，也是完全正当的。只是他们偏偏觉得这是我故意逆着他们而来。”

凌月知晓悯瑛知道他不在乎职位封号，因此直接说：“就算没有绝对的好坏判断标准，也不能以声音响人数多为正确，何况对的就是对的。你并没有故意逆着他们，要说故意，也不是你。只是这样，无形当中有些激发了对立。悯弟，你要小心些。我回来了，会保护你！”

悯瑛重重点头，含着泪光。凌月更为同情，心想他长期经受众人的质疑、反对言语和危险的担忧，即使闲言闲语不管它，压力和反对的势力确实真实侵扰他的生活了，于是凌月暗下决心一定要帮他渡过难关。

这一次凯旋，自家府上的“接待仪式”让凌月颇为温暖，的确是主观的作用，或许是这次获得商将军的身份经历了一次低谷的突破格外来之不易吧，再没像少年时期那样抱怨劳累了，也甚至感到这份职责与自己本身相连了起来。

众人们欢迎商将军，就是欢迎自己，凌月从心中这么觉得，他已告别了扮演凌日的时光，真正的凌日早已经归来，这一次竟然笑眯眯地扮演着二公子来迎接哥哥。

谁是谁，那些人并不关心，他们只知道商世家二位公子一武一文，学武的是将军，学文的关在府上不爱功名且钻研不知什么东西，然后只要有一位的成绩能够支撑商世家的蓬勃运作，就可以了。

那些曾经想过二位公子都能有良好成绩则更好了的人，经历了大落之后，不敢再奢求，感到了平安就是福气，有一位取得优秀佳绩已是奖励。

得知二少爷当了新成立的皇家侍卫统帅，原来朝中没这个官职，现在也不算在正式的等级排列里，商府的下人们也跟外面的人群一样，认为这是皇上为了方便和他接触而给的。尤其是一些丫环大妈们，聚集一处吐出来的话语可笑度可想而知，当然从来没人指望过她们的水平有多高。

总之，在众人心目中，商氏家族这一代的公子虽为一胎双生，优秀的却只有一位。

回归商府第二天，凌月自然又和凌日把身份调换回来了。兄弟俩相视而笑。

本想小叙分别的这段时间各自如何，然而凌日却是不喜回溯过往之人，大半年来四处闲逛逍遥开心却乏善可陈，凌月则每一日都感到似可细诉为一段故事，却只在自己有心境时才愿从心中的抽屉翻阅，讲说起来自然劳心又劳体，更不愿在此时间与此兄弟有要事共谋情况下多费飘渺之言，看来能分享当下——无论甘苦——的人已然不多，得之有幸，愿意共享回忆者却更少，可遇不可求。

想到这里，凌月的心上再次升起那抹身影："我该去探望她了。"虽然不知是以商大公子凌日还是商二公子凌月的身份，不过，都无所谓了，因为他就是他，她知晓，也能分辨。

迈向那熟悉的清幽之境，终于带着决定，凌月却尚不得知，等待他的将是如何的情形？

第九十四章　额外，心难猜

层层树阴与竹叶衬托出那间小铺的清雅与精美，凌月却突然由于映入眼前的场景，呆立住再也无法前行！

不远处的那间店铺的侧前边，两个熟悉的身影相依，光线洒落在他们的发丝，沿着他们精致的侧脸，勾画出一抹安宁的美感，原本就是极其俊秀的一对人儿，此刻更显得仿如从天而降的神祇与仙女。正是阴懿琨与柳絮雪。

而此时，懿琨显然察觉到了凌月的临近，却还如同他怀中没有武功的女子一样毫无额外反应，仿佛依旧沉醉其中，可就有做戏的嫌疑了。

凌月望着他们，手心紧握，不自觉地捏出了汗。

终于，他再也看不下去，猛然间转头，飞扬的发尾扫在他自己脸上，内心不知为何一丝一丝格外痛楚。

他又关回了月亮小屋，悲伤的感觉也是分不同种类的，此刻的伤感和失落，不论如何，都不能与当时无法完成家族使命与梦想相比。就是如此，他从来都没有将感情放在首位，何况是那种狭义的感情。

迷迷糊糊睡着了，凌月隐隐约约看见一个人影，不知是否因泪水模糊了眼眶，看不清楚对方的脸庞，梦中的自己心上则空空荡荡，仿佛从未开始，或早已逝亡。

第二天天不亮，他就意外地自然醒，黎明前加倍的黑暗压抑在他心间，多年来的悲伤仿佛又再次涌现，忽然堆积，却反而将昨日的那一幕点点冲淡。

只能不去想，他继续躺在床上，不管外界的天色，再次醒来之时，只发觉枕巾沾湿，也刻意忽视了。

"你要不去和柳姑娘谈谈——"凌日意识到了凌月状态不正常，当然一下子就知道了原因。柳絮雪一直是他们兄弟俩共同认识的，懿琨的事情他也知道，此时不禁极其同情自己的兄弟。

"谈什么？要谈你去，别扯上我！"凌日的关心话语，却被凌月无礼地打断，登时使得那关心的兄弟吃瘪加心痛。

忧郁而坚决的身影远去后，凌日还站在日月园中，落寞的身姿乍一看与平素的凌月如出一辙。他握紧了拳头，自言自语："他的心思真难猜，我为了他好，反而自讨没趣，也罢，是我自找的！他曾经对我格外包容、友好时，我却竟然为了外在的名利，对他的情谊不珍惜……"

其实现在的凌月表现纵使欠缺了以前的温和与忍耐，本质却还是一样的，一样是想要一个人清静，不想让别人过问他不想让别人管的事。

就这样，他的状态滑落至消沉的地带，仿佛从高端跌入谷底，这一次，却是无形，没有外界的指标判断，也没有额外的职责负担，那抹空缺却是如此的惨烈！

“为什么，为什么你要选择他，而不选择我？”

或许这是凌月自问自答中最愚蠢的一个问题，很快他就抽离了自己，晕晕乎乎之中也意识到了这份愚蠢。“我又不是物品，凭什么让别人选择！”

悲伤再次转为愤怒，理性再度盖住感情，却非被迫而是自主的自我保护，凌月的状态虽然依旧负面，却在几日之内，就不沉浸于颓废伤悲。

然而凌月不知为何感觉很累。长期疲惫而习惯在疲惫中亢奋的他，终于隐隐意识到自己有所异常。

“早知道就不要把那四皇子领到风月堡建阵，施什么催眠术了。”凌月叹了口气，这段时间颇有点昏昏沉沉的感觉，似乎是施术之后的后遗症。这“催眠术”，是他从当年郁医师所赠的《心·灵·气》之书中，自学而成的。那次是首次实战操作。其实凌月对这类玄秘之术，向来既感兴趣又存恐惧，当年听惘瑛说“如梦令”对于众人的那种控制功效后，首先的反应就是太可怕了，而那本儿时礼物书籍中的这一部分，也是迟迟才去探索。或许难免没掌握到位。这时再想，有收获而有代价，也是自然；况且这里所涉及的，或许有点超自然。

当不久以后，凌月意识到一个更属于超自然的与此紧密联系的现象发生时，就不会只是叹口气那么简单。

偏偏，夹杂着的麻烦和任务或者生活持续的本性还不止这么些。商府的老爷竟然忙着和王府攀亲起来了。当然，这是两家之主早有的想法。凌月离开了当地一趟，或许从未将此事放在心上，现在都快忘了有惠珍郡主那么个人。

不过，现在这人也不用凌月操心了。这次，凌日自然不会拉凌月当挡箭牌。“呵呵，是我把他当挡箭牌才是！”凌月想着，又牵牵嘴角。

此时，他已完全走出了不久前失去心上曾经牵挂之人的阴影。只是想到柳絮雪竟然选择跟了懿琨，凌月即使褪了悲伤还难免气愤。“反正你本来也不喜欢她。”此时忽然有一个声音从他自己心里边出现。凌月点点头，感谢自己提点自己。

第九十五章 不能歇息的间歇期·一阵一阵，一代一代

情绪的反感之后，怀疑在他的心上升起：从当前局势看来，懿琨的企图不会如此简单。正在此刻，一阵啪啪的翅膀声，一封飞鸽传书落在他的门前。凌月大叹一声：“罢了！”纵然此时看似如同间歇期，但凌月毫不怀疑，一直以来感到的压迫和担忧早已不会让他意外，只是尚不知程度如何，且不知它将如何开始，如何收尾。

朝野之中没有明着的动荡，然而金氏家族已然获得越来越多的权势包括军队，而金高展同懿琨小王爷暗中会晤，一再由凌月筹建的秘密御林侍卫报告过来，然而却无从知晓他们在做何商议。

凌月继续想着，懿琨小王爷在朝野一直没有官职，原本是对于他的限制，没想到，却被他很聪明很狡猾地转为了优势，更加自由，更加隐匿。

每个人也都有自身的优势。已然有新一辈人才崭露头角，且并没有被老的势力干扰和控制，除了已逐渐成熟了的御林军，悯瑛也在留意仕途上的人才，并有所发现。

“月兄，且来见这位朝中新秀。”这一日，悯瑛向凌月说。在这敏感而危机四伏的时候，朝野中能有新人涌现，本身就说明了该新人的卓越，况且于年轻的君主不受众臣看好的颇显混乱的局势里，还能主动出来站到皇权备受限制的国君这边，至少令人佩服这位少年人的勇气；且不论对错黑白，也并不是由于他支持悯瑛凌月才感到喜欢，只是这份敢于逆流而上的气魄，就让凌月欣赏。

只见这位少年容貌俊秀，皮肤与凌月一般白皙如玉，举止十分斯文儒雅，与凌月有几分相似，却少了分忧郁而带有凌日的那种爽朗。虽然才十六岁年纪，却有一种超越该年龄的深沉——比起凌月的抽离状态和刻意压制情绪带着悲伤的“冷”要冷得多，仿佛看透世间、原本就脱离感情般。然而却没有给人任何不适感，只是更加彰显他的低调与气势。凌月一看就觉察他的非凡，而且肯定比自己更适合做领袖。

悯瑛身边有这样优秀的人才，凌月很是高兴。他主动对这位少年点点头笑，这对于不喜主动招呼人的凌月是不多见的，而且笑容也比平时要显得热情。少年微笑回礼，不卑不亢，反倒是显得不冷不热。

“夏世家夏知天，朝野新秀夏公子。”悯瑛向凌月微笑介绍，然后再转头向着那少年，“这位是商凌月商公子，也是皇家御林军幕后的统帅。”

“见过商公子。”这位少年在礼数方面一丝不苟、一分不少。恭敬而不失尊严地作揖，神色却是冷然，然而不同于懿琨那样贵族的冷傲，是一种不卑不亢和他自己特有的那种看透世间般的风格相融合的冷。凌月是不喜礼节之人，这时呵呵笑起来回应，反而显得不如这少年老成了。

“不用客气了，夏知天，这名字好！且人如其名。”凌月如同对朋友般说道，对面之人却仍然一副客套样子，再回“不敢当”。

悯瑛则开口：“可不是么，夏氏天文观星世家适合这样的命名，培养得出这样的公子。”年轻皇帝一如对爱徒般赞不绝口，“夏公子比吾等小七岁，实乃长江后浪推前浪！看到他，朕只觉自己老矣！”

后辈的在场让凌月也作出礼数周到的样子，结合真实感叹，有感而发：“光阴似箭，确实是后辈人才辈出啊，皇上身边有夏公子辅助，真叫人欣慰！”

夏公子看到他们两人聊起，立刻起身告辞，凌月还没反应过来怎么回事，都奇怪他怎么突然要走，“夏公子急着要走么？”

少年神色坚定而严肃，同时雍容有礼，很是得体，再度表示有事，获得悯瑛允许，行过臣礼，先行退下。

他一走，凌月又对悯瑛说道：“他是能干之臣，有他辅佐你，我放心多了。”

悯瑛微笑，自信若有若无：“吾之眼光，自是不错。”

“这当然，还用说？呵呵，商某当年不也是您发现的么？”凌月即刻笑了笑，心中隐匿的一层意思压了下去，不愿把气氛弄僵又道：“看来我后继有人，这位夏公子一看就比我适合当领导得多，我被后天逼迫刻意做出来的样子，还没他自然而发的显得成熟稳重。”凌月不惜自嘲地说，“简直是个人精。既然你这么欣赏他，而御林军是专属为你效劳的队伍，与其放在朝野中，不如请他协助御林军？”

“此法甚好，吾正有此意。”惘瑛点头，忽然露出感动，“月兄真好！换作别人，兴许担心我重用新人而使其受到冷落，哪会像你，主动向我推荐他。”

凌月一脸爽朗，毫不介意：“这有什么，他适合，我就说咯，如果不适合的话你要把他放在那里，我还要劝你三思。”

惘瑛也笑了：“要说这支队伍的建立，真是你的一番心血。我都不知怎么说……谢谢你了。”

听闻如此，凌月的思绪划过了诸多的记忆片断，那些艰辛，默然感应，只觉得跟惘瑛算是患难之交了，因而不再开口客套说不用谢。

惘瑛又道：“此前一年你有战事在外，我在京城朝野内也忙着挖掘人才。我也抓紧学习，把自己培养好，希望一切都好……”凌月不知为何听他的话语里有一丝开脱的意味，又想起当年在王府初遇居然就是他预先想好来拉拢自己，于是继续沉默。这次沉默却不再显得那么安然。见他不语，惘瑛只好开口：“话说，人才真是可遇不可求啊！能挖到夏知天，还有当年月兄你肯来帮我，真是我的福分。”说到这儿，惘瑛拖长音感叹一声。

凌月见他说得诚恳，便不再纠缠于自己心中的那些情绪暗流，在这位结义弟弟面前他习惯摆出哥哥的关怀和爽快，就讲：“我也这么想，确实可遇不可求，不过话说回来，如果不有意寻找，即使遇见了也发现不了。就如同人生其他的矛盾与和谐。”

每一个步骤，都关联着周边和背后的众多因素，而有时的触发点，却又是如同分离的单独一点，在理性的或者必然的网络中的突然一点感性放纵一般，其实也是为大环境所驱使的。

终于，惘瑛给凌月册封了大将军，这完全谈不上赌气——不管是否有臣子们这么认为。

听着凌月说了些感慨，惘瑛一笔带过而道：“你说得有道理，你知道加封大将军的目的不止一层。”

“当然。所以我没有反对这个决定。”凌月向来把对事的思考放在人之先，反对没有道理的做法理所当然，即使是自己最在意的好友，即使是身为帝王的惘瑛，这句话就这么自然地说出来了。语气中隐隐透着一股不容置疑的气势。

听闻，惘瑛抖了抖唇，不知如何接口。凌月以为他是想到目前局势而紧张，就含笑接着道：“没事，你有你的考虑，倘若希望我来担任大将军，那我来效力便是。”

接着数日凌月还是抽空去皇宫，以御林亲卫统帅的身份，根据事先一贯的布置，刻意隐藏御林军的真实实力，却恰到好处显示了一点这么个意思，让人们知道皇上的势力也在增长中，且有一队人马为他专门效忠，正在保卫着他的安危。

在旁人看来，这样一队表面上不似军队的只能称得上侍卫的队伍，由皇上眼中极为器重的商将军的胞弟来担任统帅，让这么个学文却不通经世之理当不了文官的书生来管，也算是意料之内的，省得他无官无职遭人非议。

“小皇帝这步棋下得倒是高明！只可惜明眼人一看，就知他的心思。”京城内上层社会茶馆中的议论。当然这些不是核心人士。

这便是自作聪明，递进了一层转了个弯，却还是远离实质，看似逻辑通顺推断圆满，却还只能算是妄下论断。

还有类似的言论，诸如“皇上以此显示他有支持者，总算有自己的亲信队伍了，却不知跟三公手下比起来，只能算是以卵击石啊”之类，也犯得是一个模式的毛病，凌月知道了笑笑反而有些高兴，这样可以起到迷惑作用。“迷惑真正的威胁，从而使他们疏于防范，便减少了对我们的威胁。”

这类言论是在上层茶馆的，自然比市井小民的闲扯瞎谈要水平高些。至于那些民间流言谣言等，凌月就不再管它们了，也怕扰了悯瑛的心绪而避免让他得知。心想只要把自己的路走好，闲杂人等和舆论只要不妨碍便不必理会，自己的世界总能清静。

清静不等同清闲，当然也不排斥充实。甚至，可以与紧张共存。

凌月与悯瑛充实而紧张地商谈如何应对着可能的变化。为了制造迷惑，凌月甚至跟凌日再次借了商将军的身份，有时进宫还是打扮成凌日的样子。因为有了进宫见驾的名正言顺的身份，凌月无须总是在晚上以密道方式进入。近来他的状态其实很不佳，不仅体力一如既往容易疲惫，刻意让自己兴奋提起劲头来也不如从前精神了，而且会有莫名的心慌，或许是看不见的却可感觉的来自周边的紧张危险气息造成的，凌月心中升起的恐慌臆测包括害怕有人跟踪自己，从而发现了进宫的密道，因而突然不再敢往那里走。

而在京城中纷纷扰扰的舆论，且不论假话居多——假话本身可以分层，有假得可笑的、有假得可悲的、假得似真的、假得有价值的、假且是垃圾的，等等——就说凌月很想透过纷扰看到其核心，听听朝中权臣们的说法，却始终摸索不到半丝线索。想想便知，精明的权臣们此时不会让他们的想法暴露从而被凌月他们分析出可能的行动。

因而，凌月分析出空缺本身就给予了信息，代表着意义。此时权臣们没有议论甚至没有再反对商大将军的晋升，就是有问题的。

其实他靠着类似的推理和亲历的直觉，早已感到有些不对劲了，因而在出征潘国之时还嘱咐凌日保护悯瑛，然而却迟迟没有显著的发现。或许欠缺一些细致和敏感的人都不免有所松懈。显然凌月不属于那样的人。他变得越来越警惕了。心中也积累下了更多的焦虑，不知不觉间，情绪比以往多了些烦躁，凌月的脾气也显得比以前坏了。

这一日，又安顿了御林军队伍，忽得听闻队伍中有些本地少年们说，流言传出将针对风头正旺的商氏兄弟进行“清君侧”。“嗯？谁说的？”凌月灵敏地听到他们私下的议论，立时硬冷地询问，少年们咯噔一惊，噤了声。

凌月扫视一周，直直到他们面前，扬声又问了一遍，语气神态都不容置疑。终于那几个被盯得厉害的少年开口了，“京城茶馆内，都在这么说……”又一个少年慌忙直点头，“是啊是啊，上层社会的茶馆，我表妹的姑妈和她表弟说那里的消息很可靠，都是自贵族宅邸出来的……”

压着气，他把当日的训练任务派了下去就快速走了。一路上继续平复着气息，尽量不把难看的脸色显露在面上。

这些年经历起落，凌月已然品味了一些人间冷暖。取得了大将军封号之后，凌月和悯瑛的会面更秘密起来，悯瑛却不可能不知道那些谣言议论，然而他从来不替凌月辟谣。凌月一直觉得，旁人并无义务来帮助自己，肯帮助的是好人，不肯帮助的，自己却没理由责怪。然而他对于那位结拜如亲弟弟的人这么多年都不为自己主持公道，心中还是难免失望，只能总是这么想：悯瑛也是无奈，他自身难保。

其实悯瑛如今的盘算又怎会被凌月看透？“即使被大臣们以为我只是一时任性、喜欢商将军而随意给他这个封号，也是我愿意的一种牺牲。”悯瑛思索说，“我被他们认为任性、糊涂、不务正事已经好多年了，早就有成见，也不差这么一件，而若让他们知道我开始筹谋打算、意识了一些潜在危险的存在，这无疑是摆明危险的！”潜在的反对他的力量也已存在好久了，虽然他还不确定确切是哪些，却可以觉察得到，而那些力量只在聚拢和积累，却没有行动，也是因为有个方面的平衡，一时不好打破，那么悯瑛更不能去主动打破。

的确，悯瑛的状态不乐观，虽然没到说一句话都不能的程度，他却显然不会有“闲情”去管凌月被人议论的这种杂事。他却也没有想到，其实精明的臣子们已然知道了国君的成长，有些正是为了压制他而设的舆论。只不过悯瑛恰巧不在意，居然没有如老臣们预料的那样自乱阵脚。

第九十六章　商府上的繁杂·理不清的心烦

回到商府，凌月的心情还在烦躁。忽然一阵清脆的喊声响起：“哥哥！”

这个声音和称谓对凌月较为陌生，一瞬以后他意识到那是宁馨在叫凌日，这段时间凌日住在府上，时常与妹妹有打照面，开朗爱玩的凌日就陪她玩。凌月笑笑，然而下意识不知怎么就想起惠珍郡主对自己的烦扰，不自觉地皱了皱眉。

没有回头去看是怎么回事，继续往林荫小道的方向走，然而这个叫声却继续传来，“哥哥！”声音比刚才近了，混合着跑跳声。

凌月意识到那是在叫自己。原来宁馨是在正门前的花树等他。凌月转身，礼貌地打个招呼笑笑点头，心中想着事，没什么闲情，就要走，却被宁馨唧唧喳喳地又叫着挡了过来。

“哥哥你往哪里去呀？我总是见不到你！”

“我回我的小屋。”凌月有点不悦这种无意义且答案显然的问题，然而一转念想到自己这么多年都没对妹妹怎么照顾，心中划过一丝愧疚，因而绽出一个温暖笑容。

“哥哥，你是不是就要与郡主成婚了？”宁馨停滞了一刻，忽然这么问道，声音放轻。

凌月意识到她把自己与凌日混淆了。这时候显然无法与她解释那些。

前阶段凌月出征潘国，凌日住在商府，表面却是以凌月的身份。商敬先和岳雯诗知道实情，府上其他人不知情，宁馨也是。现在，即使不关联到“商将军”的“身份”问题，客观的复杂的情况、那些难以触碰的点，凌月也没有心情同这位小妹妹多言语。于是，只得继续扮作凌日——这对凌月是一种习惯了，只不过这个习惯这几年逐渐被忘记，凌月想到这儿又微微笑了笑。

“嗯，我们商府要与王府联姻了。”

“那哥哥成婚之后，就不能陪我玩了？”宁馨听闻，眼里流露出哀伤。凌月看见了，心中也升起一分难过，自己这么多年，确实没有怎么陪伴小妹妹，倒是凌日回来后时不时与她做伴；而这次与王府郡主成婚，显然由凌日……这么看来不久后他就要离开了吧。

“……那也不是的，哥哥还可以在府上陪你玩。”凌月眼眸中含着温和，柔声地说。这个小妹妹忘记了他的哥哥是双生的呢！对于这点，又想到涉及那难解的身份问题，凌月也不提醒她了。只是心里想，反正自己确实是要留在府上的。

宁馨闻言，立时开心了起来，面容流露喜悦：“哥哥你来和我们一起吃饭吧，马上就开饭了！”

“好，你先去，我一会儿就来。”仍有心事加疲惫，本想先休息一会儿的，并没什么食欲；也就是说并不反对吃点东西；吃饭时间确实到了，他有一点抽离。

餐桌上凌日不在，商敬先也没提什么。凌月则想着自己接下来的计划。岳雯诗慈爱地照顾小女儿，帮她夹菜，也照顾儿子给他夹那些美味有营养的素食。商氏夫妇知道凌月练功需要食素——虽然不清楚是什么功——却十分配合，当然对家丁们就宣称这是二公子出于善心自发的举动。多年来，所有人都习惯了。凌月想到这，还是牵起一丝略冷的笑。

带宁馨小姐的保姆萍阿姨和几位大丫鬟也和他们同台而食，这不是正式场合，且商氏夫妇对家仆向来很好。宁馨忽然说，“我以后出嫁，就要找像哥哥这样的人!”

众人听闻，都哈哈笑起来了。除了凌月。在欢笑中散席，忧郁的身影在众人眼中见怪不怪，他独自走了出去。

女孩连忙跟了上来，凌月走到室外，呼吸了一口新鲜空气。“哥哥你带我出去嘛!”宁馨又打扰了他，伸手就来扯他的衣服，“来嘛，陪我去逛街买东西!”

凌月不喜欢这样拉拉扯扯，皱皱眉，紧接着又听到宁馨说的，不禁一愣。“要我陪她逛街?”他在心里奇怪地咕囔。

“我没有时间，宁馨你知道我多忙。”凌月和蔼地说，心中的不悦已被莫名其妙代替。“但若问她为什么这么提出，不就正中了她的下怀么，她可以编一堆的理由啰唆没完。”凌月已感到这个小人总在跟着自己，而自己想快点脱离，于是也不表现出讶异的神色。

“你就说忙，忙!”宁馨不悦，仍不肯松手，哼哼唧唧。

凌月怕她继续缠着，更怕她吵闹，于是只好开始哄着她来：“宁馨别吵，哥哥有空再陪你玩，今天先不去了。乖哦，乖。”凌月说着就轻轻将她的手推开，赶紧拍拍她，一转身飘然离开。小女孩还站在原地，不服气地哼了一声。

回想刚才的一幕，凌月忽然忆起数年前奶妈和母亲逗她当着自己和凌日的面说更喜欢谁的情景。当时的小宁馨就说更喜欢小哥哥，现在还是特别喜欢，却连两位哥哥谁是谁也分不清了。那个时候她小小年纪就分析得很有道理，凌月还笑说她与自己一样都满脑子古怪念头想法，怎么后来变得像个连道理也搞不清的小女生了呢?

凌月觉得有些可惜，商敬先和夫人对宁馨的照顾疼爱有加，只是却不重视对她的教育培养，与自己天壤之别。虽说有男女差异，长幼序列也有别，商家夫妇对小女儿要求松一些可理解，但如此不培养宁馨，只给她物质的满足，使得她未受书香门第熏陶、性格脾气也变得不讲理，而跟小哥哥在无精神上没有共鸣了。凌月感到有些心疼。

“若不是因为对我要求太严格，知道给我造成了压力，父母也不会在对待宁馨时从一个极端到了另一个极端，几乎不培养了吧?”凌月想到这里，还产生了一点自责。回头望了宁馨一眼，目光复杂深邃而柔和。

带着理不清的思绪，有些无关紧要的，就随被迫和主动同时的意愿抛开了。

回到月亮小屋午睡了一会儿，就听见一阵急促响亮的脚步，凌月无奈地笑了笑，这么大摇大摆进入日月之园，除了凌日，还能有谁?

凌日的脚步很响，到了屋前轻下来，接着咚咚的敲门声，凌月帮他开门，见到他一脸愤愤的神色，然而有所顾忌地看着凌月，怕打扰他似的，没有开口说话。凌月有点感动兄弟的体谅，意识到他肯定遇到什么不开心的事情了，遂柔声问:“怎么啦，你?”

一边将他迎进屋，关上门。

被问起，凌日爆发出来:“太过分了！我跟郡主的婚事，竟然被小王爷挡了下来!”

“有这等事?”凌月也感到吃惊。

“可不是！若非碰到，我真想象不了！你说我是跟他妹妹结婚，他妹妹好歹也是个郡主，若华国不是妇女地位提高了吗？且有他们父王支持，懿琨这个做哥哥的竟会反对！”

“你是怎知道的？他怎么反对？”凌月提出几个问题让凌日稳定下来，先分析再看怎么应对。

“惠珍跟我说的啊，她跑来跟我说得都哭了。”看来凌月忙着事务的这段时间里，凌日和惠珍郡主有所发展，当然这也是可想而知的。原来刚才凌日就去与她见面了。说到这里凌日顿了顿，似在回想郡主哭诉的样子。

“是那小女人说的？就不太可信了。”凌月立刻反应。

“这次惠珍没闹性子，我还没说完，我们父亲也打探到这消息，爹刚才还跟我谈过话。”

“哦？”凌月微微扬眉，这些年商敬先培养一批亲信，除了负责商府的保卫工作，做些“情报”工作也是自然的，京城其他世家官僚都是如此。对于府上的人事管理和情报信息等事务凌月从来不过问，不仅没兴趣、没时间，且商敬先从不让他插手。小时候要带朋友来府上也会引来不满，这么想来，商敬先对于人事管理颇为重视，而凌月不喜交际，乐得清静更不管，甚至不清楚凌日回来之后跟父亲商量些什么。

“爹希望，这门亲事一定维持住。”

“这是显然的。”凌月的这句话有几个意思，一是出于原则性，怎能由别人莫名其妙的反对马上退缩、放弃自己本来的计划和应有的权利呢？二是出于对商敬先的了解，他定然是想与王府结亲的；三是出于对家族的考虑，这确实有益。

“是啊，我也觉得！”凌日的话音一落，凌月才想起来，方才自己的考虑里竟然完全忘记了凌日是这门婚事的当事人，这应该是关于“感情”的问题。“唉，我已深受影响，把这门亲事当作家族的砝码了。”“当然或许不能怪我吧，一直以来父亲就没把它当作感情的问题，原本想安排与郡主结亲的是我，后来凌日回来了……”不管怎么想下去，凌月都觉得自己陷入了一点自私的区域，不禁感到无奈而难过。

“凌日，你喜欢郡主吗？你真的想娶她么？”凌月关心起自家兄弟来，若非出于血缘亲情的关心，还真觉得这么打探感情问题侵犯隐私。既然有原因在先，问起来便不绕弯子了。

“我啊，还可以吧。”凌日的反应并不强烈。

“什么叫还可以？”这个问题挺关键，凌月这时已感到，不仅是其本身，且关系到之后的一系列可能的权衡。

“不排斥吧，惠珍条件不错，跟我也还谈得来，我们脾气有点像，”说到这里凌日笑了，“跟她结婚没什么不好吧，话说回来，少了她我也一样也能找到老婆！哈哈，本少爷还怕找不到老婆么？”

“呵呵，说得对，天涯何处无芳草；这也不表示就该把将到手的随便放弃掉。”凌月的笑容隐隐带有一种不容侵犯的霸气。

凌日呆了呆，品味这句转了弯的话，又想到目前这扭曲了的情况。凌月知道他在思索什么，看着他，自己也想快点想出个解决方法，心里又生了些许焦急。

“我想去找懿琨，把话说清楚！到底什么意思！”

“我也想。”凌月平淡地说。平淡是由于中和。“必须主动面对了。”主动出击，也仍是旁敲侧击。

“我们走吧。”凌月站起身，打开门。性急的凌日反而呆站在原地，“去哪儿？”

“探访柳絮雪。”低沉而平稳，斩钉截铁。

第九十七章　兄弟使计·旁敲侧击

“凌日，你走慢点。”就在凌月告知了此行目的，凌日嗖地一声窜了出去。

“老弟啊，你轻功不错，这里没其他人，你不用再装不会武功，如此慢腾腾！”

“老兄啊，你这么气势汹汹去为何？把人家吓着了怎么办？”

“老弟你倒挺怜香惜玉嘛！”凌日这么绝对是带笑的讽刺。

“不是怜香惜玉，是有目的。”凌月感到自己被他弄成非得把话说得阴险似的，“你忘了，我们去要套她的话。”横扫了凌日一眼提醒。

“你阴险。”果然被说了。

“呃，我又没安坏心。而且是想让一切都平平安安的。”凌月的心里吊着好几件事，仿佛悬浮在空中盘根错节一般，环环相扣却又暂时找不到源头，无法理清晰。

“恐怕，这背后，不是两家联姻这么简单。”

凌日听凌月这么讲，还是不得要领，却被他凝眉思索的严肃忧郁的神情感染，一并安静着。

“这样吧，”片刻之后，凌月又开口，在凌日耳边略微轻语，“你装作是陪我去，主要由我来跟柳絮雪谈，这样她不会多问也不会疑心。”

凌日点头，面对这位日益成熟坚毅的弟弟，不敢多说了，心中却怎能不会想，凌月一想到懿琨就知道他会在柳絮雪那里，凭着凌月不关心他人私事的性格，看来真是放不下那人。“可惜他唯一动心的女子，偏生早先遇见了懿琨，唉！”凌日心里叹息。

走进那幢精美的小建筑，头一次两位兄弟一道前来。

意料之中地，清雅的店内柳絮雪一个人专心打理着，抬头看见两位面容一致的公子来了，首先反应是自然微笑起来。

全部心思在此，凌月十分敏锐地发觉这里与往常有一丝差异。不动声色地打了招呼，随意似的看看，笑着对她说：“柳姑娘，你这儿正在清理要大扫除么？”

“嗯，这里就要关闭，我要休息一阵了。”柳絮雪微笑着说，神色语气里都没有遗憾。

“啊？”凌月与凌日同时诧异，凌月却注意到她的喜悦，轻轻等她说。

“我要成婚了，懿琨让我暂时去别的地方，以后再为我准备一处更好的店铺。”

“恭喜！”凌月立刻反应，挂出笑容，凌日显露一份惊奇，凌月怕他多说话，连忙眼角扫了他，还好他没开口，却无笑意。

凌月又顺着她的话继续：“你已见过夫家的亲人了？”

“我没有见过呢。”柳絮雪的回答让两兄弟有些吃惊。

凌日这时接道：“你没见过惠珍郡主吗？她很任性，不太好相处！”

柳絮雪抿嘴微笑答：“郡主任性也没有关系呀，婚姻是两个人的事。”

“这话，是懿琨亲王说的么？”凌月忽然问，随着进行着的话题线路，微微笑着，并不显得突兀。

“是啊。”柳絮雪不假思索答道，“他一直这么认为，我也是。”

凌月脸色变了。不过在凌日有所反应之前，他已恢复了过来，又微微笑着说：“作为这里的老客人老朋友，我就趁此在这店铺最后买一件——柳姑娘的艺术作品。”

“欢迎，谢谢你。”柳絮雪也在微笑，凌月不知道是否有一丝感伤在空气中弥漫。

忽然不愿在这里继续待下去；虽然若可以选择，他宁愿一直留在这里。

凌月不知道自己此刻的脸色如何，他站在更靠近室内的侧边，室外的阳光灿烂，正好借由凌日高挺的身姿令他的脸容与光线隔离。然而向来大大咧咧的凌日忽然轻声在他耳边快速透露关切：“月，你先回去吧，我一人就行，懿琨来了，我独自跟他谈谈。”

顺着狭窄的通道向外朝着阳光的地方，骤然间室外的阳光仿佛被盖了一层云一般暗淡了，凌月的瞳孔收缩正好使那一抹迎向他的身影更清晰地印入眼底。突然意识到，懿琨在他的典型的深红色装束下，真的与凌日有那么些相似，只是他的气质更深刻而强烈，深红色卷发肆意不羁地垂悬下来，衬着他深邃分明的脸，使得他整个人如一团阴沉凝结的火焰，或者一块燃烧的烈血的冰。越来越近了，凌月本来不想正眼去看他，却阻挡不了那抹英气逼人的身姿。

延长了的瞬间，凌月微笑与柳絮雪招呼道别，拍拍自家兄弟的肩膀，迅速离去。

他的脚步如风，他的行走亦如风，两阵风的穿行，眼看即将交击在这小筑狭窄的空间。

飞快步伐迈动的同时，凌月的脑海已盘旋了数道思绪，清晰知晓自己不愿让开过道，而眼见这宽度距离不能容纳同时正面而走的高大的两人，如此径直向前，势必两人的肩膀和衣摆都会碰撞起来，那么结果就有几种可能，只要带着内力迎上去，凌月有信心不会吃亏，而懿琨显然将他当成不会武功的书生，那么说不定他还会出其不意，给这个傲气的小王爷一个下马威；然而更快地却又想到，这么一来就会暴露自己会武功的身份，昨天才刚跟惆瑛说好会以此暗中保护他，不能这时因为赌气发泄怒火而泄露！可是凌月已经走到跟前了，真的不想这时忽然退居一旁，给这嚣张的对方助长气焰，“那我就不提起内功吧，撞伤了也就这样，反正从小到大隐瞒武功吃亏也不只这一次了，不退让，迎上去，也算是出一口气！”

这时凌月的表情，真像是故作镇静无怨无悔义愤填膺的愤世书生，就这么不用内力，想与武功深厚身姿高大、脚步有力浑身散发气场的小王爷正面冲撞了。倘若这不是凌月又一次低迷，倘若没有之前一系列的怨愤与不甘，凌月不会这么近乎失去了理智，做这样一个纯粹发泄、损己不利人也损不了人的举动。然而偏偏，憋了那么多年遇到那么重的打击脱离了低谷前途却依旧茫然，使得凌月就想这么做。其实他清楚这样的后果，和这样的原因，然而就这么一瞬间已然决定且义无反顾的方式。

电光火石，想象中的激烈冲撞却飘然无影了，懿琨小王爷不露痕迹地偏开了，真一丁点，贴着凌月的肩和衣袍半侧身而过，他的长发飘起，他的墨发也飞扬，然而只是一滑而过。

凌月半侧脸向后，望见了那个傲然的背影，脚步都没有缓慢下来，仿若让步的不是他。瞬间凌月也恢复了如常的步伐，就连目光一直盯着他们交汇的凌日和柳絮雪也没看出来。

“这算是什么？不以大欺小，觉得我是不会武功的书生商凌月，就不用内力趁机伤我吗？”“或者为了显示他皇家贵族的礼貌，故意为我让道？”“而他这身姿，为何与探查到的凤天阁主一致，发色与眸色却不符？”凌月握了握拳，终于远离了这理不清思绪之地。

第九十八章　没这么简单

“有无查到阴懿琨在朝野之外另有身份?”

“回禀商统领，没有！懿琨亲王流连城郊宅邸，圈养一帮男宠之流……”

“行了行了!”凌月连忙打断，只觉王族公子竟然如此，心中着实替柳絮雪不值。不过人家既然要那么选择，自己又有何好说?

皱着眉头打发了办事效率低下的下属，凌月再次回到自己的小屋，一阵冷笑。自己早就告诉过自己，确实对那个柳絮雪从来没喜欢过，此刻更不关心她将来可以预见的孤独。

只是发觉自己有一点悲哀，也有一点好笑而已。

凌日回来后带着笑容。凌月心中却还是沉重，见到兄弟的神色，估计他在那儿和懿琨沟通得应该不错，稍微宽了一点心。想来那人自身问题虽严重，对于他同父异母的郡主妹妹倒是颇为关怀。

“哈，你不知道啊，我的沟通能力可强呢！懿琨小王爷说他不反对了，没事咯!”

“真的?”凌月有些奇怪，这件事哪会这么简单。

“当然!”凌日不想再纠结了，拉着凌月去吃饭，“在外一天，肚子都饿了!”

晚餐时刻。凌日早已把和郡主订婚敲定了的好消息告诉父母，商府当然又赶紧加添丰盛菜肴以示庆贺。聚餐时其乐融融，尤其商敬先，脸上喜乐洋溢。岳雯诗也连连祝福和嘱咐凌日。

凌月看见了桌上的餐点，除了府上厨子们的手艺，还有母亲的，就微笑了，他分辨得出，只有母亲会做一种包馅的六角星小糕点。

细细品味着，凌月称赞，不过略有遗憾，就又随口说了：“这次的味道还稍微欠缺了一点鲜美。我记得娘以前做的，似乎鲜味更足呢。”

“哦?你是说哪一次?娘用了很多不同的材料呢，虽然看起来就是同一种样子的小糕点。”岳雯诗笑着问凌月，心想这孩子从小就挑剔，而且记性好，这些年来发生的事情太多、总是低落着，饮食也不太规律，而现在一恢复正常餐食，又开始挑剔了呢。岳雯诗的想法里没有责怪，她觉得凌月这样懂得品味的食客，其实是给制作食品者的理解和鼓励，于是微笑看着小儿子。

“嗯，我也忘了是什么时候。”凌月正在思索着。以往凌月对于时间的记忆很清晰，幼年的小事都能记得清楚，然而近来忽然感到，生活有点循环的意味，一紧一松忙碌混合间歇，随光影交替，又如有道是“日光之下无新事”，有时的有些场景，似在以往隐隐经历过的熟悉。只感觉上次品尝那种滋味，是在类似这段时间得这样间歇期，可到底是十八岁凌日回来之前、十九岁守孝期、二十岁起程预备期，还是此次出征回府之后的半年里?一刹那恍惚间，思绪都错乱交叠在了一起。

岳夫人的声音拉回了凌月的思绪。“这种小糕点的馅可讲究呢，对了，你说的是那次吧，那种馅料可不是随便能有的，里面的鱼很难找得到，恰好有你父亲的朋友送了一条，我看那鱼这么小，传说极其鲜美，可惜不能做大菜了，就放到了糕点里，所以那么好吃。”

“什么?那里面有鱼?!”凌月顿时提高了嗓音。同时额上冒起了冷汗，一边在心里对自己说，不可能，不可能，有鱼的话自己肯定能吃出来的，不会这样，不会这样。

岳雯诗一愣："是有一种深海的鱼，和以前我们吃的都不一样，非常有营养而且一点没有鱼腥味。娘知道你得食素，不过就一点点，真正一点点，不要紧的啦！"

"啊!!"凌月大叫了一声，嗓中积累吼声突然发出震惊了所有人。奔跑出去，突然离席，脚步也显得太过凌乱。

想要呕吐，却显然来不及。那位前辈仙人的话还回荡在耳边。原以为茹素几年完全可以做到，行使了三次意念转移，每次都毫不犹豫，记上九年，而现在才完成第一个三年，还差两轮的债，就破了戒……这算什么?!

倒在了床上，他的痛苦从胃里、头上、心中，等等，一层层袭来。

绞痛，汗水从额间溢出，凌月根本提不起体内的真气压制，也完全不敢压制，这是玄幻之术的后遗症，破的是玄秘之层的戒，哪敢用现实里的方法化解？只怕那样会更加引爆危险。而现在，只有承受应当承受的后果。

应当承受。是自己做的。自作自受。为何感觉像是任人宰割？

显意识渐渐消散。闭上眼，却不是一片黑暗。

朦胧的光亮起。隐隐约约的画面，就好似最初的懵懂时期。

"你为何要给我吃？你明知道，我们不可以。他说过，我也说过。"

"我只是想试试，也是为你好。那看起来真的很美，我想它会对你我有益处。"

"你这贪婪的女人！为了你的贪婪欲望，竟然连自己的生命也不顾！你可不曾听说，吃的日子，就必定死？"

"我已吃了，但我没有死。"

"你怎么知道你没有死？"男人彻心的悲痛，"从此以后，那最美好的已离我们而去，在这艰辛的土地上，我们行尸走肉般劳劳碌碌。就在剩下的纷杂中挑挑拣拣，却永远无法控制也无法接触那最初的本质。原本曾经的另一层生命，已然离开。"

"你还不明白吗？你这贪婪的女人！我们已死——"

声响戛然而止。一片黑暗。

古怪梦境中，他始终是一个局外的人，仿佛并不存在一般，在那场景里根本看不见自己的位置。然而一切，却是那么真实而切身，并不像是在台下观看一般，而仿佛身在其中。然后一刹那随着他们的消失，自己的这个梦境也归于乌有。

醒来过后，犹自记得那后来的一整片全然到来的黑暗。

"不是在那个梦境后我就没有做梦了，而仿佛是，我后来就梦见的是那片黑暗。"凌月躺在床上，心中仍想着刚才的情景，"奇怪的是，在这梦里自始至终我为何能真切感受，却感觉不到自己？我接下来，又会怎么样？"

到这里才又回到自己遇到的紧迫危机里来。

"难道，我所受到的惩罚就是，我今后的生命活着就像是死？"凌月不禁打了一个寒战。这才是比一了百了的死亡要可怕不知多少的刑罚。

"为什么，为什么这样的情况，竟轮到了自己？"凌月的心中翻滚着怒吼，愤怒和怨恨不可能没有，对母亲的责怪也是自然会产生的，虽然心中感到不应该责怪母亲，还是不免有太多的不甘与埋怨，更让自己的内心受折磨。

然而再想梦境中的对话，"那女人似是为了眼目的贪念，说那食物美丽就吃了，这和母亲的出发点显然是不一样的。而且母亲并非她的私念，而是出于对自己的爱。如果说这充满罪恶的世上还有一样东西是无罪的，那么这是爱吗？应该不是的。任何时候犯了错误就是错误，以爱的名义也一样。爱并不是借口、依托，更不是挡箭牌。”

后果岂能以理由来阻挡，那惩罚凌月就要承受。凌月顿时感到头痛欲裂，头这么快就疼起来了吗？为何先前不知道的时候似乎没事，一知道就到处开始疼了。又或许，这真是巧合，给凌月惩罚，真的从这时才开始显露。

那破戒的惩罚，会是什么？凌月当时没有问，是因信心满满自己不会接到它，而现在眼看着即将揭晓，宁愿马上知道，而不是这种无助的未知的等待着任人宰割一般。

然而，即使接受惩罚也不由自己控制。凌月的额上一滴滴汗珠，强撑着站了起来，从窗帘后的微亮发现可能已是第二天早晨了，没想到昏睡了这么久。

走了几步，却突然感到眩晕异常，这不是一般的眩晕感，简直不亚于在缩地术使用中的那次，他感到意识在消散。幸好这是在自己的小屋里！最后一丝意识对体力说：“回到床边！”然后身体像断了线的风筝般砰地一声倒下。

第九十九章　惩罚的体验·现实的应对

意识飘散了，又是那种不由自己控制的感觉，这次却来得猛烈得多。仿佛是灵魂也如身体一般砰地一声，不是倒下却也不是升起，而是平平地挪移出去，被一股力量拉扯着迅速地穿行。耳边的风声呼啸着，甚至可以感到一种刮痛感，似真似幻。

“又一次，有了这种体验。”凌月不知是睡还是醒，一半思维似被封禁了，还有一半却异常清醒。立刻将这次体验与过往的联系起来，飞速转动着，思考着如何避免遇到那些可怕的物体。

耳旁的风声更加快速更加凛冽，万丈高空下落的感觉，心好像提起来了，一刹那惊心动魄，然后忽然仿佛坠到了谷底，好似还能听到砰的一声，戛然而止。

“我这是来到了哪里？”凌月明知道自己是在幻境，只是灵魂飘出体内，却还是不知为何有那种彻心的疼痛，仿如真的摔落地。

脚好像并不长在自己身上似的不听使唤，其实这时候，自己身上又有哪一部分能使唤的呢？凌月被一股不明的力量牵扯着，开始后退，后退，刚想看清周围的一切，周围的一切却开始远离，一点一点地，朦朦胧胧，迷迷糊糊，给心的感觉却那么清晰。

一幕幕飞快晃过，带着凌月不受控制的身体或灵魂，凌月极力睁开眼睛想看清楚，不再这么迷茫一片，忽然间，仿佛看见了在异乡的那间小屋，那架古琴，伸手去碰却又离远了，就这么伸着手，丝毫不能用力，任凭自己不知被什么力量向后拉去。

那些在时间变换中退色了的画，那些在空间迁徙中遗失了的文字，都是凌月曾经精心的创作、包含了当时那一刻那一点和之前更久的积淀的创作，在现实中早已无法寻拾甚至忘记了，却在此时一一浮现出来——只是那么一刹那，刹那而已，根本不够回味，却已然确认，留下的就是又一轮被点醒的遗憾。

凌月伸手去抓，却隔着指尖全然无法触碰。被那股力量牵引，他不断后退着，或者是它们在前进；不论是谁进谁退，总之就是越来越远的距离。

无力感之下的无力感。明知是似梦之境，所有感觉却是真实，自己的身体无法控制，无法让自己醒转逃脱这样的心灵折磨，然而即使在这似梦之境中艰难地伸出了手，仅仅想碰一碰曾经的拥有，还是不能！

遗憾会隐匿，也会累积，一旦被提点，顿然加倍回升。

一幕幕继续，分不清是什么场景了，只觉得隐隐约约似乎熟悉，却又不知在哪里见过，根本来不及思索，任凭它们一股脑地冲袭过来，却不是冲袭，而是背对的方向，仿佛剥离。莫名的刺痛。却也是真实的刺痛。

来自于那放眼可见，却遥不可及。那些只是记忆。那些都是记忆。在脱离了现实的意识里，强烈锥心。

凌月顿然间一点一点感到非常非常悲伤，那些支离破碎的画面，每一片都沾染着曾经的笑颜或者苦涩，不论是哪一种，都在时光的流水冲刷中转甜，却又更进一步，得知了都是早已远去的甜蜜而加倍感伤。

明晃晃的记忆碎片，如同一把把明晃晃的刀。白天的光亮下它们隐于光亮，夜深人静时却再也无处遁藏。只能让无处回避的自己迎上去，让它们割据着心房。

凌月的枕巾早已被泪水沾湿。

这无关现实，却多么现实。从人出生起就注定了和过去的自己分离。

对于不愿放弃自己的人们，必然要把过去的自己承接起，也就承接了过去的一切沉重，以及时光运行中加倍的沉重，还有这双重层面的调和之中摩擦着而产生的伤痛。

现实中可以忘记。但是有时候，却不会不想起。

仿若窒息，压迫着心间一层层沉痛，告诉自己，过去的已然过去，现在也在远离，凌月甚至怀疑自己继续活下去多年以后怎么办，才二十多岁就如此悲伤于过往，痛思着记忆，待得它们更加累积，是否不过几年就要压垮自己？

猛然间喘息，急促的呼吸，终于脱离了这似梦非梦的状态。

回到了现实之后，就可以屏蔽虚幻之中的感伤，至少，暂时，尽量可以这样。仿佛是显意识的瞬间回归，推开了潜意识的汹涌悲伤狂澜。让人暂时登上了岸。①

凌月又投入了现实中。现实的思考。“不用着急，已然发生了，还可以想解决的方法。兵来将挡，火来水淹吧。”让自己冷静下来，而身体经由灵魂出窍般体验后的疲惫恰好令自己没有多余的力气去提供给愤怒。冷静地分析，母亲给自己食用那次含有鱼的点心，应该不会在第三次使用意念转移法之前，肯定在那之后——因为那一次正值突如其来变卦的那一年，这是一个明显的标记——也就是说，并不影响之前的发生。只要接下来补完剩余的六年，不再施行意念转移法就行了。

这样，算是一种很好的弥补法。凌月笑了，同时感到惭愧，先前刚听说那个消息，就激动万分，忘了思考思考、算一算，其实并没什么大不了的。

拖着由自己的一惊一乍造成虚脱而尚显虚弱的身姿，凌月来到了府上的主屋，红着脸向母亲道歉。

“没关系，娘知道你辛苦，压力太大，别再多想了。”岳雯诗一贯温柔和蔼。她向着凌月微笑，如同一股暖流，滋润了这忧郁悲伤的已然沧桑的年轻人的心。

凌月也笑了，看见府上的家丁在一旁忙来忙去，似乎在准备什么，刚迎接商将军回府后不久，还要忙什么呢？关心询问，凌月感到自己确实应该有意投入一些关心。

“你要恭喜你哥哥，他和郡主已订婚了！”

---

① 然而，显意识相比于潜意识只是狭小的一角冰山。

“真的!”凌月来不及多想，待得想起了恭喜之外的意思也不愿多想，自己不喜欢惠珍郡主不代表别人不能喜欢呀，虽然哥哥与自己长得一模一样，性格气质相差很多是肯定的，他似乎与惠珍郡主确实要合得来些呢。

凌日走来，容光焕发，接受凌月和其他人的恭祝。

这一切都是理所当然。凌月也不觉得这有任何不对。商敬先和岳雯诗都知道凌月不喜欢惠珍郡主，郡主多年来惦记的是“凌日”，看起来性急的凌日跟同样活泼的有时会发火的郡主倒真是不错的一对呢。

老王爷和商敬先都喜笑颜开，带着惠珍郡主，父女俩来到商府，商家自然少不了热烈接待。

若华国国风总体来说颇为开明，妇女地位较高、提倡一夫一妻制、优生优育，贵族联姻虽是家族安排却让两位年轻人事先多有见面接触。

即便不提倡包办婚姻，门当户对却在该地备受推崇；这是两个并不关联的概念。门当户对可以保障两人的背景、环境、文化、价值观、教育程度或素质等能够融合，合得来，减少分歧和冲突，也可铺垫更多的共鸣。

像惠珍郡主与凌日这样门当户对、算是“认识多年”且出于两位年轻人自愿的组合，所有人都觉得真是值得庆幸，应当祝福。

凌月也这么想，虽然当年小郡主见到的不是真的凌日——而是凌月在装扮凌日之时，或许他俩可算是迟来的缘分，终究没有错过吧。

“看起来像一对可爱的欢喜冤家，呵呵。”凌月笑了。主观的偏好可以极大影响判断，明明是一样的惠珍郡主、一样的凌月，这时他却觉得她不像以前那么讨厌了，甚至还有点可爱。

于是郡主就名正言顺地可多来商府串门了，她自然求之不得，而凌月也少了应付她的麻烦，由凌月的兄弟凌日去和她接触，两人嘻嘻哈哈的，脾气都火暴却无伤大雅，有时吵吵又很快和好，看起来简单而快乐。

“我们选定个良辰吉日吧!”

“选什么，哪有什么良辰吉日？该好的自然会好，不该好的任你选来选去还是不佳!迷信的一套，皇上不是连星占也早就废除了吗!”

“你说我那糊涂堂哥啊，他懂什么，任着性子乱搞一通！凌日呀，人家是想让我们的婚礼更美好么！你怎么这么不理解的啦!”

“哼，形式的一套，婚礼又怎么样呢，办得隆重到后来闹分手的比比皆是！不管是心意爱意还是浪漫，能靠这婚礼显示吗?”

“你，你，怎么总是这样?!”郡主河东狮吼了。

凌月无意间听到他们越来越高声的谈话，笑了起来。自家兄弟怎么说起话来越来越像自己了！或许有些价值是不分性格都能接受的吧。当然换句话说，也就是不分性格都不能忍受。婚礼的形式必然要隆重办的，凌日大将军和惠珍郡主的身份，商氏家族和王府的地位决定了的。

还好，日期不用依照“黄历”查找“吉日”，老王爷赞同当年小皇帝取消占星学说——也包括后来那段时间凌月扮成穷书生散布的言论。于是，原本按照商敬先从书库典藏里找到的黄历，最近的吉日是在第八日，可以赶在届时举办婚礼，老王爷却也是慢性子，想慢工出细活，好好准备一番，于是决定放在十五日后，商敬先自是同意。

“半个月后就正式婚礼。商凌日大将军与皇族联姻，规模自不用说，是我商氏家族的再创新高!”商敬先激动的声音响起。

第一百章 堆积的突然

突然的情况就在这几日内发生。若说当年凌月像小蝴蝶似的好玩散布了反对占星的言论，蝴蝶的翅膀拍一拍的风波延续到现在，那么或许难以令人相信吧。但是或许，若真提早到所谓“吉日”的第八天让郡主和凌日完婚，后来的一些事端发展，就不会那样了?

“那是不可能的。”凌月斩钉截铁地否决了自己刚才那一缕思绪的猜测。

环环相扣，表面显示的在背后铺垫已久。

追溯起来是没有底的。世事如此复杂，并不由一点引发。所谓的导火线，为何要看到那一点火，而非一条或更多错综复杂的线?而更多的时候，甚至连一点火也没有，只有整体气息的升腾、压力的加重、激烈的碰撞、热烈的扩张，终于在一时间顿然爆发。

该来的总会来的。

有时已然知晓，已在防备，却不仅不可避免，反而在突然面对的时候，还是感到那么突然，且根本看不清是如何开始的——又回到刚才的说法，追溯下去没底，一个无底洞而已，所以或许原本就看不清吧。

凌月没有忘记紧张的局势，多年来重臣势力的扩张和皇权的薄弱，扑面而来的对悯瑛统治的不满，甚至在这次商将军顺利取回潘国占据的领土并与潘国签署和平条约后，依然不服国君与商大将军。

“加封大将军，更给他们敲响了一记钟，与其说是警钟，不如说是提醒他们计时的钟响，告诉他们行动可以开始了——又或者只是巧合罢了，连借口也不是，只不过他们的铺垫已久，恰好到了现在。”

在商府其他人准备大少爷婚庆的同时，凌月对御林军的建设没有丝毫松懈，这次听闻商将军胜战归来，若华国从强劲的潘国也收回国土，签订了和平条约，甚至潘国皇子还特意前来拜访，众小将士们喜悦非常，更加对自己效力的国家和皇室有了信心。这两年的精心布置积累到现在，也如滚雪球般，效果越来越显著，凌月连声夸奖众小将士，对于这支队伍十分满意。

然而另一头，敌对的势力也在增长，凌月已然知道金高展和秦太尉手下的军士人数又在扩张，目前军权方面有商将军对他们形成一定制衡，金府积累的势力和秦府太尉的联手却仍然明显占优。而至于那个神秘的凤天阁，众人对其组织及阁主依旧一无所知，却在各地都可以见到其势力范围扩张。虽然这个江湖组织并没有跟皇族抑或朝野明里作对，暗中威慑实非小可。

所幸先前出征潘国的队伍跟着回来，凌月还可以操控他们。凌日现在忙着结婚，自然不介意自家兄弟多占着商将军的士兵们一会儿，何况凌月跟他一商量他就知道这位兄弟还在“杞人忧天”有什么突发情况，除了保护皇上也是为了自家的安危，于是爽快答应。

于是这段时日，他轮番以商凌日的身份带领军队和以商凌月的身份调教秘密御林军，忙得不亦乐乎，又体验着觉得好玩的“分身术”了。压力作为动力，无奈就当作有趣的体验，此类方式早已习惯自然而然，何况现在凌月根本没心思考虑这些事情。

这一天夕阳西下十分，凌月又重新走回林荫小道，想回自己的月亮小屋睡一会儿，抽空在繁忙之中，如同儿时交替扮演凌日那样，竟然历史的循环性又在个人身上体现了。

突然，他被面前的一幕——从未有过的——震惊，一时间呆立在了这属于自己的熟悉空间，恍若陌生。

在“日月园”中的花树下，竟然有一个影子。这影子当然不属于凌日，也不属于凌月。

多年以来，还从未有过家丁没经少爷允许，就随便闯入！这不光是规矩，其实当年，商府别院改建，贺青山收凌月为徒之初，就把别院以前的侧门封死又以巧妙的阵法之势制作了暗门，所以凌月得以装扮凌日习武进出而不被发现。后来，在凌月学得了上乘的奇门遁甲术，从异乡归来进一步思索钻研后，又在四周布下了一定的玄机，类似悯瑛在皇宫密室周围的那样严密。

那个人，不知如何站在了那里。也不知他在干什么。“凌日最近在和郡主交往，与他们王府又不知出了什么瓜葛。他是来找凌日吧。”凌月一瞬间，心中有了一丝不知哪来的灵感。现在他和凌日的装扮已经不严格区分了，因为商凌月也有御林军统帅的秘密职位，凌月不能随自身风格与兴致作打扮。所以，现在对于他们两兄弟的区分，更是困难。

当然，换一个角度，也更加不必区分他们两兄弟了。商府的众人们不必，只要知道两位少爷还安好，有一位能干优秀就行；外人们更不必，只要把他们当作敌人，联合敌对即可。

凌月扫了那人一眼，视若无睹，却不想当着他的面开门进屋，仿佛觉得这英姿气势慑人的身影会如鬼魅钻入屋内一般。因而只得在那里立定。

深红色的影子却迎着他走来。其实他并不是个阴影，夕阳的光辉洒在他的身上，把他整个人更映得更光芒四射，但给凌月的感觉就是如此——何况还有他近来的怪异举动。

“你在练什么功？是叫《心·灵·气》？把那本书给我。”

凌月愣了一下，没有惊异他如何知晓，刹那的犹豫，只因好气又好笑，一个堂堂小王爷为了更高的权势还要步步向上爬，为了秘籍，却又埋伏到人家府邸甘愿做贼！“你这走火入魔的家伙，一天到晚就想着抢秘籍！真是可笑至极！”

懿琨的双眸如热烈的火，和他长发一样的深红色泽流淌，极为光亮，不像以前的眼眸颜色，不知是练了什么邪功，此刻的气息更加阴冷：“走火入魔的人是你！赶快拿出那本书，把它给我！”

在他的凝视下，凌月忽然有一丝心惊，似被戳到痛处，自己近来越来越严重的诡异睡眠体验，难道真是走火入魔的反应？“不会的，那是很好的书！这贪婪者的话，怎么能信！”

“给我！否则休怪我自己取来！”

“你敢！”闹到自家地盘上来了？凌月一伸手，毫不客气，更仗着他无法分别这时是凌月或凌日，银色丝线软鞭猛然打出一道寒光。

懿琨一挥衣袖，手指和臂像蛇一样快速环绕几圈，竟然穿插过了软鞭的气场，捏在了银鞭前方七寸之处，紧握在了手中。

凌月向里抽回，他却又向他的方向一扯，使凌月收放不得，银色的软鞭被绷得直直的，如同刀刃一般的光芒，在日头西沉月华初上的时分，诡异地反射着红与白两层光芒。

正在僵持，忽然一阵飞快的脚步，朝两人之处移去，凌月趁势于静态间一变招，骤然划过一道气流顺着银鞭，懿琨仍未放开另一头，掌心就流出了血。凌日这时已来到他俩中间，挡开了面朝凌月的懿琨，却紧接着弯腰作揖："小王爷，对不起，请莫怪罪我兄弟。"

凌月几乎不敢置信："你在说什么？他闯入我们府上，要来抢我的东西，你还向他打招呼赔礼?"

凌日直起身，做出颇有礼貌的样子一回头，倒极似凌月以往的温和之态，"商府与王府联姻，来之不易，这关键时期，你别再出岔子。"

凌月的心顿然凉了。"难道对强势霸道的、利益相关的人，就抛开亲人不顾了吗?"凌日为了和惠珍郡主结婚，或许是被爱情冲昏头，又或许是被利益冲昏头，也更可能是双重的诱惑夹击，但这样也太……令已对他早就不看好的凌月，更加失望，心寒。

经凌日这么一参合，懿琨倒不提来取秘籍的事，再次做出风度翩翩的贵族之态，一笑道："我不介意。你的兄弟，请你多看管好才是。"

凌日又呵呵赔笑，颇为讨好，对他客套了几句。凌月更确定自己兄弟来不是替自己解围，而是阻止自己给他——以及给整个家——节外生枝的!

"我这算什么?"心里凉了，倒是没了感觉，并不觉得悲伤。呆呆地望着眼前的一幕，感觉不真实，只觉懿琨的绛红影子如鬼魅一般不见踪影，映入眼底的一切却悬浮在心。默然走入月亮小屋，不再管外界。

半睡半醒之间，似听闻凌日在屋外呼唤他的名字。"想要来打招呼的吧？不必了!"凌月翻了个身，继续睡。

一连几天，凌月都刻意避免在府上走动，不想碰见凌日和其他人。商府众人们都忙着为大少爷准备亲事，也没谁愿意来管那古怪的二少爷。到第三天午后，岳夫人却来敲凌月小屋的门了。凌月还在睡眠，朦朦胧胧似回到童年的那次岳夫人来告知自己并非亲生母亲，只感到一丝伤感，连忙开门迎接，对她客客气气的。

"月儿，你这孩子，别总是心事重重的，你大哥要成亲了，这是好事，一起来庆贺开心吧。来，你快准备一下，陪你哥去买些花布窗饰。"

"去哪买啊，我不知道，娘，我不喜欢逛街……"凌月还想推托，岳雯诗却一把抓住了他的胳膊，凌月怕弄伤了不会武功的岳夫人，只得由她这么捉着牵到了商府大堂。然后夫人和丫鬟就把他半推半拉弄到凌日跟前，领到大街上去了。

凌日斜着眼睛笑看狼狈的凌月，凌月冷哼一声，凌日也不理睬，两人就这么隔着一步距离，共同走去街市。远远走来一个熟悉的家伙，俩兄弟顿时抛开隔阂，一致对外起来。因为这来人给他们俩兄弟的反感是相同的。

"商大少爷，恭喜你即将与郡主成婚，哦呵呵。"金高展的声音本就尖锐，这别扭的恭贺更显得阴阳怪气，凌月皱眉，想到多年前就与他结下梁子的是自己，怕他找凌日麻烦，就抢先开口："多谢金公子。欢迎届时来喝杯喜酒。"

金高展由上往下扫了凌月一眼，目光不友善也不遮掩："喜酒么，时间还未到，能不能办成，再看吧。"

"你!"凌日被他这么一激就怒，凌月怕他生事反而落了金高展的圈套，连忙把他拉着。凌日犹自还在骂骂咧咧，凌月抽离开自身的立场，只觉这老兄实在缺乏贵族风度，倒是金高展微笑自若。晃眼见到金高展的嘴角含着一抹不明所以的笑容，似有什么不可言明的志在必得……忽然意识到印象中金公子并非深谋远虑之人，难道这次他背后有他父亲或者别的什么人在指使？凌月心中一凛，赶快用力把凌日拉走了。回到府上之后，凌日早就忘了这段插曲，又去和家丁们张灯结彩，凌月还在思索着。

第二天一早天还没大亮，月亮小屋之门咚咚地响了起来，他的心也跟着重重跳了两下——这是有反常态的，当然，凌月已然知道，这一阶段是非常时期。

似有预感，果见凌日面色沉重。“哼，我们不惹他们，他们倒惹上门来了！你猜怎么？昨晚惠珍突然跟我说，她不和我成婚。除非我跟她大哥打一场获胜！然后她就非逼我跟懿琨择日对战……”凌月听得莫名：“惠珍跟你说的？你昨晚见她了？”凌日不耐烦：“我见了未婚妻有什么奇怪？还问！”凌月只好不响，凌日又继续：“她还拿出小王爷的决战书！你说可不可笑？”说着凌日就把一封信递给凌月，果然标题写着“决战书”三个字，字迹苍劲凝重而略带不羁的傲气，显然不是玩笑手笔，凌月却不禁笑了。

“你倒真的笑出来??”凌日有些吃惊兄弟的反应。

凌月这时没有挖苦他“你说你自己多擅长沟通，那样讨好他，换来了人家打击你！”只是开口道：“显然的，那小王爷对我们从来没友好过，这次自然不高兴他妹妹嫁给你，商府变成王府的姻亲，这对他来说怎么能接受？”

“大家都定了，他凭什么，还蛊惑他妹妹来闹！”凌日气愤地大声喊，“我就知道，那不是个好人，他的眼睛呈暗红了！师父说过，眸色发色改动，不是普通道法，而在修魔之中！”讲到这儿，凌日突然拉起凌月的袖子：“月，你不会还在怪我那天当着他的面说你吧？我发现那人太可怕，不想得罪他……”说着，凌日面孔涨得通红，混合了急切与羞愧。

看在凌月眼里，不由得升起一抹抽离的怜悯，仿若从空中看着这一切，对他的话语判断为可信，悠悠而道：“一起研究如何。”说着，凌月拉开一小半深色窗帘，浅纱却仍遮蔽着，透进一缕早晨并不刺目的光线，端详起信纸，“这显然不是郡主发小女孩脾气，也恐怕不是小王爷一个人的指使。”手握信纸，凌月冷静地安抚和分析。顿时，凌日若有所悟：“他写道与我单独决战，却要我带兵，退至远处。说是以示公平，那么可能他也会带兵……”

“他的提议倒也合情合理。”凌月先简单地这么肯定，然后再细细揣摩，有直觉，此事不会这么简单。

心中浮现起大半年前与懿琨决斗的情景，那次决战了那么久，自己看似险胜了他，然而仔细推敲还疑点重重。“他一方面显示自身风度与皇族高贵，主动提出凌日可带兵护主，难不成另有埋伏，抑或报复？”凌月不把这些复杂的前因告诉凌日，免得他情绪起伏分了心，而且凌月心中还在抱着希望，如果凌日战胜懿琨，小王爷应会遵守决战书上承诺，接受他这个妹夫，那么这一劳以后，说不定真的可以永逸。

“不能掉以轻心，他如果带人来的话，可能不会是怕他打不过冲上来这么简单。”凌月一边思索一边补充，这更深一层的原因。

“那还有什么？”凌日跟着问。凌月眼中光芒一闪，微微撇转脸去，怕让凌日难过，不好表示其实自己觉得以懿琨的武功，凌日要战胜他恐怕极其困难，不过既然估计到后面的才是重点，这一层自可以忽略不提。

“还有后面的埋伏，两军对战。”

“那他设了埋伏，干吗预先告诉我让我带兵呢？”凌日显然不解。

“笨，这才让你放松警惕，你懂不懂？”凌月这几日事务众多且心事重重，虽然嗓音还是深沉悦耳，不自觉地火气已堆积出言锋利，竟然斥责凌日“笨”来了，说出口才想起来，不过这其实是以往早就想说了的，这次讲出之前竟然忘了收敛，既然说了凌月自然不会后悔。

凌日自己言辞随意惯了，这时又在依靠凌月分析，自然不会介意他，就任由已然当惯了领导者的凌月教训。

“他不叫你带兵你就不带了吗？至少我会提醒你，留一手防备。我懒得去详细分析他的风格和意图，就是说，他以为他不说你会警惕、说了你会放松，却没想到我会多转一个弯来再想一层。”说到这里凌月笑了一声。这样虚虚实实，转弯又递进再转弯，懿琨不愧是极其聪慧者，可惜凌月也很聪明。

“哦。”凌日显然被转糊涂了，挠挠头，凌月心想这恐怕就是懿琨要的效果吧，还好有自己，否则自己的兄弟真不是他的对手。

“聪明反被聪明误，哼，以为商世家只有一个武将和一个书呆子。”凌月心中再次冷笑一声，“虽然我们在明，他们在暗，但是另一个角度，他们不知我会武功，又成了我们在暗，他们在明。”

凌月的嘴角挂起一抹笑，明暗不定的光线打在他的半侧脸，轮廓深邃，肤如寒玉。在凌日的眼里：“这人怎么越来越阴沉，不对，是阴险啊！”

凌月用眼角横瞥了凌日一眼，凌日只好噤声。

凌月恢复严肃：“我是在想，他除了表面邀你对决，还有跟随到场的名义上确保安全之类的队伍，在别的地方很可能还有一些埋伏，甚至是一出调虎离山之戏。”

“别的地方？哪儿？”

“我现在不可能知道。但我极其怀疑和担心的是——宫变。”

“啊！”没想到凌日惊异地叫了一声后，却突然转而说起凌月来，“我说凌月啊，你又想多了吧！”

“我的思维还轮不到你来批判。”凌月阴沉而格外冷冽的声音顿然打断，凌日不禁抖了一下，打了个寒噤。

凌日讪讪地笑了一下，倒是很可爱的样子。凌月斜了他一眼，另一抹心绪反而升起了对他的怜惜，冷冽的面色渐渐柔缓下来。

“就到此为止吧。”凌月告诫自己，“再下去，就像是那些趁着人家有求于他们，故意贬低人家的小人了！”

凌月自己主动调整气氛，温言道：“凌日，我刚才的话说重了点，你莫介意。这些天我为一系列的事情着急，有火气，不过却是有原因的，我一贯不喜欢别人干涉我的私人空间。但是我应该好好跟你说。”

“不打紧。”凌日一如既往地爽快，“我神经粗条，以后说话也注意些。你也难得对我发一次火。”说到后来，凌日的神色竟然一丝黯然神伤，一闪而过，凌月不确定是不是暗淡光线，自己看花了眼。

他决定不多想了，正事当前，再先前的话题还没有完。“我们继续来讨论这封信和将要采取的行动吧。”他沉着而凝重地说道。

方才凌月神态语音的一系列变换，表面看来似乎情绪波动很大，然而背后都是有理由和思考支撑的。因而凌月逐渐越来越认为自己属于理性的人，只是这主观的理性和客观的真实还会存在着摩擦，这一点凌月似乎还没意识到。又或者，意识到了也没有更多的办法——从而干脆不多想了——因为这也属于人生在世的悲哀之一。

“刚才说到调虎离山之计对吧？”凌月不禁佩服自己竟然这么快就接连上了方才已被

弯了两弯的思路，面前这位兄弟显然早已忘记说到哪儿了。

“啊，是!”凌日又挠头，用力回想。

“他们针对我们，目的是什么？我们代表的是什么？你想想，我们代表的不是我们两个人——或者他们连我们是一个还是两个人也不明了——而是商氏家族，我们家族的地位和利益。这背后，原本就是权势的角逐。

“那个懿琨亲王，是一个深沉冷血的人，对女人看似优雅实则冷淡，你也看过吧？他显然不会随着妹妹胡闹。”

讲到这里凌日就激动地插了进来：“对啊，他和惠珍太不像了！不过他好像对他妹妹挺好的。”

“好是一回事，走在同一路又是另一回事。小王爷那样高傲阴冷又懂得忍耐之人，怎么会为了妹妹的亲事，且是他父王批准的亲事，突然出来和你对决？而他提出的这次对决，会只考虑到表面上的他和你吗？”

“唔……”

“我没有告诉你，以前有次他把我当成你，说我惹得他妹妹不吃不喝了，就跟我起了点冲突，后来我想想，看他的样子倒像先想针对我再有意找个借口来的，而不是真的被这理由触动来找我。他不是一个冲动的人。”

“那次你们起冲突了？怎样？”凌日的眼里闪出光芒，竟然在这时还有心思探究起这个，搜翻趣闻的表情。凌月不得不又斜了他一眼，“你管好现在的事吧。再继续说，懿琨的这一招，算得很深。所以说，我担心宫变，是有道理的。”

这时凌日又忽然说：“不过据我所知，小王爷在朝野中没实权，当然也没兵权!”

“他没有兵权不可以去借啊？不可以和别人联手？”

“哦!”凌日再次恍然大悟状。凌月斜视这个看似和自己长相一样的兄弟一眼，再次想到，这人真是死脑筋。“就他这种挠头不解再恍然的傻模样，哪里和我像了?”这种时候了，凌月心上的声音竟然还来纠结自己的兄弟和自己的相似度问题，且有闲情讽刺他。

心里嘲笑归嘲笑，一来还是带着善意，二来不会表现出来，三来确实有事实依据，随便取笑作弄他人的事情凌月不会做的。“敌对应该留给可恶的恶者。”凌月从来这么认为。

“我分析，懿琨在朝野上虽然不得明的职位，却暗中可联合势力活动，新一辈势力崛起时就是好时机，例如说现在新一辈年轻人的领袖金高展。”

凌日点头：“确实，我知道他俩关系很好。”

凌月接道：“不是关系好的问题。懿琨在朝野中一直没有实权，暗中却是金高展金丞相那一派的，他与他的父王似乎并不在一路，并不支持现今的皇权。”

“哦……”凌日现在才开始明白，凌月先前就担心惆瑛的安全是为什么。“懿琨的身边有很强大的心腹侍卫。对了凌月，不是我说你啊，你太喜欢关在你的屋子里了，除了去办事，都不怎么在外面活动，我十八岁来到这儿就经常在外跑，有些消息比你还灵通。”

凌月颔首，知道兄弟说的是事实。

凌日继续道：“你出征的那段时间我看到的，他管理的手下手段强劲，个个都尽忠职守，完全是心腹死士，他那架势比皇上和你都厉害!”说到这儿凌日的语音拖长，怕又触怒凌月，不过凌月知道这算是客观的评价，并不介意凌日的贬低。

“他们想使用调虎离山，把我们人手分散，逐个击破，我们反其道而行，严加以对，或许可以过这一关。”凌月不再继续长他人志气的话语了，那样灭自己威风何必？转而积极地分析，“其实他们层层算计，没料到我们会反过来多想一层，就已经把计谋显露给了我们。如此，我们显然占了优势。而当前最关键的，是把和懿琨的这次决战对付过去。”

凌日忽然说：“月，我知道你的武功比我好，但这次，你不能代我去。”

凌月点点头，就算不说，他也知道，并且理解。

凌日还是接着说：“这是我的事，我要迎娶惠珍，我要亲手战胜懿琨。”

“嗯。你有信心就好！”凌月马上鼓励。实质上却也只能说这样非实质性的鼓励语言。

凌日一笑，不知是颇有信心，还是没有信心。然后又突然说：“对了，这个情况，我要去告诉惠珍。”

凌月马上反应：“别。”

“月，你不知道懿琨多厉害，要我如此去跟他决斗，怎可能？且不说他的支持者们，就说他自己，听说出生不久就显露天赋异秉，不单有皇族先代私传的书卷秘籍，多年来还四处闯荡，收获甚广，老王爷和惠珍都不知道他去了哪儿，学了什么，干些什么！还有，他自信又傲气，故意不随便显示他的绝学，实在深不可测……”凌日一边说着一边观察凌月的神色，凌月忽然从他的眼神里意识到了一点他的言下之意。

这言下之意，令他立时皱眉，听进了凌日的内容但是不附和其情绪，同时心中快速分析估量了一圈，已然有了底。

“懿琨确实厉害，现在可能更是了，不过他贪得无厌，已经走火入魔了！你师父说的修魔修道，我虽不懂，然而我手里有一本书中亦有提及走火入魔之表面征兆，就为眸发改色。虽然功力强盛，精神却为其柔弱之处，对付这种走火入魔而功力大增之人，如梦令恰好能够奏效！”

“好！”凌日顿时欢呼一声，却马上又怏了下来，“可是他修魔之外本有武功，如梦令克制有限，我胜不了他啊！”

“哼，听我继续。”凌月若有若无一丝嘲讽，并非对面前，却是给那远处之人，略微一顿，接着对凌日道：“那次懿琨与我比剑确实显示很有能耐，两次看似快到穷尽处，都突然变招化解，就是你所说的，他不到关键时刻不出手的绝学吧，和我差不多……”凌月目光向着远处，仍然凝着眉，凌日在旁边专心听着他继续，“我发现他的剑式里也有一套精妙的玄术理论，以五行火象包含金象，再逆行而走至木象，相克而相成，的确威力非常，不过也没那么玄乎，你摸清了他的门道，亦可破解。”

“你那次如何破解?”凌日抓住最后一句话，赶紧问。

“我用了一招‘月之隐晦’，跳出五行之道，采用月光气势，阴阳二气之阴，光暗二道之光，再融和暗。”

凌日连忙拉着凌月请他传授，凌月原本不想把自己创作的武学传授他人，然而知道这次性质关键且危险，遂略停顿了一刹，就向凌日详细指导了方法要领。虽然心中知道他一时半刻学不完美，这样的武功本来也不适合他，且此时那人比当初走火入魔功力更深，此法未必继续管用，但仍觉得不论怎样如此可多一分胜算。

“这几天要辛苦你了，军队那边，也请你不要疏忽，加紧布守。盯紧金高展。”凌月沉声嘱咐道。

说到金高展这个敌人，凌日双眼放出精光，显出霸气咬牙道：“对他，我定会严加盯着！”

“你也不用太操心，还是专心练武准备比剑要紧。御林军那边，是我们的暗牌，我会注意操控。如果你不介意的话，你的驻守军队我也可暂时代你去。”

“当然不，怎么会介意?”凌日立刻答道，毫不犹豫。凌月忽然有一丝怀疑，当年突然向他要走商将军身份和如梦令的人，难道忘记了？

“你去吧，你办事很强。”凌日主动赞赏他，有讨好的意味。“不要紧。那你专心练武。”凌月应下了，不再多说。

第一百零一章　危险·宫之变

一天内，凌日收了所有心思，专心练习凌月教授的部分月影剑法，尤其那一招“光之隐晦”，听从兄弟的吩咐。而凌月则去代他部署了决战当日的队伍，为了方便进行，就又以商凌日将军的身份。

此时京城之外，商凌日布下的军兵已经牢牢守住，然而同样握有军权的金高展带着军队进行诸如操练的活动，名义上还是不得干涉。却可悄悄多加防备。凌月暗中带领的御林军也分配了部分进行监督，双层夹击。算到对方显然不方便大张旗鼓进攻，不论是宫变还是权力交接都得自然顺畅，于是争斗大部分落在了隐暗的层面。除了那一场挑明了的决战——却很可能是调虎离山。一重一重，暂时还难以分析，却仍可应对。

第三天，凌日应邀到了那块空地，与懿琨进行决战，商将军的军士们已调配，凌月手下盯着金高展，忽来报说那边以调配操练的名义将城外部队也带回京城！

早已整装待发。冲突比想象得还要开始得快。

凌日的手下已经跟金高展的部队开始打斗。双方实力相当，难分难解。凌月望见敌军中指挥着的金高展，立刻从车中出来，跨上马，冲入乱军。他的目标很明确，比当年率领军队迎战他国时要明确得多——此时不必考虑其他方面的因素，只要抓住他，擒贼先擒王！

金高展当年在少年武学人才赛场上有跟凌月交手，然而这几年他也长进，此时换了一柄很长的剑，还拿着一支样子很奇怪的判官笔。见到凌月冲来，他毫不慌张，褐色长发在阳光下闪着金边，用那支笔画了几下，就见尘土飞扬，如真似幻。

凌月怎会怕这种基本的玄术，一挥衣袖，一阵风就把尘土吹散了。然而，金高展又挥出大笔，一种幻笔的手法，弯绕地画着线，突然将他们两人之间的道路变得扭曲，当凌月骑马直直地冲了过去，竟然有延绵展开的道路弯绕着隔挡！

此时凌月已无耐心跟他多扯，直接抽出藏在腰间的银鞭，加上暗器银线结合的空寂月，同时以此消彼长之势配合，大抽之下，直抽的鞭法与弯绕的绳形化解了扭曲的幻景，一鞭抽在了金高展的面前，他的马惊得扬起前蹄嘶鸣。

顷刻间凌月已临到金高展面前，恍然间背后交战的乱军暗淡了下来，只有他们两人面对面。

“心神没有被扰乱，其实这距离很短，若是着了他的道不耐烦地绕，就走不出那幻景，接近不了他了。”凌月又觉这人阴险，此时不发一言，也不出剑，直接把银鞭送了上去。

这才发现，金高展先前已受伤了，勉强挥剑，速度不快。凌月也不躲避，一手弹出两粒空寂月把剑打歪并缠住，另一手银鞭还是直取他的头颈。这时已经顾不上平时注意的不乘人之危之类的道理。

顿时，金高展被出其不意地缠住颈，呼吸困难，却还死命抓着手中的笔，勉强挤出一句话："你，怎会这招式?"听闻莫名其妙的问话，凌月冷哼了一声："我从来就会。"心想自己不出手就不会了？"只是隐忍多年。谁敢得罪我?"银鞭更毫不留情将他掐住，卷至地。

眼见金高展的脸孔越来越红，气息越来越弱，凌月心生不忍，软鞭稍微松了松，目光被落在自己脚下的那支绿竹似的笔吸引，迅捷撩起至手中。

金高展忽地蹿了起来，凌月没想到他着了地还蹭起得这么快，险些被他偷袭，却见他死命来抢的就是那支笔。"还给我!"

凌月向来不喜欢乘人之危夺人之好这类非君子行为，于是就将笔一抛，任他夺了回去。同时，已然牢牢扣住他脉门，再让跟上的御林军士们绑了起来。

金高展虽然动弹不得，却逞口齿之能，对着凌月咬牙切齿："你在我这逞能，马上就有人来收拾你!"

"把他扣押入狱!"凌月轻蔑地看也不看他，丢下一句。

已然估量到，在金高展之后，还有接应的队伍，真正的冲锋军。金高展这里的只算是铺垫，帮其把守外围加断后而已。对待这即将到来的更强大的一轮攻击，不能这么直接硬拼，凌月又扮回了凌月的样子，速往城外方向拦截去。

一骑人马，来到了城外，只见果然已兵临城下。

凌月坐在车内，一身白衣，清雅俊朗，如同一位文人谋士。见此情景，面不改色。

"商凌月，你等着送死吧!"叛军为首的那人大喝。果然是当年与凌月一同参加武学少年将领殿试并获得第二的宫奇闯。

现在的宫奇闯，仍不似凌月金高展这样的贵公子相貌秀气精致，却算得端正帅气，比当年的质朴少年更多了几分成熟稳健，高大身姿也颇具威严之气。然而他所散发的气息明显不善，脸上有一道显著疤痕在此刻分外狰狞。

两位为首将领的对视，刹那间在周边扩散并凝聚起一股压迫性的气场。

"只要我在，你们休想踏进京城一步!"凌月的声音坚定，神色坚决，气宇轩昂。

宫奇闯大笑："你可知我是谁吗？不妨告诉你，我就是魔教的关门弟子！就凭你们这些皇上近身侍卫，想拦得了我们？哈哈，笑话!"

顿时，一股浓烟涨起。凌月身边的少年侍卫们，被烟熏得即刻歪歪倒倒。

凌月大声喊："别怕!"声音破雾而出，同时嘴唇抖动一阵清风一般，身边的少年们立刻心定下来。

一瞬之间，现场魔阵灰飞烟灭。宫奇闯面色微变："原来你会玄术!"然后马上恢复，不屑道，"也难怪，绣花枕头会耍点花招，免得被皇帝抛弃了!"

凌月见他话说得难听，情势危急，思绪飞快地掠过，只是说了句："你不要胡说，也别胡作非为。"

"哈哈，我胡作非为，你能拿我怎样？你今天死期到了还口出狂言!"

"邪不胜正，皇家正统不容你们魔教侵犯!"

对方再冷笑一声："就凭你？商凌月啊商凌月，你真的当你是皇上身边的什么人了？完全没用，今日起他就不是皇上了！这天下，即将改变颜色!"

凌月面色沉重威严："你少猖狂！打着清君侧的旗号，你们在做谋反之事，这些为了利益的乌合之众，竟然如此口出狂言!"

"哈哈哈！我们打出的是清君侧的旗号吗？那些市井小人的名堂，你别跟我们的计谋混淆了!"宫奇闯大笑着，万分张狂，并不解释他的作为。当然很多事情，尤其是本无道理的事，做起来根本不需要理由。因此凌月就根本不去想他们的计划到底是为了什么。

“总之，一定要阻挡他们，不能让他们去伤害悯瑛，不能让他们颠覆现有的和平，危害天下！”凌月心中的声音强烈而统一。

他的面容凝重，更显英气，或许身份的特意区分使得大多数人都忽略了凌月其实原本就大气而勇敢，更在这些年中成熟而成长隐匿了柔和的一面，而多了几分干练和威严，而且商将军原本就是由凌月在演绎。此刻的凌月，如果还不像商将军，那就是在观看的人没用眼睛了。

“姓商的，凭你那点简单的玄术休想在我面前抵挡！你根本无招架之力！有没有发觉身边少了点动静？哈哈！你带的人已全被我的法力禁锢了！”

凌月果然察觉到了周边的气息仿佛凝固，那些干劲十足的少年军士们竟然一个个都僵在原地，不动了！

宫奇闯一步步挪近，盯着凌月，目露凶光：“你就学了那么点玄术小技，怎能与高级的法术抗衡?！现在这只是让你见识点厉害，让你孤立无援，身边的人都看不见你是怎么死的，让我好好折磨你！”

凌月也看着他，沉默没有透出一丝内心想法。对方邪恶的说话声继续，一边随着他的杀气含着无比的危险压迫过来：“这么多年了，军界中我被压制，任那什么商将军大显威风，还钻到皇帝身边，你们俩兄弟早就应该死！你可知当年你生母与我教的瓜葛？拂烟那女人，与我教之仇不共戴天！今日根本不光是夺权，更是要你俩兄弟的命！真可惜了你这张漂亮的脸，我还舍不得一招毙了你，要看着你会痛苦挣扎，慢慢地……”

话音还未落，忽然一道什么一闪，根本无从看清，宫奇闯的话停在那里了，他的眼睛大大地睁着，完全不可置信，他的眉间插着一把黑色的小弯刀！

透明的混合着血的液体从宫奇闯的眉上滑落，他的嘴还大张着，人也还站立着，但是再无一丝一毫的力气，就这么眼睁睁地看着这难以相信的一幕变换。

刹那间，被魔力禁锢的众人们都苏醒了。在这些少年卫士们眼中，刚才最后的一幕就是这叛变的敌将大叫恐吓，对自己的领导者出言不逊，然后就不知怎么到了眼前的这一景象。

那把黑色的小刀，弯如月，正是凌月的从不出手的暗器“夏玄月”。

此时他们只见凌月白皙修长的手指还在微微震动，似在延续那一股突发的力。凌月的脸容肃穆端庄，咬着牙，也似隐着一股气势。

“夏玄月”是凌月第一次作为武器出手，当年在异乡学习的时候，创作了“梨花雪”“空寂月”之后就想到了这么一件暗器，只是当时觉得有点过于招摇，也过于凶狠了，想法就搁置了下来；而后来，凌月还是没有耐住心中的好奇和对知识领域的钻研，就将这作为一份有意思的研究来进行了，自己一个人创作、演练、钻研、完善着。从没有想过要派用场，也没想到真的有派上用场的时候。

并且是这么千钧一发之际。

不鸣则已，一鸣惊人，这句话或许在旁人眼里，完全不适合平日看上去已然“高调”的凌月。然而他们并不知道，凌月其实暗藏了多少。他一直以来都在隐藏着实力。

“真的好险！若不是他们不知道我会武功，尤其是暗器，这次后果不堪设想！”凌月心中的声音翻滚，这一幕完结后心跳才剧烈起伏，怦怦地响，流露了后怕。

对于宫奇闯的高深法术，凌月可以想象，却没有多想，反正已经过去了，自己没有给他机会让他得逞，也不会给他们那些同党任何机会。

正想赶到皇宫，然而却听闻凌日那边产生了变故，凌月真感自己分身乏术！

第一百零二章　营救·生死一线

马不停蹄，飞速赶往城郊的另一处。他的思绪翻滚着，这次敌方的实力高过预估！“完全没想到宫奇闯竟然是魔教弟子，那么看来魔教也已与他们联合了。凌日那边跟着一队军士，怎是魔教的对手，何况还有金高展的残余兵将们……”

现在希望只能寄托在凌日不要那么快战败，等自己赶到，兄弟俩联手治住这最为妖邪的亲王，用以威胁，不过有魔教徒在那里不光是为了政权还有私仇，针对自己兄弟俩，自己能否靠得近还是个问题。凌月的额上冒出了冷汗。

猛然想到凌日手上有如梦令，可以至少与魔教徒的法力相抵消，那么接下来就只有普通能力层面的对决了，凌月这才稍微不那么提心吊胆。

临近了，凌月快速下马，运行起飘然的轻功结合玄术气势步法，尽量不被发现地靠近他们，却也只能勉强避过后方的军士们而已，前端中央的对决场中，一根针掉落都会被发现。

不仅是担心被发现，其实到了这步必然要现身了，只是凌月怕破坏了这微妙而危险的局势，真的吃不准下一步会如何进行。

出乎意料地，到现在，凌日和懿琨小王爷的决斗竟然还没开始！

两人相对而相隔，凌日的手握在剑柄上，并无出销，而懿琨连剑柄也没有触碰。

惠珍郡主挡在凌日面前，把凌日从懿琨面前隔开。她张开双臂，高傲而任性地挡在前面，不让自己的哥哥碰她的未婚夫。

“妹妹，请让开，这是我和他之间的事。”懿琨小王爷平静对惠珍郡主说。

“惠珍，你去旁边等着，我和他早该决战了！”凌日的态度凌厉而高昂。

“你要打他，就先过我这关！”惠珍郡主毫不退让，直视着懿琨，走上前两步，同时刷地抽出了自己的佩剑。

“妹妹，别闹了。”懿琨轻轻抖动薄唇。

“惠珍，你别帮我，我用不着你来帮，他的那些传说我听到了，今天我就来收拾他，我要亲手杀了他！”凌日坚决地抬高声，说着就提剑举臂，擦着惠珍绕开她向前，朝着那蓄势待发的神秘深沉劲敌出击。

“你休想杀他！”惠珍郡主忽然回身一剑刺入凌日的胸膛！“我不会背叛我哥哥，不会背叛我家人！”

这一幕的突变，实在太令人震惊！

“凌日！”凌月飞身扑过去，却是晚了一步，鲜红的血染透了凌日的衣衫，凌月将他扶在怀里，一时间头脑空白一片。

“哈哈哈！”女人的尖声狂笑，来自惠珍郡主，这时的她就是个疯子，虽然她之前的一些行为在凌月眼里已不可理喻。

凌月没有看到懿琨和这疯女人怎么离开的。

背后的人群涌了起来，商将军身后的将士们见主将生死未卜，慌作一团，几乎成了一盘散沙，而原先懿琨小王爷背后的位置，却突然冒出了两个长袍长老衣饰的人！

“啊哈，这是商凌日的弟弟商凌月了！”一个长老扭着嗓子说。

“你，商将军是你！”另一个长老盯着凌月一刹那变色，“这哪是一介书生的样子！”

果然，只见凌月刚才掠入场内的轻功虽惊鸿一瞥，已然明显，加之现在一手抱着凌日一手持剑护住两人的架势，俨然一位武学高手。

“咦??”这个长老忽然又叫了一声，“商凌月，你们到底搞什么鬼！”他们脸上划过一抹惊恐的神色，凌月知道自己的现身是有一定威慑力的，虽然结果仍不可测。

“不管他们搞什么鬼，今天都要去送他们见阎王！”阴阳怪气的声音大喝道。“法术无用，也还有武功，上！”一挥手，魔教的人群就涌了上来。

凌月猛然将凌日抱入自己持剑的手臂，弹指间洒出一片纷纷的银雪！冲来的众人只道他要以剑来相敌，单剑难敌众兵器，怎料他还会这一招暗器，瞬时前排的魔教徒们都倒了下去。

然而对方人多势众，后面的魔教徒又冲了上来！且知道了凌月有暗器，更为谨慎，不再盲目冲向前，改为一点点缓慢压迫，试图把凌月和凌日包围起来，同时消耗凌月的体力，还有凌日的生命。

凌月立时意识到了他们的毒计，然而仍只能被困其中！

暗器的数量毕竟有限，他与凌日已支撑不了多久。

“哈哈哈！”“跑不了了！”“叫你们两兄弟今日共赴黄泉！”

猖獗的笑声、叫声，无比刺耳地扎入脑海，随同魔教长老带领众人的攻击层层压上。冲击而来的音波和力量，已将他们团团围住。

冲出去，已经不可能了。

凌月痛苦地快速摇着头，试图甩去那些声响。光影在他眼帘上晃荡，一幕一幕闪过，深紫色的窗帘……深绿色的竹影……黑色的紫檀木……

恶人龇牙咧嘴，奸笑声回荡在耳边，凌月极力地抛开它们。“凌月，你可以的，集中精神，集中意念！”

凌月挥舞着长剑，周围黑压压的人影又围了上来。他手臂的伤口还在不断地流出一滴滴的鲜血，混合着凌日大片涌出的血，在凌月雪白的衣衫上绘出一抹妖冶。

集中意念……黑色的墨与砚……黑色的紫檀木……白色的宣纸……淡绿色的纱……深紫色的窗帘……

“啊——！”

一刹那之后，剧烈的黑暗扑面之感与旋风刷过耳畔的声音，再瞬间归于寂静。右膝忽然的疼痛是他最先获得的知觉，凌月猛地睁开眼睛，已是倒在了自己房间的地上。他单膝着地，左臂还紧紧抱着凌日，血流不止。

他将凌日轻放在床上，不顾自己的伤，也来不及换一套衣衫，虽然他已迅速想到自己的样子会引起府上家丁们的怪异，还是顾不得这些，所顾忌的只是不要惊动父亲母亲和闲杂人，就立刻跑出屋子径直跑去家丁所在之处找到张管家，因紧张激动而喘着气隔着一段距离喊：“快去找大夫！快！”

商府所有的人都从未听过二少爷这样急迫慌张的声音，一向气定神闲轻言细语的二少爷怎么会有这样颤抖的沙哑的叫喊？少爷也不喜欢隔着一段距离这么大呼小叫。以至于管家一时没有听出这是谁在叫唤，却本能地感到事态不好，急忙顺着声音跑来，看到白衫上大片血迹的少爷头发凌乱。

阅历丰富的老管家此时也是心惊肉跳："大少爷?"他还没法把凌月平日以凌月身份出现的斯文样貌与眼前景象联系起来，只有大少爷是习武出身还好解释。

"我是凌月，快去找城里最好的大夫，凌日受伤了!"

张管家立刻转身向外跑，事态的严重他可以猜测，却不敢想象；明明看到二少爷受伤了，却听他着急喊着的是大少爷的伤势，那么显然，大少爷的伤更加严重。

凌月又飞速转身入室内，刚一习惯性地随手关门，猛然想起张管家去找大夫应该马上就来，又反手把门大开着，他平常即使大热天也不这样开门，这时开着门空荡荡的只觉更突兀，仿佛在迎接着一大块的未知与不安。

这些感觉在他的心中浮现起，然而他的身体行动却未被耽搁，飞快跑到床边蹲在地上，不敢坐在床沿怕影响了凌日。他握住凌日的手，感到他的手在逐渐冰冷。凌月知道凌日的体质偏热，在冬天手也不会冷的，现在却这样，不敢想象却又真的感到他的生命在逐渐流逝。凌月已经哭不出声了，毫无声息地在凌日旁边握住他的手，焦急却一点办法也没有。

"如果现在换作是我受伤该多好!凌日医术那么好，可以救我，也不至于我在这干着急!"凌月心中的声音说。然后他又突然觉得自己不可思议，怎么想的不是如果不发生这样的事谁都不受伤该多好，而是希望兄弟两人的身份互换，由凌日来医治自己。

他本想尝试用知道的最简单的医术来替凌日先疗伤，然而生怕把他治坏了，又想着凌日自小由巫医养育，体质与一般人不同，自己更难把握，还是等有经验的医者来了再治；可又眼看着凌日气若游丝，奄奄一息，害怕就这么耽搁过去，自己试也不是，不试也不是，焦急得左右为难，完全不知怎么办好。

正在这时一阵急切的脚步声响起，张管家的声音传来，"大夫找到了!"随即脚步声到了门口。

凌月带着泪痕的脸转过，一瞬间不敢相信自己的眼睛。"郁先生!"另一重激动顿时涌出。

"先不多说，赶快救治!"郁大夫声音也是反常的急速。

凌月立刻站起来，让出了位置，这时忽然又想起一个情况，轻手轻脚快速走到张管家旁边吩咐："你辛苦了，先回去吧，不要惊动任何人，不要打扰这里治疗。"

"是!"张管家自然也是心里有数。这一幕让他想起了二十多年前的那个血腥的夜晚。然而不论那晚还是今天的情况，都不敢想，想了也没好处。

郁大夫俯身检查凌日的伤势，紧紧皱眉。凌月的心怦怦地跳，自己可以听得见，抖动的唇张开却什么声音也没有，他压制了想要出口的问句，不敢问更由于不敢打扰郁大夫的诊治，怕自己打扰一点就耽误了凌日。

耳边的就只有自己的心跳与喘息声。平日习惯安静的凌月这时却觉得这种安静是那么的可怕。以前的安静是安然的状态，现在的则是完全未知生死的牵挂。

似等了好久好久，终于听到郁大夫说："失血太多，需要输血!"

"好!"凌月想也不想，就拉开衣衫，露出一直忘记包扎还有鲜红伤口的洁白手臂。

"你也受伤了，我却顾不上。"郁大夫的声音带着一丝痛苦，"凌月，等下我就来帮你处理伤口。"

"不要紧，救凌日要紧，我的是小伤不管也没事。"凌月自己也忘了还在流血，"正好现在帮凌日输血。”说着他伸出手臂。

郁大夫的眼中一抹神色闪过，一扭头，凌月知道他带着人皮面具，神秘的巫医长老不将真实面目示人，但是分明看到他面容露出一抹复杂而痛苦的神色，紧接着郁大夫的声音传来，“我来替他输血。”

“啊?”凌月错愕，“我来吧!”心中的疑惑划过，郁大夫难道是因为看到我已经失血过多?他没有问为什么，就先坚持，因为突然看到郁大夫出现，已经有太多疑问了，不想再增加。

“不用，我来即可，凌日是巫医族用特殊的方法养大，你俩虽为亲兄弟，血还是不同。应由巫医族人给他输血。”

凌月也想到凌日在巫医族服过灵丹等什么的，因此心中也有所准备，但是听到郁大夫清楚地说他们孪生兄弟血还不同，仍不免惊异。

心中对凌日的担忧升起，压过疑惑。也是到这时候，凌月才感觉到自己的疲惫和不适，他其实怕血，更怕接触与体伤和内脏有关的东西，这也是他学不好医术的一个原因，其实是心中感到的恶心和害怕，先前由于突发情况，自己被激发在了兴奋紧张的状态，忘记了平时的一些心理和身体的不适感①，这时又渐渐回来了，看着郁大夫抽血并对凌日进行的手术，忽然感到一阵恶心。立即转身不再看。

然后又为自己不能看着郁医师手术而感到愧疚。他太敏感了，总被这个那个其实并无必要的感觉弄得心力交瘁。

但是显然，这些感觉，不论是生理上还是心理上的，都不是他主观能控制的。

仿佛又过了很久，凌月听见声响，忙转过头，只见郁大夫脸色平静，床上的凌日脸上血色恢复了很多，不再比凌月的脸还苍白；闭着眼有轻微呼吸，似睡着了。凌月顿时一阵兴奋：“太好了，凌日没事了！太谢谢你了，郁医师！真是万分感激!”

郁大夫平和地微笑，“不用谢，是我应该做的。”他又接连嘱咐道，“现在凌日的伤还要调养很久，此次伤得太重了，刚度过危险期。”

“我知道，我会好好照顾他的。”凌月又自然而然地叹了一口气，抒发出积压的紧张与疲惫，这才感到放松下来。郁先生一边与他说话，一边帮他清理和包扎伤口。凌月忽然想起，说：“对了，你怎么突然在这里出现?”

“我来晚了，如在你与凌日被那些人包围之时赶至，你们不会伤成这般。”郁先生哀叹一声，眼睛里流露出伤感惋惜。

“郁伯伯莫这么说，你来医治我们，又救了凌日一命，我已不知如何感激!”凌月心里过意不去。

“呵呵，你还是叫我郁伯伯好，你小时候就是如此唤我，不用那么正式显得生分了。”郁先生忽然微笑，语气中充满怜爱。凌月一顿，即刻说：“好。”心中怕气氛尴尬，是自然出口的，同时点点头。不论怎样，他对郁先生敬重和感激不言自明。

“我知你们被那群人包围，生死攸关，幸而不算太晚。”

凌月点点头就不再询问郁先生怎么知道的，一想就知一定有自己无法理解的法术。那么就不用询问了。郁医师很快告辞：“我还有要事在身，后会有期!”说罢转身迅速消失。

---

① 肾上腺激素在紧急情况的分泌。

第一百零三章 缺失的意义

望着苏醒过来的凌日，凌月长舒一口气，赶紧迎了过去。心中的另一部分却仍隐隐担忧着皇宫内的情况，他知道，这件事情还没有完。

方才却因为兄弟凌日生死未卜，凌月守在旁边，只感分身乏术。

现在凌日已然醒转，且伤势也在康复中，凌月这边松了口气，那边心又提起。

忽然心念一动，凌月眼中一丝光芒扫过。

“如梦令呢？”

凌日听闻，惊了一下，顿了顿，低头看了看，然后抬起头来：“啊，先前决战激烈，我没注意……本来在我的衣服内层口袋里，不过衣服划破了……”

看到凌日现在的样子，凌月又怎么忍心责怪。

“月，对不起。”

“别说了，不是你的错。”凌月扶着凌日的肩，立刻柔声劝慰，眼神真诚但忧伤。

心中层层叠叠的念头闪来闪去。

“它遗失在了哪里？会不会，是在时间与空间的夹缝中？”

“那片神秘的空间时空之外，我将如何寻找?!”

“我将如何寻回?”

凌月忽然感到一惊——非常显著的感觉，混合着仿佛欲哭的酸楚与疼痛，突然来袭！

有时候，并非存在才能表示意义，缺失一样可以。

忽然意识到，如梦令的消失本身就预示着什么。

“危险！悯瑛有危险！”

凌月立刻冲出去，不顾身上的伤口一阵撕裂。

一路狂驰如同出弦的箭，又似凌乱了的风。从密道飞奔进内殿暗室的刹那，心跳比脚步还要快速而剧烈。

拨开那一幽幽下垂的帘幕，凌月蓦然震惊。却是意料之外的意外！

什么也没有——一切仍然如往常——没有任何异常发生。

悯瑛在那里，静静地，似在沉思着，悠悠转身，绽出一抹笑意：“月兄，你来了。”

一瞬间，凌月僵住了。这，是幻景，是那种如同真实的梦！眼睛酸痛，极力想看透真实，却混合着面对未知的酸楚，而突然想要流泪。

“你怎么了?”悯瑛迎向僵立着的凌月，伸出手，他却仍一动不动。

凌月睁大着眼，眸中充满惶恐，这时的他就像绷紧的弦，也像险象环生中一不留神就被捕捉却还坚守小窝的小兔子，加倍警惕，还得明暗兼顾，眼观四面耳听八方，把一个自己当好几个来用，令看着的人心生怜惜。

“凌月?”

“不要怕，有我在这里，没人能伤害你！”凌月倒抽一口气，突然开口。边说话边转动身体，眼睛扫过四周，声音难掩颤抖，完全失去了他平时的沉着稳健，这仿佛是他为自己下定的局，越担心越让自己担心，这时凌月看起来有点神经质的痕迹。

“唉，”悯瑛看着他，亲切而淡然，“卿莫如此紧张，没事。”

“你不要怕……”凌月的声音越来越轻，终于不支，指尖的力量消散，意识也归于暗沉。

“莫要吓我！你醒醒，你！”悯瑛的声音也渐弱下去，空洞的眼神看着眼前不再有任何反应的人。

第一百零四章　突如其来

即刻，一阵仓皇禀报，伴随一阵急促的脚步。悯瑛听闻声响，立刻灵敏机警地从内室的幕帘后走向前。在他自己的这座宫殿，如庇护所的领地，他有信心不需害怕。

然而在这关口，凌月突然倒下的时候，碰到这么突如其来的脚步声，定非等闲之事，悯瑛直觉升起一阵不祥之感。

无须皇上批准，来者已进入御书房。当然，悯瑛不会拦他，也不会不接待。

“皇叔，你来了。”悯瑛的声音仍然温和。

“我要跟你说个事。”老王爷一上来就如此说道，没有称呼，也没有多余的词句，神色紧张而语气快速，一反他以往的风格。

“好。皇叔，且到旁边去说。”悯瑛看了一眼帘后，仿将目光移开了徘徊在生死未知之间的凌月，放轻了声音和脚步。

老王爷开口所说的内容，却又让悯瑛意外了。忽然有些明白，凌月刚才的震惊之外的震惊、意外之外的意外是什么。

这时来找这位皇侄，老王爷主动申请停止了小王爷和郡主作为皇族领取的俸禄。叔侄俩的侧殿里又言语了片刻，封闭的空间里光线仍是幽暗，悯瑛和老王爷的声音也更为放轻。最后，悯瑛终于似在婉言告知般地说了一句：“最近外面乱，堂兄和堂妹就留在王府内吧。”老王爷竟然违反惯例，重重地跪了下来，拜了一拜：“臣知晓，谢主隆恩。”

悯瑛猛然转身，当老王爷再抬起头时，只见背影的消失。

此时仅仅是这次大战以及郡主疯癫的当天；至此，懿琨亲王和惠珍郡主就被老王爷软禁在了王府。另外，已成气候的只效忠悯帝的御林军侍卫，被遣派到王府，换走了王府内原本效忠于懿琨亲王的侍卫们。

待得凌月睁开眼睛，眼前映入了悯瑛担忧而哀伤却平和的脸，又恍似梦境，凌月甚至不相信自己已醒来。或者，不相信自己曾睡去。只觉得，这一天的这一切，从一开始就像一场梦。

“这是哪一天了?”忽然意识到，自己不知睡去了多久。脑中暗沉的一片，连梦也没有。无从估算时间，虽然即使有梦境，也只是扭曲变幻了的零碎线索。

“还是当天，现在近子夜。月兄，你终于醒了！在这一天过去之前，我又看见了你。”悯瑛忽然抽泣，仿佛由于这一日的波动太大所至。凌月此时没有去想，一直以来以为温柔敏感而情绪化的这位义弟，今天如此平静坚定到底是否一反常态，而此刻突然流泪又是否惺惺作态，或许已经没必要追究了，他确实守着自己等待自己再度醒来，也算不枉一场结拜。

"悯瑛不要哭，我会保护你……"凌月一醒来还是这么说，意识定格在昏厥前的一刻，从床上嚯地坐起。

"已经过去了。不用再担心，都已经没事了。"悯瑛望着面前忧伤疲惫却提起勇敢神色的人，掩面泪流。

而后凌月康复得很快，仿佛从未有那样虚脱而倒的状态一般，甚至连之前战斗的伤口也愈合得迅速顺利。第二天天亮后，他和悯瑛继续接手处理其他的人犯，老王爷则不再露面。甚至，连金丞相也不再露面了；几乎难以相信，金高展已被关押在监牢里。

现在，没有人能够也没有人会伤害他们。

第一百零五章　京城之狱·额外信息

作为此次事件的亲历者、悯帝的护驾者，以及兼有另一重职务的御林军统帅，凌月以自己的身份，名正言顺地投入到事情的调查中。

年轻的君主要去监狱里审讯金高展。凌月思索了一会儿，还是决定不参与。这段时间，屡次的动怒、动情，凌月对自己的忍耐力产生了怀疑。

该收尾的，总会收尾，既然天网恢恢，他们已被抓获，那自己就没必要去看他们落水狗的样子。

于是，凌月率领几个御林军侍卫把悯瑛护送了过去，然后等在了监狱之外。

这就是京城普通的监牢，关押一些刑事民事的罪犯，参阳王朝开国以来尚未遇到过贵族高层政治谋反事件，没有关押政犯的牢狱。悯瑛心中忽然感到有点亏待了金高展，"毕竟他是为了理想信念进行的谋反活动，而非那种诸如偷抢违反事理常规的行为。"然而目前显然无法临时再造监狱，而且悯瑛希望此类事情永远不要发生，也不愿大兴土木在"建造牢房"这么可笑的事情上，再转念想到了凌月至少是间接被他害得受伤的，悯瑛立刻面色一沉，若有若无地一丝冷笑自言自语的讽刺，"嗬，只好委曲金大公子了。"

纵使如此，也并没有对金高展施行体罚，只将他隔离关押在这里的一间普通的——并不特别简陋的——囚房里。悯帝认为人犯了罪行应按照各人所造成的危害制裁，既然已伏法就不应再施行额外刑罚，何况体罚是残忍的。"若华国既称若华文明古国，应该遵从文明，避免荒蛮。"因而悯瑛忽然想到接下来要在刑法方面有所改善。

其实这些年来京城的治安一直不错，随着教育的普及人们的素质也普遍提高，犯罪率大大降低，即使这几年若华国军事实力减弱，在边境遇到骚乱入侵，京城和周边城市的民生状态还算不错（从大量市民们有力气和闲情来闲侃、接收和传播谣言就可见一斑）。而目前京城周边地区唯一的大型监牢中，一大半都空着，重犯金高展旁边的几间囚房更是无人。

一声"皇上驾到"，悯瑛和一行随从降至若华国京城监狱。狱管先前已见京城最大世家金家的公子突然被关押在此，上层皆不愿声张，悯帝还特别传旨秘密看管，等待审讯，于是监狱方丝毫不敢怠慢。

沿着监狱的长廊走到末端，光线渐渐幽暗，悯瑛却向来习惯这样的明暗度。他身着外出惯穿的黑色服饰，行走如飘然温雅的风，不疾不徐，放眼而见贴壁而坐、目光呆滞的金高展。

“罪犯金高展，皇上来了，还不行礼！”狱守大声向里喝道。

金高展懒洋洋的似动不动地挪了挪，还是不像行了礼，悯瑛一贯地不计较这些。狱守和身边的侍卫军刚要再喝，他先一步抬手示意安静。

“金高展，朕这次来，是审讯，不是来施刑惩罚你，你大可不必紧张，有什么话，就放心说。”柔和的语气，悦耳的声音，悯瑛注视金高展的神色也一如既往温和，在看着一个人——而不是一个犯人。

被扣押隔绝于此的金高展有些动容了，不再倔强，摆正目光，迎向他的脸。

“请你说吧，朕会鼎力查办，秉公处理，给每个人一个公正的处决。不会偏袒，也不会故意多加罪状。”悯瑛望向牢内幽暗角落的金高展。

“哈哈呵呵！”金高展突然大笑了起来，笑声干涩，但饱含底气，洪亮而突兀。悯瑛先呆了呆，还是略轻声问：“你笑什么？”

“我笑你口口声声说得多好听！”金高展理直气壮，大声道，“做得到吗？有一个重罪犯逍遥法外，现在外面开心着呢，你连他人也不敢抓！”

“怎么不敢？”悯瑛顿然道，“你说，是谁？只要确实有罪，朕立刻抓来！”

金高展不说，还在继续哈哈高声笑。

“你说！对了，别胡说，乱拉一人来当你垫背，朕可不会理睬！”比金高展还年少的小皇帝平时在大殿上和他接触非常少，负责军务的卫尉金公子与秦大人、金丞相一同共事，显然是三公一派的第二代核心，悯瑛受重臣牵制颇多，上朝在大事小事都很难按照自己意思来办，只有在重大事件——比如说罢免商将军，而在一些小事——比如说废止黄道吉日之类的说法——还可行使一下国君之权。因而，平时悯瑛基本与除义兄凌月之外的臣子们就是履行公事，这时虽也为公事而来，甚至是更要紧更沉重的叛乱一案，却感到有趣，跟着金高展的大笑也笑起。

这笑容灿烂而温暖，一时间金高展和悯瑛自己竟然都忘了这是在监牢的质问，而有那么一丝错觉，仿佛真的是两位年轻人轻松交流谈天。

金高展的神色柔缓了，从最初的强硬沉闷到中间的高昂狂烈，终于完全和缓，目光凝聚却不犀利，恢复了他平时的神态，却比他平时刻意沉稳跟在父相和其他前辈身后的样子多了一丝调皮。“我当然不会胡说，我说的都是事实，你让手下查查便知，只是我看你这样的皇帝真的没有胆量去捉拿他咯！”

“大胆！”旁边的御林军立刻护主，向前迈进一步准备冲去给那口出狂言者一点教训。悯瑛却立刻再次扬手制止，示意他们继续退后，让他单独谈。

“看来你说的人是一个核心头目，大人物。”悯瑛仍然笑着，顺着金高展的话语推论。

“什么大人物，你别抬举那家伙了！”金高展立刻愤愤而道，“胆小怕事鼠辈一名！”

“哦？此话怎讲？”悯瑛立刻一副好听众的神情，他确实是一位好听众，所以凌月这样向来挑剔，很难有人能进入他内心世界的人，也喜欢跟他谈心。

“那人啊，确实是我们这次事件的核心之一，不过他一直缩在后面，为了自保，怕我们出事他就被发现，有这样的人在我们团队里，我们的失败与他不无关系！”金高展的声音到后来，变得更加愤愤不平。

“嗯，你们的失败虽然有其他原因，然而有这样的人在一起共事，确实不利。”悯瑛竟然柔声和气地这么说，完全将自己置身事外，似乎忘了自己正是金高展那一党羽共谋反对的对象。

这样明显的真诚，抽离了利弊关系的纯然的诚意，感染了心态已有些扭曲的金大公子。他的眼里闪过一丝温润的神采，然而很快又变为傲然不屑："你不愧为仁慈的悯帝，但是你作为皇帝太懦弱了！连三公之子都不把你放在眼里！"说完他又哈哈干笑了两声，笑声却轻了下去。

后面的侍卫们听到这直接的狂妄之语，立刻按捺不住，沦落为阶下囚的三公之首金大人之子金高展竟然还敢明言说自己不把皇上放在眼里，这话多么可笑可气，悯瑛却似被这话触动了一般，默然站在原地思索着。见到皇上安然不动，侍卫们也不好贸然上前。

不知是哪儿来的灵感，一刹那间悯瑛忽然觉得金高展说这话似乎并没有把自己放在三公儿子的位置，果然，听得他继续讲起来："那人就是秦太尉的儿子秦标，他父亲权势庞大外加兵军在握，你敢动他吗？"

说罢金高展又高声笑起。

"如何不敢？"悯瑛的声音轻柔却透着一股坚定，从尖锐高昂的笑声中穿透出来，已然对人性丧失了信心的金高展忽然定住了，凝神望着他。

"只要有证据证明他的罪行，朕会治他的罪。也会算作你检举有功。"悯瑛肯定地说，当中微微一顿又补充了后面这句。

金高展至此情绪已颇易波动，反应夸张似乎应和了心中的苦涩和扭曲，又大笑："我才不要什么检举之功！我若是为了自己少受点刑罚之苦，才把他供出来，跟那胆小怕事自私自利的家伙还有什么区别?!"

悯瑛目光一闪，还没来得及反应，金高展的声音继续："我就是论事实，实话实说而已！证据我这里都留着，通信洽谈记录，有他秦公子的笔迹和印章！就在我府上一个密室，给我纸我来画位置给你。"

"备纸墨给金公子。"悯瑛转脸吩咐，狱守差人片刻端了过来。

只见金高展接过纸砚，凝神专注写画着，霎时间周边暗淡环境仿佛又重新明亮起来，如同书房一般，令悯瑛忘了这里竟然是监狱囚房。挥笔之人镇定自若，洋洋洒洒，悯瑛不禁心想到底是金世家公子，在这般狭小空间囚禁且明知已有劫难，气度依然有条不紊。

很快，一幅金府密室位置的说明图就已完成，悯瑛看着细致的笔触，逼真的描绘，不禁赞道："画得真好！"不顾侍卫们的阻拦，欲入内亲自把画接过手。

金高展轻哼了一声："画得好有什么用！"发现神色真诚而天真的皇上悯瑛竟然要走入牢房内了，顿时又哈哈仰头大笑起来。悯瑛被他的笑声弄得愣了一下，止了脚步。"你怎么又笑了？"

"我还是笑你！你以为拿了我这幅图就可以找到证据、就可捉拿秦标了吗？你也不问问秦标现在哪里！"

"啊，朕真忘了，有了证据也未必能将罪犯绳之以法。"悯瑛立刻自责自己的疏忽，"秦标现在哪里？不在秦府吗？"他的声音恳切而谦虚，如请教般。完全没有皇上的架子，一如既往是一位知错就改、经常被批评的孩子，他心中想起了小时候受批评的场景，有各位太傅们批评他，还有……不过那些都过去了。

"哼，他这自私算计之徒，为了制造不在现场证明，竟然躲到了郊野的山庄里！想把自身责任推得一干二净，完全不顾他人和整体计划，当初带头散布谣言的时候那么起劲！弄真的了就开始退退缩缩，畏缩猥琐，还没出事就马上躲开，真恶心至极！"

"嗯……"对于他的斥责悯瑛觉得赞同，忽然想到了一个信息，"你说秦标带头散布谣言？"

"是啊，皇上，您不知道这些年关于您和商大将军的言论是怎么出来的吧？三公都是老一辈的人了，编造不出来这么栩栩如生符合广大大众胃口的言论，然而又需要这类言论，怎么办？就由那个闷葫芦——一肚脏水的秦标来做了。他编造出谣言，再由手下去散布。原本只是尝试下，谁知他一干上瘾，躲在秦府自己的屋子里写，各类污秽的话语，都从他一个人那里出来，完全和他平时里老实样子判若两人。表面上衣冠楚楚的秦公子，背地里比市井小人还要三姑六婆！"

悯瑛一时吃惊意外得不知说什么，金高展的话语还在继续，由高转为低声："我也听不下去那种恶心的言论，但是还得纵容这样的家伙这样的方式，因为我们有目的，我们有目标，我们有理想！只得忍受过程！我们各人有分工，他或许也是为了工作吧！也可能是他压抑得久了，从小家庭给他的压力也大，长大后又不太得志……但，我看到他造谣栩栩如生还沉醉其中的样子，表面老实正经，背地里猥琐恶劣，如此低下地找乐子，就觉得太恶心。"

金高展顿了顿，又接连道："耳不闻为净，我都不去听那些言论，只是我气愤，皇上你竟然除了商将军之外的人才都不重用!! 你或许被迫无奈，太多人都不能为你所用了，他们对你不友善，你也不能信赖他们，甚至互相都不了解。"

"唉。"悯瑛深深叹了口气，眼睛里竟然一层湿润，为何关押在此的金高展会说这些话语，而且似乎都说到了自己的心里？

"金公子，谢谢你。你这是大义灭亲了。"顿了片刻，悯瑛轻轻说道。

"正义的道理，跟亲不亲没有关系。"金高展不假思索，然后又补充道，"其实，秦标不是我姑姑的儿子，秦大人另有妾室，我姑姑如生孩子，不会像秦标这样……"说到这里金高展的神色显出一抹忧伤。悯瑛感到这触碰了他们的家事，不便接话，又被感染般叹息了一声。

"呵，我也算是做件好事，不为你就为这社会除一害吧。"一边又说，金高展拿着纸笔，再画了一幅去秦标隐藏的那个山庄的路径图，还标上了一些说明注解，把山庄内的建筑也画得很细致。

静静地，悯瑛认真注视着他，他凝神绘画的脸，忽然，若有所悟："啊，我想起来了，我很早以前见过你！"

金高展立刻抬头，一扬眉微微皱了起来："皇上，您可真会说笑！我在朝野担任职务都这么些年，您见过我怎会不早呢？"声音又逐渐犀利起来，"亏得你说出口，你从来没把我这等臣子放入眼内，心中只想着应付了重臣，就和你喜爱的少数臣子玩。"他加重了语气。

悯瑛的瞳孔一阵放大，耐心把他的话听完了，并不反驳，似乎思绪早已飘离到了别处，只是轻轻开口道，"我说的是小时候，很小的时候，当时我还是皇子，就见过你。"

金高展的眸中也闪了闪，快速，又生硬地说："呵，是了，你当时是皇子，你没有当过太子。"

一句话似戳在了悯瑛内心的伤痛处，使他立刻神色黯然下来了。然而似这么被对方故意抢白不甘心，又提了气上来，哼了一声："你小时候头发还较黑，怎么越长大头发越枯黄，难怪认不出。"他的说辞也是推托，认不出金高展归结到他的头发颜色变化上。

"呵呵，你记性有差池！怪不得我。"金高展听闻，不禁笑起，"我的头发天生栗褐色，不是后来染的。我这人崇尚自然，不会像有些公子小姐那样给头发染色。"说到这儿，金高展似被触碰了艺术灵感，又发表起了言论，"我们若华国人正宗的黑发，确实漂亮。但也不是人人都如此。我认为，只要是自然的，都有一种美。不应该去刻意改变。也就是说，我头发生来不黑，就不强加变成黑色。懿琨哥哥那样的暗夜花火般的深红发，不也是天生的吗？”

悯瑛又静静听他说着，轻轻“嗯”了一声。不自觉地点点头，又像低下了头。金高展又笑了笑，没有发出声音，继续绘画了。

一刻以后，又一幅图便已完成。悯瑛双手接过，金高展没想到他表现出这样的尊重，一刹那又动容。

“皇上，还有一样东西，也给你。”他突然又说，轻轻地，从怀里拿出一物。原来是一块印章，金黄金黄的。“这是金大公子的手印，呵，我以后，也用不着它了。就让我最后，把它盖在这两幅画上。然后，请你替我收着吧。”

听闻这样的言语，悯瑛不禁模糊了眼睛，一时没有看清，就见眼前一抹金色一晃，感到一块印章放到了他的手中。原来这不是金子做的，也是一种石头。

“寿山田黄石？”

“是的，想必皇上你也喜欢石头。这是田黄冻，所谓的一两田黄一两金，其实天然孕育的田黄冻石，比黄金珍贵稀有多了。”金高展叹了口气，“我在府上密室还有一个小盒子，需要这石印盖上才能打开，里边有一叠纸，请皇上取出来，将最下边的一张，替我转交给懿琨。”

“啊？那我把整个盒子给他，把这块印章也给他？”悯瑛忽然意识到金高展和懿琨是多年好朋友，这才有点奇怪他为什么要把这些东西给自己。

“不，其他的是给你的。那些原本是地方官员们进贡的物品，本来就应归于皇上，当时你还年少，我看着好，就收着了，现在还给你。这块通灵的田黄冻，世间罕有，不是进贡物品，是我和父亲自己找来，章是我亲手刻的，送给皇上，就当是我的一点愧意的弥补……我的父亲不知道，请你不要怪罪于他，好吗？”

金高展这么说着，悯瑛又感到很难过，心上隐隐压抑着，点点头。见到悯瑛首肯，金高展长舒了一口气，也像是哀叹。

忽然，悯瑛不忍再在这里待下去。“我走了，金公子保重。”

金高展忽然叫住悯瑛，大声说：“皇上，你判我的罪吧，能判多重判多重！”

悯瑛又一愣，转身：“金公子？”

“我要被判罚，重重地判罚，请降我的罪吧！”金高展站了起来，冲向监狱边沿抓着铁栏，神色激动。“这是我自己做的事，我自己取得的成果！即使罪孽与惩罚，也是我的成果！是我自己完成的！”

悯瑛低头不去看他，不自觉叹了口气，脚步不稳，仿佛这幽暗的监狱突然压抑得难以呼吸。金高展的叫喊与笑声混合着，久久响荡于幽暗的长廊里。

第一百零六章　金高展的自语自白

悯瑛离去后，金高展仍在狱中自言自语。

“我做过很多的事，有自愿的，被迫的，自愿被迫的，和被迫成自愿的。”

“从小，作为京城第一世家金世家的少爷，我必须学很多知识，掌握很多技能，跟不同的人打交道，对他们说不同的话语。”

“我被寄托了很多期望，拿来与很多不同人比较，我的伙伴们，都被我的父母用来作为要求我的参照标准，尤其是我的母亲，她一再地在我耳边唠叨，她为何要有那么多虚荣的欲望？参加富太太们的聚会，就拿子女们来攀比炫耀！她不满足，却将压力强加给了我，这算什么?!

“只要算得上优秀的同辈们，都被她说个遍，用来给我施压，尤其是商府的公子，她总是拿商凌日来和我比，数落我，其实惠珍郡主再怎么让我受气，终不过是外人，不睬她就是，而我的亲娘，比惠珍郡主有过之而无不及，我真的怕了，她却还逼我去追求郡主……啊！我时不时觉得真受不了了！

“然而我还是得坚持下去。因为我出生在那里，我无从选择。

“作为这个家庭的人，我真的无从选择谁当我的父亲谁当我的母亲。我不喜欢母亲家族那边的人，我的母亲和舅舅，都那么势利眼，她的亲弟弟靠她的关系，也攀爬了上去位居三公，而其实周大人的能耐，有目共睹，只不过人们都不讲……

“小时候她就总对我说不要跟暴发户的儿子玩，不要跟商敬先的儿子接触，说跟商氏家族有什么过节，后来才发觉，她最在乎的不是什么恩怨，而是她的虚荣心，不能忍受商世家当年诞生优秀双生子的幸运，京城上流社会都说商世家有福，她心里就嫉妒！一遍一遍告诉我，那对双生子没什么了不起，只不过长得一致，其实金府的公子长得也不比他们差，要比他们更优秀才行！我不懂，为什么在我那么小的时候，就把这些想法灌输在我的心里！

“她的娘家侄子周立总是跟着我，还好周立能力太差，极少见地没被当成参照给我施压。可我从来就不想和他玩。我不喜欢周立，不承认他是我的表兄，虽然亲缘上来说他是，可我还是觉得，哥哥不是随便叫的，只有配得的人才能这么称呼。在我心目中的兄长，只有懿琨。

“这几年，越来越为懿琨哥哥感到不值，他比我更加压抑，一次一次，我在他那里得到安慰，他自己那么痛苦，却都没有表现出来，只是转为了一些人不能理解的冷淡。然而他的心是热切的，他有理想，他也有才能！他想创建一个更好的国家，希望一切都更加好起来，我也希望如此……”

金高展的声音在这一句里充斥了波折，上升高昂，下落又悲怆。

“我身不由己就不说了，活在这世上，谁能由得自己？然而我只是无奈，一直以来，人们对我尊敬有加都由于我家族、父亲和地位的缘故……不管是小时候跟随名师，少年时期参加武学小将考核，还是后来在朝野任职，竟然全都是由于我的父亲，由于我是金丞相的儿子、金世家的少爷，并不因为我是我！

“我的那些努力，那些汗水，就掩埋在了金光闪闪的地位、家世与名誉之后……为什么？我只想做一些我自己想做的事而已。真正能展现我所相信、我所追求的价值……

“然而我连自己的价值也难以清晰，是我错了，我只顾着手段，忘记了目的，我不知自己究竟想要什么，只知道自己想从这样的束缚中突破出去，于是我选择了这样的一次行动，是背离，也是依附。

“是背叛，却是忠心。

“这是我自己的选择，我不后悔，我认为我做对了！

“懿琨哥哥，他才是我心目中的若华国之帝，却总是由于莫须有的‘预示’而被限制，甚至连作为皇族的权利也无法行使。他满腹才华，文武玄艺理医样样精通，却不能为国效力，而他一再隐忍，是我看不过去了，我知道他想施展，但也是我促成了这个时机，推了他一把……

“那么，结果应由我来承担，仅仅于理，就已足够了。

“即使罪孽与惩罚，也是我的事！

“现在，我终于可以以自己的名义做成一件事了！完全以我自己的名义！

“这是我自己的选择，虽然我是无奈的，很大程度上是被迫的，然而我可以说，我选择在这里，入狱，甚至从此走向死亡，我也无悔。

“只是，对不起了，父相，我没法再履行您的教诲，完成您对我的期望……

“还有懿琨哥哥，请原谅我这一次竟然想在你面前逞英雄了，一直以来只有跟随你，才让我感觉真正的安心、才是与我的心真正契合的——你就好比我心中的一方净土，跟随你令我如此安然，如同天经地义——我们已然行走在同一条路上，这一次，第一次，我要走在你前面一步了，就让我被众人当成是这次行动的主谋吧，好吗？

“请你们，慈爱的父亲与敬爱的哥哥，原谅我，也不要再管我了，让我去吧，让我为自己成就这一次堕落，也是升华。”

第一百零七章 风暴·决·不牵连

悯瑛走出监狱，就与等在门外的凌月会合。凌月的心中其实显然没有放下那一系列紧张着的事。刚才悯瑛入内，就刻意告知他自己没有事、很安全，拿起书读也是打发注意力。现在，凌月心中明显升起了疑问，仔细关注着悯瑛的神色，只见并无不悦，这却说明不了什么。“或许金高展并没让悯瑛讨厌，这对我未尝无害。”突然心上有这样一个声音对凌月说。

顿时压了下去，凌月不喜欢自己这样把人当成攻击目标的想法。“金高展已经落入狱中，还能搞出什么花样？呵呵，即使悯瑛同情他又怎么样，他该受到的惩罚，还是会受到。”立刻又响起了一个声音。

“我不会对已没落的人落井下石，但我也不会对作恶者放纵忽略。”凌月的信念坚定，微笑是由衷的。

“悯弟，你累了。平安就好。”凌月知道这时不方便主动询问，悯瑛想说自然会跟他说，而且不说也自然会做，自己不用等多久，很快就可以看到结果了；回宫之后，就可以探讨，并继续督促悯瑛快速处理这些事。

忽然又跳出自己的位置审视自己，仿佛一个精心计算的人，凌月啊，你何时变成这样了？

赶紧平衡自己的感性，告诉自己刚才的话完全是真实的，确实体谅悯瑛从狱中这么半天出来，肯定是累了，自己是应该送他回去。

“嗯，月兄你真好。我越发感到，有你支持我，理解我，是多大的福分。”悯瑛的脸上透出一抹安然的疲惫，劳累后却是放松而舒适的，凌月跟在他身后，同时心里忽然又有声音说：“看来他在狱中见了金高展，有些感怀了。”

“我送你回宫。”凌月嘴上轻轻道。

一路上凌月没有主动问起有关金高展的话，仰脸吸了一口气，让风吹在自己脸上，悯瑛也随着他深呼吸，感到又放松了很多。凌月发现悯瑛的状态不错，真心而笑，同时心中竟然又想到，这时悯瑛这样状态很好，放松等下可以接连处理金高展了。为了这样的念头，又有一点愧疚和罪恶感。

"我当然没有利用他，我只是想快点把事情做好而已。"凌月又确定了自己的想法。

"其实我只是担心悯瑛情绪波动影响办事而已，他有时确实过于情绪化了。希望不要影响之后的情况。当然了，他的情绪波动过大对他自己也不好。所以我要确保他的状态良好。我还是为他好。"

想到这里，凌月把外袍替悯瑛披上，怕风吹得他着凉，虽然今天这样阴云沉沉的天气、一阵阵接连的凉风，看不出日光与季节的状态，是凌月从小到大一直最喜欢的。悯瑛感到凌月关心他，向他回了一个灿烂的笑颜，握在手中的两卷纸卷摇摇晃晃的，凌月早已发现，就不盯着看。

很快皇宫大院就在他们眼前。凌月顺便看一眼这纸卷，故作随意问道："这是什么？"

"噢，我正要给你看呢！这是金高展画的储藏路径图，一个是藏证据的，一个是藏人的，呵呵。"悯瑛说着就微笑把两幅画卷开来。"金高展把同谋秦标给供了出来，原来这件事秦标也参与了，且躲了出去。作为他的同党，金高展也看不惯了，说了此人的一些恶行。"两人一边走进御书房，悯瑛一边简单地讲了讲这个情况。

"嗯。"凌月点点头，眼睛还是盯着这两幅图，目光深邃而神色凝重。悯瑛没有说金高展以私人名义嘱托给懿琨和他自己的与此案无关的东西，心中有一点虚，这时见到凌月神色凝重，没有说话，忽然觉得有点冷，忙展开一个笑容凑上去说："你看这幅画可好？我记得你亦是爱画之人。"

"比我画得好。"凌月头也没抬，目光继续对着画纸快速说。然后自己也觉得态度显得生硬了，即刻抬起头微笑，看着他，"你这一趟跑下来，累了吧。"

"呵呵，还好。"悯瑛心中感到凌月才是辛苦的，有些歉意，却不好说什么，知道长期以来的压抑终于走到了现在，现在一定要继续克服。于是，接着和凌月商谈这重要的事。

"接下来便按照此二图所示，去金府把其物证取出，同时一部分亲卫军须分头去外地，把秦标抓获。"悯瑛说道，"我们俩先一同去金府。"

凌月想了想，觉得这果然是最好的方法，两人结伴，金丞相不会为难悯瑛，也不会刁难自己，就点头，心中忽然有一个声音响起：这叫配合默契，还是各取所需？

他们就走向下一站。金府，多年来都是这么风光气派。

凌月站在金碧辉煌的金府大门口，不由得想起了很多年以前，自己还在童年的时候，作为金高展的小伙伴，受邀来参加他的十岁生日宴会的情形。

忽然，一个小身影一晃，凌月猛然一回神，才发觉是自己的错觉，那只是多年前的小小金高展。金府里已经没有别的孩子。

"相由心生。"凌月确实想起了一些以前不曾想过的事；当年自己参加京城贵族小公子的私塾，一帮孩子们对他孤立排挤，反倒是金高展作为众人巴结的对象没有拘束，生日设宴时邀请了凌月。想到这里，他的面容升起了一丝他自己没有察觉的悲伤。虽然平时他都对这种因着时间跨越的怀旧感伤极其敏感，可是这一次，的确混合着太多其他的情绪。

在金府他们并没有多逗留，终于如同履行公事走过场一般——确实如此——就离开了。

第一百零八章 受伤后治疗

此事闹这么大，纵使不愿惊扰家人，商敬先和岳雯诗自然得知了，好在凌日已度过危险期。商氏夫妇一同过来看他，房间里一时只有凌月与他的父母兄弟。凌月忽然感到他们这样一家四人在一起的次数不多，而现在的情况却因凌日的伤情与整个爆发事件，而使负面的气息压过了难得相聚的亲情感觉。

“多亏凌日的师伯医术精湛，又替你挽回一命。”商敬先看看凌日，面带笑意。

“师伯还输血给我，真是难得他老人家了。”凌日接连补充。

此话一出，凌月立刻有一种不祥感。凌日治疗的时候他全程在旁边，如果要告诉父母的话凌月自己早就说了，不说自然是因为心中隐隐觉得不说为好，却没想到凌日刚一跟他们接触就把这个讲了出来。

果然，商敬先和岳雯诗都吃惊：“你师伯输血给你？”

“哦我忘了说，我从小在巫医派长大服用了很多灵药仙丹，体质与一般人不同，因此只能接收巫医族人的血。”

“就连凌月是你的双生兄弟也不可以？”商敬先的声音里显出不悦。“是呀，月儿不是一直在旁边吗？”就连岳雯诗也不劝丈夫，忍不住接着问凌日。

凌月这时刚想开口解释，他的思绪却转得太快了，心想能怎么解释？只有说“因为我当时身上也受伤，已经失血了”但是这样不就显得自己多么自私、冷漠、利己不顾他人吗？也不能怪他顾及自己的形象，确实不是那么回事，而且那自私冷漠的表现正是他从来厌恶和鄙视的；并且那样说的话，一要撒谎，第二，还是有损自己也不一定利他人，立刻觉得不好，就沉默着。

其他人没有注意到凌月的沉默，毕竟他经常是安静的，且他们想着更重要更奇怪的问题。

“凌月虽是我亲兄弟，但毕竟从小生长环境不同，抚养的方式也有异。”凌月听闻差点昏过去！任凭他平时淡定，这时也不禁想痛哭了。“凌日啊凌日，简直是哪壶不开提哪壶……”这正是凌月刚才想着的解释的第二种方案，却没想就否决掉了，因为这等于是触碰了商氏夫妇多年没有抚养大儿子的痛，而且甚至暗示商家的养育方式不如巫医族的外人。

果然，岳雯诗皱眉，商敬先重哼了一声，顿时气氛暗冷下来。

凌月定了定神，极力想说点话调和气氛——他真的意识到了一种危机感，“爹，娘，巫医族的医术确实精妙无比，凌日的师伯认为怎么医治好就怎么做了，你们看凌日果然顺利恢复啊！现在已经快好了！”意思说就不要追究过程了。虽然他自己心里也在想，结果有了就不应追究过程了吗？

商敬先又哼了一下，还是没说什么，停了停转身就走，“你们好生歇息着。”岳雯诗惊奇他这么快就走，忙起身跟随，慌忙中还回身对凌日凌月道：“日儿你多休息，月儿你好好照顾他，也注意身体。”

“好的，谢谢!”凌月对母亲道谢，却忽然联系起刚才的情景，升起一抹隐隐的刺痛，不敢深入去想，只是对这位早已当成亲生母亲的养母展开一个真诚的笑容。岳雯诗见他这次经历重创此刻带伤照顾着兄弟，心情却似比先前要稳定了，有点感到意外，随即一想凌月这孩子懂事，知道父母不高兴了，于是顿生怜爱，同时心中一酸，不忍再言语。

他们一离开，凌月就迫不及待地说：“凌日，你刚才说话太不经考虑了!”

“我说错了吗?”凌日这话语气中不耐烦多过询问，同时皱眉看了一眼凌月。

凌月一愣，自己确实是责怪他，语气不友善，何况是对现在重伤初愈的兄长，于是有一丝愧疚，何况凌日确实也没说错什么。但是，这怎么说呢?

他心中有个疑问，他知道凌日可以提供给他有用的信息，虽然凌日不会直接知道，但是凌日的知识和经验可以帮助他积累信息。但是他不能这么直接问凌日，他吃不准会不会引起凌日的反感或是猜忌，针对自己的还好，针对商氏家族就不好了。

他只好放缓语调说：“没什么，就是这样听着让爹娘不太舒服。”心念一动，马上紧接着说道，“这样就显得他们的抚养不如巫医族的抚养方式，他们听着当然不高兴了。”

“哼，有何不高兴?他们当然不如巫医族高超，你知道我从小吃了多少灵药?”果然凌日不服气了。

“呵呵，我是不知道，真的很多吗?”凌月做出天真的样子，眨巴着眼睛，语气中还透出崇敬。他其实挺会演戏的，毕竟从小到大扮演了这么多次凌日，这次假装是为了好奇心，不对，不止是好奇心，是为了探究真理，他这么对自己说，于是感到心安理得。

凌日得意：“我们那儿，你们这些人想也想象不出!”

是啊，巫医那边的不管是巫术还是技术或者其他什么，都是凌月这个社会的人无法想象的，既然无法想象，又有什么他不敢想象的呢?凌月内心的话又开始这么拗口起来。每当有这种快速又拗口的语言，就是属于凌月内心的某种灵感和顿悟了。

“我无法证实，但我更无法否决。”

“那么就是有那个可能性了?”

“啊……”凌月顿时感到害怕与痛苦。

“哪种可能性?有可能的有好多……”看着眼前这位与自己相貌一致的人，凌月忽然感到迎面而来一种陌生感，很是突兀，让凌月自己吃惊了但是却不受自己控制。他顿然害怕，也怕在凌日面前显现出来，还好凌日仍然沉浸在他的得意中，而且凌日一贯不细心。

“我们那边有很多你们这里没有的，不光是丹药，而且还有一些方法和仪式。”凌日讲到这里忽然停顿了，凌月心中害怕，这么接近答案了，凌日即使再粗心也会有所感觉吧，自己还是不敢这么冒风险。于是凌月把话题引开：“是呀!所以这次你师伯过来，把你那么重的伤都治好了!现在想想都后怕，如果不是他来了而只是一般的医生的话，凌日你这次，唉……”

凌月说着表情由兴奋、崇敬转到恐惧和哀伤，到后来还有一丝自己没照顾好凌日的自责，浓烈的情绪立刻感染了凌日，凌日随着他的情绪和语境的气氛，将先前隐隐差点接触的模糊的话题影子一扫而空，完全忘记。只是看着弟弟的表情，感到怜惜，凌月脸上浮现的哀伤与愧疚是那么的真诚：“凌日，今后我一定要保护好你。”他说到这里湿润了眼眶。

这时他并不是在做戏，这些感情都是他真实而发的。“我一定会保护好你，不论发生什么事!”

“不论今后发生什么事，我一定会保护好凌日，保护好我们的兄弟亲情!”凌月在心中悲苦地喊道。这后面的话凌月没有说出来，凌日当然听不到，只是他的真实浓烈的情感已在他的面容和泪水中涌出。

"呵，你要保护我啊，说得我像小弟似的！别看我现在负伤，很快就会好！毕竟我是长兄嘛！"凌日笑。

凌月听闻也破涕为笑。紧张的气氛在兄弟亲情中化为乌有。然而凌月心中却有另一层领地，在他感受着失而复得亲兄弟的后怕与喜悦，兄弟情深的同时，就是不放过他，还在一次次打扰着他。"不对，不是打扰，是本来就在那里！先来后到要搞清楚！凌月，你本来想着的就是从凌日口中去探口风的，后来只不过假戏真做了，甚至忘记了初衷，被情绪牵着走了，其实你本来就是疑惑和猜忌的！你刚才看到凌日害怕的陌生感，这么快忘了？"心中的声音又提醒着他。而他一面还在对凌日温暖地笑着，心中在这一刻突然感到自己是那么虚伪！从小到大演了那么多戏都从没感到过自己这么虚伪！简直接近恶心的地步！

"至少那个时候演戏是只有一个目的、向着一个方向的，就是为了家庭和睦、家长开心，而现在呢？现在表面做出和睦的样子又是为了什么？想探出什么心中怀疑的真相？又怕真相吓着自己？凌月，你真是不仅虚伪，而且懦弱！"心中又出来一个声音，从客观分析到激动的指责。

凌月终于感到濒临崩溃，却还是没有显露出来，浮现在凌日眼前的只是淡淡的疲惫，好似是出于肉体和普通的平常的工作压力的疲惫感。"凌日，你先休息，我也累了。"

"你确实累，去吧。"凌日知道凌月总是很多压力，身体易疲劳，所以很能理解。但是他其实完全没有理解。

"也幸好他没理解我，否则就险了。"凌月一边走一边想。他好奇心很强，爱思考的人就是这样，内心的思考一直都没安宁，这次遇到这样大的疑问怎会放过好奇、放过自己呢？只是时间不容许。凌月想，自己显然不能去问郁大夫，也不能问巫医，只能等闲暇时再去查书了。现在他得继续完成那件拖延已久的事。

第一百零九章 清理·彻底

于是凌月又回到宫里，与悯瑛一同调查这次事件的幕后动因和参与人物，将恶势力趁此机会一起扫除。这是一次浩浩荡荡的清理。

他们手下的亲力助手们办事效率很高，加上凌日的伤势恢复，以商将军的身份参与到调查之中，更是直接而有力。而且，这些事务也积累已久，自从那次知道了金高展联合魔教意图围杀商将军的阴谋，凌月和凌日已有所准备。

金高展首当其冲，被剥夺了朝野职位，打成重犯。与他并列的始作俑者，当然就是宫奇闯。而金高展除了对自己的罪行供认不讳，还供出同谋秦标。如画中所示，悯瑛派御林军迅速找到了秦标的罪证，并将躲在郊外山庄的秦标抓获。在这几人之后，还有些懦弱的不敢出头却想分得一些好处的跟随者——周立、范摹模和其父范大人和十数个地位略次的京城官贵都位列其中。

他们一一认罪，此一系列行动至此已然明了，竟然由一批年轻人为首。金高展与秦标的父亲金丞相和秦太尉看来并无参与，而间接参与者周立的父亲周大人则更远离关联，或许有默许却无确凿证据显示其中有所作为，悯瑛不愧为心怀仁慈的悯帝，自然不愿牵连过多，反而留着长期排挤其皇权的重权老臣子。而这看起来，的确是一场新兴势力之间的惨烈斗争。

当年众少年中，个子小而心性好强的孙灏浩此时尚被家族送往异地学习未归，竟然意外地免去了这场灾难。否则，照他素来与金高展为伍的习惯，必会跟随其后。

或许可算是年轻后起之秀为了更高权力而作的拼搏。他们甚至押上了魔教这股势力作为赌注。而现在魔教首领的两个长老自然难逃法网，弟子中为首的早已列入名单，就是宫奇闯。至此，魔教核心势力也趋向瓦解。

此次事件之后，紧接着，朝野多年的势力格局，也终于重组。

秦标的父亲秦太尉试图倚老卖老向国君讨价还价，被悯瑛坚决拒绝，趁势将最高兵马调度权收回。而金高展出了如此大的状况，其父金铭传虽未有证据显示参与，也只得自动请罪，主动搁置了丞相一职。

悯瑛还搜集到了周立及其父周大人玩忽职守、贪污受贿的证据，若是在原先，牢不可破的势力网占据下，这些零碎的证据也派不上用途，然而现在却可加在这大案子中间一同处理，分量自然不一样。同样，结合这些搜集的证据，他将秦大人也贬职发派边疆。

终于，悯瑛的皇权不再被权臣们分瓜，甚至赶上了他的皇祖父去世前执政时的状态。

而这权力狂澜的中央，那一人却隐了下去。他的参与本就隐秘，唯有高层核心者例如金高展、宫奇闯、魔教长老、秦标知晓，后几人皆在对战中身负重伤，不再有开口言语的机会，而唯一清醒无伤的金高展在对罪行供认不讳后却将此人隐入缄口不言中，纵使凌月已探查出了他的参与，却还是没有说出他，因为他是悯瑛唯一的宗室兄弟，懿琨亲王。

除此之外，这一场清理浩大而迅捷。由武力对峙起始，当日除去大半反对派人士，智谋探查紧接，天网恢恢，一一剔出大肆捕获，再以刑罚律例扣尾，悯帝迅速颁布惩治旨令决策，正法之日也加速定夺——要知这时早已废除吉日凶日之说。

此刻的凌月和悯瑛，秉承着一股压抑了多年的怒气和持续兴奋拼搏后终于可以发泄的恶气，真真扬眉吐气。迅捷而不失有序，严罚明示，暗含宽仁——对捕获及查出有罪者严厉惩治，未有证据显示牵连者，即使家族血缘关系近密也决不牵连——众臣们这时才看见，参阳王朝此代国君早已不是当年那个稚嫩软弱的少年了。

凌月的伤势也正在康复。悯瑛高兴道："看来皇家私藏的一些草药蛮有作用，月兄为我之事多年操劳，待此事安定之后，我自当赐你先祖所留的日月精华参，治疗你使用幻法所留之症。"这日月精华参为参阳王朝又一宝物，凌月早年就有所闻，此刻听义弟如此说来，赶紧道谢。

他似找回了少年般的意气风发。在这些年的动荡中，凌月已不经意地学会了以零星的快乐冲散那整块抹不去化不开的忧愁与那隐隐闪烁的终极悲伤，只要在压力中偶尔出现放松的状态、低谷中偶然遇见快乐的火花，就感到像是回到了儿时或少年时期的如花岁月。而此时，正值多年的怨气清除、压抑过后的反弹高升，怎能不欣喜雀跃呢？

可惜一贯谨慎内敛的凌月，这时候竟然忘了，人生跌宕起伏乃是常态，有回升也就有另一轮的下落，更是忘了他曾经的划起弧线又沉入水面的日月之梦。

第十三卷

骡降·离之怆

第一百一十章　审判

紧凑的清查进行中，作为御林军统领的商凌月身份终显，却仍然低调，而商凌日将军重伤在身，未参与其中，皆由凌月和他培养的御林军以及悯帝近年逐渐挖掘的朝中人才执行。悯瑛招纳的那位很有天赋的十六岁少年夏知天，正在当年凌月初绽头角成为小将军的年岁。多年来便已感叹时光岁月的凌月不禁再感慨，一晃眼七年过去，有“七年轮回”“七年换代”之说，可见同龄人皆在老去，后辈渐出。

他叹了口气，真的很累了，不只是肉体，或许压制着的忽略了的情绪也转换为疲惫加倍袭来。在办理公事时，凌月将自己的情绪完全撇开，不仅是由于这是公事，更因为它关系到那些不愿去面对的斗争与其带来的不适感。若能选择，他宁愿他不认识他们，不跟那些人纠缠，而不是在被他们纠缠了良久之后将他们打败。

在办事情时他提着一股兴奋，而当这些事情完成，才感到了自己承受的那些负担，已使自己身心疲惫。

还有一系列的事情有待处理。参阳王朝并不以严密的法制著称，相反很是宽松，例如大臣们见帝王不跪拜便为一斑。而当年得到天下的皇族先士，凭借文武双制和心腹臣子稳固了局势，甚至开创了悯瑛懿琨祖父掌握皇权时的五十年盛世，而后这些重臣如三公等，都是两朝甚至三朝元老，属于京城贵族，并未有任何制裁这些贵族的律法形制。

然而从开始的质疑到赤裸裸的反对、兵变，还是十分令人惊异。

在这样的环境下，凌月再次为没有向悯瑛诉说他的堂兄也是幕后黑手之一且是最大的反对势力，而心存一丝欣慰。

悯瑛与他商量起罪犯的处置。凌月表情冰冷彻骨，完全不是往常温润忧郁的淡淡清冷，而是一种凌厉，正好与凌日愤怒时那种热烈的凌厉类似而相反，有过之而无不及。如果说凌日散发的是光芒，那么凌月此时散发的就是一种黑暗。

他面不改色，寒冷的气息与声音却穿透出来：“杀无赦。”

三个字，似乎无比平淡平常，有似包含了万千情感与力量。

悯瑛呆了一呆，惊奇使他念出他的名字：“凌月？”

“我知道我在说什么。”凌月快速地说，“这些人，还叫人吗？还配拥有生命吗？根本不应该留在这世界上，污染这世界的残渣！”说到后来，他的愤怒情绪再次上涌，倒抵消了先前的冰冷气质，显得正常多了，却还是有别于常态，悯瑛知道这是一般人没见过的愤概的凌月。

“那就这样吧。”悯瑛点头，看着面前的凌月，好似有两股热和冷的力量在心中翻滚，两股力量却都是愤怒而阴郁的，在凌月坚强的外表与更坚强的内心里翻滚、渗透却未完全突破。他只觉有一刹那的恍惚，分不清这位是否是他当年寻见的温雅少年，就淡然开口对凌月说：“恭喜，你复仇成功了。”

听闻如此，事已至此，凌月心中的一部分有想哭的感觉，却有更多强势的部分立刻压制了柔弱的情绪，这是一种经过了中和的真实平静。他反过来对悯瑛一笑：“也恭喜你，终于掌握你想要的天下。”

只听悯瑛似乎意犹未尽：“此次事态严重，参阳王朝开国至今第一例。你说的对，要严厉惩治，立出规矩，防止后患。就这样，主谋者严惩，参与者也不能从轻。那些残渣确实不应留着了。”

凌月却仍未说出懿琨，以及已经能肯定的他的另一重身份，即便悯瑛继续询问：“现在主谋者都已抓获了，就差参与者。据你的调查，还有别人吗？”

他坚决回答：“没有了。”

悯瑛若有若无叹了口气：“好。现在去进行审判。”语毕，他掀起帘幕，进入宫殿前堂的空旷之室。一刹那，凌月的脑海里划过了当日参加武学小将考核、最后一关悯瑛出题的情形。时至今日，恍如隔世，而今这次的性质也完全不同了。

“这里还有一个人。”悯瑛沉沉地，然后一摆手，皇家侍卫就将一人带了上来，将对方按在地上。

凌月迷茫地看着地上的人。侍卫愤怒喝道：“抬起头来！”只见竟然是商府的侍卫总管翟放！

“是你，你为什么要如此？”凌月的语气中透着一丝哀伤，没有责备或者愤怒，少了那些激烈的情绪，更显出了淡然的悲戚。

“叛变者，没有良心不懂是非的家伙！是他出卖了你！”凌月在御林军的忠心下属们都替他不平。

凌月悠悠地：“他显然是有原因的，我知道他是忠诚的人，我想知道他这样做的出卖我的原因是什么。”

翟放突然抬头大笑起来：“哈哈哈，你想问我原因？我告诉你吧！我从来就不为你效力，根本谈不上出卖你，我所保护的是商老爷和真正的大少爷！你这自私阴险的家伙，难道你现在还要说你是大少爷吗？”

一句问话让凌月不禁一愣。翟放继续道：“我的职责是保卫商府，你就是商府的祸害！你冒充商氏家族长子，处心积虑，暗藏多少行动和阴谋！终于被我发现！当年你随师父去异地，看到大少爷有高人带领就硬磨着老夫人叫老爷送你也去，明明学得了武功却装着不会，不能跟大少爷明争就来暗的！趁着老夫人病逝大少爷悲痛，竟然领走了大少爷的将军身份！我不阻拦你，天理难容！”

“住口！”御林军侍卫打了翟放一棒。翟放却仍不愿停止，狠狠地盯着皇帝身旁容颜哀伤的并无实质性反应的凌月。

“我今天豁出去了，反正就是一死！你这祸水，皇帝见你长得和大少爷一样，竟然纵容你，让你祸害天下！那么多人想铲除你，你竟死里逃生，妖孽！”

属下刚要再打翟放，凌月伸手示意停止，冷然地开口，若非熟悉了解他的人不会察觉出他的偏快语速与略高的声调，显示出了急欲追究的不耐与已然刻意撇开的情绪：“我就问你，那一次在去潘国出征路上，那些人设下埋伏想将我置于死地，不知如何了解我的剑术和步法，他们是事先与你串通好的？”

“哈哈，商凌月，你真是自信过头了！你认为你武功超群，别人向你请教很正常，你指点人家是你的能力显示，因而根本不怀疑我突然来询问你武功的动机！”

凌月心中升起一抹悲凉，好心遭恶人算计，帮助人反被人利用，险些伤及自己！心怀恶意者原本与善良人就不站在同一层面，善良人因为心中的正直良善的约束，令自己就处在了劣势中。他们既然生了害凌月的心，即使凌月不答应指导翟放武功，他们也会千方百计地探查谋害凌月的方法。而当时，自己出于对求知者的尊重，对心怀梦想者的理解，助人达成梦想为乐的感念，帮助指导了翟放，即使现在已知是他出卖了自己，提供信息串通阴谋，凌月还是不后悔。

然而翟放接下来的话，却令凌月颤抖了。

“你真是太自负了！你以为你的武功精妙异常，人家看一遍定不能看破，谁知道偏偏有人能克你！哈哈！宫奇闯小将军过目不忘，把你的招式全部记下，一一破解！商凌月，你以为你无人能敌，却不知只有在这傻皇帝心目中你才天下第一！”

“够了！”凌月突然大喝道，“你为主人效忠，可以理解，犯错也可以宽恕，然而你血口喷人，诬蔑我和皇上，对他出言不逊，我不会轻饶你！”

在场的人都从没见过凌月如此形式的发火，他不再隐忍，话语也不再婉转并且竟然并不是讽刺，若非熟悉了解他的人不会察觉，这时的凌月更像是被人道破了弱点而极力在掩盖。他自己心上的颤抖提醒着他，若在往常，是不会特意把悯瑛提出来当挡箭牌。

终于，凌月愤怒没有止住，这次才似乎是压抑不住的更深一层的爆发，有别于往常的高昂而颤抖的声线：“你说到宫奇闯？我就告诉你他怎么了！他第二次又来袭击我，被我当场一飞刀插在脑门上！他有魔教法术护体，得以不死却变成了白痴！今后他什么也不会了！哈哈哈，你还以为他能克我，太可笑了！”

翟放的脸色变得越来越难看，困难地挤出声音：“商凌月，你好狠！你比我想象得还要阴毒！你竟然以暗器伤人，把聪明绝顶的宫小将军全废了，你，你！”

“我暗器伤人吗？我一不使毒，二不从背后袭击，三不主动出击。这叫暗器伤人吗?!到底是谁步步紧逼、阴谋连连？到底谁是明，谁是暗?!”

他的声音高昂神色亢奋，厉声训斥，翟放再无反驳之力，凌月却还更暴怒了，继续道：“或许我是暗，我一直隐在暗处，隐忍低调，真正的暗是纯粹而善良，你们那些所谓光明正大之辈，口口声声道义忠仁、为民除害，心里盘算着什么、策划了什么，你们自己清楚！实在太龌龊不堪，我不想用‘阴暗’形容你们因不想糟蹋这两个好字！”

顿时，一根根棍棒打在了翟放身上，凌月在自己的愤怒状态里，毫无悲伤怜悯。

或许，凌月能想得这么清晰因为愤怒原本就有部分来源于理智，是理性的愤怒，可是这一次凌月的怒火中，理智只占了一小部分，事后的凌月不得不承认，当时也没有否认，自己确实是有情绪的，而且是被翟放在说到宫奇闯之后挑起的。这意味着什么，凌月的理智使得他不去想了，因为理性的凌月认为自己从来没有羡慕过其他人。

而且，凌月对翟放说的都是事实；只不过这一次，凌月宁愿自己主动忽略，事实很多时候并非全貌，只是表面甚至与内在完全相反。

突然一阵声响划破凌月跳跃游离不知到了哪个时间的思绪，以及他刻意定格在面前的悯瑛的情感，将理智与情感两部分都拉回了现实。

这是一阵急促的脚步，伴随着后面人们惊慌的意图劝阻的喊声：“商大人，商大人！”

凌月转身，悯瑛抬眼，迎向了商敬先板着铁青的脸。

商敬先没有称呼皇上，没有行君臣之礼，作为世家老臣的他已然随着三公不对皇上跪拜了，然而这时连基本的作揖也没有，而凌月也未对父亲有任何表示。

“把他放了！”商敬先不等皇上开口，抢先冷漠而决绝地，“这是我的人，我把他带回！”

悯瑛依旧沉默，凌月眼中的愤怒已经沉了下来，平静深邃，悯瑛于是道：“商大人，他确实是你的人，先前在审问他一些问题，现在审问完了，你带走便是。”

“我还有一个要求。”商敬先直接生硬地这么对他的国君说话。

“请说。”悯瑛不温不火，已然彰显少年时不曾明显的贵族气度。

商敬先快速开口："既然需要人充军贬为奴隶发配边疆，就把商府上那群下人也调遣过去！发生了这么多事，该是新的开始了，闲言闲语的危害，无须多言即可明白，这对所有人皆有好处。"

凌月眼中闪过一丝光芒，很快又隐没。

"好。"悯瑛立刻答道，"这很简单。也确实是众望所归，情理所在。朕即刻便下旨。"

"那谢皇上了。"

商敬先的生硬的声音，然后瞪着毫无表情的儿子白玉雕像般的容颜，狠狠地哼了一声，背起倒在地上的翟放，大步离去。

自那之后，商府那些闲言闲语惯了的下人们，瘦弱的就被作为奴隶，壮实的就充了军，全部由京城派往边境——除了忠心尽职的个别下人们继续跟在商府里，他们是老管家张老人，大丫鬟珊瑚，岳雯诗的丫鬟贝壳，宁馨小姐的奶妈和她的丈夫也是商敬先的一个主要助手，书童小黎，还有当年调动下人们质问商敬先的阿福和他的家眷。巧的是直接和少爷接触过，甚至看出了一点少爷秘密端倪的人们，反而不是后来闲言闲语的散布者。那些平时在商府下人圈的边缘圈中，正是最爱说三道四，装得好像他们最知情一般其实无法一睹主人们芳容的低档下人们。

凌月却暂时没有回到商府，仍在皇宫内，在商敬先离开之后，留在原地，向悯瑛道谢。这个时候情感也是理智的一层武装。就用它来蒙蔽和转移，让自己的显意识不得发现潜意识里的更多。

一切终归是要还的。

（那些害人的人受到报应，同理，他这段时间的这些虽然或许并不算危害的言词和做法，终究折磨到了他自己。）

（这折磨恰好适合凌月，那些人的报应也确实是他们咎由自取，每个人各得其所。忽略前因后果，撇开凌月的反击在后他们的谋害在先不提，这些报应在一个个分割隔离的体系里，确实非常公平。）

（然而当一个个分离的体系串联在一起，再加上前因后果的纠织，整体来看仍然是公平的，这就是命运的奇妙之处。）

不可预知，却可在发生以后，全然对应解释。

又或者，可以预知，却仍只能眼睁睁看着一切发生，应验着原本的解释。

二者比较，凌月宁愿相信和选择前者。

这些是他以后想到的，并且将在以后一一呈现，一一来临。

第一百一十一章　插入的亲情·隐没的月，隐没的泪

这时，凌月的状态仿佛登在一个紧张激流口，即将把多年的压力愤慨等一泻而出，净化这肮脏已久的局面。

"这是紧张的时刻。而我们可以暂时放松了。"他给了悯帝一个微笑。

凌月和悯帝在这一日，分别去探望了他们的亲人。他抽空回商府主要是探望伤后的

凌日，而悯瑛去王府，凌月知道他是关心着多年来照顾他的皇叔。亲情是解不开的锁，他们无须多说。

阳光洒在悯瑛卷曲的淡黑发，蒙上一层别样色彩，忽然使凌月产生一丝错觉，不知为何想起约两年前，就是在这里，与懿琨激烈的比剑之后也是这么，同样地点光线角度，两人同时转身而去。

而这次，悯瑛去往的也是王府，凌月却不是出征，而是归家，但都是带着任务。不得不面对的繁杂的多出来的任务——凌月还没有忘记上次离开商府前，发生的那一幕。

回到商府，立刻又敏感地察觉到一抹——不同于外界的亦不同于以往的压抑扑面袭来。

环境真会给人的心情造成很大影响，这与心理承受能力并不直接相关，所以也并不能直接抵御或抵消。照说凌月的心理承受能力极强，也早已习惯重重压力的环境，还是那么敏感地察觉到了暴雨欲来风满楼的气息。立刻被感染。

然后他再刻意提起精神，心里想着必须要面对，不面对怎么办？这毕竟是自己生活的环境。既然非得面对没有选择，打起精神能做得好一些，心里舒服不舒服倒是其次。从来舒适就是被他很大程度忽略的——或者应该说是割舍——他敏感关注的更多是自己负面的情绪，意识到自己只能接受它们，应付它们，有时调整的代价是让自己变得迟钝或麻木。不过那就不是凌月了。于是宁愿不——不要改变它们。

想到这里他忽然想到凌日，他就是比自己迟钝和粗线条的，凌日不爱思考，所以凌日少了很多烦恼。

“我以思考意识自己的存在，而人的存在不可避免生命的悲哀；悲哀注定伴随生命、属于生命本身，因此生命本质的意义，充实了并存在于我的心里。”

凌月不禁佩服自己在即将迎来那么烦心的现实事情的同时，还可以有这样无关现实当下的哲思。这当然也证明了他的心情还不糟。呵呵，他想到这里笑了。

不过他既然想到了凌日，显然不可避免地联系到了那个兄弟的问题。

正在这时张管家忽然跑来欢迎他：“二少爷！你回来了！”凌月回身，不急不慢，看着张管家略微弓着背急忙地跑过来。多年来凌月以凌月的身份回府，府上家丁们从不会这么大惊小怪。

然而凌月不会去奇怪，答案已呼之欲出。虽然知道那个问题本无必要。

这次张管家远远就看出是二少爷，优雅的神态，斯文的举止，站在门前树下有如玉树临风，不是凌月公子还有谁？不过张管家忽然有些晃眼，为什么二少爷站在这里有一种不属于这里的感觉？

多年以来积累的疑惑，这时从张管家的脑海里冒出，随着近来奇怪事接连发生，让老人家越来越奇怪却无从搞清楚，只觉得在商府几十年，管理那么多事务，却似乎什么也没了解。这时他只能对凌月说：“二少爷，老爷太太和大少爷都在主厅内，有事等着你。”张管家又看了凌月一眼，他忽觉得这位少爷虽古怪但其实并不坏，“老爷脸色很不好，少爷小心点啊。”

“好的，谢谢张伯伯。”凌月道谢，然后快步走入主屋。

果然面色凝重的家人们在那。与父母和兄弟团聚，是凌月心中多年以来感到温暖的画面，却不是现在这样的。

凌日露出的严肃，盖住了他往日的所有轻浮，凌月知道只有在从事他的“本行”时，他才会显出这样的神情。

这位医者现在正要做什么，凌月突发的灵感或一贯的悟性使他已然知晓。

一抹强烈的讽刺。当年凌日刚刚回到商府的时候，商敬先或任何人都没想过任何确认——凌日凭借他那招牌外貌，毫无阻碍地进入了商府的大门。而这时，为何要突然费这个周折？凌月眸中光芒一闪，一缕寒冷。“显然，他所怀疑的，不是凌日。”

可又是现实，凌月承认他的肉体比心理要软弱。明知自己应该挺身而出主动提出，却想到血和伤口就说不出。凌日开口，嗓音显出了重伤后的虚弱，手也微微颤抖，“你既然不放心，我来验给你看。”

凌月立刻被触动：“凌日你别动，我来！”

商氏夫妇顿时转向他。

“既然我和凌日是亲兄弟不假，那么我来代替他放血也一样！”

“怎么一样？那次输血给他就没有用你的血。”商敬先立刻回道，“你来，是叫你当面看看清楚。等他放了血，有必要，再轮到你！”

“哥哥伤成这样了，才刚刚恢复，怎么能让他再出血？”凌月瞬间爆发了，下一瞬间又忽然恢复了平静的理性，低沉的嗓音与方才的高昂，判若两人，“你说的那次，是由于凌日的体质与体内丹药，而这次，爹关心的是我们二位与你的关系。”凌月的坚定不论在哪种声调神色，都是不容置疑。

岳雯诗忍不住哭了，拉着夫君的手臂连声替两个孩子求情。“敬先，你就别为难孩子们了！月儿日儿伤得那么重，现在才刚刚好起来！我们一家人，团聚多么不容易！”

凌月和凌日此刻的严肃凝重的神情是那么相似，对于女人的哭声和男人的吼声恍若未闻。凌月只是轻轻按住兄弟的手，然后一咬牙，在自己尚有伤痕的手臂划了一道口子。血一滴一滴流下，到了碗里，与里边的一滴融到了一起。

凌日即刻快速用白色的纱替凌月扎住，凌月点点头向他示意，什么话也不想说，转身离去。

“凌日，凌月，孩子们！”他们被那对夫妻的喊声止步。盛载情感的呼唤，仿佛很久以前就回荡在幼年凌月的耳边。凌月本不想回头，却一瞬间不得不动容了。

“罢了，证明本无必要，既然都已这样，也就当作只是赌一口气吧。”

商敬先至此已然放心。他质疑和关心的，不是凌日凌月是不是兄弟的问题，而是他们是不是他的儿子的问题。所以只凌月一人验血就足够。

看到一家人释怀的表情，凌月再晕血再疼痛再恶心甚至再反感，都抛开了。虽然原本他不想挑起他和凌日是什么关系的疑问，虽然现在他也并未解开心底的这个谜团。

“巫医族的医术法术和其他什么技术都是我们无法想象和猜测的。如果他要骗你，还有什么做不出呢？如果他真想骗我们，岂是我们能发现的？”

这段话是凌月无法压制内心的声音，却由他压制不再对任何人说出的。

不过凌月知道既然不能证实，还是选择相信凌日与他是双生的亲兄弟；毕竟巫医族医术技能高超，起死回生是可以达到的，而他们那里又不是没有其他孩子，与其“制造”一个和凌月一样的凌日，不知花多少工夫，还不如把当年现成的小婴儿凌日救活算了，不是吗？

这是凌月的逻辑里最合理的解释。想了那么半天还是回到原点，“虽然还是自圆其说了，呵呵，感觉却不一样了。”

确实不一样了。他对事情和情绪的记忆一贯使得他无法忘记也无法不自然地产生不一样的感觉，要当作什么也没发生是不可能的。

那么，就只有对待凌日比以前更好。他想到这里，嘴角勾起微笑。

的确，凌月其实在当天就已做好决定，他真心地对凌日说，不管发生什么，都要好好保护他，又在心里说，要好好保护他们的兄弟之情。

他与凌日拥抱，与父母微笑暂时道别的时候，就是怀着这样的信念。

踏着夕阳余晖回到皇宫，在那棵神奇的树边，凌月只注意到悯瑛的长发映上一层红光。

“月兄，我带你在皇宫走走。”悯瑛忽然拉住凌月的衣袍，就要去往御花园远处。自从正式当小将军出征后，凌月来宫廷就没有再像以前那样与悯瑛闲逛了，每次都有要事直接来到密室或御书房。

因此对于悯瑛这样，凌月感到有一丝意外。“悯弟压力太大了，难得放松。”于是不忍心拂他的意。回望过往，才发觉十五六岁时两人登宝塔看夕阳看流星的时光，隔了很远了。

“我们去登那座宝塔！月兄，你还记得否？那是观星的好地方。夏知天告诉我，今晚有天文奇观！”说着，悯瑛笑得异常灿烂。

凌月也随他而笑。“好！”他们奔跑起来，仿佛重新变回了当年的小蝴蝶，在风中拍着翅膀，向高处飞翔。

环宇塔，太阳已沉下，凌月看着繁星升起，天色转黑。

“今晚是满月！”“好大的月亮！”发现天边挂着的月亮临近地平线，低低悬着，他们一阵兴奋。

“夏公子说的今晚的天文奇观是什么？”凌月问，面对一望无际的夜空，不禁担心在那浩瀚中找不到那一点，就此错过。

“他没说具体什么，就讲跟月亮有关。”

“那就好，目标确定了。”凌月俊雅的面容带着自信微笑，“原来不是一颗小小的流星。”

此时，月亮已升高，光芒益发突出，在万里无云的晴朗夜空十分明亮。高高的塔楼就他们两人，凌月和结拜兄弟把酒言欢，晚风吹拂，神爽心舒。

以前没见悯瑛这么喝酒，现在他兴许放松加兴奋，也喝了不少。凌月观察着。

不知不觉夜色已深，一壶酒喝完。忽地，空中的景象开始了！只见那明亮满圆的月亮，忽然缺了一点，凌月和悯瑛都是有知识的人，顿时瞪眼观看。

“以前好多人信邪，还说是有天狗吃了。在我们若华国，还有说是被玄火凤的翅膀遮挡。”悯瑛讲起，凌月想他当年亲政不久就废除占星，两人讨论、书写反星占著作的情景又浮现，而想到今后悯瑛的执政就少了那些阻碍，不禁高兴，此刻没有伤感只有喜悦。

然而接下来的话语，却让凌月心上一颤。只见悯瑛望着天道：“皇堂兄懿琨出生之时，天有日全食奇观，加之他生有异貌，各界均传言他才是真命天子。为此，我花了多年时间，终能下旨废除星占及其论述。月兄竟与我不谋而合，助我一臂之力。来，再敬月兄一杯！”

凌月僵硬地端起玉杯，不知如何接口，只能将那杯酒灌下。悯瑛似乎已有醉意，又道：“呵呵，有个疑问，月兄为何不信那些天象玄说？你自己亦是玄幻之术的操练者，且对各类玄秘思想都有兴趣，并非唯物之人。”

“我信人有天命难违，却不信天命由那些表象所示，更非普通百姓出于迷信的解释，如此而已。”凌月淡然快速答道，心思却在其他问题上打转。

“原来如此。那朕的天命就是为王，为尊，哈哈……”悯瑛忽然站立，在高塔中发出如此话语和狂笑，凌月一刹那升起了惧怕，这人是如此陌生，他是谁？

“悯瑛，你醉了。”

“朕没有醉！哈哈！商凌月，你不会觉得，今晚月食也表示有什么异常发生吧？”

“悯弟——”

正在此时，忽见悯瑛的笑转为惨叫，声音惨痛无比，整个面容也因痛楚而扭曲，扶着塔上的栏杆不住喘息，而后跌倒！

凌月大惊，赶忙上前扶住他，却感到一股看不见的力量如同气流，将悯瑛隔开，只能睁眼看着他在高塔上小小的一块区域内痛得打滚。

“是咒，是阵法，是有人布下的玄术……”凌月猛然意识到了，毛骨悚然，这比他当时在潘国征战时为潘国四皇子所下的“风月堡建阵”要强上数倍。

他赶紧拔出剑，凝内力于剑尖，提起意念准备硬拼，破除此阵邪力。然而他并未见过这种诡异阵法，也无把握。

与此同时，月亮在天空中一点一点消失。幽深的夜空更为幽深。吞灭的过程很快，与普通的月食差不多，凌月却发现这月亮消失留下的阴影特别明显，一抹深深的暗红。

一时间没有重新恢复光芒的样子。“原来这次月食持续的时间很长，天文世家所说的特别大概就在这里吧。”凌月抽离的习惯使得他在如此异常关头竟然能想到这里。然后又见悯瑛手捧心口，面上惨白，额上挂满一颗颗晶莹汗珠，在这夜风送爽之际，竟如此冷汗淋漓！凌月见状又惊。

他想要再实行意念转移之法，却怎么也调动不起合适的意念力。正在焦急间仰头就见那月亮消失了的暗月影子，暗红之上暗光一闪。怎会有暗光？又怎会闪在天边或是眼前？凌月在一时之间根本找不到答案，就感到那抹暗光忽然袭击至他的眉间，“啪”地一声，凌月倒地。

紧接着他就感到适才的阵法一下子都莫名而解！一丝一毫的气息力量都已不在，无影无踪无感觉。

悯瑛仍跌在地上，晕厥。洒了一地的酒竟然都只剩浅浅的印迹。凌月慌忙抱起他，运轻功飞快往密室。一路上悯瑛紧闭着眼，眉尖紧蹙，呼吸微弱，十分痛苦。到了宫室内凌月就把他放在床榻上，悯瑛还是一动不动。

此时已晚，凌月见悯弟身体已无大碍，且知晓自己不便去唤太医，就也不吵醒他，由他睡着。

“造孽啊，造孽。”不知为何，凌月心中的声音发出很响的感叹。对于这样的感叹他并不喜欢。皱眉，却想不出其他有意义的话语将其掩盖。

空洞的皇宫密室，静默中思绪轮转，凌月想起那封禁已久的秘闻，在商敬先掌管的文史资料库中还有记载：当年先皇与先皇后无子，太上皇甚喜二王爷之子，将小王爷安置在皇宫中精心培养，这密室便是为他所造；小王爷天资异常聪慧，幼年之时便已获得皇族祖传宝典；太上皇已拟文立他为皇储，而后这纸文书似被悯瑛之父摧毁。如此想来，这密室中的摆设与宝典书籍，应当是属于懿琨的。

“可惜悯瑛天资不足，直到数年前才开始练习那些书上的幻术。然而，终究是我看低他了。”

正在此时，悯瑛醒转，迷迷糊糊地问：“现在是什么时候？”

“已过子夜，是新的一日。”凌月答道，想着，就在今天，再过不到六个时辰，就是行刑的时刻了。

这原本应该是凌月报仇雪恨的日子，原本应该是悯瑛告别危害的日子，然而他们却不知何故一点没有喜色。

那股意气风发的状态，还没想到那么快就隐退了下去。“或许因善良仁慈和道德感的关系，觉得不该也不忍将快乐与别人的痛苦相联系，即使之间并没建立关系。除此之外，这世界已有太多沉重悲伤的事情了，快乐愉悦总是短暂的，跳跃着，很快就消失了。这就是规律和本质，只是奇怪，为什么有那么多人宁愿浅浅的快乐，却将这深层的道理忘了？”

第一百一十二章　行刑·骤降·疯狂

一天内，帝王下旨斩首那些罪犯的消息震撼了朝野，传遍了京城。

那些罪犯中除了魔教分子，还有高官子弟和朝野年轻辈的官将，这一斩首，去掉的可不是一般的势力。

年轻的悯瑛终于获得了应有的皇权。借此不单扫除叛乱者，也让三公等老臣不得不收敛，再也无法对年轻的国君发难。而皇宫内安插的眼线也得到了清理，悯瑛又恢复了行动自由。

民间的高谈阔论分成了两派，一派说君主一怒为蓝颜，商府的一对美少年兄弟跟他关系匪浅，这次当然动怒；而另一派说，这是皇帝的阴谋，为了去除不忠心的臣子，故意打出的幌子，其实早就想清理了。两派争论不休，而不论是哪派，似乎都并不关心那些要死的罪犯，却还把责备指向了身为国君的悯瑛。

朝野上却是一片悲鸣。臣子们恐惧了，这次动静这么大，部分臣子的元气完全毁灭，都没想到平时柔弱的君主会如此，且下了这么个旨。

气氛格外的压抑，近乎悲戚。

谁都不敢多发一言，面对这多年压抑突然爆发的灾变。

然而却有突如其来的又一变，插入这原定的一幕之前。

第二天的正午，行刑的时辰。

重罪犯包括贵族子弟，行刑的队伍由京城最繁华的大道上走过，气势与阵势都如此浩荡，超过了近年来的所有节庆礼仪。

或许，悲原本就超过喜，在本质上就是如此。

悯瑛留在了皇宫内，将自己关在了内室的帘幕后。不知他还沉思了什么。凌月却翩然离开了。

他并不是喜欢增加经历的人，或许因为他的经历已经很多了，也或者是他从来就不喜欢为感受而感受，为体验而体验——或许算是内倾特质明显的人的一种表现吧。然而这次，他却到外面的世界来体验了。他并不觉得因为这件事与他有关的缘故。他们所犯的过错，就由他们承担。即使他们是针对凌月，或者针对其他人，这都无关，对象可以抽离，目的和结果的恶念却要正视——的确，换作其他人，不是凌月，还有他们盯住的皇权的拥有者悯瑛，比如他们认为是凌月的凌日，或者其他任何可能站在凌月位置上的人，他们都会针对，都会恶意危害。

“或许，就是来看看，这要怎么收场吧。”

浩浩荡荡的队伍穿行，由朝中重臣亲自押犯人，还有朝中其他重臣亲自为犯人送行。

后者其中之一，便是身为太傅之一的宫大人。他就是当年教授悯瑛数理的那位太傅。也和商敬先一样，挂着闲职，平时只待在自己的宅府中。他沉默不语，看着一排囚车中的第二架，那里面有一个肤色略深身材高大的小伙子，眉间额头顶有一道深深的疤。

头上有疤的少年人没有任何悲伤的表情，甚至还有些快乐地坐在囚车里空洞地看着密密麻麻的人群，嘴角挂着一丝浅浅的笑。宫大人看着他，不发一言，泪流不止。

三公之首的那位重臣也属于后者。金丞相忽然热泪如泉涌，放声哭泣：“儿啊，我为了培养你，花了多少心血！今日你却要先我而离去！”

“儿啊，你为何要离我而去！”

囚车驶过，金丞相与金高展四目相对，老迈的声音盘旋不断。

金丞相这样的表现在情理之中却是意料之外，平日里圆滑老道喜怒不形于色的宰相，今日竟然这样哭喊，这种声音是所有人都不曾听到的。

凌月听见这悲惨的哭喊声，忽然被刺痛了，猛地站了起来。

“不要，不要！”凌月突然大喊着跑了起来。众人只见一波未平一波又起，看着这戏剧化的一幕，分不清谁在戏外谁在戏中。

旁边的道路上，囚车和压送的人马已经走近了。人潮在两旁围观，吵闹异常。凌月一反往常地，朝着那些吵闹声中奔去。

“停下，不要杀他们！不要杀！”

凌月突然的喊叫划破了天际，在光天化日之下，他的白色衣衫显得刺目，却不及他如白玉般的这时格外苍白的皮肤，在黑压压的一片人群中他步伐凌乱跑过，头发也已经散乱了，一缕招牌式的长发在半边脸上遮住又飘开，在风里显得异常诡异。

“不要杀他们！把他们放了！”凌月颤抖的高声喊叫，以不似他平日的声线，却明明确确是凌月的。

他冲上去就去挡住囚车，“不要杀他们！他们不是罪魁祸首，而且罪不至死！”

“这是商将军的兄弟。”旁人立刻认出了他，凌月的外貌太惹眼了。“是商府的二公子！”“他怎么突然跑这里来了？”“来闹场了？”

“这年轻人疯了！”

“疯子！”

重臣们认出这俊秀的年轻人和商将军有一样的外貌，不给商将军和商敬先大人几分薄面，也得给他传说中的“好友”面子，看到这个这么闹场冲出来的人，还耐着性子礼貌地称呼：“商二公子，今日是斩首行刑的日期，请你远离死囚，以免沾染了什么邪气。”这倒是这位大臣真心的话，看这年轻人仪表堂堂却疯疯癫癫的，不要是被“附身”了啊。

“放开他们，他们不是死囚！”凌月大声喊叫。

“他们已被皇上定了死罪！”这次负责押送刑犯的谏大夫孙大人仍然耐着性子提醒他。

“什么过犯，要以生命为代价！有什么过犯，能以生命为代价！”

凌月的声音异常凄厉。划破了正午明亮却空荡的空气，在空中回荡。

下一刻，炸开锅的话语。

“疯子！”“来了个疯子！”路人们可不像大臣那样看在凌月家世的关系上容忍他。

众人的爆炸声音从周边压向了凌月，他声音已经沙哑，步伐更加不稳，却一跛一崴摇摇晃晃扑过去，紧紧握着为首囚车的铁栏不肯放。

为首铁栏里关着的是金高展。他不可置信地看着凌月像疯子一般地跑过来，大叫大嚷，喊着一些听不懂的话，却似乎有一种气息无须理解也能感染了，金展高眼睛大大睁着，看着这似虚幻的一幕上演，甚至忘记了自己本是局中焦点。

这时金高展看见凌月与他只有一步之隔，清楚地看见他英俊清雅的五官因悲伤而抽搐，满脸泪水，头发甚至衣冠不整，这样的凌月是从没见过的，却突然让金展高觉得有一丝同样从没感到过的怜惜。

“商凌月，为什么？你为何来替我们求情？”

凌月双目空洞地看着他，似乎根本没有看到人，嘴唇颤抖着：“不能杀，不能死……”

“商凌月，凌月！”金高展喊叫出来。这时已经有随行的官兵上来把凌月拉扯，拉住了他的衣衫和手臂，将他往后拖，凌月却还是不放手。

那些人继续用力，撕扯破了凌月的衣服，露出的白皙肩膀和上臂已有数条刚被拉扯出的血痕，终于凌月被拉向后了，官兵们抓住他的双臂正在反扣，凌月双手双腿胡乱挥舞，根本不像有武功的样子，却有一股狂劲。

一时间僵持不下。

正在那些人拉扯凌月的时候，忽然一道嘹亮的声音划破了纷繁吵闹。

“住手！”悯瑛出现了，他的声音散发一种别样的威严和尊贵，在这纷扰中竟然穿透出来。

他的身后跟着一群卫士，个个骑着高头大马，威武英挺，一看就是训练有素，且都是高手。

“皇上，皇上万岁！”大臣们开始下跪，跪拜了一排，高声呼喊，官兵们顿时松手，而纷纷吵闹的路人也一层层安静下来，张大了嘴似乎不情愿突然停止了混乱的言语。

悯瑛骑在高大骏马上，展露一股与往日的温和柔弱不同的英姿，一股高傲却并不刻意的贵族气质。

“放开这些犯人，不用斩首！发配塞外，充军或做苦力！”

“啊！”大臣们听到国君这么下指令，突然改了之前的旨意，都惊呆了。

“朕的话听不懂么？”悯瑛凝眉，有别于平时的一股威慑，不容置疑。

众臣立刻回神过来：“臣等领旨！吾皇万岁！”

“尽快处理，不得拖沓！”悯瑛再次下令。重臣跪在地，唯唯诺诺，连忙叩首。

悯瑛神色严肃而含着少有的愤怒。少年国君提气凝聚一股力量，一把将近乎透支昏厥的凌月拖上马，在众人惊愕中，绝尘而去。

第一百一十三章　遗弃，被遗弃

公子凌月倒在商世家大门前的景象，带给家丁们的震撼几乎不亚于当年魔教二长老闯入商府的场景。只不过不同的是，那次众家丁的记忆被抹去，而这次他们记得清清楚楚，以至于接下来的两年，到处流传的商二公子发疯了的消息中又加添了一分真实的色彩。

目睹年轻国君从刑场带走商二公子的路人百姓们，听闻商二公子居然被遗弃在了他自家大门口，反倒更增商府的耻辱，不禁幸灾乐祸，甚至在他们首次夸赞一句“皇上英明！”

凌月不发一语看着自己的心，心里很清楚那人的心。一次一次早就看见了，发现了，只不过自己去选择一次一次忽视、原谅与同情。

“悯瑛，你的本质是良善的，然而有太多太多，无论尊贵卑微，你都不能左右了。”

又或者，是他商凌月自己想要利用那个人，借用他才帮助他往上爬，完成父亲与整个家族给予自己的期待。

的确是谁也不欠谁。

只不过他最后让众人耻笑了，但并不后悔，自己终究还是心软了，不适合这个残酷的游戏——他如何能同情那些与他敌对者？纵然他意识到了他们根本与自己不该有冲突，甚至算是同一类可悲之人。

此时，只有他自己心中的声音愿意理睬他自己。

“凌月，凌月，你不要倒下，那么多艰难困苦你都挺过去了！我知道，这一次，是你心甘情愿的选择！”

“你不后悔，就是值得！”

“但是这又是何苦？”

“你不要再一次次给自己额外的压力和禁忌！为什么，你总是一次次，其实是你自己心里放不开。”

“这是因为你心中有你的信念和价值，你追寻那真理的呼喊，因此你就有额外的负担。凌月，你即使被世人看低，在明理人眼中，在我心中，你依然是高尚值得尊敬的！”

“你累了，那就好好休息吧……”

“我还没有累，我不能控制其他人怎么说，但我可以支持我自己……”

然而即便主观的价值和客观的真理都指向同一处，还是会有人为的其他众多不受主观控制也不由客观左右的元素干扰着。

而即使在局内人的心里，也并不仅仅是那些结果本身，还有太多的波及，无法承接，只得退避，无法承受，只能放手。

风呼啸，尘扬起，仿若压抑的气息顿然外扩，窗外的光线映出一缕缕肆意飞扬的尘埃，洒向府邸老宅之外的京城喧嚷之路。

“这世道真是混乱得可以！皇帝宠信佞臣，好不容易有臣子们发动行动清君侧，却被定罪要斩首！”

“幸而啊，皇上最终还是醒悟，把那佞臣丢在了他自家门口，只不过留了他一条小命！”

“你们是说那个商凌月，他是什么佞臣啊，根本就不是臣，没有官职却进出皇宫那么些年！”

“其实他也挺可怜的，自己和亲兄弟都差点被刺杀了，他兄弟虽然伤得重，到底是个将军，他这书生一下子就被吓傻了，受到刺激！”

“就是就是！这贵公子定是从小就被家人宠坏了，什么都得顺着他，一点刺激也受不得！”

“什么书生！读过几本书？乱跑乱喊，丢尽读书人的脸！”

“他这又疯又傻胡闹也就算了，那皇帝竟然跟着他胡闹！都说君无戏言，这皇帝竟然当着众人面改口，改掉刚刚下发的御旨！”

“别这么说，皇帝觉悟过来不容易，被迷惑了那么多年，终于遗弃了这祸水！”

“真是个祸水！可惜了他的好条件……”

“就是，人都疯了，还有什么用？真是悲惨至极！”

这些流言蜚语一直陆陆续续出现，延续了两年。即使在旧事早已过去、迎来新生之后，却还有新的流言产生出来。

“听说皇帝若不是为了皇位继承须有子嗣，连皇后也不想设立了。当年大婚是被老王爷逼着的。”

“我们悄悄说，当年老王爷逼皇帝成婚，还不如逼他退位。”

“早已错过最佳时机！老王爷就是个过于纵容的长辈，看着皇帝从小长大，也或许是他自己老糊涂了！倒是苦了那个小王爷，年纪轻轻的……”

“那堂堂小王爷啊，哪点不比两个姓商的公子好？这皇上真不是一点的糊涂！”

“就是啊，商府两个公子把悯帝弄成这样，皇亲国戚都不顾了！”

“悯帝还主动遣散了嫔妃，后宫现在只剩下皇后一人了，这么做难道……”

“那倒未必。从先皇就已经厉行缩减后宫嫔妃数目，说是皇子也要少而精养，那么还不如不要那些嫔妃。”

“其实不管为了什么，这样也好！皇帝真是想得通，养那些女人们只能在后宫里滋生是非，如此清静多了！”

“为了遣散那些嫔妃还花了不少金银呀！”

“所以说，那些冲着钱和地位来的女人一开始就甩远点，否则撵走都困难，还得花钱，何必呢！”

“就是！皇帝这方面倒是想通了，知道和那些妃子没什么感情还不如不养，算是花钱买个清静了。”

“这皇帝其实真冷血。那商公子跟了他那么多年，说丢弃就丢弃了！”

“嘘，不能这么说皇上。那姓商的早该滚了，祸国殃民！”

“还好若华国尚且安康！”

“皇权纵然强大了些，王府倒是没落了。”

“王府啊，你们听说没有，突然来了个……”

“啊，什么什么啊？你快说，别卖关子！”

“唉，这两年这京城发生那么多事，你们又不是不知道，关于这王府最近的事嘛，等我喝完这杯茶再慢慢说！”茶博士信口胡言，众百姓在底下起哄。

嘈杂的声响全部退去。

回到那一天的记忆。

颠簸的路途快速踏响的马蹄，很难想象有人会在这种条件下依旧沉沉睡去。他的确是太累了。可这更像是他的意识刻意的回避。

自从突然疯狂喊出阻止行刑的话语，被悯瑛带上马撤离，凌月就倒在马背上，额角全部挂满汗滴。一下子睁开眼睛，目光仍是空洞。

“他们，还活着么？”凌月醒来第一句话竟是这样的。

悯瑛曾在这短暂的路途中想过他醒后会怎样，会不会忘记先前发生的一切？那反常的凌月，会不会醒后恢复了就完全忘记？

事实证明，完全没有。凌月是十分清醒的，不论他看起来怎样。

“他们没有死。到边外充军或做苦力了。”

凌月放下心来，轻舒了口气。“谢谢你。”他由衷地道谢，一句谢语包含了数层含义。

“不用谢。应该的。”也是有几层含义。

“我为难了你，但也帮助了你。其实我一直是你的忠臣。你用我借刀杀人，我无所谓。你有你的考量，我有我的理想——我永不背弃。”

凌月忽然露出痛苦的神色。他刚醒来回到现实，就已经被心中的声音提点了这一日之后的后果。“只是，你我皆有错。”

“商凌月，朕对不起你。”

马蹄顿时收住，耳旁的风声戛然而止。沙尘再次扬起，悯瑛绝尘而去，凌月倒在商府紧闭大门前。

第一百一十四章　补偿

安静的地方，幽暗柔和的光。那一天另外的记忆。

已然回归商府的凌月没有听见皇宫密室帘幕后独自的话语。

“商凌月，我恨你，朕恨你的家族，你的兄弟，你们分割朕的权力，看重的就是权势，利用朕，往上爬去！是啊，朕也利用了你，呵……

“商凌月，你加速了朕与堂兄的相争，朕也用你借刀杀人。谢谢你帮助朕，谢谢你，这么多年帮助我……

“凌月，对不起……

事已至此。至于怎么收场，其实臣子们心存惧怕和感激，这是一场劫后逃生，他们宁愿君有戏言收回死刑的旨令，比看自己的后代或者同僚被处死要好太多了。杀鸡儆猴与唇亡齿寒的比喻他们都知道。

既然如此，别说君臣关系，就是这点侥幸，他们也不好抱怨了。只是那些市井小民的闲言闲语琐碎不断。

这些，也不用管它们了吧。

只是在那以后商府二公子就总被人们和疯子联系在一起，对他的评论和贬低以及祸水、活该之类的言辞时常出来。奇怪和有趣的是，那些人说得好像凌月是应该遭报应的对象一样，却根本不管事发的主因。

那些无聊者们确实不管什么事情，更不管真相，只唠叨他们感兴趣的话题，比如说平日故作清高的佳公子怎么突然发疯，原形毕露。以及之后的那些那些揣测，能供他们茶余饭后打法无聊空虚的，太多太多了。

反正事不关已么，大可当作消遣，反正躲在背后么，反正无须别人尊重，这群小人聚集着好不热闹，对那些高高在上的人，不说白不说！

只是其实还有好多好多人，根本不知道发生了什么。他们说的，不是实际发生的，真实的深层的直接与原因相关的，却仿佛深埋进了秘密的幽谷里。有谁知晓，并将纪念？

颇为讽刺地，还有一个不能原谅凌月的人，就是他的父亲。商敬先惊闻此事，顿觉丢脸至极。或者还有什么其他的原因，他没有说，只是重复着：“你这不孝子，对不起列祖列宗，你这孽种！”

从那一天商府开门接回衣衫不整的二少爷，或者早在那之前很多年，商敬先就没给过小儿子好脸色。

岳雯诗见到凌月回来，忍不住哭了。她苍老了，看得出是为两位儿子忧心忡忡，凌月见到她心一酸，泪水涌了出来。

"娘……"凌月也哭了，他心中的另一抹声音却同时说，我没有错。

之后一段时间，凌日在府上，伤已经好了，调养得非常快，并且没有留下后遗症。这日，忽有御医前来，说是由悯帝所派，带了良药与滋补品来替商将军治疗。

"本将军自有药方，不需要！"凌日皱眉粗声而道。

凌月闻声已从内屋赶来，此时却一把接过御医送来的药品。"多谢太医大人。"老御医一阵诧异，立刻道："商二公子，皇上这些药物，是见商将军护驾有功，给商将军疗伤所用。至于二公子的失心疯，老臣这儿另有一方……"

凌日打断御医的话："张管家，送客！"

"别，别啊，哥，我要看看这些药，里面有无'日月精华参'！"凌月挥舞着手臂非要过去取，老御医吓得赶紧躲开："商二公子果然病得不轻！日月精华参乃是参阳王朝至宝，怎会给你所用？"

凌月当场大哭："不可能！悯弟答应我了，他说了要把'日月精华参'给我，治我意念转移的后遗症，他怎能出尔反尔?！肯定是你这老御医藏起来了！你快交出来，否则我用当年对銹砵魣靡四国的高深武功打你个落花流水！"

凌日看不下去他继续疯癫出洋相，当即一伸手指，点了他的穴，凌月随即晕厥。太医也被塞了些银两由商府家丁送走。

其实凌日早有巫医派的秘方治疗凌月，凌月身体上的伤早就好了。只是不知道为何会表现得这样。凌日只能帮他治病，却无法理解他的心。

凌月的精神愈加恍惚，又开始安安静静地住在他的小屋里，回到了他的庇护所，仿佛这当中流逝的时光里，什么变化也没发生过。

商敬先对他的态度自从那次突发事件后越发恶化，显而易见。显然并不光是由于这次突发事件，这却是最好的幌子。

更悲哀的是，这种态度恶化竟然在凌月住了一段时间后毫无好转——或许正因为那只是幌子，那些真实的原因存在，就不可能从这外表上退去了——任凭岳雯诗和凌日劝说，反而更加增添了商敬先对凌月的怨恨和不满。

"养这么大的儿子，什么好事也不做，就赖在家里！"有次他在家人聚餐时发火。聚餐时，凌月缺席，岳雯诗又做了他爱吃的美味小菜要送去，商敬先看到这样，开始爆发。"把这逆子赶出去！"

岳雯诗吓得僵在原地，十四岁的宁馨也瑟瑟发抖，正在这时却传来凌日更加愤怒的声音："就凭我当将军的俸禄，还养不了我兄弟么？"

商敬先和其他人都顿时呆住。凌日的目光中透出怒火。

"日儿，你爹随便说说的，你别当真啊。"岳雯诗连忙来劝解。

凌日哼了一声，转身就走。

很快，凌日订婚了，他自己决定，然后才告知父母。

悯帝赐给了凌日一处很气派的府邸。

"多谢皇上！这么替我和我弟弟考虑。"是凌日心中深刻的感觉。

"不必客气。早就应该给你一座将军府了，只是考虑到你们一家人难得团聚，你和凌月继续住在商府，就没有早点把这将军府给你。”悯瑛淡笑解释。

“皇上，为什么要解释这些呢？你做的，你赐给的，已经让人感激了。”

“有些事，还是需要解释的。有些话，还是说出来好。”悯瑛轻轻的声音，似在自言自语。

第一百一十五章　骤降·遗落的结果

恍若一切都未发生过。安静的归于安静，一切仍在运行。离开的却已离开。

时光倒回行刑之前的那一日，隐隐的压抑气势袭面。凌月的久违的发泄，悯瑛的威严的崛起。

悯瑛的思绪，他不曾告诉任何人；夹杂着痛楚和血滴，还是挥之不去。

下旨制裁的一天后，行刑的一天前。也就是在那发生了月食的当天白昼。一道解脱，也连着另一道枷锁。

国君换上黑色的便装，独自出皇宫，就像一位潇洒的贵公子，他这一行却有些悄悄的，不让任何人跟随，静静来到了那里，那个他还记得幼年欢喜回忆的地方。

父皇牵着他的手，来到王府看皇叔和堂哥，他还硬要留在那儿；如今王府依旧，父皇早已仙逝，皇叔留在世上享有荣华富贵，却是伴有着那么多烦恼，在岁月中更显苍老。

悯瑛来到了那一角大树下，盘根错节的大树，他知道这里有进入王府的秘密通道。那人展现给他皇族的秘密，带领他一同读那些玄妙的书。那是一段恍如梦境的记忆，从模糊再次到清晰，却可惜过早埋葬在了记忆里。

隔阂的，并非空间，而是心灵——直到那次，那天皇叔五十岁寿筵，出于对他的保护而没有请他。失望与失落，并不仅仅是因为没能玩的缘故。十四岁的悯瑛还能找到这条密道。也正是在那次，他遇到了凌月。

现在想起，又恍如隔世。抚摸着这棵大树，上古文献中的若木扶桑，若华国的隐秘的至宝，也是传说里太阳或玄火凤鸟停歇的地方……就是这种品种的树，当年的小悯瑛观看着那秘密的书籍，聆听着那玄妙的故事。

“若能再次选择，我愿从未离去。”

“都是悲伤，一层叠着一层。悲伤却有好多种。不同时期，是不一样的。就像这树皮，年轮，一圈圈如漾起的涟漪，也如心上的波澜曾以为平息。”

苍老而毛糙的表面更觉一抹时光流近的心痛。悯瑛流连了良久，终于决定，还是不再进入这条秘密的道路。

没有人注意到他抚过树表年轮的尘埃，还有数不清的日子里积累在心间的悲哀。王府管家大致认得皇上的样子，下意识地退到两旁。

府内冲袭起的那些气息，惊异、惧怕、奇怪、恐怖，顿时冲破了这段时间王府的层层压抑。自从这漫长的几日里，郡主开始疯癫，皇上下旨开始清理叛臣，小王爷和郡主留在王府，下人们也猜到是软禁了，老王爷的忧心和沉重的面色众人都看在眼里，这大雨欲来风满楼的势头众人都觉灾难已紧迫逼来。

仿如暴风雨来临之前加倍诡异的天色，让人们不得而解，更不敢大声呼吸，生怕动一动什么意外就临到自己头上，气氛越来越暗沉。

王府的下人们开始传说起来，说老王爷主动申请停掉他们的俸禄，是破财避灾，王府的重灾或许可以化解，但冷落和没落就不可避免了；于是在压抑的气氛下王府的流言更满天飞，都说王府所有的力量已经散去，现在仅仅留着层壳，处境濒临落魄，于是一些下人们开始陆续抱病请辞或告老还乡。

听闻皇上驾到，老王爷迎接出来伏拜于地。悯瑛一把上前将他扶起，“皇叔，为何要对我如此生疏？皇叔不欢迎我了吗？”

老王爷声音颤抖：“老臣教子无方，叛乱由王府而发，皇上要拆了王府，老臣毫无怨言。”

“我为什么要拆王府？皇叔，我小时候就喜欢来这里玩……什么时候开始，我们变得这么生疏了呢？”悯瑛真诚地，老王爷不置信地抬起头。

“皇叔，你的帮助我不会忘，后来那些事，我又怎会怪你？”悯瑛用力将老王爷扶起来，与他拥抱。

“悯儿！”老王爷热泪盈眶。

良久，悯瑛把头埋在慈爱长辈的肩膀上，轻轻而坚决地说：“我不允许任何人发出对王府不利的传言，皇叔你不要害怕。请带我去见懿琨吧。”

懿琨在他的侧院里，默默无语。这段时间他不得出王府，甚至不得走出他的侧院的。平日还有众多新派来的侍卫们严加看管，撤换了他的亲信。

只有很少人心里清楚：倘若懿琨有心想走，又怎能拦他？

悯瑛挥手：“所有人都退下吧。朕想单独与他谈。”

众人都惊讶，只得退去。一时间有一种空旷而诡异的气息。

“懿琨。”悯瑛走上前，主动开口。

懿琨的目光含有激烈的火焰，声音却是冰冷的：“你来做什么？”

“琨哥哥，过去的都过去了吗？”悯瑛热切地，“我希望近期这些乱七八糟的事情都过去，你我还能像更久以前那样，那时候，我在这里和你玩。”

这句声音之后，懿琨的脸上露出复杂的表情，一瞬之后，却淡然道：“你莫要再做戏了。”

“我知道，当年皇祖爷爷本已明言立你为皇储。可是，终究是我为帝王。这已无法改变了。只要你愿意，你可以再当一位无忧无虑的闲散王爷。”悯瑛轻轻地说道。

懿琨听到这里，微微撇转脸，隐藏了他的表情，忽而换了一种语气：“皇祖爷爷不会喜欢你的这种性格。你有诡诈，却不适合当统治者。

“懿琨，不是任何答案都能有解释。我也不知道，为什么这样。”悯瑛生硬开口。

“根本是你刻意想要的！呵呵，你做得很好！”懿琨忽然笑了，笑得冷冽，狂放，“你故意在人前装糊涂，也是处心积虑；否则，你为何要求商氏兄弟为你做那些？把重兵权给商将军，刻意架空太尉大人和宫将军，你的计谋，以为我未曾看破？”

悯瑛顿时愣住，在懿琨凌厉目光下一阵颤抖，怔怔地无言以对。

“你联合那他们，为了铲除我，压上皇族作为筹码，你觉值得吗？”

“不，琨哥哥，我没有，没有……”

“我再告诫你一次，当国君，要有国君的样子！你去，继续做你的事，没有我，你没有了阻碍！你还在这作甚？去坐你的皇位、管你的江山！”

悯瑛呆呆地站立在原地，任凭他教训。

“你们不可能胜利。”懿琨忽然间表情和声音都柔缓下来，仿佛光线和气息都在一瞬间柔和了，他望向悯瑛，缓缓走近他：“你是否还记得那首诗？小时候我带你念诗，后来的太傅们却都无耐心教你。”

悯瑛顿然怔住，不等他反应，懿琨却忽然转脸，绛红色的长发一瞬间扬起，混合他的仰天大笑散开："我若想谋反，何须等到今日?"

他背对悯瑛不再看一眼，那笑声就像痛哭，哀鸣。声响惊动了王府总管，立刻有一群侍卫来将他拉走。他毫不挣扎，任凭别人拉他远离。

"放开他!"悯瑛忽然叫了起来。

众侍卫在悯瑛的叱喝中收手，然而懿琨却头也不回地远去。树叶在风中沙沙作响，只隐约听见那句话，"本是同根生……"空空回荡在光天化日之下，人影已然不见。悯瑛来不及目送他的背影，就如很多年前，他们幼年之时，少年懿琨搬离皇宫的那次。

当天日落时分，懿琨亲王自尽。他躺在王府的那棵大树下。在幽静里，无人打扰。无人知晓。

他的最后沉睡，就在发生了月食的当夜。参阳王朝多年前就已不再关注天相与人间祸福的联系。只有喜欢天文的有心人，目睹了这罕见的持续时间极长的圆月的全部隐匿。

阴差阳错，当夜月食让王府老家丁们心生恐惧，没有巡逻。已然失去生机、白昼亦如死寂的王府，待得发觉，已是第二日。他已没有气息，却依旧面色鲜润，光彩照人，家丁们见了，都以为他睡着了。一个香囊紧握在他的手中，鲜红刺目。

而后，王府家丁们才意识到小王爷已过世。却忽然冲出一个彩装少女，正是惠珍郡主，挥舞着手臂高声大叫："哥哥没死，哥哥没死，只是睡着了!"然后她不等众人反应，就打开懿琨亲王生前在王府上的屋子大门，那里早已摆放一口玉石棺。

老王爷认得这玉石棺为若华国上等玉料所制，只是不知年轻的儿子何时准备了这么一口棺材在他的房屋里。惠珍郡主哭得天崩地裂："哥哥早就说了，想去这棺材里睡一会儿!"惠珍郡主命人们轻轻将懿琨放进去，玉棺不得入土，就在房里，还坚持不许旁人打扰他。老王爷悲痛之余只得应允。

第二日，行刑队伍走过的喧嚷嘈杂，全都遮蔽在了他的世界以外。

直到第三日过后，悲痛欲绝的老王爷才让这个消息传到皇宫。

没有人知道悯瑛得知这消息之后，哭得多么伤心。除了凌月。他看到了结果，却不知晓过程。

"小时候我在皇叔那里玩，我爬到那棵大树上不敢下来，琨哥哥把我抱下来，我们一起摔倒了，我摔在他身上，他受伤了，还被皇叔骂了一顿。"

剧烈的抽泣。

"后来他就再不带我到那里玩了。他说那棵树危险。"

"但是他却冒险传授给了我那棵树的秘密，还教授我其他的玄幻术，又把皇祖爷爷传给他的秘密书籍，全部送给了我……"

"更小的时候，也是他，最开始教我……"悯瑛已泣不成声。凌月静静听他说，让他哭出来，自己却不觉也流下了泪水。

悯瑛的手上紧紧握着懿琨遗留下来的血红色布袋以及里面的一封信。凌月没有看那封信，甚至刻意回避自己的目光朝它的方向。他知道那是懿琨给悯瑛的遗物，是他们兄弟间的私事。应当给予最大的尊重。

无意中的一瞥发现，信的材质是绢丝的，仿佛意料到悯瑛如泉涌的泪水般，抑或是为了防止写信人自己的泪水将其沾湿。

懿琨亲王仍以皇族规格举行丧礼。悯瑛坚持为他举办国葬，亲自派人将惠珍郡主保管的棺材小心翼翼搬到皇陵，被疯癫的惠珍破口大骂一顿。

丧礼浩大，无比悲戚，那不是形式礼节的效果，却是一种真正的深层的悲怆。连凌月这样从不喜欢而且反感形式礼节的人，也不得不动容。这是这么多年来最浩大的一场活动，甚至超过了前不久贵族子弟们行刑出行的那次。

哀乐绕梁。人去楼空。

次年，柳絮雪突然归来，怀抱一子，说是懿琨亲王的遗腹子。老王爷立刻接纳，尊称柳絮雪为柳夫人，悯瑛却以懿琨生前并未迎娶之由，不册封她为王妃。众人开始议论纷纷，悯瑛却又亲自下旨封这名男婴为爵位继承人，并破例给懿琨亲王御赐原本只有国君亲兄弟才拥有的一字亲王名号，赐以国名“若”，加封他为若亲王，流言终止。

第一百一十六章　记忆，不要走

一阵光与风的盘旋，那个转身而去的背影，隐没，却没有消失他的背影。

“这是一场悲剧的战役，没有人是失败者，也没有人胜利。”懿琨的声音一闪而逝。

“本是同根生。你不会忘记我。”这声响中却混合太多沉重，飘浮不去，只得遗留。

留下悯瑛怔怔站在原地，久久没有离去。

光影逆转，一阵光与风的盘旋，同一地，不同的时间。

这是在懿琨与悯瑛最深层的记忆里。平时不曾被提起。独自的暗中，当时场景再现。淡淡的景象。

“琨哥哥！琨哥哥！”

“悯儿弟弟，你来了。”

“琨哥哥陪我玩！我要爬那棵树，喏，那边有棵好大的树！”

“悯儿乖，那棵树不能爬，皇祖爷爷曾经说了，那棵树不是普通的树。会有危险的。”

“不普通我就要试试看！我要看看它怎么好玩！”小悯瑛童真的声音。

“好吧……不过悯儿弟弟千万莫跟旁人说起。”

“不说不说，当然不说！谢谢琨哥哥！”

两个小孩一高一矮牵着手，阳光朦胧，泛着一层白色。

“琨哥哥，我爬上去，万一下不来了怎么办?”小悯瑛忽然问。

“那你想好，到底要不要上去?”

“我还是想要的……”

“那么你就去吧，万一你爬上去了下不来，哥哥也会帮你的，我会保护你。”

“你怎么保护我呀?”小小的悯瑛眨巴着眼睛。

“我会接你下来，把你从高处接下来。”

“好，那我就爬咯！我要用力爬，爬得很高，看看会是什么样的！你在下面等我哦！琨哥哥不要走哦！”

“我不走，我在这里，等着你呢。悯儿，琨哥哥不走。”

成年悯瑛的抽泣声再次响起。混合着懿琨亲王的葬礼的哀乐。

偌大的皇宫一片素净。在那之后，按照北斗七星排列的七星殿点起白蜡烛，当今皇朝之主遣散了本就形同虚设的嫔妃，只留下皇后，抚养唯一的皇子。

“皇后，朕已传旨，将懿琨王兄的孩子定期接来皇宫，每隔一阵时日与皇子一同食宿，让他们两兄弟从小一起多相处。你当妥善照顾。”

“是，臣妾知晓，皇上请放心。”

悯瑛转身走了，只留下落寞的背影。

心痛至深，只得不语。

影响波及凌月，然而还不止这些。悲剧发生，却不局限于它本身。即使这一幕中止之后，懿琨当年的死亡仍凝聚着一股不能散去的沉痛与悲怆。

日复一日，周而复始。

“是我想多了。那些已经过去了。”似乎是凌月心中的声音。“或许那些，从未开始过……”

当日的情景还历历在目，一幕幕的变故是出乎他的考量，还是他想了太多。凌月闭着眼睛，即便只有他一个人，他还是克制着自己，自然而然，隐藏住了眼中的湿润。

“或许如果没有我，悯瑛和懿琨亲王不会弄成那样……”

凌月的脸上浮现了一道泪痕。终于，又一次落泪了。他的嘴角抽搐，流下了泪水，不属于安然的感伤。

一阵风吹起深紫色的窗帘，没有投进阳光。凌月一个人在他的小屋里。凌日走了。他的婚姻不受商敬先支持，因为他娶了毫无家世的女子。恰好他的婚礼遇上懿琨亲王的丧礼，一切必当从简，凌日原本没有生长在这个环境，毫不在乎这些形式，且对商敬先不悦，遂取消了婚礼的任何仪式。

“月，我接你出去吧。你跟我一起去将军府，不要再住这里。”

“谢谢你，凌日。我不要紧，我习惯住在这了。”凌月的固执。

“那，我走了。你想来的话，将军府的大门随时为你敞开！”凌日爽快而坚决地承诺。

商家大公子凌日走了。这一去，是真正离别了商府，这个他并无多少记忆和感情的地方。

二公子凌月却留了下来。虽然显然他是商府二位公子中不受欢迎的那一个。

整天穿着色调阴冷质地华贵样式烦琐的服饰，搭着一缕头发遮住近一半的脸，关在幽暗的屋内写一些不知是什么的东西。有时还会从那林荫道里幽暗之地传来哀伤的不只是哪种风格的音乐。

“我不走了……”凌月回忆中传来的声音那么空洞。

第一百一十七章　离开·忘记

那是最终残留的贵族气质
在风里
凝结不去怒吼

扶桑的枝杈与鹿角的分叉
同样纠结

穿插为林的石子温润如玉
纷飞跳跃，令火焰燃烧
上升虚无而炙热的穹苍

创
始
终

青铜铸造的钟鼎敲响三声
卷起泛黄的密语
在沙里
是多年以后的沉默
那些鹿角扎根在若木，以及扶桑的枝叶
同样纷繁
下沉满载寒冷的地
太阳殷红若血

伤
死
生

拨动千年后也是千年前的琴弦
奏响
朝向朝阳歌唱，不曾退去的情怀
平和商之调式
离开宫之外

破碎的线索，延续着结果，也有前因。记忆仍在那段时光。

懿琨亲王逝世的消息传来不久，御林军中就有凌月得力的副手提出辞呈，在凌月的讶异中，却收下一句更令他震惊的消息：那人本就是懿琨亲王的下属。

凌月已感到一抹羞愧在空气中笼罩自己。“难道是我凭空怀疑懿琨亲王会伤害我，是我……”

那一幕一幕，就是在这样的紧张气息下推进着，虽然或许注定无法避免，却不可开脱自己，凌月这时在悲痛中一再有声音翻滚着，不让自己安宁。

一声禀报传来——“启禀皇上、商统领，卑职有要事上奏!”

凌月低头掩盖自己带着血丝的双眼，跟随悯瑛踏出密室，望着他刻意昂首做出王者的样子以掩饰脆弱伤悲。

“请说。”悯帝的声音即使在正常状态里，也有一丝底气不足。

“卑职及手下连日调查此事，至此更获悉，数日前城外对峙的人士里，除了魔教教徒、金高展和宫奇闯手下的军士、商将军手下的军士和我们的御林军，还有……”

“还有什么，还有谁?”

“还有巫医派门徒！”

“什么！?”凌月和悯瑛异口同声，不禁惊叫。

“而且，这些巫医派门徒，并不在阻拦魔教教徒和金、宫的手下。”

“不可能，不可能！”凌月受不了这个消息，隐隐一丝答案已悬在那里，摇摇欲坠。

这时候的悯瑛比他冷静或者冷漠：“照你这么说，能控制巫医派的那个人我们心里有数，他却如何会将自己的军士与巫医派门徒分成两派，互相争打?”

“他们也没有互相争打。这批巫医派门徒隔山观虎斗，因而一开始未被查出。他们，请恕属下直言，恐怕就是坐收渔翁之利。幸而另有凤天阁阁主组织的下属在后，才没能让其攻入皇城。”

一时间无话可说。过了感觉延长了的半晌，凌月冷冷开口：“这是你查出的吗?”

“此事属下谨慎以对，御林军亦配合调查。且有朝中后起之秀、皇上十分器重的夏知天夏大人反复核实，证据确凿！”

凌月也不会不相信，这必然是确定了的才会被禀告，只是那一丝侥幸划过了他的心里。现在，只觉更加羞愧难当。

悯瑛见凌月不愿轻易相信，就开口：“传夏知天，带上你们核心属下和那些证据。”

须臾之后，铁证如山挪到了凌月面前。

“不管此行探寻得结果如何，我都会给你一个交代。”痛苦和悲伤已被惊异和愤怒取代，凌月毅然决然。

“好，我等你消息。”悯帝让凌月离去。

凌月回府最后确认，却得到了意料之外的答复——商敬先的答复，是肯定的。确实是由商敬先组织，且蓄谋已久，原来早在三年前商将军被革职之后，商府众人心怀不甘。后来凌日在守孝期过后立刻起程，早在凌月由小皇帝委托成立亲信队伍之前，便已开始借着行医的机会来收纳教徒，名义上的巫医派教徒，其实效忠于凌日和商敬先。

复仇的怒火让一贯冲动的凌日丧失理智，商敬先挑唆他的大儿子却蓄谋已久，后来更是亲自出马率领众新加入者，甚至拉上了他早年的江湖朋友贺青山。凌月少年时期就已出师，接任小将军一职出征之前就没像幼年那样跟师父练武了，只道贺青山是退隐江湖的高人，只不过对武学秘籍和重振门派威名有兴趣，哪想到贺师父和父亲都会名利熏心！加之他们召集的忠心而活生生的“信众”们，就比如梦令控制的失去思考能力、行动一致如机械的木偶人要得力得多。

“哈哈，那么多人都想推翻那小皇帝，我为何不能想?”狂笑中的商敬先，在凌月眼里，一股陌生的感受，恐惧油然而生。

商父的狂笑转为怒吼：“还不是你害的！如果你当初肯好好从文从政，让商氏家族得以重振雄风，我和你哥用得着如此设法??”

凌月噎在那里。

然后在商敬先继续的咒骂声中，凌月扭头就走。

接着在皇宫密室就出现了这一幕。凌月原本无须跪在悯瑛面前，无论出于他们曾经结拜的交情、凌月曾帮助的恩情，还是薄弱皇权下的已明示的潜规则。然而这让凌月心中感到好受一点，他强烈认为应该这样做的，纵然不是给悯瑛这具体的人——只是不知能否弥补那些过错。

突兀的一个身影，闯入他们的视线。他一进来便拜倒在地上，比凌月的下跪还要重、还要夸张。他的神态与凌月如此不相似，痛苦却是类似的，在一致的面容上。除了凌日，还能有谁？

凌月厌恶地愁眉。但同时仿佛在厌恶地看自己。

“皇上，请你相信我，我是效忠你的，我是真的在带兵与他们抗争！那些假教徒后来都是我父亲在控制……后来我已经意识到错了，我得罪了我的师门，也得罪了你！但是已经晚了。我无法控制，真的无法控制了！而我不能得罪我的父亲了。我只有跟他，继续下去……”

“但是我还在竭力挽回！以商将军的身份，我还在尽心尽意地带兵，维护皇权！我没有想要谋反！”

“我不会背弃……”

直到最后一句话，悯瑛冷然的表情化解了，因为这句话令他想起了自己的哥哥，懿琨。

“你去吧。”

“那，我还是商将军吗？我还想当将军，我想为你为国做事！我要弥补我的过失，我会加倍卖力，我会好好带兵，为国效力，我会加倍偿还！”

“既然你那么想当将军，那就去吧。”

凌日还不可置信，“真的？皇上，真的？太好了！”

“没人与你争，商将军的位子还是你的。”

“啊，多谢皇上！多谢皇上！”凌日竟然将头磕得咚咚直响，其实他并无必要，却仿佛完全必要——就如赎罪。

凌月不禁一阵悲痛升起，背转身流泪。

凌日告退。

悯瑛知道这是当年欠下的。那次巫医派事件后给商将军革职，除了给凌月的伤害，也包括给凌日的失落，还影响了商府。“是我该还的。”悯瑛对自己说，然后感到一丝解脱。

“悯帝，我的兄长凌日会尽全力效忠于你，他虽然冲动，但知错能改，现在打定主意有心弥补，定当加倍效忠，甚至掏心掏肺，你可放心，他是若华国真的可以依赖的栋梁。至于我，请原谅我，无法再给你任何有益的帮助了。”

而那一次，凌月转身离去，发疯了一般去往那行刑之地，他只感觉失却的能量似乎散落未回归，对当日所做却从不后悔。

纵使确有痛楚和压力深深堆积，也还愿意窝在那抹安然的熟悉；似乎从有记忆开始，在这座苍老的府邸就有那么多压力环抱着自己。当年扮演凌日的双重身份的无奈，今日看来，却是如此求之不得的简单甜蜜。

他还是不舍得离开。那些伴随成长的痛，一点点成为可回味的痛，光凭它们所带来的痛楚中的熟悉，就已足够了。

纵然，真相依旧有一层隐匿。

第十四卷

隐之归

第一百一十八章　坚守·拾起·真实的梦

亦真亦假的片断，凌月愈加混混糊湖的脑袋，却越来越想分辨，这些到底是真还是假，是恶还是善。

他被噩梦困扰着；那些不只是噩梦。或许，是凌月所获得的惩罚。那最可怕的惩罚不是一次性的，而是一点一点的折磨。并且不是肉体上的，是心灵里、再通过心灵来折磨肉体。这样的惩罚，阴错阳差，降临到了凌月的身上，或在心灵，或在梦境。

这些是一部分的结果，也只是一部分的原因。泪水覆盖整脸的凌月，还是没有忘记另一边的泪水和思绪。

线索纷纷繁繁，不管结局已然暗淡，迫不及待从他的脑海里钻显出来。

一道苍老的声线，划过漆黑天际。

“我的儿，你为何会变得这般?”

“我的儿，你会否再回来?”

颤巍的指尖拨动着算盘，仿佛要从一颗颗的算珠中间极力寻找着原因和结果的平衡。

老迈的眼睛，含着泪，正是教授悯瑛数理的太傅，宫奇闯的父亲宫无尘。

“我的孩子，你从小何等聪明伶俐！我们宫氏家族历代从事数理，偏偏这个世道对于理论失去了兴趣，而战乱的局势让你对军事产生了兴趣。那一年，你在府邸门口玩弄着你自己搭建的小木车，你将它拼了又拆，修修改改，忽然一位长老经过，他看中了你的耐心和灵气，硬要找我讨了你做关门弟子！”

“如果时间可以倒转，再给我一次选择机会，我不会让你如此离开！但是，我能决定吗？我能阻止吗？儿啊，那是你的心愿，是你作为我们家族的血脉所背负的重担！在这战乱年代，你希望有所作为，你愿意以你艰辛的付出，换来些许成果！虽然，那成果或许并非我们原本看重的……”

“你付出了比谁都要多的努力！至少在我和你的认识中，是这样的。商府的少爷也跟随高人，习武习玄术仍能顾得上归家，你却跟随你师父去了那么远，十年如一日，从不停歇——”

戛然而止的抽泣。凌月又一次从泪水中喘息着醒来。

他分不清刚才的那些话语，是在当天行刑前，从那些老臣们口中传入自己的耳，还是仅由这梦境第一次呈现给自己的。不论怎样，却肯定，它们是真实的。

真实的再现。这就是凌月受到的惩罚。在破了素戒之后，一开始他忽略，随后身心终于开始层层瓦解。并且互相关联互相运作。一次一次出现，就是在“心”或者叫“魂”的一层，却取自了“灵”，应在了“体”——凌月的身体越来越虚弱，那种灵异又清醒的睡眠体验越来越多。

凌月知道的也越来越多了；经受的哀伤和悲痛，就一层层翻倍。

为什么会知道那些原本根本不会由他知道的事？这就是给凌月的惩罚，多么合适，正好给一直以来爱思考、爱悲伤的他。

或许，最可怕的最悲哀的，不是心死，不是如同行尸走肉般地活着，而是心未死，明明白白清清楚楚感受深刻，却只能一遍一遍感受着那些悲痛；并且知道自己必须承受——即使那些并非来自自己，也是给自己的。

并非出于凌月，却归于凌月。他体验着这些周边涉及的所有人的痛。

一层一层，一重一重。

原本为自己、为时间、过去的回忆够沉重悲伤了的他，现在更身心疲惫，无法忍受。却还是无法避免地经受。

他开始害怕睡眠，再也不能像以前那样一天只睡两个时辰仍精神奕奕；不但如此，他睡眠越来越久。月亮小屋原本是他思考和创作的领地，如今却变为了昏睡的场所。他甚至连下床都变得了。

当然，在睡梦中，他也是在思考的，甚至有时比清醒时还要清醒，且不论是否清醒都感受着那令人窒息的悲伤和沉重。

而这些仅是"心"或"魂"的层面；还有"灵"的层面那半睡半醒的体验，更加恐怖。

破戒了，自然的抑或是人为的？无意的还是咎由自取？一层一层的体验，各种各样的折磨。迷迷糊糊半睡半醒之间，他意识到，那些债，找了过来。

更多的声音，在凌月的噩梦里传来。

"你这不肖子，原本商世家指望你出人头地，你却不争气，不求职位、不要名利，忘了你的价值！"商敬先的怒吼。

"我本来就不喜欢被职位束缚……"

"你住口！你和他把局势搅得天昏地暗，众人都叫喊清君侧的时候，若非你是我的儿子，我就直接上去杀了你！但你偏偏是我的儿子，孽障！"

"没有，不要这么说……我从来就不坏……"

"你还狡辩！你这逆子，你是什么时候变坏的？或者，你从未服从过？"

凌月张开嘴，却无法接话。

"孽种！亏我不忍心对你下手！这么多年，你表面上服从我，替家族做了这么多事，但我一转眼就又想起，你为我们家族抹黑，让商世家惹人耻笑、遭人谩骂！我不对你下手，但对你效忠的结拜兄弟总是可以！"

"不，不可以！抛开我不管，难道你所信奉的仁义道德，你的那些家族家规教条，不告诉你不能叛君吗？"凌月激动中却抛开了自己的情绪，坚持着心中的正义，大声怒吼。"啪"地一声，一个刺痛的耳光打在凌月的脸。

痛楚在梦中仍那么剧烈，却没有将他震醒，只是瞬间转换到了另一个梦境。

惠珍郡主俏丽而扭曲的脸，犀利的目光，看着凌月，却仿佛不是看着他，"你知道，这些年来，我一直爱着你，是你，不管你是谁。我见到的那个人就是你，从多年以前第一次看见，你的容颜就深刻在了我心中。"

"不要对我说这些了，你记住的是我的容颜，算不了什么。"凌月的声音轻而有一丝不耐烦。

"我就要说，你不可忽略！难道你认为这么多年的投入，会是一时的痴狂吗？时间摆在那里，后果的惨烈你也已见！我得不到，就休想有其他人得到，我无法拥有你，那我就要毁灭你！"

"你够了！谁规定你想要的就一定得得到？你自己得不到，凭什么去毁灭本就不属于你的人?!"

"因为我有投入，我付出了情感和青春！因为我有地位，我竟为你去屈尊！因为我有智慧，我有原则，我竟然为了你，而装傻装柔弱了这么多年，只为获得你的好感，你却认为我不可爱，而且可恶，你这么做，又凭什么！”

“不凭其他，就凭你干涉了我的自由，侵扰了我的世界！还有你的那些歪理，根本是不对的。即使你一厢情愿，你也无法一手遮天！”

“我就要一手遮天！那天子呢，他何等脆弱，你根本无法保护他！若不是我哥哥舍不得，不肯对他下手，他在皇宫里早就死了无数次！我既然无法毁灭他这罪魁祸首，那我就更有理由针对你！”

“但你出手去杀害的是凌日！你的恨根本没有朝我而来，可见你的爱，根本不是爱！你根本分不清我和凌日，我对你说过多次，你根本分不清我是谁！”

“即使我分不清你和他，我也可以既爱你又爱他！”惠珍郡主的声音尖锐而热烈，混合着分不清的复杂与沙哑，“我那一次来商府，见到的明确是你，你穿着你平常的衣服，说你是商凌月，你的气质比凌日更令我难忘，光是那一眼，那一次，我就深深爱上了你。可我以为你不学无术而窝囊，所以才会忽略了你，我并非浅薄之人，我喜欢的并不只是你和凌日的外表，从我十岁的那次，那与我哥哥比剑的少年，我在远处看着他，深深印进了我的心底，直到那一天我的剑刺入凌日之后，才知道那人竟是你！”

“一切都晚了，而且一切都不是那样！还是如我以前所说，你喜欢的是你心中的投射，与我无关。你更不可以你的喜欢作为伤害别人的理由。”

“你这一大堆道理的人，你的话语那么让人讨厌，少在我面前再多嘴！我是郡主，哈哈哈，不论我哥哥还是我堂兄当国君，我都是郡主，我想要你，就得到你；我想要你死，除非凌日替你再挡一次！”

顿时一剑向凌月刺过来，凌月竟然躲不开！

心尖一阵剧痛，凌月从梦中惊醒，额上都是冷汗，脸上隐隐还有火辣辣的痛，捂住胸口，喘息不止。

“前一个梦不是梦，疼痛是真的，后一个梦是梦，疼痛也是真的。”

“或者它们都不只是梦，只不过前一个发生过，后一个没发生过而已。”

浑噩疲惫的状态里，思绪还没有放过给他，接着又再给他再增添一个负担，一道难题。

“前一个梦是我应该承受的、疼痛是我替自己承受的，后一个梦的情景是不应该我承受的，疼痛是我替谁承受的？”

“我选择爱我的家人，主动去迎接家族的使命，然而最终与家人起了纷争；我选择不喜欢那个女人，主动去逃避她的纠缠，然而最后与她还是起了纷争，在这里面我所选择的到底有哪些？我不能控制我的出生，和我的出生所要附带的爱，即使我能控制我的情感，为何还要承受那些情感引发的痛苦？”

思绪停滞不前，滑落黑暗。黑暗提点他，这是又一日了。他昏睡在床上，不分昼夜，不知具体的时间，却仍只能眼睁睁看着时间走过。

疼痛，在心口，竟然那么真实。难道，这还是破了素戒之后的惩罚？又或者是多年来累积的——自己对不起自己、他人对不起自己、自己对不起他人——愧意、无奈，等等综合爆发？

梦境蹂躏着心田，将他几乎击垮。

又昏昏沉沉睡去了。凌月现在已然少有清醒的时候。

不知时间过了多久，也不知日月如何起落。

这一次，那个在现实里也不愿见到的女人，又到梦境来打扰他。

“不管你是凌日，还是凌月，我爱的就是你。”

她的样貌如此凄楚，一反以往霸道刁蛮之态。凌月的心上，却没有升起多余的悲哀。

“你根本不清楚我是谁；真正的爱，应基于理解。请你不要提那个字。”

“为什么！为什么？”一声高声凌厉，一声低弱凄苦。这个女人在很早时就已具备分裂的双面性，凌月突然奇怪自己为何当初没有发觉？

现在只是把她当一个“对象”在观察，顺带分析，凌月没有责怪自己无情冷血，原本就对她没有感情，是她一次次过来烦扰自己，那么对她忍耐地观察而没有动怒，已经是包容了。

包容，是相对的，就像爱，以及其他的特质，都基于相互，而非绝对的单方面。

她一再地纠缠、吵闹，对她还能欢喜接受，那就不是包容，而是纵容，忘却了自我和原则的放纵。

面对她哀苦的神情，凌月也无法再用那么适时的言词回绝她了。且既说了要包容，就不无动于衷地表示沉默。

惠珍继续哀诉：“你为何不肯接受我？”

“感情不像任务，不是说接受就能接受的。”凌月对于这点，有自己的原则。强加给他的事情有很多，有的已被他转化为心甘情愿的接受了，而这点却不可能。

“你为什么要让我难过！”郡主的声音变得高而颤抖，她又开始陷入高涨的情绪。

“我没有让你难过，你的这些麻烦，都是你自己的欲望引起的。”凌月的表情显得有些冷漠。

“你还说！一直以来你都有无数的理由，你从来没有给我机会！没有用心去感受！”

“惠珍郡主，你说够了！我没有对不起你，没有任何对不起你！我对不起懿琨，对不起宫奇闯，甚至对金高展，还有算不清的糊涂账，我被那些事折磨得心上疼痛难当！然而，我并没有对不起你！”

凌月的声音也泛起怒意：“我说过，我们原本就在两个世界，本不应有任何瓜葛！是你在一次次来打扰我，是你自找的！”

惠珍的清亮嗓音又从高到低，充满了悲伤：“你为什么看不到我的真心？这么多年，我对你一直不变的感情，你以为是迷恋吗？”

悲伤的少女继续：“我如果要迷恋，为什么不去迷恋我那近乎完美的哥哥？我如果真如你所想的那么分不清事理，还会顾忌他是我的亲哥哥吗？我的身边从来不乏优秀者，金高展也有他的好，他们都时常出现在我身边，为什么我偏偏想着你？”

凌月默然了，甚至有一分惊颤，确实，自己并没有去感受，没有感受过她的用心，甚至不排除对她有些刻板印象，然而，既然是感情的事，就包含了太多的主观因素，既然自己主观的感情希望排斥，客观的理性即使知道，仍不能接纳。

不过，既然突然知道这样的情况，突然被她的言词所说往这方面去想，凌月还是感到了她的悲哀，心上升起了歉意，神色和语词都变得温柔。

“你对我的感情，可能确实比我意识到的要深。我先前没有认识到，现在我知道了。谢谢你。对我的情感，我虽不能接受，却也可以心存感激。”

他继续柔声，安慰也是劝解：“惠珍，其实我不怪你那天刺伤了凌日。凌日已经恢复了。而就在当时，我也不怪你。你有你的准则和心意，你愿意站在亲人这边，你没有错。只是很可惜，你选用了过于极端的方式。

“或许你当时，是想通过这样来表达你的想法，又或者，是想以此决裂的方式来阻止可能的纷争。然而，你太过火了，重伤了别人，你的目的可能没有错，然而你的手段却有疏失。但是，既然你的目的本非恶，我不责怪你。”

“你不骂我了？”少女小声地询问，小心翼翼，又似夹杂着一线希望。

“嗯，不骂你。但这与感情，是两码事。我还是不能接受你的私人的感情。我可以理解你的公然的做法。其实，我对你还是有所欣赏的，你很勇敢，不然也不会用那么极端的表现方式，而你的感情是长久的，没有过于变换，对我，对你哥哥懿琨，都是如此。”

少女一动不动地看着他。

“惠珍，我理解你了。你可以安心，回去吧。我也还有我的事，一直以来我都没能花时间和心思陪你，请你，也谅解我吧。”

凌月温和地说完，微微笑了一下，对面的少女仿佛也淡淡地笑了。

从此以后，惠珍郡主再也没有出现在凌月的梦境。

第一百一十九章　孤独坚守黑暗

坐在床沿，凌月还在他的小屋里，抬头仰望一片漆黑，仿佛透过屋顶，望着那黑色的天。

漆黑的一片，漆黑的夜。一阵风吹起窗帘，没有月光。

那一系列事件之后，商敬先原本以为事迹败露皇上定会严惩，就将怒火投到凌月身上，如同在凌月梦境的回忆。凌月离家而走，到了皇宫，凌日突然而至。后来，悯帝不追究，商敬先意外，暗想是小儿子求情的缘故，由于这层原因，没再斥责凌月，却又忍不住在岳雯诗和凌日面前抱怨。没想到，凌日却站在凌月这边，全力支持这位为他差点无法生还的兄弟。商敬先无法再提，凌月却完全可以不继续留在府上。

然而，凌月奇迹般，或者理所当然，没有离开。仍留在这他并不受欢迎的府邸。看着这里渐渐没落的景象。商府建筑都已陈旧，即使多有重新翻新，亦仿佛突然老化。难道物质会感应人的心情吗？又或者只是，发生了那么多事，商府上下已无心思再对府院进行精心的打理。

在商府的侧院，林荫道的这一边有着日月小屋的小院，凌月也没什么心思照管。只是住在这里，不分昼夜，也不管外边的风起潮落。

仿佛觉得，自己一离开，它就会倒塌。这日渐苍老的小屋，还有这整座百年沧桑的商府，凌月坚守在这里，在这一瞬间抽离出自身，看着自己，发觉自己的背影，如同一位守墓的使者。

守着一块荒芜的墓地，或者说废墟，眼中却浮现出它的璀璨。是曾经的繁华与繁华之外的更深刻的华美，在自己的心间，不忍割舍，因那与生俱来的生命和血液。就在墓地旁，如同嗜血的鬼魅，游离不散，孤独地坚守在黑暗。

第一百二十章　几乎被遗忘·谁来打扰他

表面上，商府二公子还是与一直以来一样，安静独自关在小屋难见踪影。当众人都快要忘了这个人的存在时，却有一个影子在暗中盯着他。

这影子甚至擅自闯入了林荫小道，来到了凌月的小屋前——自认为有此资格，因为她是他的妹妹，商宁馨。

门紧锁着。窗帘也严实遮蔽。向内张望，什么也看不见。

商宁馨探头探脑，正在想从哪里可以看见他，忽然门一下子开启，一阵风吹来，吹在她脸上，门口赫然站着一袭白衣胜雪的商二公子。

他站在那里，那么突出，又如隐没在这背影中。阴影洒在他的身上，看不清他的表情，只觉梦幻般出尘。宁馨呆立。

“你在干什么？不知我不喜别人来这里?”

“我，我想找哥哥!”

“你既然来了，为什么不大方敲门?”声音快速中透着冷淡。

“我，我忘了……”宁馨有些害怕，吸口气打起精神说，“哥哥，你就不问我来找你做什么吗?”

“不用问，因为我知道你找我没事。”凌月有点嘲讽和不屑一顾，却笑了一下，走上前一步。宁馨看见他的笑容，更是呆了。

“宁馨，你长大了。”

“啊，是!”

“时间过得真快，我在这里，自从那次离开那里，也有两年了。”凌月一边自言自语一边侧转身，在花园里迈步。宁馨赶紧跟上去，有些受宠若惊哥哥竟然没有责备她了。

凌月似乎无视她的存在，却不喜欢她靠近，更不喜欢她跟在后面，往旁边侧了一下，转过身来面对她说：“我送你回去吧。”

“哦。”宁馨有点失落不能在这里多待一会儿，却很快兴奋凌月可以陪她回去，她迈开步伐，凌月走在侧后面。宁馨频频回头，凌月不紧不慢走着，见她几次这样才说：“你往前走，我在这里。”

“小姐!”这时宁馨的保姆萍阿姨来了，商府对三小姐照料精心，却忽略或者刻意回避对她的教育。或许就是岳雯诗当年的心愿，让这孩子平安温馨地成长，得到平凡人的顺利而非受上天眷顾者的坎坷。不过或许，商氏夫妇有些走极端了，有些“矫枉过正”。

直到被保姆接去内屋，她还对已离开的哥哥直直地望着。

宁馨越来越迷恋哥哥，几乎到了痴狂的地步，她开始不肯进食，非要凌月来陪她，看到凌月顿时喜笑颜开。

岳雯诗思虑至此颤抖了，女儿宁馨少女的面容，忽然与那张苍老却同样在见到凌月后展出笑颜的面容重叠……那张苍老的面容似在宁馨的背后浮现出来，那是，商敬先的母亲。

同样如同精神异常般地喜怒变换、见到凌月的一刻忽然安静下来。老太太是因为当年目睹血案受到刺激，而年纪轻轻的宁馨又是为了什么?

“哥哥，哥哥!”宁馨咧开嘴笑。

凌月脸色平静，有意识地让自己不在妹妹和母亲面前皱眉。

岳雯诗为自己将女儿与有病的老太太联系在一起而感到恐慌。她的瞳孔放大，看不清凌月与宁馨的表情也听不清他们的对话，心跳越来越快，终于强迫自己暂时离开，走出屋内深呼吸一口气。

当晚岳雯诗就对商敬先说：“我们女儿这样不行，得快点帮她找户人家，嫁过去。”

“宁馨还小，才十五岁，你这做娘的怎么如此狠心急着嫁女儿?”商敬先半开玩笑，却有一半隐隐凝重，并非责怪夫人。

“不是狠心，我观察考虑很久了。敬先，你也看得出，宁馨的态度有些过头了。前几年她还小，说将来要嫁哥哥这样的人，我们笑笑就算了。可是到最近，这段时间她几次和我说，只想嫁给她哥！”

“啊，真这样说过？”商敬先略为吃了一惊。

“嗯。”岳雯诗慎重地点点头。

“她说的……是哪位哥哥？”商敬先忽然这么问。

“哪位哥哥不一样吗？对她来说，都是她的亲哥哥，而且她现在，似乎已经分不清凌日和月儿了！”[①] 岳雯诗语速加快，音调透出焦急。

“唉，你说得是。那么，你说替她找个夫君，她却一定要她哥，如何是好？”

“我看下来，宁馨这么迷恋她哥是因为凌日凌月俊美而优秀，这我们大家都看在眼里。宁馨这丫头可能是从小见着这样的哥哥，就对外在特别重视，只要找一位和凌日凌月一样英俊聪慧的年轻人就行了。”

“上哪儿找去?! 你又不是不知道，说实话，你我夫妻对自己的女儿也是清楚，她的长相一般的年轻公子也难得看入眼里，我只想趁着我还有些权势加上我们商府世家背景，帮她找一户不错的人家，要找优秀的年轻人，别想了！”

受到夫君驳斥岳雯诗有些委屈，却知有理，叹了口气。“那么还请你多留意了，不管怎样，宁馨这么拖下去只怕越来越糟，得尽早分散她注意力。”

商敬先放柔声：“我知道你是为了咱们女儿好，她这样我也着急，唉，儿孙自有儿孙福，我有时只能这么想，你看凌月论长相才智哪样不优秀，偏偏却落得这样……”说到这里商敬先忽然随着话锋一转提起精神，“幸好我们还有凌日，他是商家的骄傲，还好我们有他。”

岳雯诗的思绪倒还是停留在说到凌月的那里，心中很是难过：“月儿也很好的，他只是暂时这样，他会好的，这孩子心地也善良，当时被人陷害了还替他们说话，反倒落人口舌，他不愿意在朝廷为官也不能怪他，凌月不适合那样的环境与那些怀着恶意的人们为伍，他整日窝在家里也是为了避免……”

“雯诗，你是不是听到些什么风言风语了？”商敬先忽然目光一闪，再次打断夫人的话，“连你也听到了！”商敬先的声音扬起了愤怒。

“敬先，不要激动！我听到没关系的，我是孩子的母亲，不管别人说什么，我还是会支持他。只是那些人实在太过分了，那种兴风作浪的群体也实在不适合凌月，让他在家休息一段时间也好。”

“他这一休息就是几年。你看他……”

“敬先，当年，你或许把他也逼得太紧了些……”岳雯诗沉吟了一会儿才犹豫地说。

“不要提当年的事！”商敬先怒吼。

第一百二十一章 迷雾

凌月的半睡半醒状态的噩梦和灵魂游离体验越来越严重，一阵阵恐怖，压迫心房。曾

---

① 讽刺的是，他们夫妻二人就分得清了吗？还有其他人，那么多人，那么多年来，有几人能分得清楚凌月和凌日？

这里又是一个疯和不疯的对比模糊的问题。老太太疯了，宁馨也显得有些不正常，但她们与所谓的正常人相差多少？或者在这世界上所有人都是疯了的？

几何时，他甚至自豪地觉得自己梦境很美妙，从无噩梦，即使有那种半睡半醒之下的“灵异体验”，也可并不算睡眠而已，然而自从发现素戒已破，而又强行使用了意念转移法以后，梦境早已变得恐怖无常。

现在，凌月是一个极度嗜睡的人。多年前那种分段式睡眠、每天只需稍睡就精力充沛、做事高效的状态已一去不复返，那段记忆也恍如隔世。现今的他整天昏昏沉沉，几乎每次都在睡醒了比睡前还要累。艰难地想起床又起不来之后，继续入睡。以前不看日出和日落是因为那段时间要小睡，而现在，他根本分不清日出和日落了。

偶尔翻着小屋内累积多年的书籍，却不敢去碰自己过往的日记和诗画，仿佛只想逃离到知识的世界，却再也没以前良好的学习状态与记忆。书本乱七八糟地散落在床边，里边夹着几张树叶书签，滑落出来，早已失去往日的色泽，且边缘模糊。

这一次，凌月又昏昏沉沉地睡一会儿醒一会儿，纠杂着噩梦与非正常体验。一幕一幕，零零碎碎，根本来不及去想什么，就整个压过来，破碎的画面和景象，仿佛朝着他的脸冲袭过来，那些残缺不全的画，却能够勾起回忆零碎的泪。

他看见了柳絮雪的那家装饰讲究的店铺，如今已颓败了，自从懿琨过世之后，柳絮雪再度归来就隐在了深深的王府，在那之前，她就被懿琨转移到了不知道哪里，那家店铺就已关闭。凌月在现实中后来路过那里一趟，确实很感伤，现在也过了很久了，不知为何在梦里反复出现。

仿佛一阵光影的盘旋，凌月站在那家店的建筑前，天旋地转。正在站立不稳的时候，恍然间发现店铺恢复了昔日的景象！四周传来了其他店铺的叫卖声与来来往往人群的声音。凌月似乎是首次感到这样喧闹的声音不讨厌，反而给自己一抹温暖感，已经好久没有听见人的声音了。

他缓缓走了进去。光鲜的门面，精致的摆设与物件。这时听见店铺内部的谈话声。凌月自然而然地放轻了脚步，避免打扰他们，或者或许他没有放轻脚步，他的脚步就是这么轻飘无底气，在梦境中更是恍如不知自我在哪里了一般。

伊人重现，柳絮雪正与凌日在谈天，有说有笑。那人一看就是凌日，与凌月一点也不像。而柳絮雪还是以前的样子，就如凌月初次见到她之时一样。

他们正在谈话，没有发现凌月的到来。凌日大大咧咧地说：“我问你个问题啊，懿琨是皇族，可以穿若华国皇室专属的绿色，为什么你要给他绛红系的？”

“那是他自己选的，他喜欢。”柳絮雪微笑起来。

“嘿，他怎么偏要和我一样喜欢穿红，偏生他的头发也是绛红的，竟然将我比了下去！”凌日的声音愤愤的。

“这就怪你啦，谁叫你不像你兄弟凌月这样打扮，素雅的白色和淡紫多好啊，你偏要来凑红色的热闹。”柳絮雪又笑，与凌日很是随意的样子。

“谁要跟凌月一个样啊！嘿，我才不像他呢！”凌日又哼了一声。

“你们是兄弟呀，一胎所生，天生如此，有什么办法呢！”柳絮雪对凌日比划继续说，“你看凌月的头发垂散下来，挺漂亮也挺有个性的，这边搭在脸上，累的时候还能够把脸埋在头发里，你不用整天扎得这么整齐。”

凌日突然道：“凌月他那样的发型是没办法，你不知道吗？他脸上有一道疤，只好遮住！”

“啊，我不知道，没看见，凌月脸上怎么会有疤？”

“呵呵，这你就不知道啦，凌月刚出生就被邪教追仇者所杀，后来是被我师父救的，留下了那道疤痕！其实他早被杀死了呢！”

顿时凌月吓得浑身一抖，惊醒过来，心脏怦怦地跳，大口喘着气。屋内一如既往的幽暗，而从这特别暗的光线来看应该是夜里。

赶紧摸索点着蜡烛，翻出银质小镜，对着烛光照映自己的脸容，一面用手摸着特意撩起头发，细细瞧着。只见镜中的脸庞完美无瑕，哪有什么疤痕？

再看他自己的脸还是如少年时期般，晶莹光洁，纵然经过岁月已然更为棱角分明，还是可谓眉目如画，或者凌月现在也还很年轻，不知怎么觉得恍若已经很老了。盯着镜中的人面，忽然有一丝陌生感，仿佛看着的人是凌日，根本不是自己！凌月顿时一阵恐惧，丢下银镜，钻回被子。

方才梦中凌日的声音又响起，凌月心上还有阵阵恐惧，伴随着疲惫加倍袭来，拼命紧闭眼想将那些嘈杂声音甩去，翻来覆去却睡不着了。

只好睁着眼睛盯着窗帘，等着天亮。烛火的光微弱摇曳，凌月却不忍心将它用梨花雪熄灭。在黑暗中，明明没有风，蜡烛也不会动，烛光却移动着，[1] 凌月的眼睛盯着烛火，看到它动来动去，更加剧了心中的恐惧。

终于，烛光摇动着仿佛催眠般，他的眼皮开始变得很沉很沉。此时天色已微亮，他开始睡去，却不是正常地入睡，又是感到灵魂从身体上移走，被抽离的感觉；这一次是朝上腾空而起的，才升起了一会儿，就开始向左，平面上盘旋。现实中凌月侧面睡着，就仿佛在半空中持续翻跟斗一般，忽升忽降，忽缓忽快，再怎么也头晕了。即使睡着了——应该已经算是睡眠中——还是感到头昏得难过。

渐渐便昏昏沉沉睡熟了。一层黑暗，然后开启一层白色的雾。仿若潜入更深一层梦境。

他又看到了那家精美的店铺。这一次从开始就光鲜如初，似延续着上一个梦。梦中的凌月又站在了那里。还是在一样的位置，看着听着柳絮雪与凌日的对话。

梦中的他有着梦中的记忆。仿佛现实中的一切都被隔离，只有延续着梦境自己的记忆。让梦境与梦境联系了起来，轻松地想了起来，自己的上一个梦、上几个梦是怎样的，即使现实清醒中已经忘却的梦境又都重回意识了。这是另一套记忆的体系。

这时，凌月忘记了之前刚过不久自己恐惧中惊醒对着银镜子检查脸的经历，真的感到自己的脸上呈现着一道疤。痛苦地用手捂着脸，那道疤痕却仿佛是根深蒂固的，确实，按照梦中凌日的说法是从出生几天就有的了，凌月摸着自己的脸，感到扎痛了手心，不知哪来的疼痛，仿佛不只是疤痕，这样扎痛着。

然后，又听凌日啧啧地说："懿琨的头发真漂亮，绛红罕见的色泽，还有卷曲，浓密又有个性的长卷发，深红暗色中透着光亮。他这头发是像谁啊，他有没有跟你说？"

柳絮雪答："卷曲听说像他爷爷，不过更漂亮些，绛红就奇了。我还奇怪怎么他父亲不是这样。后来听到，当年小皇孙殿下出生时就传是若华国上古的玄火凤转世，只不过这传言被上一任的皇帝封锁喽。"

凌日顿时说："噢，管他那皇族什么杂事，这不就隔代遗传或更远的返祖嘛，没什么好奇怪的，不过遗传得这么漂亮，还混合了进化吧，倒是绝了！早知道我就用像他那样的相貌，不要凌月的了！"

柳絮雪笑："你这是什么话啊，长什么样子还由你自己选不成？"

"怎么不是？你当我跟凌月真的是同胎兄弟吗？哈哈，我只不过借了他的相貌而已！

---

[1] 这其实是一种正常的现象，auto－kinetic theory，其实那是人的眼球自身的活动，在黑暗中唯一的一点小光芒时，会感觉它在移动，算是一种错觉。

提取他身体内的血液进行复制就行，不简单吗？”

“哈，真有趣，有这等事？”

“怎么没有？现在看来，借着凌月的相貌一点好处也没得到，尽是麻烦！早知道借用懿琨的还好些，还可以到皇家，比那个商府更富贵！”

“谁说的，家家都有难念的经，你到了皇族那兄弟竞争不惨烈？啊，对了，那还有个疑问，听说当年商府诞生了一胎双生的两位漂亮公子，在京城里还有轰动呢！明明是两位公子，你说凌月死了被救活，那另外一个呢？”

“本来就只有一个，哪来两个？”凌日却不屑一顾道，“那只不过是障眼法！他们商家盼孙儿个个都头昏眼花了，硬要觉得好不容易盼来就得一来一双，哪有那么好的事？于是小小的障眼法就被他们都接受了，哈哈！”

“那商老爷和夫人明明抱着两个孩子，是怎么回事？”

“嘿，这个太简单了，你怎么还不懂？有一个抱着的根本不是孩子！当时只有一个孩子吃奶，另一个怎么也不吃，一个哭，另一个不哭，就是这个缘故！另一个根本是障眼法弄的假的！”

“啊，这个障眼法一弄蒙骗了商府那么多年！把他们自己的公子也赔进去了，真是弄假成真。”

“什么弄假成真，假还是假，他们自作孽而已。”凌日的声音尖锐，说罢仰天大笑，笑得凌月毛骨悚然！

一阵寒战，又惊醒了。凌月身上竟然都是湿的，浑身上下都冒冷汗。他缩在被子里，把被子拉得更紧了，拼命想钻进去，获得些许依靠。

在被窝里，几乎蒙住了头不能呼吸，凌月还在发抖。

不知是太累了还是被闷得透不过气了，他昏厥了过去。虽然也是在床上，但这根本不是入睡了。失去意识的一刹那，凌月的脑海里竟然还闪过了这样的念头，“呵呵，这样可真像睡着了啊，就这么离开世界，短时间内大家还都不会找我！”

第一百二十二章　惩罚·分离的日月

“月，凌月！”耳边渐渐传来呼唤声，凌月睁不开眼睛，喊声却持续着，渐渐迷迷蒙蒙睁开一条缝，发现竟然是与自己一样的脸庞。

凌月顿时吓得叫了起来，伸出双手就乱扑乱推，要把面前的人脸推开。自己的手却被一把抓住。

“你醒醒！你疯了，看清楚，是我！”凌日的声音无比焦急。一边说，又用另一只手掐着凌月的人中和太阳穴，还有一节节的脊椎，凌月就像一只小鸟一样任凭摆布，毫无还手之力。在凌日的推拿下，渐渐清醒了。

嗓子内却似堵塞着，讲不出话来，凌月的眼神也空洞而茫然，凌日一动，他就透出深深的恐惧感。突然喊了出来：“不要碰我！”

“我没有碰你，刚才帮你推拿完了我的手就在这里，你看看清楚。”凌日特地把手在凌月眼前举着晃了晃，示意给他看。“你还感到有人在碰你么？这是幻触，幻觉的一种，比幻听幻视要罕见。”

“你，你是谁？你是谁！”凌月又惊慌失措地叫。

“怎么了啊？你睡了三天三夜都没动静，我发现你的小屋烛火白天还亮着，觉得不对，进来一看，你竟昏厥了！还好我把你抢救过来，你现在身体太虚弱，可神智怎不清了？”凌日睁大眼对着凌月。

在他的目光中，凌月眼神凝聚，思绪终于汇聚了起来。然而接下来凌月清晰的问话，在凌日耳中却同样那么不可置信：“凌日，你是我的亲哥哥吗？”

“你发烧烧糊涂了！怎么问这？”凌日目光一闪，“前两年父亲怀疑我非他所生，这个问题后来不是清楚了么？当时凌月你也站在我这边，一点也不怀疑我，现在怎么了？”

凌月听闻，虽然凌日并未正面回答，一想往昔尘埃落定，脸容终于缓和下来，呼吸逐渐平静。

凌日怜惜地摸着他的额头，“真可怜，你烧得很厉害，体内毒素积累到一定程度了，让它发出来，也好。”

凌月缩在床上的角落，把自己缩得很小，凌日真像一位大哥，怜爱地看着他。凌月问道：“凌日，你怎么回来了？”

“我带儿子来探亲，两位老人家开心坏啦！不过你这倔脾气，他们还不敢来打扰你，我过来看看，才发觉你这儿不对劲。”

“哦。我感到自己病得很重，你帮我治疗治疗，好吗？”凌月抖动着嘴唇说，这是印象中第一次，他主动开口为自己向凌日求医。

“我看出来了，你真的情况不妙。你昏睡时我已经帮你诊治了一会儿，不过你的病很复杂，不只是身体部分的……我的技术覆盖不到，我刚还在想呢，等过了这阵子我把朝野事务安排下去，就带你去我师父那儿，他擅长这方面调养，可以治疗你。”

“好的，谢谢你。还能治就好。”凌月叹了口气。

“傻兄弟，怎么会不能治呢？先好好休息吧，我去看我儿子和老爹啦！我会在府上住一阵，你有问题就找我！”凌日朗声而道，凌月又向他说谢谢，他轻抚凌月一下，然后离开了。

然而有一些疑团还是梗在凌月心里。凌日一走，他就又陷入了沉思。

那些梦境那么真实，太真实了！会是假的吗？如果是假的，那些对话，为何包含了超出凌月本身知晓范围的？

仿佛这样的对话真的发生过，真的……凌月想起来，在自己出征潘国的那段时间里，凌日确实经常去找柳絮雪，与她一起聊天，凌日确实对懿琨比较感兴趣，向凌月也提起过懿琨的华美红衣服和红卷发。而且，梦中人物对话和表情都是那么鲜活，仿佛是有血有肉有灵魂的，他们并不由凌月的任何一部分意识操控。他们独立于凌月之外。凌月梦到了他们。这个梦境，更像是注入给凌月的。那么，很可能是曾经真实发生的场景——的再现？

想到这里，凌月再次不寒而栗。

忽然想起，自己是在使用意念转移却破了素戒的受惩罚阶段里，那么这样的话，遭受些灵界的侵扰和惩罚也就是“理所当然”的了。想到这儿，凌月忽然有一丝放松了，嘴边终于露出了笑容。

把惩罚当作安慰，真是一种莫大讽刺！心中的声音响起，对凌月说，这是他自己一贯的声音和习惯。凌月已经习以为常，只是略感无奈而已。

第十五卷

划一道弧线·是不是圆

第一百二十三章　探寻·当年的人

不过，有一些疑问和已知可探寻的源流，还是要去寻找的。凌月起床，清洗了身体，仿佛想洗去所有的病魔一般，完全不管自己的身体能否受得了冰冷水温。在一阵刺痛中，好似一阵快感，是清醒了，或者冻僵了，忘却心上的烦恼了！

然后他再到热水中泡会儿，再到冷水，这样冷热交替，这是凌月知道的养身方法之一。虽然有一点刺激难受，洗完舒服多了。他换上干净洁白的衣裳，再次如同世外仙人般的样貌出现。比较起来，先前可真有点像鬼魅。

只是现在这仙人还是有气无力的样子。毕竟是在病中，要求也不能太高了，凌月吸了口气，走到屋外，还是走在习惯了的阴暗中。

凌月去的，是王府的偏院。他不是第一次来访，这次路经王府，当日的种种往事又浮上心头。一阵心酸。还没治疗身体的疾病，还探出心中疑问的答案，心灵上又被狠狠折磨了。

报上姓名，王府管家很快将凌月引入，他认得这位俊美的公子，见过也听闻过。凌月坐在会客厅，抿着茶，一会儿，一个身影就翩然临近。

"夫人。"他站起身。来到的女子正是柳絮雪，作为懿琨亲王的遗孀，现居住于王府别院，教养她和懿琨亲王生的小世子。她极其低调、深居简出，就住在院内几乎足不出户，不参加任何皇族活动或京城贵族妇女聚会。

"商二公子，找我何事？"柳絮雪的装束头型已是已婚妇女打扮，神态举止也比当日更成熟庄重，也可说添了一些忧愁和沧桑。仿佛她的容颜未老，心却已老了。

"请夫人莫介意，实不相瞒，凌月已抱病很久，近来身体状态更是不佳，不得已才来向你询问的，恳请你如实告诉我吧。就像是在当年一样。"凌月非常诚恳。

柳絮雪听闻，轻道："我知道，若非事态严重，你不会来这里的。凌月，你说吧，我来回答。"

她对他的称呼终于重新改变了，面色也和缓，仿佛一道无形的隔阂消散。凌月舒了口气，只是不再多作它想了，诚恳而道："谢谢你！这会触碰一些过往的情况，请你千万别介意。是这样，三四年前我有一段时间不在，我的哥哥凌日当时经常来找你聊天，是么？"

柳絮雪嗯了一声，凌月继续问："不好意思旧事重提，我兄弟与你聊天的内容，是否提到了他喜欢懿琨的衣装与绛红发？"

顿时，柳絮雪愣了一下，随即答："是的。"

"还有，凌日对你说懿琨的红卷发很漂亮，将他也比了下去？"

柳絮雪抿嘴笑了笑："有这么说。"

"是不是还问了你，懿琨的卷发怎么来的，你说一部分像他祖父，还有若华国上古传说？"凌月接着问。

"是的。"柳絮雪又回答。

"还说了，早知道借用像我的脸容还不如像懿琨的，是不是？"

听到这里柳絮雪忽然"啊"了一声。

凌月眼眸凝聚，有一股深邃的光：“我哥哥有没有说，他不是我的哥哥？”

“这，你……”柳絮雪急忙打断他，却骤然停住。

凌月还继续，声音微微变了：“他是不是还说，我的脸上有道疤，我是已死的人？”

“你在说什么！凌月，你怎么了？”柳絮雪神色担忧。

“他没有说过吗？他没跟你说，我是死了的人，我被他师父救活，留下一道疤痕，他根本不是我的哥哥，我根本没有同胎生的兄弟，他是借用一个形象而已？”凌月还在一连串地发问，神情焦急而恍惚。

“别问了！”柳絮雪焦急地提高声音制止他，“你从哪里听到这些？乱七八糟莫名其妙的！你是怎么了？”

凌月重重跌倒在椅子上。柳絮雪也坐下来，看着他等他开口。

“我是做梦梦到的。”他悠悠而道，“我知道这不正常，近来我经常做噩梦，它们很多却比真实的还真实、深刻。在梦里我感受不出那些话是假的，醒来也觉得像是真的。

“我知道，这是我不健康的身体状态的表现之一，但或许，它们是真的！从另一个空间真的再现过往的片断，因为它们超越了我能知道的范围，梦境里你和凌日的对话不是来自于我的脑海……”

凌月越解释越觉得害怕，自己被自己说着的话语弄得战栗了。柳絮雪见状，赶紧安慰他：“不要胡思乱想！确实，它们很可怕，正因为它们像真实般，所以比一般的噩梦更有恐惧感！我可以理解，你别把它们当真的。也许是有灵界的鬼魅在作祟，我们不知道那是什么，不要去猜测了，只是知道没有发生过，不要怀疑你的朋友和亲人，不要怀疑你自己了。”

一番话，字字敲击在凌月心上，凌月正对着柳絮雪关切的目光，感到一阵温暖。

“你说得好，我明白了。我早前真的很害怕，不光是因为梦境，更是联系现实的那些感受，我也不知道谁会了解我这样的感受，凌日不懂，你却懂了，谢谢你！”凌月这时真的感到舒服多了。

面对这位比自己小一岁的青年，柳絮雪现在作为懿琨的夫人，更像是一位姐姐，“不用谢，你别多想了，你的状态一定要调整过来。”

凌月点头，很是感激：“谢谢，你若有什么需要帮助的，也只管来商府找我。”忽然叹了口气，“可惜再也不能看到你的店铺和你做的衣裳了。”

柳絮雪目光一闪：“你还记得我做的衣裳？”

“当然，怎么会忘记。那些是艺术品。”

“难得你这样，”柳絮雪也悠悠叹了一声，“只有你和懿琨把我制作的物品不当成仅为物品。”凌月听她提起去世的人，也感到伤感，沉默，柳絮雪又说，“既然如此，我这里正有一件，送给你吧，也正合适。”

只见那件衣饰格外精美，雪白丝滑的面料。凌月接过在手上，柳絮雪帮他折叠起来。“谢谢。”他又道谢。

“对了，还有这个，也给你。”柳絮雪忽然又把一样东西放在凌月手里，是一只精美的木雕小盒子。“这是懿琨给你的。”

“给我？”凌月这次是极其意外。“他，怎么说的？”虽然感到收下时如此询问，显得不礼貌而不够真诚，且斯人已去，更难免提及对方伤心处，然而浓烈的疑惑使得他不能静默。

“他说，如果在他走后四年内你过来，就给你——就给商凌月。”

凌月震住了，这是他询问的答案，却产生了更多的疑团，且不知再如何询问。

他只能真诚地接过，这真诚是真心、真实的。即便不明白，也可信赖。而且，他知道，将有答案，在盒子里等着自己打开。

当天，凌月将这件雪白衣衫挂在小屋内，天色转黑后，发现衣胸前分别绣着日月，在白天的光线下竟然隐藏着。那轮太阳是绿色的，如玉一般的色泽，月亮则是柔和的白。不知是不是凌月的错觉，他看见两个光点在暗中开始移动，飘移起来，绿色的太阳暗了，白色的月亮渐渐转红，暗红如同陈旧的血，投映在凌月眼里，然后他的眼帘和头脑开始变得很沉很沉。

突然间光影回转，那衣衫绣着的日月仿若燃烧，一柄红色的剑刺来，一柄黑色的小刀射来，一个就像是凌日一贯的日耀剑，一个就像是凌月唯一一次出手的夏玄月，黑色与红色似血与阴暗混合着袭来，对着的却是眼睁睁无处遁逸的凌月！

似真似幻，他意识清晰，却怎么都无法逃脱醒转！只能如自身不存在般，就那么看着，知道是梦，也知道是真实，眼睁睁看着那两道光刀从那诡异的衣衫绣着的日月中袭来！终于一瞬间，刺破了恐惧弥漫的噩梦。刺痛在他脸上与额间却仍残留着。

梦中的痛觉怎会波及肉体真实感受？凌月浑身颤抖，只觉那些存在的相关联的远比他已然意识的要多得多。

睁开眼睛，空对满眼的黑暗。黎明尚未到来，黑夜加倍席卷。一股恐惧感，再次油然而生。伴随着扎刺心扉般的疼。

多年以来的诸多感觉，一瞬间都涌向了凌月。他的心中充斥了太多疑问，却一瞬间伴随着梦境与真实混合的疼痛，清晰了。

“为什么会这样？”他呢喃着这没有答案的反问。答案他终究知晓，结局却无法改变——那纷繁交错的，甚至颠倒了，永远不可解开，却在渐渐揭开。

这是一幕注定的悲剧，因为它里面的人们各自有各自的悲哀，而且根本原来就是同一类。

我们是受眷顾的，在这世代
从快乐的盲点被挑选出来
不由那浅而易逝的沼泽覆盖
为了证明悲伤确实存在
以不退的泪水倾注凡间的尘埃[①]

他们都是有苦衷的，有理想的，有道理的，还有为大局、为他人的考虑。为何却上演成为惨烈的结局？

或许最悲伤的悲剧不是恶人猖狂善良人受欺压，也不是有情人不能成眷属天各一方，而是在这里面没有恶人却有同样善良的人们互相为敌，不论如何排列、组合、获得、割舍，都永远无法完满。

即便惨烈，他们也已将美丽谱写。都是值得纪念的，也只得叹息。这里没有失败者。但也无人胜利。

---

① 取自本人原创诗歌《我们，受眷顾的人》。

第一百二十四章　唤醒，不醒·能否割舍

“凌月!”为什么又是被别人唤醒的？他皱着眉，不想睁开眼睛。

“快醒醒，你又昏迷了!”有人轻轻拍他。凌月还是不肯睁开眼睛。他不想去看那人，他知道。那是那个与自己并不一样、甚至表面也不一样的商凌日。

任凭凌日呼唤，凌月毫不理睬，很快这就不由他控制，他又失去了意识。

这次是彻底失去了。凌月没有再做梦，也没有再经历半睡半醒的体验。这次他完全不知道发生了什么。

直到再度醒来后，看见身上扎着的一根根的银针。凌日一把握住他的手：“月，你终于醒了！我害怕，我害怕会永远失去你……”

凌日的眼里布满了红丝，这是凌月从未见过的凌日，然而却感到无比亲切。

“很多人只在乎你飞得多高，却不知你飞得多累，也不管你会否突然下坠。但是有人，会在你跌落时，将你扶起，这就是兄弟!”

落地为兄弟，何必骨肉亲。凌月的心里忽然划过这么一句，他发不出任何言语，只是与凌日相拥而泣。

此时距离凌月最后离开皇宫和刑场的日子，已过两年，渐渐人们淡忘了当年凌月疯子般的举动，看见英姿逼人的商凌日将军屡屡建功、成为朝野中最风光人物时，突然想起他还有一位和他一样容貌俊美的弟弟。

于是有些富贵人家主动替女儿来向商府提亲，都被岳雯诗婉拒了，因为凌月早告知过不要打扰他。他需要休息。

那些内幕与真相，都是外人不知晓的。他们看的只是外表，并不知道针对皇权朝政的叛乱，不知道城外郊野的那场对战，只是听说有人想扭转商凌日将军和商凌月被皇帝器重的局势，于是针对这两兄弟采取了一些反对行动，就被皇上扼制，却又并未见想象中的清理，重臣元老们还在那里，然后商凌日将军为国家连连立功，更冲淡了人们对商氏兄弟当年“乱朝政”的这段历史的记忆。

只有很少人记得。还有更少的人知道，事实不是那样的。事实如一场同时发生的两重的梦。环环相扣，层层相逼；突然爆发之后却没有消失，反而沉淀了更多更多……

即使是局内之人的凌月，也并未想到去避免。在当时，那些繁重的事务搅乱他的思绪，他只想着他能撑过疲劳，帮助悯瑛渡过难关，却没有想到表面之下隐没了那么多的暗流，如同一个个机关一触即发。

在那个分叉口，一刹那，必须选择走哪条路，接下来的一切，再次不在自己的控制中，只能迈着脚步前行，甚至就在做决定的一刹那，也有那么多力量在推着他。

一样不是自己选择的。

没有答案了。都已经发生了。过去了。

又或许还是有很多都随着时间的流水变淡了。只是对于凌月这种性格的人来说很难放得下。凌日却远远要潇洒，他爽朗的笑声传来了。

商敬先和岳雯诗早早准备好了迎接大儿子的归来。同时，还迎接了他们的孙子。当年对媳妇的不满意早已抛到了不知哪去。这两年间，凌日回来了好多趟。

就在凌日以为一切都好的时候，忽然觉察到了凌月愈演愈烈的忧郁。

凌日每次归来，凌月就出来面无表情地打个招呼，看着凌日小小的儿子的瞬间，嘴角略微牵出了一个笑容，一会儿又消失了。那一次凌日后来才知道，凌月回到他的小屋，没日没夜，食寝混乱，终于，在凌日与家人相聚了三天之时，发现凌月昏倒在自己的床上。

凌月比以前颓废了，他的头发长很长，却不愿去剪，比以前更长的一缕发丝搭住一侧的脸，白皙的皮肤多了一丝苍白，更显得缺乏血色，精神不振，双眼中透出明显的忧伤，甚至在温和深邃的眼眸之下也隐藏不住了。凭着凌日的医学经验，一看就发觉凌月的内伤还没好，是由于心脉一直乱着，自己并未好好调养，而且用脑过多，伤血伤神。

比起凌日经常在外奔波忙碌，凌月的忙碌却是另一种，曾经的两位美少年，如今虽然容颜依旧俊美，都也现出了深深的沧桑，尤其是凌月，曾经绽放的光芒已经无影无踪。

听说他一直关在他的小屋里，写些东西，研究些理论，还创作些怪异的音乐，好像走火入魔一样。这是商敬先和管家说的。

然后他发现了商敬先和商府下人们对凌月的态度。以及更令他吃惊的，他们的小妹妹，见到凌日的表现，让大大咧咧惯了的凌日都吓了一跳，没法接受。

时隔两年，凌日再次说："月，我接你出去吧。你跟我一起回将军府，不要再住在这里。"

凌月一时间思绪涌动，首先的反应仍然是："谢谢你的好意，不用了，我喜欢住在我的小屋里。"然而却忽然感到，在这府邸，一离开小屋，扑面而来的气息似乎真的不好受。

于是他犹豫了。凌月不喜欢这犹豫的感觉，也不喜欢这不安的沉默，此刻却只能如此。

"你跟我一起走吧。"凌日真诚地说，低头看着坐在小屋内椅子上的凌月，他的脸藏在影子里，看不清表情，却可以那么清晰地感到他身上散发的那种忧郁和哀伤。

凌月缓缓站起来，面朝着微微拂动的深紫色窗帘和淡绿色的纱，他的手指划过黑色的紫檀木的雕花，更显苍白，神色与声音却不带一丝柔弱，坚定地说："好，我跟你走。"

在这之前凌月整理了一次他的小屋和旁边的花园，还有凌日的小屋，他也一并收拾了，然后一一锁上了门，在上面贴住了封条。走之前他转身落下一句："不要进入我的那片院子。"

他甚至在林荫小道的入口绕起了几根银色的绳索，从这棵树枝到那根枝杈，像一个迷魂阵，看得那些下人们眼花缭乱，只觉心惊，商敬先和岳雯诗也不敢去碰。

凌月离开后没人进入那个院子。

第一百二十五章　巫医圣地

凌日却并没有带凌月直接回商将军府。凌月不理解缘由，他的兄弟说："我得先带你去我门派，你不能这么被动静养，你的状况需要接受治疗。"

说罢，凌日扶着凌月，让他靠在自己背上。"我要行使仙行术了，抓紧我。"

凌月透出惊奇："仙行术？难道不用我走路吗？"

凌日笑："暂时不用。靠着我就好。你的腿脚不灵，以前行使缩地术就受过伤，行走有关的玄幻之术最好别接触。我来背你，到了那里再放你下来。"

凌月点头，忽然问了一句奇怪的话："凌日，你学习此仙法，不用吃素吗？"

"我连续茹素十八年，这一个十八年无须吃素而已。"

顿时凌月惊异地睁大了眼睛，张了嘴。凌日神秘地笑："哥的知识技能和经历很简单，你基本全知道，却在这简单中有很多格外的奇妙。不是老哥我要隐瞒，实在是你在你自己的世界和视角，无法看清和理解而已。"

咀嚼着凌日的话，凌月想起了那几个可怕的梦境，梦中就是凌日说出了令自己讶异而恐惧的言语，凌月忽然呼吸急促，瞳孔逐渐放大。

凌日一见，马上迅速点了凌月的穴道。凌月就闭上眼睛，倒在凌日肩上。

似乎只过了一会儿，凌月就恢复了意识，又或者，他的意识并没有失去，他听见了耳旁的风，呜呜呼啸着，类似于他半睡半醒梦境中的那种体验！立时，心上又升起了恐惧，身体无法动弹，凌月极力睁开双眼，眼皮十分沉重，更用力睁开，终于，感到自己的眼睛睁开了，却什么也没看见。

只有那张与自己一模一样的脸，转向自己。

"睡吧，睡吧。还没到。继续睡吧。"凌日的话语无比轻柔，不似平日的他。

凌月又闭上眼睛，虽然其实不想闭上，想转动眼珠看看周边的景象，但是就连眼珠也无法转动，身体的软弱再次验证了心之所愿的无效。

须臾之后，凌日宣布目的地已到。

放眼一片白色，宛若不属于凡间。

凌月随着凌日层层走进，进入这白色的宫殿般的建筑，不禁想到这里真像仙境，而凌日从小生活在这样的环境，为何离开之后，竟如此习惯于常规的世界？

似乎比自己更适合那个常规的世界。而且，竟然将这里的一切就这么抛开？

"如果换作自己从最初就在这里，那我还会跑到尘世中寻寻觅觅，忙忙碌碌吗？"

"或许我不会想这样，但又会有别的力量，比如血脉的催促，职责的呼唤，推我过去走同样的路，去寻找，也就是同时要遗失另一些乐趣。"

这里所有的人都穿着白色，除了凌日。看着身边同样穿着一身雪白的凌月，凌日突然发现凌月在这一片白色中丝毫没有被掩盖，相反，仿佛这里的一切同样的色调都在衬托他。凌日为这种感觉而惊异，他想起在这放眼全白的环境里，他的所有记忆中，所有人都只能融于这白色，唯有凌月，还有那一位凌日敬重却只印象依稀的人，竟然能以白色，在整片白色中如此突出。

弯弯绕绕，凌月随凌日终于走到了主殿堂，奇怪的是在这纯白明亮的环境中，照说物品陈设都是清晰可见的，却又宛若虚幻般。已知这是隔绝于世俗社会的另一个世界，然而凌月忽然有一种未来感，这里的一切仿佛不属于这个时代！不知是哪里来的感觉，凌月也不知道为什么会突然这样想。这时，已有一位身着长袍的长老装束的人前来接待他们。

"师父！"凌日看到他就行礼，凌月连忙跟着施礼。

这位长老竟然蒙着面纱，也是白色，不透明。凌月看不出他的长相和年龄。"师父，你怎对我也蒙脸了？"凌日笑着问道。"我的弟弟凌月也不是外人嘛。"

"为师并非见外，方才帮人看病，现在又要替令弟诊断，注意卫生。"凌日的师父语音中也有笑意。

“多谢前辈，劳烦你替我看看。”凌月表示谢意。

“不用客气，且到内屋诊断室。”凌日的师父带他们进入。

“看着我的眼睛。”蓝衣白面纱的长老对凌月说道，凌月发现他的瞳孔竟然是橙色的，如琥珀一般的色泽。随着他的注视，这双眼睛的橙色似乎在变得淡而清亮起来，好似从琥珀转为蜜蜡，却比蜜蜡要透明，凌月正在想怎么有这样的眼睛呢，就听到他说“给我你的手”。凌月征了一刹那就伸出左手，长老替他搭脉，同时吩咐说：“继续看着我的眼睛，不要动，也莫思考。”

仿佛竟能看出凌月是在思考一般，不过或许这很明显，凌月的思维很少空闲着。这时只好让自己的思绪悬住。

忽然，凌月左手的手腕被扣住，练武之人的脉门极其重要，若非为了诊治不会这么伸过去被人所扣，凌月本能地准备抽手回扣过去，却动弹不得，似被施了魔法般，整个人瞬间都动不了了！顿时头上溢出汗珠，又似并非由于着急而致。这时手掌被拍了一下，同时另一只肩被长老往下一摁，再在后背上一拍，凌月立即似在胸中翻腾起一股气流，在长老松手的一刹那，头朝地下，吐了一口血。

这一系列动作都在极短时间完成，一掠而过，如同一道光，凌月的心中和脑海里经历了一空一满一静一动一松一紧又一松，这时似乎身体还没适应过来，吐完血才感到心跳剧烈。而地上的血，却是暗红接近黑色的！

凌月大惊，惊呼声却是叫不出来了，脸色惨白，凌日在一旁“啊”地叫出来。只见凌月的嘴角还挂着血丝，脸颊逐渐透出血色，比以往要红润很多，仿佛被骤然间染血的花。

“不要害怕，吐出了淤血，已好了一些。快把这甘露喝下。”掌门医者将一个小玉瓶拿到凌月嘴边，扶助虚弱的凌月喝了两口。即刻凌月的面色恢复正常了，妖艳的血色退了下去。精通医术的凌日在旁边看着也是心惊不已。

“这位小兄弟的状况确实不妙，很复杂。”医者转眼看向凌日，快速道。

“怎么了?”凌月的声音很弱，凌日比他焦急，两人却是异口同声。

“心脉微弱，气息紊乱，淤血顽固，经络不顺。这些是身体之表象，却非本源。本源也并非来自于心，然在心上的症结亦是根深蒂固，却由心强力化解，推向身体的表象至内层。而又有外部加制的部分，却成为最深层。”

凌日的师父又对凌月解释道：“人分为灵、魂、体三部分，在我们这一派看来，身体虽是最实质，却为最外部，魂既是心理次之，是为内心，灵则是最里层的，可算为本质的深层。”

凌月一听就明白了，立刻理解了凌日这里所学医理玄妙，而且隐隐与自己平日思考的问题有所契合，于是对这些原理的关注倒是超过了对自身的关心，几乎忘了是来求诊的。

凌日听到师父说凌月的情况感到严重，怕凌月没听懂，补充道：“师父所指的，是说你的这三方面健康都欠佳。这样真有点麻烦，不过凌月你别着急，你这三方面混合着，但是单一的并不重，现在淤血已除，况且你的先天是很好的。”

凌月点点头，继续思考聆听。

“你所患的并非完全疾病，却包含一种连绵不断的欠佳状态。这是日积月累而成的。无具体的对症药物，也非一时能解。对于身体的这层，可以给你这些强身健体的药丸，作为辅助，能否有效却并不由客观决定，因为你的发病原因复杂。”说着，这位长老递给凌月一个透明的瓶子，里边有一粒粒的药丸。

凌月接过药丸一看，依稀记得和凌日服用的那种样子类似，猜想也许不是同一种药吧，不过来自同一处，凌日伤得那么重也能保住性命，看来这里的药的效果是非常神奇的。

向前辈道谢，凌月又听他介绍如何服用，点头记下。

而后凌日的师父又补充道，“若是全然因为身体本身，有了这些药丸完全可以得痊愈，而你的精神状态却更严重，这方面还需靠你自己调养。须从你自己的心中调整。然而奇怪且复杂的是，这方面恰恰是你做得最好的，你一贯擅长心理调节，自我排解压力，看得出你有很多种不同的抵消和化解方法。但是，这些是心理也就是魂的一层化解了，却转入了另两层，波及身体和心灵。魂在二者之中，又受到夹击而煎熬，如此形成一种恶性循环，却又被你再度化解，生生不息。”

“那么，我化解也不是，不化解也不是？这不是两难么？”凌月听得头脑有些恍惚，却又似乎十分清晰，仿佛那些话语都落在了心上，甚至是从自己的心中想法而发的。

“可说如此。但你必做选择，因你活着，这就是生活。”长老平淡地说，却似透了一丝混合着冷峻而透彻的沉重，“当然，你选取是一种较高的方法，将那么多负面的元素成功化解，如若那些达不到的人，则会积累疾病在心理的这层。”

听到这里凌月想起了自己的奶奶，还忽然想到惠珍郡主，急忙撇开这些想法，不想去想那些令自己不舒适的往事。

长老又接着说：“心理的这层，比第一层身体的疾病要深，又比第三层灵里的疾病要实，所以最为危险，而你避开了这一层之问题，虽然出现了其他问题，却也算得幸运。”

算是幸运？凌月不禁在心里冷笑了一下，另一面却还是认真地聆听着。

“我现在看出，你的病情最重的是灵的一层。你是否有施行幻术失败的经历？”

听闻这么一说，凌月心中猛地一紧。他心里本来就一直压着这个问题，宁愿告诉自己，自己的不适只是由于劳累引起的，只是身体本身的问题。然而，玄术使用的异常加上未到时限就破了素戒，这些能没有影响的吗？

这时的凌月抖动了嘴唇却说不出话来了，他忽然想起了传授意念转移法的老前辈说过不能将这个情况告知他人的。于是欲言又止，痛苦的表情浮显于脸上。

“月，有无这事？你快告诉师父，他来医治你。”凌日在一旁着急了。

“我……有，不过不能说。因为传授我幻术的人嘱咐我不能讲。”凌月决定了这么道来。

“好，那你告诉我你的症状吧，不说玄术，就说症状，不算违规。”蓝衣长老很能理解。

凌月觉得有道理，便缓缓道来那些奇异的情景，简略地描述了几种状态，包括灵魂出窍和“鬼压身”般等恐怖经历。凌日在一旁听得吃惊，不禁说：“月，你有这些经历我都不知道，以前我在学习的时候听闻这些症状，还没遇到过。难怪我看你的气色气息就觉得很奇怪，不同寻常，还好把你带到师父这儿。”

蓝衣长老凝神不语，然后突然问：“你刚才所说是你经受的，是否方便说一说你所做的吗？你做了什么，或者应该做却没做到的有什么？”

凌月心上又被点了一下：“我应该食素六年，但无意中破了素戒，而且在这之后又强行使用了……”差点说出了意念转移法，收住话语。

凌日愣了一刹那就叫了出来：“我想起来了，就是那次，你为了救我，抵制那些恶人的时候竭力带我逃脱……”凌日又流下泪水，“月你是为了救我……”就呜咽着说不下去。

凌月心上一酸，连忙道：“别这么说，是应该的，换作你的别的亲人朋友也会这么做。”

蓝衣长老的两道眉凝得很紧，声音也比先前要多了丝颤抖，注视着凌月沉重地：“你这是违逆了天的规律，以及你的规律；你所付出的代价是不可避免也不可估量的，完全在你的控制之外，你也不知它是什么。然而，由于你本是无心所破，且出于善意，你所受的只是痛苦，并不算惩罚，更好在你不知晓它是什么，也就免去了知道后果要来却还得眼睁睁看着它来的痛苦。”

“我，还是，很痛苦。”凌月这时不得不承认这让自己感到软弱的状态。虽然知道这有道理，也明白这些道理，却还是希望能够免除，能够避开，能够改变。

“师父，求你帮帮凌月！他是为救我才如此，请你帮他!”凌日在旁边焦急而恳切。

蓝衣长老神色凝重，似不忍心看凌月，转向凌日道：“此乃天理所定，我又如何能改?你知道你师伯，道法和医术都那么高超，当年祭天时破戒行法，不也得那样吗……”

凌日忽然哑口无言，嘴还张着，凌月不知道他们在说什么，却感到那压抑而苦涩的气息。仿佛有另一重悲哀和无奈在那里，不可触摸，却仿若领会。

凌月的脸容洋溢出更多的哀愁和忧伤。[①] 这时他残余的血色已然褪尽，先前饮了甘露后恢复的健康面色却又转为了虚弱的苍白，看着就令人担忧。

沉默了片刻，蓝衣长老这时开口：“罢了，有一个人，我带你去见，或许有助于你的治疗。”

“多谢前辈。”凌月跟随长老起身，已经听出了他所说的并不是“可以医治你”，想必自己被治愈的可能性并不大。同时心里闪过了一丝念头，自己若不来这里，像长期以来那样坚持着也就拖着了，日常的事情还不是照做，生活照过，一来治疗却反而像是很危急了一般，不解决仿佛就不行了。然而心中的另一丝想法却告诉自己，既然症状在那里就早晚得面对，就算没有显露出来也有隐藏的危害，还是解决了好。[②]

“既然来了，就好好治疗，坚持下去，把我的病治好了，也算是攻克了一道难关。”凌月对自己说。

“会对自己有益的。”“会有成就感的。”两个声音接连鼓励凌月。“要想一劳永逸，这一劳是免不了的。”又一个声音对他说。

凌月微笑着走向前。“而且，他们是在为我好，他们为我在想办法，这么关心我，且有这样高超的医术，我真是幸运的，也是幸福的。”

“我要感谢他们，因而更要好好对待自己。我过得好，对得起他们的关心和帮助。我对得起他们，也更是让自己安心了。”

凌日在凌月身边，此时无比怜惜这位兄弟，原先并不知道他的这些精神上的经历和

---

① 这是“移情”（empathy）作用，也称“神人”，就是将他人的感受移到自己的心里，感同身受一般。凌月是善于这样感同身受的人。这是在心理工作者身上的一种需要的元素，因为可以让他们与心理求助者更良好地沟通，感受到求助者的所需，有时心理咨询师还刻意地培养这种移情，达到效果。在朋友熟人之间会不经意地产生。而这种移情如果过度，会带来反效果，又或者使感受者体验其对象的负面情绪而也陷入负面。

② 现实社会中，有些重病患者原本不知道已患重病，突然检查出来立即觉得天塌了般，备受打击，原本的正常生活吃喝娱乐工作都不管了，反而加剧了病情，甚至很快就过世了。而有些重病患者则很豁达，乐观开朗的心态对于治疗很有帮助。对于重病例如癌症的治疗，患者的配合和心理的乐观都是医生技术与客观病情之外的重要因素。其他的病症也是的，生理与心理密切相关。

感触，现在又多了解了一层，也多了一层同情。“不论他需不需要同情，他真是令人怜惜，他的内心比外表坚强，这坚强是真的，并非假装，却在更深一层了解后，比内心柔弱的状态更令人忧心。”

就好比一件脆弱的瓷器，外表刚硬实际脆弱，旁人珍惜担心它碎了，若真的碎了也就是一瞬间的事，或许一阵强烈的痛，就过去了；但若是一棵柔美的盆景，看着柔弱却明显有坚毅的生命力，旁人并不担心他会挺不过去，可是若再多一层了解，看着他经历风吹雨打，一次次打击之后又站起来了，这样的折磨就仿佛在心上一道道的划痕　在枝干上的一道道伤口，愈合了看不见了，难道就不存在了吗？知晓的人又怎会不揪心刺痛呢？

凌日没有想这么复杂，只觉凌月很令人同情，难怪他平日看起来总是忧忧郁郁的，通过医学的眼光一看就知身体不好，但不是器质性的。

由于凌日的身体很好，所以同情身体不好的人，也因为他天性快乐，所以同情不快乐的人，就这么简单。加上这人是他兄弟，也就多了一份友爱，还是非常简单。现在更了解他了，更知道他的难处了，还是简单而且一目了然。不是吗？凌日不想多想了，“再想下去要步他后尘了！”

只见凌月随师父缓缓走过一条走道，两旁仍是洁白一片，凌月的白衣在这里在此时更显得飘然出尘，与他虚弱的步伐有关，在无风的室内也似荡起来，脚步也是飘的。

其实凌月的身体和病情一时不可能到这样的地步，也不可能突然加重，怎么脚步也变得比先前软很多了？原来，听闻凌日师父的话语，凌月忽然意识到了原先还隐隐压在心里的一些担忧仿佛突然被挑明了，就像是突然浮现的力量侵了过来，提醒着一抹恐惧的未知，还有不可避免的无奈，让自己的心悬了起来，手脚也就都感到软绵绵的。这是凌月的心理作用。他又一次将心理的负担躯体化了，转到了身体上表现出来，所以在心理的层面则空余出了空间，使他可以乐观积极去面对，也就是刚才自己心里的那些感恩的有信心的对话。

凌月身心的“抽离化”落在了一双眼睛之内，又一位蒙面长老站在走廊尽头的一扇门里，门是开启着的，正在等着他们到来。

长老的长袍雪白，几乎同凌月衣衫一样，只是要长很多，拖在洁净的地面。他站在那里，融于这整个环境里，又似在一片白色中凸显出来。不等一行人走近，白衣长老忽然开口，声音悠扬传来：“尔等先退下，求医者独自前来。”

凌日和蓝衣长老听闻，立刻停下脚步，转身离去，凌日快速对凌月留下一句话：“你别怕，过去吧。”

凌月当然没感到害怕，至少对于眼前的人。他让凌月感到一抹亲切，淡淡的，不明所以。凌月走近去，发现他的眼睛是灰色的，却闪动着不同颜色的光彩，明亮而比黑色更深。宛如深灰色的水晶，透明深邃，在阳光照射下闪烁着彩色的光泽，变幻着却又是凝固不变。“跟我进来。”他说着，凌月走进，他就关上了门。

房间里的一切亦是洁白。

“体之病症由药物医治，魂有欠缺从心理调整，而灵的方面则超过人的力量了。我只能试试看，也要你的配合；效果如何不能保证，所以我们更要努力，对么？”深灰色的双眸看着凌月，凌月从心而发赞同，重重地点点头。

“到床上来。”他对凌月说，凌月就来到了那张白色的床。

这时，见他手里拿着一根针，针下有一透明的圆柱管，里边有透明的液体，这样的物品凌月从来没有看见过。躺在床上，凌月突然心中一个念头闪过，急忙中开口：“请不要让我失去意识，好吗？这会对我的头脑有伤害。”

“你怎知这一针会让你失去意识？会影响头脑？”白衣长老深邃的眼眸里闪过一丝惊奇的光，“你知道的超过了你应知晓的。这是你额外的优势，也是你附加的悲哀。”

凌月的脸上露出更加惊奇的神情，被一语道来，才发觉奇怪自己怎会有这样的想法，并且听闻长老的话，觉得似乎曾经有过这样的话语在自己心中出现。仿佛现在经历的这一切，以前都发生过，都是熟悉的一样，要等发生了才想起来。[①]

白衣长老柔和地看着他：“放心，麻醉剂的副作用很小，不会伤及脑部，你可以好好睡一觉，安心睡吧。记住，如果你醒来看见我们都不在，房间仍是暗的，就继续睡，尽量多睡，此为对你治疗之一部分。”

凌月认真聆听。白衣长老怜爱地笑了笑：“遇到你这样的病人，就得把医理告诉你，跟你讲通，你才肯配合。否则你固执得很，自己的想法多，想歪了，疗效就要打折扣了。有道是心病还需心药医，你的症状关乎于灵，自然要以灵的方式来化解和调整了。”

既然是灵的活动，自然要等人沉睡之后，凌月明白了。“那我自己睡着，行么？”他还是抱有一丝希望，或者顾忌，不愿那针筒扎向自己，针筒无所谓，主要是对那里面不知名的液体。

“你不能保证你睡着所到达哪个期，哪个阶段，也不能保证时间长短，而这一切为了医治都得控制。”

凌月觉得有道理，“嗯”了一声答应。

“况且，万一有突发情况，其可与我联络，我在此观测。”白衣长老俯身坐在床沿，告诉躺在床上的凌月，“万一有邪灵侵扰，切莫惧怕，坚持挺过，不要硬使自己醒来，不要逃避，如果你醒来了房间还是暗的，请务必继续睡去。”

“好的，谢谢。”凌月轻轻地说，闭上眼睛。白衣长老就将针筒插入他的肩，他顿时沉沉入眠。

房间里面发生了什么，凌月就不知道了。却忽然似置身于另一个房间，也是同样的姿势睡着，他看见周围的景象仿佛瞬间改变了。或许由于通过突然且非正常方式入睡，他的思维仍在运作，而且很是迅速而清醒。

新见的房间是一种虚幻的景象，墙面都在浮动，凌月清楚知道这不是真实的场景，而这时自己的身体或者灵魂——反正是属于自己的——却不能够由自己控制了，想坐也坐不起来，突然感到一股力量袭来，恍若牵扯着自己，将自己往下压去，凌月就感到自己的灵魂沉了下去。

“这是又一种灵魂脱壳的方式。不是上升，是下沉。”凌月的思维十分清晰，还可以将此时的体验与往常比较，并进行分析。然而，心中的情绪，那种恐惧和不安，却是显著的，不被自己清晰坚定的思维掩盖。这种灵魂下沉的感觉真令心中不安。若说灵魂上升的那种感觉还可以给自己一些希望和振奋，不论是朝上的寓意还是仰面的睡姿，这种朝下的沉落有的就只是绝然的未知和加倍的恐慌。

“我为什么跌下去了？为何要落下？会到哪里？”自己的疑问显然没法解答。下沉的速度由慢到快，渐渐可以听见耳旁加速的风声，然后又缓缓减慢了，一点一点，终于停止。一刹那之后，凌月感到自己的灵再次升起，却只升了一会儿，就改成平移了。一股力量将凌月往脚的方向吸去，这时他只能看见头这边的景象飞速地退离。

---

① 这是很多人都会有的一种体验，是一种神奇的心理感觉，科学上可以解释。

极力挣扎着想换一个姿势，终于似乎坐了起来，看见自己平坐着由那股力量牵引掠过山林、平地、楼房建筑，时高时低。

越过一道墙的时候，凌月心上猛然一紧，真实地感到，仿佛真的要撞上去一般，却突然穿梭过去了，发现灵魂果然是不受物质限制的。然而再一次碰到墙壁，还是忍不住心惊，总是要把心提一提，那种撞上去的感觉即便不真实，迅速的速度还是演绎了冲击力。

“我要走向哪里?”凌月开始询问。“你觉得你应去往哪里?”不知是“真的”有声音回答凌月，还是又是他自己的哪一个自我发出的声音，总之，提点了凌月。

他的意念在凝聚，“解铃还须系铃人，我要将他找到，是他传授我意念转移法，或许关于这个的后遗症，他可以帮我。”

但这谈何容易?在不知地点的场景，甚至不知是真实还是虚幻，找那位不知是谁的老者，要怎么寻找呢?事实上，这个想法不是他——他的灵魂——第一次拥有的，在好多次的类似的灵魂脱壳状态里，凌月无法控制自己的“脚步”，却凝聚意念极力寻找那个人，虽然这种想法好似即使在这本应是潜意识活跃的梦境里，还是隐藏着，似在更深层。

一层层的树木、建筑、云层，光影交错。仿佛尽力拨开去透视，又好似自动地呈现在了凌月的眼前。凌月忽然停下来了。双脚似乎落在了地面，一刹那有一种接邻感，然而还是无法挪动身体，脚仿佛被固定在了地面。

怎么办?即使在完全属于自己的梦境，要控制自己仍旧那么难。忽然，他想了起来，环境亦是可由心来转换!不说施行意念转移，就说现实中的努力，何尝不是发自内心，以心的力量，扩展至外界?

倘若自动放弃、消极，就只能消沉下去，而现在凌月转到了另一个极端，凝聚思绪，极力控制着并告诉自己，“我能够控制，我能够掌握从我至周边。”一点一点，心境清明，当年的景象点点重现。

却没有那位前辈!

根本没有一个人!只有他自己。他走进那小屋，一眼望见没有一个人影，又在其中转了几圈，呼喊着“前辈?”

“有人吗?”仍旧没有应答。

于是凌月想到了寻找这里的线索，或许能给自己答案。比如说书本什么的，“既然是秘境之地，应当有仙书或警言之类。”

可是，屋子里的一个个箱子，不是空的，就是只有堆积的工具、木头、石头甚至钱财，没有一本书籍。凌月知晓这些东西都带不出去，固然一些漂亮的宝贝，也无法拿到另一个世界，于是就不浪费自己在这儿的时间，继续翻找有没有提示的只字片语。

又忙碌了一阵之后，他猛然抬起头来，隐隐感觉额间的汗珠，稍许停顿，立刻想起，“我差点忘了来这里的初始目的。”

寻找医治自己身心灵状态的良方。而现在这样慌忙寻找，反而使得身体更累，心灵更不安，反倒是先前踏入小屋之前的时刻，悠然控制了自身的心境与周边的物景，这不正是令自己舒适的状态吗?

“原来，我寻找了半天，是冲着寻找的手段，而非目的本身。”

“而我这次来这里，寻找的秘籍到底是什么?”

忽然，心上响起一阵话语，来自他抽离当下的清明之思：

“你在寻找的，不是结果，而是过程。”

顿然明朗了，是啊，他已然在过程中找到了答案，答案并非一个固定的结果，而是分布而隐含在变动延续的过程——那一个点，令自己安然而舒适，就是自己合适的状态。

“刚才我为了控制意念、转换到此场景的时候，告诫我自己，不要泄气，不要消极，控制自己，可以以心而发之力来改变环境，这样就已经让我来到了这里，达到了一次成功，那么其实，以后我就可以如此！”

而到了这里之后的发现呢？恰恰从另一面印证了：“没有老前辈，就没有了他所说的禁忌之语，也就不存在破戒而产生的诅咒!!”

骤然释放了，忽然仿佛一阵能量涌入心田，再下透至丹田，一股暖流，其实只是他一贯的潜力，只不过不再由人为多余的害怕担忧禁忌而堵塞。

凌月忽然意识到了，这些年是自己跟自己过不去，放不下的负担，解不脱的状态，是自己将自己放在消极消沉的生活里。那么，现在已然可以解脱！

愉悦地冲出了小屋，不让自身再被狭隘如同箱子的环境禁锢，凌月的脚步轻松了，仰天呼吸一口新鲜空气，朝着不知道日光在哪儿的天际，也并不寻找哪里有太阳，就这么自然而然地舒畅呼吸！

突然，一声嘈杂的声响响起，周边的场景开始动荡，如同水帘微波般地产生了震动，不再固定，虚幻场景中的凌月心上微微一惊，抬起脸看着四周景色忽明忽暗，意识到那些声响来自于另外一个世界——他的身体所处在的世界里——只是听不清那些声音究竟是什么。

于是，向来思维活跃的凌月猜想自己该回去的时刻到了。“应该是凌日的师父师伯他们在呼唤我了吧。”

然而却没有明确的呼唤信号，凌月一时不知道怎么回去，而那些嘈杂的声音怦怦作响，弄得心神开始不宁。“呃——”被弄得很难受，他开始尝试睁开眼睛，清楚知道只要睁开了双眼，就能离开这里，该寻找的答案已经寻见，现在只想回去看看是怎么回事。

眼皮发沉，再一次由于疲惫和梦境的隔离而不受控制，不过凌月继续尝试，顿然，四周的水波般的场景向外一扩，突突两下跳动，光景就全部消散！

猛然间醒转，他吸了一口气，睁开眼看见的却是一片黑暗。

“奇怪，长老前辈呢？”

想起来入眠之前的嘱咐，说是如果醒来看见没有人，就继续睡。凌月就闭上眼睛，心中却隐隐不安，加之先前已经睡过一阵，解脱了一层心上压力，此时并无疲倦感，从而没有睡着。

过了一会儿，一阵轻轻的脚步声伴随推门声响而入，是凌日的师父，呼唤他：“凌月公子，起来了。”

凌月动了动腰肢，微有点酸却是颇有力量的感觉，适才这一觉经过深层放松果然是好啊！比长期在自己小屋里那样的休息要质量高多了，他想着，微微一笑，脚步如同在梦中场景的后期一样轻快。

难得他没有多想，自己所遇魔幻化的景象之郁结，真的解了吗？

第一百二十六章　观念·当年·不可想象的谜

“恭喜凌月公子，解除心魔，回归良好状态!”起身之后，屋内光线亮起，凌日的师父将他迎接出去，说是已经备好了餐宴，欢迎他初来此地。

“多谢前辈!”凌月立刻道谢，随他走在狭长的通道里，与他客套了几句，心上却不知为何响起了不和谐的话语：“心魔解除了？呵呵，就这么一下子心魔就可以解除？未免太过儿戏!”

“要么心魔仍在，要不就是根本不曾有过!”

不光是由于从小就自我辩论与否定的习惯，更是由于他的聪慧敏感，或许还有一丝习惯的悲观，先前明明被他们说得那么严重，怎么这么快就解决了？这时，凌日的师父微笑着表示身体还需调养：“心灵的这一层突破，就好办了，身体可以慢慢调养，我再给你开一点药，你按时服用就好。”凌月笑着道谢，心中却同时质疑着，他描述病情状态比之先前弱化了很多，似有些前后矛盾，甚至，在遮掩什么？

“唉，也许是他不想给我打击。有很多事，并不一定要知晓答案，得知答案可能反而是负担。反正现在，我的病情已经好转，那么就继续往好的方面发展吧!”

从悲观再转向乐观，凌月就不去纠结了。结果已经达到，不用再纠缠过程——虽然过程中确实有疑问，而若能解开确实是有帮助的。

当下，凌日的师父带他进入用餐之堂，凌日已在桌前坐下，见凌月过来，立即挥手招呼，示意凌月坐到他旁边。看他热情而大大咧咧的样子，凌月笑了，坐到他旁边的空位，桌旁就坐了他们三人。

丰盛的冷盘已经摆在桌子上，主客就座，热菜也端来。

“咦，凌日的师伯不来么?”凌月以为那一位前辈也会过来，见他们不等他就开始吃起来，遂疑问。

“哦，”那掌门顿了一下，“我师兄有事忙去。他素来行程紧张而神秘，不必在意。”

凌月忽然心念一动，“前辈，请问那一年到我府上，替母亲治疗顺利诞生下妹妹的那位郁大夫，是您的师弟么?”凌日的师父明显一愣：“他……是我师兄。”

“啊？我是说那位。您的师兄我也见过，是您师弟带来的。之前是一位年轻点的郁医师，后来才带了他的师兄过来，说这是他的兄长兼师父。那么之前的，是您的小师弟还是师侄?”凌月又更清楚说明了一遍。

“我知你所说。”凌日的师父说，就连凌日在旁边听得一头雾水，插嘴问：“师父，你们在说谁啊？哪有这样的小师弟?”

凌日的师父犹豫了一下：“此乃本门之秘密，不可对外者诉说。凌日你日后若成为本派长老才可知。不过你们俩兄弟与本派渊源极深，既然问起，那么我略说一二也无妨。”

“您请说。”凌月被激发了好奇心，也还是耐心等待，怕一催促打扰他又不肯讲了。

“巫医圣者可以不同的面貌出现。他在世间有——化身。”

“哦。”凌月按捺惊异，等他再说下去。

“或者说他安置的另一重……不仅仅是身份。那另一位郁医师，也是他的另一面。”

“啊?”说到这里凌月不免张口，就连凌日这巫医入室弟子也不禁惊讶，两兄弟异口同声呼了起来。

“他想救济天下，一个人忙不过来，有个帮手就可以做多一点了。”长老淡而快速地说，听上去些许开玩笑的意味。

“那么，那位年轻的郁医师为什么不知道巫医圣者知道的事?他们俩的思维，似乎是分开的。”凌月忽然这么问，似乎对这种一人分成两人的问题有一种超乎寻常的理解。

巫医现任掌门意识到凌月比他想象得还要聪明，并且有一种非常的悟性。他看着凌月说：“在你装扮凌日的时候，会走进他的角色、承袭他的思维吗?而你在进入一个身份进行任务之时，也剥离与其无关的思绪和情绪?”

“嗯，我有些明白了。”凌月微笑点头道。凌日在旁边不得其解，张大了嘴巴。他看到自己的师父和凌月一问一答，忽然感到他俩才像一个派系的人，自己反而像外人了。

凌月知道这是巫医派的秘密，天机不可泄露，现任掌门已经比他应该说的要多了，于是不再追问。

这时巫医掌门却说了一句：“师兄如此并非故弄玄虚，也不完全出于本意，当日他触犯巫医派大忌，在祭天大典当日不仅开了杀戒，还施起死回生之法，这就得承受之后的那些……亦是无奈。”

“啊!”又是两兄弟同时发出声音。凌月的声音多带了些叹息。

“算了，我不该说这些，你们也莫问师兄要承受的是什么。”

“是。”凌日和凌月都点点头。其实在巫医掌门嘱咐之前，凌月便意识到了不能询问，也不忍询问。前巫医掌门为了救活凌日和他们的生母，定是花了代价的，逆天而行，这代价是什么、所承受的是什么，谁敢问、谁又忍心问呢?

就连平日十分喜爱推测想象的凌月，喜爱思考多种可能性和编出多种可能性的他，也不愿去想了。

自己以前扮演凌日的角色，也只是一个角色而已，只是扮演而已，他却是要安排，要操控……自己扮演的凌日与凌月不会同时出现，只是轮流应对着，就已感到那么累，而他与他的另一重面貌却要同时出现，这样会有多重的压力，而且肯定不止是压力!

凌月想到这里再也不敢想下去。

只是隐隐有声音告诉他，巫医圣者需要做的，似乎是一种赎罪。但愿他在进行赎罪之外，没有受到更多的惩罚。

凌日却开口道：“师父，今天我们既然讲到这里，有些话我一直想问。当日师伯和你救了我与母亲，后来母亲到哪里去了?”

巫医掌门听闻此言，叹了口气，反问道：“你觉得令堂从没来看过你，是为什么?”

凌日猛然一震，凌月却没有。

“那，她，还在这世界上吗?”凌日的声音已近乎颤抖，“她，难道……已经离开人世了?”

凌月一抬眉，眼里闪过一丝复杂的光，心有所动，嘴唇颤抖了一下却不出声。

只听巫医掌门缓缓道：“不，她还在这世上。她一直活着。那日你和她一同被师兄救起，师兄与我一并施行本门至高之术起死回生，而后师兄将你交给我与本门长老抚养，你母亲留了一张字条说她该起程，就离开了。师兄和我一同照顾你，你婴儿期时身体很弱，以我一人之力无法保证你的成长，多亏得师兄的调养才使你后来非常健康。再后来师兄又开始云游四海。不定期回来传授你一些技能，而他对我说你的母亲在更远的地方。”

“这么说师伯也没有和母亲在一起？”凌日又产生了惊异，脑海里一片混乱。凌月在一旁听闻同时用力思考，也一时理不清也猜不透这其中的关系。

“并无。以师兄和你母亲的秉性，皆为逍遥自在四海为家之人，不会在一个地方长期驻足。况且师兄肩负巫医派使命。”说到这里凌日的师父忽然情绪有些激动，声音提高而强烈：“莫非有人以为我师兄和你们生母拂烟是那种关系？如此恶劣！”

凌月连忙说，但也只能代表自己：“没有没有，我从来就没猜想他们是那样的。”

巫医掌门仍然愤怒未平：“我师兄一直以来助人为乐、圣者仁心，当年拂烟突然想要孩子，师兄甚至想过把我们巫医圣殿的设施借给她，帮她培育胎儿，凌月你现在应该明白我也不再隐瞒，我们巫医族的生育方式与外界不同，皆为人工调养体外繁殖。”

之前隐隐约约对巫医派的技术有所见识了，这时听巫医长老明言道来，凌月还是不免心惊，轻轻“啊”了一声。同时心中的另一道思绪，却接着在想不应该胡乱猜测他人的关系，一男一女为何就得凑成一对呢？

“纵然想象力为妙，然并非皆可胡乱想象。有些为原则问题，具有真理之绝对性。”巫医掌门接着说，斩钉截铁。

凌月由衷地点头，赞同他道：“即使有些不清楚的地方留有想象空间，但这是关于原则问题，不论从‘人格’还是‘清誉’还是‘自由’的角度，都不可胡乱编造，应当对他人给予尊重并对事实给予认可——至少是意见保留。而我更觉得，在不知晓事实之时，最初的倾向就要避免往低级的方向想象。”

这样拗口的思绪和话语显然被巫医掌门听懂了，他看出凌月是真心赞同而非敷衍，遂消了气，转为高兴。“这就关系到素质层面的问题，不同人分不同层啊。”巫医掌门微笑着，轻松地一叹。

凌日听着他们岔出去的对话，心中一团疑问，半天却插不上嘴，这时赶紧接口：“那母亲呢？讲了半天，娘不是巫医派的，没有不能结婚生子的规定，她确实生下我和凌月，为何她不来看我们？”

“这，从我之前的解释已能够判断了。”凌日的师父平和地看着他，“你母亲非一般女子，不会为了照顾子女留下来做什么原本不属于她本性的事情。当年愿做你父亲的小妾生孩子，包含了一定无奈，也是很让我们意外。后来师兄提到，她突然觉得想要生孩子，却从没想过要养孩子，所以只是暂时去了商府。”

“怎会有这样的母亲！”凌日听闻，顿时吃惊又愤怒地叫起来。“从来没想过要养孩子，却还想当母亲！生下孩子之后竟未曾照顾一天，就弃我们于不顾！这么多年明明在世上，从没找过我们！现在商将军的名声如此之大，要找到我们并非难事，她竟就是不来，就当没有我们一般！”

他愤怒至极，接着吼起来：“这哪是与一般的女子不同！简直不像人之所为！”

“凌日，你冷静点！”凌月见凌日发火了，顾不得继续自己的思考，忙安抚他。

“你要我怎么冷静！嘿，你也听到了，你怎么想？”

是啊，凌月怎么想呢？凌月在问自己。从小到大母亲也没有来看过他，他一直把岳雯诗当成自己的母亲，虽然小时候就知道她不是生母，总不像凌日那样缺失母爱。或许这方面的需求也就不那么强烈吧。对于寻找母亲，他从未怀有希望，自然也不会失落。

所以现在，凌月的平静让他在凌日眼中显得冷漠；即使在凌月自己的心里，他跳出自己的角度看着自己，也觉得不可思议，怎么心里除了对于这件事感到好奇之外，就没有一丝情绪的波澜，只是客观地分析思考着，像事情毫不关己一般。

“凌日，我知道你现在很激动，很吃惊。但你平静下来，好好想想。我们的生母这样，是可以理解的。”凌月面色平和，为了安慰凌日特意将声音变得更加柔缓。既然知道了答案，凌月刚才的疑惑与不解瞬间消失了，头脑仍在飞快地运作，想着怎么把这些跟凌日讲清楚，让他也能想通。

“怎么可以理解？如何理解?！她的行为已算违背人伦常理了！”

“不要想什么人伦常理了，那些只是一些普通人的习惯的集合。或许是有道理的，但是你站在个人的角度，站在她的角度，就会发觉，她也是有她的道理，并没有做错什么。”凌月依然平静却开始了伶牙俐齿的演说，“首先，她当年为了躲避仇家，是有苦衷的，就算与此无关，并无苦衷，她作为一个独立的人，也可以有想要孩子和不想要孩子的自由。”

“后来她选择了想要孩子，所以就生了孩子，但这也与一直养育下去是可分开的两件事。再加上事实上生母当年生孩子，是爹提出的，为了帮商家延续香火，当时岳夫人不能生育。”凌月继续道，“所以对商家长辈，或者对你对我，生母都是做得超过了她本当做的，是有额外付出。”

“也没有道理规定她额外做了第一步，就得继续额外做第二步。她只不过没有继续做下去而已。”

“况且这本就是她的性格和习惯，刚才巫医先生说了，她一直就是无拘无束的人，从小并非生活在这个教条的社会里，那么我们或者任何人也没有权利将那些教条和价值观强加于她。”（凌月避免了涉及巫医派的独特繁殖方式的话题，虽然那确实有关，既然该女子看到的“生产”孩子的方式都是那样，自然想不到自然生育孩子的痛苦，而在巫医派这样人工繁殖后集体栽培的环境里，她就没想过有单独抚育亲生儿的责任。然而确实，撇开这一层不谈，即使不是受到这样环境的熏陶，一个普通的女子也有她的自由和选择的权利，生养子女并非一个女人与生俱来的义务，将女人当成生养孩子的工具的观念，在若华国参阳王朝前几代就已销声匿迹了。所以当年商敬先不敢大张旗鼓纳妾，岳雯诗对拂烟也心怀愧疚。）

凌日听着渐渐平静，随着凌月一字一字讲到他不可理解的部分，就愣住了，可也想不出什么反驳的，只得沉默，就听凌月一连讲了这么多。巫医在一旁静静地看着他们，低着头，面色深沉而复杂。他没想到凌月这孩子这么会讲话，更没想到他竟会如此想。

“世事实在难料，也真是奇妙。凌日这孩子从小跟着吾等在巫医族世界长大，却如此向往普通社会与人伦，而凌月从小生活在普通社会的环境里，以前并未接触过我们，反倒如此理解我们的思路和价值。”巫医掌门心中暗暗想，“这位与徒儿相貌完全一致、气质思想却差异颇多的俊秀公子，或许在他自己的社会里难以被理解吧！却实为难得，难怪当年师兄看见他那么喜欢。”

“你，你会这么说，因为你从没想过她！你从未希望她回来找你！你有一个爱你的养母，你把岳雯诗当作你的母亲，你还有一个看似正常的家庭环境，你根本不懂我的处境！从小在巫医的环境里我以为自己也像那些人一样，是非自然孕育的，可在我快成年的时候，突然得知我有真正的父亲母亲！但我一开始连他们是谁也不知道，就只好想，我不属于那里，巫医的世界可以给我想要的一切！除了正常的亲情之爱。”凌日说到这里声音中带有呜咽，但是怒火却早已熄灭，声音渐渐变轻了，似陷入了他自己的回忆中。凌月专心地注视着他，透出的神情表示正在聆听，支持他继续说下去。

“后来，我突然知道了我的父亲在哪里！我知道了商府，那本该是我的家，他们却不知道我还活着，更没有来寻找我！我父亲不知也罢了，可母亲，她明明知道我在巫医那里，这么多年完全都知道，却从不来！我曾经那么坚决要寻找母亲，没想到她却这样……”凌日本想接着说的是“抛弃我”，却感到凌月之前的话有些道理，吞下三个字做了收尾。

见凌日停顿下来，凌月才轻言：“你说的对，我确实不像你这样对生母抱了这么多希望，所以现在的失望和落差也没法跟你比，或许我是显得冷漠了，但是请相信我理解你。”凌月见到凌日眼里有泪光闪烁，伸手握住他的手，给予他温暖和支持。

“我们都没法要求别人给我们什么。而且这世界么复杂，每个人都有无奈和苦衷。有时我们自己也不能被别人理解。你能做的，只有接受，还有活出你自己的意义。”凌月的语气温和却是坚定，仿佛流水，柔缓却没有任何刚硬之物能够阻断。

凌日目光有些呆滞，随着凌月的话叨念着，他的表情些许迷茫，却似乎是有了另一种顿悟。

“自己的意义，或许这有时会不被别人理解，甚至有违所谓的常理，但是只要不做伤害别人和天理的事，也就是正确的，也算忠于自我的信念。如此，比在俗世中摇摆不定、盲目附和他人的价值观和教条要好得多。能走出自己的路，虽然外在诸多事情还是不能如意，却不会对不起自己。”

“是，不求尽如人意，但求无愧我心！”凌日的目光又恢复了神采，看得出他的情绪和心境已调整过来，声音也平稳了。

“你说的对，不过我想的不仅如此。更加是指，善良人无愧我心本为易，在世事难以尽如人意的情况下，不要对不起自己。”凌月柔声说着拍拍凌日肩膀，安抚他道，“所以嘛，你就别生气了，事情都已经发生了，过去了，现在若生气气坏的可是自己的身子呢！”

说罢凌月就笑了，凌日也被他说得笑起来。这样一个沉重话题，就被凌月成功地以轻松的方式结束。虽然或许本质的问题并没有解决，沉重的部分还是在那里，但只要想开，将它们不当回事，那么我们的心确实可以轻松起来——或者说，留出心力给那些更值得我们关心和更令我们沉重的事物。

在凌月微笑而真诚的神情里，凌日将他拥住：“月，你让我心里舒服多了，有你真好。”他又像兄长一样拍拍凌月的背，笑容灿烂。

“对了，你刚才的这些言论还好只被我和师父听到，要是被其他人听着，肯定要觉得你不仅古怪且冷血！”凌日露出了一丝调皮的神情笑着。凌月也笑了：“说的对，谢谢你理解我。”他由衷地。

“你反而谢我了，呵，我也不跟你来回道谢，今日你这一席话，解开了我多年来的心结。”凌日的语气比起方才不知轻松了多少。“我们管自己好好生活，为他人所做无法改变的事情生气，的确不值得！”

第一百二十七章　表达

当晚凌日、凌月在巫医圣殿享受美餐，凌日的师父见徒儿心情豁然开朗，也十分欢喜，命门派中人备了丰盛菜肴，三人难得一起喝酒，不管是庆祝喜悦的事或抛开烦恼或者二者都有，反正就是凌月也又大喝了一回。

凌日喝得豪迈，杯杯酒下肚，凌月则斯文而符合他一贯风格，一点一点但积累的量不少。其实凌月心里不想喝醉，他知道喝醉酒会伤脑、伤身，在巫医师徒俩盛情招待自己的时候、在亲兄弟多年来难得畅谈心里话且哥哥解开心结获得额外的喜悦之时，凌月却又一如既往地犯了思绪游离的毛病。

他并未投入眼前的景象里，所以还有心思想着喝酒对身体的坏处，又觉得真有意思，凌日从小生活在学医的环境里，对养生保健却还不如自己重视，想到这儿不禁微笑起来。正好融入了凌日和巫医掌门的愉快中。

当然凌月更多地想着的还是命运的无奈与人性的难解。人总是那么难理解，不论举动是最“正常”还是最“反常”的，总能找到支持的理由，却又总可以找出反对的原因。在复杂的环境里，人的立场和思考的角度就是那么多样，有时连自己该怎么思考也不能确定，更别提要别人理解了；偏偏又渴求他人的理解，不知为什么，其实明明知道就算别人不理解自己也可以好好的。

就比如还是回到“生母”这个例子，凌月想着，自己选取的这个思考的角度，是站在生母的立场，以此来劝说哥哥，这样是对的吗？不尽然。也只是片面的，不说生母拂烟的立场本身是否正确，就说拿她的角度去劝说哥哥，就不一定合理，因为凌日确实有他愤怒不满的权利和理由。

或许换作别的兄弟，别的儿子，都会像凌日这样反应。偏偏凌月客观到近乎冷漠和无动于衷，也偏偏这样才得以安抚凌日。那如果凌月与凌日一样，站在他那边，一同去指责母亲呢？他们当然可以形成共情，取得一致。但是那样的话他们两个人都会愤怒与苦恼，又因在苦恼中达成一致而有另一种和谐之喜悦。却与现在的释怀不同。释怀是否说明他们并没有面对？他们绕开了事实本身，只是取得了一种自我安慰。但是反过来像直接“面对”而指责、苦恼又有何用呢？不仅是没用，而是没有权利，毕竟那不是他们能控制的，也不是他们能要求别人或者命运，应当给他们的。

所以，或许像凌月这样的思路，看似麻木，却有更深一层的考虑，是了解了生命悲伤本质再脱离了表面愁苦的深刻情感，乍看似懦弱，却有更进一步的面对，并非绕开了问题而是已触及问题的最终——那不可解决的终点的矛盾——而选择永远舍弃这个问题的勇敢之举。

凌月是这么想的，或许，也只不过是站在自己的角度，等自己自然而发顺着喜好与性子去做了、再由思维来找出一系列理由自圆其说的一己之见罢了。

反正即使不主动想那么多，不把理由整理得那么充分以说服凌日，凌月还是会那么平静的，这次并不是他刻意压抑着感情，而是可以明显感到情绪的缺席。他还是会那么做——就是不做什么的，继续过他的生活，他的已经有很多更值得关心和思考的问题的生活。既然生母有选择生下他就不管的权利——这不是他的气话，他确实这么认为，人有这种权利——那么他自己也有不管他的生母如何就过自己生活的权利，他是一个独立的人，也有自己的应当被尊重（即便不被理解）的价值。

凌月这么想，并不是因为他逆来顺受惯了，相反，其实他表面顺从，心中从小到大都有诸多反叛的调调，在他的心里一直不停地唱着叛逆的歌。但是这次，他心中的声音却没有唱出一句为什么不像凌日一样悲伤、为什么不想寻找生母之类的话。或许以往他心中的一部分是不满约束、想征求自己的自由，而这次，他清楚自己能有什么，能怎么做——已经是自由的，何必再寻求本不必属于自己的约束？

“呵呵，月啊，你有没有想过，我们不需要母亲了，但或许父亲还想看到她呢!”凌日已带有几分醉意，眼神朦胧地笑着，吐词略为含混，语气也显得很随意。

“凌日你真会说笑，”凌月也说得云淡风轻，“你倒是真会替父亲考虑呢，可惜呀，他并不想看到她，早已习惯了现在的生活，他与岳雯诗夫人感情也一向稳定。现在一切不都好好的么，就让一切这样自然发展下去吧。”

“哈，你就会向着岳夫人！你倒是真会替你娘说话呢，她真代替了你生母的位置!”凌日握着酒杯，醉意已经浓了，手抖动着，杯里的酒洒了出来，却也不管，眯着眼睛弯弯地盯着凌月说。

凌月其实早就担忧凌日心中仍有不少情绪和不满积压着，哪是这么一时半刻可以化解的？现在不知是酒后麻痹了显意识和意志，让潜意识里的不满泄漏，还是故意借酒浇愁，在酒后将心底的话发泄出来，凌月不得而知，也无关紧要了，重要的是那些不能改变的还是不能改变，且改变了亦无任何比现在多的好处。毕竟个人所知的那么少，从一己之角度出发而极力改变的事情达成平衡，很可能是违背了万事万物互相效应。所以，为何不坦然接受呢？眼前所需要的是安慰他，让他也想通，不要再自寻烦恼了，“凌日，其实岳夫人喜欢你多过我，你知道吗?”

凌日猛地一抬头，迎向了凌月肯定的目光：“真的吗？你开玩笑吧，又哄我!”

“我从不跟你开玩笑骗你。”实际上凌月也不跟任何人开玩笑骗任何人。已经那么身不由己必须演一些戏说一些谎言了，能够认真真诚的时候或者无关痛痒的时候，为什么还要以玩笑来言不由衷呢？凌月是认真的，说出了他心中观察和思考后的事实：“夫人喜欢我是因为从小抚养我长大，自然产生了感情，那时她只有我一个孩子，作为母亲只有我一个的爱对象，而对你却是出于自发的喜欢，觉得你性格开朗笑容灿烂，看着舒服，也易于相处远胜于我，所以她虽与你接触少，却喜欢你更多、更出于本身。”

凌日微微沉默了一下，似有些意外，也有些不肯接受：“那又怎么样?”他一甩头，面容表情随着摇晃的头和身体也阴晴变换着，透出一股醉意或者醉态之下更深层的意识。举起酒杯，他又将一杯酒一饮而尽。

“凌日，你所失去的是从未拥有的，而他们却能把你未得到的加倍弥补给你。”凌月柔和而意味深长地说，他宁愿相信凌日听得懂也听得进去，“即使不能弥补，你也算得到额外的礼物了。岳夫人是真的喜欢你。父亲也是。我，也是。”

烛光酒杯中的倒影让凌日的脸容映上了一层暖色的光彩，他听着凌月的话，神态逐渐变得更放松而缓和了；在对面的凌月杯中酒已干，烛光的阴影洒在他的脸上，乌黑的眼眸中却透出了湿润的光。

只是凌日应该没有看见他的泪水，凌日的观察没有那么仔细，而且他现在已经醉了。即使没有醉，凌月也在阴影之下，隐去了自己心底的苦涩。

“我说出了心中的话，那些自己不愿承认的事实，为了安慰他。我不是为了安慰他而撒谎，父母确实喜爱他胜过我，父母的爱曾经由我来替他暂时保管的，现在该是还给他的时候了。”

凌月握住凌日的手，凌日的眼睛在烛光下闪出感动，“谢谢你。”凌日平时几乎不说谢谢。凌月拥住他。凌月平时几乎不给人拥抱。这一刻，心中混杂着难于言表的复杂与苦涩，还有喜悦，他的脸藏在凌日看不见的一面，泪水悄然流下。

当晚凌日很快沉沉睡去。凌月一如既往，睡前又想了一些无关现实的东西，不感轻松也不感沉重，一会儿就渐渐睡着了。

凌月又做梦了，很清晰的梦境。梦见他又回到了小时候，大概八九岁的样子，没有凌日，只有他自己扮演凌日在练功。他还不会月影剑法，卖力地举着对他来说有些长的剑。师父背对着他，向远处走去："孩子，你好好练习，晚点再练给为师看。"

小凌月一个人孤零零在原地，没有感到孤独，只是感到压力。"我练不好了，练不好，怎么办?"他非常发愁，非常焦急。

手握着剑，在梦里也可感到剑身的沉重。

正在这时，一道身影闪过，小小的凌月抬头，看见一位蒙着面纱的年轻女子。她轻柔地走来，虽看不见面容，但眼里透出慈爱的神色，声音温柔而动听："孩子，不要着急，慢慢练习，会练好的。来，娘亲来教你。"说罢，她握住小凌月握着剑的手。就在这时，凌月醒了。

"我为什么梦到她了？从小到大，我还没梦见过生母。"凌月躺在床上，乌黑的眼睛透出漆黑的亮光，天色仍是暗的，还未到日出的时刻。这时的凌月，思维比往常还要活跃，眼里透出白天没有的锐利与光彩。而这，却也属于他真正的自己。他已经很久没有扮演凌日了。

"即使是在十岁那年，夫人告诉我她不是我的亲生母亲，那一晚我的情绪波动，做了很多梦，梦到了夫人，却也没有梦到她。"

"我心目中的母亲是岳雯诗夫人，所以我称夫人为母亲，只称呼那人为生母。当然，她听不到，当然我的称呼也不需要被她听到。"

"那我为什么突然梦见她了？显然是因为白日里听到凌日和他师父说的那些事。但我是不在乎的，为何在梦境里又出现了她呢？梦境不会骗我，难道我还是在意的?"想到这里，凌月的目光深邃起来，更加融入日出前加倍的黑暗里。

"不，我并不在意，只不过觉得这件事情奇怪，有些匪夷所思，且还算比较有意思，所以想得多了而已。何况还得安慰凌日，难免被他的情绪所感染。我的梦里更多透露的还是压力以及我自己的童年。"

凌月想到这里，又闭上眼睛。"睡吧，时间还早。以往这个时候，正是睡觉的时间。"现在虽早已不用每个夜晚爬起来练功或者去什么皇宫，只靠天亮前短暂的睡眠了，凌月还是习惯了分段式睡眠，每到日落之前还是会小睡一会儿，然后起来迎接夕阳退去后的最后一缕光亮的黄昏。

或许这种睡眠方式更加深了他的忧郁与悲伤，别人说夕阳无限好，只是近黄昏，他在童年时期就一天天起来迎接夕阳已过后的黄昏的末尾，在那属于他自己的时刻，他喜欢独自走着感受着那种天地贴着心灵的感觉。而后，天色暗了，他的压力——在黑夜里肩负起凌日的角色的任务，以及之后的更多复杂的——就一轮轮上演着。

他早就试过把这种被迫的任务转化成自己从心的选择。练武也蛮好的，他小时候就对自己说，然后喜欢上了练武，后来还创建出了自己的剑法。但是压给他的任务与期待是不可避免也不容忽视的。后来父亲又明确表示了培养他练武希望他为家族取得荣誉，以武术与兵法在这乱世获取功名，于是他表现得很好，受到了认可，当了将军，又取得了战功。

但是这一切是他想要的吗？他无法分清，无法回答。因为从最初起，退回到最初最根本，就不是他能选择、他能弄清和道明的。

想到这儿他又想到了生母的事。"是她的事，不是她，呵呵。"他有些自嘲地笑了。他对她的选择不怨恨也不好奇，总之知道她是有原因和权利的，就是忽然想，或许如果换了一个人当他的生母，或者他的生母换了一种性格，那么她真的很有可能——即使是有苦衷不便露面——在他小时候偶尔以这种方式来看看他。匆匆来去也罢，只要有心，只要愿意，总可以抽出时间找出机会的。

但是她没有。凌月的记忆不会连这点也记不清楚。他翻阅到最初，然后快速飞跃到了他幼年练武的情景，也从未有过可能由生母扮演的任何陌生人来找过他。

那一年郁医师来到商府的事情，凌月还记得很清楚。他很感激郁伯伯，现在已知道他是巫医派的原掌门，现任掌门的师兄；他救了凌日母子，还养育凌日的长大，在那一年来到商家——和他的"化身"一起，有着不可解释的秘密但是却确定了是他——帮岳雯诗顺利渡过生育的危机，还在治疗夫人期间对凌月表示关心，送给了一本他一直留着的书。不说这本书对凌月以后练习武功和玄幻术的帮助太大，就说这份心意，也令凌月感动和感激。

凌月是十分重感情懂得感恩的人，郁伯伯在他小时候短暂的接触就让他一直记得，一直心怀感恩；而没有对生母有什么感情，是因为她除了生下他就从未给过他什么，那么凌月能给她的就是，对于任何一个人都应有的尊重，尊重她的自由、权利和选择。

以及出于不由他选择的血缘关系，替她着想一番，站在她的角度安慰她的儿子——当然也是他的兄弟。凌月安慰凌日更多也不由于那是他的兄弟，而是真正对于他很是同情。凌日是一个苦孩子，凌月想着，与自己一样有很多苦恼和压力，由于身世身份的关系背负着不少责任。

他俩同病相怜，凌月对凌日的关心最多出于这种共感，其次是由于自小扮演着这个角色，对于角色的主人自然有一种特殊感情；再就是相同的外貌，让凌月看着他就好像面对另一个自己，自然怜惜；最后才是那看不见的内在的血缘。这不能说自己淡漠血缘亲情，凌月继续想着，若要首先将兄弟血缘搬出来说话，那么这兄弟之间恐怕就有问题了吧，竟然没有更深厚的其他情感而只能靠天生肉体的血缘来维持它。

所以凌月更重视那些真正的情感联系甚至略带缥缈的精神共鸣。又想到了郁大夫，凌月感激而尊重他，照理说他比起生母更没有义务来关心他们，他却做了。于是先前凌日问自己说："你说会不会我师伯和我们母亲现在就在一起，携手天涯逍遥自在，甚至生儿育女，在他们的世界里，更可以不管其他！听师父说他俩从小青梅竹马，如果结合了也未必不是好事，哈哈！"凌月还不等巫医掌门的答案就道："不会的，郁先生既然说了他没和生母在一起，那么就没有。"他相信郁先生的为人。其次，他也根本没必要骗他们。

凌月这时头脑中掠过一幕幕往事，十分清楚。他忽然笑了，凌日的想象力也这么丰富，倘若那两位确实在一起真的还不错；而若他的生母来抽空看过他们，像梦中出现的那样，即使后来不再出现也没养育过他们，也还是不错的。或许在一些传奇故事当中就是这样，女子生了孩子由于什么苦衷不能养育，孩子成长过程中就抽空来看看，甚至有侠女蒙面来传授孩子武功，呵呵，是不是小时候忙里偷闲看过这类故事——比较俗套却令人容易接受的套路——就在梦里面浮现了呀？

的确，她可以这样，但她没有。或许在有些故事里描写会是这样的，更感人，更合情合理，但事实却就不是如此。

不管是现实还是故事，都可以有很多种设定、很多种结局。而在他的现实里，他遇到的只是这一种。

不论是否合理，他都得接受；他可以想很多，想还可以有怎样怎样的可能，发挥着他的想象力；他也可以假扮成别的角色，在故事里安排着他们的行为和理由，想着他若是他们可以怎么做；可是——对于既定的客观事实——他绝不能质疑，也永不得责问。

第二天醒来，凌日已经精神奕奕，凌月的气色状态仍较虚弱。尽管他的头脑恢复了灵活，精神状态大幅度回升，他的身体还是一直弱于他的精神。

凌日爽朗地看着他笑："我把你带来，是想替你治疗，没想到你反而解开了我的一个心结，安抚好了我心中的一层伤口。谢谢你。""不用谢，这是应该的。是我应该谢谢你，特意带我来这里。"凌月认真地看着凌日，似乎与这位兄弟相聚也有几年了，这两天才渐渐发觉他的更深一层的性格。虽然凌日的性格少了些复杂，没有像凌月那么矛盾，却也不是单层的。更何况，他还有那些经历，那些性格之外的境遇和痛苦。

凌月忽然发觉，自己的那些矛盾，还有生活在两个世界的感觉，是自己心里的，头脑里的，梦境里或者感受中的，而凌日，却是真的生活在两个世界中。他的前十八年在这仙境般的完全隔离尘世的地方度过，十八岁多回到商府，进入了这个世俗的世界，而他提到了现在正在不用吃素的第二个十八年中，是否等他过了这一阶段，又会回到这里？凌月不敢去问，因恍似看见时光在飞逝，他从来就不喜欢也不愿意倒数计时，不想去算离第二个十八年结束还有多久。

似乎是很久的，但是，也是很快的。想想看，第一个十八年，不是一转眼就过？

所以，不要去想了。宁愿去回忆，也不要去倒数剩余的时光。

凌日的师父重新戴起面纱，穿越圣殿，为两位小辈送行。殿门前，凌日与师父拥抱拜别。隔着面纱，还互相亲吻了脸颊。凌月在一边礼貌地没有直视他们，耐心而安静。

"这是我们这儿的礼节。"凌日笑着对凌月说。

"很好。"凌月简短而肯定地回答。依照凌月以往的价值观，这算是一个地方的文化风俗，他不属于这里，不能评论好坏，但是这时，却说了带有偏向性的话，原是因为凌月想起了自己的师父，凌月和师父的关系多了一层身份隔离和任务式的责任，少了一份温暖的爱。

其实凌月尊重自己的师父贺青山，贺师父也很喜欢这徒弟，他是商敬先的老友，很长时间是商府除父母之外唯一知道凌月凌日秘密的人。不知怎么，或许正因这个秘密，贺师父对凌月很少谈学习以外的话，关心凌月的身体也是为练武。

现在回过头来想想，凌月发觉自己自小生活真是缺少爱，或者自己天生的性格就偏理性，感性的部分只留给自己与最亲密的知己，独立、喜欢独处而享受孤独，所以并不觉得少了些什么。凌月敬爱的母亲岳雯诗，是他的启蒙老师，与凌月的融洽或许也是在兴趣吻合，凌月根本忘了她不是自己的亲生母亲。若说每一位母亲都会给自己的孩子生活上的照顾，尤其是富人家的长辈更给孩子提供舒适的生活条件，那么令凌月感动和敬爱自己母亲的，就是她培养凌月最早的兴趣爱好，不像父亲商敬先那样出于功利的考虑、任务般地压给凌月，而是亲自带着这位小孩子，一点一点用心地传授和交流。

只可惜，这种关系状态随着凌月逐渐长大，逐渐失去了；或许由于商敬先对凌月的要求——学习其他的、去私塾去异地，或许由于凌月天生的责任——一人扮演两个儿子，同时长子和次子的身份，使得岳雯诗和凌月相聚的时光少了，不能触碰的话题也多了。又或者，更明显地，岳雯诗生了小女儿之后——凌月没有感到那是她唯一的女儿，因为他们早已是亲生母子了，不论是商氏家族的对外宣称、宗族记名以及真正的表现上——对凌月的关怀很大部分就转到了宁馨身上。这是不是凌月小时候就与宁馨不亲近、长大后也不喜欢她的原因呢？凌月无从得知。

而现在，突然有点羡慕凌日。他和师父就像真正的亲人，或许凌日心中也真的把师父当作父亲吧，就像凌月把岳雯诗当作亲生母亲一般天经地义。他的师父，真正身兼凌日的抚养者和教导者，传授凌日武功和医术的是他，关怀他生活饮食的也是他，而且他们还可以自由地交流！凌月明显感到这里比自己生活的世界里少了束缚和教条，多了一些表达情感的自由和习惯。

想到这里，凌月忽然感到，凌日以前不说谢谢，或许是他心中还有心结吧，现在才来这里一晚上，他就对凌月道谢了两次，且从他常表达内心情感的风格来看，也非闷在心里却故意不说谢谢的人。凌月也不是这样的人。虽然凌月常会闷在心里，口头上的表达还是需要的，人和人的误会太容易产生了，真正的意思太容易被错过了，有时机的话，能表达，还是表达吧。

第一百二十八章　回到这个世界

一路上，凌日再次使起仙行法，担心凌月身体还很虚弱，不让他在这段涉及幻界能量的时候着地。凌月答应不看，就闭着眼睛。耳畔的风声响起，越来越强烈，然后又渐渐弱下去。

凌月以为到了，就睁开眼。忽见凌日的人面，正转来对着自己，占满了自己的整片视野，一动不动，满眼只见到这张脸，顿时吓了一跳，几乎叫了出来！

“不要怕，时间还早，闭上眼睛继续睡！”凌日立刻安慰，抬手轻拍他的肩，使凌月安静下来，心跳不再猛烈。

可想到那立体的人面如同平面一般，铺展在自己的整片视野里，凌月又打了个冷噤。背伏着他的凌日应该感到了他的身体的颤抖，轻轻带着笑意说：“孩子，你太容易受惊吓了，我还没想吓你呢！别多想啦，往往吓到你自己的，就是你脑子想出来的。”

凌月听着，觉得很有道理，“嗯”了一声，紧闭眼帘。

“睡吧，别担心。到了我会叫你，眼睛再睁开就好了。”凌日的声音又在耳边响起。

凌月的眼睛忽然湿润了，这句话触碰到了他的心事，眼睛再睁开，真的能像做了场梦一样，那些悲伤就都过去吗？眼睛再睁开，那些已经失去的却不愿失去的，会否再回来？

不知凌日看见了他的泪水没有。这么近，应该看见了。

但是凌日没有再说话。凌月也没有再多想了。

的确，不该看的就不要看到，不该知道的还是不知道好。少知道，少思考，都可以少些烦恼。或许思考对于爱思考的人是不可控制的，是痛苦也是一种享受，就像悲伤对于有些人也是喜悦一般。那么，不该看到的，就完全可以用闭上眼睛来不看了。

如果脑中也有一张类似眼皮的隔膜，隔开思维的通路，让他也可以这么闭眼一般地让头脑休息，不要去想，那或许是很好的吧。“也或许是很危险的，万一闭上后，忘了打开怎么办？”哈哈，卡断了自己的意识，就没意识再控制去恢复了。睡眠中头脑也仍在运动，于是有梦，还有似梦的片段和体验。而且睡眠也并不能像闭眼那样，想睡着就睡着了。或许这就是造物主设计人体功能时的巧妙之一吧。那么的确，痛苦也是一种恩赐。

凌月没有睡着，说不想还在想，然后微笑起来。

再睁开眼，在凌日轻柔的呼唤声之后，看见气派宏伟的将军府屹立在眼前。花园开阔而明亮，线条简约硬朗，布局明显不是江南的风格。不过不管怎么漂亮，在心中却都不如从小生长的小屋，那么令自己感到温暖而记忆深刻。

离开自己的小屋了，或许在第一次离开时，就再也不能回去，从异乡归来之后，虽然还在同一地，小屋的布局却被改变了，里边的东西被清理了。

凌月一直对自己住过的地方有格外的感情，是一个念屋的人。对于过去的回忆，关于屋和物的，要远远多于人，那一幕幕场景和片段，一幅幅的画面，有时还连同了触觉的记忆，仿佛触手可及，却仍只是定格在了记忆里。

这时，凌月站在凌日为他准备的小屋里。凌日竟然在将军府上特别为自己造了一座小屋，模仿商府中的那间月亮小屋的风格，虽然凌日不擅长那种风格，模仿得不像，但是凌月看到，顿时泪水模糊了眼眶。凌日柔和地看着他，爽气地拍拍他的肩："好了，别流泪，你真是爱感动的孩子。适当的流泪可以排除身体毒素，为有益，所以谁说男儿不该哭！不过像你这样，动不动流泪感伤，会伤到己身。"

凌月含着泪水笑，凌日将他扶进了小屋，小心翼翼地关怀着这位身心灵三方面都受过伤且长期承受压力的兄弟。知道凌月喜欢安静和独处，在将军府上也没有人打扰他，食物由凌日亲自送来，凌月只是偶尔与他们一家聚餐，见过嫂子和侄子。看到下一辈，凌月从心而发地露出笑容，还好身边带有一点小糖果，可以送给小朋友，还用绳子给小朋友变魔术看。又是旧把戏重演。逗得大家都笑了。

"弟弟真是乐观幽默、会放松玩乐之人!"大嫂不禁夸赞他。凌月听闻出声笑了起来，从小到大听的夸赞不少，可这样的还是头一次。

"又或许真的是吧，否则早在沉重的压力中被压垮了，自己的确很会在小事上找找乐趣，零零碎碎的放松和快乐，不能平衡和抵消压力但至少能转移一下注意力。"

小侄子拉着凌月说："我要把这魔术破解出来！我一定要把道理想通!"

凌月呵呵笑，却是认真地说："你真聪明，有这样钻研精神很好，只不过，魔术有什么好探究的呢？只是魔术表演而已，又不是科学原理。明显知道是假的，破解出来毫无意义，还不如呵护它，不让它破碎!"

凌日似乎听出了凌月话中的一点沉重，赶忙转移小孩子的注意，哈哈笑着叫妻子带走孩子。他们一走，凌日就凝神对凌月说："你真别多想了，对你的身体没有好处！在我的府上多休息吧，想住多久住多久，想要什么跟我说!"

凌月再次感动："谢谢！请不要担心我。"凌日点头，他知道凌月为了心中的价值和那些关怀他的人也会好好活下去。只不过每个人的"好"的定义可能不同而已。

第一百二十九章　商氏家族终于办成的婚礼

另一边，很近，却恍如另一世界。凌月的离去并未给商府带去什么影响，因他已将自己隔离很久了，在更久以前，真正的凌日还没回来时，商二公子也总是被忽略的一人。在他走后，一切照旧。只是，没过多久，在平静中忽然有了不同于往常的波澜。商府收到了厚重的聘礼。

“我们宁馨运气真是太好了！她不懂事，吵着说要找像她哥哥一样好的人，我们正在想着上哪儿找去，竟然真的有人主动提亲来了！”商敬先啧啧称奇。“且还是我们京城闻名的夏世家！”

“夏世家，我听说过，就是掌管天文星象的家族？”岳雯诗思索着。

“正是！也位列京城五大世家之一，原本星占很受重视，到了这两代皇帝不喜星占，夏氏家族曾一度没落，然而毕竟有雄厚基础，仍是京城重要贵族，转为研究天文历法了，极其低调，一直游离于权势之外。直到近两年，夏府的公子脱颖而出，被朝野重用，称赞不断，都看好他是难得的优秀人才。”

“这夏公子，真那么优秀么？”

“绝对优秀，除身姿瘦小，其他无可挑剔！”商敬先眼中透出兴奋，“夏公子是年轻一辈的佼佼者，都说他有我们家凌日的风范，一文一武，且长得也有点像，都清秀俊雅，难得的精英才俊。”

岳雯诗忽然心念一动，怎么是夏公子跟凌日并称？那么……“不去想了！”为女儿的喜悦打断了她的思绪。

“那就安排个好日期举行成婚仪式吧。”

商氏家族嫁女，夫家也是京城另一世家，规模自然庞大气派。

主宴席摆在夏府里。凌月同凌日从将军府一同前往。这是搬离商府短时间之后，却似又过了很久。直到这天的婚宴，凌月又见到父母，父亲与宾客和亲家谈笑风生，没有留意到他；岳雯诗却看见凌月就过来，握住他的手：“孩子，你瘦了！还好吗？”凌月心中一暖：“我在哥哥那儿很好，嫂子也对我很不错，娘请放心。”

也是在那里，凌月看见了新郎官，他容貌风姿卓越，今年才十八岁，却有明显成熟于他实际年龄的气质。他就是夏公子，当年凌月在悯瑛那里看到的夏知天。

现在的他比当日更显成熟大气，在喜筵上风度翩翩。他与宁馨站在一起，除了个子都不高这点看着还般配之外，凌月真觉得宁馨没有哪一点配得上他。

凌月未察觉到这是所有宾客们共同的感觉，他们甚至小声议论：这夏府也名列京城五大世家，属于有地位的人家，照说不用跟商府攀亲，为何优秀的夏公子要跟相貌平平的商小姐提亲？凌月只是在心中闪过一丝疑问，然后很快觉得这么想不好，有些瞧不起宁馨的意味，而且那是他们的私事，于是压制住了心中这方面的思绪。

喧嚣的场景，更触发了他的抽离感。淡淡的目光投向人群，却仿佛并未真实地看见这一切。他忽然想起多年以前，也是类似这样的热闹的场面，那是王爷五十岁寿诞，在王府的一个角落。

脚步不自觉地又将自己带离了这喧嚣之地，走向与自己心中那份清静响应之处。凌月站在了夏府花园中，那里有一棵梨树，雪白的花瓣片片落下，像是自己当年设计的暗器梨花雪，更像回忆中似雪似花也似梦的光影。

当年在光影投洒下，凌月看见他，恍若与自己一样离开人群体验孤独。现在他想起他。“现在你是否在皇宫之内，那辉煌却清冷的宫殿，被万人朝拜却更显清冷孤寂？”

忽然，一个身影落进凌月的眼帘，就在那光与影细碎之处，慢慢向他走来。

一瞬间，凌月的思维与情感旋转比时光更加猛烈，交错着，混合着，更加融入了时光的流水与心间泪水，就在那一瞬间，一声“悯瑛”几乎脱口而出。

结果是情感压抑了理智，凌月的情感告诉他这时候不能决堤，即使理智早就提醒凌月根本没必要疏离，但是他的情感答应过悯瑛也答应过自己。

渐渐，凌月看清了，那是一个穿着宝蓝色衣衫的身影，他的面容从光线的阴影中透出来，竟然是刚才还在宴席而且本应还在宴席的那个新郎官。“夏公子。”凌月轻轻念出。即便思绪从过往回到当下，从虚幻回到现实，仍然有一抹不真实感。

“商凌月，先辈。”夏公子突然道出一个这样的称呼。似有一丝动容，凌月不知道是不是自己的眼睛又看得不真实了，只听他继续道：“当年你从私塾离开，我才进去。我知道你的传奇，更知道你刻意低调反被曲解。后来我提议把私塾开放给平民，也因受到你的感染，你对任何人的态度都一样出于你的认识和他们的特质，并不由于身份和其他外在的条件。凌月，你有一个令人尊重的心，令理解你心的人品味悲哀。”

他的话语轻柔而快速，如同一串玉珠，点点落在凌月心里。“谢谢你。”一瞬之后凌月才这么说，似乎只有这一句，不足以表达全部感受，却足够了。

“我一直为你保留着那个空缺。”夏知天走近一步，站在凌月面前。“禁卫队伍的首领，一直是你。你的位子一直在那里，我统领他们，却一直只用副统帅的令牌。我知道你不在乎职位，但是这空缺着的，是一份心意。”

这最后一句话，让他想起那如烟往事。却听夏知天忽然又言：

“前人种树，后人乘凉；你付出诸多，皇族对商府心怀愧意，因而待火凤重临、皇都动荡再生，商氏血脉将可躲过。”

凌月猛然一震。有些话语，不便言明，却已能在心中确定。

而后二人沉默片刻。“你先回去吧，我在这里再醒醒酒。”夏知天对凌月笑了一笑说。

凌月点头打了个招呼就回去了，那位朋友什么时候再回来他没看见。那一次，他极少地醉了酒。

“来，商将军，再干一杯！”

“到底是将军酒量好，令弟才喝一杯就醉了。”

“让他休息吧，他累了。”凌日看了一眼凌月，对那些宾客说，然后带那些宾客到远一些的位置，说别打扰了凌月安眠。

凌月却迷迷糊糊听见夏知天的声音在耳边说：你休息得已经够久了。

第一百三十章　疯癫与痴狂

然而凌月仍觉得他没休息够，怎么睡也睡不醒。就如巫医圣殿长老所说，他所做的就应当承受，其中包括亲手种下的诅咒。即使在显意识不愿去回想，在梦境中仍旧一遍遍出现。又一次咀嚼发生的往事，才发现并不同于第一次看见。与凌月对立的，却是与他在同一世界的人。在这同辈中与凌月的思想性格差异最大的或许就是凌日，偏偏他与他长相一致。还有那些更多不由自身选择的事情……

凌月精神状态极差，抑或头脑是清晰的，能够清楚地记得那些曾经发生过的，是真实发生过，虽然它们恍如梦境，已无人相信。

他不是没有试过与人们说起，然而他们的态度再次令他受到打击。

“火凤涅槃重生之日，即将来到了！”

“旧事已过，都要变成新的了！”

商二公子的呼喊声，被更多人当成是疯子。

“还有哪里？还有那里！不，我必须去说，他们不可能都不相信我！”

终于，凌月决定去找个可能的同伴。

王府的那一棵古树，骤然抽枝展现出了一条通道，恍如皇宫密室的阴暗色调。他曾经梦中的女子离得很近，就在眼前，却如咫尺天涯。

柳絮雪看了他一眼，淡然，却似有说不出的深意。“商凌月公子，既然他告诉你他将回来，那么他定然会回归。”

凌月不想在她面前替自己和懿琨的往事说些什么，只是惊异于她的淡然。这位他一直当作红颜知己的女子。

“絮雪，请你跟我一起去寻找他们吧！和我一起去，把懿琨寻回，还有金高展、宫奇闯，我确信，他们都还在这世界上！高展回来迎娶惠珍郡主，这样老王爷和郡主的病情都会好！只有你肯相信我，他们都还活着，请你跟我一起去找他们，好不好？”

面前的女子开启红唇，丢出这样的话语：“懿琨就算还在这世界上，他不愿让我找到，我又如何能寻得？就像你寻找你生母那么多年，不也从未寻见吗？”

凌月忽然一阵毛骨悚然：“你到底是谁？你怎知我生母的事？”

这句话问出，他一刹那就有点后悔，多年来噩梦中灵异经验使得他已明白，切莫揭穿有种东西的伪装，然而话既出口，覆水难收，何况，闷在心里的疑问着实让头脑难安。

他盯着柳絮雪的脸，果然这相识多年的熟悉脸庞一点点变得陌生起来，她的眼她的鼻她的眉似在隐隐扩散，从整体变得零碎……而她的嘴角勾起一抹难懂的笑意：“商凌月，你可曾想过，我来自哪里？没错，我是个孤儿，但那不代表我没有追寻父母的血缘！当年拂烟杀害魔教掌门的师兄师嫂，才迫使掌门追杀至商府；而我，就是拂烟所杀害的那对夫妇的遗孤。”

一刹那，凌月愣住了，这显然出乎他的意料，他从未像到，柳絮雪，竟为魔教血脉！他抖了抖唇瓣，却没有发出声音，就觉此时要分辩说自己无辜、并不知晓当年生母和魔教的恩怨，那也太不像个男子汉。只听对面的女子继续道：“你以为你原谅了魔教众人，殊不知是我们不记仇而已！因我还活着，师叔不再寻你报仇。可是，你竟不知好歹，一再将他人真相揭穿。”

话说到此，柳絮雪忽然一伸手臂，尖利指甲就伸向凌月的脖颈！凌月从不知道这女子居然会武功，他虽然来得及躲避，然而他没有，因他知道，多年前的债，早晚要还的。

他默然闭上眼，心中却知晓她不会下手。是谁掌握主动权，并非如表面所示。

果然，柳絮雪住手，道出她心中未平的愤慨：“商凌月，你别以为是你原谅了我们，其实是你在被我们原谅！”

“原来如此……”他终于一声哀叹，“或许我现在说什么都是多余，然而其实，我个人心里从未责怪过魔教的举动，他们有他们的教规，秉持血债血偿的信念，当年追赶我生母到商府来寻仇，却并未伤及无辜的家丁们，我从未怪过他们。”

柳絮雪仔细观察凌月的脸，看不见任何敷衍的蛛丝马迹。

沉默的瞬间，思绪与情绪仿若千回百转，柳絮雪骤然间放下伪装，她的容颜重新凝聚，浮现出淡然的哀伤，她隐隐期盼商二公子能对她说一句：絮雪，让一切都过去吧……然而他没有。柳絮雪知道，他放不开过去。

她更知道，他并没有真正爱过她。

“公子，你不要感到矛盾。让我们都好好休息吧。”

“你说得对，我们都好好休息。再见了。”

他们痛了，累了，没法再责怪谁了。

表面上，商府二公子还是与一直以来一样，安静独自关在小屋难见踪影。他继续做着各式各样的梦，在梦里重温真实经历的或者没有经历却本该体验的那些情节。有些人说“感到痛苦了就别再继续”，可这样的观念不适合那少数感悟悲伤的人。他享受在痛苦中艰难前行进而成长升华，即使艰辛也是喜乐。

纵然如此，还是有太多事情无法选择。正如很多问题，没有答案；很多答案，也不曾被提问。

第一百三十一章　这一代人·散落的灵魂

又一年过去，凌日将军府再添一小生命，宁馨也诞生一子，巧的是两个孩子是在同一天出生的。商夏两家高兴至极，满月酒庆祝办了两次。夏府那次，凌月不愿去了，说反正要来自己住的府上办一次的，凌日也不勉强他。在将军府办的这席，却完全不同于以往，或许凌日从小受另外环境熏陶的缘故，抑或已经摆过一次宴席做过排场仪式了，这次在将军府的满月酒宴竟然一个长辈也未请，全部是凌日凌月这一辈的年轻人，也没有繁文缛节和过多客套。凌日把各种烤肉海鲜菜果等分成好多份摆在几张大桌上，餐盘人手一份，想吃什么随便拿，不用入座，随意走来走去，各自交谈。

当下，没有客套场景和聚集焦点，宾客也没有扎堆一处，大家轻松而自由，凌月在这自由气氛里随意走动。凌月再次见到久别的熟人，不愿再数算那一轮轮太过沉重的光阴了。他真的感到时光过得太快，却又在弹指间足够残留下那么深的印记，撒落那么沉重的碎片。

这些年，纵然有那么多的变化，他的心在成长着，却又似什么都没变。仿如还是那个如花的少年，至少在心中。而他却看着他的同龄人，这一辈的人们，都一起渐渐老去……

他看见宁馨的孩子，小小的婴儿长得像夏知天，透着一股灵气，还有凌日的第二个儿子，竟然和那孩子长得很像，难怪人们将夏知天与凌日相提并论呢，凌月想到这儿忽然笑了。

接着他看见凌日的大儿子正在和懿琨亲王的儿子玩。凌月一眼认出那是懿琨的孩子，他与父亲长得很像，在众人中极其醒目。两个孩子都三岁的样子，能跑能跳，很聪明，很漂亮。然后他又看见一个大一点的小孩，在旁边非常怜爱地照顾着弟弟们，忽然懿琨亲王的儿子叫他“太子哥哥”。

“念之，不要叫我太子哥哥，我不是太子。叫我的名字，纪世。”小男孩温和地看着弟弟。

凌月意识到那是悯瑛的孩子。蓦然回首，果真有一个影子在那里！

缓缓走去，有一丝不真实感，光影投在地上，也在头顶盘旋。

面前的人在那里，一点一点近了。他用手划过树皮与枝杈，似乎抚摸年轮。

突然，凌月停住了脚步——那个影子不只是悯瑛：他依靠着一棵树，面容在光影之下有些模糊，身姿的挺拔透着一丝不愿妥协的孤独，更像是当年的凌月自己，也像是当年的懿琨，还像很多说不出名字的他们同辈的人。

凌月嗓子里的语音，也硬生生卡在那里。

清醒与茫然混合间，看见悯瑛的影子与懿琨的影子交叠在一起，还有金高展、宫奇闯、柳絮雪……以及渐渐沧桑的凌月，是他们这一代人。一张张熟悉的陌生的又更加熟悉的人面。现在都已各自分离，渐渐老去，越来越远。

悯瑛不是他自己。他包含了凌月太多的记忆，与回忆中不忍触及的那些千丝万缕。

无法理清了。无法再触碰了。

悯瑛站在原地，朝向凌月的方向，空气凝固的片刻仿若不能移动，空洞地叫起："凌月!"

然后，悯瑛抬起脚步跑了过来，却似步伐沉重，又似这段距离，如同扩充扭曲了空间般，被拉得很远。

("阔地术?""空间扭曲?""又或许，原本这片土地就并非平面，这个世界就并非如表面所示!")

凌月站在原地，没有前进，却不是茫然了。这时的凌月很清楚，他一贯主动而不软弱，没有上前不是不敢面对，而因已有决定。然而这时凌月的样子，在任何人眼里都会是那么茫然。①

"商凌月……"悯瑛步伐不稳地走近，喊着他的名字，似也难以置信。

凌月的瞳孔渐渐放大，隔着一层湿润，看见光仿佛投下一层暗影，打在悯瑛绿色的衣襟上，那抹湖绿瞬间燃烧成了火焰，变为红色的血，又似乎是血似的火焰。

脑海在膨胀，充斥着的所有那些幻影，一瞬间升起来。

凌月头脑昏花，他竟然混淆了红与绿这两极端，又或者极端本就一致，同一事物的两面原本合一。然而流离失散。

这时凌月白衣上的月亮，暗暗泛出红色，旁边的太阳离得很远。

不，那不是悯瑛，那是一层悯瑛的壳。

凌月骤然转身，头也不回。

我们是一群散落的灵魂没有了目标
在这末世机械般地忙碌操劳
真正的意义又有谁知道
并且敢于将一切抛掉
哼着心中尚未磨灭的声调
跟着理想终究化出的通道
升华为那脱离地心引力的鸟②

---

① 这是一种 epiphany & enlightening 的状态，降临在凌月的身上，以一种茫然僵硬恍如麻痹（paralyzed）的状态显现。

② 此为我的原创诗歌"末世鸟"中的最后一段，此诗歌有谱曲，改成歌词，这段为古风曲调里的 rap 风格。

凌月走了，空空地离去。悯瑛还站在原地。

隐去。

划一道易逝的弧线，半边的圆，沉入水面。

圆的另一半在哪里？又或者，是两重不同的圆。

沉入水面。

如日中天。

参阳皇朝蒸蒸日上，悯瑛治国有方，一代明君形象终于树立。朝野和睦，人才辈出。当年的谏大夫孙大人之子孙浩颢从异乡学成归来，与夏知天一同建立朝野新格局，更有大将军商凌日声望甚高，受众人尊敬，位列三公之上。开朝至此，参阳王朝终于迎来一位担任皇上的左膀右臂、万人之上的大将军。

凌月隐在了幕后，沉了下去，如他梦中的那轮月亮，第二次升起又落下之后，就没有再出现。

“并不算太悲凉。只是有些压抑。我们都有各自的道路。而我已然回归。”蓝绿琉璃瓦的月亮小屋里，凌月又回来了。偌大府邸的一个角落，旁边红色屋顶太阳小屋依旧空荡。

他已意识到之前所做的事情的意义，皇族的纷争，兄弟的相残，他自己的立场难道真是他自己所选择的？他自己所站的难道真是他选择的立场？诸如此类……不过，都已经无关紧要了。

现在的生活，就如幼时。月亮小屋刚造成也是这般，凌月来到了这里，寻回记忆，一片一片找寻完整的自己。

如今的商府，与记忆中的重叠，又分离，这座百年府邸，经历了波澜起落，空置了，却是显示着它的辉煌——大将军商凌日为商氏家族带来的荣耀，使商家上升到了百年世家的更高一层，得到一座大将军府，且又扩建，商将军的父母也被接往该处，儿孙同堂。

而这空置的老宅，却仍有一层其形式之下的却同时是更为真实的——落寞与孤独。

或许，只有灵魂里孤独的人会更喜欢这些。深层的感应。似一种末尾与起初的融合。

旧事已过，都变成新的世界了。[①] 而那些错过的，早已错过。

纵使隐退，凌月却心中充实，有滋有味。并不算太悲。

故事至此可以结束了。已在一个层面，回归完全。

第一百三十二章　如梦令·还有·落幕后的共鸣

然而这若是梦境也为双重，或许从最开始，就有两道弧线。

又或者，是两道圆，仍在继续画着的圆。

竹潋几节雨漏，帘卷一窗星宿。云起夜阑时，尘土不沾衣袖。

还有，还有，一丝清弦在手。[②]

---

① 《圣经·新约》

② 此为凌月所写的词，按照词牌如梦令。

绿竹林，白纱，深紫窗帘与水墨画，现在的凌月就住在“日月园”。逐渐苍老的府邸却充满着生机。

时值再一年过去，商二公子的府邸前开始冒出几个小身影，他们都衣着华贵而俏皮可爱，很难想象素来好静怕被打扰的凌月公子会欢迎这些小家伙们前来。

不再颓靡，取而代之的是全然的安逸，他抽离了世间繁华，不管自己是否曾经是什么将军，有宏才大略文武全才只用在凝聚成自己的诗与书，偶尔给这一辈世交的孩子们讲讲故事。

凌日宁馨的孩子偶尔来，更常见的却还有其他。悯瑛和懿琨皇族堂兄弟的两位儿子，从小一块成长，如同亲兄弟一般亲密和睦。

此时凌月已用他钻研更高深的奇门遁甲玄术在府内外设置了一些小竹林和假山，就将这座偌大的府宅隔绝开，只有他亲自告知秘密的人们才得以进来。

商敬先和岳雯诗年纪渐渐大了，正好有长子的照顾奉养，居住在将军府隔壁，凌日拆了一侧围墙，将两个府邸打通，一家人和和睦睦。凌日还时不时回或来商府一趟，探望凌月，凌月感到他对自己的关怀比昔日胜出很多。于是他想起柳絮雪，还有疯癫却恍若觉悟了的惠珍郡主，至那以后他不再路过王府，却感到自己对他们的关心也超过当年。

宁馨则与夫君住在夏府，京城风雨似乎只有他们一家一直以来置身事外，相守却未必相爱。凌月想着，又回忆起近日来的真实梦境，老王爷对金丞相说，倘若展儿回来，当许配惠珍与他结良缘。

他从心里一直确信他们都会回来。“即便是为寻我复仇而来，我也认了。”

一声叹息，凌月忽然感到格外的疲惫，不知是否是那两个小家伙格外难缠的缘故，尤其那个阴念之，总是拉着凌月问一些难解的问题，比如他父王和商将军谁有更高的体力值武力值魅力值，还有谁是忠臣谁是内奸谁是傻子……又非要凌月告诉他父王回来的日期。

凌月看到小小王爷颇有点怕，却知道现在这小小孩是唯一一个相信他说的那些不是疯话的人儿了。

苦笑了一下，镜中的笑颜却夹带了不少真心的喜悦，凌月散开头发，倒向床榻。又开始了那些莫名其妙却引人入胜的梦境体验。在入梦前的瞬间，他还转动脑海思绪响起：会否终有一日，会被这些梦境吸取所有的能量，再也不会醒来？

“也好，天命难违。我心无愧。那注定的路，每个人，不论我或是谁，日后的回归。”①

骤然间一个声音对他的呼唤，让他在梦中睁开眼。

“凌月。”声音似自远方，又似从天上来。温柔的呼喊，凌月似自愿却同时不由自主走了过去，空旷的梦中空间，他站在那里。与凌月一样白衣飘飘仿若仙人，身边围绕着一层雾气，却见他深邃的目光。

他摘下面纱，缓缓露出面容与长发，脸上似围绕着一团白色的烟雾，看不清楚，然而长发在阳光与风里耀眼得刺目，是从深到浅的灰。

---

① 此观念见我的另外一首诗，“轨”，此诗开篇为：“驶向那注定的路/是谁在说殊途同归/望着天上的鸟儿自由地飞/自由从指间划过后沉睡”末尾为：“光辉/洒向坟墓/越来越清晰的描绘/控制不住常规/一失足/跌入/我 或是谁/日后的日后的回归”。

无法辨别他的年龄，无法看清他的面容。而凌月却一瞬间明白了，并不需要用眼去看，就感受到，那是一个他很早很早就见过的人，他是替母亲岳雯诗治疗的郁大夫，也是送给凌月书的年长的郁大夫，又是传授给他意念转移法的陌生前辈；他是来帮他包扎替他兄弟输血的治疗者，也是替他和恻瑛在游离状态指路的长者，甚至，他是凌月忽然意识到自己很年幼时见过的白衣人影的主人。

"巫医圣者。"凌月清晰地说了出来。在称呼面前的这人，也似在告知自己一个突然想到却又是沉积多年的答案。

"还是叫我郁伯伯吧。"那个人笑了笑，无比亲切，凌月还是看不清他的面容，却收到了他的笑容。"凌月，你是我见过的最喜爱的两个孩子之一。这么多年来，我只看中两个孩子。一位是你，另一位不是凌日。"白衣圣者说，他的声音似遥远飘来，又沁入心扉。

凌月被带动了，也跟着笑了一下，然而忽然若有所悟，似从一层谜底反而深入了更深的疑惑："巫医圣者，你和凌日在我小时候就已来过，是不是？我的心魔尚未解除，请你告诉我更多……"

对面之人不语，忽然他的容颜在凌月眼前缥缈淡去，凌月只是害怕他消失不见就再难以追究那些散落的疑团，正想继续追问，却猛然间意识到这只是个梦而已！心念一闪，梦境再不安稳，他顿然一失足，却跌入了另一重梦！

梦中的凌月飘散了头发，仿若从空中高高飘起，迷蒙间他不知怎么脑海里闪过多年前自己写的诗句："在/半睡眠状态/联想到爱/等不了等待/我站在/临接世界尽头的海……地壳离开/显出沸腾的火/显出沸腾的我……天空裂开……"①

刹那间他降落，不知哪里来的风吹起云雾，缭绕着此次梦境带他降临一个恍若仙境之地。那里有一只暗红的火凤停在一棵盘根错节的古树上边。他仰起头，想看清那凤凰，忽然有日光从枝杈中穿透，刺痛了他的双目，令他不知如何开始泪流。泪滴带动了心绪，他只觉极其悲伤："末后的一场空，或者起初的空缺？一切已经发生，并且过去了！"

忽然有一阵轻轻的声响，凌月蓦然转身，一位绛红衣衫绛红长发的美男子已然立在他的身后，正是当年的懿琨亲王。凌月在梦中见到他，已没有任何的怨恨或害怕，恍然间立场早已如过眼云烟散去，剩下的就是深层的联系。

但见懿琨缓缓向他走来，同时回答他适才的话语："一切仍在继续。若你不能毁灭，只能享受；若你无法享受，那就改变。② 变与不变有时只是一念之差；改变了却并不代表不同的变化，有时甚至只是沿袭了最初的根本。倘若如此，自然的逆反亦等于顺应本身。"

凌月听着，心中思绪随过往的一幕幕翻滚。似在跟随他的语词牵引，他迷茫的眼睛望向远处的地平线，轻轻回应："满意只在于我如何解释了。"

"是的，只在于你如何解释。你早已学会聆听心中的声音，只是莫将心念蒙蔽。即使有既定的规则，也可打破，只要之后的代价你愿意承受；而这代价，若你愿意，仍可转化成为筹码。"

凌月咀嚼着这些话，似早已存于他心底。

---

① 此为我在半睡眠状态获得灵感所写的诗，与我绝大多数诗歌有别，幻念意境更重，此诗最后一段为：一瞬息激发起/火张开翅膀迎接生在彼岸的花/扑进他的地带宁愿被黑色同化/如果可以的话/我张开翅膀迎接另一空间的天涯/扑向他的胸怀宁愿被苦涩融化/如果可以的话/升华降下/等不了等待我站在临接世界尽头的海/天空裂开/显示出我梦中的他/咫尺天涯。

② 前为西方俗语：If you can't beat it，enjoy it；后为我自己所悟，想必也符合那西方观念下的意思：If you can't enjoy it，change it.

“那你，懿琨，你现在在哪?”他终于问起这些年纠结于内心的一个疑问。可是如何回答取决于对面之人。

懿琨看着他笑了一下：“你可知有一种高深的武功幻法，名为‘凤凰浴火’，我当年修炼，并无走火入魔，甘愿以暂时死亡来换取各方安宁，重新起始。”讲到这里他忽道，“我原本为你好，反倒被你误解。早就说你走火入魔，你却恼羞成怒。那邪门的武功，你现在可终究感觉不对了。也罢，这书，我取走了。”

凌月明明听出了他语带讽刺，平日伶牙俐齿此时却无从替自己辩解，在梦中的自己眼神空洞，僵硬般呢喃：“是我错了，但我没有疯……”

“你确实没有疯，只不过不会抽身。你不会我修炼的‘凤凰浴火’之功法，不能像我当年金蝉脱壳，亦不肯将那本害人的书丢掉。”懿琨悠悠而道，“那本书，《心·灵·气》，即是‘心灵契’，给你的心灵安置的一层契约，一份枷锁。巫医圣者四处游历，为搜集他的试验品。”

“啊——”听闻至此，凌月猛然颤抖，失声叫了出来，懿琨忽然笑了：“你为何害怕?既然能梦见我斥责他，可见你的心灵并非由他控制。”

凌月面容瞬间舒缓，猛地点头，懿琨的身影却忽然模糊飘远，渐渐化作一抹暗红的火焰，似曾相识的声音远远而来，若即若离，再看不清他的人面，却接收到他的笑颜，若隐若现：“凌月，你如此信任我么?我所说的话也未必全是真，要记得，你我本是仇人。”

“不是的，不……”凌月仅仅犹豫了一弹指的时间，再追赶不上他的身影，拼命用力往前，然而一脚踏空一般，失足跌入黑暗中。

这一下却是真正醒转。

仿佛从未在醒后的刹那就如此清醒过，凌月从床榻跳起的身形也格外利索，一手打开那藏有他秘密书卷的柜格，那本《心·灵·气》真的不见了。

惊异与了然瞬间充斥心间，凌月忽然涌起一抹深深的恐惧，那梦境，果然……

顿然间，他被恐惧感促使冲出小屋，一下子撞上了一个笑脸迎人的身影。只见那人经过这些年多了沧桑，皮肤晒黑了，还留起了胡子，虽仍是别样的帅气，却怎么也不是昔日的俊美少年。凌月惊讶了，这人难道真和自己是双胞胎?

“哈，你这是怎么了，主动跑出小屋还匆匆忙忙！哥正要告诉你，金高展居然真的找到了！老王爷已决定择日让他与郡主完婚。还有宫奇闯也回来了，改天帮他治疗治疗，他头部的伤应该不难。喂，凌月，你怎么呆了?再这么不理哥，哥可要到巫医圣地找个精神科大夫给你看看!”

凌月突然哈哈笑起，仰天狂笑吐出了这些日子闷了许久的压抑，朗声回答凌日：“我也正想看看，让你们巫医基地先进的医疗诊断，哪个傻子还敢说我疯!”

凌日听闻，愣了一霎之后，也是大笑。

已然不同面貌的双生兄弟站立在日月园里，今日的场景与记忆重叠，凌月忽然又有了一些感叹，却多了很多释然。他侧身经过园内的白玉兰树，衣袖中的如梦令一刹那绽放温润的绿色光辉，将整片花海印上了一层淡淡的玉绿。

抚过园内太湖石上的青苔，凌月带着淡淡的笑意，似在自言自语：“我以手中的弧线，仍旧画着理想幻化出的圆。故事还在继续，我们也不止是我们自己。”

后 记

《日月双重梦》或许应为一个系列、一个世界，而非单独的一部作品。这一篇的名称也可为《明日暗月》，只是围绕其中一位主角商凌月的故事。原本完稿后再精修亦有50万字，然因出版篇幅所限再次删减，希望有朝一日能够再版展现全篇，包括那些此次尚未能囊括的线索与情节。

猜想各位读者朋友在读罢此书之后应有些许疑问；早在2010年初稿完成之初我便写有文后揭秘的辅助文字，现就展现些许。更欢迎各位读者朋友们来我在本篇最后所示的网址来向我提出任何问题。

小说含有明线暗线，核心人物亦有“明日月”与“暗日月”：商凌月和他的孪生兄长商凌日、幼年登基的年轻皇帝阴惘瑛和他的堂兄阴懿琨（凤栖阳），四人之间有着复杂而精妙的冲突、化解和难分难解。其他的配角们也有各自的性格与立场。就如我自己感觉，与其说在创作这篇故事，不如说是在记录他们的事迹与形象。连那些配角们也是立体化的人物，有血有肉，冲突与情感也是那么真实。

小说里包含了诸多讽刺因素。其中一点，与凌月差别最大的人，就是与他长相一致的双胞胎哥哥凌日。从开始就点出的“双重压力”，则在过程中升级变异。凌月从小扮演“凌日”的压力，在小说前一小半（童年少年时期）多占笔墨——隐射现今孩子们（多数为独生子女）生活在（竞争社会、家庭给予的）压力重担下，一个孩子恨不得当两个孩子用，而到后来，凌月渐渐习惯了“人为分身术”又得扛起更重的任务担子，与强劲的对手进行一系列争斗，反而回想以前扮演凌日的双重身份压力的生活是简单纯粹美好的。

双重压力是此小说的一个主题元素，由开始的物质层面的双重——扮演两个人，到了后来的物质与精神的双重——自我探寻，凌月思考自己的真实身份，到后来精神层面的双重压力、立场的问题，命运与个人选择的抗争，彼此互相敌对，其实属于今古人类的共鸣。

这也是此文带有一种根深蒂固的悲伤的原因。并没有任何一个传统文学所定义的反派角色，每个人都有各自的苦衷和理由，就连暗杀主角凌月凌日和其母亲的“魔教中人”，也有他们为师兄师嫂报仇讨伐血债的正当理由，而主角的母亲和传统母亲形象差异甚大，并不算一位全然的正派人物。主角纵然天资优异，俊美聪慧还有种种优势特长，却饱受磨难，甚至算一个悲剧人物，并不戴着现下大多通俗小说的主角光环。而主角最大的敌人，同时也是他真正的朋友，这种超越世俗的亦敌亦友的情感，被主角终究觉悟之后更显一层悲音。

在看到这里的读者，应当已经读完第一遍了（如果没有就请先去看吧，否则有所剧透会影响你的判断），我就来稍微总结与点出：故事里第一遍所示的“反派”阴懿琨，虽然看似是凌月的最大对手，跟凌月并无血缘关系，长相也差异颇大（凌月是古典美男，懿琨则是混血帅哥）然而，他跟凌月在某些方面却是最为相似的人。同样身份相貌智慧均为卓越，却阴差阳错遭受各种逆境压抑，以及不被旁人理解。而且，懿琨与凌月一样，都是家族中为了自己的兄弟而甘心隐退、长年压抑忍耐而不被理解的那一位，悲剧英雄。

可以说他是这个故事中的反派大 BOSS，却也是反过来看的隐藏主角；站在懿琨的角度，凌月也算反之亦然。如此，这部小说形成了一个特别的效果，即读第一遍的感觉，与读第二遍可以完全不同，像是正反两面，也像两个不同的故事。随着情节进展揭露的另一面视角与原因，才知道那些所谓的“反面人物”其实不但有苦衷、且有美好的理想和理由，双方本来甚至是同一类人却产生了无法避免也不可逆转的冲突。

在文中我运用了不少隐喻隐晦描述法和亦真亦假的幻境，为避读者们误解，在此明确表示一下：我在走上文学创作之路之初，就决意永不写悲剧；还要给喜欢“反派大 BOSS”阴懿琨小王爷的支持者们强心剂——懿琨亲王是真的假死，他还会复活重新归来！文章结尾之处，就有对他归来的暗示甚至明示。

我已构思甚至着笔过《日月双重梦》之后的系列片段。有采取非局限式单一主角的视角，更多描绘五大世家的恩怨，也有将懿琨居于主角之位，撰述他浴火重生再度回归。然而我不确定会否将这些构思落实。让其留在我的脑海里与读者的想象中也好。不过说不定呢，或许哪一天灵感和激情降临，催促我又像当初恍如记录一般写下这个不由我做主的故事。属于那群人的故事，就是在另一个世界的真实。

如今的我就如凌月亦有成熟与改变，比当年初涉文学之殿时多了期待与野心，倘若有朝一日我的作品流传广泛，我的笔力亦操控自如的话，那么写作此系列的续集也不在话下。各位读者朋友有任何意见，皆可到我为文学创作专设的网络地带来给我留言，欢迎各类互动：

博客 http：//blog. sina. com. cn/moonlitsol

微博 http：//weibo. com/moonlitsun/home

享受孤独的人也会喜欢交流的乐趣。期待聆听各种反馈与指正。再次感谢各位关注！

苍沉月

写于 2014 年春季，家乡上海